国家出版基金项目
NATIONAL PUBLICATION FOUNDATION

海外翻译家
怎样塑造莫言

《丰乳肥臀》英、俄译本对比研究

李 楠 著

作家出版社

图书在版编目（CIP）数据

海外翻译家怎样塑造莫言：《丰乳肥臀》英、俄译本对比研究 / 李楠著. -- 北京：作家出版社，2021. 11

ISBN 978-7-5212-1585-4

Ⅰ. ①海… Ⅱ. ①李… Ⅲ. ①莫言 - 小说 - 文学翻译 - 研究

Ⅳ. ①I207.42

中国版本图书馆CIP数据核字（2021）第218918号

海外翻译家怎样塑造莫言：《丰乳肥臀》英、俄译本对比研究

作　　者：李　楠
责任编辑：郑建华　李　雯
装帧设计：孙惟静
出版发行：作家出版社有限公司
社　　址：北京农展馆南里10号　　邮　　编：100125
电话传真：86-10-65067186（发行中心及邮购部）
　　　　　86-10-65004079（总编室）
E-mail:zuojia@zuojia.net.cn
http://www.zuojiachubanshe.com
印　　刷：唐山嘉德印刷有限公司
成品尺寸：152×230
字　　数：443千
印　　张：30.75
版　　次：2021年11月第1版
印　　次：2021年11月第1次印刷
ISBN　978-7-5212-1585-4
定　　价：88.00元

丛书总序

张志忠

一

　　呈现在读者面前的这部九卷本丛书，是笔者主持的国家社科基金重大招标项目"世界性与本土性交汇：莫言文学道路与中国文学的变革研究"的最终结项成果。从 2013 年 11 月立项，其间在青岛和高密几次召开审稿会，对项目组成员提交的书稿几经筛选，优中选优，反复打磨，历时数载，终于将其付梓问世，个中艰辛，焦虑纠结，真是不足为外人道也。

　　"世界性与本土性交汇：莫言文学道路与中国文学的变革研究"课题内含的总体问题是：作为从乡村大地走来、喜欢讲故事的乡下孩子，到今日名满天下的文学大家莫言；作为拨乱反正、改革开放的伟大时代之情感脉动的新时期文学；作为在被西方列强的坚船利炮打开国门，被动地卷入现代性和全球化，继而变被动适应为主动求索，走上中华民族独立和复兴之路的三千年未有之大变局的描述者和参与者的百年中国新文学这三个层面上，在其发生和发展的过程中，做出哪些尝试和探索，结出哪些苦果和甜果，建构了什么样的文学中国形象？百余年的现代进程所凝结的"中国特色中国经验"，如何体现在同时代的文学之中？在讲述中国故事的同时，百年中国新文学塑造了怎样的自身形象？它做出了哪些有别于地球上其他国家、其他民族文学的独特贡献而令世界瞩目？

　　针对上述的总体问题，建构本项目的总体框架，是莫言的个案研究与中国新时期文学、百年中国新文学的创新变革经验和成就总结相结合，多层面地总结其中所蕴涵的"中国特色中国经验"，通过个案研究与宏观研究相结合的方式展开，研究重点突出，问题意识鲜明。我们认为，莫言的文学创新之路，是与个人的不懈探索和执着的求新求变并重的，是与新时期文学和百年中国乡土文学的宏大背景和积极助推分不开的，而世界文化的激荡和本土文化的复兴，则是其变革创新的重要精神资源。反之，莫言的文学成就，也是新时期文学和百年中国乡土文学的重大成果，并且以此融入中外文化涌动不已的创新变革浪潮。

本项目的整体框架，是全面考察在世界性和本土性的文化资源激荡下，莫言和中国文学的变革创新，总结新时期文学和百年中国乡土文学所创造的"中国特色中国经验"。这一命题包括两条线索，四个子课题。

两条线索，是指百年中国新文学面临的两大变革。百年中国新文学，其精神蕴涵，是向世界讲述现代中国的历史沧桑和时代风云，倾诉积贫积弱面临灭亡危机的中华民族如何置之死地而后生，踏上悲壮而艰辛的独立和复兴之路，以及与之相伴随的民族情感、社会形态的跌宕起伏的变化的。百年中国新文学自身也是从沉重传统中蜕变出来，在急骤变化的时代精神和艺术追求中，建构具有现代性和民族性特征的审美风范。前者是"讲什么"，后者是"怎么讲"。这两个层面，对于从《诗经》《左传》《楚辞》起始传承甚久的中国文学，都是"数千年未有之大变局"，表现内容变了，表现方式也变了，都需要从古典转向现代，表述现代转型中的时代风云和心灵历程。

所谓"中国特色中国经验"，并非泛泛而言，是强调地指出莫言和新时期文学对中国形象尤其是农民形象的塑造和理解、关爱和赞美之情的。将目光扩展到百年中国新文学，自鲁迅起，就是把中国乡土和广大农民作为自己的重要表现对象的。个中积淀下来的，是以艺术的方式向世界传递来自古老而又年轻的东方国度的信息，显示了正在经历巨大的历史转型期的"中国特色和中国经验"，其

莫言与当代中国文学创新经验研究

中有厚重的历史底蕴，就是中国农民在现代转型中一次又一次地迸发出强悍蓬勃的生命力，在历史的危急关头展现回天之力，如抗日战争，就是农民组成的武装，战胜了装备精良的外来强敌。改革开放的新时期，农民自发地包产到户，乡镇企业的勃兴，和农民工进城，都具有历史的标志性，根本地改变社会生活的面貌，改变中国的命运，也改变了农民自身——这些改变，恐怕是近代以来中国最为重要最为普遍的改变。

　　文学自身的变革，也是颇具"中国特色"的。古人云，若无新变，不能代雄。今人说，创新是文学的生命。这是就常规意义而言。对新时期文学而言，它有着更为独特的蕴涵。新时期文学，是在"文革"造成的文化断裂和精神荒芜的困境中奋起突围。这样的变革创新，不是顺理成章的继往开来，而是在很大程度上另起炉灶，起点甚低，任重道远。由此，世界文化和本土文化资源的发现和汲取，就成为新时期文学能够狂飙突进、飞速发展的重要推力。百年中国新文学的起点，五四新文学运动，同样地不是有数千年厚重传统的古代文学自然而然的延伸，而是一次巨大的断裂和跳跃，它是在伴随着现代资本主义的政治经济扩张汹涌而来的世界文化、世界文学的启迪下，在对传统文学、传统文化的彻底审视和全面清算的前提下，在与传统文化的紧张对立之中产生，又从中获得本土资源，破土而出，顽强生长，创建自己的现代语言方式和现代表达方式的（有人用"全盘性反传统"描述五四新文学，只见其对传统文化鸣鼓而攻之的一面，却严重地忽略了五四那一代作家渗入血脉中的与传统文化的联系）。

　　我们的研究，就是以莫言的创新之路为中心，在世界性与本土性的中外文化因素的交汇激荡中，充分展现其重大的艺术成就，揭示其与新时期文学和百年中国乡土文学的内在联系和变革创新，为推进二十一世纪中国的文化创新和走向世界提出新的思考，作出积极的贡献。

　　为了使本项目既有深入的个案研究，又有开阔的学术视野，在个案考察和宏观研究的不同层面都作出新的开拓，本项目设计由点到面、点面结合，计有"莫言文学创新之路研究""以莫言为中心的新时期文学变革研究""莫言及新时期文学变革与中外文化影响研究""从鲁迅到莫言：百年中国乡土文学叙事经验研究"四个子课题。

二

本项目相关的阶段性成果计有报刊论文400余篇，学术论著10部，分别在多所大学开设"莫言小说专题研究"课程，并且在"中国大学慕课"开设"走进莫言的文学世界"和"莫言长篇小说研究"课程，在"五分钟课程网"开设"张志忠讲莫言"30讲，多位老师的研究论著分获省市级优秀学术成果奖，可以说是成果丰厚。作为结项成果的是专著10部，论文选集1部，共计280万字。一并简介如下（丛新强教授的《莫言长篇小说研究》已经由山东大学出版社出版，论文集《百年乡土文学与中国经验》因为体例问题未收入本丛书）：

（一）子课题一"莫言文学创新之路研究"包括3部专著。

张志忠著《莫言文学世界研究》。要点之一是对莫言创作的若干重要命题加以重点阐释：张扬质朴无华的农民身上生命的英雄主义与生命的理想主义；一以贯之地对鲁迅精神的继承与拓展，对"药""疗救"和"看与被看"命题的自觉传承；大悲悯、拷问灵魂与对"斗士"心态的批判；劳动美学及其对现代异化劳动的悲壮对抗等。要点之二是总结莫言研究的进程，提出莫言研究的新的创新点突破点。

李晓燕著《神奇的蝶变——莫言小说人物从生活原型到艺术典型》，对莫言作品人物的现实生活原型索引钩沉，进而探索莫言塑造人物的艺术特性，怎样从生活中的人物片断到赋予其鲜活的灵魂与秉性，完成从蛹到蝶的神奇变化，既超越生活原型，又超越时代、超越故乡，成为世界文学殿堂中熠熠生辉的典型形象，点亮了

莫言与当代中国文学创新经验研究

神奇丰饶的高密东北乡，也成就了世界的莫言。

从新强《莫言长篇小说研究》指出，莫言具有自觉的超越意识，超越有限的地域、国家、民族视野，寻求人类的精神高度。莫言创作中的自由精神、狂欢精神、民间精神等等无不与其超越意识有关。它是对中心意识形态话语所惯有的向心力量的对抗和制衡，是对个体生存价值和人类生命意识的全面解放。

（二）子课题二"以莫言为中心的新时期文学变革研究"的2部书稿，城市生活之兴起和长篇小说的创新，一在题材，一在文体，着眼点都在创新变革。

二十世纪七十年代末期开始的社会—历史的巨大转型，是从农业文明形态向现代文明和城市化的急剧演进，成为我们总结莫言创作和中国文学核心经验的新视角。江涛《从"平面市井"到"折叠都市"——新时期文学中的城市伦理研究》将伦理学引入文学叙事研究，考察新时期以来城市书写中的伦理现象、伦理问题、伦理吁求，揭示文本背后作者的伦理立场，具有青年学人的新锐与才情。

新世纪以来，长篇小说占据文坛中心，风云激荡的百年历史，大时代中形形色色的人物命运与心灵悸动，构成当下长篇小说创作的主要表现对象。王春林《新世纪长篇小说叙事经验研究》就是因应这一现象，总结长篇小说艺术创新成就的。作者视野开阔，笔力厚重，对动辄年产量逾数千部的长篇作品做出全景扫描，重点筛选和论述的长篇作品近百部，不乏名家，也发掘新作，涵盖力广博，尤以先锋叙事、亡灵叙事、精神分析叙事、边地叙事等专题研究见长。

（三）子课题三"莫言及新时期文学变革与中外文化影响研究"的成果最为丰富，有4部书稿。

樊星教授主编《莫言和新时期文学的中外视野》立足于全面、深入地梳理莫言在兼容并包世界文学与中国本土文学方面表现出的个性特色与成功经验，莫言创作与后期印象派画家凡·高、高更色彩、意象和画面感之关联，莫言与影视改编、市场营销、网络等大众文化，莫言的文学批评，莫言的身体叙事等新话题，对作家和文本的阐释具有了新的高度。

张相宽《莫言小说创作与中国口头文学传统》指出，从口头文学传统入手，才能更好地理解莫言小说。大量的民间故事融入莫言文本，俚谚俗语、民间歌谣和民间戏曲选段的引用及"拟剧本"的新创，对说书体和"类书场"的采用、建构与异变，说书人的滔滔不绝汪洋恣肆，对莫言与赵树理对乡村口头文学的借重进行比较分析，深化了本著作的命题。

莫言与福克纳的师承关系，研究者已经做了许多探讨。陈晓燕《文学故乡的多维空间建构——福克纳与莫言的故乡书写比较研究》独辟蹊径，全力聚焦于福克纳的约克纳帕塔法文学领地和莫言的高密东北乡文学王国的建构与扩展，采用空间叙事学、空间政治学等空间理论方法，从空间建构的角度切入，刷新了莫言与福克纳之比较研究的课题。

李楠《海外翻译家怎样塑造莫言——〈丰乳肥臀〉英、俄译本对比研究》，将莫言《丰乳肥臀》的英俄文两种译本与原作逐行逐页地梳理细读，研究不同语种的文字转换及其中蕴涵的跨文化传播问题，中文、英文、俄文三种文本的对读，文学比较、语言比较和文化比较，界面更为开阔，论据更为丰富，所做出的结论也更有公信力说服力。

（四）子课题四"从鲁迅到莫言：百年中国乡土文学叙事经验研究"是本项目中界面最为开阔的，也是难度最大的。百年中国的现代进程，就是乡土中国向现代中国、农业化向城市化嬗变的进程。百年乡土文学，具有最为深厚的底蕴，也具有最为深刻的中国特色中国经验。从研究难度来说，它的时间跨度长，涉及的作家作品众多，要梳理其内在脉络谈何容易。现在完成并且提交结项的是1部专著，1部论文集，略显薄弱。

张细珍《大地的招魂：莫言与中国百年乡土文学叙事新变》从乡土小说发展史的动态视域出发，发掘莫言乡土叙事的新质与贡献，探索新世纪乡土叙事的新命题与新空间，凸显其为世界乡土文学所提供的独特丰富的中国经验与审美新质，建构本土性与世界性同构的乡土中国形象。

张志忠编选的项目组成员论文集《百年乡土文学与中国经验》，基于 2018 年秋项目组主办"从鲁迅到莫言：百年乡土文学与中国经验"国际学术研讨会的会议成果，也增补了部分此前已经发表的多篇论文。它的要点有三：其一，勾勒百年乡土文学的轮廓，对部分具有代表性的重要作家和作家群落予以深度考察。其二，对百年乡土文学中若干重要命题，作出积极的探索。其三，在方法论上有所探索和创新。这部论文集选取了沈从文、萧红、汪曾祺、赵树理、浩然、陈忠实、贾平凹、路遥、张炜、莫言、刘震云、刘醒龙、李锐、迟子建、格非、葛水平等乡土文学重要作家，以及相关的山西、陕西、河南、湖南、四川、东北等乡土文学作家群落，从不同角度对他们提供的文学经验予以深度剖析，并且朝着我们预设的建立乡土文学研究理论与叙事模型的方向做积极的推进。

三

在提出若干学术创新的新命题新论点的同时，我们也在研究方法上有所探索和创新。务实求真，文本细读，大处着眼，文化研究、精神分析学、城市空间与地域空间理论、城市伦理学、比较文学研究、民间文学研究理论、文化领导权理论、生态批评、叙事学、文学发生学、文学场域等理论与方法，都引入我们的研究过程，产生良好的效果，助推学术创新。

本项目成果几经淘洗，炼得真金，在莫言创作和中国现当代文学的创新经验研究上，都有可喜的原创性成果。它们对于增强文化自信、以文学的方式向世界讲述中国故事和促进中国文学走出去，都有极好的推动作用。对于当下文坛，也有相当的启迪，鼓励作家在世界性与本土性交汇中创造文学的高原和高峰。

我要感谢本项目团队的各位老师，在七八年的共同探索和学术交流中，我们进行了愉快的合作，沉浸在思想探索与学术合作的快

海外翻译家怎样塑造莫言

乐之中。我要感谢吴义勤先生和作家出版社对出版本丛书的鼎力支持，感谢李继凯教授和陕西师范大学人文社科高等研究院对丛书出版的经费资助，感谢本项目从立项、开题以来关注和支持过我们的多位文学、出版、传媒界人士。深秋时节，银杏耀金，黄栌红枫竞彩，但愿我们这套丛书能够为中国文学的繁荣增添些许枝叶，就像那并不醒目的金银木的果实，殷红点点，是我们数年凝结的心血。

2020 年 11 月 5 日

莫言与当代中国文学创新经验研究

目　录

导　言

一、研究的缘起

　　毋庸置疑，莫言是在海外最受瞩目的中国当代作家之一，尤其是在他获得 2012 年诺贝尔文学奖之后，海内外都掀起了"莫言热"，比如美国的《纽约客》《华盛顿邮报》《华尔街日报》等主流媒体都对莫言其人其作进行了很热闹的报道，在素有诺贝尔情结的俄罗斯，莫言更是从默默无闻到一夜成名。而这样的热闹气象和殊荣，一是缘于作品本身的不凡，二来所谓"莫言得奖，翻译有功"，莫言作品的外语译本同样不可忽视。我们知道，对于汉语作品，除了瑞典文学院里的汉学家们亲自捉笔而译之外，已有的外语译本也是诺奖评委会的重要参考，正如莫言作品的瑞典语译者陈安娜（Anna Chen）说："莫言有很多译者，文学院也看了不同语言的版本：英文、法文、德文等。"[1] 莫言本人也在诺贝尔晚宴上致辞道："我要感谢那些把我的作品翻译成了世界很多语言的翻译家们。没有他们的创造性的劳动，文学只是各种语言的文学。正是因为有了他们的劳动，文学才可以变为世界的文学。"[2] 那么，翻译家们究竟是如何翻译莫言作品的？各种外译本究竟是何种模样？本书以《丰乳肥臀》为代表，对比研究英、俄译者对其中文化信息和艺术信息的翻译情况，缘于以下四点。

---

[1]　转引自姜小玲、施晨露：《莫言得奖，翻译有功》，《解放日报》，2012 年 10 月 13 日。Also viewable at http://newspaper.jfdaily.com/jfrb/html/2012-10 /13/content_897846.htm.

[2]　莫言：《诺贝尔晚宴致辞（现场演讲）》，《盛典——诺奖之行》，长江文艺出版社 2013 年版，第 154 页。

（一）《丰乳肥臀》是莫言最重要的代表作

莫言自称："《丰乳肥臀》是我迄今为止最沉重的一本书，也是感情包含最丰富的一本书。不管这本书遭受过什么样的命运，如果要说代表作的话，这本书就是我的代表作。"① 中国批评家赞《丰乳肥臀》为"新文学诞生以来迄今出现的最伟大的汉语小说之一"②，越南作家说"中国文学比我们要领先20年（看莫言、余华等人的作品就知道了）。假如我们中有一个作家写了一部类似《丰乳肥臀》的小说，那在我们这儿压根就发表不了"③。我们细读《丰乳肥臀》文本之后，综合这些来自各界的声音，发现这部作品确乎可以代表莫言的创作水平和个性，而"越是优秀的文学作品，它的审美信息越是丰富，译者对它的传达也就越难以穷尽，需要译者从各自的立场出发各显神通对它们进行开采"④，那么，英、俄译者对此是如何"各显神通"的？两个译本中除去语言本身的异同所致的结果，其他异同现象，应具有一定的研究价值。

（二）"葛浩文改写莫言"之说需要被证实或证伪

我们知道，莫言作品能够走向世界乃至折桂诺奖，其英译者葛浩文先生功不可没，但海内外皆有声音说葛浩文"改写"了莫言⑤，其中德国汉学家顾彬的观点影响甚大。顾彬认为，葛浩文对莫言作

---

① 莫言:《故乡·梦幻·传说·现实》,《小说的气味》,春风文艺出版社 2003 年版，第 157 页。
② 张清华:《叙述的极限——论莫言》,《当代作家评论》,2003 年第 2 期。
③ HOÀNG MINH ToÒNG, Phfm Xuân Nguyên et al: "Roundtable Discussion on Three Others" Journal of Vietnamese Studies, Vol. 2, No. 2 (Summer 2007), pp. 286–297.
④ 谢天振:《译介学·代自序》,译林出版社 2013 年版，第 7 页。
⑤ 还有更通俗的说法:"是葛浩文得了诺奖而不是莫言。"

品的处理是"概括文意、剪裁、整合、再书写"①；国内也有学者说"英译者葛浩文在翻译时恰恰不是逐字、逐句、逐段地翻译，而是'连译带改'地翻译的"②。但是，这些议论声起而无实例，所以，笔者野人献芹，拟通过考察葛浩文对原作的翻译情况，来对"葛浩文改写"之说在《丰乳肥臀》这个个案上进行证实或证伪，或可稍供参考。

（三）《丰乳肥臀》英译本与俄译本之间具有可比性

英译本与俄译本之间具有可比性。第一，与英美文化之于中国文化的遥远相比，俄罗斯横跨欧亚大陆，与中国在地理上是邻居，在文化上似远亲，那么，这样的译入语文化差异，是否会体现为英、俄译文的差异？

第二，英、俄两位译者着手翻译《丰乳肥臀》时的情况截然不同——英译者翻译《丰乳肥臀》，是在与原作者和出版社协商之后、在出版社赞助之下进行，而俄译者的翻译却是完全自发的行为，全无赞助，责任自担，这样外部条件的截然相反，是否也导致了译者翻译倾向的不同？

第三，英译者研究萧红和中国现代文学起家，译著等身，经验颇丰，且与莫言私交甚好，得其全权委托，此前已翻译了4部莫言作品；俄译者此前却未接触过莫言其人其作，译作数量也少于英译者，这样的译者经历和翻译经验的差别，是否会体现为译作的差别？

那么，以上三个问题构成了《丰乳肥臀》英、俄译本之间的可比性。而英、俄译者的翻译，是否真的体现出了一定的相异和相同规律？本书将立足于微观例句对其进行详细的论述。

---

① 转引自刘再复：《驳顾彬》，《当代作家评论》，2013年第6期。
② 谢天振：《莫言作品"外译"成功的启示》，《文汇读书周报》，2012年12月14日。

（四）目前对《丰乳肥臀》外译本的微观研究还不充分

《丰乳肥臀》的英译本 *Big Breasts & Wide Hips* 由美国汉学家葛浩文（Howard Goldblatt）翻译，由纽约 Arcade（拱廊）出版社于2004年首次发行。海外对其多有讨论，但很多是结合《红高粱家族》《酒国》等作品乃至中国其他作家的作品宏观来论，或者只做印象式的评析，而文本细读和微观分析相对来讲还不够充分。而且，评论者多从政治角度来解读《丰乳肥臀》，这也许是由于意识形态差异下，西方读者对中国的印象历来便有精神愚昧、行为野蛮的预设。再者，便是阐述《丰乳肥臀》中的女性主义思想。而国内学界对《丰乳肥臀》英译本的研究，集中在莫言获诺奖之后，论者们多从译者主体性、翻译惯习、翻译策略及"改写"现象等角度进行阐述，主要得出了葛浩文翻译《丰乳肥臀》是以归化为主异化为辅、遵循"读者原则"等结论。不过，对于《丰乳肥臀》及其英译本这样厚重的作品来说，目前已有的文献所举出的例子、所作出的分析还较为不足，海内外对于《丰乳肥臀》英译本的研究，都未至成熟状态。

《丰乳肥臀》俄译本《Большая Грудь, Широкий Зад》由俄罗斯汉学家叶果夫（Игорь Александрович Егоров）翻译，圣彼得堡 Амфора（音译为"安芙拉"）出版社于2013年出版发行。其实，在莫言获得诺奖之前，未尝出现一部莫言作品的俄译单行本；相应地，除了汉学界内少数的专家，俄罗斯人完全没听说过莫言。汉学家阿列克谢·罗季奥诺夫（Алексей Родионов）指出："从1992年到2012年10月的20年时间里，作品被翻译成俄语最多的中国作家有王蒙、冯骥才、贾平凹、残雪、王安忆等。然而，如果我们看一下所有这些刊物共只有11.4万份总发行量，就会很清楚，很多俄罗斯读者未必明白什么是中国文学。"[①] 到了2012年10月，瑞典文

---

① 转引自王树福：《遥远的与陌生的：俄罗斯人眼中的莫言》，《中华读书报》，2013年1月2日。

学院宣布将诺贝尔文学奖授予莫言，转年《丰乳肥臀》俄译本问世，纸贵一时。俄罗斯学者对其的讨论颇为深入，如历史最悠久的文艺报刊《新世界》（《Новый мир》）的主创者之一 Сергей Костырко 所撰的《生活生理学》[①]一文："作品的关键不在于历史政治的风云变幻，而是在这些剧变中逐渐显露出的人性的秘密。莫言这位艺术家最主要的研究对象，是'生活生理学'，是人性深处原初的软弱、怯懦、贪婪以及所有这些最终指向着的——残酷。"但是，因为此前莫言其人其作在俄罗斯少有人知，所以至今，俄罗斯学界对《丰乳肥臀》俄译本的研究都相当阙如。

而国内对于莫言在俄罗斯的译介情况的研究，主要是对现有情况的宏观式梳理，鲜少有具体的文本细读。而且，中国文学——尤其是中国当代小说，在国际上确实处于劣势地位，那么，这样的现实情况也决定了海内外学界对本题研究的缺乏，而这就留下了很大的研究空间，使得笔者可以以此为砖，期待来玉。

二、本书研究方法

（一）整体研究思路

本书上编主要讨论英、俄译者对《丰乳肥臀》中的文化信息的翻译情况。对于译入语读者来讲，译作中的文化信息主要由文化负载词构成，文化负载词属于"文化缺省"现象，即"作者在与其意向读者交流时双方共有的相关文化背景知识的省略"[②]。我们知道，在同一文化中，作者与读者享有共同的文化背景知识，那么，

---

① C. Костырко. Физиология жизни. Новая китайская проза. Новый мир., №11, 2013。笔者将其译为中文，刊于《潍坊学院学报》2020 年第 3 期。

② 王大来：《翻译中的文化缺省研究》，中央编译出版社 2012 年版，第 2 页。

为了提高阅读效率，"作者没有必要把读者需要知道的所有文化信息置入本文之中"[①]，而会"省去他的意向读者拥有的显而易见的信息"[②]，然而，当原作外译，目标语读者并不熟悉原作所处的文化背景，因此，"以文化缺省的形式存在的对于原文读者来说是不言而喻的信息对于译文读者甚至对于译者来说经常会显得莫名其妙"[③]。那么，我们从译者对于"文化负载词"这项"文化缺省"的翻译情况着眼，一方面可以看出文化差异对于翻译实践的影响，另一方面也可以论证两位译者翻译策略的异同。

本书下编着眼于英、俄译者对《丰乳肥臀》中艺术信息的翻译情况，由此更充分地讨论英、俄译者对原作艺术风格的翻译。

村上春树作品的中文译者林少华说："翻译可以成全一个作家，也可以毁掉一个作家。"[④] 英、俄译者是否对莫言有所成全？叶果夫先生说："我一开始看《丰乳肥臀》，就发生了一个无法解释的现象，书页上的字句开始发出银白的光。根据我老编辑的经验，这是真正文学的特征。"[⑤] "银白的光"也被葛浩文先生的慧眼所识：葛浩文自称"与萧红一直不曾离婚"[⑥]，而他与莫言，虽然不好用婚姻关系来形容，但"谈起莫言如数家珍"[⑦]。那么，如此欣赏原作的译者们，将会对其作出怎样的翻译？莫言获得诺奖后，有论者说："如果没有汉学家葛浩文和陈安娜将莫言的主要作品译成优美的英文和瑞典

---

① 王大来:《翻译中的文化缺省研究》，中央编译出版社 2012 年版，第 2 页。
② 王大来:《翻译中的文化缺省研究》，中央编译出版社 2012 年版，第 2 页。
③ 王大来:《翻译中的文化缺省研究》，中央编译出版社 2012 年版，第 2 页。
④ 参见 http://gzdaily.dayoo.com/html/2012-11/02/content_1992978.htm.
⑤ 叶果夫:《全球视角下的中国文学翻译》，中国作家协会外联部编:《翻译家的对话》，作家出版社 2012 年版，第 150 页。
⑥ 参见中国社会科学网 http://www.cssn.cn/ts/ts_dsft/201312/t20131212_906180.shtml.
⑦ 刘剑梅:《父亲与莫言的文学之缘（序）》，刘再复:《莫言了不起》，东方出版社 2013 年版。

文的话，或许他一生都有可能与这项崇高的奖项失之交臂。"① 莫言本人也评价葛浩文的翻译道："如果没有他杰出的工作，我的小说也可能由别人翻成英文在美国出版，但绝对没有今天这样完美的译本。……他的译本为我的原著增添了光彩。"② 笔者曾就《丰乳肥臀》俄译本的具体问题通过电子邮件向叶果夫先生请教，有幸得到了先生的回信，信中说："我在翻译的时候，力图保证译本在俄语上的可读性，运用了具有俄语特色的、日常口语化的语言。"

可见，两位译者都在全力以赴，而他们呈现出来的译本会有怎样的异同？藏在这些异同现象背后的原因又是什么？这样的异同造成了怎样的效果？布吕奈尔说："对于一位译者的译作，必须提出如下的问题：他是谁？他翻译的是什么？他怎么翻译的？"③ 这些问题引起了笔者极大的研究兴趣。吕叔湘说："指明事物的异同所在不难，追究它们何以有这些异同就不那么容易了，而这恰恰是对比研究的最终目的。"④ 那么，笔者细读英、俄两个译本之后，结合读者的实际接受情况，按照"是什么、为什么、怎么样"的整体研究思路，以 Peter Newmark 的翻译批评模式⑤ 为参考，对两位译者对《丰乳肥臀》的翻译情况进行了综合比较，力图得出具有一定参考价值的结论。

---

① 王宁：《翻译与文化的重新定位》，《中国翻译》，2013 年第 2 期。
② 莫言：《我在美国出版的三本书》，《小说界》，2000 年第 5 期。
③ （法）布吕奈尔：《什么是比较文学》，葛雷、张连奎译，北京大学出版社 1989 年版，第 60 页。
④ 钱念孙：《朱光潜与中西文化》，安徽教育出版社 1995 年版，第 196 页。
⑤ 该模式有五个步骤。第一步：分析原文（包括作者意图、读者对象、原文文本类型、语言特点等）。第二步：分析译文（重点看译者为什么这样译）。第三步：原文与译文的对比分析（无须从头至尾，只选择有代表性的部分）。第四步：评价译文质量（分别从译者的角度和批评者的角度，重点是所指准确性和语用准确性）。第五步：评价译文在译语文化中的价值。

（二）具体研究说明

翻译的复杂性绝不亚于原创，正如奈达所说："高质量的翻译，归根结底，永远是一门艺术。"[①]那么，对于这门艺术，我们将运用以下三种具体方法来讨论。

第一，从中、英、俄三者文化异同的大背景下考察英、俄译者对原作的翻译。

语言当然不是脱离文化单独存在的，"要想使翻译成功，双文化比双语言更重要，因为语言只有在文化中才有意义"[②]，那么，我们在分析英、俄译者对原作的翻译情况时，就需要结合中、英、俄三者的文化异同来考量。

需先说明中国文化与西方文化的不同之处。众所周知，总体上讲，世界文明可分为三大类：古希腊文明、古中国文明和古印度文明。本书不涉及古印度文明，只看古希腊和古中国文明。

一般认为，人类的文明脱胎于两大因素：自然因素和血缘因素。古代中国人在黄河文明和农耕生活基础上，"对血缘因素加以强化，演化为祖宗崇拜，进而升华为世俗伦理精神，导致了儒家伦理（宗法）文化"[③]。具体来讲，农耕生活主要依靠的不是探险或创新，而是先辈积攒下来的农耕经验：如何播种、如何施肥、如何收割，这些不需要晚辈人去重新钻研，而只需听从先辈的经验即可。那么，这就形成了中国人的崇拜祖先和强化血缘的思维基因。由此，中国宗法文化的人际关系是彼此牵连、依赖家族的，他们通过祖先凝聚

① 转引自巴尔胡达罗夫著，《语言与翻译》，蔡毅译，中国对外翻译出版公司 1985 年版，第 208 页。

② （美）尤金·奈达：《语言与文化：翻译中的语境》，上海外语教育出版社 2001 年版，第 82 页。原文为："For trully successful translating, biculturalism is even more important than bilingualism, since words only have meanings in terms of the culture in which they function."

③ 王秉钦：《文化翻译学：文化翻译理论与实践》，南开大学出版社 2007 年版，第 2 页。又如李泽厚指出，以血缘宗法家族为纽带的氏族体制（Tribe System）是中国文明的重要征候之一。（李泽厚：《历史本体论·己卯五说》，生活·读书·新知三联书店 2006 年版，第 157 页）

莫言与当代中国文学创新经验研究

精神，通过伦理约束行为，人与人是依赖、互惠的关系。而古希腊文明正与古中国文明相反，"古希腊人在海洋文明的基础上抑制了血缘因素，而将自然因素神秘化，转化为一种与血缘无关的宗教信仰，于是出现了西方宗教文化"[①]。由于弱化血缘，西方宗教文化的人际关系是彼此独立、各享自由的[②]，他们通过信仰交流精神、通过法律约束行为，人与人是对等、平等的关系。

而俄罗斯文化在形成时期主要受到三个方面的影响：一是在基辅罗斯时期受到拜占庭东正教文化的影响；二是十三至十六世纪受到蒙古鞑靼文化的影响；三是彼得大帝时期学习西方的政治、经济和科技文化。俄罗斯文化虽然兼受西方和东方文明的影响，但与中国文化相比较，俄罗斯文化与英美文化一样，都属于与中国的宗法文化相对立的宗教文化。

那么，这样的文化差异在语言、在文化负载词上是否有所体现？我们在后文结合具体例句详论。

第二，结合例句在原作中的具体语境考察英、俄译者对其的翻译。

与文化紧密相关的是作品中的语段语境，而语境对语句的含义具有关键影响，"与词汇相比，语境为我们提供了更多的独特性"[③]，那么，在分析例句时，我们将着重结合原文语境来考察译文，并从文化负载词这项"文化缺省"的特有属性——即标志着某种文化的独特性——出发，注意体会文字表面之下的文化含义，考察译文对此的处理情况及其原因和效果；同时，既然学界一直以来盛行"后殖民主义"批评并影响至译评界，出现了"后殖民翻译批评"，又如"文化过滤"这样的重大理论，那么我们在后文的讨论中，也会

---

① 王秉钦：《文化翻译学：文化翻译理论与实践》，南开大学出版社2007年版，第1页。

② 西方人认为，谁也不属于任何其他人，每个人只属于他自己和上帝。学者周方珠在其专著《翻译多元论》（中国对外翻译出版公司2004年版）第10页中对此也有论述。

③ （美）尤金·奈达：《语言与文化：翻译中的语境》，上海外语教育出版社2001年版，第160页。

留意译文是否呈现了译者的文化立场。

第三，使用图表呈现译法明晰的文化负载词、单独讨论译法复杂的文化负载词。

笔者细读原作之后，整理出近 600 条文化负载词。其中，译法明晰的文化负载词有 512 条，若将所有例句逐一分析，几不可行，且限于篇幅，所以对此我们主要使用图表进行数据统计、呈现出不同译法的大致比例，而着重单独讨论某些含义深刻或译法复杂的文化负载词。

另有几点说明如下：凡是没有标明英、俄引文的汉语译文出处的，皆为笔者所译；因篇幅有限，部分英、俄引文的原文暂不呈现；在本书正文中，英文书名和期刊名采用斜体，俄文书名和期刊名采用正体并加书名号。

1. 本书使用的译法概念之厘清

我们知道，在翻译实践中有很多翻译方法，各个译法之间未必都有明晰的界线，而且常常被译者混合使用，所以，为了避免论述模糊，在展开讨论之前，需先厘清本书使用的译法概念。

首先要说明的是，对于译法概念，目前译评界中尚未形成放之四海而皆准的界定，因为翻译活动的复杂性和翻译语境的多变性，使得翻译方法不可能被有限的几个类型所归纳囊括、贴上标签。而且，从绝对意义上讲，翻译实践中并不存在纯粹的直译 / 意译等单一译法。另一方面，汉、英、俄语各属不同语系或语族，《丰乳肥臀》中的文化负载词又十分丰富，所以其外译情况就格外复杂。不过好在本书的写作目的只是考察英、俄译者的翻译倾向和翻译风格，并非要做哲学意义上的思辨，因此，对于译法概念的引用，我们暂且随文设词，取适于本书讨论的定义试用之。具体如下：

第一，异化与归化。

异化指"故意使译文冲破目标语常规，保留原文中的异国情调"①，归化则反之，即消除源语的异质性而将其本土化。这组概念在译评

① 方梦之主编：《译学辞典》，上海外语教育出版社 2003 年版，第 3 页。

界多有讨论，事实上，在翻译实践中，异化与归化并不可"一刀两断"，"只是程度上的差异而已，两者的界限是模糊的"[1]。

第二，音译、直译、意译、套译、补译、替代、省略、脚注法。

音译指把一种语言的语词用另一种语言中跟它发音相同或相近的语音表示出来[2]，其最明显的好处是可以避免误译。

直译指译文形式与内容都与原文一致[3]，保留原文词语的指称意义，优点在于能够完整地保留原文形象、语言风格和体现异国情调。

意译是根据原文的大意来翻译，不做逐字逐句的翻译[4]，舍弃原文的字面意义。

套译指套入译入语中与原文词语在内容与形式上都相近的词语。对比《丰乳肥臀》原作和译本，其中有一些文化负载词的译文形象与原作并不完全对应，但在译入语中同样为文化负载词，所以也归为套译。使用套译法容易为译入语读者理解，但会流失原文形象和文化色彩。

补译指在译文文内增添短语或词语，解释该文化负载词的含义，因此补译又称解释法。

替代指易词而译，用替代词来翻译原词[5]，如下文中例上5的俄译将"葫芦"替代为"西瓜"。

省略法和脚注法，顾名思义，指对原文内容省去不译和为译文词语加上脚注。

在对比译本的过程中，笔者发现，有些译文接近于直译或省略，但又没有完全直译或省略，因此，为便于讨论，我们拟将其

---

① 王仁强:《论异化与归化的连续体关系》,《现代外语》, 2004 年第 1 期。

② 中国社会科学院语言研究所词典编辑室编:《现代汉语词典》, 商务印书馆 2016 年版, 第 1493 页。

③ 方梦之主编:《译学辞典》, 上海外语教育出版社 2003 年版, 第 90 页。

④ 中国社会科学院语言研究所词典编辑室编:《现代汉语词典》, 商务印书馆 2016 年版, 第 1496 页。

⑤ 方梦之主编:《译学辞典》, 上海外语教育出版社 2003 年版, 第 103 页。

命名为"半直译"/"半省略"。"半直译",如对于"咬铁嚼钢的汉子"(第1页),英译为"men of iron and steel"(第9页)(钢铁汉子),保留了原文中"铁""钢"的形象,但又非完全直译;"半省略",如俄译将其译为"гвозди зубами перекусывали"(第2页)(嚼钢钉的汉子),将"咬铁嚼钢"译出了一半。

另外,第二点中的这些译法同"归化与异化"这组概念相比,后者更像是策略,前者则更像是方法。

第三,深化、淡化。

这组概念是根据译者对原文语用色彩的处理程度来划分的:"深化"指在翻译时对原文语用色彩作加深处理,将原文的隐含语意明示;"淡化"则反之。

当然,上述译法是从不同的角度来划分,并非泾渭分明,在翻译实践中,很多时候可以相互结合使用。后文所举的那些"译法复杂"的例句,便是明证。

第四,超额翻译、欠额翻译。

超额翻译指译文承载的信息量大于原文的信息量;欠额翻译则反之[1]。

2. 翻译依据的版本说明

因为《丰乳肥臀》原作曾经多次删改再版,所以这里需先说明英、俄译者翻译时所依据的版本。综合对比《丰乳肥臀》各个版本之后,笔者择其具有明显差别的版本罗列如下:1996年作家出版社版、2003年中国工人出版社版、2010年北京十月文艺出版社版、2012年获奖之后作家出版社再版,以及2012年上海文艺出版社版。

葛浩文在英译本的译者序中介绍说:"此译本依据原作者传给译者的电子稿,是2003年中国工人出版社版的进一步的删订。"[2]

---

① 周方珠:《翻译多元论》,中国对外翻译出版公司2004年版,第27页。

② 参见 Big Breasts and Wide Hips 中的译者序言(p.xii):"A shortened edition was then published by China Workers Publishing House in 2003. The current translation was undertaken from a further shortened, computer-generated manuscript supplied by the author."

莫言与当代中国文学创新经验研究

至于俄译本，叶果夫先生在给笔者的回信中说翻译时依据的是互联网上的电子版，并很耐心地附上了网址链接[①]，笔者仔细对比之后初步断定，俄译本是综合了 2003 年中国工人出版社版和 2010 年北京十月文艺出版社版。因此，英、俄译本各自依据的版本不同，呈现出的译本内容自有差别。这种由版本不同而导致的译文差别，不在我们的讨论范围之内；另外，因 2003 年中国工人出版社版的错别字较多，所以本书中的例句原文主要取自 2012 年作家出版社版，特此说明。

另外，原作第七卷之后还有一卷——"卷外卷：拾遗补阙"，俄译者对其完整译出，但英译者将其整卷删去，所以这在本书中不具有可比性，本书不拟涉及。

---

① https://www.kanunu8.com/book3/8255/.

上编　英、俄译者对原作文化信息的翻译情况

　　《丰乳肥臀》字里行间渗透着中华文化元素和韵味，透露着中华民族文化信息。民族文化是使一个民族屹立于世的一项重要支撑，有云"小说被认为是一个民族的秘史"，以这个标准考量，《丰乳肥臀》称得上是一部合格的长篇小说。本书上编将从译者对于《丰乳肥臀》中文化负载词的翻译情况和译作脚注对于中华文化的传达这两方面，来对比讨论英、俄译者对于《丰乳肥臀》中文化信息的翻译情况。

　　讨论文化信息，需先说明何谓文化。对其最经典的定义来自英国学者爱德华·泰勒的论述："文化或文明，就其广泛的民族学意义来说，是包括全部的知识、信仰、艺术、道德、法律、风俗以及作为社会成员的人所掌握和接受的任何其他的才能和习惯的复合体。"[①] 然而此定义并未涉及物质和生态文化，所以后来学者们纷纷加以补充，如美国学者戴维·波普诺认为文化还应包括物质文化，即"实际的和人造的物体，它反映了非物质的文化意义"[②]。中国学者王秉钦在此基础上概括道："广义文化包括物质文化（人类活动作用于自然界）、制度习俗文化（人类活动作用于社会）和精神文

海外翻译家怎样塑造莫言

---

① （英）爱德华·泰勒:《原始文化：神话、哲学、宗教、语言、艺术和习俗发展之研究》，连树生译，广西师范大学出版社 2005 年版，第 1 页。

② （美）戴维·波普诺:《社会学》，李强译，中国人民大学出版社 2007 年版，第 102 页。

化（人类活动作用于人本身）。"① 而文化又是通过什么来传播、交流和发展的呢？美国学者尤金·奈达认为，正是人类的"语言"实现了这一切："因为文化被概括为'一个社会的整体信仰和实践'，所以，那些传递着这个社会的信仰、承载着社会成员的互动行为的语言，就是最重要的。"②

语言承载着文化，反映着文化，而"与其他艺术相比，文学是唯一局限于语言框架之内的艺术"③，那么，考察《丰乳肥臀》，我们发现，其中存在着大量的负载着中国文化的语句词汇，对于翻译而言，这些词汇尤为敏感和重要。译界将这类词汇定义为"文化负载词"（cultural-loaded words）："文化负载词是指标志某种文化中特有事物的词、词组和习语。这些词汇反映了特定民族在漫长的历史进程中逐渐积累的、有别于其他民族的、独特的活动方式。"④ 因之独特性，文化负载词对于译入语文化来讲，便属于意义空缺、在译入语中缺乏对应词语，这就需要译者站在"双文化"的高度进行翻译或作出特殊处理。正如奈达所说："要想使翻译成功，双文化比双语言更重要，因为语言只有在文化中才有意义"⑤。

另外，文化负载词的翻译情况值得关注，还因为文学作品中存在着如前所述的文化缺省现象。

那么，《丰乳肥臀》的英、俄译者分别是怎样处理原作中的那些反映中国特色的、在译入语中意义空缺的、属于文化缺省现象的文化负载词的呢？为何这样处理？这样处理有何效果？我们分类来看。

---

① 王秉钦：《文化翻译学：文化翻译理论与实践》，南开大学出版社 2007 年版，第 4 页。

② （美）尤金·奈达：《语言与文化：翻译中的语境》，上海外语教育出版社 2001 年版，第 78 页。

③ 谢天振：《译介学》，译林出版社 2013 年版，第 102 页。

④ 廖七一：《当代西方翻译理论探索》，译林出版社 2000 年版，第 232 页。

⑤ （美）尤金·奈达：《语言与文化：翻译中的语境》，上海外语教育出版社 2001 年版，第 82 页。原文为："For trully successful translating, biculturalism is even more important than bilingualism, since words only have meanings in terms of the culture in which they function."

奈达将翻译中的文化因素分为五类：语言文化（linguistic culture）、物质文化（material culture）、社会文化（social culture）、生态文化（ecology culture）及宗教文化（religious culture）①。那么，对于《丰乳肥臀》中的文化负载词，结合作品实际和本书论述需要，我们也可以相应地分为五类：语言文化负载词、物质文化负载词、社会文化负载词、生态文化负载词和宗教文化负载词。由此，我们分别论述。

---

① Eugene A.Nida, *Linguistics and Ethnology in Translation-Problems*: Harper & Row 1964，pp. 90–97. 转引自胡壮麟、姜望琪：《语言学高级教程》，北京大学出版社 2002 年版，第 364 页。

第一章　语言文化负载词

　　语言文化负载词是能够体现一个民族独特文化的、服务于人们的口头交际的，或反映这个民族的语言特点的词汇，如俗语、成语、詈骂语、禁忌语、称谓语、人名绰号等。谈到莫言，很多学者会强调其乡土气息和在地性，莫言也称自己的语言夹杂着泥土气息和"地瓜味"，而这样的风格在语言形式上的体现，便是作品中大量的民间俗语。曾有人讥道"莫言的小说都是从高密东北乡这条破麻袋里摸出来的"，莫言听后反而"沾沾自诩"①，而俗语惯用语这样的民间口语元素，显然就是散落在这条"破麻袋"各个角落里的米粒儿了。一句话，《丰乳肥臀》中的俗语惯用语，或体现着作品的民间性和乡土性，或表现了人物性格和形象，或具有幽默诙谐生动之效，承载着作品独特的语言风格，因此我们首先来讨论译者对《丰乳肥臀》中俗语的翻译。

一、俗语

　　考虑汉、英、俄语的文化背景，如前文所述，中国文化起源和发展于农业文明，很多俗语都取材于农业风物。而英国在地理条件上四面环海，在文化起源上属于海洋文明，所以英语中很多俗语与海洋有关而无关农业；俄国文化兼受西方和东方影响，农奴制度和村社制度也占据了漫长的历史，考察俄语俗语，我们发现，其中也

---

　　①　参见莫言：《超越故乡》，《会唱歌的墙》，作家出版社2005年版，第206页。

有一部分来自农业生活。那么，在这样的文化和语言差异下，英、俄译者是怎样处理《丰乳肥臀》中的俗语的呢？

对于作品中的俗语，有些译文译法单纯清晰，有些则译法复杂，难以简单归类。为了条理清楚，我们分为译法明晰与译法复杂两类来讨论。

（一）译法明晰的俗语

笔者整理出的译法明晰的俗语共有 140 条，为免累赘，我们只挑出 17 条具有代表性的例子作单独分析，先呈其如下。

1. 单纯鲜明的俗语

例上 1

癞蛤蟆想吃天鹅肉（莫言，2012：85）

英：like the **toad** who wants to feast on a **swan**（葛浩文，2012：113）

俄：собралась **лягушка лебединого** мясца поесть（叶果夫，2013：117）[①]

人们日常口语中的俗语，多意义单纯、比喻形象鲜明，如本例。其中"癞蛤蟆"（toad/лягушка）和"天鹅"（swan/лебединый）即便在英、俄语俗语中不常出现，但译者只需直译出字面意思，读者便可根据其单纯鲜明的动物形象来理解语意。如此直译可保留原文的比喻形象和修辞效果，保留原文的生动性。这样的例子有很多，英、俄译者多进行了直译，这里暂不赘述。

但是，译者的翻译是"宇宙里有史以来最复杂的事件"[②]，而读

[①]　本书中例句原文后括号内的页码，除了有特别标注的之外，皆取自 2012 年作家出版社版；引文页码，皆来自英译本的 2012 年版和俄译本的 2013 年版。以下皆同，不作另注。

[②]　（美）尤金·奈达：《语言与文化：翻译中的语境》，上海外语教育出版社 2001 年版，第 78 页。

者的解读也丝毫不逊于此，很多时候译者的译文没有问题，但读者偏偏有自己的逻辑，请看以下两例：

例上 2

上官吕氏怒道："我问你呐，龇牙咧嘴干什么？碌碡压不出个屁来！"（10）

英："I asked you a question!" she shouted angrily, "What do you gain by showing me those yellow teeth? **I can't get a fart out of you, even with a stone roller!**"（9）

俄：— Тебе вопрос задали! — подняла голос Люй. — Что ощерился, зубы кажешь? **Ну хоть жёрновом по нему катай, всё одно ничего не выдавишь!**（25）

例上 3

上官父子碌碡压不出屁、锥子攮不出血，为上官吕氏请医生看病的任务自然地落在了母亲身上。（606）

英：The two Shangguan men were **so incompetent** that **a stone roller couldn't get them to fart and an awl couldn't draw blood**, so the responsibility of finding help for her mother-in-law naturally fell to Mother.（70）

俄：От отца с сыном толку было **как от козла молока**. Вот уж действительно, **хоть катком дави — дерьма не выдавишь, хоть молотом лупи — кровь не выступит**. Так что искать врача пришлось, конечно, матушке.（775）

这两例原文是说上官父子懦弱无能，面对吕氏的问话嗫嚅难答，面对吕氏的病情束手无策，其中的俗语"碌碡压不出屁、锥子攮不出血"虽然话糙，但正符合《丰乳肥臀》这部"从高密东北乡这条破麻袋里摸出来的"长篇小说的"土里土气"的风格，也合原文语境。我们口语中还有一句话与例句俗语很相近："三棍子打不出一个屁来",都是形容某人窝囊无用、在各种鼓励鞭策之下都难有作为。那么,观察原文和译文,原文俗语中的形象确实鲜明生动,例上 2 中英、俄译者皆直译是可取的;例上 3 中英、俄译者更在直译之前加了一定的解释:英译添加解释为"很无能"(so incompetent),俄译增加了俄语中的一条俗语来帮助读者理解:"就像从公山羊身上挤奶"(как от козла молока)。我们知道,俄罗斯自古畜牧业发达,至今奶制饮食都是人们日常生活不可或缺的,因此,口语中与"奶"(молоко)相关的俗语也大量存在[①],那么,译文中这条俗语一来很为译入语读者熟悉,可以拉近读者与译作的距离,二来也符合原文语义(公山羊固不能产奶,这条俄语俗语也是指某人无能的意思)。

按理来说,这样的译文是有效的,但在跨语际解读实践中,也难免会有读者理解走偏:"我很喜欢书中的语言,作者运用了很多中国的独特俗语,比如说一个人不体面、很贪婪吝啬,就说他'碌碡压不出屁'。太生动形象啦,感谢翻译家。"[②] 这位俄译本读者"喜欢书中的语言",留意到"中国的独特俗语",谓之"生动形象",很是可嘉,但说其中俗语是指"不体面、很贪婪吝啬",显然是将其理解成了"一毛不拔"或"肥水不流外人田"的意思。虽然上官父子确实不够体面,也未必慷慨,但例句是说其懦弱,所以读者实在是误会了。虽然这样的误会并未严重冲突于语境,几可不计,但毕竟是理解有误。读者说"感谢翻译家",但这个误解之上的谢意译者恐怕是不愿笑纳的。

2. 取材于农业的俗语

例上 4

种瓜者得瓜,种豆者得豆,种下了蒺藜就不要怕扎手。(245)

---

① 如"Корова в тепле — молоко на столе."这条俗语就很有趣:耕作业的中国说"种瓜得瓜,种豆得豆"(详见例上 4),畜牧业的俄罗斯就说"养奶牛,得牛奶"。

② sq—deep, 25 января 2015, http://books.imhonet.ru/element/9767238/opinions.

英：(译者省略)（273）

俄：Что посеешь, то и пожнёшь, ...Посеешь якорцы①— не удивляйся, если поранишь руки.（323）

对于此条俗语，英译省略，俄译为"套译"以及"直译＋脚注"。

如上文所述，由于地理条件和文化差异，英语俗语多无关农业，俄语俗语中有一部分与中文相近，如"что посеешь, то и пожнёшь"（播种下什么就会收割到什么），与本例前半部分相吻合。所以，这样的文化差异反映到翻译上，就是英译省略了例句中的农谚，俄译对前半部分直接使用套译，后半部分进行直译，并对"蒺藜"加了脚注。

类似的例子还有：

例上 5
把大兵的脑袋砸得葫芦大开瓢（300）
英：cracked his head **open**（319）
俄：Голова и развалилась, как **арбуз**（392）

原文用"葫芦大开瓢"比喻脑袋被打破，英译回译为"把他的脑袋砸开"，省略了句子俗语中的农作物形象；俄译回译为"他的脑袋被砸开，像西瓜一样"，将"葫芦"替代为"西瓜"（арбуз）。考虑到中俄生态差异，我们知道，葫芦和西瓜这两种植物虽然都广泛分布于热带及温带地区，在纬度甚高的俄罗斯境内相对来讲较少种植，但与葫芦相比，西瓜更为常见，而且例句所在段落描写的是战争中士兵头开脑裂、鲜血四溅的场面，若作联想，显然"西瓜被砸开"的情形更符合语境画面，因此，也许俄译者是出于以上这两点考虑而做了调整。

---

① 其俄文脚注为："Якорцы—стелющееся растение с твёрдыми шипами длиной до 10 см." 回译为："蒺藜—有硬刺的、平卧地面生长的植物，长达 10 厘米。"

例上 6

六月债，还得快（236）

英：A six-month debt is quickly repaid（264）

俄：Быстро вернул шестимесячный должок, быстро（312）

"农历八月秋收。六月的债，秋收以后就能还，相隔时间短"[1]，所以人们便用"六月债，还得快"比喻报应来得快。英、俄译皆直译了字面意思，没有解释六月债何以还得快，但因为有上下文的语境，读者仍可以理解文义，而且例句重点也并非在于这句俗语，所以这样的直译并不算严重的失误。

3. 来自血缘文化的俗语

例上 7

七大姑八大姨都来祝贺（107）

英：we have been visited by **friends and relatives**（134）

俄：поздравить нас прибыли **многочисленные родственники**（148）

对于"七大姑八大姨"，英译回译为"朋友们和亲戚们"，俄译回译为"许多亲戚"。对比看出，英译增加了"朋友们"（friends）。

原文语境是司马库炸毁了日本军火车后，请来戏班为当地百姓演出宣传抗日的戏，一来鼓舞人心，二来彰显威势。例句是演戏之前的开场词。结合语境可知，"七大姑八大姨"只是一种代称，应指亲朋好友而不仅限于血缘亲属。这样的用法也与中国的血缘文化有关：乡土中国人际关系中最重要是血缘亲属，高山流水是传说，在民间大众心中"血缘关系"才有最亲近的含义，因此在旧时中国，很多时候明明是非血缘的朋友，但若亲近到一定程度，就说"情同

---

[1] 刘广和主编：《中国俏皮话大辞典》，中国人民大学出版社 1994 年版，第 272 页。

手足",或为表亲密、表尊敬、表谦虚,而相称以兄妹叔侄。所以,例句用这种"至亲无上"的亲属词,涵盖了亲戚和朋友的意思。那么,如英译般加上"朋友们"一词,属于对原文的深化,优于俄译。

4. 成双成对的俗语

中国文化在审美上,受儒家学说和中庸哲学影响,注重平衡势均、对称整齐,因此,汉语俗语常常由两句话对仗着形成一组,并且很多时候后一句只作为前一句的并列或补充。而在英、俄语中,虽然也存在某些对称修辞和对反辞格,如 antithesis/антитеза,但却与中国的对偶结构之前后并列或补充不同,而是必须在意思上存在对立或对比。另外,英、俄语行文常常忌讳重复。那么,在这样的文化语言差异下,英、俄译者是怎样处理原文中成双成对的俗语的呢?

第一种,英、俄译皆全译。

例上 8

你是抹不上墙的狗屎,扶不上树的死猫(495)

英:you're dog shit that won't stick to a wall,you're a dead cat that can't climb a tree(488)

俄:дерьмо собачье, что и по стенке не размажешь, кот дохлый, которому и на дерево не залезть(633)

对于这条俗语,英、俄译者都完整保留,而略有不同的是下例中的俄译文:

例上 9

人过留名,雁过留声(29)

英:A man leaves behind his good name, a wild goose leaves behind its call(27)

俄:После человека доброе имя остаётся, после дикого гуся — только крик(48)

英译无误，俄译则略有不同："人过留名，雁过只有（только）叫声"。

例句俗语用"雁之声"比喻"人之名"，都具有褒义色彩，两个分句间是并列补充的关系。而俄译则有对比色彩，与原文略有不同。笔者曾推测这也许是叶果夫先生为了接近译入语语言习惯、契合俄语中的"对反辞格"（антитеза）而刻意为之，于是通过电子邮件向先生请教，但先生拨冗回复笔者说并非如此，俄译文中的对比色彩是无意中的疏误。但联系例句语境——说话人祈求对方做好事、帮助自己，俄译的这个疏误影响不大，在译入语读者眼中，也可看作是说话人用"雁只有叫声"来凸显"人留名"的可贵。

第二种，英译半省略，俄译全译。

例上 10

感天地动鬼神（163）

英：to move even the ghosts and spirits（191）

俄：сотрясти небо и землю, впечатлить духов и богов（220）

例上 11

我吃过的盐比你吃过的面还多，我走过的桥比你走过的路还多（327）

英：I've eaten more salt than you have noodles（341）

俄：Я соли больше съела, чем ты лапши, мостов больше перешла, чем ты исходил дорог（427）

以上两例俄译完整译出原文，而这里也许英译者认为俗语后一句只是前一句的并列，如果全部译出会显得啰唆，所以英译省略了俗语的一半。不过，这样的半省略译法也并不影响语义表达。

5. 合辙押韵的俗语

俗语讲究押韵上口、节奏和谐，对于《丰乳肥臀》中的押韵俗语，译者也注意到了其韵律，尽可能地既保留形象，又实现押韵，其中不乏佳译，如：

例上 12

人欢没好事，狗欢抢屎吃（219）

英：Nothing good comes of being **proud**，like dogs eating shit in **a crowd**（246）

俄：Человек **радуется**，когда доброго **нет**，пёс **радуется**，урвав дерьма на **обед**（290）

此例的英、俄译文都译出了原文语义，同时译文句尾押着尾韵（/raʊd/ 和 /дуется/，/ет/），句子语势均衡，读之上口，与原文一样生动有趣。

6. 巧妙的套译

例上 13

落汤鸡（179）

英：chickens dumped into the pot（207）

俄：мокрые курицы（241）

英译直译为"掉进锅里的鸡"，巧合在于俄译：俄语中的"мокрая курица"字面意思是"湿的母鸡"，同时该词组也是俄语中的惯用语，形容某人一副可怜相。例句在原文中形容落败之兵被逼入蛟龙河后的惨相，因此俄译使用套译，一方面保留了原文的形象，另一方面又以译文本身的比喻义加深了原文的色彩。

7. 原文生动性的流失

"白刀子进去红刀子出来"这句俗语在《丰乳肥臀》原作中出现了两次，此语的生动性在于使用了动词反义词组"进去出来"和颜色的对比变化：并不直说伤敌至流血，而说刀子由白变红，这种动词搭配和颜色隐喻修辞更具血染现场的画面感。译文如下：

例上 14

白刀子进去红刀子出来（299）

英：**Silvery** swords **went in**，**red** swords **emerged**（319）

俄：Обагрялись кровью штыки и ножи（391）

例上 15

白刀子进去红刀子出来跟敌人干过（327）

英：I've battled the enemy，my sword **entering white** and **exiting bright red**（341）

俄：сражалась, обагряя меч кровью врагов（427）

对比发现，两例的英译皆照实直译，保留了原文的隐喻修辞；俄译则为"刺刀和刀子都被血染红了"和"敌人的血染红了我的刀子"，流失了原文的隐喻性和动态感。

8. 无伤大雅的误译

例上 16

查遍三千年的皇历（603）

英：pore over three thousand years of **imperial history**（67）

俄：да во всех **династийных историях** за три тысячи лет（771）

英译回译为"查遍三千年的帝国历史"，俄译回译为"在三千年的王朝历史中"。

英、俄译文与原文的主要出入在于对"历"的翻译：原文之"历"指"历书"，而英、俄译皆为"历史"。至于其中的"皇"，需先说明"皇历"一词的命名来由，一般认为"皇历"中"皇"乃是"皇帝"之意："皇历，中国古代民间普遍使用的历书。中国古代每年岁末由朝廷钦天监颁布，故称。"[1]那么，本例的英、俄译文基本保留了原文之"皇"的意思，有趣的是俄译：俄译中"王朝历史（династийных историях）"这个词组，若将首字母大写为

---

① 中国大百科全书总编委会编：《中国大百科全书》，中国大百科全书出版社 2009 年版，第 257 页。

27

海外翻译家怎样塑造莫言

"Династийных историях",则专指中国的《二十四史》，所以俄译更多地译出了中国色彩。总之，原文旨在强调古往今来天上人间都没有"这样的苦日子"，重点并不在于是"历书"还是"历史"，因此，英、俄译文误译的影响有限。

9. 含意双关的俗语

例上 17

司马粮喊声未了，巫、魏、丁、郭四位便大笑着从蓖麻丛中跳了出来。"他妈的，"巫云雨道，"哪里来的小子，说大话也不怕闪断舌头！"（335）

英：Sima Liang's shouts still hung in the air when Wu, Wei, Ding, and Guo jumped out of the field of castor plants, **laughing loudly.** "Well, I'll be damned. Where did this runt **with all the big talk** come from? **Isn't he afraid of losing his tongue**?"（349）

俄：Слова Сыма Ляна ещё висели в воздухе, когда пресловутая четвёрка — У, Вэй, Дин и Го, — **хохоча**, вывалилась из кустов.

— **Ишь, мать его**, — хмыкнул У Юньюй, — откуда только взялся этакий паршивец! **Речи тут толкает и не боится, что язык-то ему враз отрежут!**（437）

上官金童遭受了村里四个顽童的无情殴打，同样弱小的司马粮赶来"营救"，在行动之前，先撂下一番狠话："……姓巫的姓魏的姓丁的姓郭的！你们这四个王八蛋好好听着，你们躲过了今天，躲不过明天；躲过了初一，躲不过十五！你们伤我小舅一根汗毛，我就让你们家竖一根旗杆！"一般人撂狠话，以简洁明了来直击对手要害，但司马粮这里却滔滔不绝起来，尤其是自己与金童同样弱小，处于劣势，却以暴力之境为舞台，视凶狠对手为听众，自说自话得洋洋得意，一篇啰里啰唆的大话引得对手发笑，引得读者忍俊。话中的折绕辞，一为戏谑喜剧，二为增强语意，这样的曲折缭绕正是司马粮这个人物特有的狂欢化说话方式，很好地诠释了人物

莫言与当代中国文学创新经验研究

的语言个性，令读者一望即知，对此英、俄译者皆完整译出。本例语境中，实力悬殊下这样自不量力的话语引来了对手的哈哈大笑和讽刺。例句俗语中的"大"含有双关[1]意：一指话语的虚夸之大，二指会"闪断"舌头的重量之大。"双关"辞格虽然不为汉语独有，但"大"的双关语意显然不宜直译。英译结合套译（the big talk）和意译，俄译意译，这对于例句中的俗语翻译而言，都是有效的。

以上 17 条例句是 140 条译法明晰的俗语中的代表，我们用数据对比的方式对 140 条译法明晰的俗语分类，两位译者对于译法的选择就更一目了然：

表1　译法明晰的俗语之数据对比表[2]

译法明晰的俗语之数据对比表				
英	直译类 62% （直译 54%，直译 + 解释 2%， 直译 + 脚注 0，半直译 6%）	意译 23%	套译 6%	省略类 9% （省略 5%，半省略 4%）
俄	直译类 71% （直译 54%，直译 + 解释 6%， 直译 + 脚注 5%，半直译 6%）	意译 15%	套译 11%	省略类 3% （省略 2%，半省略 1%）

图1　译法明晰的俗语英译之数据对比图

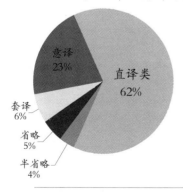

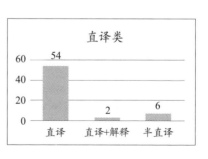

① 双关指借用词语多义的条件，使一个词语或句子同时兼有字面和字外两层意思，并以字外意思为重点。见唐松波等主编：《汉语修辞格大辞典》，中国国际广播出版社 1989 年版，第 489 页。
② 本表对 140 条汉语俗语的统计，因限于篇幅，本书暂不对其一一罗列。

图 2　译法明晰的俗语俄译之数据对比图

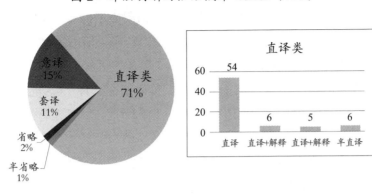

透过上文的例句分析和表、图呈现，已隐约显出一些问题，但为了方便阐述，我们将其合并在下文对俗语的小结中，此处先不表示。

（二）译法复杂的俗语

有些俗语的译文难以简单归类，或出现了比较明显的误译，或存在其他值得单独讨论的情况，为此，我们讨论如下。

1. 译文体现了文化差异

例上 18

说·一·千·道·一·万·，司马库还是个讲理的人（353）

英：**you can say what you want**，but Sima Ku is a reasonable man（366）

俄：**Вот и говорите, что хотите**, а Сыма Ку человек рассудительный（458）

英、俄译对整句话的翻译无误，但将俗语"说一千道一万"译为"你们可以说你们想说的"，这与原文略有不同："说一千道一万"的意思是"说了很多话、在各种各样的说法之下"，而英、俄译皆增加了一层"你可以保留自己的想法"的意思。

其实，"you can say what you want/вот и говорите, что хотите"也是英、俄语中的常用语，而汉语中的"你可以保留自己的想法"并不常现于旧时中国人的口中。虽然我们也有"见仁见智"一说，但总体上讲，中国文化并不尊重每个个体的思想独立性和独特性。中国宗法文化强调集体，弱化个人；而在西方宗教文化中个人直接与上帝联系，强调个人，所以，在这样的文化差异下，例句中俗语与英、俄常用语的含义本质上是不同的。而翻译并不是在真空中进行，英、俄译者精通汉语，但他们首先拥有着自己的文化身份和文化印记，这就会影响译者不经意间的选词酌句。所以，例句所示的译文与原文俗语的不同之处，也许就是这种文化差异不经意的体现。

例上 19

装孙子吧，装吧，上官金童，你这倒霉蛋（544）

英：**Play the role**, Shangguan Jintong, he was thinking, play it to the hilt（519）

俄：Давай, давай, Шангуань Цзиньтун, **действуй по Сунь-цзы**, раз уж ты такой невезучий,...（698）

对于"装孙子"，英译意译为"装那个角色吧"，俄译者则将这个俗语中的"孙子"误解为《孙子兵法》之"孙子"，采用了"孙子"的音译形式（Сунь-цзы），回译为"照着孙子的办法来做吧"，并加脚注提到了《孙子兵法》[1]。

汉语"装孙子"折射出了宗法文化所强调的等级森严、尊卑分明的观念：辈高为尊、辈低为卑，所以自认为孙、装作孙子就是抬高对方，可以达到奉承谄媚之效。而西方宗教文化并不以爷爷辈为尊、孙子辈为卑，那么，这样的文化差异就造成了两个结果：产生了意译的译文，如英译；导致了译者的误读，如俄译。

---

[1] 此处脚注回译为："请见第 85 页的注释"。第 85 页的注释是对"养兵千日，用兵一时"的脚注，请详见后文例上 34。

原文语境是汪银枝为了色诱上官金童而故作楚楚可怜地假哭，金童觉得自己闯了祸，便"装孙子"般央求汪银枝不要哭泣。因为英、俄译都译出了上下文，所以即便俗语"装孙子"的贬义流失掉，也不影响译文对金童的狼狈与无能的体现。

2. 无伤大雅的误译

"是福不是祸，是祸躲不过"是中国人常用的俗语，出现在《丰乳肥臀》中有四处：

例上 20

是福不是祸，是祸躲不过（10）

英：If the signs are good, we'll be all right. If not, there's nothing we can do about it（9）

俄：Коли нету счастья, нету и беды.А как беде прийти, от неё не уйти（25）

例上 21

是福不是祸，是祸躲不过（257）

英："Good luck is always good," Mother said, "and you cannot escape bad luck"（283）

俄：Счастье так счастье, никак не беда, а от беды не уйдёшь никуда（337）

例上 22

是福不是祸，是祸躲不过（637）

俄 ①：Коли счастье — значит, не беда, а коли беда — не сбежишь никуда（810）

① 此例处于《丰乳肥臀》最后一卷"卷外卷：拾遗补阙"，该章被英译者删掉，所以此处无英译。

我们看到，译文皆无误，除了例上 20 中的俄译的前部分"Коли
нету счастья, нету и беды"（如果不是福，那么也就不是祸），于情理
皆不通，是误译（试译为"Коли нету беды,то счастье"）外，之后出
现的两例俄译皆无误，可见例上 20 是俄译者的一时疏忽所致。

例上 23

姓蒋的是棉花里藏针，肚子里有牙（162）

英：With Jiang，it's a needle hidden in **downy** cotton. He's got
teeth in that belly of his（190）

俄：Он что иголка в кипе хлопка—**не ухватишь**, молчит-
молчит, а зуб точит（219）

例句是一组俗语，英译对后半部分直译，对前半部分使用直译
结合加词法："蒋是柔软的棉花里藏针"，增加了"柔软的"（downy）
一词，使译文更易理解；俄译对后半部分套译，意思无误，对前半
部分使用直译 + 解释："他就像一堆棉花里的一个针——你摸不透
他。"汉语"绵里藏针"是指外貌柔和、内心刻毒[1]，俄译虽与此略
有出入，但结合作品语境，用"摸不透"（не ухватишь）来形容蒋
立人也未尝不可。

例上 24

我光棍一个，躺下一条，站着一根，没有什么好怕的。(260)

英：I'm a bachelor，**stiff when I'm lying down and straight
when I'm standing up**. I've got nothing to be afraid of.（286）

俄：А чего мне бояться, я холостяк: **хоть лежмя положи, хоть
стоймя поставь.**[2]（342）

---

① 中国社会科学院语言研究所词典编辑室编：《现代汉语词典》，商务印
书馆 2016 年版，第 876 页。

② 其脚注为："Игра слов: «холостяк» по-китайски буквально «одинокая
палка»."

英译回译为"我是个单身汉，躺下是僵的，站着是直的"，俄译回译为"把我平着放也好，把我竖着放也罢，我都是个单身汉"，并加了脚注："文字游戏：中文'单身汉'的字面意思是'一根棍'。"

原文俗语的逻辑是将"单身汉"比喻为"光棍"，"木棍"又可用"一条""一根"这样的量词来形容，"我"不怕别人威胁，因为"我"光棍一个，躺下站着都是一个，一人吃饱全家不饿，所以没牵没挂，强调"单身一个"。俄译使用脚注说明了原文的逻辑，但没能强调出"一个"之意，在一定程度上流失了原文语意。英译将原文的逻辑和语意都流失了：只译为"我是个单身汉，躺下是僵的，站着是直的"，却没有解释"单身汉"（bachelor）何以是"僵的""直的"（stiff、straight），显得没道理，会使读者摸不着头脑，产生阅读疲惫。难怪有读者说："对我来说，读这本书就像在烈日下赤脚走十英里。"①

例上 25

我不愿给你们当活靶子（253）

英：I'm not about to present myself **as a human target**（279）

俄：очень мне **надо становиться живой мишенью**（333）

司马库被鲁立人俘虏，鲁立人警告他不要妄图逃跑，司马库便称押俘队都是技艺高超的射击手，然后说了例句中这句话。英译无误，俄译则刚好意思相反：在"мне"和"надо"中间少了一个"не"。原因可能有两个，也许是译者无意中漏掉了"не"，也许是译者解读为"我很应该保持活着的状态"，原文重点在"靶子"，若俄译者误解为重点在"活"，那么就会出现如是译文。

---

① Janet Pawelek, Jan 17, 2016, http://www.goodreads.com/book/show/670217. Big_Breasts_and_Wide_Hips?from_search=true&search_version=service.

3. 含有双关字的俗语

例上 26

这维持会会长是日本人的狗，是游击队的驴。老鼠钻到风箱里，两头受气的差事。（69）

英：The head of the Peace Preservation Corps is **a running dog** of the Japanese, **a donkey** belonging to the guerrilla forces, **a rat** hiding in a bellows, **a person** hated by both sides.（96）

俄：Это и японцы будут гонять тебя, как собаку, и партизаны пинать, как осла. Как говорится, мышь забралась в кузнечные мехи—**дует с обеих сторон, —будут на тебе отыгрываться и те и другие**.（96）

英译回译为"这维持会会长是日本人的狗，是游击队的驴，是藏进风箱里的老鼠，是被两边都讨厌的人"，俄译回译为"你将会被日本人像撵狗一样撵，被游击队像踢驴一样踢。正所谓老鼠钻进打铁风箱里——被两头吹气——被两边消遣"。

原文俗语成立的前提是"气"的双关性：既指风箱吹气之具体的"气"，又指挨打受气之抽象的"气"。而英、俄语中的"气"（air/дух）并不与此吻合，因此，要保留原文俗语的逻辑，就需解释"老鼠钻到风箱里"与"两头受气"之间的联系。俄译的处理方法是在"被两头吹气"（дует с обеих сторон）之后增加了隐喻的明示"被两边消遣"（на тебе отыгрываться и те и другие），解释了其比喻义；英译则并不执着于此，而是将"狗""驴""老鼠"直译，最后加上"人被讨厌"（a person hated），形成并列排比结构，读者虽未必理解其中"老鼠"的"苦处"，但在这种结构中，又有"被讨厌"（hated）作解释，也可以明白文意。

然而也有翻译失效的例子，如：

例上 27

咱们骑驴看唱本，走着瞧（510）

英：We'll keep **riding the donkey and singing our song, and see what happens**（498）

俄：А мы, как говорится, **почитаем арию верхом на муле**,—вспомнила она известный сехоуюй①,— **поживём — увидим**（652）

英译回译为"咱们骑着驴唱着歌，看看会发生什么"，俄译回译为"咱们，就像常言说的，骑驴看唱本，——她想起了那句有名的歇后语，——等等再看"。

例句是歇后语，歇后语由两部分组成，"前一部分像谜面，后一部分像谜底"②。对于"骑驴看唱本，走着瞧"这一歇后语，从谜面推出谜底的关键在于"走"与"瞧"的双关性："骑驴"是"走"，"看唱本"是"瞧"，"走着瞧"又可指抽象的"走"生活之路、"瞧"事态发展，这是原文歇后语成立的逻辑。英译没有把这个内在逻辑译出来，读者会不明白"看看会发生什么"（see what happens）为什么一定要"骑着驴唱着歌"（keep riding the donkey and singing our song），于保留原文形象上也无益处。英语中没有汉语"走着瞧"的完全对应词汇，倒不如直接意译为"let's wait and see what happens"。

至于俄译，俄译直译了前半部分，对后半部分采用套译，但套译的选词有误："поживём — увидим"意思是现在还不确定事情如何，只好等等再说，并无如原文那般的威胁语气。其实有一俗语更

---

① "сехоуюй"是"歇后语"的音译，译者加脚注解释了"歇后语"的含义："Сехоуюй— речение из двух частей: иносказание в форме загадки или метафоры и ответ. Считается, что слушатель должен знать вторую часть, поэтому она зачастую опускается."回译为："Xiehou-yu——由两部分组成的常言：以谜语或设喻的形式含有隐意。一般认为听着会明白后部分，所以后部分常常被省略。"

② 中国社会科学院语言研究所词典编辑室编:《现代汉语词典》，商务印书馆 2016 年版，第 1391 页。

符合"走着瞧"的意思："Вот увидим"。另外，俄译中"看唱本"之"看"是"читать"，"等等再看"之"看"是"увидеть"，并不如中文之"看"是一字双关，因此，俄译只译出了字面意思，也没有解释"骑驴看唱本"（почитаем арию верхом на муле）与"等等再看"（поживём — увидим）之间的联系。当然，在原文中，例句俗语并不影响主要情节，所以英、俄译的失误并不影响原文大意，但我们若对译文"锱铢必较"，此处的英、俄译文都是失效的。

4. 别字的误会

例上 28

不争馒头争口气（2012：513）

英：I'll **fight** over a good showing, but not over bread（501）

俄：Не хлебом единым, как говорится（655）

英译回译为"我会为体面但不会为面包而斗争"，俄译则套译了俄语俗语"人不只为了面包而活"（Не хлебом единым жив человек）。

原文中的"争"是一个别字，应为"蒸馒头"之"蒸"，再由其与"争"的谐音来引出"争气"。英译者也许是被这个别字误导而译为"斗争"（fight），但呈现出的译文也能自圆其说并契合语境，由此也可见语言本身是极有弹性的，这也正是语言之美的所在吧。

俄译套译了俄语俗语，有益于译文的流畅，但将"馒头"替换为"面包"（хлеб）似有不妥，因为中国的主食"馒头"与俄国的主食"面包"从做法到文化色彩都殊不相同，而且高密远非受俄罗斯影响而喜食"大列巴"①的哈尔滨，所以，如此俄译，就或多或少改变了原文的饮食文化色彩。

---

① "列巴"一词为俄语"хлеб"（面包）的音译，哈尔滨"列巴"外形硕大无比，因此冠之以"大"。

5. 巧妙的套译

例上 29

霍丽娜的高足，也不过如此，三脚猫，布老虎，纸灯笼，花枕头！（424）

英：Is that the best Huo Lina's prize student can do? **A three-legged cat, a paper tiger, a dim lantern, an empty pillowcase**.（421）

俄：И это всё, на что способен лучший ученик Хо Лина — **игрушечный тигр, бумажный фонарь, узорная подушка**!（546）

英译为"三腿猫，纸老虎，昏暗的灯笼，空枕头套"，俄译为"玩具老虎，纸灯笼，带花纹的枕头"，删掉了"三脚猫"。

对于"三脚猫"，英语中含有与"三脚猫"相近意思的是俗语"Jack of all trades and master of none"，但英译没有进行套译而使用了直译，原因也许有三：第一，为了避免如套译文般毫无新意的陈词滥调；第二，为了避免出现英文常用人名"Jack"一词而与原文文化语境相冲突；第三，直译以保留原文形象。俄译则省去了"三脚猫"，也许是因为译者认为直译为"三腿猫"会显得莫名其妙。

对于"布老虎"，英译改为"纸老虎"，俄译为"玩具老虎"。俄译的"玩具老虎"与原文意思相近，形象单纯易懂，无须赘言；有趣的是英译：名言"一切反动派都是纸老虎"（All the reactionaries are the paper tiger）经由记者传到西方后，"paper tiger"就逐渐在英语世界流行起来。所以，英译者这里信手拈来顺势而译，既可表达原文语意[1]，又可体现中国色彩，又不会显得陌生而妨碍读者阅读。

对于"花枕头"，中国枕头的传统做法是内装蚕沙、荞麦皮，因此用"花枕头"比喻外表光鲜内在空虚、徒有其表的人。然而，译入语读者未必能够通过"枕头"的字面意思理解出内涵意义，所

---

[1] 例句所在语境是八十年代，晚于"paper tiger"产生的时间（1946年），所以英译无误。

以，俄译直译为"带花纹的枕头"，读者仍有可能不明所以；英译转化为"空枕头套"，增加了"空的"（empty），使隐喻明示。

（三）俗语小结

通过上文对俗语的例句分析和图表对比，我们可归纳出以下八点内容。

第一，对于俗语英、俄译皆以直译为主。

据表1、图1和图2可知，英译直译类占62%，俄译直译类占71%，这样的比例是很高的，而且其中不乏既保留了原文形象又保留了押韵特点的佳译，如例上12。英译这样高的直译比例是否能够在一定程度上反拨"葛浩文改写莫言"之说？单一俗语不具说服力，请见后文中对于成语的讨论。

另外，英、俄译直译之多原因在于，俗语的形象意义和隐含意义比较接近其字面意义，译者只需直译字面，读者便可理解，上下文的存在也可帮助读者推断其意。其中有些直译实属妙译，既保持了原文形象，又译出了俗语押韵的语言特点（如例上12的英、俄译）。直译的好处很明显：首先，俗语多包含着丰富的中国文化元素，直译可以介绍中国文化信息，使译文具有新鲜的异域色彩，可以满足译入语读者的好奇心理；其次，直译可避免使用过度归化的词语而导致译文与原文文化语境相冲突；再次，作品俗语中的形象生动风趣，直译可保持原文语言的生动性；而且其原型多是农家风物，是莫言创作的"乡土在地性"的体现，那么，直译便可传达原作风格。

第二，英、俄译皆进行了适当的意译。

因为作品中俗语多取材于农业，而英语习惯于与海洋文明有关的俗语，俄语介乎汉语和英语之间，所以，有时译者会考虑到译入语文化的可接受性和译文的可读性，而进行一定的意译。另外，有些俗语字面意思并不易懂，或涉及中国复杂的姻亲关系，这也是导致译者使用意译法的原因。从效果上讲，对俗语意译的好处在于可使译文流畅，弊端是会丢失原文的形象、生动性和文化信息。

第三，英、俄译皆进行了适当的套译。

英、俄译文中都存在一定的套译，其中有些十分巧妙，如例上13的俄译和例上12的英译。套译的好处在于可使译文亲切易懂，而且因为俗语原本就是人们的日常口语，译者直接套译为译入语中的习惯用法，更显其口语化、不刻板，这可以传达原文的乡土风格，反而是对原作的忠实。

另外，套译这种方法也存在风险：若套入译入语中文化色彩强烈的词语，便会造成文化错位。好在本章中并没有这样的译文。

第四，英、俄译皆有少量的省略。

如前文所述，在文化差异影响下，取材于农业的俗语对于英语读者会比较陌生，汉语俗语的对偶结构在英、俄语中都比较少见，而且其中对仗的两部分多为意思重叠，另外，还有些俗语的字面意思并不易懂，因此，为了不影响译文的可读性，英、俄译者皆进行了少量的省略。

第五，英、俄译皆进行了一定的改动或解释。

对一些对译入语读者来讲不熟悉的农作物形象（如例上5的英、俄译）、中文特有的双关字（如例上26的英、俄译）、来自中国独特血缘文化的俗语（如例上7的英译）、不易懂的比喻（如例上29俄译）、对译入语读者来讲太过陌生的说法等，英、俄译者皆根据具体情况及译入语语内习惯和特点，进行了小幅度的改动，或使用替代，或加词解释，或调整结构，或隐喻明示，以使译文晓畅明白。

第六，英、俄译皆存在少量的误译。

英、俄译对俗语的误译有以下三种情况：其一，由文化差异所致。宗法文化和宗教文化之间的文化差异会体现在俗语中，而英、俄译者都来自与中国宗法文化大相异趣的宗教文化，所以，有时译者的思维定式会在无意间导致一定的误读和误译（如例上18英、俄译和例上19俄译）。其二，有些俗语所含历史较远、典故较深，或有一字多义和双关语，这都是翻译的障碍；另外，因为汉语属于表意文字而非表音文字，人们区别语义主要依靠字形而非字音，所以，几乎每一个汉字都有谐音字，谐音就常被用于我们的日常口语以图诙谐有趣、言短意深，《丰乳肥臀》中也有一些这样的谐音俗语，那么，这就给翻译造成了较大难度，不易有合适的译法。那么，当译者不熟悉或一时疏忽、误读时，就会出现误译（如例上16）。其三，原文的别字也会误导译者（如例上28英译），这种情况自来有之，就如同译者难免疏忽而误译，在一部长篇小说中作者也难免会产生脱误①。

不过，总的来说，因这些被误译的俗语并非构成语境的唯一关键，而且译者皆如实译出了上下文，所以，这些误译都影响不大。

第七，以上是英、俄译者对《丰乳肥臀》中俗语翻译的相同之处，其不同之处我们分为两点来论。

首先，俄译的直译多于英译，同时相应地，英译的意译和省略多于俄译（如例上10和例上11）。

俄译的直译＋脚注有5%，而英译未尝使用脚注法。这已隐约体现出一定问题，我们将结合下章对成语的分析详论。

其次，俄译的套译占比多于英译，部分原因是在地理条件和文化差异下，原文中有些俗语在俄语中存在对应的表达，如例上4。

第八，观察比较英译意译／省略的语句和俄译意译／省略的语句，笔者并没有看出英、俄译在意译／省略的选择对象上有何不同。只能说，对于俗语，两位译者都以直译为主、适当意译或省略。因此，在俗语翻译的范围内，我们认为，两位译者对意译／省略的对象的选择，具有偶然性和随机性。那么，对成语的翻译是否也如此？请看后文的论述。

---

① 如钱锺书先生曾就《围城》外译之事坦言道："这部书初版时的校读很草率，留下不少字句和标点的脱误，就无意中为翻译者安置了拦路石和陷阱。"（钱锺书：《围城·重印前记》，人民文学出版社1991年版）

二、成语

上一节说的是俗语，作品中俗语所含形象多单纯鲜明、通俗易懂，所以英、俄译者皆以直译为主。然而，成语不同于俗语的地方在于成语一般多是典故，"有些成语必须知道来源或典故才能懂得意思"①。汉文化和汉语源远流长，经过数千年的积累，有些成语的含义远不止于表面，字面意思远不足以传达隐含意义。中国读者尚且需要"知道来源或典故才能懂得意思"，外国读者又将如何？与丈夫杨宪益合译《红楼梦》的英籍翻译家戴乃迭说："我感到困难的是把中国的四字成语译成英语。每一个四字成语都有非常丰富的内在含意，可能其中还包含着一个典故。但是，一旦译成英语或用英语作解释时，可能就需要用一个或两个句子来表达，即使如此，仍旧不能表达出原文所有的气魄和分量。"②《丰乳肥臀》中也有很多这样的成语，比如"惊鸿照影""盗钩者贼，窃国者侯"，都含有深厚的典故来源和文化内涵，而且，这些成语或者隐喻幽美，或者颇具分量，都体现着汉字的美学魅力，那么，葛浩文、叶果夫先生又是怎样处理的呢？我们将在本节讨论③。

同上一节中的俗语一样，作品中成语的翻译，也有些译文译法复杂、难以简单归类，所以，以避混杂，我们先呈现5条译法简单的成语，后分析11条译法复杂的成语。

① 中国社会科学院语言研究所词典编辑室编：《现代汉语词典》，商务印书馆2016年版，第160页。
② 转引自王佐良：《翻译：思考与试笔》，外语教学与研究出版社1989年版，第83页。
③ 汉语中有些四字结构或四字格形象浅近、通俗易懂，比较接近于俗语，但为了一目了然，我们这里也归为"成语类别"。

莫言与当代中国文学创新经验研究

（一）译法明晰的成语

1. 灵活而译

有一组成语在原作中出现了两次，英、俄译文都为意译，但意译的译文却因成语所在语境的不同而不同：

例上 30

老少爷们，各位兄弟，你们跟着我司马亭狐假虎威，偷鸡摸狗，打架斗殴，撬寡妇门，掘绝户坟，做了多少伤天害理之事？（60）

英：Brothers, I have tolerated your bullying tactics, your **thievery**, your fights, your taking advantage of widows, your grave-robbing, and all the other sins against heaven and earth.（87）

俄：Значит, так, братва: вы под моим покровительством немало дел натворили — **кражи**, драки, вдовушки оприходованные, могилы ограбленные… Много в чём повинны перед небом и землёй.（85）

例上 31

偷鸡摸狗的小毛贼当然不光彩，但像沙枣花一样当一个江洋大盗却值得赞许。（453）

英：There was no honor in being **a common thief**, of course, but someone like Zaohua, a thief for all ages, was worthy of high praise.（450）

俄：**Воровать по мелочам** — да, это чести не делает. А вот стать благородным разбойником, как Ша Цзаохуа, достойно уважения.（583）

首先，对于以上两例中的"偷鸡摸狗"，英、俄译者都进行了意译，因为对于这里的意象若刻求保留，则为"steal chickens and touch dogs"之类，会显得十分可笑。值得注意的是，虽然都为意译，但在例上 30 中，英、俄译者都使用名词"偷窃"（thievery/кражи）来一带而过，而在例上 31 中，英、俄译文却都比前者复杂：英译为"一个普通的毛贼"，俄译为"偷些零碎"。联系起例词所在的语境，我们便会发现，译者这样对于同一词而翻译不同是由语境所致。在例上 30 中，"偷鸡摸狗"是众多排比即人物所干的坏事之一，与上下词汇是并列关系，若译得太复杂则会使译文十分啰唆，因此英、俄译者皆选用一个名词一笔带过，而且语句结构整洁，很有节奏，尤其是俄译文中两个名词和两个名词 + 被动形动词词组的形式，整齐上口，颇得原文的神韵；而例上 31 中"偷鸡摸狗"却有着与"江洋大盗"相对比的作用，如果简单译为"偷窃"则会显示含糊，因此译者点明其"普通"（common）或"零碎"（мелочь）的含义以突出原文语义。正如论者所言："起决定作用的永远是上下文，是具体的情况。……文艺作品的翻译，因为它是艺术，所以尤其不能容忍千篇一律的解决方案。"[1] 英、俄译者投入文本，用心而译，在不同的语境中自然而然产生了合适的翻译语感，进而采取灵活的解决方案，使得译文贴合语境，流畅自如，可谓水到渠成。

2. 由文言文之难导致的误译

例上 32

大丈夫一言既出，驷马难追。（513）

英：When a true man **says he's setting out**, a team of four horses can't hold him back.（501）

俄：у истинного мужа **слово не воробей**.（655）

英译回译为"当大丈夫说自己要出发时，四匹马也难把他追回"，俄译套译了俄语谚语"слово не воробей, вылетит – не поймаешь"（言语不是麻雀，言语飞出去就捉不回来了）。

---

① 蔡毅、段京华：《苏联翻译理论》，湖北教育出版社 2000 年版，第 22 页。

俄译无误。英译显然是误读了"一言既出"。这一方面是由于汉语文言文的难度，二则由于汉语语法的模糊。与印欧语言的依靠时态变化（如例句英译文中的"says"）、词形变化（如例句英译文中的"setting"）、词数变化（如例句英译文中的"horses"）以及数量较多的连词（如例句英译文中的"when"）来构成语法规则、表达语句含义不同，汉语没有上述变化，连词较少，换言之，俄语属于与分析语相对立的屈折语，英语是屈折语和分析语的综合，所以英、俄语的语法都远比汉语严谨。那么，英、俄译者从语法模糊的汉语译向语法严谨的英/俄语，有时难免会因疏忽而误判。

但如此英译文也算契合语境：上官金童被耿莲莲骂了个狗血淋头，便悻悻离开，之后无家可归，又生出了回去乞求耿莲莲原谅的心思，但马上想到了例句中的熟语以激励自己……所以英译所含的"说出发就出发"之意，也算无心插柳，是个"美丽的错误"。

例上 33

盗钩者贼，窃国者侯。（149）

英：He who steals **hooks** is a thief. He who robs a nation is a nobleman.（177）

俄：Вором считают укравшего **рыболовный крючок**, а те, кто разворовывает страну, — благородные люди.[1]（203）

英译回译为"偷钩子的人是贼，抢夺一个国家的人是贵族"，俄译回译为"偷鱼钩的人被认为是贼，偷国家的人就是贵族"，并加了脚注："引自古代哲学家庄子的论著"。

原文语出《庄子·胠箧》"彼窃钩者诛，窃国者为诸侯；诸侯之门而仁义存焉"，其中"钩"不是普通的钩子，更不是鱼钩，而是"衣带上的钩"[2]，代指腰带。所以，英、俄译文在对"钩"的翻译上皆有误，这种误译一是缘于中西服饰上的差异，二来是因为原文引自中国古代文言文，对于母语非汉语的译者来讲，文言文是有一定的难度的。面对原作，译者首先是读者，译者由于不熟悉或疏忽而产生误读，进而也就导致了误译。虽然在语境中这个误译的影响不大，但涉及古籍文献含义，这个错误还是很明显的。

3. 由典故之盛名导致的误译

例上 34

养兵千日，用兵一时。（60）

英：One trains soldiers for a thousand days, all for a single battle.（86）

俄：Но, как говорится, войско обучают тысячу дней, а ведут в бой единожды.[①]（85）

本例中英、俄译文直译无误，有误的是俄译的脚注内容：脚注回译为"引自中国古代军事理论家孙子的论著《兵法》。事实上，例词并非出自《孙子兵法》，而是来源于唐代李延寿所撰的《南史·陈暄传》[②]。但在西方，中国的《孙子兵法》的知名度要远远高于《南史》，其在译者的"前理解结构"中印象鲜明，因此译者看到例句，便首先联想到了《孙子兵法》，由此误译。

以上是对 5 条值得注意的成语的单独讨论，《丰乳肥臀》中共有 98 条译法明晰的成语，其数据比例如下：

---

① 其脚注为："Цитата из трактата древнекитайского военного теоретика Сунь-цзы «Искусствовойны»."

② （唐）李延寿《南史·陈暄传》："兵可千日而不用，不可一日而不备。"后有（元）马致远《汉宫秋·二折》："我养军千日，用军一时，空有满朝文武，那一个与我退的番兵？"参见朱祖延编：《引用语大辞典》，武汉出版社 2000 年版，第 775 页。

表 2　译法明晰的成语之数据对比表

语言文化负载词之成语之数据对比				
英	直译类 28% （直译 25%，直译 + 解释 0，直译 + 脚注 0，半直译 3%）	意译 55%	套译 6%	省略类 11% （省略 8%，半省略 3%）
俄	直译类 41% （直译 26%，直译 + 解释 4%，直译 + 脚注 6%，半直译 5%）	意译 43%	套译 12%	省略类 4% （省略 2%，半省略 2%）

图 3　译法明晰的成语英译之数据对比图

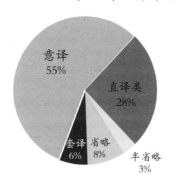 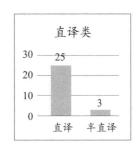

图 4　译法明晰的成语俄译之数据对比图

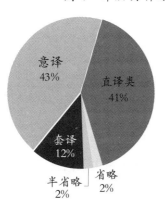 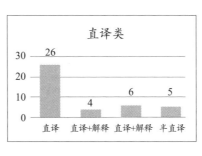

对于译法明晰之成语译文的情况总结我们将在后文本节小结中进行。

（二）译法复杂的成语

除了上述译法明晰的成语，笔者还找出了 11 条译法复杂的成语如下。

1. 含有暗喻的成语

例上 35

蒋说："马老先生，您熟读经书，深明大义。我们是挥泪斩马童。"（149）

英：you **have read many books** and have a firm grasp of right and wrong…（177）

俄：вы **хорошо знакомы с классическими книгами** и глубоко постигли принципы справедливости…（203）

对于"熟读经书"，英译为"读过很多书"，俄译为"熟读经典书籍"。

例句是处决马童后，蒋立人对曾为举人的马童的爷爷所说的话。浅见以为，"熟读经书"中的"经书"应指儒家经典，原因有三。第一，马童的爷爷在清朝时曾中过举人，而科举制度的考察依据便是儒学思想，想必儒家经典是一个举人首要"熟读"的书。第二，蒋立人处决马童是托言于像孔明"挥泪斩马谡"那样的顾全大局，而这种牺牲个人以全大局、强调舍生取义的观念，恰恰是儒家思想的内核之一。蒋立人先赞对方"熟读经书"，意在以儒家道义为托词，将对方抬至道义高位，使对方无话可说。第三，有词典将"经书"解释为"儒家经传"，这种描述也可供我们参考。

---

① "经书指《易经》《书经》《诗经》《周礼》《仪礼》《礼记》《春秋》《论语》《孝经》等儒家经传，是研究我国古代历史和儒家学术思想的重要资料。"中国社会科学院语言研究所词典编辑室编：《现代汉语词典》，商务印书馆 2016 年版，第 665 页。

由此观之，我们如果将"熟读经书"试译为"have read many **Confucian classics**/вы хорошо знакомы с **Конфуцианские классики**"，那么，对之后的"深明大义"的翻译，如例句译文般译为"牢牢把握正误之分（英）/ 深明正义准则（俄）"，便可更好地契合语境、呈现中国儒家文化色彩。

当然，这只是笔者的刍荛之见，对于这种有可能带有隐含意义但作者并未明示的语句，如例句译文般对原文进行照直翻译，尤其是俄译译出了"经典的"（классическими）一词，也是可行的。因为这样直译，一来可以避免因添词造成的超额翻译，二来可以留给读者充足的解读空间，尊重读者的解读权利。

例上 36

丁翰林家那一片苍松遮日的墓地里，……崔凤仙……敲击着表彰着丁翰林嘉言懿行的青石墓碑。（358）

英：in the **Scholar Ding** family graveyard in the dense pine grove beyond White Horse Lake, ...with its carved commendation for his **heroic deeds**.（372）

俄：на заросшем соснами семейном кладбище учёного из **Ханьлинь**①,...в камне восхвалялись его **золотые слова и выдающиеся деяния**.（465）

对于"嘉言懿行"，英译回译为"英勇的行为"，俄译回译为"极好的言语和出色的行为"。

"嘉言懿行"中"嘉言"出自《书·大禹谟》："允若兹，嘉言

---

① 其俄文脚注为："*Ханьлинь*— академия, основанная танским императором Сюньцзуном (VIII в.) для контроля за чиновничьими экзаменами, а также для поддержания **конфуцианской морали**." 回译为："Hanlin——研究院，唐 Xuanzong 时（八世纪）创立以监督官员考试，同时维护儒家道德。"

阁攸伏，野无遗贤，万邦贤宁。"[1] "懿行"出自《旧唐书·柳公绰传》："实艺懿行，人未必信；纤瑕微累，十手争指矣。"[2] 后来，"嘉言"与"懿行"合为一个成语，指"有教育意义的言语和美好的行为"[3]，如"若夫公之嘉言懿行、善政遗爱，盖有不胜书者[4]"等。对于这个成语，我们若稍作穿凿，可解读出两层内容：（1）中国文化对于言语的重视。中国文化极其强调言语、话语的重要性，子曰"有德者必有言（《论语·宪问》）"，传云"太上有立德，其次有立功，其次有立言，虽久不废，此之谓三不朽（《左传·襄公二十四年》）"，那么，"嘉言"便也是一种体现。（2）中国文化对于言语、进而对于行为的控制。对于言语的重视也就同时意味着对于言语的控制，而其背后是对行为的控制。中国文化以儒家思想为正统，主张"名不正则言不顺，言不顺则事不成"，将人的"名、言、事"都控制在"正、顺、成"的典范之下，带有浓厚的规训色彩。何以如此？也许可以追溯至中国文化的起源：与起源于海洋文明、发展于工业文明的西方文化不同，中国文化起源和发展于农业文明。农业文明是播种与收获、子嗣与传承、集体与封闭、重复与稳固，正如冯友兰先生指出："'农'只有靠土地为生，土地是不能移动的，作为'士'的地主也是如此。……他只有生活在他祖祖辈辈生活的地方，那也是他的子子孙孙继续生活的地方。"[5] 所以，中国传统文化不需要人们去历险征战，而要求人们沉稳地生活在土地上"立德、立功、立言"，立下"嘉言懿行"。

那么，回到例句语境中，我们分为两层来看：第一层，"丁翰

---

[1] 朱瑞玟编著：《成语探源辞典》，首都师范大学出版社 2008 年版，第59 页。

[2] 朱瑞玟编著：《成语探源辞典》，首都师范大学出版社 2008 年版，第59 页。

[3] 王涛等编：《中国成语大辞典》，上海辞书出版社 1987 年版，第 589 页。

[4] 语出（宋）刘克庄《西山真文忠公行状》，参见朱瑞玟编：《成语探源辞典》，第 59 页。

[5] 冯友兰：《中国哲学简史》，涂又光译，北京大学出版社 2013 年版，第 21 页。

林"的"嘉言懿行"。例句中的"嘉言懿行"是用来表彰"丁翰林"的，对于"丁翰林"作者虽无交代，但历史上，翰林院产生于中国古代科举制度，至清代时，翰林院的侍讲、编修等属官统称为"翰林"。如此，可想而知，"丁翰林"的"嘉言懿行"，大抵就是宣扬伦理陈规的载道之言、实施封建纲常的典范之行。第二层，语境中人物的所言所行。例句所在是崔凤仙与司马库的幽会情景。崔凤仙说"你在前头一摇尾巴，我就像母狗一样，跟着你跑了[①]"，司马库说"女人是好东西[②]"，诸如此类，暧昧的调情话，非婚的性行为，显然有违"嘉言懿行"。那么，这样的环境描写和情节设置，就构成了一种对于"嘉言懿行"的反讽，消解了这个成语在语境中的正统色彩和训诫意义。其实，对于传统文化中封建伦理观念的讽刺和消解，贯穿了《丰乳肥臀》全书。且看本例句，译者有无译出原文的讽刺效果呢？

先看英译。英译省略了"嘉言"，将"懿行"译为"英勇的行为"（heroic deeds），同时将"翰林"简化为"学者"（scholar）。显然，若结合"嘉言懿行"的两层文化背景，并从传达原文反讽效果上考察，英译是失效的。再看俄译。俄译将"嘉言懿行"译为"极好的言语和出色的行为"（золотые слова и выдающиеся деяния），音译了"翰林"（Ханьлинь）并加脚注："Hanlin——研究院，唐Xuanzong 时（八世纪）创立以监督官员考试，同时维护儒家道德"。如此看来，俄译的直译＋脚注法，更能确切地表达原意、传达国情文化。

例上 37

（大姐）看到既让她惊心动魄又让她心旌摇荡的情景：……烛光晃晃，肉影翩翩。（173）

英：what she saw nearly **made her soul take flight** and **her heart**

---

① 莫言：《丰乳肥臀》，作家出版社 2012 年版，第 358 页。
② 莫言：《丰乳肥臀》，作家出版社 2012 年版，第 358 页。

51

stop.（201）

俄：открывшаяся перед ней картина **ужаснула её и потрясла**.
（233）

上官来弟准备夜袭行刺蒋立人，但到达蒋立人处却撞见蒋与上官盼弟正行周公之礼，作者用"既让她惊心动魄又让她心旌摇荡"描写来弟的心理活动。我们知道，上官家的女儿远不是三贞九烈，作品中多有对她们的情欲描写，一来是通过描写力比多表现人物的生命力，二来是通过描写女性性欲颠覆男权制度。那么，此例中同时出现"惊心动魄"和"心旌摇荡"，一方面表现来弟骤见蒋之下的吃惊，另一方面也暗指看到春光画面引起了她自己的心摇神荡。

对这两个成语，英译回译为"使她的魂魄飞走、心跳停止"（made her soul take flight and her heart stop），俄译回译为"使她惊恐和震荡"（ужаснула её и потрясла）。对比发现，英译同原文一样单纯描写"魂魄"和"心"的反应而未及其他；俄译则去掉了"心"和"魄"的形象，而替换为人物的心理状态："惊恐和震荡"。这样看来，首先英译能够接近与原文等值的效果：不明示人物心理，只作侧面描写，将解读空间留给读者。俄译虽然替换为形容性的动词，但将"震荡"与"惊恐"并置，"震荡"是个中性词，既可理解为"震惊"，又可理解为如原文般的"心旌摇荡"。因此，俄译也并不算偏离原文。

例上 38
菩萨显灵，天主保佑，上官家双喜临门！（8）

例句是上官鲁氏将要生产时婆婆吕氏所做的祝祷，其时上官家的母驴也要生小骡，因此吕氏请求神灵保佑"双喜临门"，"双"指保佑鲁氏生个男孩和母驴顺利生下小骡。根据作品，此话果然应验，后来鲁氏生下了上官金童，母驴生下了小公骡，二者都是"男性/雄性"，构成了彼此呼应的关系，谓之"双喜"。回看作品，也

莫言与当代中国文学创新经验研究

有铺垫，如母驴生产后，吕氏这样给鲁氏鼓劲："咱家的黑驴，生了一匹活蹦乱跳的骡驹子，你要是把这孩子生下来，咱上官家就知足了。"① 又如金童出生百日后，鲁氏抱着他去马洛亚处，正值母驴被马洛亚借来推磨，而小公骡也尾随至此，而译者似乎并没有注意到这种呼应和"双喜"，如英译者误译了小骡的性别：

樊三扶起它，道："……马是我的儿，小家伙，你就是我孙子，我是你爷爷。"（30）

英："Good **girl**," he said. "…The horse is my son and you, little one, you're my **granddaughter**."（29）

俄：…Племенной — мой сынок, а ты, **малец**, стало быть, **внучок** мне, а я тебе — дед.（49）

英译误译为"好姑娘"和"孙女"（girl，granddaughter），俄译无误。而之后作品又涉及了小骡的性别，这时英译又译成了"雄性"：

它与我同年同月同日生，与我一样，也是雄性。（81）

英：It had been born on the same day as I, and it too was a **male**.（109）

俄：Он появился на свет в один день со мной, тоже **мальчик**.（112）

俄译无误，英译这里又译为"male"，可见前例是译者的疏忽所致。

言归正传，回到"双喜临门"这个成语，译文如下：

英：**Great joy** will soon befall the Shangguan family!（7）

俄：…да снизойдёт **премногое благословение** на

---

① 莫言：《丰乳肥臀》，作家出版社 2012 年版，第 41 页。

семью Шангуань!（23）

英、俄译皆回译为"很多福气来到上官家"。

原文中的"双喜"，一来暗示着如上文所述的金童和小公骡，二来是中国文化的体现：中国文化讲究对称和谐、成双成对，汉语中有很多带"双"的成语，如双宿双飞、文武双全、德艺双馨等，中国人希望好事成双，所以才会有"双喜临门"一词。但这样的审美观念在西方文化中并不显著，而且译者也没有注意到例句中"双"字的意味，因此，英、俄译都没有译出"双喜"之"双"。不过，纵观作品，金童与小公骡的对应结构也非至关重要，第十四章开头交代小公骡在日军第二次入侵时被抢走，之后便再没出现，它并不算是作品的重要意象，因此，英、俄误译的影响有限。

例上 39

司马粮和沙枣花像金童玉女，站在草桥附近喊叫。（335）

英：Sima Liang and Sha Zaohua stood by the footbridge, calling out **blindly**, **like Yunü often did**.（348）

俄：Сыма Лян с Ша Цзаохуа стояли у каменного мостика и звали меня **вслепую**, **как Юйнюй**.（436）

对"像金童玉女"，英、俄译皆误译为"像玉女那样盲目地喊叫"。

在灌木丛中，上官金童正被村中几个逞凶行恶的青年殴打的时候，司马粮和沙枣花过来呼喊、寻找他。"金童玉女"源自道教，"道家指侍奉仙人的童男童女，后泛指天真无邪的男女孩童"[1]，这个成语被作者用来形容司马粮和沙枣花并肩而立的样子，我们也可以看作是为后来沙枣花相思司马粮做的铺垫，所谓"草蛇灰线，伏脉千里"。但遗憾的是英、俄译者都误判为上官玉女，并且增加了"眼盲地"（blindly/вслепую），虽然也能自圆其说，但对于"金童

① 王涛等编：《中国成语大辞典》，上海辞书出版社1987年版，第531页。

玉女"这个成语，英、俄译都误译了。

2. 仿拟的成语

例上 40

大姐说，"这是关系千军万马的大事，您别犯糊涂啊。"母亲说："我糊涂了半辈子了，千军万马万马千军我都不管，我只知道枣花是我养大的，……"（156）

英："…this involves **thousands of troops and their mounts**, so don't interfere." "I've interfered in things half my life already. **Thousands of troops and their mounts or thousands of horses and their riders**, it doesn't matter to me. …"（183）

俄：—Мама, речь идёт о **жизни и смерти тысяч людей**, дело серьёзное, оставьте уже свои глупости.

—Я полжизни прожила со своими глупостями, и мне нет дела до **всех этих солдат с конниками и конников с солдатами**. Одно знаю:…（212）

沙月亮与蒋立人交战期间，来弟潜回上官家要求带走沙枣花以免她被当作人质，但上官鲁氏不舍得孩子，来弟恐怕鲁氏的固执会耽误军情，例句便是来弟劝鲁氏的对话。其中鲁氏说的"万马千军"是对来弟说的"千军万马"的仿拟和序换[1]，作者通过这样环环紧扣、错落有致的人物对话，表现出鲁氏不管其他只不舍得孩子的心理。

对于这种成语仿拟和序换，英译直译为"thousands of troops and their mounts"和"Thousands of troops and their mounts or thousands of horses and their riders"，译出了原文的语言仿拟，同时也使译文呈现出一种幽默色彩，表现人物心理的同时也增强了译文的趣味性；俄译将来弟的台词译为"千人的生死"（жизни и смерти тысяч людей），

① "为达到某种表达效果而作的词序的相互调换，这种修辞手法叫序换。"（谭永祥：《汉语修辞美学》，北京语言大学出版社1992年版，第170页）

将鲁氏的台词译为"所有这些战士与骑兵和骑兵与战士"（всех этих солдат с конниками и конников с солдатами），这就没能体现出鲁氏对来弟的仿拟，也就没能表现出作者的仿造修辞，也使鲁氏的台词显得突兀没来由。

3. 幽默的成语

例上 41

我把头往右一歪，便叼住了她左边的乳头；我把头往左边一歪，便叼住了她右边的乳头。这是真正的左右逢源。（79）

英：It was **a double-sided advantage** worthy of the name.（107）

俄：Вот уж поистине — **со всех сторон ждёт успех**.（110）

"左右逢源"原指"做事顺利无阻，或喻人处事圆滑"[1]，这里作者使用"别解"[2]的辞格，表示金童往左往右都可逢遇乳汁的源泉，颇具幽默感。对于此，英译回译为"双面优势"，俄译回译为"各方都成功可待"。英、俄译虽无法译出原文的"别解"辞格，但结合语境，两个译文都是正确的，且同样营造了幽默感。

4. 形象色彩在译入语中相反的成语

例上 42

面对着水缸中的娇羞处女，她的眼睛里流露出忧郁之光。她手挽青丝，挥动木梳，惊鸿照影，闲愁万种。沙月亮一瞥见她，便深深地迷上了。（72）

---

① 王涛等编：《中国成语大辞典》，上海辞书出版社 1987 年版，第 1811 页。

② "运用词汇、语法或修辞等手段，临时赋予一个词语以原来不曾有的新意，这种修辞手法叫别解。这里所说的词汇手段，是指字（词）的多义；语法手段，是指改变词性或结构层次；修辞手段，包括比喻、谐音等等。"（谭永祥：《汉语修辞美学》，北京语言大学出版社 1992 年版，第 113 页）

莫言的文学创作风格独具：粗粝的、乡野的、生猛庞杂的，令人读来屏气、想来窒息的描写。正如张志忠先生所说，莫言的艺术感觉"带着它的原始和粗糙，带着它的鲜味与腐味，泥沙俱下、不辨泾渭，具有朴素、自然、纷至沓来和极大的随意性"①。这在《丰乳肥臀》中也有很多体现，但同时，这部立体丰富的杰作，还有很多内容文辞古雅、阳春白雪，比如例句。

例句描写上官家"有女初长成"，来弟的娉婷美姿深深吸引了沙月亮。其中有两个地方值得注意：第一，来弟"面对着水缸"梳头，眼里露出"忧郁之光"，想到了"闲愁万种"。这是在说待字少女看到自己在水中的美丽倒影，产生了缱绻春思。其中"面对着水缸"是关键，否则难表顾影自怜之意。第二，"惊鸿"语出曹植《洛神赋》中"翩若惊鸿"，后被陆游引为"惊鸿照影"（《沈园》诗），在例句中形容来弟的轻盈婀娜之态。那么，这两点内容在译文中是如何呈现的呢？

先看英译：

Rays of melancholy issued from the eyes of the lovely yet bashful young virgin as **she gazed into the water vat** and stroked her silken locks with a wooden comb, her **graceful reflection** displaying myriad melancholies. Sha Yueliang was shaken to the depths of his soul. （100）

第一，对于上述第一点内容，英译将"面对着水缸中的娇羞处女"译为"她向水缸中凝视"（she gazed into the water vat），虽然省去了原文中的宾语（即自己的倒影），但英译保留了相关语意，可以说是与原文等值的。第二，对于"惊鸿照影"这个成语，英译省去了"惊鸿"的意象，改译为"曼妙的倩影"（graceful reflection）。"鸿"指大雁，在英语中为"wild goose"，如电视剧《甄嬛传》被剪辑制作为美国版后②，其中的"惊鸿舞"就被译成"Flying Wild Goose"。然而不幸的是，"goose"一词在英语中还有一层引申含义：

---

① 张志忠：《莫言论》，北京联合出版公司 2012 年版，第 3 页。

② 其英文剧名为"Empresses in the Palace"，于 2015 年 3 月 15 日登陆美国 Netflix 电视网站。

海外翻译家怎样塑造莫言

57

"傻瓜"，远不是中文"鸿"这等美丽意象，若直译只怕会显得可笑，给读者造成困惑。也许英译者正是考虑到这一层，所以将其省去不译。第三，英译文中的"silken"是文雅的书面语，"locks"也是如此，它与"hair"这个普通名词相对，常用于诗歌。看英译整句话，也是非常唯美的表达，可回译为："对着水缸用木梳轻划柔发时，这个娇羞处女的眼里流出忧郁之光，她曼妙的倩影映现着无数愁思。沙月亮的灵魂深处都为之震撼。"

再看俄译：С прядью чёрных волос в руке и с деревянным гребнем **у чана с водой стояла** застенчивая девушка, «**встревоженный дикий гусь**»[①], и в глазах её светилась грусть. Увидев её, Ша Юэлян просто обомлел.（101）

第一，俄译将"面对着水缸中的娇羞处女"译为"站在水缸旁边"（у чана с водой стояла），流失了原文的顾影自怜之意。第二，对于"惊鸿照影"，俄译省去"照影"，而将"惊鸿"直译为"受惊的野雁"（встревоженный дикий гусь），并加脚注"对于少女之美的传统形容，是曹植（192—232）的诗句"。事实上，俄语"гусь"与英语"goose"很相近，也含有"愚笨、坏蛋"的贬义。那么，在对中国古典文学的翻译中，《洛神赋》的俄译者们是怎样翻译其中之"鸿"的呢？笔者查阅资料，发现他们皆将"鸿"替换为"天鹅"（лебедь）[②]，而保持为"гусь"的是切尔卡斯基对曹植《杂诗·高台多悲风》中的"孤雁飞南游，过庭长哀吟"的翻译[③]。从意象色彩上讲，《高台多悲风》旨在抒发孤寂怀远之情，其中的"雁"强调其"孤"而非其"美"，所以直译为гусь无妨；而"翩若惊鸿"中的"鸿"强调其美，所以译者们皆替代为俄罗斯文化中的内涵语码"天鹅"。有

---

① 其俄文脚注为："Традиционный образ девичьей красоты; строка из стихотворения Цао Чжи (192–232)."

② 如 "Как вспугнутый **лебедь** парит". Черкасский Л. Е.（1925—2003）："Фея реки Ло," *Семь печалей*, Государственное издательство художественной литературы 1962, с.128.

③ 译文为："Дикий **гусь**/Душою предан югу, /Он кричит протяжно,/Улетая". Черкасский Л. Е.,*Дикий гусь, Семь печалей*, с.48.

了《洛神赋》的俄译文作参照，回看例上 42 的俄译，我们发现，叶果夫先生宁愿承担着与译入语文化相悖的风险进行直译，也没有将"鸿"替代以其他词汇，同时加上脚注说明中文典故。第三，俄译整句话回译为："水缸边站着羞怯的处女，'受惊的野雁'，她手拿木梳挽着青丝，眼里闪现出忧郁之光。一瞥见她，沙月亮简直呆住了。"与英译相比，俄译坚持原文之"鸿"的原封不动，普通读者也许难以体会原文之雅。

但与此例译文截然相反的是下一例：

例上 43

老金一翻身，独乳犹如惊鸿照影般一闪烁，又被她的身体遮住了。（492）

英：She turned toward him, her breast flashing into view like a frightened wild goose, but was quickly moved back out of sight.（485）

俄：Её единственная грудь мелькнула испуганным лебедем и скрылась.（629）

对于原文中的"惊鸿照影般"，英译回译为"受惊的野雁般"，俄译回译为"受惊的天鹅般"。

例句语境是八十年代，徐娘未老的独乳老金试图挑起金童的欲望，但恋乳却又性无能的金童丝毫不感兴趣，只贪恋老金的独乳，两人便展开了一场"想要吃奶"与"不准吃奶"的"激战"，整个情景十分滑稽，英、俄译皆如实译出上下文。因此，与闲愁难遣一见倾心的上一例不同，此例中没有什么旖旎风情，不必计较"野雁"之丑或"天鹅"之美，在不必亦步亦趋地译出成语每一个字的情况下，此例中的英、俄译文都是可取的。尤其是俄译，没有如上一例般使用加以引号和脚注的直译法，也许是因为叶果夫先生认为对于这里的修饰语没必要太过文饰，一笔带过即可；当然，也有可能是译者耕耘至作品尾声部分时，已然淡忘了自己之前翻译过这个成语……

另外，从本例也可窥见作者笔下的历史一种：如果说《丰乳肥臀》前半部分对于战争历史的描写指向着政治内容，那么，作品后半部分上官金童监狱归来走进新时期，则充斥了满满的商业味道——狂欢的、游戏的后现代时代，本例中金童与老金之间荒诞不经的闹剧正是一种体现。由此考察，英、俄译文的翻译也都是完整的。

5. 含义抽象的成语

例上 44

"……你们吃的马肉，可能就是自己坐骑的肉。……大家尽管吃，人是**万物之灵**嘛！"（164）

英：…So go ahead, eat as much as you can, since **man is at the top of the food chain**.（193）

俄：…но это, в конце концов, всего лишь лошади. **Человек — душа всего сущего**, так что ешьте до отвала!（222）

对于"人是万物之灵"，英译意译为"人在食物链的顶端"，俄译直译为"人是所有存在物的灵魂"。

原文语境是蒋立人俘获了沙月亮的骑兵队后，为了刺激对方，声称要请大家食用骑兵队军马的肉。英译意译为"人在食物链的顶端"，将原文成语具体化，更符合语境和逻辑，使译文通顺易懂；而俄译直译为"人是所有存在物的灵魂"，相比于英译，不如英译具体易懂；相比于原文，原文"人是万物之灵"虽然也含义抽象，但却是人们常用的成语，所以并不显得陌生，但俄译文在俄语中不是惯用语，虽然通过上下文读者可以明白说话人的大意，但如此直译确实显得抽象缥缈，所以，两相比较，英译为佳。

6. 夸张的成语

例上 45

一时间驴嘶牛鸣，鸡飞狗跳，老婆哭孩子叫。（271）

英：Donkeys brayed and cows lowed, chickens flapped into the air and dogs leaped, old ladies cried and children whooped, all at once.(296)

俄：**За**кричали ослы, **за**мычали коровы, **за**трепыхались куры, **за**причитали женщины и **за**плакали дети.（356）

例句密集出现驴、牛、鸡、狗、女人、孩子的形象，有声音有动作，旨在表现场面的混乱吵嚷。英译完整直译出上述形象构成排比，结之以"all at once"对应原文的"一时间"，传达了原文的神韵；至于俄译，俄语语法的特点之一是用各种各样的前缀使动词表达各种各样的意思，如前缀"**за**"，表示开始某种动作、"什么什么起来"。我们看到，例句俄译便是给所有动词加上前缀"**за**"以传达"一时间"之意。因此，对例句这整句话，英、俄译在语意上都是等值的。

略有不同的是对"鸡飞狗跳"的翻译，英译直译为"鸡拍翅膀飞进空中，狗跳起来"(chickens flapped into the air and dogs leaped)，俄译则译为"鸡拍动起翅膀"(затрепыхались куры)，省略了"狗跳"。我们知道，中文"鸡飞狗跳"其实是种夸张的说法，鸡固不能飞，狗也未必善跳，此词只是夸张地形容慌乱无章。英、俄译者显然都注意到了这一点，对于"鸡飞"，英、俄译没有使用"飞"(flew/летали)，而选用了更符合现实的"拍翅膀"(flapped/затрепыхались)；对于"狗跳"，英译直译为"dogs leaped"，保留了一定的夸张色彩，俄译则省略不译。

（三）成语小结

通过上文的分析例句和图表呈现，可以归纳出以下六点内容。

第一，英、俄译皆直译少、意译多。

与上一章讨论的俗语相比，在对成语的翻译上，英、俄直译所占的比例都较小。据表 2 和图 3 及图 4 所示，对于俗语，英译和俄译的直译分别为 62% 和 71%，而对于成语，英译和俄译的直译则分别为 28% 和 41%，其中英译减幅更大。究其原因，首先，大体上讲，俗语属于口语，一般直接来源于人们的日常生活，形象浅显易懂；而成语属于书面语，一般来源于历史、文化典故，对背景知识的要求较高，对外国读者来说更有难度。而且有些成语中的形象大有来头，直译不仅不能传达原语意义，还会使译文读者不知所云，产生误解。这时，译者为了传达原文语意，便意译出原文成语的比喻义或引申义，或将其具体化。从效果上讲，直译可以较好地传达原文形象和语言的生动性，还可以保留原文的审美空间，避免越俎代庖（如例上 37 的英译）；而意译则可使译文流畅自然，不违背译入语习惯和规范。

另外，对于一些含有夸张等辞格或有幽默之处，或由于语境不同而侧重点不同的成语，英、俄译者皆灵活进行了意译，达到了同样的效果（如例上 45 的英、俄译）。总之，由于成语本身的特点，英、俄对其的翻译皆是直译少而意译多。

第二，英、俄译者皆使用了少量的套译和省略法。

有些成语在译入语中存在形象与意义都相近的固定搭配，这时，译者使用套译，可减少读者的阅读负担；有些成语四字结构中后两字是对前两字的重叠、修饰或虚指，若照盘直译实在不够经济，这时译者都会酌情进行省略。

第三，英、俄译皆有少量的误译。

中国的汉语历史悠久、寓意丰富，尤其是文言文不易懂，而且汉语语法较为模糊，另外译者对中国文化的"前理解"惯性也会有误导作用，那么，如果译者不熟悉或一时疏忽，便会产生信息流失、失效或误译（如例上 39 的英、俄译）。

以上三点是英、俄译者对于成语的翻译的相同之处，其不同之处表现为以下两点。

第四，俄译对成语的直译虽然少于对俗语的直译，但也要远远多于英译对成语的直译。这一方面是因为俄译的脚注法可以辅助直译，但英译没有脚注，所以当直译不可行时便只好意译；另一方面，至此我们已发现，俄译的直译总是多于英译的直译；进一步来讲，英译的意译/省略高于俄译，如例上42中的成语意象与译入语文化色彩相悖，英译将其省略以免色彩冲突，而俄译则宁担风险也坚持直译，这是否说明译者的个人翻译倾向不同？请见后文详论。

第五，俄译的脚注法独具优势。

有些成语含有暗喻且与语境紧密相关，若意译会流失语意，直译又会因原文的文化缺省而难以译到位，这时，脚注法便独具优势。但是，与俄译对俗语所加的脚注相比，俄译者对成语的脚注比较多，原因在于俗语本身——俗语要求简洁流畅、形象生动，如果加上脚注，首先是给译文增加了负担，影响其简洁表达；其次会给形象罩上一层面纱，需要读者视线下移阅读脚注才能理解形象，降低了形象的鲜明度，减弱了俗语趣味。

那么，这就是英、俄译者对于《丰乳肥臀》中成语的翻译情况，经过以上的论述，我们似乎已隐约看出英、俄译者整体翻译取向的不同，究竟如何，还待继续讨论其他语言文化负载词的翻译情况。

三、詈骂语、禁忌语

（一）詈骂语

文学作品中的詈骂语来源于生活，是一个民族社会生活、文化道德的反映。在对话描写中加入詈骂语，可以加强语气，增强真实性，有助于塑造人物形象。还有些詈骂语包含了丰富的想象，幽默感十足，可以增强作品的趣味性。

汉、英、俄语中都存在各种各样的詈骂语，其中有些詈骂语类别是相通的，比如侮辱女性的词汇。不管是在中国还是西方，在漫长的历史时期内女性都是被歧视、被压抑的人群，男人可三妻四妾而女人却被要求从一而终，尤其是在两性问题上，汉、英、俄语中都没有明显的针对那些寻花问柳的男人的詈骂语，却都存在各种各样的针对不够"贞烈"的女人的骂词。所以，具体到《丰乳肥臀》，译者直译即可，如：

骚货！你等着吧！（187）

英：You **slut**, just you wait!（213）

俄：**Тварь продажная**! Погоди у меня!（247）

有趣的是下一例中的英译：

婊子养的（550）

英：You **daughter of a whore**（524）

俄：**шлюхино отродье**（706）

例句是金童辱骂汪银枝。英译回译为"你这个婊子的女儿"，俄译回译为"婊子的后代"，从意思上看，译文都属直译且语义无误。要提及的是英译文 "daughter of a whore"，这种表达并非习惯用语，但从结构上看十分类似于英语中常见的 "son of a bitch"，两者简直可成对偶（antithesis）之势。可见英译者这里是化用英语常用詈词，信手借来引人发笑。不过，英语中从古至今都很流行的 "son of a bitch" 这一词组，若究其字面意思，一个不成器的 "son" 有其母也必定有其父，但为什么单单说 "son of a bitch" 而不论其父呢？还是男权文化的体现，而这也是《丰乳肥臀》入木三分地批判的东西。

总之，这类意义、用法及文化来源都相通的詈骂语不属于文化负载词，不属于文化缺省，因此不在我们的讨论范围内。这样的例子在《丰乳肥臀》中还有很多，这里不一一举例，只看能够反映出中国特色历史文化的詈骂词。

1. 源于历史国情的詈骂语

《丰乳肥臀》很长篇幅是在描写日军侵华的历史，在这段特有的历史中便产生了特有的詈骂词"小日本／日本鬼子"：

例上 46

日本鬼子（23）

英：the Japs（22）

俄：японские дьяволы（41）

例上 47

小日本，快快来（25）

英：Come on, you **little Nips**（24）

俄：Ну-ка суньтесь теперь, **гнусные япошки**（43）

例上 48

鬼子，小日本鬼子！（73）

英：Japs! Little Jap devils!（100）

俄：Черти, мелкие черти японские!（102）

海外翻译家怎样塑造莫言

"日本鬼子"在《丰乳肥臀》中出现多次，我们以以上三例为代表，对比发现，英译基本套译了英语中原有的"Jap/Nip"，而俄译则是在中性词汇"日本人 / 日本的"（япошки/японский）的基础之上增加贬义的形容词（японские дьяволы—日本的魔鬼，гнусные япошки—卑鄙的日本人，мелкие черти японские—渺小的日本魔鬼），俄译的这种译法属于直译。分析原因，英译采用套译，是因为英语中原有对日本人的贬称"Jap/Nip"，这两个词首次出现于媒体是在 1942 年 1 月 5 日的《时代》杂志，其时美国、英国、澳大利亚加入了第二次世界大战太平洋战场，军队里和媒体上才开始广泛使用这两个对日本人的蔑称[1]。而历史上俄罗斯虽然也曾与日本交战不断，但苏联在第二次世界大战中的主要对手是法西斯德国，而非日本，因此在俄语中没有被广泛使用的对日本人的蔑称，所以例句中俄译者无可套译，只能采取直译法以传达语意。

---

[1]　参见维基百科：https://en.wikipedia.org/wiki/Nip#History.

2. 源于伦理文化的詈骂语

如本章第一节开头所述，英、俄文化弱化血缘关系，因此，詈骂语多直接辱骂对方，很少"沾亲带故"；而中国文化重血缘亲属、讲人伦孝道，辱骂对方的亲属比直接辱骂对方更具攻击性，由此出现了很多与亲属有关的詈骂语。在《丰乳肥臀》中，有三种情况。

第一种，辱骂对方的亲属。

例上 49

操你老祖宗！（224）

英：Fuck **you** and your ancestors!（250）

俄：Ети его, всех твоих предков!（296）

我们看到，对于例句中的亲属詈骂语（甚至是"祖宗詈骂语"），俄译直译，英译在直译的基础上增加了"you"以点明攻击对方。

译者还可以使用替代法或将原文省略掉的詈骂动词补充出来：

例上 50

他姥姥的腿（98）

英：Legs of a whore!（126）

俄：Бабку твою за ногу!（134）

译者如果将原文直译为"his grandmother's legs"将会使读者不知所云，所以英译将"姥姥"这一中性的亲属名词替代为英语俚语中更常用的贬义词"妓女"（whore）；俄译看似直译，其实也是俄语詈骂语的一种译法——补语四格形式的前面其实是省略了詈骂动词 ети，虽然不是俄语中的固定词组，但读者一看便知是詈骂用法，而且保留了原文形象（юабку,за ногу），更显得有趣。

也有不增不减的例子，如：

莫言与当代中国文学创新经验研究

例上 51

小日本，操你姐姐！（33）

英：**Fuck your sisters**, you little Nips.（32）

俄：Японки поганые, **так и разэтак сестёр ваших**!（53）

第二种，以长辈亲属词自称。

例上 52

于大巴掌蛮横地说："我是你爹！"（585）

英："I'm **your elder**," he said defiantly.（52）

俄：Да уж из тех, кто **постарше тебя будет**!（749）

英、俄译都采用了替代法。英译回译为"我是比你年长辈高的人"，俄译回译为"我是将会比你官更大的人之一"。

原文中于大巴掌自称为"爹"以贬损对方，用词简洁明了、一语中的，粗野蛮横的人物形象跃然纸上，同时通过蛮不讲理地错拉亲属关系营造了一种喜剧感。而西方文化弱化血缘伦理，所以，如果直译为"I'm your father/Я твой отец"，则并不会体现出辱骂的含义，而且会使读者误解为真实的亲属关系，因此，英、俄译都省去了亲属词，英译将"爹"替换为"年长辈高的人"，俄译则从官职大小的角度表达。虽然大意无误，都译出了贬低对方的意思，但也流失了幽默效果，尤其是俄译，显得啰里啰唆没气势。

自抬辈分的詈骂语其实在文学作品中有很多，比如《水浒传》：

……黑旋风李逵，手拿双斧，高声大叫："认得梁山泊好汉'黑爷爷'么？"①

沙博理英译：**Glaring, he ground** his teeth and shouted: "**Your**

①　施耐庵、罗贯中：《水浒传·第六十三回》，岳麓书社 2009 年版，第685 页。

lord Black Whirlwind from Mount Liangshan is here!" ①

罗高寿俄译：Размахивая своими топорами, он громко

кричал: —Вот он я, **удальца** из Ляншаньбо,«Чёрный

парень»!②

李逵这句气势夺人的话，英译回译为"瞪圆双眼、磨牙咬齿地叫道：'你梁山黑旋风主子来了！'"俄译回译为"高声叫道：'俺梁山好汉黑汉子来也！'"同理，若直译为爷爷（grandpa/дедушка），也不能体现出詈骂之意，所以，英译者将错位的爷孙关系替换为主仆关系，而且增加了"瞪圆双眼、磨牙咬齿"（Glaring, he ground his teeth）的神态描写，弥补了因流失"爷孙"关系而导致的语气不足；俄译则省去李逵与对方之间的关系，把"对方"在这句话中剔除，而直接自称为"好汉"（удалец）。在效果上，英译能够更好地保留原文的气势，俄译则因省去"关系"、剔除"对方"而略显不足。

那么，以此为参照，回到《丰乳肥臀》中，可见对例上52的处理还可以有别的方法。

第三种，源于伦理文化的詈骂语：以姓氏指称对方。

例上53

姓蒋的，你玩的什么圈套？（167）

英：What sort of trap are you setting, **Jiang**?（195）

俄：Послушай, **Цзян**, что за ловушку ты готовишь?（226）

对"姓蒋的"，英、俄译者皆使用了"蒋"这个姓氏的音译形式。在汉语中，出于礼貌人们一般不会指名道姓地称呼对方，而总要有一些附加称谓，如拟亲属称谓、职衔称谓等。如例句中的直呼其姓，则属于詈骂范畴，因为姓氏与一个人的家族直接相连，在重

---

① Sidney Shapiro: *Outlaws of the Marsh*，外文出版社1980年版，第1024页。

② Игорь Алексеевич Рогачёв: *Речные Заводи*, Эннеагон Пресс 2008, c.541.

视血缘家族的文化传统下，以不礼貌的方式提及一个人的姓氏就造成了詈骂效果。而与中国文化相反，英、俄语中的"直呼其姓"反而常用于正式场合，并不是侮辱性的称谓，因此，例句中的英、俄译都流失了詈骂语气。

3. 源于宗教信仰的詈骂语

我们知道，中国人没有固定独一的宗教信仰，但中国人的思想深受佛教影响，正如季羡林先生的著名论断"中华文化这一条长河……有新水注入，注入最大的有两次，一次是从印度来的水"[1]，因此，汉语中有很多詈骂语来源于佛教思想[2]，如：

例上 54

我的骨髓都被你吸干了呀，你这个冤孽！（169）

英：You've sucked the marrow out of my bones, you **little monster**!（197）

俄：До костей всю высосал, **наказание моё**!（228）

"冤孽"一词来自佛教，指因前世造下恶业而使今生遭受的恶的果报。例句语境是已经六七岁的上官金童仍然拒绝断奶，上官鲁氏称之为"冤孽"，意指金童就是自己的恶报。其实，字面意思类似于"报应"的词汇在英、俄语中也存在，如英语的"retribution"和俄语的"наказание"，但这两个词来源于基督教，而非佛教。我们看到，对于例句，英译使用了没有明显宗教色彩的"little monster"（小怪物），在英语口语中，很多长辈也将孩童昵称为"monster"，因此例句英译属于归化译法，而俄译使用了带有基督教色彩的"наказание моё"（我的报应）。英译将原文的佛教色彩淡化至无色，俄译则将其替换为基督教色彩。

---

① 季羡林：《翻译之为用大矣哉》，许钧编：《文学翻译的理论与实践——翻译对话录》，译林出版社 2001 年版，第 3 页。

② 《丰乳肥臀》中还有很多其他带有宗教色彩的语句，详见后文"宗教文化负载词"。

"冤孽"一词出现在作品中还有一处：

例上 55

母亲兴奋地说："好了，这个冤孽，到底能自己吃东西了。"（115）

英："Good," Mother exclaimed excitedly, "For all the **bad karma**, at least this kid knows how to eat."（142）

俄：Вот и славно, — обрадовалась матушка. — При всех **своих несчастьях** есть ты всё же научился.（158）

英译回译为"在所有的冤业之下，至少这个孩子能自己吃东西了"，俄译回译为"在你所有的不幸之下，你到底能自己吃东西了"。

此例中"冤孽"是上官鲁氏对司马粮的指称，该词暗合着他的来历：司马粮刚出生不久司马家就遭受了灭门之灾，幸免的司马粮被送到并不宽裕的上官家抚养。所以，"冤孽"即指司马粮身世伶仃得可怜，又指司马粮给上官家加重了生活负担，所以，他也是上官鲁氏的"冤孽"。同时，在例句语境中，该词并不作辱骂而表示高兴，是上官鲁氏看到司马粮学会自己吃饭后对他的昵称。用詈骂词作昵称，一方面契合着上述背景内容，同时又达到了一种特殊的修辞效果。

我们看到，对于"冤孽"这个佛教词汇，英译选择了对应词"bad karma"（恶业），俄译则去掉了宗教色彩而淡化为"不幸"（несчастье）；两个译文都流失了对司马粮的指称称谓语，以及詈骂词作昵称的修辞效果。

4. 指涉形象鲜明的詈骂语

有些詈骂语的形象十分鲜明，含有明显的贬义色彩，即便在译入语中没有对应用法，但译者只需将其形象直译出来，便可表达其贬损之意，如：

例上 56

杨瘸子（360）

英：Yang the Cripple（374）

俄：Колченогий Ян（468）

这种直指对方生理缺陷的话语，在译入语中也是带有很强的攻击性的，因此，英、俄译者都使用了直译法。

例上 57

老棺材瓤子（495）

英：You old coffin shell（488）

俄：начинка для гроба（632）

"棺材瓤子"是北方方言，"瓤"泛指某些皮或壳里包着的东西[①]，"棺材瓤子"即指"棺材里包着的东西"，以此指称人，意在骂对方行将就木。俄译直译为"棺材里的填充物"（начинка для гроба）；英译则略作改动，简化为"棺材壳子"（coffin shell）。也许英译者认为"棺材壳子"毕竟是实际存在的物体，而理解"棺材瓤子"还需发挥想象力，不如"棺材壳子"来得简单省力。这种改动也是可取的，因为原文重点并不计较"瓤子"还是"壳子"，只要译出"棺材"这个充满晦气的词汇，便可表达原文的詈骂语意。

5. 詈骂之"鸟"

汉语中的"鸟"既可指禽类，又是一种禁忌语，可做骂人话。《丰乳肥臀》中有一处对话则兼有了这两层含义：

例上 58

司机……对着车顶喊："鹦鹉韩，你真是个鸟人！……"（471）

英："Parrot," he shouted, "you really are a **birdman**! …"（466）

俄：Эй, Попугай! — крикнул он, глядя на крышу. — Ты и

海外翻译家怎样塑造莫言

---

① 中国社会科学院语言研究所词典编辑室编：《现代汉语词典》，商务印书馆 2016 年版，第 1057 页。

　　鹦鹉韩遗传了父亲精通鸟语的天赋，此时正在大栏市大搞鸟类买卖，称他为"鸟人"，实是应景之语；同时，"鸟"的另一层含义属于禁忌，以其骂人带有侮辱性，例句语境是鹦鹉韩为了占小便宜跳上了司机的车顶，被惹恼了的司机以此骂他。所以，例句中的"鸟人"实为妙用。英、俄译皆采用了"鸟＋人"的直译形式（birdman/человек-птица），然而，"鸟"（bird/птица）一词在英、俄语中仅指禽类，并非詈骂语[①]，例句如此直译，流失了原文的詈骂语意。

　　原文中类似的妙用还有：

例上 59

在这段鸟日子里（124）

英：during those **squawking** days（153）

俄：В эти «**птичьи**» времена（171）

　　其时正值领弟升为"鸟仙"大显神通，上官家得到前来求医问卜之人贡献的干果、昆虫等鸟类食物，青黄不接的上官家人便以这些鸟食度日。因此，例句中的"鸟日子"，一方面可指在"鸟仙"的带领下上官家人都过得如鸟一般，另一方面也可借"鸟"的詈骂语义来营造戏谑效果。英译没有采用其他普通的形容词，而使用了分词 squawking，回译为"在这段咕咕鸣叫的日子里"，用带有拟声（鸟声）色彩的分词来替代原文的"鸟"，既符合原文"鸟食"的语境，又增添了"鸟语"的声音感，使译文同样幽默有趣。俄译直接使用"鸟"（птица）的形容词形式"птичьи"，回译为"在这段鸟的日子里"，但因俄文之"鸟"（птица）无贬义，所以俄译只能

---

① 在英、俄语中男性生殖器的俗称"cock/петушок"，也可指公鸡这种禽类，这与汉语中的"鸟"有一定的巧合，但并非"bird/птица"。"birdman"还是神话或影视作品中的半人半鸟的形象，还常用来指飞行员或跳伞运动员。

莫言与当代中国文学创新经验研究

保留原文的形象，而无法传达戏谑色彩。

"鸟"作为詈骂语在《丰乳肥臀》中还有数例，如：

例上 60

你打的什么鸟仗！（69）

英：What sort of **birdshit** battles are you fighting these days?（97）

俄：Ну и как же ты, **ети его**, воюешь?（97）

例句在中心词"仗"之前加一"鸟"字构成詈骂语，如上文所述，bird/птица 在英、俄语中并非詈骂语，因此译者要做出一定的转化以传达原意。我们看到，英译者使用了形容词"birdshit"，意为"渺小的"，同时构词为"鸟"（bird）+"粪便"（shit），既保留了原文的"鸟"之形象，又表达了詈骂语义；俄译则替换为俄语中的詈骂语"ети его"（去他的）。

"鸟言鸟语"最多的文学作品莫过于《水浒传》，举其两例在此，以作参照：

智深……寻思道："干鸟么！俺往常好肉每日不离口；如今教洒家做了和尚，……口中淡出鸟来！"[1]

沙博理英译："In the old days I had good meat and drink every day. …My mouth is **absolutely** tasteless."[2]

罗高寿俄译：Что за **никудышная** жизнь!…Я уже **ко всему** потерял вкус![3]

杀去东京，夺了鸟位[4]

① 施耐庵、罗贯中：《水浒传·第四回》，岳麓书社 2009 年版，第 50 页。

② Sidney Shapiro: *Outlaws of the Marsh*，外文出版社 1980 年版，第 68 页。

③ Игорь Алексеевич Рогачёв: *Речные Заводи*，Эннеагон Пресс 2008, c.73.

④ 施耐庵、罗贯中：《水浒传·第四十一回》，岳麓书社 2009 年版，第 453 页。

沙博理英译：…seize the **friggin** throne, and rejoice![1]

罗高寿俄译：…захватим там этот **проклятый** трон.[2]

　　两个例子中的"鸟"都属于辅助类詈骂语，并不直接针对别人，而只是说话人发泄情绪、加强语气的辅助表达。我们看到，英、俄译为了忠实于原文的语气色彩，或者使用加强语气的状语成分"彻底地、完全地"（absolutely/ко всему），或者在中心名词之前添加含有贬义的形容词"никудышная/friggin/проклятый"。

　　可见，对于詈骂之"鸟"，虽然在英、俄语中没有对应词汇，但译者可使用转化词性、添加其他詈骂语、添加贬义形容词、添加加强语气的状语成分等方法，或者像例上 60 中的英译（birdshit）那样找到既可保留形象又可传达语义的神来之笔。总之，汉语里的詈骂之"鸟"在英、俄语中没有对应，译者如直译（如例上 58），则会流失詈骂语气；若意译，则可保留原意。

（二）禁忌语

1. 禁忌之"鸟"
　　以上是"鸟"作为詈骂语用于对话，"鸟"在《丰乳肥臀》中还有并不直指他人而只作为禁忌语出现的情况，如：

例上 61
不会凫水埋怨鸟挂水草。（2003：252[3]）

①　Sidney Shapiro, *Outlaws of the Marsh*，外文出版社 1980 年版，第 662 页。
②　Игорь Алексеевич Рогачёв: *Речные Заводи*, Эннеагон Пресс 2008, c.150.
③　这句话在不同版本中分别为：
　　1996：387=2003：252 不会凫水埋怨鸟挂水草；
　　2010：341=2012 上海文艺出版社：344，不会凫水埋怨屌挂水草；
　　2012 作家出版社：367，不会凫水埋怨鸡巴挂水草。
　　可见俄译者翻译依据的是 2003 年版。

莫言与当代中国文学创新经验研究

英: Don't blame the toilet when you can't do your business.（381）

俄: Ведь это всё равно что плыть по реке и винить **птиц**, будто они речную траву развели.（476）

英译回译为"当你做不成的时候不要埋怨厕所"，俄译回译为"这就好像不会凫水却埋怨鸟们，好像它们搞出了水草似的"。

例句中的"鸟"属于禁忌语，英译将整句话都进行了转化和雅化，甚至在转化为"上厕所"之后又委婉地表达为"do your business"（做你的事）；俄译直译为"鸟类"（птица），显然是因误读而导致的误译。

2. 其他禁忌语

《丰乳肥臀》中出现了多处禁忌语，英、俄译大多进行了雅化处理，如以下 10 例：

例上 62

父子二人的身体都不安地绞动起来，仿佛屎逼，好像尿急。（11）

英: … father and son squirming, as if their **bowels** or **bladders were about to betray them**.（10）

俄: отец с сыном беспокойно заметались, будто им срочно понадобилось по нужде.（27）

英译回译为"好像他们的大肠或膀胱马上要背叛他们"，俄译回译为"好像他们需要马上解决需求"。类似的例子还有：

例上 63

她撅着屁股，好像一匹正在拉屎的小马。（496）

英: She was bent at the waist, raising her backside in the air like a horse **doing its business**.（489）

俄: …выставив зад, как лошадка, **делающая свои дела**.（634）

对于原文的"拉屎",英译同例上 61 一样,处理为"do its business"(做它的事),俄译的回译同英译。

例上 64

你说我不能操,我能!（550）

英：You say I can't **manage the business**? I'm saying I can!（524）

俄：Не **получается** у меня, видите ли. Всё у меня получается!（706）

英译雅化为"做那件事",俄译雅化为"做成"。

例上 65

他要不是你姑夫,我拔了他的鸡巴!（66）

英：I'd relieve him of his **manhood**.（93）

俄：…я ему давно бы всё **хозяйство** поотрывал!（92）

英、俄译皆选用了雅化词"manhood/ хозяйство"。

例上 66

天老爷,……你多费一点泥巴,就可以给我孩子捏上了鸡巴……（609）

英：…All you had to do was add a smidgeon of clay to this child to **make it a son**.（72）

俄：Потратил бы ещё чуток глины, и мой ребёнок **был бы мальчиком**…（778）

英、俄译皆雅化为"使我的孩子成为男孩"。

还有英译省略、俄译直译的情况：

例上 67

劈着个臊 × 净生些嫚姑子还有功了是不是？（600）

英："You think you've made another contribution, don't you? One fucking daughter after another,…"（64）

俄：Всю **промежность** свою **вонючую** разодрала да девок кучу нарожала, …（767）

但也存在译者未作雅化处理的例子，如以下 3 例：

例上 68

……就像——她羞愧地想——鸡巴和鸟一样。（2012：40）

英：…she thought bashfully, like a **cock** and a **dick** are the same thing.（39）

俄："Как **петушок** и **дрючок**", — стыдливо добавила она.（62）

例上 69

她的体态动作是那么焦灼，被尿逼着一样。（201）

英：Her movements were jumpy, like someone **with a full bladder**.（228）

俄：Двигалась она как-то беспокойно, словно ей **не терпелось опростаться**….（267）

对于"被尿逼着一样"，英译回译为"像膀胱满了一样"，俄译回译为"像忍不住要出恭一样"，其中"出恭"（опростаться）在俄语中属于口语俗词。

例上 70

也就是我的种马，调教得好，闭着眼日你家的蚂蚱驴。（26）

英：But he's a good stud horse, so he just **closed his eyes** and **humped away**.（25）

俄: Но мой племенной — он племенной и есть, дело своё знает: **зажмурился и знай себе охаживает** кузнечика вашего.（44）

例句出自樊三之口，说自己的马与上官家的驴配种之事。英译的"humped away"和俄译的"охаживает"同样是粗秽俚语，与原文色彩一致；另外，在农村，农家给自己的家畜配种以求更多的劳动力，乃是司空见惯，而这里樊三好像能"以己度马"，说自己的马"闭着眼"，将"马"人格化后紧接禁忌语，表示自己的马对上官家驴是不情不愿的。这样的拟人词结合禁忌语，体现了樊三此人荤素不忌信口胡诌的说话特点。

其实，这种话语特点也普遍存在于农村爷们儿身上：旧时农村生产力低下，农民每日面朝黄土背朝天地辛苦耕种，"衣食温饱是他们付出最大的关注和精力的首要问题"，因此无暇顾及"积极的文化建设"①；同时，人之欲望中性欲也是最基本的生理要求之一，不受繁缛礼节规训制约的农民说起"性"之事，当然更是坦率又直白。而莫言的文学世界建立在现实中的高密东北乡基础之上，其作品中人物的话语风格当然带有很多农村粗汉的说话特点，例句便是一个体现。对此，英、俄译者皆完整保留，另外，俄译添加了状语成分"豁出去了、蒙着头干"（знай себе），更加契合原文语义。

例上 71

司马库被哥哥反驳得理亏，骂道："这该死的屁股，何时才能好呢！"（69）

英: Sima Ku, having lost the argument, cursed angrily, "**This goddamned ass of mine**, I wonder if it will ever heal."（96）

俄: — **Эта задница, чтоб её**... Когда только заживёт! — проворчал уличённый в несправедливости своих обвинений Сыма Ку.（96）

---

① 张志忠:《莫言论》，北京联合出版公司 2012 年版，第 61 页。

为了阻止日军的侵略脚步，司马库烧断了过河之桥，"火龙桥"之战颇有几分轰轰烈烈，但偏偏伤到"屁股"这个难以言传的部位，司马库的壮烈形象便不好维持；又在关于出任伪职的争执中被司马亭反驳，转而骂上了自己的屁股，这样的詈骂语境十分诙谐，戏谑有趣。对此，英、俄译者皆直译。

（三）詈骂语、禁忌语小结

通过对詈骂语和禁忌语的分析，可归纳出以下四点内容。

第一，历史国情差异而导致译文差异

对于源于历史国情的詈骂语，若在译入语文化语境中，因在历史国情上存在相似点而在译入语中存在相似詈骂词，则译者直接使用了套译（如例上 46 至例上 48 的英译）；反之则使用直译 + 加词法。看其效果，两种译文都是从尊重原文的目的出发，译文都是有效的。

第二，总体上看，对于语言文化负载词之詈骂语，英、俄译皆以直译为主

对源于伦理文化的詈骂词，英、俄译皆以直译为主。在伦理文化差异下，对存在明显詈骂动词的原文进行直译，可保留詈骂语气（如例上 49 和例上 51）（其中，英译者会使用加词法以符合译入语习惯，如例上 49）；对不存在明显詈骂词的原文进行直译，则会导致詈骂语气流失（如例上 53），这时应使用替代法（如例上 50 的英译）。因为在缺少詈骂词的情况下，詈骂语气的构成便依靠伦理文化习惯，但英、俄文化的伦理习惯与中国不同，完全直译便无詈骂效果。

对指涉形象鲜明的詈骂语，英、俄译皆以直译为主（例上 56 和例上 57）。因原文指涉形象鲜明，直译便可传达语意，又可保留原文的詈骂特色，避免了意译成译入语詈骂语而会导致的单调单一。

对于詈骂之"鸟"，英、俄译亦皆以直译为主。因"鸟"在译入语中缺乏詈骂含义，所以，对其直译，会导致詈骂色彩的流失

（如例上 58），但有时英译使用直译结合意译而别有风味（如例上 59）；同时，也存在译者进行意译的例子（如例上 60），意译便可保留詈骂语义。

第三，对源于宗教信仰的詈骂语，英、俄译皆存在一定的色彩流失或错位。

第四，对于作品中出现的禁忌语，英、俄译大多进行了雅化处理，或意译，或省略。这也许是因为译者考虑到译入语读者的接受度，为了不影响译作传播而做的调整（如例上 47）。但作品中有的禁忌语体现着人物的语言风格，而人物的语言又体现着人物的性格，如例上 46，英译进行了雅化，俄译则因译者的疏忽而导致了误译。这就使詈骂语的文意效果失效，但因有上下文和其他人物描写的存在，这种细枝末节的失效或误译影响有限。但对于有些与语境紧密相关、暗指人物暧昧关系的禁忌语，英、俄译皆进行了直译，如例上 53。

总之，对于语言文化负载词之詈骂语，英、俄译皆以直译为主，可保留汉语异质性；对于禁忌语，则多进行了雅化处理，以不妨碍译作的传播。

四、称谓语

除了俗语、成语、禁忌语等，本书开头曾论及的中、英、俄三者文化差异在称谓语上有更明显的体现。

称谓是"人们由于亲属和别方面的相互关系，以及身份、职业等而得来的名称"[①]。按照用法，称谓语可分为两种：指称性称谓语和称呼性称谓语，"前者指在言语活动中运用名称或其他方式提及他人的用法，后者指在言语活动中运用名称或其他方式当面呼喊

---

① 中国社会科学院语言研究所词典编辑室编：《现代汉语词典》，商务印书馆 2016 年版，第 157 页。

他人的用法"①。按照定位功能，称谓语又可分为亲属称谓和社会称谓②。前者包括亲属称谓和拟亲属称谓;后者包括官衔称谓、职业称谓和其他社会称谓。其中，拟亲属称谓是使用亲属词来称呼非亲属的一种称代形式。

结合本书开头所述的中国"农业—宗法文化"和西方"海洋—宗教文化"的差异，文化对称谓语的影响如表3所示。

表3 文化对称谓语的影响③

农业—宗法文化	强化血缘	亲属称谓语繁多复杂	亲属/拟亲属称谓语用于呼语多，表示尊敬或亲密
		拟亲属称谓语多	
	官僚政治	职衔称谓多	职衔称谓用于呼语多，表尊敬
	强调长幼尊卑	年长称谓表尊重	"老"字表示尊敬或亲密
		不可直呼其名	
海洋—宗教文化	弱化血缘	亲属称谓语简单笼统	亲属/拟亲属称谓语用于呼语少，不表示尊敬或亲密
		拟亲属称谓语少（与英语相比，俄语中的拟亲属称谓语还略多）	
	宗教政治	职衔称谓少	职衔称谓用于呼语少
	强调个体平等	年长称谓不表尊重	"老"字表示衰退
		可以直呼其名	

① 胡剑波:《冒犯称谓语研究》，上海交通大学出版社2009年版，第2页。
② 称谓语的分类有多种多样，本书只取适用于《丰乳肥臀》中称谓语的分类方法。
③ 中、西称谓语的差异有很多，本表只呈现与《丰乳肥臀》称谓语有关的部分。

总之，汉语称谓语繁多丰富，尤其是亲属称谓和拟亲属称谓语长幼分明、亲疏复杂；英、俄语则一般使用直截了当的姓名称谓，如在熟人、朋友、亲属之间，英、俄语称谓是名字或名字的指小表爱形式，对于长辈亲属，在英、俄语中可直呼其名；对于领导、不熟悉的人或公务场合，英语称谓多为"Mr./Ms.+ 姓"，俄语多为"名字 + 父称"形式。那么，文化差异影响下的中、西方称谓语的差别如此之大，译者又是如何处理《丰乳肥臀》中称谓语的呢？我们分类来讨论。

（一）指称性称谓语

1. 指称性亲属称谓语

（1）意译 + 淡化。

　　英、俄译对有些难以逐字直译的亲属称谓语，都采用了意译 + 淡化的方法，如以下两例：

例上 72

有你们沙姐夫我在（86）

英：As long as **Sha Yueliang** is around（114）

俄：Пока **Ша Юэлян** рядом（117）

　　英、俄译皆回译为"有沙月亮在"。

　　与上官来弟私定终身后，沙月亮向上官鲁氏提亲不成，便转而去收买来弟的妹妹们，例句为沙月亮请妹妹们吃糖果时所说。透过这句话，我们可以读出两条信息：首先，此时沙月亮掌握了当地政权又俘获了佳人芳心，正值春风得意，说话时将第一人称代词"我"与自己的名姓"沙"并置，表示自傲、自满之意，旨在向鲁氏炫耀示威。其次，鲁氏尚未允诺亲事，但沙月亮已然不见外地以"姐夫"自居，表示自己不会让步，亲事已成定局。从文化角度考量，我们可以透过这句话看出中国人的文化心理：中国人重血缘，中国的亲属家族自古便是"一损皆损，一荣皆荣"，例句强调"姐夫"这一亲属词，意在宣称"小姨子"们从此可以依傍"姐夫"这一亲属关系而跟着沾光，这正是中国血缘文化惯性的体现。而西方文化弱化血缘，英、俄语中的亲属词只能表示出亲属关系，并无其他含义，因此，如果英、俄译直译出"姐夫"（husband of your elder sister's/муж старшей сестры），不仅显得啰唆，而且别无他效。同时，英、俄语中使用姓名自称也可以表示强调自己的含义，所以，英、俄译者皆意译为"沙月亮"。虽然流失了第二条信息，但有上下文在，并不影响情节的传达。

例上 73

怎么着他们也是你的姐夫妹夫小姨子。（245）

英：You and they are **part of the same family**.（272）

俄：они ведь тебе **родственники**!（323）

英译回译为"怎么着你们也是一个家庭里的人"，俄译回译为"怎么着他们也是你的亲戚"。

中国人日常话语中，尤其是在旧时农村，亲属词的使用率很高，如例句中接连出现三个亲属词，不足为怪。而在英、俄语对话中，人们指称别人时多直呼其名，亲属词出现的概率很低。如果英、俄译按照例句完全直译，就会显得无比啰唆可笑（比如英译若直译，则为"the husband of your elder sister's, the husband of your younger sister's and younger sister of your wife's"）。因此，英、俄译在如实译出上下文、交代了前后情节的前提下，意译为"一家人"/"亲戚"，保证流畅的同时也能传达原文语意。

例上 74

你大姐夫托梦给我（172）

英：**My husband** came to me in a dream（200）

俄：во сне мне явился **муж**（231）

例句是上官来弟对金童指称沙月亮，英、俄皆意译为"我的丈夫"。首先，这样的译文回译过来是不符合中国习惯的，因为即便时至今日，一般语境下做姐姐的也不会向弟弟用"我老公"指称自己的丈夫；其次，这样的译文也是译者的无奈选择，因为若直译为"your brother-in-law"，放在语境中则更为不妥。如果不是来弟而是别人在指称沙月亮，那么如此直译尚可，但说话人是来弟，直译会更显得颠三倒四。译作毕竟首先面向着译入语读者，因此，英、俄译者都选择了虽然不合原文习惯但在译入语中合乎情理的译法，也是为了译文的合理性考虑。

（2）直译。

但对于有些需要明晰指称出具体人物的句子，英、俄译都采用了如实直译的方法，如下例：

例上 75

有什么难处，去找你们（对司马凤和司马凰说）五姨，……你（对金童说—引者）二姐生前最喜欢你，……（252）

英：… go look up **Fifth Aunt**.…You were your **second sister's** favorite…（278）

俄：…к **пятой тётушке** обращайтесь,…твоя **вторая сестра** при жизни больше всех тебя любила.…（332）

例句所在语境是被俘的司马库在即将被押走之前，对自己的女儿们司马凤、司马凰以及上官金童所说的嘱咐之辞。前半句话是对司马凤、司马凰所说，"五姨"指上官家五女儿盼弟，其时盼弟的丈夫鲁立人掌握着当地政权，因此司马库嘱咐女儿"有难处去找五姨"；后半句是对上官金童所说，"二姐"指上官家二女儿招弟，司马库是招弟的丈夫，在此提起"招弟"的所思所想，符合情节逻辑和语境。因此，原文中"五姨"和"二姐"不是泛指的亲戚，而是具体指盼弟和招弟，指称不容模糊。然而，英、俄语亲属称谓语不分长幼、少用排行，排行＋亲属词的形式并不常见，当需要区分出

莫言与当代中国文学创新经验研究

具体人物时，一般用亲属词 + 人名的形式，如"aunt Pandi"。但本例句显示，两位译者都采取了逐字直译的方法，保留了汉语称谓语的异质性。

（3）直译 + 深化。

还有一种情况，译者不仅需要保留原文的指称，而且需要将原文的隐含亲属关系明示出来。比如，在汉语的亲属称谓语中，有时说话人为了表达亲密之意，对于姻亲关系亲属的称呼，也将姻亲关系隐去不提，而使用直系亲属词指称。如下例：

例上 76

母亲说："金童，他是你司马……大哥呀……"（314）

英：… it's your **elder cousin** Sima…（332）

俄：…это твой…твой **старший двоюродный** брат Сыма…（409）

句中的"司马大哥"指司马亭。司马亭的弟弟司马库娶了金童的二姐上官招弟，从这层姻亲关系出发，招弟需呼司马亭为大哥。至于金童与司马亭的关系，一般来讲，弟弟需随姐姐一样称呼，因此，金童也要呼司马亭为大哥。这也是中国的亲属关系枝蔓相缠的体现。是以例句中上官鲁氏为了表示不见外，向金童称司马亭为"你司马大哥"。对此，如果英、俄译者照原文直译为"brother/брат"，则会含有直系亲属关系的歧义；若译为"brother-in-law/зять"，则是金童对于司马库的称呼。所以，英、俄译者使用深化的译法，采用可以表示亲密关系的词汇 cousin/двоюродный，而且加上"年龄大的"（elder/старший）以与司马库相区别，既可以避免歧义，又能够保留原文所示的亲密之意。

（4）误译。

还有些需要明确指出具体人物的语句，译者却进行了淡化处理，或由于疏忽造成了一定的误译。如下例：

85

例上 77

凤，凰，好好听姥姥和大姨的话。（252）

英：Feng, Huang, be sure to listen to **your grandmother** and **aunt**.
（278）

俄：Фэн, Хуан, слушайтесь **бабушку** и **свояченицу**, ведите
себя хорошо.（332）

英译回译为"听你们的姥姥和姨妈的话"，俄译回译为"听姥
姥和大姨子的话"。

本例与例上 75 处于同一语境，是司马库临行前嘱咐幼女的话，
其中"姥姥和大姨"是从儿称谓，指女儿们的姥姥和大姨——即上
官鲁氏和上官来弟。本例语句的听话者是幼女司马凤和司马凰，使
用从儿称谓，符合对幼女讲话的口吻，可以使话语听起来更亲切，
也更容易被听话者接受，这也是作者对话描写之功力的体现，使人
物对话可闻可感。

英译将从儿称谓还原成一般的指称性称谓，语义无误，但将
"大姨"淡化为"姨妈"；俄译对于"姥姥"保留了从儿称谓，但
对于"大姨"则译为"свояченица"，这个词在俄语中表示自己妻
子的姐姐或妹妹，显然是误译了。

《丰乳肥臀》中上官家人口众多，其中有六个女儿都嫁作人妇，
导致作品中的指称性亲属称谓语繁多，恕难——罗列。以上五例代
表了四种情况：首先，对于难以或不必直译出亲属词的情况，两位
译者都采用了意译（如例上 72 和例上 73）；其次，对于需要明确
指出具体人物的情况，两位译者都进行了直译（如例上 75）；第三，
对于具有一定修辞色彩的亲属称谓，译者都进行了深化处理（如例
上 76）；第四，也有些语句译者做了淡化，或无意中误译（如例上
77 的俄译）。考察其效果，对亲属称谓进行直译，尤其是保留原文
"排行 + 亲属词"的形式，可以帮助读者理清人物关系；对不必明
晰指称人物的亲属词进行意译，可以保证译文流畅不啰唆；有些译
文做了淡化处理或误译，导致了一定的语义模糊。

2. 指称性拟亲属称谓语

如上文所述，中国人的血缘亲情文化，不仅体现为亲属称谓众多，而且导致了亲属称谓语的泛化——即拟亲属称谓语，且常用于生活交际。尤其是在旧时农村，乡里乡亲多用拟亲属称谓，表示视对方如亲人一般，可以缩短交际距离，达到交际目的。《丰乳肥臀》中的拟亲属称谓语数量很多，但多为称呼性拟亲属称谓语，指称性拟亲属称谓语数量较少。此处在指称性称谓语的类别之下，因此先讨论后者，笔者只举出有代表性的两例进行分析：

例上 78

我把你樊三大爷请来了（41）

英：I've asked **Third Master Fan** to come over（39）

俄：Упросила вот **господина Фань Саня**（62）

对于"你樊三大爷"，英译回译为"樊三师傅"，俄译回译为"樊三先生"。

例句所在语境是上官家母驴和儿媳同时难产，婆婆吕氏请来兽医樊三帮忙接生。例句为吕氏对儿媳鲁氏所说，其中"你樊三大爷"兼有从儿称谓和拟亲属称谓的性质，从儿称谓可以避免从同辈的角度直呼其名而显得不礼貌；拟亲属称谓是因有事求人而示亲密。然而在英、俄语中，直呼其名并不会显得不敬，拟亲属称谓也只有儿童会使用，如小孩子将无血缘关系的长辈呼为"uncle/дядя"（叔叔）、"granny/бабушка"（奶奶）等，因此，英、俄译者皆译为姓名称谓以避免歧义，同时加以"师傅 / 先生"的尊称以表达礼貌尊敬，契合吕氏有求于人的语境。

例上 79

"原来是大婶子回来啦，"剃头人热情地说（140）

英：So, **the lady of the house** has returned（167）

俄：Значит, **хозяйка** вернулась（191）

对于"大婶子"，英、俄译皆替代为"女主人"。这样的替代法可以避免直译为亲属词会引起的歧义，同时契合语境①。

总之，因文化差异，英、俄语中少用拟亲属称谓，因此译者根据具体语境，对一些会引起歧义的指称性拟亲属称谓做出了一定的改动。

（二）称呼性称谓语

1. 称呼性亲属称谓语

如上文所述，中国文化属于宗法文化，个人与家族紧密相连，讲究长幼尊卑，对长辈不可直呼其名；而西方和俄罗斯文化属于宗教文化，个人直接与上帝联系，"谁也不属于任何其他人，每个人只属于他自己和上帝"②，弱化家族内的长幼尊卑，强调个人价值和独立性，因此在称谓语上多使用姓名称谓。面对这样的差异，译者是如何处理《丰乳肥臀》中称呼性亲属称谓语的呢？为免赘余，笔者只以七条具有代表性的例子试做分析。

（1）女婿们对上官鲁氏的称呼。

英、俄语对岳母的称呼与汉语不同。在英语中，女婿称呼岳母时多直呼其名或称以"Ms.＋姓"的形式；在俄语中，多用"名字＋父称"表示尊敬和融洽，偶尔可用"亲爱的丈母娘"（тёщенька）作呼语，表亲密。《丰乳肥臀》中上官鲁氏有六个女婿，与二女婿司马库及五女婿鲁立人有较多的直接对话，此二人皆呼鲁氏为"岳母"。对比后发现，对于"岳母"这个呼语，英译者多译为"Mother-in-law"，俄译者多译为"тёщенька"，以下三例为代表：

例上 80

老岳母（181）

---

① 对该语境的说明请见后文例上 173。

② 周方珠：《翻译多元论》，中国对外翻译出版公司 2004 年版，第 10 页。

英：**Mother-in-law**（209）

俄：**уважаемая тёща**（243）

例上 81

老岳母，我没有这个权力（245）

英：**Dear Mother-in-law…**（272）

俄：**уважаемая тёщенька…**（323）

例上 82

老岳母，谢谢你（252）

英：Thanks, **Mother-in-law**（278）

俄：**Тёщенька**, благодарствуйте!（332）

英语"Mother-in-law"是一个指称性称谓，而非称呼性称谓，一般不作呼语；俄语"тёщенька"可作呼语，但如例上 80 中的"тёща"同样也不常作呼语。显然，英译对于"岳母"多做直译处理，俄译也存在直译的例子。另外，俄语惯用称呼是"名字＋父称"，但汉语人名没有父称，若直译其名或译为"上官夫人"（госпожа Шангуань），则不能显示出说话人女婿的身份。英、俄译皆采用具有异化倾向的直译，虽然未必符合译入语习惯，但作为翻译文学，保留源语文化的异质性也是可嘉的；还可以向读者提示说话人的女婿的身份，帮助读者理清复杂的人物关系。

《丰乳肥臀》中女婿对岳母的呼语，还有一种情况：从儿称谓。

例上 83

鲁立人……客气地说："姥姥，您先靠边等着，……"（245）

英："**Aunt**," he said politely, …（272）

俄：Вы, **бабуля**, подождите здесь, …（323）

对于"姥姥"，英译为"伯母"（aunt），俄译为"姥姥"（бабуля）。

例句中鲁立人称上官鲁氏为"姥姥"，是站在自己女儿鲁胜利的角度的称呼，属于从儿称谓，体现如原文所说的"客气"的态度。从儿亲属称谓在俄语中也比较常见，因此俄译无误。英译为"伯母"（aunt）显然是误译了。此时鲁立人已经是上官鲁氏的女婿，译为"伯母"不符合语境。这样的误译很有可能会给读者造成困惑：对于熟悉清楚作品人物关系的读者，看到"aunt"，会误以为中国人可以称岳母为"伯母"；不熟悉作品人物关系的读者，看到这里的对话就会感到更加凌乱。某位英译本读者如是说："说实话，一半的时间我都搞不清作者这是在说谁。如果你熟悉东方取名体系的话才会更好读。"① 的确，《丰乳肥臀》这部长篇小说，故事情节丰富、人物关系复杂，即便对于中国读者，初读时要搞清人物也非易事，何况对于不熟悉中国人名的外语读者。像此例英译这样的误译，确实会增加译入语读者的阅读障碍。

（2）排行 + 亲属词。

中国文化重视长幼之分，称谓语里也常有"排行 + 亲属词"形式；而在英、俄语中，以"妹妹"（sister/сестричка）为例，如果说话人有好几个妹妹，并不会像汉语里那样以排行相区分（大妹、二妹），而是直呼其名或"妹妹（sister/сестричка）+ 名字"。至于《丰乳肥臀》中的这类称谓语，英、俄译者皆直译，如：

例上 84

六妹（249）

英：**Sixth Sister**（275）

俄：**Шестая сестра**（328）

---

①   Lyndon W. Schultz, December 1, 2012. http://www.amazon.com/Big-Breasts-Wide-Hips-Classics/product-reviews/1611453437/ref=cm_cr_pr_btm_link_3?ie=UTF8&showViewpoints=1&sortBy=recent&reviewerType=all_reviews&formatType=all_formats&filterByStar=critical&pageNumber=3.

莫言与当代中国文学创新经验研究

例上 85

五姐夫（249）

英：**Fifth Brother-in-law**（275）

俄：**Пятый зять**（328）

在这两例中，英、俄译者不仅直译了排行（这样可以帮助读者理清人物关系），而且直译了"姐夫"（Brother-in-law/зять）。"姐夫"在英、俄语中并不能做呼语，而译者皆直译处理，保留了汉语称谓语的异质性。

按照中国传统文化心态，中国人重家族而轻个人，因此亲属间，即便是长辈称呼晚辈，也多称以亲属称谓，而不直呼其名。如下例：

例上 86

他五姐夫（245）

英：**Fifth Son-in-law**（272）

俄：**пятый зятёк**（323）

英、俄译者皆译为"五女婿"。

中国长辈称呼晚辈多用从儿称谓，表示认同对方的亲属关系，以显得亲切、避免生疏，达到更好的交际效果。例句即是如此。而在英、俄语中，"姐夫"一般不用作从儿称谓，因此英、俄译皆转化为"五女婿"以避免极端异化，同时直译出"排行"的形式以为读者提示人物关系且保留汉语称谓特点。

2. 称呼性拟亲属称谓语

拟亲属称谓语常出现在我们日常生活中，有各种各样的交际功能、修辞色彩。为便于考察译文效果，我们分类来讨论。

（1）亲密色彩。

如上文所述，拟亲属称谓语可以缩短交际距离，用于呼语时更是如此。有求于人时可以拉近距离，以"亲属"情分打动对方；用于其他交际场合，也可以表达亲密色彩，利于谈话顺利进行。

《丰乳肥臀》中表亲密色彩的拟亲属称谓语有"大娘/大嫂""弟妹""大侄子"等。其中"大婶/大嫂"除表亲密之外，还是一种年长称谓，中国文化以年长为尊，因此此词可表礼貌、客气之意。英语中没有与此对应的拟亲属称谓语，但俄语中存在类似的可用作呼语的拟亲属称谓词汇，如тётушка（婶婶）和сестрица（姐妹），同样可表亲密色彩，但俄罗斯文化一般不以年长为尊，因此，这两个俄语词汇不能单独表示尊敬之意，那么，对此俄译者将如何处理呢？请看实例：

例上 87

弟妹，救命吧！（257）

英：Help me, **Sister-in-law**, …（283）

俄：Помоги, **сестрица**!（338）

例上 88

老婶子，你真是大命的。（54）

英："**Elder sister-in-law**," …（81）

俄：Долго жить будешь, **тётушка**（77）

例上 89

大嫂，算了吧（55）

英："Let it go, **sister-in-law**!"（81）

俄：Будет тебе, **сестрица**（77）

例上 90

大嫂（139）

英：**Elder sister**（167）

俄：…**тётушка**（191）

例上 91

大婶，是您啊（329）

英：I see it's you, **aunty**.（342）

俄：А, это вы, **почтенная тётушка!**（428）

以上五例是没有血缘关系的人对上官鲁氏或上官吕氏的称呼。对比发现，对于这五例中的拟亲属称谓语，英译都进行了直译，而俄译使用了俄语对应词"тётушка/сестрица"，并在有的例子中加上"尊敬的"（почтенная）或祈使后缀"请"（те），以表尊敬之意。

对于某些突出央求之意的语句，俄译者更加注意使用如上的加词法来传达原文语意，如：

例上 92

大嫂子（41）
英：**Elder sister-in-law**（39）
俄：**Почтенная сестрица**（62）

综观上述六例，对比译文效果，因俄语中存在对应词，所以俄译无误。而如英译般对拟亲属称谓进行直译是不可取的：对于具有血缘关系的亲属称谓语进行直译，既可保留汉语特色，又不会影响读者理解；而对拟亲属称谓语进行直译，则是值得商榷的。原因有三：首先，亲属词在英语中，并不会比姓名称谓更具亲密色彩；其次，将在汉语中可以表亲切、熟悉之意的"老"字直译为"elder"，也是事倍功半的，因为西方文化并不以"老"为尊，反而视"老"为无用、衰退，如此直译反而会与原文之意背道而驰；再次，不熟悉人物关系的初读者可能会误解为真实的血缘亲属，使原本就复杂的人物关系更显混乱。

好在并不是所有此类称谓都被直译，也有一些语句被英译者做了意译处理，如：

例上 93

大嫂……（142）

英："Ma'am," …（169）

俄：Это, **тётушка**, …（194）

例上 94

大娘……（281）

英："Madam," …（306）

俄：… **уважаемая**, …（369）

例上 95

弟妹，大侄女们，都起来（52）

英：Get up, **girls**, all of you（79）

俄：Вставайте, **девочки**, все вставайте（74）

在这三例中，对于拟亲属称谓语"大娘 / 大嫂"英译意译为"女士 / 夫人"（ma'am/madam）是可行的，例上 94 中的"уважаемая"也属于意译的方法，意为"尊敬的夫人"。对于例上 95 中的"弟妹，大侄女们"，英、俄译皆合并意译为"girls/девочки"，这两个词在英、俄语中意为"姑娘"，但也可形容已婚妇女。

有趣的是译者对另一处"弟妹"的翻译：

例上 96

弟妹（53）

英：Everyone（80）

俄：Братья и сёстры（76）

英译为"大家、每个人"，俄译为"兄弟们和姐妹们"。

原文语境是，被误以为已经死去的上官吕氏苏醒过来，吓呆了在场的人们——上官鲁氏及司马亭的手下苟三等人。司马亭反应过来，对上官鲁氏说出了这句话。译者也许是将"弟妹"按照字面意思理解为"弟弟和妹妹"，也许是觉得此话不应只对鲁氏一人说，而应向在场所有人解释以安人心，所以出现了如此译文。但据笔者揣测，此处是无意误译的可能性较大，因为结合上下文，俄译者正确译出了司马亭与苟三之间的上下级关系，译为"брат"（兄弟）总是不妥，应不是有意误译。

其实，对于汉语拟亲属称谓语中的"大嫂""大婶"等，历来便可直译、可意译，两种译法也可以出现在同一译者的笔下，以《茶馆》的英、俄译本为例：

王利发：这位大嫂，有话好好说！①

霍华英译：**Elder sister**, if you've got some problem let's hear it—reasonably.②

英若诚英译：Now, now, **madam**! Don't get so upset! Calm down.③

俄译：Послушай, **почтенная**! Расскажи по-хорошему!④

周秀花：大婶，您是要走吧？⑤

霍华英译：**Auntie**, you're going to go, are you?⑥

① 老舍:《茶馆/TEAHOUSE》，霍华译，外文出版社2003年版，第106页。
② 老舍:《茶馆/TEAHOUSE》，霍华译，外文出版社2003年版，第107页。
③ 老舍:《茶馆/TEAHOUSE》，英若诚译，中国对外翻译出版公司1999年版，第55页。
④ Молчанова Е.И., Чайная, сост. Воскресенский Д.Н.: *Записки о Кошачьем городе: избранное*, Издательство Восточной Литературы 2014, с.500.
⑤ 老舍:《茶馆/TEAHOUSE》，霍华译，外文出版社2003年版，第134页。
⑥ 老舍:《茶馆/TEAHOUSE》，霍华译，外文出版社2003年版，第134页。

英若诚英译：**Aunt**, have you made up your mind to go?[1]

俄译：**Тетушка**, вы уходите?[2]

    这两条例句都是说话人对与自己没有亲属关系的康顺子所说，使用拟亲属称谓表亲密，符合中国人素来的文化习惯。第一例中霍华英译为直译，英若诚英译及俄译为意译；第二例中三个译文皆为直译。可见，有时译者会为保留源语特色而直译，有时又会结合语境而意译。

    以上例句是俄语中存在对应词的情况，而有些情况则是英、俄语皆无对应词，如拟亲属称谓意义上的"侄子"等。

例上 97

上官大侄子（莫言，2012：16）

英：**Worthy nephew** Shangguan（Goldblatt，2012：15）

俄：уважаемый **племянник** Шангуань（33）

例上 98

房家大侄子，你这是犯什么傻呢？（453）

英：You there, **nephew Fang**,…（449）

俄：Эй, **племянник** семьи Фан!（582）

例上 99

侄媳妇，您家三姑娘与那个捕鸟的……（117）

英：**Young niece**…（145）

俄：**племянница**…（161）

① 老舍：《茶馆 /TEAHOUSE》，英若诚译，中国对外翻译出版公司 1999 年版，第 70 页。

② Молчанова Е.И., Чайная, сост. Воскресенский Д.Н.: *Записки о Кошачьем городе: избранное*, с.506.

对于以上三个例句中的拟亲属称谓语，译文词汇在译入语中只表示真实的血缘关系，而英、俄译却都进行了直译，会使读者误以为说话人之间有直接的亲属关系，从而对故事情节和人物情感产生一定的误解。

更意味深长的拟亲属称谓语是下一例：

例上 100

"小妹妹，不，大妹妹，我们有缘哪！"他（沙月亮）意味深长地说着，……（73）

英："**Little girl**—no, **young mistress**, we are linked by fate!" he announced before walking back outside.（100）

俄：— **Сестрёнка**... Нет, **барышня**! Нас свела сама судьба! — с глубоким чувством произнёс он...（102）

说话对象是同一人，为什么忽从"小妹妹"变为"大妹妹"？原来沙月亮是看上了上官来弟，意图调情。"小妹妹"称谓语侧重年龄稚小，显得难以与说话的这个男人般配；"大妹妹"在年龄上更显成熟，"妹妹"的呼语在汉语中另有一层独特的男女暧昧之意。因此，单凭这拟亲属称谓语的三言两语之变化，沙月亮的不轨之心已昭然若揭——语言的艺术性不可谓不高深。英、俄语中的"妹妹"不用于拟亲属称谓的泛指，因此对于"大妹妹"译者都没有直译，而是意译为"（年轻的）小姐"，这样意译的归化法反而使译文更有效。

总之，对于以上表亲密色彩的称呼性拟亲属称谓语，不管有无对应词汇，英、俄译皆以直译为主。对于其中某些修辞色彩明显的语句，俄译者会使用加词法传达修辞效果。有时译者会因误看或误读而导致一定的误译，但影响不大。英译直译虽可商榷，但参考其他作品的英译文，我们发现，对此类称谓语直译已有先例，看来译者有时会很注重保留源语特色。英译有时也会结合具体语境进行意译，如例上 93 至例上 95。

（2）尊敬、求饶色彩。

源于尊卑有序、长幼有别的儒家文化心态，拟亲属称谓语中的对于长辈的称谓，还常常用作下级对上级的尊称，或弱势方对强势方的求饶之辞。

例上 101

"大哥，差不多了。"……队员对司马库说（101）

英：It's nearly time, **elder brother**…（127）

俄：Ну вот, уже недолго осталось, **брат**（138）

英、俄译皆为直译。

"大哥"常用于军队里下属对上级的非正式尊称，既可以表示恭敬，又可以显出战场上的兄弟义气。例句为司马库的下属对司马库的称呼。英译的"elder brother"只能表示血亲哥哥，俄译的"брат"可以表示亲属兄弟或非亲属间称呼的"哥们儿"，都不契合原文语义。

例上 102

小兵……哭咧咧地说："哑爷爷，我脱，我脱还不成吗？"（241）

英：I'll strip, **Grandpa** Mute, …（268）

俄：Я сниму, **почтенный** немой, …（318）

英译直译为"grandpa"，俄译意译为"尊敬的先生"。

例中"爷爷"并非实指血亲祖父，而是一种尊称，表示求饶色彩，而 grandpa 在英语中只用来称呼祖父 / 外祖父，并非表尊敬的拟亲属称谓。因此，英译直译为"grandpa"是不合适的。俄译无误。

然而也有意译的例子：

例上 103

老爷爷们（334）

英：**gentlemen**（347）

俄：**господа**（434）

英、俄译皆意译为"先生们"，是一种尊称，可以表示求饶色彩。

（3）谄媚色彩。

与尊称色彩相类似，汉语中还有些长辈亲属称谓语可以表示谄媚色彩，对于这样的拟亲属称谓，英译多直译，俄译有直译也有意译。如以下两例：

例上 104

"舅老爷，人已经死了，……让她入土为安吧！"……"老舅奶奶，……哭坏了身子，那可了不得。再说了，老姨奶奶是人吗？……她原本是百鸟仙子，……"（201）

英：**Elder uncle**,…" "**Elder aunt**," he said, "…it's the living who count. …Besides, was our **aunty** here a real person?"（227）

俄：**Уважаемый** шурин, — заговорил он, выступив из толпы, …**Почтенная невестка**, умерла она, …К тому же была ли **почтенная младшая тётушка** человеком?（266）

原文语境是在司马库掌权时期，上官领弟死于意外，司马库和上官招弟来到事发地点，这时一个名叫郭福子的村民走过来对司马库和招弟说了这通废话。郭福子与他们并非亲属，称司马库为"舅老爷"、招弟为"老舅奶奶"、领弟为"老姨奶奶"，是在刻意攀亲戚，谄媚色彩十足。在领弟之死的紧张剧情中，作者穿入了这样一个无关主线的小插曲，通过一段天上地下胡吹乱攀的人物话语勾勒出一张趋炎附势的小人嘴脸，还选用了"舅老爷""老舅奶奶""老姨奶奶"这样瓜蔓般弯弯绕的亲属词，如此闲笔暗含幽默讥讽，读来令人喷饭，又可缓解剧情的紧张感，使行文张弛有度。

对于"舅老爷""老舅奶奶"和"老姨奶奶"，英译为 elder uncle，elder aunt 和 our aunty，俄译为 уважаемый шурин（尊敬的大兄哥）、почтенная невестка（尊敬的嫂子）和 почтенная младшая тётушка（尊敬的小婶子）。从效果上看，英语中的 elder uncle、elder aunt 和 our aunty 并不能表示尊敬或谄媚色彩，所以此处的英译不仅无法传达作者的讽刺之意，而且还会使读者觉得莫名其妙、啰唆不休。如一位普通读者评论道："240 页后我就放弃了，因为进展缓慢的情节、描写过度的细节让我觉得困滞不前……"①

俄译也为直译，只不过在亲属词之前加上了"尊敬的"（уважаемый，почтенная），可以提醒读者注意这里的修辞色彩，但也存在会导致误读的风险；其中 шурин 和 невестка 在俄语中并不能作呼语，但译者还是坚持了这样的直译，突出了汉语异质性。

例上 105

"干姨，干姨，您怎么能跟他们一般见识呢？……"（470）

英："**Dear little aunty**, …**Aunty**," he said,…（465）

俄：Эх, **уважаемая**,…У меня, **почтенная**,…（601）

对于"干姨"，英译为"亲爱的小姨"（dear little aunty），俄译为"尊敬的女士"（уважаемая/ почтенная）。

与上一例类似，此例中的"干姨"也是鹦鹉韩的甜言蜜语之称。英译在亲属词"aunty"之前加上"little"和"dear"，也可以明示出亲昵之意，但也会造成说话人有亲属关系的歧义；俄译的意译法要优于英译的直译法。

（4）情爱色彩。

汉语中有些拟亲属称谓语还可以用于情人间的昵称或戏称，译

① https://www.goodreads.com/book/show/670217. Big_Breasts_and_Wide_Hips? from_search=true&search_version=service.

莫言与当代中国文学创新经验研究

者如果直译为亲属词，就会导致乱伦的误解，因此，对于这样的称谓，译者或转化 / 替代，或省略：

例上 106

他说着又去摸索双乳，女人道："老祖宗，不行了，家里出大事了。"（360）

英："**You lecher,**" she said, "that's enough. ..."（374）

俄：Перестань! С твоей семьёй большое несчастье!（467）

例上 107

亲爹，吓死俺啦!（360）

英：You frightened me half to death!（374）

俄：**Фу**, напугал до смерти!（468）

对于例上 106 中的"老祖宗"，英译意译为"你这个色鬼"，俄译省略；例上 107 中的"亲爹"，英译省略，俄译使用了一个语气助词"Фу"代替，以保留原文的语气程度。

（5）詈骂 / 戏谑色彩。

还有一些拟亲属称谓语在特定语境中可表詈骂或戏谑色彩，如"儿子""孙子""小舅子"等。

例上 108

她骂道："你乖乖地还给我，儿子，这种……把戏，老娘我见得多了！"（442）

英："I asked you nicely to give it to me, **son**. ...I've seen this sort of daylight robbery plenty of times."（438）

俄：Ну-ка быстро вернул мне её, **как умный мальчик**, — скомандовала она. — Видала я таких трюкачей-провокаторов,...（569）

　　例句是二十多年前自卖为妓的上官想弟所说，"儿子"与后面的"老娘"自称相呼应，带有明显的詈骂色彩。上官想弟身处勾栏二十多年，对于抢劫了她毕生积蓄的人，当然不会文绉绉地回应，而是破口大骂。这样的说话特点更符合人物身份，使形象更鲜明，这也体现了我们一直提到的作者的对话描写之功，正如李渔所主张的"说一人，肖一人，勿使雷同，弗使浮泛"①，所以，例句中泼辣的詈骂语意不可忽视。

　　然而，对于"儿子"，英译直译为"son"，俄译为"像个聪明的男孩那样"；对于"老娘"，两位译者皆省去未译。英语中的"son"用作拟亲属称谓时，多用于年纪大的人对年轻人的称呼，不仅没有詈骂意味，反而表示亲切；俄译则是将语气强烈的呼语改译为语气单弱的状语成分，同样减弱了詈骂色彩。

例上 109

她说："儿子……"（487）

英："**Adoptive son**," she said（480）

俄：Глаза-то под ноги не урони, **сынок**（623）

　　此例中的"儿子"是老金对即将与之发生肉体关系的金童的称呼，带有暧昧、戏谑的意味。英译"adoptive son"是"养子"，俄译"сынок"用法与英语"son"相同，用于非亲属间表示年龄大的人对年轻人的称呼。显然，这里的两种译文都不符合原文语境。

例上 110

……个小舅子，看你还敢跑。（156）

英："...Now let's see you run away, **my little uncle**."（184）

俄：Вяжи **голубчика**, теперь не убежишь, приятель…（212）

---

① 李渔：《闲情偶寄》，上海古籍出版社 2000 年版，第 64 页。

例上 111

小舅子们（164）

英：**little uncles**（192）

俄：**сынки**（222）

例句中"小舅子"用作詈骂语，而不是亲属称谓，英译译为高出了一个辈分的"小舅舅"是不对的；例上 109 中的俄译"сынок"如上文所述，也不是詈骂语；只有例上 110 中的俄译"голубчик"可作为表示威胁、责骂的呼语，符合语境。

不过，英译并未将所有类似的詈骂语都直译，也有意识到其詈骂色彩并正确意译的例子：

例上 112

孙子们，都给我爬上来吧（60）

英：**you bastards**…（86）

俄：**идиоты**…（84）

英译为"混蛋"，俄译为"笨蛋"，都译出了原文的詈骂色彩。

总之，通过对以上称呼性拟亲属称谓语的分析可见，虽然英、俄语中拟亲属称谓语很少（除了俄语中的 тётушка 婶婶和 сестрица 姐妹），但英、俄译者仍以直译为主。这一方面可以保留源语的异质性，但另一方面就会造成歧义。尤其是对于一些含有明显修辞意义的、在译入语中缺乏对应词汇的拟亲属称谓语，英、俄译亦多直译，不仅无法传达原文称谓之意，而且会造成语气失调、语意误译。同时，也存在一定的译者根据具体语境进行的意译，尤其是对情人的昵称，为免乱伦的误解，英、俄译者皆使用替代或省略法进行调整。还有些语句是英译直译而俄译意译，俄译意译的效果优于英译直译（如例上 102 和例上 105）。

3. 称呼性"老"字称谓语

在汉语称谓语中，"老"+ 亲属称谓或姓氏，表示熟悉、亲密之意。

（1）熟悉的"老"。

例上 113

老嫂子，没听到福生堂大掌柜的吆喝？（27）

英："**Old sister-in-law**," he said（25）

俄：А ты разве не слыхала, **почтенная**（45）

例上 114

老嫂子，你简直是胡说八道（39）

英：**Elder sister-in-law**, don't be foolish.（37）

俄：Ну что ты несёшь, **почтенная сестрица**（60）

这两例中的"老嫂子"都是樊三对上官吕氏的称谓。英译"old/elder sister-in-law"中的"old/elder"和"sister-in-law"都是误译。因为首先，樊家与上官家并没有姻亲关系，而英语中的"sister-in-law"只表示姻亲关系，并不作拟亲属称谓语；其次，原文中"老"字表示熟悉、交情老，英译中"old/elder"出现在"sister-in-law"之前，只有年老之意。俄译中的"почтенная/почтенная сестрица"可以作呼语，在意义上可视作汉语"老嫂子""老大姐"的对应词汇，俄译无误。

（2）亲爱的"老"。

例上 115

母亲笑道："老马，……"（66）

英：Mother laughed. "**Old man**," she said（93）

俄：Эх, **старина Ма**!— засмеялась матушка.（92）

例句中的"老马"是上官鲁氏对情人马洛亚的爱称。马洛亚是瑞典籍牧师，并不姓"马"，这里的"老马"，有两层含义：其一以示二人关系亲密，其二说明马洛亚居住在高密东北乡的时间之久，已经中国化地"姓马"了。

"Old man"在英语中可用作妻子对丈夫的昵称，所以，英译虽然无法表现出第二层含义，但称谓意思无误；而俄译中的"старина（老爷子）Ma"，就值得商榷了：在俄译本全书中，译者将马洛亚这个本名还原为外语形式"Мюррей"，而没有按照"马洛亚"三字音译为"Ма Лоя"，因此，这里如果要保留"老"＋姓的形式，应为"старина Мю"，而不是"马"的音译"старина Ма"。俄语读者只知道"Мюррей"，并不会明白"Ма"与"Мюррей"之间的联系。不过，因有上下文的存在，误译的影响有限。

马洛亚被称为"老马"，在作品中还有两处，表示上文所述的熟悉的"老"或表尊敬：

例上 115–1

司马亭……说：老马，……（61）

英："Malory," he said,…（88）

俄：почтенный Ma（86）

例上 115–2

老马牧师（70）

英：old Pastor Malory（97）

俄：наш пастор Ma（97）

这两例中英译都去掉了汉语特色的"老"，而直接使用文中的常规人名，以避免给读者造成阅读障碍；俄译则同例上 115 一样，且分别加以"尊敬的"（почтенный）和"咱们的"（наш）以表汉语"老"的尊敬、熟悉色彩。总之，对于马洛亚的"老"，英译体现了归化倾向，俄译体现了异化倾向，并在异化中存在一定的误译。

（3）幽默的"老"。

例上 116

（王梅赞）是一个乐天的右派，……饲料加工组的小组长也是个宝贝。他名叫郭文豪，……郭文豪说："老右！"王梅赞便双腿并拢，道："老右在。"（421）

"老"字称谓一般称之以姓，如"老刘""老王"，而原文将一个"右派"称为"老右"，被呼人也自得其乐答曰"老右在"，属于对"老"字称谓的仿造，颇具幽默效果。结合例句中的"是一个乐天的右派"，很容易让人联想起莫言的其他作品，如中篇小说《三十年前的一次长跑比赛》：

"右派"在我们那儿，就是大能人的同义词。我们认为，天下的难事，只要找到右派，就能得到圆满的解决。牛不吃草可以找右派；鸡不下蛋可以找右派；女人不生孩子也可以找右派。……这些右派，看样子是欢天喜地的，……充满了乐观主义精神。[①]

这些欢乐的"右派"也生活在《丰乳肥臀》中，如例句所示，其中的幽默感呼之欲出，颇有阅读趣味。对此，译者又是如何翻译的呢？

英："**You there, rightist**!" Guo Wenhao shouted. Wang Meizan brought his legs together. "**Yo!**" he responded.（418）

俄：— **Эй, правый**! — крикнул Го Вэньхао.

— **Здесь правый**! — щёлкнул каблуками Ван Мэйцзань. …（542）

---

① 莫言：《三十年前的一次长跑比赛》，《师傅越来越幽默》，作家出版社 2012 年版，第 132—133 页。

对于"右派"之"右",英、俄译皆如实直译（rightist/правый）；而对"老"字，如果译为"old/старый"，则无法保留其幽默色彩，于是英、俄译皆处理为"You there""Yo!"和"Эй""Здесь"这种口语化和语气助词化的形式，基本保留了原文语意，可以避免色彩流失或变形，其中，俄译的幽默效果更佳。

总之，如本节开头所述，由于文化差异，"老"在汉语称谓语中可表熟悉、亲密或营造其他修辞效果，而在英、俄语中则无此意。通过以上四条例句可见，英、俄译皆有直译，有意译，也有误译。其中英译误译是因坚持"老"之直译，俄译误译则多半由于译者疏忽。

4. 称呼性职衔称谓语

如前所述，中国在很长的历史时期内都属于官僚政治，官本位思想是占主导的文化心态，因此，称谓语中有很多表尊敬的职衔称谓，如至今我们常称大诗人杜甫为杜工部以表敬意；而西方属于宗教政治，个人直接与宗教联系，并不以官僚体系为本，因此英、俄语中的职衔称谓数量要远远少于汉语。

例上 117

鲁团座，你这是骂我。（252）

英：That's an insult, **Commander Lu**.（278）

俄：Обижаешь, **полковник**, …（332）

司马库不是鲁立人的属下，但称之以"鲁团座"这个官衔称谓，体现出故作雅正的官腔色彩。作者这样描写以符合人物身份，使其区别于村夫乡语。而在英、俄语中，"团长"一职并不能作呼语，但英、俄译皆直译。

例上 118

先生，这是俺的独生儿子，……（329）

英：**Teacher**, he's my only son, …（342）

俄：Ону меня единственный сын, **учительница**, …（428）

例句中"先生"是上官鲁氏对金童的音乐老师纪琼枝的称呼，相当于呼语"老师"，可用作称呼性称谓语，而英、俄语中的"老师"（teacher/учительница）只能用作职业名词而非呼语。但英、俄译皆直译。

例上 119

师傅，没有你这样干活的。（367）

英: One of the guards said to the barber, …（381）

俄: Такая работа не годится, **почтенный**, …（477）

对于"师傅"，英译将这个称谓语省略不译，俄译将其转化为"老兄"（почтенный）。

在汉语里，我们常把有某种手艺的人称作"师傅"，例句即是说话人对剃头匠的称呼，而在英、俄语中则没有对应的称谓语。英译对其省略不译，并在直接引语之前加上"对那个剃头匠说"（said to the barber），以弥补因省略称谓语而造成的指涉不明；俄译将"师傅"这个职业称谓转化为旧时在俄语中常用的口语称谓。

职衔称谓在英、俄语中的数量都很少，且上述三例中的职衔称谓词在译入语中皆不可做呼语，但我们看到，对前两例英、俄译者皆直译，对最后一例意译。可见，有时英、俄译者会注意保留汉语称谓语的异质性，有时又会考虑译文的可读性而作意译处理。另外，笔者认为，至少对这三例而言，两位译者直译或意译的选择带有一定的随机性，因为没道理刻意对"团长"（例上 117）和"老师"（例上 118）保持直译，又刻意对"师傅"（例上 119）进行意译。

（三）称谓语小结

通过分析以上的称谓语例句，可归纳出以下四点内容。

第一，虽然英、俄语中亲属／拟亲属、"老"字称谓及职衔称谓语很少，但英、俄译仍皆以直译为主。这一方面可以保留源语的

莫言与当代中国文学创新经验研究

异质性，但另一方面就会造成歧义。其中，对亲属称谓语直译，可帮助读者理清人物关系；但对拟亲属称谓语直译，却会给读者造成困惑，也未必能够有效传达原文的修辞色彩。

第二，英、俄译者有时会根据具体情况（不必直译出亲属词或直译法会造成严重误解的情况），进行意译和调整，可以保证译文不产生重大失误、而且流畅不啰唆。

第三，有时会因译者的一时疏忽产生误译，但因有上下文的存在而影响不大。

第四，纵观称谓语的翻译情况，英、俄译皆以直译为主，这是否能说明一些问题？单称谓语一例不足为证，且看两位译者对其他词汇的翻译。

五、人名绰号

《丰乳肥臀》这部长篇小说中人物众多，其中有些人名和绰号有着特殊寓意；而那些没有特殊含义的人名绰号，因东、西方姓名体系的差异，对它们的翻译，也值得我们关注。笔者共整理出78条/组人名和绰号，其中有73条译法明晰，限于篇幅，我们不一一呈现，而单独分析其中具有代表性的7条。还有5组人名/绰号的情况比较复杂，先将其分析如下。

（一）译法复杂的人名/绰号

首先，要讨论《丰乳肥臀》中的人名的翻译，有两组人名不可忽视："金童玉女"和另外七个姐姐的名字。先看七个姐姐的名字：

例上120

来弟、招弟、领弟、想弟、盼弟、念弟、求弟（18）

英：Laidi (Brother Coming), Zhaodi (Brother Hailed), Lingdi

(Brother Ushered), Xiangdi (Brother Desired), Pandi (Brother Anticipated), Niandi (Brother Wanted), and Qiudi (Brother Sought)（17）

俄：Лайди (Ждём Братика), Чжаоди (Зовём Братика), Линди (Приводим Братика), Сянди (Думаем о Братике), Паньди (Надеемся на Братика), Няньди (Хотим Братика) и Цюди (Просим Братика)（35）

英、俄译皆使用了音译 + 解释的方法，并且在之后的行文中，都不再呈现括号里的解释而直接使用音译。

上官家七个女儿都是作品的主要人物，音译法可以保留人名区别于其他普通名词的异质性，方便情节叙述；这七个名字含有明显的寓意，即上官家期盼男丁的愿望，使用解释法明示出这层含义也是必要之举。

比较复杂的是"金童玉女"这组名字：上官鲁氏抱着龙凤胎去找他们的生父马洛亚，让马洛亚给他们起名字。鲁氏提起婆婆曾说就叫"上官狗儿"，因为中国民间有"贱名好养"之说，然而马洛亚否定了这个名字："什么狗儿猫儿的，这是违背上帝旨意的，也同时违背孔夫子的教导，夫子曰：'名不正则言不顺'。"①于是马洛亚开始绞尽脑汁地想名字："马洛亚牧师站起来，倒背着手，在散发着废墟气息的教堂里急急忙忙地走着，他匆匆的步伐是他的大脑急速运转的外在表现，古今中外、天上人间的名称和符号在他脑子里旋转着。"②就这样匆匆徘徊了二十九圈之后，他终于想到了，然而正当要说出来时，黑驴鸟枪队破门而入，霸占了教堂、欺凌了鲁氏、开枪打伤了他。最后，马洛亚拖着被打伤的双腿爬上钟楼，在自尽之前，蘸着自己的鲜血在墙壁上写下了四个大字：金童玉女。这便是上官金童和上官玉女的名字的由来。那么，"古今中外、天上人间"想出来的、将说未说而被打断的、鲜血淋漓临终所示的"金童玉女"，是否含有深意呢？

---

① 莫言：《丰乳肥臀》，作家出版社 2012 年版，第 75 页。
② 莫言：《丰乳肥臀》，作家出版社 2012 年版，第 75 页。

首先，我们看到，这组名字既没有遵循"上帝旨意"，也不是按照"孔夫子的教导"，而是来源于道教。给中西混血儿起的名字含有道教色彩，笔者解读为两层含义：其一，若关注作者意图，我们于此细微处便可窥见《丰乳肥臀》这部作品里的宗教观：它不是单一、稳定、明晰的，而是在中国原本就儒释道相通的思想体系中又增加了中西混杂的因素，同时在向神而皈的面纱之下又隐藏着对母性的礼赞；其二，再看马洛亚这个人物，他自称是来自瑞典的牧师，但自己也记不清已在中国生活了多少年，他的外籍身份饱受质疑，他的言行举止都"高密东北乡化"了，总之，这个外国人物是很中国化的。那么，这个特点，也反映在他给孩子起的名字上——带有中国本土宗教色彩。总之，"金童玉女"这组名字中的道教色彩，是值得关注的。

其次，马洛亚对上官鲁氏，并不像其他与鲁氏有过关系的男人们那样止于色相，而是有真情实感的，起名为"金童玉女"，体现了马洛亚对他们的孩子寄予了美好的愿望，体现了感情的真实。

再次，相对应的，上官鲁氏对马洛亚，也不像以往与其他男人之间那样简单的"借种"，而是情真意切，用马洛亚的临终所书作为龙凤胎的名字，体现了鲁氏对马洛亚的感情。

最后，"金童"和"玉女"的名字也是这两个人物形象的诠释。上官金童是上官家千呼万唤唯一的男孩，是鲁氏唯一的儿子，得到了鲁氏最多的宠爱，用"金子"形容他在上官家和鲁氏心中的地位最合适不过；上官玉女是鲁氏最后一个女儿，她与上官家其他尽染风尘、饱经风霜的女儿都不同，她的一生纤尘未染，最后因不忍拖累母亲而自沉于清凉河水。这是作品中唯一一个纯洁如玉的人物形象，作者将最净朴的语言送给她："八姐的美是未经雕琢、自然天成的，她不懂得梳妆打扮，更不解搔首弄姿，她是南极最高峰上未被污染的一块雪。雪肌玉肤，冰清玉洁，……"[1] 林黛玉悲泣花下鸟

---

[1]　莫言:《丰乳肥臀》，作家出版社 2012 年版，第 620 页。这句话位于原作最后一章"拾遗补阙"中，这一章被英译删除。俄译无误。

不忍听，上官玉女的哭声则是"连太阳和月亮都要聆听"①。总之，"玉女"其名，恰如其分。

那么，以上四点，就是"金童、玉女"这组人名的意义，当然，我们考察译者对原文的翻译，并不是从我们对原作的解读出发（当然这解读也只是笔者的浅陋之见、一己之得），而是从原文语言本身出发。正如学者黄子平所说："文学语言不是把你摆渡到'意义'的对岸去的桥或船，它自身就既是河又是岸。"②那么，对于原文语言自身的语义和色彩，英、俄译者又是怎样翻译的呢？

先看英译。英译的直译与原文"金童玉女"的首次亮相同时出现：

例上 121

他用手指蘸着腿上流出的鲜血，在钟楼灰白的墙壁上写下了四个大字：金童玉女。（78）

英：…he wrote four words on the gray wall of the bell tower: **Golden Boy Jade Girl**.（106）

因为"金童"是叙事主人公的名字，如果直接使用"Golden Boy"则会显得像绰号而不像正经的名字，所以，在译作中英译者皆使用了"金童"的音译形式"Jintong"，但在开头的行文中也注意到了使"Golden Boy"与"Jintong"及"Jade Girl"与"Yunü"发生联系：

金童，我的宝贝儿（80）
英：**Jintong, Golden Boy**, my little treasure（107）

母亲背着我在地窖和萝卜堆之间来回巡视（80）

---

① 莫言：《丰乳肥臀》，作家出版社 2012 年版，第 143 页。
② 黄子平：《文学的"意思"》，浙江文艺出版社 1988 年版，第 41 页。

英：Mother and her little **Golden Boy** toured the area among the piles of turnips（108）

用汤匙喂饱了八姐玉女（90）
英：feeding my twin sister **Yunü—Jade Girl**（118）

英译这样的处理方法有利有弊，利有三点：第一点，译文简洁流畅，不妨碍读者阅读；第二点，采用音译形式，可以使人名区别于其他普通名词，有助于读者理解情节；第三点，同时解释出了词汇语义，保留了"金"（Golden）和"玉"（Jade）的形象，尤其是"Golden Boy"在英语中本有"人见人爱的男孩""好小伙"等意，所以，如此英译，也就可以实现上述"金童玉女"人名意义的第三、四点和第二点的一部分。而弊端也有两点：第一，没有译出道教色彩，流失了"金童玉女"这组人名意义中的第一点和第二点的一部分；第二，例上 121 是描写马洛亚自尽之前将孩子们的名字写下来，算作是对鲁氏的交代，而英译使用直译方法解释词语含义而没有采用音译，在英译本读者看来，倒不像是正经的命名，这与原文语境和逻辑略有不符，有可能会引起读者的困惑。解决这一点，方法有两个：一是使用音译并给音译加脚注解释语义；二是使用音译，同时在译作开头的"人物表"（List of Pricipal Characters）中"Jintong"和"Yunü"的条目里进行解释。但在前面四个小节对语言文化负载词的英译的讨论中，我们未尝得见英译者使用脚注法；看来，在"人物表"中作解释，似能对英译的不足之处略补一二。

再看俄译，俄译对马洛亚手书的"金童玉女"进行了音译并标以斜体字，符合原文语境：

例上 121

俄：Макнув палец в сочащуюся из ног кровь, он написал на серой стене четыре больших иероглифа: *Цзинь Тун Юй Нюй*.（109）

对 "金童玉女" 的解释则出现在之前的 "作者序" 的译文中:

有友人建议我将书名改为《金童玉女》①

俄: Кое-кто из друзей предлагал изменить название на «Цзиньтун и Юйнюй»②,…（8）

俄译者对 "金童玉女" 进行了音译并加了脚注, 在脚注中呈现了直译译文 "Золотой Мальчик, Яшмовая Девочка", 并解释说:"金的男孩, 玉的女孩, 神话人物, 常现于许多中国民间神话中, 道家神仙的随行者, 玉帝神力的执行者; 作品主人公及其姐姐的名字。" 由此, 俄译使用音译+脚注的方法完整解释出 "金童玉女" 的含义, 为实现其名字的四点意义提供了条件。但不足在于只出现在序言译文的脚注中, 恐难引人注目。

另外, 值得一提的是在作品靠后的部分还出现了 "金童子" 这个道教神仙形象:

例上 122

老金道:"我这个干儿子是王母娘娘御座前的金童子, 坐怀不乱的真君子, ……"（491）

英: "This son of mine is the **Golden Boy** at the feet of **the Queen Mother of the West**, …"（483）

俄: Этот мой названый сын — **Золотой Мальчик** у трона

---

① 莫言:《丰乳肥臀·新版自序》, 北京十月文艺出版社 2010 年版, 第 1 页。

② 其俄文脚注为:"Золотой Мальчик, Яшмовая Девочка— популярные герои многих китайских народных сказаний, спутники даосских святых, исполнители воли Яшмового Императора; имена главного героя романа и его сестры. —Здесь и далее примечания переводчика."

莫言与当代中国文学创新经验研究

　　例句中，说话人老金将上官金童比作"王母娘娘御座前的金童子"，一方面向交际对方说明金童的"坐怀不乱"，另一方面应和他的名字。英、俄译都进行了直译，并将"金童子"译为与译作开头的解释一致的词组（Golden Boy/ Золотой Мальчик），可谓缜密有致。但遗憾的是此处语句出现在作品后部分，并且只在对话中一闪而过，尤其是英译，未能弥补其对道教色彩的流失。

　　例上 123

　　我跟您上学那阵子，不就是打了一次瞌睡吗？……您当时说，"什么张德成，我看你是磕头虫"。就这么一句话，我这辈子就成了磕头虫了。（260）

　　英: That time I went to study with you, all I did was **fall asleep**, right?… "Zhang Decheng, in my book you're a **sleepyhead**." That is all it took for me to be saddled with the name **Sleepyhead** from then on.（286）

　　俄: Когда я у вас учился, разве не вы меня однажды отлупили за то, что я **клевал носом**? …«Какой ты Чжан Дэчэн, по мне так ты просто **щелкун**»[②].С тех пор я **Щелкуном** и остался.（342）

　　例句中"磕头虫"这个绰号成立的理由可能有两个:（1）谐音:"磕头虫"之"磕"与"打瞌睡"之"瞌"是谐音;（2）谐意: 在天敌袭来时磕头虫为了借助反作用力逃跑，会做出一个类似"磕头"的动作。而例句语境是张德成回忆自己在私塾里打瞌睡，可以

海外翻译家怎样塑造莫言

①　其脚注为:"Сиванму— в китайской народной мифологии повелительница страны мёртвых, расположенной на западе." 回译为: "Xiwangmu——中国民间神话中的女王，处于西天。"

②　其脚注为: "Кличка основана на созвучии«кэ» (от«кэшуй» — клевать носом) и«кэтоучун» — жук-щелкун."

想见坐在座位上的学生打瞌睡的样子，多半是头一低一低地叩向书桌，也形似"磕头"。然而，英、俄语中的"磕头虫"（click beetles/щелкун）与"打瞌睡"（doze off/клевать носом）既非谐音又非谐意，因此，本例需要译者做出一些特殊处理。

英译使用了替代法，将"磕头虫"替代为英语中形容贪睡的"sleepyhead"，并将之前的"打瞌睡"相应译为"fall asleep"，使译文逻辑圆满；但弊端在于"fall asleep"和"sleepyhead"是英文表达，会使读者无缘体会到中文"磕头虫"与"打瞌睡"的联系。俄译将"打瞌睡"译为"头一低一低地打盹"（клевал носом），将"磕头虫"译为俄语中表示这种昆虫的词汇"щелкун"并加脚注解释了原文的谐音："这个绰号是缘于'ke'（来自'keshui'——头一低一低地打盹(клевать носом）和'ketouchong'——磕头虫的谐音"，使前面的"头一低一低地打盹"出现在脚注里以使逻辑完整。总之，英译使用替代法使译文流畅但流失了原文的形象，而俄译使用脚注法有可能会打断阅读但保留了原文的谐音特点。

值得一提的是，俄译中的"клевать носом"是个固定词组，表示"头一低一低地打盹"，字面意思是"用鼻子啄"，在笔者看来，这两种动作都形似"磕头"，与"磕头虫"谐意，而俄译者却没有解释出这种谐意。揣测原因，也许是因为中国文化属于宗法文化，其重亲权和官本位的特点导致磕头常现于旧时人们的生活，至今中国人也十分熟悉其动作形象。而欧美文化属于宗教文化，神权重亲权弱、"首明平等"①（严复语），磕头的礼节比较少见，只会偶尔出现在某些宗教活动中。因此，"磕头"的动作形象并不在西方读者的前理解结构中，所以英译者将其替换掉，俄译者也许因为没有将"клевать носом"与"磕头"（отбить поклоны）联系起来，所以也未做解释。

---

① "中国最重三纲，而西人首明平等。"严复：《论世变之亟》，《严复文集》，线装书局2009年版，第236页。

莫言与当代中国文学创新经验研究

例上 124

你他妈的就是沙月亮, 外号沙和尚? （69）

英: I'll be damned, so you're Sha Yueliang, nicknamed **Sha the Monk**. （96）

俄: Так это ты Ша Юэлян по прозвищу **Монах Ша**? （97）

例上 125

跟沙和尚疯够了? （155）

英: You and **Monk Sha** have spent all your passion, is that it?（183）

俄: С **Монахом Ша** накуролесилась уже? （212）

沙月亮的绰号"沙和尚", 应源于《西游记》。《西游记》中沙悟净原为天将, 后被贬至人间为妖作怪,《丰乳肥臀》中以此为沙月亮的外号, 一来可形容沙月亮身手不凡, 二来两人都姓"沙", 取此绰号顺理又应景。那么就需先说明《西游记》中"沙和尚"的外译形式:

　　三藏见他行礼, 真像个和尚家风, 故又叫他作沙和尚。①

　　詹纳尔英译: When Sanzang saw him do this just like a real monk he gave him another name—**Friar Sand**.②

　　罗高寿俄译: Убедившись в том, что У-цзин делает все, как полагается монаху, Сюань-цзан пожаловал ему монашеское имя **Ша-сэн**.③

---

① 吴承恩:《西游记·第二十二回》, 人民文学出版社 2010 年版, 第274 页。

② William John Francis Jenner: *Journey to the West: v.1*, Foreign Languages Press 1993, pp.420.

③ Рогачёв И. А.: *Путешествие на Запад: Т.1*, Эннаеагон Пресс 2007, с.470.

由此可见，《西游记》的英、俄译将"沙和尚"译为"Friar Sand/Ша-сэн"等形式，另外，通过互联网检索，笔者发现，在《西游记》的英、俄译文学、影视作品中，比较通行的译法是音译形式"Sha Wujing/Шасэн"或意译为"Sand/Sandy/Friar Sand"，而如例句译文般的"Sha the Monk/Монах Ша"是比较少见的。

回看《丰乳肥臀》的英、俄译文，首先，译者都没有采用《西游记》中或已有的通行译法；其次，英、俄译文都保留了"沙"（Sha/Ша）以使读者明白这个外号与人物的相关性。

例上 126

马店镇天齐庙里的智通和尚（606）

英：...there is **a wise monk** at the Tianqi Temple in Madian Township...（70）

俄：...одном **учёном монахе** из храма Тяньци, что в Мадяньчжэне.（775）

对于"智通和尚"，英、俄译都误译了，英译误译为"一个明智的和尚"，俄译误译为"一个通晓的和尚"。

例句中的"智通"是和尚的法名，而非形容这个和尚的素质修养，英、俄译都属于望文生义的误译，不过影响不大。

（二）译法清晰的人名/绰号

1. 英、俄译皆音译

例上 127

他名叫郭文豪，但却一个字也不识（421）

英：...an illiterate man named **Guo Wenhao** ...（418）

俄：**Го Вэньхао** был тоже просто золото. Абсолютно неграмотный, ...（541）

例句中人名叫"郭文豪","文豪"一词原本指"杰出的、伟大的作家"[①]，因此例句才会在这个名字之后紧跟着"但却一个字也不识"的转折。而英、俄译者对这个人名都直接使用了音译形式而未加解释，同时删除了"但"这个转折词。

2. 英、俄译皆音译 + 解释

例上 128

我们蒋政委给这女孩起了一个名字，他可是大知识分子，……沙枣花，这名字好不好？（143）

英：Zaohua — Date Flower — how do you like that name?（170）

俄：Цзаохуа — Цветок Финика — разве не красивое имя?（195）

对于"沙枣花"，英、俄译者使用的译法相同，都是省去姓氏"沙"，只用"枣花"的音译形式 + 解释。此法可取，首先，解释出了名字的"枣之花"的内涵，是一个适合女孩儿的美丽名字，译出了蒋立人向上官家伸出橄榄枝之意，符合语境；其次，英、俄语中在提到某人名字时，一般仅仅涉及"名"，"姓"则另当别论，因此，例句译文省去姓氏"沙"，符合译入语的姓名习惯，不妨碍读者阅读。但是，原文之"枣花"二字，"花"为人名之俗，"枣"为人名之雅，如此俗中带雅、雅俗相宜，即符合这个女孩儿的身份，又体现出取名之人蒋立人的文化水平，从他给别人取的名字来看，蒋立人的确像个"大知识分子"，符合语境。

3. 英、俄皆直译

例上 129

习了一身好武艺，她能飞檐走壁……叫得最响的绰号是"沙燕子"。（458）

① 中国社会科学院语言研究所词典编辑室编：《现代汉语词典》，商务印书馆 2016 年版，第 1318 页。

英：…the most commonly heard is **Swallow Sha**.（454）

俄：…но больше всего её знают как **Ласточку Ша**.（590）

例句语境是沙枣花长大后成了一个神偷，身手不凡。绰号"沙燕子"一来表示她飞檐走壁身轻如燕，二来也会使人联想起民间传说里的义盗"燕子李三"，因此，"沙燕子"这个绰号起得很传神，使人物形象宛在眼前。英、俄译皆进行了直译，第二层联想义固不可译，但直译保留了"燕子"（Swallow/Ласточка）的形象，这在英、俄语中也有轻盈善飞之意，因此，这里的直译法是可取的。

4. 英译直译，俄译音译

例上 130

哑巴和三姐的双生子大哑和二哑（243）

英：the twin sons of the mute and Third Sister, **Big Mute** and **Little Mute**（270）

俄：**Да Я** и **Эр Я**— сыновья немого и третьей сестры（320）

对于"大哑和二哑"这两个人名，英译为"大哑巴和小哑巴"，俄译则采用了音译形式。

原文中并没有明确交代大哑和二哑是否也是哑巴，而且这两个人物是不是哑巴在情节中也并不重要，因此，俄译采用音译形式，流失了"哑巴"的语义，但影响有限。

例上 131

独奶子老金（213）

英：…an **aged** single-breasted woman known as **Old Jin**（239）

俄：…масел одногрудая **Лао Цзиньа**.（282）

---

① 其脚注为："*Лао* перед фамилией употребляют при обращении к старшему или уважаемому человеку."

对于"老金"，英译为"Old Jin"并加上"上了年纪的"（aged）的定语成分，俄译则为"老金"的音译形式"Лао Цзинь"并加脚注解释了"Лао"："Lao 用在姓之前是对上年纪的人或可尊敬的人的称呼。"

其实，汉语中"老 + 姓氏"之"老"，除了可表年老和尊敬之外，还有另一种色彩：熟悉、随便，甚至是一种狎昵。这样的称谓语特点源自中国的社会传统状态——乡土社会。正如学者费孝通指出，农耕生活将人们固定在土地上，一个村子里"每个孩子都是在人家眼中看着长大的，在孩子眼里周围的人也是从小就看惯的。这是一个'熟悉'的社会，没有陌生人的社会"①。大栏镇上的人都是老金的熟人，而"老金其实不老，关于她的独特的性爱方式，在村里的男人口里流传"②，"老金"又是个风流村妇，显然，"老金"之"老"，就恰恰属于熟悉的、狎昵的色彩。那么，对于这个人名，英、俄译都存在一定程度的误译：英译误在"aged"，俄译误在脚注内容的不合适。不过，对后面出现的"老金其实不老……"这段话，英、俄译都无误：

英：Old Jin wasn't really old（331）

俄：На самом-то деле Лао Цзинь вовсе не старая（407）

可见译者也难免后瞻前忘，有所疏漏。

例上 132

小狮子（350）

英：Little Lion（363）

俄：Сяо Шицзы（455）

①　费孝通：《乡土中国》，中华书局 2013 年版，第 5 页。
②　莫言：《丰乳肥臀》，作家出版社 2012 年版，第 312 页。

"小狮子"是司马库的手下，曾活埋了民兵队长进财一家，其行事狠辣正如一只狮子，原文中说他"机警凶狠、像猞猁一样的小狮子"①，所以，这个绰号恰如其分地表现了人物特点。英译直译保留了"狮子"（Lion）的形象，而俄译使用音译且无解释或脚注，使形象流失。

5.英译直译，俄译音译＋解释

　　例上 133

　　我们政委给他起了个名字，叫孙不言。（140）

　　英：Our political commissar has given your son-in-law a new name — **Speechless Sun**.（167）

　　俄：…наш политкомиссар прозвал его **Сунь Буянь, Бессловесный Сунь**.（191）

　　对于"孙不言"，英译为"无言的孙"，俄译则是"孙不言"的音译＋解释"无言的孙"。

　　作品描写孙家大哑巴参军后，政委蒋立人给他起名为"孙不言"，其作用有四：一来表示他此后成为一名军人，不再是无名无姓的闲人，这是政委的工作内容，符合情节和语境；二来使这个贯穿作品的主要人物有了名字，方便叙述；第三，"不言"能够时刻提示读者这个人物的生理特点，为后文的情节发展做铺垫；最后，"不言"二字既简明扼要又颇具雅味，显示出政委的文化修养不俗，从侧面着笔使人物形象更丰满，也足见作者的写法灵活。以此四点观照译文，我们发现，英、俄译文都只能实现前三点，而最后一点涉及汉语文言词汇的审美性，几不可译，也难强求。

　　另外，英、俄译相比，俄译的音译形式更像正经人名，而英译则像是绰号。无论如何，军队里的上下级都是一种严肃的关系，政委给士兵起了个像绰号的名字会显得不伦不类，因此，俄译较英译为佳。

　　① 莫言：《丰乳肥臀》，作家出版社 2012 年版，第 353 页。

表4 人名绰号之数据对比表 [1]

有特殊含义的人名			
英	直译 60%	音译 40% （音译 10%，音译 + 解释 30%， 音译 + 脚注 0）	省略 0
俄	直译 20%	音译 80% （音译 20%，音译 + 解释 40%， 音译 + 脚注 20%）	省略 0
无特殊含义的人名			
英	直译 16.5%	音译 77.5% （音译 77.5%，音译 + 解释 0， 音译 + 脚注 0）	省略 6% （半省略 4%，省略 2%）
俄	直译 4.2%	音译 93.8% （音译 93.8%，音译 + 解释 0， 音译 + 脚注 0）	省略 2% （半省略 2%，省略 0）
人名总量			
英	直译 24%	音译 71.1% （音译 66.1%，音译 + 解释 5%， 音译 + 脚注 0）	省略 4.9% （半省略 3.3%，省略 1.6%）
俄	直译 7.1%	音译 91.3% （音译 81.3%，音译 + 解释 6.7%， 音译 + 脚注 3.3%）	省略 1.6% （半省略 1.6%，省略 0）
与语境紧密相关的绰号			
英	直译 100%	音译 0	省略 0
俄	直译 63.9%	音译 36.1% （音译 9%，音译 + 解释 9%，音 译 + 脚注 18.1%）	省略 0
与语境没有紧密关联的绰号			
英	直译 100%	音译 0	省略 0

海外翻译家怎样塑造莫言

---

① 本表是对 73 条译法明晰的人名绰号的数据统计。

俄	直译 80%	音译 20% （音译 20%，音译 + 解释 0， 音译 + 脚注 0）	省略 0
绰号总量			
英	直译 100%	音译 0	省略 0
俄	直译 68.8%	音译 31.2% （音译 12.5%，音译 + 解释 6.2%， 音译 + 脚注 12.5%）	省略 0

（三）人名绰号小结

通过分析例句和观察表格，可归纳出以下七点内容。

第一，对于人名，英、俄译皆以音译为主；对于绰号，英、俄译皆以直译为主。

对人名进行音译，可使其区别于其他普通名词，以示读者其人名属性，方便行文；而绰号多具生动性，与语境紧密相关，可以暗示人物身份和情节，而且，作者讲述农村之事，村民之见当然不会以表字相称，而是多呼绰号或口语化的称呼，译者对绰号进行直译，可保留其生动性和暗示作用，又可传达原文的语境风格。

第二，总体来看，俄译音译多于英译，英译直译多于俄译。

总体来看，尤其是对于绰号，英译全部进行了直译，而俄译有31.2% 进行了音译，并多用解释法或脚注法加以解释。这一方面是因为，对于含有特殊寓意的人名和绰号，俄译会使用脚注法以辅助音译，所以音译可以传达其特殊寓意；而英译未使用脚注，除了一定的解释法，对于含有特殊寓意的人名和绰号，便无可音译。另一方面，这似乎也能够体现出两位译者的选择倾向的不同：音译更能够保留汉语的异质性，与直译相比，音译更体现了从原作出发的立场。

第三，对于特殊人名和绰号，英、俄译者皆尽可能地保留其特殊性；对非特殊人名和绰号，英、俄译者多简单音译。

对于有特殊含义的人名，英、俄译皆多直译或音译 + 解释 / 脚注法，可见译者意识到了这些人名的特殊寓意，对其直译或解释出来，有效传达了原文语意。对于其中的主要人名，英、俄译皆进行了音译 + 解释（如例上 120 和例上 128）以保留其正式人名的属性、利于行文；但偶尔也会为使行文流利不啰唆而简化处理为单纯的音译形式（如例上 127）。还有的人名文化内涵深厚，若译者解释不到位则会造成信息流失（如"金童玉女"的英译）。

对无特殊含义的人名，英、俄译者多简单音译，可见译者也察觉到这些词汇只作为人名出现，如第一点所述，简单音译可使其区别于其他普通名词，以示读者其人名属性，方便行文。

对与语境紧密相关的绰号，英、俄译皆多直译或音译 + 解释 / 脚注法，有效传达了原文语意。其中英译全部直译，而俄译存在音译 + 解释 / 脚注的例子，对比之下俄译能够更充分地体现汉语的异质性。但有时俄译又会因执着于音译而逊于英译（如例上 132）。还有的绰号缘由复杂，带有较大的文化缺省，这时译者便会灵活处理，如使用替代等方法，但在文化差异下，难免有些信息被流失（如例上 123）。另外，有时也许会因译者的疏忽而流失掉一些文化信息（如例上 124）。

对与语境没有紧密关联的绰号，英译也全部直译，俄译只有一例音译（聋汉国 Лун Ханьго），此例中"聋"非姓氏，但俄译者一时疏忽而作音译。

第四，在不影响文意的前提下，英、俄译者皆进行了少量的省略。

英、俄译者皆省略或半省略了小量的无特殊含义的人名，以避免使译文语句冗长（如英、俄皆半省略了"耿老栓"）。但对于有些中国特色的人名，如以"夫家姓 + 娘家姓"称呼女人（如老大娘郭马氏 old Mrs. Guo/тётушки Го, урождённой Ma），英译半省略，只保留其夫姓形式，这种 Mrs.+ 夫姓的形式也常用于英语世界；而俄译则逐字直译，完整保留了中国特色。这是否也是译者不同的翻译倾向的一个体现？且待章末总结。

第五，人名／绰号中的不可译的信息。

有些人名在语境中没有特殊寓意，但其字面意思的不同仍会导致名字文化色彩的不同，进而体现着该人物身份的不同，如文化水平较高的军队政委名叫"蒋立人"，而出身于农民的战士则叫"王木根"，"立人"与"木根"显然含有不同的文辞色彩，但又非与语境紧密相连的、寓意明显特殊的人名，所以英、俄译者皆进行了音译，但这种人名内文字概念意义不同所体现的人物身份的不同，在译文中是无从表达的；还有的人名字面本身具有审美性，但在译文中则难以体现（如例上133）；还有的绰号具有独特的联想意义，也属于文化缺省，而译者也难免忽视，而且，除了加脚注别无他法（如例上129）。

第六，英、俄译皆存在少量的误译，但影响不大（如例上126和例上131）。

第七，人名的障碍。

由于中西方人名习惯不同，中国人名对于译入语读者来讲是陌生甚至晦涩的，而英、俄译皆以音译为主，所以，作品中的人名便造成了阅读负担。有的读者评论道："那些人名让人很晕，要想跟住情节，你要么自己画一个树形图，要么不停地去回看开头的人名表。或者就像我一样，只管读下去，不去纠结谁嫁给了谁、生了谁。"① "说实话，一半的时间我都搞不清作者这是在说谁。如果你熟悉东方取名体系的话才会更好读。"② 还有的读者说："警告：如果你不习惯

---

① Junebug, http://www.amazon.com/Big-Breasts-Wide-Hips-Classics/product-reviews/1611453437/ref=cm_cr_pr_btm_link_3?ie=UTF8&showViewpoints=1&sortBy=recent&reviewerType=all_reviews&formatType=all_formats&filterByStar=critical&pageNumber=3.

② Lyndon W. Schultz, http://www.amazon.com/Big-Breasts-Wide-Hips-Classics/product-reviews/1611453437/ref=cm_cr_pr_btm_link_3?ie=UTF8&showViewpoints=1&sortBy=recent&reviewerType=all_reviews&formatType=all_formats&filterByStar=critical&pageNumber=3.

阅读中国人名，你就会感觉很糟。"[1] 但这位读者同时说："这本书很赞！"[2]

看来，作品中人名虽然会给译文读者造成阅读负担，但"瑕"不掩瑜。首先，其实译者何尝不知人名会造成的影响，但结合实际情况，仍需以直译为主，而总不能将"来弟""招弟"译成"Lily""Anna"之类。其次，《丰乳肥臀》中人物众多，尤其是为体现重男轻女的时代观念，七个姐姐的两字名中皆含有相同的文字——"弟"，且七个人名中不同的另一个字的含义也很相近，如"来""招""领"，皆是意指招引弟弟的动词。面对这样的情况，事实上中国读者也易混淆，这是文本本身的特点所致，而不能苛责译文。再次，正如上面的读者说人名使人困惑的同时也说"这本书很赞"，人名复杂导致的阅读障碍并不能影响文本的魅力，就好像，我们读《红楼梦》，并不会因为书中人名繁多、记不清迎春探春或她们究竟是哪位太太的女儿而弃之不读；我们读陀思妥耶夫斯基，也不会因不熟悉远比汉语人名更复杂的俄语人名而半途而废。对于《丰乳肥臀》这样一部佳作，若英、俄译文充分传达了原作的神韵，人名的障碍又何足道？而英、俄译文究竟有否传神达韵呢？仅此几小节不足为证，请看后文的分析。

六、汉语语言特点词

我们知道，汉语、英语、俄语是互不相同的语言，而与同属印欧语系的英语（属于日耳曼语族）和俄语（属于斯拉夫语族）相比，属于汉藏语系汉语族的汉语，用萨丕尔的话说——汉语世界"头上

---

[1] Jonaivi Meyreles, https://www.goodreads.com/book/show/670217.Big_Breasts_and_Wide_Hips?from_search=true&search_version=service.

[2] Jonaivi Meyreles, https://www.goodreads.com/book/show/670217.Big_Breasts_and_Wide_Hips?from_search=true&search_version=service.

的天都变了"①，而《丰乳肥臀》中有很多语句的意义是源于这"变了天的"汉语的语言特点的，比如汉语的字形、字音、词义、词性等，那么，考虑到汉、英、俄语语言本身的不同，尤其是《丰乳肥臀》中那些源自汉语语言特点的语句就属于语言文化负载词。笔者挑出 11 条具有代表性的源自汉语语言特点的语句，以下将从字形、字音、词义、词性这四个方面来分类讨论。

（一）字形

要考察汉、英、俄语的字形区别，还需追溯到文化起源上。

早期的西方文化，如腓尼基文化，起源于海洋文明。海洋文明靠航海与商业维持发展与繁荣，"商人要打交道的首先是用于商业账目的抽象数字"②，于是形成了抽象的"尚思"的文化思维，反映在文字上，便是拼音文字的产生。于是，在腓尼基字母基础上，产生了希腊字母，在希腊字母基础上又产生了拉丁字母（如英语）和斯拉夫字母（如俄语）。那么，如英、俄语般的拼音文字，其目的是"把词中一连串连续的声音摹写出来③"。

而与西方文化不同，汉文化起源于农业文明。"'农'所要对付的，例如田地和庄稼，一切都是他们直接领悟的"④，直接领悟便是眼睛所见，于是形成了"尚象"的文化思维，如《周易·系辞》中说"在天成象，在地成形，变化见矣"、"圣人有以见天下之赜，而

---

① "从拉丁语到俄语，我们觉得视野所及，景象是大体相同的，尽管近处的、熟悉的地势已经改变了。到了英语，我们好像看到山形歪斜了一点，不过整个景象还认得出来。然而，一来到汉语，头上的天都变了"〔（美）爱德华·萨丕尔：《语言论——言语研究导论》，陆卓元译，商务印书馆 1964 年版，第 75 页〕。

② 冯友兰：《中国哲学简史》，涂又光译，北京大学出版社 2013 年版，第 26 页。

③ （瑞士）费尔迪南·德·索绪尔：《普通语言学教程》，高名凯译，商务印书馆 1980 年版，第 50—51 页。

④ 冯友兰：《中国哲学简史》，涂又光译，北京大学出版社 2013 年版，第 25 页。

莫言与当代中国文学创新经验研究

拟诸其形容，象其物宜，是故谓之象"。那么，"尚象"反映在文字上，便是象形文字的产生。象形文字是一种视觉符号，具有极强的图像性。关于此，学者李泽厚也从《周易》说起："《易传》说，'上古结绳而治，后世圣人易之以书契，百官以治，万民以察'，……汉文字……承续着结绳大事大结、小事小结、有各种花样不同的结来表现各种不同事件的传统，以各种横竖弯曲的刻画以及各种图画符号（象形）等视觉形象而非记音形式（拼音）来记忆事实、规范生活、保存经验，进行交流。"①那么，象形便是汉字的字形特点。

汉字独特的象形特点，很明显的体现之一是"形示"辞格②，这在《丰乳肥臀》作品中，有以下两例：

例上 134

踩着马镫的腿伸得笔直，八字形劈开（34）

英：...their legs in a rigid inverted **V**（33）

俄：Вытянутые в стороны прямые ноги в стременах напоминали **иероглиф** "восемь"（54）

英译将"八"替换成了大写字母"V"，俄译回译为"两边的踩着马镫的伸长的腿，让人联想起汉字'八'"。显然，英译使用归化译法，俄译则向读者保留了汉语的陌生性。

然而对于"八"这个字，也有英、俄译都使用了替代法的例子：

例上 135

八字胡（132）

英：a handlebar mustache（160）

俄：стрелки усов（182）

---

① 李泽厚：《说文化心理》，上海译文出版社 2012 年版，第 115 页。

② "形示：以文字或其他符号的形体传情达意、摹状的一种修辞方式。"（陆稼祥主编：《修辞方式例解词典》，浙江教育出版社 1990 年版，第 264 页）

还有意译的情况：

例上 136
摆成"大"字形的身体（186）
英：her outstretched body（212）
俄：её раскинутых рук и ног（247）

对于"摆成'大'字形的身体"，英译回译为"伸展的身体"，俄译回译为"伸展的双手双脚"，英、俄译都去掉了"大"这个汉字的象形性。

同时，除了文化负载词，也存在由于汉字的字形导致的误译：

例上 137
右手卡着腰（160）
英：his **right hand** on his hip（188）
俄：положив **левую** руку на пояс（217）

英译无误，俄译将"右手"误译为"左手"。汉字"左"和"右"字形很相近，俄译的误译也许是由于译者的误看，不过这个误译影响甚微。

（二）字音

例上 138
哑巴在情急之中，竟然喊出了一个清晰的字眼："脱！"（240）
英：In his excitement, the mute spat out a word — **Strip**! — everyone heard it.（267）
俄：Разойдясь, он в конце концов даже чётко выпалил:— **To**[1]!（317）

① 其脚注为："Скидывай!" 回译为："脱！"

对于"脱"这个字，英译使用了同义的英语单词"strip"，俄译则使用"脱"的音译并加脚注解释含义。

例句语境是河堤将要决口时孙不言决定带领士兵们脱衣服下河堵漏，"情急之中"他喊出了自己的命令："脱！""脱"字的含义也为后文来弟为救护司马凤、司马凰而误脱衣服的情节埋下了伏笔。不会说话的人开口说话本是不可置信的，但作品情节的真实性就在于，汉语"脱"是一个单音节词，其拼音由一个声母、一个介母和一个韵母构成，发音简单，孙不言在燃眉之下能够如此"超常发挥"，也是可以理解的。那么，译文是否也达到了这样的逻辑真实呢？

先看俄译。音译词"то"由一个清辅音 / т / 和一个元音 / o / 构成，发音与汉语类似，也十分简单；同时加脚注说明含义，解释了文义。而英译使用英语单词"strip"，虽然可以点明文义、使译文简洁流畅，但它的发音与汉语"脱"及俄译"то"的发音相比，较为复杂。"Strip"虽然也是单音节词，但却是个闭音节，由一个元音和三个辅音构成，而且存在辅音连缀（/str/）。其中 /s/ 是舌端齿龈摩擦辅音，/tr/ 是舌端齿龈破擦辅音，/p/ 是双唇爆破辅音，它们同时出现在一个单词中，增加了单词发音的难度，这对"the mute"（哑巴）来讲，是比较困难的。由此，俄译使用音译 + 脚注的方法，使译文同样真实可信，而英译则有可能会降低译文的可信度。

如果英译采用音译 + 解释法，如改为"the mute spat out a word —To！（Strip）— everyone heard it"，则可以规避掉不可信的风险，但音译形式会阻碍译文的流畅、增加译文的陌生化，英译者没有这样做，显然与俄译者的做法乃至想法和习惯不同。

例上 139

大牌子上写着四个大字：鸟语花响。……这"响"字实在是用得妙。"东方鸟类中心"一片鸟声，好像那些花朵儿也在振羽歌唱。

英：...four wooden plaques proclaimed: Birds Call Flowers **Sing**, ...it was the perfect choice, since the flowers of the Eastern Bird Sanctuary did in fact appear to be singing as they swayed along with the nearly deafening birdcalls.（496）

俄：...красовалось четыре больших иероглифа: «**Няо юй хуа сян**»— «Птицы говорят, цветы звучат». ...этот «**сян**»а очень даже к месту. Воздух полнился птичьими трелями, и казалось, цветы тоже поют.（650）

对于"响"，英译替代为英语中的"唱歌"（sing），俄译音译了"响"并加脚注"汉字'xiang'—响的发音与'xiang'—香的发音相同"。可见，英译仍然选用了归化法，而俄译保留了原文的异质性。

（三）词义

例上 140

母亲不快地说（66）

英：A note of **displeasure** crept into Mother's voice（93）

俄：с **расстановкой** произнесла матушка（94）

对于"母亲不快地说"，英译回译为"一个不愉快的音符滑进了母亲的声音"，俄译回译为"母亲停顿了一下，说"。

对比看出，英译使用了一定程度的比喻修辞意译了原文，而俄译将"不愉快"之"不快"误译为"速度不快"之"不快"。俄译的误译是由于汉语词汇的多义性，不过，"停顿了一下，说"也属于话语神态描写，而且放在例句语境中，并没有造成严重失误。

---

① 其脚注为：Иероглиф «сян» — звучать — произносится так же, как и «сян» — благоухать。

（四）词性

考察汉、英、俄三种语言词性的划分标准，我们发现，汉语词性的划分依据语法功能和意义标准，同一形态的词汇在不同的语法意义下词性不同；俄语词性的划分则依据后缀，同一词根后缀不同则词性不同；而英语词性的划分则兼有这两种情况，有些词汇可根据后缀判断出唯一的词性，有些词汇则需结合其在语句中的语法意义。这种词性划分的差别对译者的翻译也有影响：

例上 141

可怜可怜我……我是个不幸的女人（426）

英：**take pity on** a wretched woman!（423）

俄：**Бедная я, бедная**…Несчастная я женщина…（548）

对于"可怜可怜我"，英译无误，俄译误译为"我可怜啊、可怜啊"。

汉语"可怜"一词，既可作形容词，又可作动词，这也许是缘于汉语自古以来的形容词的意动用法。从语法意义上讲，若代词在前，如"我可怜"，则"可怜"为形容词；若代词在后，如"可怜我"，则"可怜"为动词。而俄语词性的划分严格依据后缀，除一些特定的情况 [1] 外，一般来讲，不同词性则有不同的后缀形态。那么，这样的语言习惯差异也许就会影响到译者的思维定式，俄译者看到"可怜"一词便在第一反应上误判为形容词从而产生误译。

还有些词汇并不属于源自汉语语言特点的文化负载词，但俄译者仍对其进行了异化处理，保留了其异质性，而英译却归化处理，这样的译法差异也可说明一定的问题，所以先将例句呈现于此。

———————————

[1] 如"нoe"式名词，即用"нoe"这一形容词后缀表示主体具有该形容词所指的性质。

1. 英译意译，俄译音译 + 解释

例上 142

"你好！"她的中国话说得别别扭扭。（531）

英："**How are you**?" she said in halting Chinese.（512）

俄：**Ни хао!** — **поздоровалась** она по-китайски, хоть и с акцентом, …（680）

例上 143

大家举起杯来，干——（205）

英：…Bottoms up!（230）

俄：…ганьбэй, до дна!（270）

2. 英译直译，俄译音译 + 脚注

例上 144

抗——日——抗——日——女人们……跟着小唐同志念叨：抗日——抗日——（145）

英：Fight — Japan — Fight — Japan — Women …repeated what Comrade Tang was saying: **Fight Japan — Fight Japan**—（172）

俄：— **Кан — жи, кан — жи**[1].Женщины …повторяли вслед за товарищем Сяо Тан:— **Кан — жи, кан — жи.**（198）

从以上三例可见，英译使用了归化译法，而俄译使用音译 + 解释 / 脚注，保留了原文的异质性。这是否也是两位译者翻译倾向不同的体现？还需结合译者对其他文化负载词的翻译来论。

---

① 其脚注为："*Кан жи*— бей японцев." 回译为："Kang ri——抵抗日本。"

（五）汉语语言特点词小结

通过例句分析，可归纳出以下三点内容。

第一，英译多归化，俄译多异化。

对于汉语的象形特点、字音特点、谐音特点等，英译多使用替代法，俄译则多使用直译＋解释，和音译＋解释／脚注法（如例上134、例上138、例上139）。英译替代法的好处在于保证了译文的简洁自然，弊端在于遮盖了汉语的异质性，导致读者无缘体会汉语的语言特点；俄译的好处在于保留了汉语的异质性，为读者提供了异域色彩，弊端是失之啰唆，或因脚注而打断阅读。

第二，存在少量英、俄译皆归化的例子。

当然，事无绝对，也存在少量英、俄皆归化的例子，如例上135和例上136，好处和弊端不再赘述。

第三，英、俄译皆存在少量的误译。

由于汉语词汇的多义性、汉俄语法差异导致的思维定式和译者的疏忽，俄译存在少量的误译（如例上140和例上141），不过，因有上下文的存在，误译的影响都不大。

七、语言文化负载词总结

本章讨论了语言文化负载词，具体来说，讨论了俗语、成语、詈骂语、禁忌语、称谓语、人名绰号和汉语语言特点词的翻译情况，综观来看，可总结如下：

第一，英译直译／音译的比例之高，似能证明，至少对于语言文化负载词，英译者没有进行"改写"。

通过上文的数据统计及对其他没有进行数据统计的语言文化负载词的分析，可见，对于称谓语、俗语、詈骂语和人名绰号，英、俄译皆以直译／音译为主。直译和音译的特点、优点及效果此处暂不赘言，只论学界出现的"葛浩文改写了莫言"一说：以笔者拙见，单就语言文化负载词而言，直译和音译应不能算作"改写"。而英译者葛浩文对其他文化负载词的处理如何？是否也是直译居多？如果是，那么能否对"改写"一说构成一定的反拨？后文将有更多的讨论，此处先按下不表。

第二，隐约可见两位译者的选择倾向不同。

对于语言文化负载词，俄译的直译／音译比例高于英译，英译的意译／省略高于俄译，俄译多用脚注而英译全无脚注。其中，对于有些文化内涵丰富、文化缺省明显的语句，俄译使用脚注法以辅助直译／音译法。而且，有些语言文化负载词内涵信息丰富且与语境紧密相关，若意译会流失语意，若直译又会因文化缺省而难以译到位，这时，脚注法便独具优势。

对于汉语语言特点词，英译多进行替代，而俄译则多使用直译／音译＋解释／脚注法。

对于汉语语言特点词，英译会做一些灵活的改动，而俄译者则更遵照原文。那么，结合直译／音译、脚注及意译法的不同效果（此处暂不赘言），能否说明两位译者的选择倾向不同呢？仅此一节不足为证，还需结合后文对其他文化负载词的讨论。

第三，由于语言文化负载词本身的特点，英、俄译者皆根据具体情况选择直译／音译或意译。

对于称谓语、俗语、詈骂语和人名绰号，英、俄译皆以直译／音译为主；而对于成语，英、俄译则以意译为主。因为俗语一般来源于人们的日常生活，形象浅显易懂；而成语一般来源于历史、文化典故，直译不仅不能传达原语意义，而且还会造成误解。

第四，对于有些不宜直译或音译的文化负载词，英、俄译者皆根据具体情况进行意译或省略。

不宜直译或音译的情况有：不必直译出亲属词或直译法会造成严重误解的称谓语，含有对译入语读者陌生的农作物形象、中文双关字、指代现象、不易懂的比喻或形象、对偶结构、在译入语中已经广为人知的汉源词的俗语，含有重叠、修饰或虚指成分的成语，无特殊含义又会造成语句冗长的人名，禁忌语等，对于这些情况，英、俄译者皆根据原文本身的情况和译入语读者的接受能力，做了灵活处理，或小幅度改动，或使用替代，或加词解释，或调整结构，或隐喻明示，或雅化处理。

第五，英、俄译者皆根据具体情况进行了一定的套译。

英译直译/意译/省略，俄译套译：对于一些取材于农业的俗语，因文化差异（英语起源于海洋文明，俄语则介乎海洋文明和农业文明之间），英译多直译/意译/省略，俄译则多直译/套译。

英译套译，俄译直译/直译＋加词：对于源于历史国情的詈骂语，如"日本鬼子"，因在世界历史上，第二次世界大战期间美、日为敌对国，所以在英语中存在相似詈骂词，所以英译直接使用了套译，俄译则使用直译＋加词法；缘于历史国情，有些俗语传入了英语，成了英语中的汉源词，这时英译者会直接套译。

由于人类文化、情感的相通性，有些成语在译入语中存在形象与意义都相近的固定搭配，英、俄译者皆适当使用套译。

第六，有时会因文化差异影响、汉语的历史悠久和复杂多变、汉俄语法差异导致的思维定式、原文存在的别字和译者的疏忽等问题，而产生一定的误译或信息流失，但多因有上下文的存在而影响不大。

第七，有些文化负载词几不可译，信息流失在所难免。

由于汉语语法的独特性、汉字本身的审美性、绰号寓意的隐含性等因素，有些语句几不可译，英、俄译文中的信息流失在所难免。

第二章 物质文化负载词

物质文化负载词是能够体现一个民族独特文化的、有关物质生活的词汇，如衣、食、住、行、用、教育、医疗、娱乐及艺术器具等。就像本编开头所说，作品中文化负载词数量繁多，难以逐一分析，所以用表格罗列其英、俄译文，并用数据统计呈现出不同译法的大致比例。其中多数词语译法取向明晰，少数词语译法取向复杂，因之复杂，难以明确分类，所以无法呈现在表格中。对此，笔者按照译法明晰与译法复杂的分类，分别讨论。

一、物质文化负载词之译法明晰词

笔者整理出的译法取向明晰的物质文化负载词共有 74 条，限于篇幅，暂不一一列举。其中有些词语因内涵深厚或影响文义而值得单独讨论，对此则逐条分析。为了便于总结，先呈现值得单独讨论的例句。

（一）英、俄译皆直译

共有 25 条，其中有 7 条值得注意。

例上 145
还送给他们每人一双绣花鞋垫（441）
英：…a fancy embroidered slipper sole（438）
俄：…парой вышитых цветами туфель（566）

英译为"一只昂贵的绣花拖鞋底",俄译为"一双绣花鞋"。英译虽然增加了"fancy"一词,但毕竟不是意译,这里将加词法结合直译法统归为直译。

英、俄译皆为直译,但都存在一定程度的误译。俄译将"绣花鞋垫"误译为"绣花鞋",试译为"парой вышитых цветами туфельную стельку"。在语境中,俄译的误译影响甚微,而英译的误译就略显无稽了。英译为"一只绣花拖鞋底",还不是"一双"(a pair of),无论如何"fancy",都是难表送礼人的诚意的。试译为"an embroidered insole"。

例上 146

鸡蛋大饼（68）

英: eggs and flatbread（95）

俄: яиц с лепёшками（95）

英、俄译皆为"鸡蛋"和"饼"的直译,不同在于英译使用了连词 and,表示"鸡蛋和饼";俄译使用了前置词 с ,表示"鸡蛋加饼"。

事实上,"鸡蛋大饼"在制作的过程中就把鸡蛋和饼融为一体,因此俄译无误,而英译存在一定的误译,试译为"eggs with flatbread"。

例上 147

野菜（115）

英: edible wild herbs（142）

俄: трава（158）

英译在直译的"野菜"之前增加了形容词"可食用的"(edible),俄译直译为"草"。

原文的意思是野菜及时长出,村里人依靠吃野菜活下来。因此，英译通过加词法结合直译法使译文明白无误，俄译则会造成误解。试译为"дикорастущие съедобные травы"。类似的例子还有这一条：

例上 148
野菜团子（121）
英：**a clump of wild herbs**（150）
俄：**пучок диких трав**（167）

英、俄译皆直译为"一把野草"。

菜团子是一种传统食品，原文中的"野菜团子"应指由野菜做成的菜团子，是已经制成的吃食，而非简单的"一把野草"。如译文中将"一把野草"递给"客人"，也无怪人家要"嫌弃"了。不过结合上下文，读者仍可理解文义，此误译的影响也有限。英译试译为"a dumpling stuffed with wild herbs"，俄译试译为"фрикадель дикорастущих съедобных трав"。

例上 149
蘸着黄酱的大饼、大葱卷饼（247）
英：the scallion-stuffed flatcake into the yellow paste（274）
俄：вымазанный в жёлтым соусе блин、блин с луком（325）

英、俄译皆直译无误。值得注意的是"大葱卷饼"在原文中的作用：原文语境是司马库被俘，将乘船被押往别处，上官鲁氏带领来弟等人拿着"大葱卷饼"到江边为其送行。作者这样描写司马库的吃相：

（司马库）张大嘴巴，狠狠地咬了一口。他困难地咀嚼着，大葱在他口腔里咯吱咯吱响，食物把他的腮帮子撑得很高很圆。他的眼里淌出两滴大泪珠子。他伸着脖子咽下饼，吸着鼻子说："好辣的葱！"①

山东大葱天下闻名，其辣劲配以大饼的韧性和黄酱的浓香，正是鲁人豪侠尚武的象征。引文中有声有色地被"大葱"辣出"两滴大泪珠子"的描写，乃是作者巧妙地借助这一食物加深对人物形象的塑造。与此形成鲜明对比的是紧接着对同为俘虏的美国人巴比特的描写："……巴比特的嘴巴难看地咧着，用牙尖咬了一点点饼……"②因此，"大葱卷饼蘸酱"在原文语境中应非等闲，而是以此体现司马库即便沦为俘虏仍不改其粗犷豪迈的个性。

在此不得不提到莫言笔下的文学家园——"高密东北乡"。它以短篇小说《秋水》《白狗秋千架》为开端，大书特书于《红高粱家族》《丰乳肥臀》等作品中，它不仅是波涛汹涌的墨水河、血海洸洋的高粱地、"最英雄好汉最王八蛋"的农民土匪、成精作怪的狐仙鼠妖，还有辣香浓烈的饮食——香气馥郁的高粱酒、吃了就要去拉驴绑票当土匪的抃饼以及例句中的"大葱卷饼蘸酱③"。英、俄译对这段描写吃相的文字翻译如下：

英：…to take a savage bite of the flatcake, which he chewed with difficulty, making loud crunching noises. His cheeks swelled; a pair of large tears seeped from his eyes. He stretched his neck to swallow, sniffled loudly, and said, "Those scallions have a real bite!"（274）

俄：…жадно откусил и начал с трудом жевать. Лук хрустел на зубах, рот битком набит, щёки раздулись

---

① 莫言:《丰乳肥臀》，作家出版社 2012 年版，第 247 页。
② 莫言:《丰乳肥臀》，作家出版社 2012 年版，第 247 页。
③ 莫言曾写顺口溜来说家乡的特色美食："韭菜炉包肥肉丁，白面烙饼卷大葱。再加一碟豆瓣酱，想不快乐也不中。"参见火焱:《名家也写顺口溜》，《幸福（悦读）》，2012 年第 7 期。其中"炉包"请见表5 至表 7。

и округлились. Даже две большие слезинки на глазах выступили.Выгнув шею, он проглотил разжёванное и втянул носом воздух:— Ядрёный лучок! (326)

可见，对司马库的吃相描写，英、俄译都如实译出。至于例句中的饮食词汇，虽然由于不同民族的饮食文化有别、不同读者的阅读角度相异，英、俄读者看到"大葱卷饼蘸酱"（ the scallion-stuffed flatcake into the yellow paste/вымазанный в жёлтым соусе блин、блин с луком）未必会产生与中国读者相同的联想，但英、俄译皆如此直译实为上策，原因有二：（1）译者皆如实译出了上下文，尤其是"好辣的葱"这句话（Those scallions have a real bite!/Ядрёный лучок!），已经点明了语境，算作是对"大葱卷饼蘸酱"的解说;（2）文学的魅力之一便是审美空间，正如有论者指出："文学作品的一个诱人之处就在于读者的能动参与。……在翻译中最值得译者重视的是不要因填满原文的空白而剥夺译文读者的想象力。"① 所以，例句译文皆为直译，可以避免超额翻译。

例上 150
一把草木灰（120）
英：a handful of grass（148）
俄：пучок травы（165）

英、俄译皆直译为"一把草"。
草木灰是草木燃烧后的残余物，含有碱性，旧时中国民间常用它来止血。原文语境为三姐上官领弟磕破了自己的头流血不止，"（上官鲁氏）抓了一把草木灰堵住了三姐头上的血窟窿"②。而英、俄译皆将"草木灰"误译为"一把草"，在读者看来即是随手抓一

---

① 王大来：《翻译中的文化缺省研究》，中央编译出版社 2012 年版，第 3 页。
② 莫言：《丰乳肥臀》，作家出版社 2012 年版，第 120 页。

142

莫言与当代中国文学创新经验研究

把草就能去堵住"血窟窿"止血，如此译文，只会更让外国读者觉得中国真的好神秘。英译试译为"a handful of burned vegetation ash"，俄译试译为"пучок растительной золы"。类似的有关民间医术的例子还有如下一例：

例上 151

喝了砒霜，被人发现，用人粪尿灌口催吐救活（121）

英：she took arsenic, but was saved when someone forced **human waste** down her throat.（149）

俄：её спасли, залив в горло жидкого **дерьма с мочой, чтобы вызвать рвоту**.（166）

俄译直译无误，但英译省去了"催吐"一词。

旧时民间，当发现有人服毒自尽时，限于医疗条件，人们别无他法只能用粪尿催吐，以使服毒之人吐毒物而得活命。英译文回译为"人粪尿灌口救活"，指义不清，难免造成歧义，英语读者有可能会误以为作品中人直接以粪尿当药物服用。英译者对作品原文多有删节，但如例句这类关键词汇还是不删为好。译者一时大意，有可能会造成读者的困惑甚至厌烦，导致从此掩卷而弃；或者加深对中国的误解，更不利于中国文化走向世界。

（二）英、俄译皆意译

共有 5 条，其中有 4 条值得注意。

例上 152

千层底布鞋（140）

英：cotton shoes with padded soles（167）

俄：матерчатые туфли на толстой подошве（191）

英译为"鞋底被加了衬垫的布鞋",俄译为"厚底布鞋"。

千层底布鞋是我国的一种古老手工技艺,于 2008 年由国务院公布为非物质文化遗产。其中"千层"并非实指,而是比喻鞋底之厚实。按理来说,从保留原文异域色彩和传播中国文化的角度上考虑,对于如例句中这类带有修辞手法的、具有较高文化价值的物品名称,译者应采用直译法如实译出其形象;但在作品中,"千层"并不是语境语义的关键,如果直译为"cotton shoes with thousand soles",则难免会使读者困惑。英、俄译文皆去掉了"千层"的喻化,而意译为"厚的""加了衬垫的",一方面保留了原文"厚底"的语义,另一方面也免于误解。

例上 153

朴刀(61)

英:a long-handled sword(118)

俄:клинок с длинной ручкой(123)

英、俄译皆为"长手柄的刀"。

"朴刀"在作品中共出现两次,且为同一人的同一件兵器,第二次[①]出现的"朴刀"的俄译同前文,但英译却正与第一次的译文相反:"短手柄的刀"(short-handled sword)。可见译者有时也难免疏忽,但该词并不影响主要故事情节,此处的误译也无关紧要。

例上 154

头胀得像个笆斗一样(351)

英:head had swelled up like **a basket**(365)

俄:голова **распухла — большая**, что твоя **корзина**.(457)

对于"笆斗",英、俄译皆译为"篮子",但区别在于整句话英

① 莫言:《丰乳肥臀》,作家出版社 2012 年版,第 90 页。

译与原文一致，而俄译增加了形容词"大的"："头胀得很大，像个笸斗一样。"

"笸斗"是篮子的一种，底为半球形，形状像斗。例句中，作者以此形容进财因被活埋而头部肿胀变形。"笸斗"在英、俄文中皆没有对应词汇，因此英译意译为"篮子"，也可以传达原文的语义；俄译以增加的形容词"大的"限定喻体形象的指涉范围，其实反而事倍功半，因为译文中已有"肿大、肿起"（распухнуть）一词，已经可以表示出"大的"之意，而且原文的"笸斗"并不仅仅表示"大"，还有"斗"的形状。所以，在因物质文化差异而不得不舍弃"斗"之形象的情况下，俄译增加了"大的"一词，其实收效甚微。

例上 155
煮了一碗荷包蛋（594）
英：fried some eggs（59）
俄：поджарила глазунью（760）

英译回译为"煎了一些鸡蛋"，俄译回译为"煎了一个荷包蛋"。

中医讲究以食补气，不同的身体状况要求不同的饮食，产妇常食用煮荷包蛋，一来鸡蛋营养丰富，可以补身体；二来煮荷包蛋属于流质食物，易于消化。例句语境便是上官鲁氏生下第一个孩子后，婆婆上官吕氏认为有了一次便好有下次，期盼下次生个男孩，便"煮了一碗荷包蛋"给儿媳补身体。英、俄译皆将"煮"误译为"煎炸"，也许是因为中国饮食原本多煎炸，在译者的"先结构"中便留下了这样的印象，译者带着这样的印象对原文翻译，便出现了这样先入为主的误译。但产妇恰恰不宜食用油炸食物，因其不易消化，会增加胃肠的负担。所以，此处英、俄译的误译较为明显，不过，因有上下文的存在，误译的影响有限。

（三）英意译、俄直译

共有 10 条，其中有 3 条值得注意。

例上 156
她恍惚看到自己被塞进一口薄木板钉成的棺材里（39）
英：she saw herself being placed in **a cheap coffin**（38）
俄：она уже видела, как её кладут в **гроб из хлипких досок**（60）

英意译为"廉价的棺材"，俄为原文的直译。
原文是说死者家贫穷，未得厚葬。英译虽然更简洁，但"廉价的"（cheap）并不如"薄木板钉成的"那般更符合人眼所见的直观感觉，所以，俄译比英译更符合原文的真实感。

例上 157
这是秘色青瓷，是瓷器中的麒麟凤凰（122）
英：This is a piece of fine ceramic（150）
俄：Это сокровенный синий фарфор（168）

英意译为"细陶瓷"，俄直译为"秘密的青瓷"。
"秘色青瓷"中"秘色"的含义，至今尚无定论，一说为五代时吴越国王钱镠命此瓷器专供宫廷，釉药配方保密；一说为此瓷乃秘密教的瓷器①。众说不一。俄译直译为"秘密的"未为不可，因为突出其神秘色彩，契合原文"麒麟凤凰"的语义；英译意译为"细陶瓷"，则是为读者考虑，使读者通过较少的努力理解文义。因此，英、俄译呈现出来的译文都是可取的，其不同是由于两位译者不同

---

 ① 参见赵宏：《秘色瓷续考》，《景德镇陶瓷》，1997 年第 2 期。

的翻译目的。

例上 158
九死还魂草（478）
英：clover（472）
俄：плаунок тамарисковый, «трава, что возвращает душу после девяти смертей»（611）

　　例句语境是八十年代金童刑满获释后回到上官鲁氏身边，生了一场大病，鲁氏请遍了高密东北乡的医生、熬制了各色混合的中草药为他医治，例句便是其中的一味药。九死还魂草学名叫"卷柏"，可入药，因其十分抗旱、生命顽强、似能死而还魂，中国民间便称其为"九死还魂"，中国人视"九"为至多，如此植物名显然带有九死而生之意。但译文读者未必明白"九"这个数字在汉语中的意义，译者若直译，只会令读者一头雾水，因此，英译意译为马马虎虎差不多、同样也有药用价值且在西方人观念中代表幸运的"四叶草"（语境是母亲为金童治病，当然是企盼幸运的）；俄译直译了"九死还魂"，且在之前加上了其学名"卷柏"以作解释。

（四）英译直译，俄译直译 + 音译

例上 159
阳光照耀着她肿胀的大脸，像柠檬，像年糕。（54）
英：…her puffy face looked like a lemon, or a **New Year's cake**.（80）
俄：…лицо, жёлтое, как лимон, как новогодние пирожки-няньгао.（76）

　　英译为"新年的蛋糕"；俄译为"新年的蛋糕" + "年糕"的音译。
　　考察原作中"年糕"所在的语境，发现其作用仅仅是形容"她肿胀的大脸"，而不表示其他文化含义（如新年年味、合家团圆等），

因此，虽然英语的"蛋糕"（cake）与汉语的"糕"并不完全对应，但英译并没有造成太多的信息流失，且使译文简洁自然不啰唆；俄译使用直译法传达语义，同时结合音译形式突显了汉饮食的异质性。

（五）英译直译，俄译套译

例上 160

刚出锅的韭菜猪肉热包子！（467）

英：hot pork and scallion buns, **right out of the oven!**（461）

俄：Горячие пирожки с луком и свининой, **с пылу с жару**!（597）

对"韭菜猪肉包子"，英、俄译皆直译无误。有误的是对"刚出锅的"的翻译。英译为"刚出烤箱"的（oven），将中国的"蒸锅""蒸屉"误译为"烤箱"，试译为"right out of the steamer"；俄译无误，套译俄文成语"с пылу с жару"，意为刚做熟的新鲜的、热乎乎刚出锅的。

"烤箱"也好，"蒸屉"也好，似乎并不影响例句要义，但中国的饮食独有特色，"蒸"是其主要烹饪方法之一，如实译出才能较好地保留中国特色风味，何况例句中英译已经译出了"包子"（stuffed buns），以其搭配"烤箱"，则显得驴唇不对马嘴。

（六）英译直译，俄译直译＋脚注

例子有 3 条。

例上 161

她（上官念弟—引者）穿着一件……白府绸褂子，是最时髦的对襟鸳鸯扣，……（189）

英：She was wearing a white poplin blouse...one of those

fashionable types that button down the front with so-called **Mandarin Duck fasteners**.（216）

俄：Блузку из белого поплина блузка самая что ни на есть модная, застёгивается посередине на **пуговицы с уточками-мандаринками**①.（251）

对于"对襟鸳鸯扣"，英、俄译皆直译无误。不同的是俄译为"鸳鸯"一词加了脚注："夫妻间爱情和忠贞的传统象征。"

"鸳鸯"是个象征词，例句所在的语境，正是上官念弟刚出落成一位娉婷女郎，即将与巴比特坠入爱河，于此开始进入上官家第六个女儿的正文。例句中"鸳鸯"一词可有点缀语境、增强审美性之效。英译直译"鸳鸯"，没有解释；俄译为其加了脚注，能够有效填补原文中的文化缺省，为俄语读者进一步解读提供了条件。

本例是物质文化负载词中的器具用品词，"鸳鸯"这个动物形象包含在"纽扣"之中，起修饰"纽扣"之效，所以难以在其后使用文内解释法，而只能加脚注。但两位译者对于脚注的态度是截然相反的，这在本书此后的举例中会有更明显的体现，届时再一并概括。

例上 162

豆腐脑儿（352）

英：jellied bean curd（366）

俄：простокваша из соевого молока②（458）

英直译但误译为"凝成胶状的豆腐"，俄直译为"豆浆的凝乳"，并加脚注说明"豆浆的凝乳（中文：doufu nao）中有'nao'——脑这个字"。

例句语境为"还乡团"成员"小狮子"在活埋对手时，声称要

① 其俄文脚注为：Уточки-мандаринки—традиционный символ супружеской любви и верности.

② 其脚注为：В название простокваши из соевого молока (кит.доуфу наор) входит слово «нао» — мозг.

海外翻译家怎样塑造莫言

吃了对方的脑子，因为听说人脑子味同豆腐脑儿。中国读者读到这里，因为熟悉"豆腐脑儿"是何物，所以会联想到豆腐脑儿与人脑子似乎有几分形似，便能够理解文义；但"豆腐脑儿"不在外国读者的前理解结构中，英译误译为"凝成胶状的豆腐"，浑不似人脑的形态，未免会造成困惑，试译为"jellied soybean milk"（"凝成胶状的豆浆"）；俄译者加脚注解释了"豆腐脑儿"之"脑"，以使读者明白例句中说话人的逻辑。

例上 163
一张紫色八仙桌（142）
英：a purple **rectangular** table（235）
俄：**красном** столе Восьми Бессмертных[①]（277）

中国的八仙桌乃是一种传统大方桌，四边可围坐八人，故民间雅称为"八仙桌"，后又衍生出许多与此有关的道教八仙的故事。也许英译者认为不必牵涉出"八仙"之事，所以将"八仙"隐去，言简意赅地意译为"一张紫色方桌"；而俄译一贯的倾向是保留原文形象，必要时更加以脚注，此处也不例外：俄译将"八仙"两字直译，且加脚注为"八仙桌——可供八人坐的古式方桌"。这样的脚注是有效的，因为首先，在中国民间"八仙桌"并不必定与"道教八仙"有直接联系，所以脚注中没有出现"仙人"字眼；其次，俄文正文中出现"八个仙人"，脚注中出现"八人坐"，使"八仙桌"与"道教八仙"有了一层隐约的关系，而这种隐含的关系恰如"八仙桌"在中国民间里的联想义——隐隐约约的附会传说。另外，俄译将原文中的"紫色"替代为"红色"（красном）。现实生活中我们的八仙桌涂有红漆，红到深时略显紫色，由是有此原文；而也许俄译者凭自己的所见，认为八仙桌多是红色，说紫色是不正确的，

---

① 其脚注为："Стол Восьми Бессмертных — старинный квадратный стол на восемь персон."

因此改为"红色"。

　　以上就是对物质文化负载词之译法明晰词中值得讨论的例句的分析。纵观《丰乳肥臀》，译法取向明晰的物质文化负载词共有 74 条，统计如下表（表 5）：

表 5　物质文化负载词之译法明晰词之数据对比表[①]

物质文化负载词之译法明晰词之数据对比					
英	直译 49.9%（直译 48.5%，直译 + 解释 1.4%，直译 + 脚注 0）	音译 7.3%（音译 2.9%，音译 + 解释 4.4%，音译 + 脚注 0）	音译 + 直译 0	意译 33.9%	套译 0	省略 8.9%
俄	直译 63.1%（直译 52.9%，直译 + 解释 0，直译 + 脚注 10.2%）	音译 20.5%（音译 2.9%，音译 + 解释 4.4%，音译 + 脚注 13.2%）	音译 + 直译 1.4%	意译 10.5%	套译 1.6%	省略 2.9%

　　物质文化负载词之译法明晰词共有 74 条，英、俄译者对其中的 25 条都进行了直译，如下表（表 6）：

表 6　物质文化负载词之译法明晰词之英、俄译皆直译表

物质文化负载词之译法明晰词之英、俄译皆直译			
序号	原文	英译	俄译
1	鸡蛋大饼（68）	eggs and flatbread（95）	яиц с лепёшками（95）
2	野菜（115）	edible wild herbs（142）	трава（158）
3	野菜团子（121）	a clump of wild herbs（150）	пучок диких трав（167）
4	大白菜炖猪肉（145）	cabbage and stewed pork（172）	капуста с мясом（197）
5	白馒头（145）	steamy buns（172）	пампушки（197）

海外翻译家怎样塑造莫言

物质文化负载词之译法明晰词之英、俄译皆直译			
序号	原文	英译	俄译
6	萝卜熬咸鱼（145）	turnips and salted fish（172）	турнепс и варёная солёная рыба（197）
7	萝卜块炖羊肉（552）	stewed lamb and turnips（524）	тушёная баранина с турнепсом（708）
8	大葱卷饼（247）	scallion-stuffed flatcake（274）	блин с луком（325）
9	铁扒鹌鹑（205）	grilled capons（231）	жареные перепела（272）
10	蘑菇炖小鸡（205）	stewed chicken and mushrooms（231）	Тушёная курица с грибами（272）
11	玻璃肘子肉（205）	glazed pork loin（231）	свиная ножка в глазури（272）
12	绿豆粉条（210）	mung bean noodles（236）	лапша из фасоли（278）
13	高粱烧（249）	sorghum liquor（275）	гаоляновка（327）
14	糯米饭（552）	glutinous rice（524）	клейкий рис（708）
15	韭菜猪肉包子（467）	pork and scallion stuffed buns（461）	пирожки с луком и свининой（597）
16	蒜臼子（444）	a garlic mortar（440）	ступка для чеснока（571）
17	西厢房（151）	west wing room（178）	Западную пристройку（206）
18	莲香斋（582）	Fragrant Lotus Hall（49）	Вместилище Лотосового Аромата（745）
19	缅甸软刀（90）	Burmese sword（118）	бирманский меч（123）
20	伪象牙筷子（552）	imitation ivory chopsticks（524）	палочки — имитацию под слоновую кость（708）
21	草木灰（120）	grass（148）	травы（165）
22	人粪尿灌口催吐（121）	forced human waste down her throat（149）	залив в горло жидкого дерьма с мочой, чтобы вызвать рвоту（166）

物质文化负载词之译法明晰词之英、俄译皆直译		
序号	原文	英译	俄译
23	鸳鸯壶（299）	Mandarin Duck decanters（319）	кувшинами с уточками-мандаринками прозываются（392）
24	踢毽子（16）	to kick shuttlecocks（15）	играть в ножной волан（33）
25	绣花鞋垫（441）	a fancy embroidered slipper sole（438）	парой вышитых цветами туфель（566）

共有 25 条汉语词句

（七）物质文化负载词之译法明晰词小结

通过分析例句和观察表格，可归纳出以下七点内容。

第一，英、俄译皆直译为主。

据表5可见，英、俄译者对物质文化负载词的翻译皆以直译为主。原因有二：首先，物质文化负载词之译法明晰词共有74条，其中有17条是饮食词汇，英、俄译者皆对其直译的原因将在第二点中论述；其次，东方与西方的生活方式虽大有不同，但物质文化负载词无外乎人们日常的衣食住行用等方面，这些词汇多数只是对概念意义的指称，联想意义相对较少、字面意思相对较浅，因此，直译法具有可行性，而且有利于保证译文的简洁、保留原文的异域特色。另外，如本书开头所说，国内外皆存在"葛浩文改写莫言"的说法，但先从《丰乳肥臀》之物质文化负载词这一项，我们可以看到葛浩文对这些词语的翻译中，直译是占有很大比例的。而对其他文化负载词的处理如何？是否也是直译为主？如果是，那么能否对"改写"一说构成一定的反拨？后文将有更多的讨论，此处先按下不表。

第二，英、俄译皆直译饮食词。

在表6中25条英、俄译皆直译的例子中，饮食词语有15条，所占比例较大，综观译者对所有饮食词语的翻译，仍是直译为主，究其原因，需先说明中国饮食的命名方式。概括来讲，其命名方式有写实手法（如大白菜炖猪肉）、写意手法（如红烧狮子头）、人名手法（如宫保鸡丁）、地名手法（如北京烤鸭）等①，而《丰乳肥臀》这部作品大篇幅讲述了二十世纪上半叶在中国农村发生的故事，涉及的饮食词语也就多是旧时农家吃食，自然是食材朴素、做法简单、命名直白，以写实菜名为主（见表6），那么，译文也就无须演绎而只如实直译即可。作品饮食词语中还有为数不多的写意菜名②，如"红烧狮子头"和"松鼠鳜鱼"，写意菜名若直译而无注，则会令读者感到费解，所以，英译进行了意译（braised meatballs、sweet-and-sour fish），而俄译为直译＋脚注（тушёные"львиные головы"в красном соусе③，рыба-белка④），此细节也是两位译者翻译倾向不同的体现，这在本章章末再详加论证。总之，对于写实菜名进行直译，一来是忠实于原文的体现，二来可保留原文形象，传达中国饮食文化特点，同时也不妨碍译文的流畅。

第三，英意译多于俄意译，俄直译多于英直译。

从表5可见，对于物质文化负载词之译法明晰词，英意译所占比例为33.9%，俄意译为10.5%；俄直译占63.1%，英直译占49.9%。从效果上看，俄译因采用直译或直译＋音译而保留了原

① 王秉钦:《文化翻译学：文化翻译理论与实践》，南开大学出版社2007年版，第208页。

② 主要出现在作品第二十一章中司马库为巴比特和上官念弟举办的婚宴上，因是国民党军官之宴，所以菜品较平时的农家饮食高级，有写意菜名。

③ 其脚注为:"Тушёные шарики из свинины."回译为:"炖烧的猪肉做成的小圆球。"

④ 其脚注为:"Китайский окунь в кисло-сладком соусе. Приготовленное должным образом блюдо при подаче на стол якобы издаёт верещание, похожее на беличье."回译为:"中国鲈鱼沾着酸甜调汁。最好的鱼在卤汁下会发出松鼠叫声一样的吱吱声。"

莫言与当代中国文学创新经验研究

文的真实感（如例上 156）、保留了原文词语的伴随意义（如例上 157）、突显了汉文化的异质性（如例上 159），但有时会因强调这些异质性而导致译文不易懂；英译因采用意译而使译文读来亲切易懂，但无法实现上述俄译的好处。换言之，从对意译法及直译法的使用频度上可以看出，英译者倾向牺牲原文的异质性以保证译文的易懂，俄译者则倾向牺牲译文的易懂而保留原文的异质（但英译中确实直译所占比重最大，如上文第一点所述）。这是否体现了两位译者翻译目的的相反？仅以物质文化负载词为例，不足为证，需结合对其他文化负载词的讨论，我们才会有更清晰的认识。这将在本章第三、四节中进行讨论。

第四，英、俄译皆意译抽象修饰词。

这主要指例上 152 中对"千层底布鞋"的翻译，其中"千层"属于汉语数字修饰词，并非实指有一千层底，"千层"形象也非例句语境的重点，若直译则有可能导致不熟悉中国衣着的译入语读者误以为中国的鞋底真有一千层。英、俄译者皆对此意译，说明两位译者熟悉中国文化，译出了原文语义的同时也避免了歧义。

第五，俄音译多于英音译。

从表 5 可见，英音译占 7.3%，俄音译占 20.5%。与意译相比，音译更能够保留原文的异质性，避免错误诠释的风险。这是否能够体现两位译者翻译习惯和翻译目的的不同？这需要综合观照，此处暂不展开。

第六，英、俄译皆有误译。

在对物质文化负载词的翻译上，英、俄译文都有一定的误译之处。这些误译可分为两类：

第一类，误译对译文效果影响不大。如例上 145 至例上 148、例上 153 至例上 155、例上 160 以及例上 162。因为面对原作时译者首先是读者，要对原作进行阅读和理解，这便存在误读和误解的可能。译者虽然精通中国文化，但这毕竟与他们的母语文化大相径庭，或多或少会有些文化负载词对译者来讲是陌生的，这时，译者便会首先联想到自己最熟悉的词汇、概念以弥补这种陌生，进而在无意中造成误译，如例上 160，英译者将中国特色的"蒸锅"译成了西方人最熟悉的"烤箱"。总之，对于一部鸿篇巨制，译者难免有疏漏，但因有的文化负载词并非语境的关键，而且译者如实译出了上下文，所以这些误译影响不大。

第二类，误译对译文效果影响较大。如例上 150 和例上 151，这样的误译也是由译者疏忽所致，会使译入语读者加深对中国的误解。

第七，英译无脚注俄译多脚注。

从表 5 可见，对于物质文化负载词之译法明晰词，俄译的脚注法有 23.4%，而英译全无脚注。英译者葛浩文曾说："要看中文读者从中读到了什么。是我们日常使用的套语？还是只有在这个语境中才使用的？如果是后者，译者就需要多花心思找到最合适的表达方式。"[1] 英译者对很多文化负载词使用意译或简单直译一带而过，是因译者认为该词并非语境的关键；而对有些词语使用解释法（从表5 可见英译解释法占 5.8%），是因译者认为"只有在这个语境中才使用"。这样的翻译策略确实是无可置疑的，但对与语境紧密相关的有些文化负载词，如例上 161，意译固难以达意，解释法也不可行，这时，脚注法就显出了特效。那么，对于这一例，俄译的脚注法甚佳，而英译的直译则造成了一定的信息流失。关于两位译者对于脚注的态度，将在之后的章节深入讨论。

二、物质文化负载词之译法复杂词

在翻译实践中，还有相当数量的译文难以一言蔽之为直译、意译或音译，或因误译而难以简单分类。《丰乳肥臀》的英、俄译本中也有很多这样的译文，如以下 5 组例句。这些例子没有呈现在表格中，但同样值得注意。

---

[1] 李文静：《中国文学英译的合作、协商与文化传播——汉英翻译家葛浩文与林丽君访谈录》，《中国翻译》，2011 年第 1 期，第 57—60 页。

（一）物质文化负载词之译法复杂词例举

例上 164

福生堂（3）

英：Felicity Manor（2）

俄：Фушэнтан（16）

英译回译为"幸福庄，本镇首富的家"，俄译是"福生堂"的音译形式后接"本地区最富有的庄园"。

英、俄译的语义皆无误，不同的是对"福生堂"这个宅名的处理。旧时中国的大户人家常给住宅取个吉利的好名字，如"福生"就含有明显的褒义色彩。英译为"Felicity"，意思是"幸福"，保留了原文的指称意义；在发音上，美音为 /fɪˈlɪsɪtɪ/，英音为 /fəˈlɪsətɪ/，都含有辅音 /f/ 和 /s/，与"福生"的发音也有几分相似。可见英译是谐意又谐音的妙译。而俄译仅仅是"福生堂"三个字的音译（Фушэнтан），不能表示其联想意义，造成了一定的信息流失。

例上 165

用巴豆涂抹睾丸，伪装小肠疝气。（305）

英：...by smearing **red croton oil** over his testicles to make it appear as if he had a hernia.

俄：...намазал мошонку **кротоновым маслом**[1],чтобы симулировать грыжу.（397）

英译为"红色巴豆油"，俄译为"巴豆油"并加脚注："巴豆油——效果剧烈的致泻之方；会导致皮肤起疱发炎。从巴豆（中文：

---

[1] 其脚注为："*Кротоновое масло*— сильное слабительное средство; вызывает воспаление кожи с образованием пузырей. Получают его из кротона слабительного (кит.бадоу), одной из 50 основных трав традиционной китайской медицины."

badou）中提取，是 50 种基本中草药之一。"

原文语义应是用巴豆油涂抹，原文作者简写为"巴豆"，英、俄译皆将原文省略了的"油"明示出来，是对原文的完善。俄译同时加脚注解释"巴豆油"，有助于读者更好地理解文义。

例上 166

我……用筷子插着一串窝窝头，手里握着一棵粗壮的大葱……（380）

英：I'd gobble down **a huge piece of cornbread** impaled on a chopstick and a thick green onion in my other hand…（393）

俄：я уминал **вовотоу**[1],таская их палочками одну за другой и заедая здоровенным пучком лука…（491）

英译回译为"用筷子插着一大片玉米面包"，俄译是"窝窝头"的音译形式后接"用筷子一个接一个地插着"，并给"窝窝头"加脚注："玉米面做的不发酵的扁而圆的小饼。"

窝窝头是中国北方的一种面食，一般由玉米面制作，形状为圆锥形，底部向内凹，如此形状才容易像例句所示那般在筷子上插一串。例句所在语境是上官家收留了断了腿但也立了军功的孙不言，由此上官家成员得到了的厚待，上官金童迎来了人生中的"黄金岁月"[2]。例句意在通过如"用筷子插着一串窝窝头"般的"豪迈"吃相，表明他身心的健硕。"窝窝头"的英译在译界已有先例，可直译为"steamed corn bread"或音译为"Wotou"[3]，但葛浩文将其淡化为"玉米面包"（corn bread），也许又从食物形状的角度考虑到其中的逻辑合理性，将"用筷子插着一串"改为"用筷子插着一大片"，造成了一种五十年代中国农村的上官金童用筷子插着"面包片"这种"洋

---

① 其俄文脚注为："*Вовотоу*— пресные лепёшки из кукурузной муки, приготовленные на пару."

② 莫言:《丰乳肥臀》，作家出版社 2012 年版，第 380 页。

③ 参见维基百科 https://en.wikipedia.org/wiki/Wotou.

食品"还边嚼大葱的不伦不类的画面。总之，俄译使用音译＋脚注完整表达了原文形象，英译的替代造成了文化色彩失调。

例上 167

……把十几个捆绑得像粽子一样的人押上了土台子（259）

英：...to drag the prisoners up to the stage like **a string of pinecones**.（285）

俄：...вывести на возвышение десяток арестантов, спелёнутых верёвками, как **цзунцзы**[①].（340）

原文说"捆绑得像粽子"，意思是犯人被捆成五花大绑的样子。俄译将"粽子"音译并加脚注对这一文化负载词做了解释，回译为"用绳子捆着，像粽子似的"，俄译无误。有意思的是英译：英译将"粽子"这一人为加工而成的中国特色食品，替换成了自然植物果实"松果"（pinecones），又加以"一串／排／列"（a string of）的修饰，回译为"把犯人们像一串／排／列松果那样押上了台子"。可是，我们古今中外也没听说过哪里押犯人是像"一串／排／列松果"那样，而且松果一般是难成"一串／排／列"的，又不是"一排小白菜"之类，即便是松鼠啃松果，也不是用"串"的，所以，英译这样的画面实在难以想象。

为什么会出现这样的误译？《丰乳肥臀》陆续出过好几个版本，"粽子"这个词[②]，只有在 2003 年中国工人出版社版中出现了别字

海外翻译家怎样塑造莫言

---

① 俄文脚注为"Цзунцзы— традиционное блюдо, его готовят на пару из клейкого риса с разнообразной начинкой, заворачивают в листья тростника, бамбука или пальмы и перевязывают разноцветными шёлковыми нитями". 回译为"Цзунцзы—传统食品，由黏米和各式夹馅包裹在芦苇叶、竹叶或棕树叶中而成，捆以各色丝线"。

② "粽子"一词在 1996 年作家出版社版的第 269 页、在 2003 年中国工人出版社版的第 179 页、在 2010 年北京十月文艺出版社版的第 241 页、在 2012 年作家出版社版的第 259 页、在 2012 年上海文艺出版社版的第 243 页。

为"棕子",而不巧英译者恰恰是根据 2003 版来进行翻译的[①],那么,此例英译文的误译,也许正是由于英译者看到"棕子"一词联想为"棕树的果子",但又想到棕榈树分布在低纬度地区,高密东北乡应无,而松树恰巧是中国盛产,所以未译为"棕榈果"(palm fruit)而译成了"松果"。那么,如果以上推测成立,此例的英译误译应是由原作的错别字所致。

最后,还有一组物质文化负载词值得注意:正房和厢房。

根据作品所示,上官家的房屋结构属于四合院。汉族传统四合院,有正房、厢房之分,代表着主客、高低之别,是中国尊卑等级思想在住宅上的体现。在上官家,当公公和丈夫都被日本人杀死、婆婆吕氏失去神志之后,上官鲁氏开始当家,便住进了正房,其他人等——比如发了疯的吕氏、不请自来的沙月亮、爆炸大队的士兵们、已为人妇的女儿等,都在不同时段内陆续住进西厢房或者东厢房。这是传统住家习惯在上官家的体现。那么,对其中正房、厢房的翻译情况,就值得一提。先看英、俄译对"厢房"的翻译。

有些语句是英、俄译都如实译出的,比如例上 168 至例上 170:

例上 168

他进入东厢房,又进入西厢房。(73)

英:…first enter the side room to the east, then the room to the west.(100)

俄:…он сначала зашёл в восточную пристройку, а потом в западную.(102)

---

① 参见 *Big Breasts and Wide Hips* 译者序言:"A shortened edition was then published by China Workers Publishing House in 2003. The current translation was undertaken from a further shortened, computer-generated manuscript supplied by the author."(p.xii)

例上 169

来弟……闪进了西厢房（186）

英：Laidi... streaked into **the west wing room**（212）

俄：Лайди...шмыгнула в **западную пристройку**（246）

例上 170

西厢房（151）

英：west wing room（178）

俄：Западную пристройку（206）

有的例子是英译如实译出而俄译省略的，比如：

例上 171

他进驻东厢房后（83）

英：in our **eastern side room**（111）

俄：**он поселился у нас**（114）

此例中英译如实译出而俄译省略，但原文中紧接着又出现了"厢房"：

例上 172

厢房里，男人们的笑声响亮又粗野（83）

英：Inside **the room,** husky male laughter burst into the night...（111）

俄：В **восточной пристройке** гремел грубый мужской смех...（115）

在这句话中，则是俄译如实译出，而英译省略不译。俄译由此弥补了上一例中的省略，英译这里的省略也使译文简洁不啰唆。

而至于"正房"，就没有得到"厢房"这样的"待遇"：

例上 173

大婶子，我们立刻搬出正房（140）

英：We'll move out of **your house** right away, …（168）

俄：Сейчас освободим дом, тётушка.（191）

英、俄译皆回译为"我们立刻搬出您的房子"，都没有译出"正房"之"正"。这样的省略，造成了一定的信息流失，因为这个"正房"在语境中，不只是一个普通房间，而含有更深的意义：屋主的起居之处，是一家之主地位的象征。要说明其在原文语境中的重要性，须先捋一捋前因后果：民国三十年的寒冬腊月，家无余粮的上官鲁氏迫于无奈到县城的人市上卖女儿，七女儿上官求弟被买走之后，鲁氏因心痛体虚病倒在了县城的一家客栈里，耽搁了十多天。这期间蒋立人部队驻进了大栏镇，看到上官家的四合院，误以为屋主已弃屋而去，于是一个班的士兵便占据了这里，住进了正房。十多天后鲁氏病愈归来，王班长得知她是屋主，便立刻命士兵们搬出正房，随即去请示政委蒋立人。蒋立人很快到来，在征得鲁氏同意后，命这个班的士兵住进了东、西厢房。例句即是王班长得知鲁氏的屋主身份后所说的话，"搬出正房"，意指将主人之屋还给主人，不可喧宾夺主；蒋立人请求让士兵们住进厢房，是因为厢房代表次要地位，客人入住，也是并不逾矩的权宜之请。回看原文，蒋立人如是说：

例上 174

大婶，希望您能同意这个班借住您家的东西两厢。（141）

英：…in **the east and west side rooms** of your house.（169）

俄：…эти солдаты поживут у вас.（191）

对于"东西两厢"，英译如实译出，俄译则简化为"住在您家"。

回看上文，英译省略了"正房"，却在这里译出"厢房"；俄译则将"正房""厢房"一并省略。不可否认，俄译造成了"正房""厢房"的信息流失，英译的顾此失彼也非上策。

我们这里讨论译者对"正房""厢房"的翻译，是因为这种住房结构体现了中国人的尊卑思想，同时增强了原文情节的逻辑真实性。要说森严的尊卑等级在文学作品中的体现，莫过于《红楼梦》，且看"正房""厢房"在《红楼梦》英、俄译本中是如何呈现的：

凤姐……收拾东厢房三间，照依自己正室一样装饰陈设。①

杨宪益英译：…to fix up the three **rooms on the eastern side**, decora-ting and furnishing them just like **her own**.②

霍克思英译：…have the three-**frame building on the east side** of her and Jia Lian's courtyard converted into a smaller replica of **the main apartment**.③

邦斯尔神父英译：…to get ready three **rooms on the eastern side of the courtyard** and to decorate and furnish them like **her own main apartments**.④

巴纳秀克俄译：…прибрать **восточный флигель** и обставила его в точности так, как **господский дом**.⑤

对于"东厢房"和"正室"，除了杨宪益英译本将"正室"意译为"她自己的房间"，其他译文皆是如实直译。

例句语境是王熙凤得知贾琏偷娶了尤二姐之后，开始谋局布阵，要将尤二姐骗进荣国府居住。例句中的"正室"是身为正妻的

① 曹雪芹：《红楼梦·第六十八回》，岳麓书社 2001 年版，第 484 页。
② 杨宪益、戴乃迭：*A Dream of Red Mansions*，外文出版社 1980 年版，第 1459 页。
③ David Hawkes: *The Story of the Stone, v.3: The Warning Voice*, the Penguin Group 1980, pp.331.
④ http://lib.hku.hk/bonsall/hongloumeng/68.pdf.
⑤ Панасюк В.А.: *Сон в красном тереме*: *Т.2*, Издательство «Художественной литературы» 1995, с. 418.

海外翻译家怎样塑造莫言

王熙凤所住的房屋，"东厢房"便是为身为妾的尤二姐准备。可知
"东厢房""正室"这两个物质文化负载词在文中负载着尊卑有别
的文化信息，与原文语境契合一体，不应忽视。外译本中，除了杨
宪益英译本对"正室"做了淡化处理，其他译本皆如实译出，保证
了原文的信息含量。

可见，对"正房""厢房"这组物质文化负载词进行直译是具
有可操作性的。回看它们在《丰乳肥臀》外译本中的实例，也多有
对"厢房"如实译出的例子，但也存在对与语境紧密相关的"正
房""厢房"的省略。虽然不影响对原文大意的传达，但终究是造
成了信息流失或模糊。这也许是由于译者没有十分清楚地意识到
正、厢房之别在中国人生活中的重要性，也没有意识到它在《丰乳
肥臀》语境中的反映。

（二）物质文化负载词之译法复杂词小结

通过分析以上五组例句，可归纳出以下四点内容。

第一，虽说音译比意译更能保留源语的异质性，但也要结合
具体实践而言。有时英译意译会比俄译音译的效果更佳，如例上
164。

第二，有些例句原文存在文字空缺，这时英、俄译者皆将其补
充、明示出来，如例上 165，这无疑也是译者主体性的体现。

第三，有时英译为保译文流畅而使用替代法，但会造成文化色
彩冲突，而俄译使用音译 + 脚注，有利于传达中国文化（如例上
166）。

第四，如前文所述，译者首先是读者，如果译者对原文的理解
不够到位，便会导致信息流失，如正房和厢房这组文化负载词。

三、物质文化负载词总结

对比之后，对于物质文化负载词的英、俄译文，可归纳出以下五点内容。

第一，英、俄译皆以直译居多，原因在于物质文化负载词乃是涉及人们的物质生活，这些词汇联想意义较少、字面意思较浅，尤其是作品中出现的饮食词汇，以写实食名为主，更宜于直译。直译最明显的长处在于可以保留原文形象。至于此节中所示的英译直译，能否反拨"葛浩文改写莫言"一说，还需结合后文对其他文化负载词的讨论。

第二，使用意译法，英译多于俄译；使用直译或音译法，俄译多于英译。意译可使译文易懂通畅，但会流失原文的形象和信息，甚至造成文化冲突，直译或音译可保留原文形象或异质性，但要求读者花费较大努力才能明白文义，另外，有时会因恪守音译而逊色于英译的意译（如例上164）。至于这是否体现了英、俄译者不同的翻译目的，同样也需结合后文。

第三，对于一些特殊原文例句，如数字抽象修饰词、文字空缺等，英、俄译者皆发挥了译者能动性，选用了较为合适的方法进行调整。

第四，英无脚注而俄多脚注。有时脚注法别有佳效（如例上161），但英译文全无脚注，所以只好舍弃形象。关于两位译者对于脚注的态度，也宜在本章章末总结。

第五，译者首先是读者，如果译者疏忽或对原文的理解有误，便会导致误译，有些误译因非关语境而影响不大，但有些误译难以弥补。

以上就是对《丰乳肥臀》中物质文化负载词翻译情况的讨论，进一步的论述还需结合后文。

海外翻译家怎样塑造莫言

第三章　社会文化负载词

　　这一章讨论《丰乳肥臀》中社会文化负载词的翻译情况。一个民族的语言会显著地反映着其社会文化，正如美国语言学家萨丕尔所说，"言语这一人类活动，从一个社会集体到另一个社会集体，它的差别是无限度可说的，因为它纯然是一个集体的历史遗产，是长期相沿的社会习惯的产物。"①。那么，具体来说，社会文化负载词是能够体现一个民族独特文化的、有关社会生活的词汇，如节气节日、风俗习惯、历史国情、规章制度、神话传说、文化典故、天文认知等。同前两章一样，本章仍会用表格罗列英俄译文，用数据呈现大致比例，并对译法复杂、内涵丰富的语句单独分析。

一、节气、节日、习俗

　　说到节气习俗，很容易想到它在文学作品中的体现。我国民俗学家钟敬文先生说："文学与民俗的联系很自然。因为文学作品是用人的生活的形象来表达思想感情和传达真理的。而民族的民俗正是同人们的生活发生着最密切关系的文化事象。"②那么，《丰乳肥臀》作为一部长篇小说，是否对民俗有很多描写呢？"当有人问及莫言作品中的什么地方打动了诺贝尔文学奖评委的时候，莫言说道：'我的文学表现了中国人民的生活，表现了中国独特的文化和

---

① （美）爱德华・萨丕尔:《语言论——言语研究导论》，陆卓元译，商务印书馆 2009 年版，第 4 页。
② 钟敬文:《文学研究与民俗学方法》，《民族艺术》，1998 年第 2 期。

风情.'"^①考察《丰乳肥臀》,我们发现,作品的确对"中国独特的文化和风情"有很多体现,其中也有相当一部分是对节气节日习俗的描写,那么,对于翻译,这会是构成译作异域情调的重要因素,也是满足外国读者好奇心的重要内容。那么,英、俄译本有否传达出这部分内容?口说无凭,且看英、俄普通读者对《丰乳肥臀》的评论。

一位英译本读者说:"在文风方面,莫言不是我最喜欢的作者,但阅读(《丰乳肥臀》)对我来说仍是一种新鲜有趣的体验。"^②

一位俄译本读者说:"(《丰乳肥臀》)描写了我不熟悉的生活,对它的阅读是很有趣的。"^③

(一)节气、节日、习俗对中国风情的传达

读者觉得阅读《丰乳肥臀》新鲜陌生,也许便可说明英、俄译文至少在一定程度上传达了中国特色风情,那么是怎样传达的呢?以下将通过单独例句和表格进行分解,先看单独例句:

例上 175

腊八节才施粥呢。(106)

英: They don't do that till **the eighth day of the twelfth month**. (133)

① 孟庆军:《中国诺贝尔第一人 作家莫言被称"寻根文学"作家》,人民网 2012 年 10 月 12 日 18:18, http://culture.people.com.cn/n/2012/1012/c22219-19247576.html.

② Rachel, http://www.goodreads.com/book/show/670217.Big_Breasts_and_Wide_Hips?from_search=true&search_version=service.

③ Yury, http://www.goodreads.com/book/show/670217.Big_Breasts_and_Wide_Hips?from_search=true&search_version=service.

俄：Кашу будут давать только после **праздника лаба**①. (146)

对于"腊八节"，英译为"十二月八日"，俄译为"腊八"的音译＋脚注。俄译的脚注十分全面："лаба 节——农历十二月八日。古时这是祈求丰收的日子，而佛教传入中国后，就变成了庆祝乔达摩成道的节日。这一天必做的事是喝一种由米、豆、枣、干果混合制成的粥。"可见，俄译使用加脚注的方法比较完整地呈现了原文中的文化信息；而英译没有解释"十二月八日"与"粥"之间的联系，英译读者无法体会到"十二月八日"是一个有着喝粥习俗的节日，那么，在例句语境中，读者也就不能明白"施粥"为什么要等到"十二月八日"。同样，在以下两例中，俄译无误，英译则存在一定的信息流失：

例上 176

腊月初七日，听说……将于腊月初八日早晨在北关大教堂施粥行善。(125)

英：On the seventh day of the twelfth month, we heard that… would be opening a soup kitchen in Northgate Cathedral. (154)

俄：На седьмой день двенадцатого месяца прошёл слух, что…утром **восьмого дня** устраивает в соборе Бэйгуань благотворительную раздачу каши. (173)

例上 177

向那碗腊八粥，进发。(127)

英：…to accept a bowl of **twelfth-month gruel**. (156)

------

① 其俄文脚注为："Праздник лаба— восьмой день двенадцатого лунного месяца. В древности это был праздник нового урожая, а после распространения буддизма в Китае — празднование просветления Будды Гаутамы. Непременная часть праздника — каша из смеси риса, бобов, фиников и орехов."

俄：…съесть чашку **каши-лаба**.（175）

例上 177-0

腊月初八日上午……这是个喝腊八粥的早晨（364）

英：…the morning of **the eighth day of the twelfth lunar month**…it was the morning when they normally ate bowls of **fruity rice porridge**（379）

俄：…на утро **восьмого дня двенадцатого лунного месяца**… в этот ранний час следует есть **кашу-лаба**（473）

俄译无误。例上 176 中英译省略了"腊月初八日"，例上 177 中英译将"腊八粥"译为"十二月的粥"，在例上 177-0 中英译保留了"腊月初八日"，将"腊八粥"意译为"水果米粥"。

像"腊八""腊八粥"这样的文化节日和民俗美食，在我们的人情小说、世情小说的巅峰之作《红楼梦》中当然也有体现，且看《红楼梦》译者是如何翻译的：

腊月初七日，老耗子……说："明日乃是腊八，世上人都熬腊八粥。"①

杨宪益英译：One year **on the seventh day of the twelfth moon**, … 'Tomorrow is **the Feast of Winter Gruel** when all men on earth will be cooking **their sweet gruel**.②

霍克思英译：…on **the seventh day of the last month**, … "Tomorrow is **Nibbansday**, and everywhere in the world of men they will be cooking **frumenty**.③

---

① 曹雪芹:《红楼梦·第十九回》，岳麓书社 2001 年版，第 128 页。

② 杨宪益、戴乃迭: *A Dream of Red Mansions*（*v.1*），外文出版社 1978 年版，第 384 页。

③ David Hawkes: *The Story of the Stone*（5 volumes），the Penguin Group (1973—1986), pp.396.

邦斯尔神父英译：…on the seventh day of the twelfth month,…Tomorrow is **the eighth of the twelfth**.The men of the world all boil '**the eighth of the twelfth**' **gruel**.①

巴纳秀克俄译：…в **седьмой день последнего месяца года**, … «Завтра **восьмое число**, все варят **рис к празднику**».②

　　其实《丰乳肥臀》译文也好，《红楼梦》译文也罢，我们考察的重点是看译者是否将这个日期与"粥"联系起来，并为这个节日和"粥"保留"腊八"的形象。那么，《红楼梦》的英、俄译者都译出了前半句的"腊月初七日"和"明日"，这就已经译出了"腊八"的形象，对于后半句，我们分别来看：

　　杨宪益将"腊八"节译为"冬粥日"，用一"冬"（winter）字使这个节日与"腊月初八日"产生联系，因为欧美国家的"12月"同样时值冬天（也许二十世纪六十至七十年代翻译进行时未及顾虑到大洋洲）；将"腊八粥"译为"甜粥"（sweet gruel），也很巧妙：人们在腊八节时祭祀祖先、祈求丰收，而腊八节后年关将至，中国民间常说"过了腊八就是年"，而且我们看"腊八粥"的食材③，这些果食煮在一起，就算不"点染"以糖，也是丝丝香甜的。所以，"腊八粥"的整个煮制和品食过程，都是喜乐甘甜的。而且例句语境是绵绵静日宝黛闺中亲昵做戏，因此，杨译为"甜粥"，真是画龙点睛的译法。最后，用一时间状语连词"when"将"腊八"和"粥"联系起来，将原文的文化内涵完整呈现。

---

① http://lib.hku.hk/bonsall/hongloumeng/19.pdf

② Панасюк В.А., *Сон в красном тереме*: *Т.2*,（Москва: Издательство «Художественной литературы», 1995），c.280.

③ "腊八粥者，用黄米、白米、江米、小米、菱角米、栗子、红豇豆、去皮枣泥，合水煮粥，外用染红桃仁、杏仁、瓜子、花生、榛穰、松子及白糖、红糖、索索葡萄以作点染。"（清）潘荣陛、（清）富察敦崇：《帝京岁时纪胜 燕京岁时记》，北京出版社1961年版，第87页。

霍克思将"腊八"节译为"Nibbansday",是从"腊八"与佛教文化的渊源角度来翻译的[1],如此也算追本溯源,未为不可。而将"腊八粥"译为"牛奶麦粥"(frumenty),则稍显平淡。

邦斯尔神父将"腊八"和"腊八粥"都按日期来译,是一种对原文逐字翻译的方式。其实,观察整部邦译,我们发现,邦斯尔神父的总体翻译方法都是逐字直译,甚至有时因太过局限于原文字面而产生"死译"和误译[2]。

巴纳秀克俄译回译为"明日乃是八日,世上人都为了过节而煮米",用"为了过节"(рис к празднику)这一状语成分将节日与"粥"联系起来。

纵观此《红楼梦》译文例句,可见例上175至例上177-0的英译可以有更好的方式,而俄译者叶果夫先生使用音译+脚注法,是对"腊八"的诸多译文中能最有效转达原文文化信息的方法,从这个角度上讲,叶果夫俄译最值推崇,但还是那句话:脚注法的弊端在于会妨碍读者阅读的流畅性。

例上 178

母亲给五姐、六姐、七姐脖子上插上了谷草,等候着买主。(129)

英:Mother hung **straw tallies** around the necks of my fifth, sixth, and seventh sisters, then waited for a buyer to come along. (158)

---

[1] 参见洪涛:《〈红楼梦〉译评与期望规范、解构主义翻译观——以 Nibbansday 为中心》,《红楼梦学刊》,2006 年第 6 期。

[2] 如第二十九回中张道士对贾母说:"我想着哥儿也该寻亲事了",杨宪益英译为 "It seems to me time to arrange a match for the young master" (*A Dream of Red Mansions*),霍克思英译为 "our young friend…It must be about time we started thinking about a match for him, surely?" 邦斯尔神父英译为 "I was thinking that a betrothal with **elder brother** ought to be suggested."(http://lib.hku.hk/bonsall/hongloumeng/29.pdf)原文中的"哥儿"指的是宝玉。杨译和霍译均无误,而邦译则因太过执着于字面而产生了误译。

俄：Матушка заткнула за ворот пятой, шестой и седьмой сёстрам по **пуку соломы**, и мы стали ждать покупателей.（178）

对于"插上了谷草"，英译回译为"插上了草标"，俄译回译为"插上了一束谷草"，都没有添加解释。

在旧时中国民间，人们将谷草插在物品或人头发、脖子上，意为待售。例句语境即是如此，然而译入语读者未必明白这一习俗，英、俄译者皆没有进行解释，读者需要联系上下文、花费较大努力才能隐约猜到译文中的"谷草"之意。其中英译因加了"标签"（tallies）一词而较为易懂。其实，对于这种绝对空缺文化负载词，译者若采用解释法来翻译，效果则更佳。以《茶馆》的英、俄译文为鉴①，我们可将此例试译为：

英：Mother hung straw tallies—**symbols for sale**—around the necks of...

俄：Матушка заткнула за ворот пятой, шестой и седьмой сёстрам по пуку соломы—**символ для продажи**, и мы стали ждать покупателей.

不过，对于一个"标志"的欠额翻译并不影响整个情节的传达，读者仍然可以通过前后文读到这残酷的人口售卖。如印度女读者 praj 写书评道："在一个当战争袭来时，妇女和儿童不是首先被撤离，而是首先被叫卖于人口市场的国度，道德标准真的高于'活

---

① 乡妇拉着个十来岁的小妞进来。小妞的头上插着一根草标。（老舍：《茶馆》，第 40 页）霍华英译：The girl has straw stuck in her hair, indicating that she is for sale.（老舍：《茶馆》（英汉对照），霍华译，第 41 页）；英若诚英译：with a straw stuck in her hair, indicating that she is for sale.（英若诚：《Teahouse》，第 22 页）

俄译：У девочки в волосах соломка—знак того,что она продаётся.（Молчанова Е.И., *Чайная*, сост. Воскресенский Д.Н.,*Записки о Кошачьем городе:избранное*, стр.485.）

下去' 吗？" ①

例上 179

鲁胜利无意中拽掉了母亲一只鞋子。汗水便最终汇集到那根脚拇指上（356）

英：Her sweat ran all the way down to the tip of her **big toe**（370）

俄：Пот стекал у неё на **большой палец** и капля за каплей падал на пол.（463）

对于"那根脚拇指"，英、俄译皆译为"大拇指"。

作品中上官鲁氏是高密东北乡的"第一金莲"，旧时中国女人裹成小脚后，脚形畸变，除了大拇指之外的四个脚拇指皆折到脚掌之下，只剩下大拇指作为唯一的脚趾，例句中的"那根脚拇指"应合此意。综观英、俄译作，对于原文中出现的对于旧时女人缠小脚的描写，英、俄译皆处理无误，但此例中将"那根脚拇指"译为"大拇指"，则略显语焉不详。

例上 180

谢大媒的酒我给您预备好了。（86）

英：I'll take care of **Matchmaker Xie.**（114）

俄：Вино, чтобы **отблагодарить тебя как свата**, у меня уже приготовлено, …（119）

对于"谢大媒"，英译为"姓谢的媒人"，俄译为"感谢你这个媒人"。

"谢大媒"是中国民间风俗，娶媳聘女的人家事成后向媒人表示感谢，感谢媒人促成姻缘称为"谢大媒"。结合原文语境，俄译

---

① https://www.goodreads.com/book/show/670217.Big_Breasts_and_Wide_Hips?from_search=true&search_version=service. 笔者将其译为中文，刊于《潍坊学院学报》2020 年第 3 期。

无误；英译属于比较明显的误译，一个没来由又没后文的、还需要被 "take care" 的 "姓谢的媒人"，难免会给阅读造成干扰 [①]。

例上 181

二姐说："……娘，放我去吧……娘，女儿给您磕头了。"（112）

英："Let me go, Mother, please...**Mother**," Second Sister said, "**I'll get down and kowtow to you again.**"（140）

俄：Hy отпусти меня, мама...**Матушка, ну хотите, опять на колени встану?**（155）

磕头是中国旧时礼节，宗法文化中个人与亲属家族紧密相连、受到亲权的制约，磕头礼节便是其表现形式之一。而欧美文化属于宗教文化，神权重、亲权弱，而且磕头的礼节比较少见，只会偶尔

---

① "谢媒"一事并不难翻译，如《红楼梦》《围城》的英、俄译者们皆直译无误。

贾母笑道："……多少谢媒钱？"（曹雪芹：《红楼梦·五十七回》，岳麓书社 2001 年版，第 402 页）

杨宪益英译：...how much are you going to **pay your go-between?**'（杨宪益、戴乃迭：*A Dream of Red Mansions*, pp.1189.）

霍克斯英译：...I hope I am going to **be paid something for my services.**'（David Hawkes: *The Story of the Stone, v. 3: The Warning Voice*, pp.105.）

邦斯尔神父英译：...I do not know how much money I am **to get for my services as a go-between.**（http://lib.hku.hk/bonsall/hongloumeng/57.pdf）

巴纳秀克俄译：Какова будет **плата за сватовство?**（Панасюк В.А., *Сон в красном тереме*:Т.2, с.263.）

又如在《围城》中：

鸿渐道："谢大媒先没有钱……"（钱锺书：《围城》，人民文学出版社 1991 年版，第 238 页）

英：We don't even have enough money **to reward the matchmaker...** *Fortress besieged*, Jeanne Kelly and Nathan K. Mao, PENGUIN BOOKS London 2004, pp255。

俄：...раз даже **сваху отблагодарить** не можем.（Владислав Федорович Сорокин, *Осажденная крпостъ*, Москва:Художественная литература, 1980）

出现在某些宗教活动中。如例句般子女向父母行磕头之礼，在译入语读者看来是陌生的。那么，英、俄译者对于这种中国独特的社会文化的翻译，就值得我们关注。

　　先看例句语境。招弟此去，生死未卜，有可能就是女儿与母亲的永别，此处磕头，笔者解读为五层含义：感谢鲁氏的养育之恩；为自己不能在母亲跟前尽孝而谢罪；为违抗母命而道歉；表示与母亲的惜别之意；恳请母亲放行。总之，郑重磕头是传统礼仪中一件极具仪式感的事。那么，译者是如何翻译的呢？对于原文的"娘，女儿给您磕头了"，英译为直译，俄译回译为"娘，您想让女儿再给您磕头吗？"对比之下，俄译将原文可能蕴含的五层含义改为只剩最后一层，而英译采用直译[1]，直译法的好处在于不会改变原文的意思、不会使原文"变色"，所以英译较佳。虽然英语读者有可能因不熟悉中国的"磕头"之俗而无法得出与中国读者同样的解读，但如果译者使用增词法等进行解释，则又会导致超额翻译。对于这种已收入词典、同时内涵独特的社会文化负载词，译者大可直译以保原文本色，而将其中意味交由读者自己体会。

　　另外，"磕头"一词在作品中出现了多次，译者根据各自的翻译目的和对原文的理解进行了相同或不同的处理。

　　英、俄译皆直译：

例上 182

母亲跑到谭家窝棚的娘娘庙里，烧香、磕头、许愿（606）

英：…she burned incense, **kowtowed**, made her vows（69）

俄：…стоял в домишке семьи Тань, воскурила благовония, **отбила поклоны**, дала обет（774）

　　英译省略、俄译直译：

---

① 其中"kowtow"是中文"磕头"的音译形式，已被收入英文词典，所以算作直译。

例上 183

四姐跪下，给母亲磕了一个头。（138）

英：Fourth Sister knelt down and **kowtowed** to Mother.（166）

俄：Опустившись на колени, четвёртая сестра **поклонилась** матушке **в ноги**.（189）

例上 184

好好哄着，哄走了就去庙里磕头烧香谢菩萨。（544）

英：do what you must to get her away from here. Then you can go to the nearest temple, light incense, and give thanks to the Bodhisattva.（519）

俄：Обхаживай её, только чтоб ушла, а потом сходишь в храм, **отобьёшь поклоны** бодхисатве и воскуришь благовония в благодарность.（698）

例上 183 的语境是上官家四女儿辞别母亲，同例上 181 的语境类似，译者直译即可；例上 182 中，"磕头"与"烧香、许愿"一起，组成了母亲向菩萨祷祝的一连串的动作描写，"磕头"是其中不可缺少的环节，而且可以反映出中国民间宗教文化的特点，所以英、俄译者皆直译；而在例上 184 中，语境重点在"感谢"而非"磕头"，"磕头"的出现只是为了平衡"烧香谢菩萨"的语感节奏。而这种"二、二、三"的节奏模式并不符合英、俄语的语感审美，所以，为了避免罗列动作会造成的单调刻板和节奏拖沓，英译省略了"磕头"，俄译调整为"向菩萨磕头并在感恩中烧香"，将原文的三个动词改为两个。由此例可见，在处理与译入语语感相冲突的原文时，英译会直接省略一些译者认为次要的信息，而俄译则会使用其他方法做调整而保留原文的意象内容。

例上 185

加长的"凯迪拉克"牌豪华轿车，……停在一家新装潢完毕的

乳罩商店前。当人们围观像龙舟一样的轿车时，司马粮带着我来到店前。（535）

英：...pulled up in front of a newly decorated lingerie shop. A crowd had gathered around the Cadillac, **as if it were a rare dragon boat**, by the time we'd stepped out and walked up to a gigantic shop window filled with mannequins.（513）

俄：**Супердлинный** роскошный «кадиллак» доставил нас... . Лимузин остановился перед новым, ещё не открывшимся салоном дамского белья. Толпа зевак окружила **похожий на драконовую лодку**① лимузин, а Сыма Лян подвёл меня к салону.（685）

对于"人们围观像龙舟一样的轿车"，英译回译为"人们围观凯迪拉克，好像它是个稀罕的龙舟"；俄译为直译，并为"龙舟"加了脚注："大划艇，装饰以龙头和龙尾，有二十个划手。"

俄译无误，有趣的是英译：原文语境中轿车招致人们围观，是因为它是加长的、形状像龙舟的"凯迪拉克"，这样的豪华轿车在当时的大栏市是很罕见的；而英译似乎是指，人们围观"凯迪拉克"是因为它像龙舟一样稀罕（rare）。对比发现，英译与原文所强调的重点略有不同：原文重点在"凯迪拉克"之长，而英译重点在"凯迪拉克"像龙舟一样稀罕，而且，结合上下文发现，英译漏译了"加长的"三字。事实上，对于大栏市民来讲，龙舟并没什么稀罕，假如当街出现了一艘龙舟，人们也许没什么反应；而对于西方人来讲，"凯迪拉克"不算稀罕，倒是带有东方异域色彩的龙舟远比"凯迪拉克"稀罕。那么，英译的这种与原文在意思上的偏差，是由于译者的无意疏忽，还是译者为强调"凯迪拉克"很稀罕而有意为之，恕笔者难以臆测。若以原文为中心，则可将英译改为："A crowd had gathered around the Cadillac **stretch** limousines，which was

---

① 其脚注为："*Драконовая лодка*— большое каноэ, украшенное головой и хвостом дракона, с экипажем из двадцати гребцов."

as long as a dragon boat, …"

例上 186

那年春天，来了一个赊小鸭的，……赊吧，赊吧，春天赊鸭，秋天收钱，出了公鸭不要钱。……上官吕氏率先赊了十只鸭，……（595）

英：That spring a man had come to the village **selling** ducklings. …Shangguan Lü stepped up and **bought** a dozen;…（59）

俄：Той весной в деревне появился пришлый **торговец**, высокий здоровяк…«**Налетай, покупай! Весной утёнка покупаешь — осенью барыш огребаешь.** Попадётся селезень — денег не возьму. …». Первой десяток утят **взяла** Шангуань Люй, …（761）

对于"赊小鸭"，英、俄译皆译为"买/卖小鸭"。

赊小鸭是中国民间传统习俗，直至二十世纪六七十年代都很流行。在中国农村，农家多爱饲养鸡鸭，一来可以收获鸡蛋鸭蛋，二来符合五谷丰登、六畜兴旺的传统愿望，是中国农业文明生产生活方式的体现。具体来说，这个民俗可以有两点解读：首先，体现了中国农业文明下春种秋收的生活方式和心理习惯。种粮食，春天种秋天收；养小鸭，春天养秋天长。小鸭长大生下鸭蛋，可吃可卖，是对农家主妇劳动的回报。在四季轮回中通过自己的劳动使得粮食丰收、禽畜生长，是一种人与自然、人与时光的交换，这就是中国农民的日常生活——平常但蕴含着朴素诗意。其次，体现了中国农民附着于春种秋收思维习惯上的诚信观。"赊小鸭"之"赊"，不是当场付款而是"春天赊鸭，秋天收钱"，鸭贩将赊买情况记于账本，秋后再来收款。小鸭若是母鸭，长大生下鸭蛋，面对这种可见的、实在的收成，在春种秋收的心理惯性下，村民们十分讲信用，无人赖账。那么，以上都是中国农业文明在农民的生活和思维方式上的体现，而西方文明起源于海洋文明，发展于工业文明，"赊小鸭"

莫言与当代中国文学创新经验研究

一事在译入语读者看来，恐怕是莫名其妙不知所云的，英、俄译者又是怎么处理的呢？

英译将"赊小鸭"译为"买／卖小鸭"，而且删掉了例句所在段落中鸭贩叫卖的话，将原文简化为鸭贩来卖小鸭、上官吕氏买了一些这样的简单情节；俄译没有删节，但也将"赊"译为"买／卖"，同时对于原文的"赊吧，赊吧，春天赊鸭，秋天收钱"（英译将此句省略），俄译误译为"快来喽，来买喽，春天买下小鸭，秋天收获利润"。对比原文和俄译可见，原文隐含两个主体：一个买主，一个鸭贩；而俄译文只有一个主体，即买主。显然，俄译文呈现出的也是"买卖"的情节而非"赊"。

笔者不敢妄断俄译者是无意中误译，还是为免读者的阅读负担而将中国特色的"赊小鸭"简化为常见的"买小鸭"，因此向俄译者本人求教，有幸得到了译者的回复。原来，译者并不知道中国农村中有"赊小鸭"这类的习俗，而且译者本人生长于城市，也不了解俄国农村是否有类似的做法，所以，这里是译者的无意误译。至于俄译将原文"春天赊鸭，秋天收钱"误译为一个主语，也许是由于汉、俄语言的语法差异：与俄语相比，汉语不重视主语，经常将其省略。正如有学者指出："由于中国人常采取整体思维方式，强调篇章整体意义，又由于汉语是主题显著语言，只要主题明确，主语有无关系不大，因此，汉语句子中常出现零指前的照应现象。"[1]的确，看"春天赊鸭，秋天收钱"这句话，逻辑上隐含两个主语，但都被作者省略，这样不重形式只谈"意合"的句法构造，也难怪译者误会了。

那么，俄译文只能为前一点的解读提供可能，而英译文删节过多，因此对于上文所述的两点解读，英译皆无法传达。不过，例句所在原文主要讲述的是上官领弟的出生来由，至于她的生父究竟是"赊"小鸭还是"卖"小鸭，似乎无关要旨，而且上文所述的文化

---

① 陈宏薇主编:《汉英翻译基础》，上海外语教育出版社 1998 年版，第47—48 页。

分析也只是笔者个人的解读，因此，英、俄译者的误译对主要故事情节并没有造成严重影响。

例上 187

去年的七月初七那天早晨，……上官玉女忽然说："娘，你是啥模样？"（445）

英：on the morning of **the seventh day of the seventh month**(441)

俄：В прошлом году утром **седьмого дня седьмого месяца**(572)

对于"七月初七"，英、俄译皆直译。

例句语境是上官玉女不忍因自己的存在而加重母亲的生活负担，于是决定自尽，并想在临行之前摸一摸母亲的模样。我们看到，上官玉女的诀别之日，作者选择了"七月初七"：七夕节，又称女儿节，是金风玉露之会，是穿针乞巧之期，是情意缱绻的女儿节日。读到此处不禁想到，我们是在用一个最美丽的节日为上官玉女送行——这是熟悉中国文化的读者可以解读出来的内容。而对于不熟悉"七月初七"文化内涵的外国读者，他们看到这个日期（the seventh day of the seventh month/седьмого дня седьмого месяца），也许只会当作一个普通的时间状语一扫而过，无法体会到文字背后的情感意义。当然，作者写下这四字也未必有十分深刻的意旨，但读者阅读作品并非被动接受，而是一种再创造的过程，如英、俄译般只译出字面含义，就无法为译入语读者提供这种再创造的可能。尤其是如俄译般多用脚注，何不在此加上一条？

其他社会文化负载词之节气节日习俗词，笔者共整理出24条，数据比例如下（见表7）：

表7　节气节日习俗词之数据对比表

节气节日习俗词之数据对比			
英	直译 84.1% （直译 78.9%，直译 + 解释 5.2%，直译 + 脚注 0）	音译 5.2% （音译 0，音译 + 解释 5.2%，音译 + 脚注 0）	意译 5.4%	省略 5.3%
俄	直译 47.2% （直译 15.7%，直译 + 解释 10.5%，直译 + 脚注 21%）	音译 42% （音译 10.5%，音译 + 解释 10.5%，音译 + 脚注 21%）	意译 5.4%	省略 5.3%

（二）节气节日习俗词小结

通过分析例句和观察表格，可归纳出以下六点内容。

第一，英译以直译为主，原因有二：一、节气节日习俗词本身说明性较强、形象性较浅，使用直译法便可以在译入语中表明文义。二、节气节日习俗词不同于地名或人名，若用音译则需释义，而英译者固不采用脚注法，解释法又会比直译法冗长，所以直译实为上策。

第二，俄译的直译和音译（音译 + 解释 / 脚注）平分秋色，多加脚注，比英译的直译更能突显原文的陌生化；另外，俄译的脚注共占有 42% 的比例，脚注法能够更完整地呈现出文化信息，当英译因不加脚注而造成信息流失时，俄译的脚注就更彰显了自己的优越性（如例上 175）。

第三，英、俄译者皆直译了近半成的节气节日习俗词，因为这些词语在语境中的含义简单明了，宜于直译。

第四，从整体效果上看，英、俄译皆保留了中国特色、传达了异域风情，那么此处便可回答本章开头的问题——至少在社会文化负载词之节气节日习俗词上，英、俄译文确实传达出了中国特色风情，英译多用直译法、俄译直译与音译 + 脚注各占半成，至此已隐约可见两位译者不同的翻译倾向和目的，待本编编末详论。

第五，对于文化缺省的误译：其一，对于原文中的一些文化缺省，译者会因疏忽或对习俗文化的不熟悉，而造成一定程度的信息流失或误译，其中有些误译因原词不是构成语境的关键，所以影响不大，如例上 175、例上 179 和例上 181；而有些误译则因错误过于明显而会妨碍阅读，如例上 180；其二，还有些文化缺省与语境紧密相连，译者直译虽不算误译，但若使用解释法或脚注法加以弥补，应会有更好的效果，如例上 178。其三，有时我们难以推断出误译是译者的无意疏忽还是有意为之，可见翻译的复杂性，正如奈达所说："翻译是宇宙里有史以来最复杂的事件"①。其四，有些文化缺省可能存在着隐性意义，如例上 187，英、俄译者都没有将其明示，或许是由于作者本人并未明示，译者只是遵照原文而译；也或许是因为译者原本没有解读出其隐性意义。而且，这种意义只是笔者个人的解读，正如有论者指出："意义是一种动态生成的东西，而导致意义呈现出来的根本环节便是主体间的对话与问答。"②其中"主体"一指作者，一指读者，笔者作为读者解读出了某些意义，但这未必会被译者（作为原作的读者）一模一样地解读出来，所以，如例上 187 中，英、俄译者都未明示出笔者所述的隐含意义。

　　第六，改动：英、俄译者皆会根据译入语文化对源语文化的熟悉程度，预测读者的期待视野，从而对一些于情节进展无益且译入语读者不熟悉的中国习俗或与译入语语感相冲突的词语进行改动（如例上 184 和例上 186），其中英译会直接使用省略法，而俄译会采用其他方法调适以保全原文信息（如例上 184）。这是否也能说明一定的问题，且见本编编末分解。

①　（美）尤金·奈达：《语言与文化：翻译中的语境》，上海外语教育出版社 2001 版，第 3 页。
②　周宪：《超越文学——文学的文化哲学思考》，上海三联书店 1993 年版，第 132 页。

莫言与当代中国文学创新经验研究

二、历史、国情、神话、典故、天文词

例上 188

那天是农历的七月初七，是天上的牛郎与织女幽会的日子。……这一天人间所有的喜鹊都飞上蓝天，层层相叠，首尾相连，在波浪翻滚的银河上，架起一座鸟桥。(153)

英: It was the seventh day of the seventh lunar month, the day when the Herder Boy and Weaving Maid meet in **the Milky Way**. …All the magpies in the world chose this date to fly up into the clear blue sky, sheets and sheets of them, all beak to tail, with no space between them, forming **a bridge** across the the Milky Way to let the Herder Boy and Weaving Girl meet yet another year. (181)

俄: Дело было в седьмой день седьмого месяца, когда на небе тайно встречаются **Пастух и Ткачиха**[①]…В этот день все сороки в мире собирались в небесной синеве и, примкнув друг к другу клювами и хвостами, возводили **мост** через **катящую серебряные валы реку**, чтобы на нём могли встретиться Ткачиха и Пастух.(209)

例上 189

一群从天河架桥归来的喜鹊（162）

英: magpies that had served as a bridge across **the Milky Way** (190)

俄: сороки, составлявшие мост через **небесную реку**, вернулись (290)

---

① 其俄文脚注为: "По легенде, Пастуха и Ткачиху разделила небесной рекой (Млечный Путь) богиня Сиванму, и влюблённые могут встречаться лишь раз в год, 7 июля, на мосту, который образуют слетающиеся Для этого сороки."

对于例上 188 中的"波浪翻滚的银河"，英译为"奶路"，俄译为"翻滚着银波的河"；对于例上 189 中的"天河"，英译仍为"奶路"，俄译直译为"天河"。另外，俄译为"牛郎与织女"加了脚注"根据传说，牛郎和织女被女神西王母分隔天河（Млечный Путь）两边，这对恋人每年只能于七月七日在喜鹊飞搭起来的桥上相会"，脚注中还用括号里的"Млечный Путь"（奶路）解释了"天河"。而英译若如俄译般直译为"the Silver River"或"the Heavenly River"，再加括号（the Milky Way）进行解释，那么，从传播中国文化的角度上讲，这无疑就会是一种可嘉的异化译法，但英译也将上下文中的"牛郎与织女""鹊桥"等如实译出，所以，"the Milky Way"与语境并没有构成严重的文化错位。对于例上 188 中的"波浪翻滚的银河"英译为"奶路"，省去了"波浪翻滚"，因为从字面意义上讲，"way"上面实在无"波浪"可"翻滚"。总之，俄译通过直译＋脚注的方法，充分保留了中国文化风情；英译虽然流失了中文"天河"的形象，但并没有造成严重的文化冲突。

例上 190

再生不下来，孙悟空来了也没治了。（27）

英：If this doesn't do it, even **the magical Monkey** couldn't bring that animal into the world.（26）

俄：…а уж если и после него не родит, то даже **Сунь Укун**[①] не поможет.（46）

例上 191

那人……道："你老兄，真够精的！"鲁立人笑道："孙猴子再精也斗不过如来佛！"（253）

英："No matter how clever **the trickster monkey** is, he can't

---

① 其俄文脚注为："Сунь Укун— могущественный царь обезьян, персонаж классического романа «Путешествие на Запад»."

outwit the Buddha."（279）

俄：**Сунь Укун** был ещё покруче, а вот с Буддой не совладал!
（333）

对于孙悟空这个典故形象，例上 190 中英译为"有魔法的猴子"，例上 191 中英译为"猴骗子"；两个例句俄译一样，皆为音译＋脚注"强大的猴王，古典名著《西游记》中的主人公"。

对于"孙悟空"的英译，译界比较通行的译法是"Sun Wukong"或"the Monkey King"，而这两种形式都没有为《丰乳肥臀》的英译者采用。事实上，精通汉学的葛浩文先生不可能不知道"孙悟空"/"孙猴子"这个文化意象或这两种通行译法，而偏偏另辟蹊径，以笔者管见，这样的英译自有其效果。

例上 190 中语境是上官家母驴难产，兽医樊三决定使用催产药，并对上官吕氏说"再生不下来，孙悟空来了也没治了"，以孙悟空作比，意在表明若此法仍无效，母驴便是无药可救了。所以，例句语境强调的是孙悟空的神通广大、浑身招数的特点，那么，以此观之，通行译法"Sun Wukong"/"the Monkey King"其实不及例句英译的"the magical Monkey"，因为前者只是单纯表示出"孙悟空"这个形象，而一旦读者并不知道"孙悟空"的本领，也许就会困惑为什么要拿"孙悟空"作比；而后者"the magical Monkey"，一来在英语中对"孙悟空"已存在"the magical Monkey"的译法，二来明示出"magical"，强调了孙悟空的神力，能够使语义更明晰。同理，例上 191 中"孙猴子再精也斗不过如来佛"强调孙悟空的精明狡黠的特点，英译译为"the trickster monkey"明示了其"trickster"的属性，也就使语义重点更明白。而且，这两例中的英译都十分简洁，假如译者刻板地执着于通行译法，则会显得啰唆，试看加上通行译法的效果：

even **the Monkey King， who has magic**, couldn't bring
that animal into the world.

No matter how clever **the Monkey King — the trickster —** is, he can't outwit the Buddha.

显然，还是葛浩文先生的英译较佳。至于俄译，虽然都使用了通行译法即音译形式，但因有脚注的存在，也能表达原文语义。总之，两个例句中典故的成立，分别立足于孙悟空的两个特点：神通和狡黠。中国读者熟悉《西游记》，孙悟空的特点是作者莫言不必交代的，而这并不为外国读者所熟悉，所以，对于外国读者来讲，孙悟空的这两个特点是藏在一层"帘幕"背后的。那么，对比发现，英、俄译者对这层文化"帘幕"的处理方法不同：英译者使用以解释性词汇替代通行译法的方法拆掉了这层"帘幕"，俄译则为"帘幕"加上了脚注。另外，语境不同，则英译侧重点不同，而没有刻板地一味使用通行译法。

例上 192

我们是挥泪斩马童。（149）

英：We punished Ma Tong with the deepest regret.（177）

俄：Как ни прискорбно, нам пришлось наказать Ма Туна.（203）

对于"我们是挥泪斩马童"，英译回译为"我们带着最深的遗憾惩罚了马童"，俄语回译为"不管有多愧惜，我们不得不惩罚了马童"。

例句语境中蒋立人化用"挥泪斩马谡"的历史典故，向马童的爷爷说明自己处决马童是为了严明军纪不得已而为之。使用这个典故的巧妙之处有三：其一，典故故事本身很契合语境，蒋立人以诸葛亮忍痛处决爱将的故事来向马老先生表明自己的痛惜之情，同时将自己的做法与历史名人相类比，以说明自己所做并非错事；其二，马童与马谡都姓马，用此典故巧妙不突兀；其三，体现了笔者一直在讨论的作者的对话描写之功：蒋立人是部队里的政委，自然不能是目不识丁的粗人，如此的说话风格、如此引经据典以达到自己的交际目的，符合蒋立人的身份和性格，有助于塑造人物形象。

然而，英、俄译皆没有译出蒋立人的这种化用典故的对话修辞技巧，因此，以上三点巧妙之处皆无从实现。

例上 193

一不欠皇粮，二不欠国税（9）

英：We owe no tariff to the emperor or taxes to the nation.（8）

俄：…у нас ни недоимок по зерну, ни долгов по налогам в казну.（24）

英译回译为"一不欠皇税，二不欠国税"，俄译回译为"一不欠粮税，二不欠国税"。

事实上，例句时间语境是在辛亥革命后，已无皇帝，遑论"皇粮"，说话人将"皇粮"与"国税"并列而提，只是由于中国人讲究词汇对称、追求音节平衡的传统审美观，其中的"皇粮"只有帮助构成对偶结构的辅助作用，而非实指。英译直译了"皇帝"（emperor）显然是不对的，俄译隐去"皇帝"，只谈"粮税""国税"，也符合民国时期苛捐杂税的事实，俄译无误。

例上 194

少说两句吧，一天六两面，哪来这么多劲儿？（423）

英：Where do you find all this energy on the **six ounces of noodles** you're given to eat?（420）

俄：Откуда столько пылу с **шести лянов лапши** в день?（543）

对"六两面"，英译回译为"六盎司面条"，俄译采用了"两"的音译形式并为其加了脚注①，回译为"六两面条"。

---

① 脚注为"重量计量单位，约等于 37 公克"。该脚注最早出现在俄译本第 169 页，之后皆直接使用音译形式"лян"。

对于例句，有两点内容值得注意：首先，根据我们的历史国情，例句中的"面"指的应是"面粉"而不是"面条"，而且应是粗粮玉米面粉，不是细粮白面粉，说话人所指很有可能是由六两玉米面粉做成的窝窝头。因此，英、俄译简单地译成"面条"是不准确的。其次，一般来讲，六两面粉可以制成七至八两的窝窝头，所以我们先拟定原文所指是七至八两的窝窝头；通过换算，六盎司面条约等于三两面条，所以英译所指是三两面条；俄译是"六两面条"。对比发现，俄译所指的重量与原文相差不算太远，而英语则大大少于原文所指。结合语境，原文说话人旨在强调食物不能果腹，所以，俄译基本可以传达文意，而英译则因重量上与原文相去甚远而显得太过夸张，有损故事情节的真实性。

事实上，《丰乳肥臀》作品中出现了多处重量、长度、面积等计量单位，对此，英译基本上使用了替代法，即替换为译入语通行的计量单位如盎司、英尺、英亩；而俄译多使用音译＋脚注法。这是否说明了一定的问题？且待后文总结。

以上是对译法复杂、内涵深厚或存在误译的例句的单独分析，其他情况简单的词语共有80条，这里不一一列举，只呈现数据比例（见表8）：

表8　历史、国情、神话、典故、天文词之数据对比表

历史国情神话典故天文词之数据对比				
英	直译 60.5% （直译 44.2%，直译＋脚注 0，直译＋解释 9.8%，半直译 6.5%）	音译 14.7% （音译 9.8%，音译＋脚注 0，音译＋解释 4.9%）	意译 18.3%	省略 6.5%
俄	直译 55.5% （直译 24.5%，直译＋脚注 27.8%，直译＋解释 3.2%，半直译 0）	音译 34.3% （音译 3.2%，音译＋脚注 31.1%，音译＋解释 0）	意译 8.4%	省略 1.8%

莫言与当代中国文学创新经验研究

历史、国情、神话、典故、天文词小结

通过分析例句和观察表8，可归纳出以下四点内容：

第一，英直译／音译所占比例为75.2%，俄直译／音译所占比例为89.8%，两个比例都很高。因为这些历史国情神话典故天文词，同本编第二章的物质文化负载词一样多是概念意义的具体指称，难以意译。直译或音译可以传达中国特色，体现异域色彩，且不论俄译，这里英译直译／音译的比例之高值得注意，待本编编末综合讨论。

第二，俄译音译的比例比英译音译的比例高出一倍，是因为俄译有脚注。除了一些音译形式已被收入英文词典的人物、典故等历史专有名词，一般的音译法都需结合解释或脚注法，而英译未尝加脚注，所以音译比例比俄译小，在效果上，可读性高而异域性低，无须赘言。

第三，俄译多用音译／直译＋脚注，可保原文文化形象的完整、审美空间的充足（如例上188至例上191），英译意译比俄译意译多，会造成信息形象的流失（如例上188），但有时英译的意译处理比俄译的直译更显灵巧（如例上190和例上191）。两种译法取向各有千秋，待本编编末总论。

第四，有些有关历史典故和国情的信息遭到了流失或误译，如例上190、例上193及例上194，例上194中的误译尤为明显，也许是由于译者对中国历史国情的了解略有不足，毕竟，与其他国家相比，中国二十世纪实在风起云涌、历经坎坷，反映在我们当代的文学作品中，便存在诸多有别于他国的历史国情文化负载词，当译者对其中某些词汇不熟悉时，便难免望文生义，导致如例上194般的误译。

三、社会文化负载词总结

综观本章中对社会文化负载词之节气节日习俗词和历史、国情、神话、典故、天文词的分析和小结，可得出以下五点内容。

第一，英译仍以直译占多数，尤其是节气节日习俗词宜于直译也是其缘由，而直译的好处这里不再赘述，这能否反拨"葛浩文改写莫言"一说，还需结合后文对生态文化负载词的讨论。

第二，俄译多加脚注，有时脚注法独具佳效，关于此将于本编编末总论。

第三，英译的直译多于音译，俄译的直译与音译各占半成，两种译法取向各有千秋，且能够反映出两位译者不同的翻译倾向和目的，待编末总结。

第四，与世界上其他国家相比，中国历史较为悠久、国情较为复杂，那么，对于那些体现着历史文化、国情文化的词语，译者难免会有疏忽或误读，导致信息流失或误译，其中有些误译我们难以推断是无心还是有意，可见翻译的复杂性。

第五，英、俄译者皆会根据具体情况做一些改动，其中英译会直接使用省略法，而俄译会采用其他方法调适以保全原文信息。这是否也能说明一定的问题，请见编末总结。

第四章　生态文化负载词

生态文化负载词是能够体现一个民族独特文化的、有关自然生态的词汇，如动物、植物、地名、气候等。

一、动物词

（一）动物词

例上 195

一只牵着银色细丝的蟢蛛，……"早报喜，晚报财"，……喜鹊在院子外那棵白杨树上噪叫。看来今天真是有喜了。（2003：3①）

英：A **long-legged spider**… "Morning **spiders** bring happiness, evening **spiders** promise wealth." …Magpies, **the so-called happiness birds**, chattered in poplar trees outside. By the look of things, happiness could well be in the air today.（1）

俄：…повис на тонких серебряных нитях паучок-**сичжу**."Утром приносит счастье, вечером — богатство"…В тополях за двором перекликались сороки —«**птицы счастья**». «Видать, сегодняшний день точно какой-то счастливый».（15）

英译在"蜘蛛"之前增加了定语"长脚的"，并在民谚"早报喜，晚报财"的翻译中加上主语"蜘蛛"；俄译在"蜘蛛"之后增加了"蟢

海外翻译家怎样塑造莫言

---

① 例句所在段落只存在于 1996 年版和 2003 年版中。

蛛"的音译词"сичжу"，民谚形式不变。至于"喜鹊"，两位译者都在其后加上内涵解释："幸福鸟"。

蟢蛛，又作喜蛛，是一种长脚蜘蛛，中国人自古就认为蟢蛛、喜鹊预兆着喜事，如三国时陆玑《毛诗草木鸟兽虫鱼疏》中载："（喜子）一名长脚，此虫来著人衣，有喜也。"因此原文中说话人才会觉得"看来今天真是有喜了"。而在英美及俄罗斯文化中，蜘蛛（spider、паучок）并无此文化内涵，喜鹊（magpie、сорока）反倒具有贬义色彩，形容爱搬弄是非的饶舌者[1]。如果译者对这两个动物文化负载词照直翻译，就会使译入语读者莫名其妙。因此，两位译者都对其作了特殊处理。

对于"喜鹊"译者都采用了解释法，所不同的是对"蟢蛛"的处理：英译者增加的是英语读者并不陌生的普通形容词（long-legged），并在民谚中增加主语以强调是"蜘蛛"带来吉兆；而俄译者增加的是读者陌生的音译词（сичжу），表示这不是普通的动物名词，而是具有中国文化色彩的动物文化负载词。与英译相比，俄译一方面更具中国色彩，另一方面却因陌生的音译词而阻碍了读者的流畅阅读。

例上 196

这是秘色青瓷，是瓷器中的麒麟凤凰（122）

英：This is a piece of fine ceramic, **as rare as unicorns** and **phoenixes**.（150）

俄：—Это сокровенный синий фарфор, **вещь редкая**, как **цилинь**[2] или **феникс**…（168）

---

① 如俄罗斯民谚"Всякая сорока от своего языка погибает"，直译为"所有的喜鹊都是被自己的舌头害死的"。

② 俄译脚注为："Цилинь— мифический зверь, изображаемый в виде однорогого оленя, покрытого пластинами, как носорог; считается предвестником счастливых событий."

英、俄译者皆在"麒麟凤凰"之前加上"罕见珍贵的"（as rare as、редкая）的解释，并直译"凤凰"，所不同的是，英译者将"麒麟"译为"独角兽"（unicorn），而俄译者则音译"麒麟"并增加了脚注。

在原文中，说话人用"麒麟凤凰"形容"秘色青瓷"的价值之高。"凤凰"属于相对空缺词中的含义空缺词，在中国神话中是"百鸟之王"，象征高贵，在西方及俄罗斯文化中则是在阿拉伯沙漠上浴火重生的"不死鸟"，象征复活或永生，如英语成语"Rise like a phoenix from its ashes"。两位译者直译"凤凰"可以实现"最佳关联"，因为虽然"凤凰"的中西文化内涵不同，但并不妨碍读者理解其在例句中的比喻义。而"麒麟"是中国神话中独有的神兽，象征祥瑞、权贵，属于绝对空缺词。英译者将其替换为"独角兽"，"独角兽"在西方文化中是一种美丽又神秘的动物，其形象通常为头上有一只独角的白马。俄译者音译"麒麟"并用脚注解释为"神兽，生有一只独鹿角，有像犀牛那样的漆面皮；被视为吉祥之事的预兆"。对比而言，因有"罕见珍贵的"的解释，所以英、俄读者皆可以理解句子中说话人所表达的意思，但英读者接收到的形象是带有西方文化色彩的"独角兽"，而俄读者接收到的形象是带有中国色彩的"麒麟"。"独角兽"的西方文化形象恐与作品中中国文化的语境相悖，可能会引起文化色彩上的不协调；但脚注会增加阅读负担、降低可读性，因此一部分读者很有可能直接忽略，而未能接收到任何形象，脚注在这一部分读者眼中也失去了意义。

例上 197

一个左侧描龙、右侧绘凤的抬斗（305）

英：a litter with **a dragon** painted on the left side and **a phoenix** on the right（323）

俄：слева был изображён **дракон**, а справа — **феникс**（396）

例上 198

龙生凤养，虎豹一样的良种。（473）

英：…is made up of **dragons and phoenixes**, the seed of **tigers and panthers**.(468)

俄：…что называется **тигры и леопарды, драконом** рождённые и **фениксом** вскормленные. …（606）

以上两例，对于"龙、凤、虎、豹"，英、俄译皆为直译。

在汉文化中，"龙""凤"位列"四灵"①，"虎豹"亦可形容人的勇猛精壮，如《水浒传》中林冲别号"豹子头"。例上 198 为鹦鹉韩向上官金童说明"上官家的人"非同常人，联系起作品中的具体描写，此句具有两点好处：首先，用略显夸张的比喻来形容人，符合鹦鹉韩这个人物巧舌如簧的说话特点；其次，借鹦鹉韩之口来说"上官家的人"是"龙、凤、虎、豹"，比用其他意义明晰的形容词更生动形象、更具丰富的语意，毕竟，作品人物的气质性格交给读者来品味，比作者给出结论性的答案更有审美空间。英、俄译皆直译了例句，而没有意译为 brave、powerful 之类，依笔者拙见，也是达到了"最佳关联"的。"凤、虎、豹"且不赘述，单以"龙"为例，在欧美文化中，"龙"（dragon、дракон）原本象征邪恶，但随着中国文化影响力的与日俱增，"中国龙"已广为人知，"dragon""дракон"已不复昔日"邪恶"的单一能指，而有了多义包括褒义的色彩，如美国现有一支摇滚乐队就名为"Imagine Dragons"。因此，英、俄译保持直译，一方面可以实现上述的两点好处，另一方面，即便译入语读者只取"dragon""дракон"的贬义色彩，也未尝不可，因为"上官家的人"从未依正统道德行事，虽然后文紧跟着"良种"一词，但在作品的语境中，显然不是"温良"之意。所以，虽然"龙、凤、虎、豹"属于文化负载词，但直译无妨。

还有一种动物词值得注意：语码意象。中国文学延绵数千年，其中有很多动物词具有丰富的引申含义，在文学作品中会起到语码

---

① 《礼记·礼运》云："麟、凤、龟、龙，谓之四灵。"

的作用。《丰乳肥臀》中即有如下一例：

例上 199

有两只鹧鸪在半空中追逐着交尾，他……射出一个泥丸，一个鹧鸪便垂直地落下来，恰好落在我三姐脚下。（115）

英：A pair of **partridges** was in the midst of a mating ritual up in the air. ...One of the partridges fell to the ground like a stone, landing right at Third Sister's feet.（143）

俄：Заметив пару милующихся в воздухе **куропаток**,...Одна птица тут же упала с пробитой головой прямо к ногам сестры.（159）

英、俄译皆如实译出例句，但对于"鹧鸪"，除非加脚注，否则也只能译出这种动物的名称（partridge、куропатка），而难以传达其联想意义。

鹧鸪其鸟，多雌雄对鸣，因此常引人绮思，象征爱情。如刘禹锡《踏歌词》"唱尽新词欢不见，红霞映树鹧鸪鸣"。例句乃是三姐上官领弟与后来成为她心上人的鸟儿韩初逢的情景，随后出现的描写也使"鹧鸪"的蕴意更为明显："……赠我三姐双鹧鸪的、人称鸟儿韩的捕鸟专家。……我三姐与鸟儿韩几乎每天都在初次相赠双鹧鸪的地方相遇，……"① 其中"鹧鸪"前面的"双"字，更让人联想到"新帖绣罗襦，双双金鹧鸪"（温庭筠《菩萨蛮》）。总之，这里"鹧鸪"一词，隐喻着他二人的爱情。中国读者的前理解结构中

---

① 莫言：《丰乳肥臀》，作家出版社 2012 年版，第 116、117 页。对于"双鹧鸪"的意象，英、俄译文都是不足的：
英：...the young man who had given Third Sister the partridges — was called Birdman Han, the bird-catching specialist. ...My third sister and Birdman Han met nearly every day at the spot where he had laid the partridges at her feet.（144–145）
俄：...того самого парня, что поднёс третьей сестре пару куропаток, умелого птицелова по прозванию Пичуга Хань....Почти каждый день третья сестра встречалась с Пичугой на том самом месте, где он впервые поднёс ей куропаток.（160–161）

存在"鹧鸪"的联想意义，自然会觉得作品草蛇灰线值得品味，但没有此前理解结构的外国读者就只能对其"视而不见"。进一步说，例句译文没有呈现出对"鹧鸪"的解读，有可能是由于两个原因：第一，译者没有产生"鹧鸪"的文化联想，面对原作，译者首先是读者，译者对原文的理解是影响译文的首要因素；第二，译者联想到了"鹧鸪"的文化意义，但不确定这是否是作者的意图，恐造成超额翻译，因此未提。

（二）动物词的詈骂用法

还需一提的是动物词的詈骂用法。有些动物词的詈骂含义是汉、英、俄语共通的，比如驴（donkey/осёл），都有愚蠢、混蛋的引申义，根据文化负载词的定义，语义相通的词汇不属于文化负载词，因此，尽管《丰乳肥臀》中有多处"冠之以驴"的词语，但不在我们的讨论范围内①。作品中出现的语义不相通的动物詈骂词有两个：狗和熊。

1."狗"

"狗"在汉语里常用来骂人，俄语中的狗（собака/пёс/сука）也同样具有贬义，如 как собака на сене（占着茅坑不拉屎）。而英语中的 dog 并无贬义，反而经常被用来形容自己。如 I'm too old a dog to learn new tricks（我已经老了，玩不起新把戏了）。那么，通过观察，笔者发现，英译者对于《丰乳肥臀》中"狗"字詈骂语的翻译，基本上使用了两种方法：加词法和替代法。以以下四种情况为代表。

（1）俄译直译为"狗"（собака/пёс/сука）；英译使用加词法，

---

① 因汉、英、俄语在"驴"的问题上所见略同，所以对于这些"驴"词，英、俄译直译即可，如：

吕氏……说："……我死之后，这个家，就靠你撑着了，他们爷儿俩，都是一辈子长不大的驴驹子。"

英：those two are a pair of asses who'll never grow up.

俄：Отец с сыном — два осла, они так и не повзрослели.

为"dog"加上詈骂词。

例上 200

"樊三，你个狗日的！"（41）

英："Fan Three, you **fucking dog!**"（40）

俄：Фань Сань, **сукин** ты сын!（62）

例上 201

点火烧这些狗日的！（24）

英：We'll incinerate those **fucking dogs**!（23）

俄：Поджарим этих **собак**!（42）

例上 202

狗汉奸！（170）

英：Dog**shit** turncoat!（199）

俄：**сука** предательская!（230）

（2）若原文隐藏了詈骂对象而直接指代以"狗"，俄译直译即可，英译则需将隐意明示。

例上 203

日本兵又逞凶狂，奋不顾身冲上前，——伸手抓住个狗脊梁（111）

英：I reach out and grab the shoulders of the **Japanese dog**.（138）

俄：Не раздумывая бросаюсь на них хватаю эту **кость собачью**.（153）

（3）俄直译为"狗"（собака/пёс/сука）；英使用替代法，用其他詈骂词替代"dog"。

例上 204

狗娘养的，你过来！——……骂他"狗娘养的"，实际上是在骂婆婆，婆婆是条狗，老狗……（41）

英：Come over here, you **son of a bitch**! ... He may be **a son of a bitch**, but it's my mother-in-law who's the **bitch, an old bitch**... （40）

俄：Подойди сюда, **сучий** потрох! — ...Называть его **сучьим** потрохом всё равно что оскорблять свекровь — ведь свекровь — **сука, старая сука**... （63）

例上 205

割光个狗日的（99）

英：cut the **fucking** thing to pieces! （127）

俄：режь эту хреновину к чертям **собачьим**! （135）

例上 206

"狗日的，"司马库说，"便宜了他们。"（101）

英：Those **fuckers** are getting off easy! （127）

俄：**Сукины** дети（138）

例上 207

你这个狗日的（103）

英：You **fucking idiot**（129）

俄：Из-за тебя, **сучий** потрох（141）

例上 208

日本人这帮狗娘养的（108）

英：those Japanese **sons of bitches**（134）

俄：этим **сукиным** детям японцам（148）

例上 209

母狗！（198）

英：Bitch!（224）

俄：Сучка!（262）

例上 210

魏狗子和丁狗子（338）

英：Those two **mongrels**, Wei and Ding（351）

俄：Эти **псы** Вэй и Дин（439）

例上 211

狗特务（552）

英：you spying **bitch**（524）

俄：**сучка** шпионская（709）

（4）还有一种情况是用"狗"字詈骂语来自贬。

例上 212

你在前头一摇尾巴，我就像母狗一样，跟着你跑了（359）

英：You wag your tail, and I run after you like some **bitch**...（373）

俄：Стоит тебе махнуть хвостом, и уже бегу, будто **сучка** какая...（467）

　　例句是崔凤仙为了说明自己对司马库的情不自禁，用"母狗"来自贬，此语粗俗泼辣，符合语境，符合人物"村妇"和"风流寡妇"的身份，也足见作者的对话描写之功力。为了传达这些修辞效果，英译者用"bitch"替代了中性词"dog"，俄译则直译为在俄语中同为詈骂语的 сучка（母狗）。

　　总之，对于"狗"这项动物文化负载词，英、俄译者皆会根据具体语境而进行灵活的翻译，使得英、俄译文都是有效的。

2. "熊"

汉语中的"熊"或"狗熊"也常含贬义，形容人愚蠢、懦弱、无能。而"熊"（bear）在英语中却不是贬义词，俄语"熊"（медведь）反而具有褒义色彩，甚至是俄罗斯民族的图腾，代表"勇士""善良"，如1980年莫斯科夏季奥运会就以熊为吉祥物，常见的姓氏"梅德韦杰夫"（Медведев）、常见的名字"米哈伊尔"（Михаил）等都源于"熊"（медведь）一词。"熊"作为詈骂词在《丰乳肥臀》中，有两种情况。

（1）语境中存在其他詈骂词，并且"熊"作为喻体形象。

例上 213

司马库低声嘟哝着："妈的，老虎打食喂狗熊！"押俘队小头目不悦地问："你说什么？"（253）

英："**Damn**," Sima Ku said under his breath. "The **tiger** kills the prey just so the **bear** can eat." "What did you say?" the escort officer asked, clearly **displeased**.（279）

俄：**Мать-перемать**, — негромко выругался Сыма Ку. — **Тигр** добывает, а **медведь** поедает!— Что-что? — **недовольно** переспросил конвойный начальник.（333）

在汉文化中，老虎是百兽之王，象征威猛雄壮，如成语"虎踞龙盘""如虎添翼"等，因此例句中司马库以"老虎"自比，以"狗熊"暗骂鲁立人一方。这里的"狗熊"不仅作为詈骂语，更重要的作用是构成喻体形象。而例句中还存在其他詈骂语——"妈的"这个"国骂"，还有紧接着出现的对方的"不悦"，因此，两位译者在如实译出"妈的"（Damn、Мать-перемать）和"不悦"（displeased、недовольно）的前提下，对"狗熊"进行直译，并不会流失原文詈骂的语境，还可以保留形象。

（2）"熊"是构成詈骂语境的唯一因素。

例上 214

这熊车，不定哪天就散了架了（471）

英：One of these days this **beat-up** old bus is going to fall apart…（466）

俄：Этот агрегат **долбаный** того и гляди рассыплется…（603）

例上 215

姥姥跟我那熊老婆合不来（471）

英：Grandma couldn't get along with that **damned** old lady of mine, …（466）

俄：Бабушка не ужилась с этой моей, **ети её**, жёнушкой, …（604）

例上 216

和那么个熊东西结婚（477）

英：have married that **shrew**.（471）

俄：женился бы на этой **паскуде драной**（610）

　　在这三例中，"熊"是构成詈骂语境的主要因素，如果直译，不仅无法传达詈骂语义，而且还会显得莫名其妙。因此，英、俄译都使用替代法，将"熊"替换为其他詈骂词（beat-up/долбаный，damned/ети её，shrew/паскуде драной）。

　　可见，当语境中存在其他詈骂词、"熊"又作为喻体形象出现时，因为不必要译出"熊"的詈骂含义，而且最好保留"熊"的喻体形象，所以英、俄译者皆进行了直译；当"熊"是构成詈骂语境的唯一因素时，译者为了传达原文的詈骂语义，都使用了替代法，以其他詈骂词替代了"熊"。那么，这样对于"狗"和"熊"这类动物文化负载词的灵活处理，显然是译者创造性叛逆的正面例子。

（三）以下是用表格的方式分析动物词。（见表 9）

表 9　生态文化负载词之动物词

	生态文化负载词之动物词					
	直译	直译＋解释	直译＋加词	音译＋脚注	直译＋音译	替代
英	龙凤虎豹（473）dragons and phoenixes, tigers and panthers（468） 熊的，老虎打食喂狗熊（253）Damn,The tiger kills the prey just so the bear can eat.(279) 鹧鸪（115）partridge(143)	喜鹊（3）Magpies,the so-called happiness birds（1）	蟷蛛（3）A long-legged spider… Morning spiders bring happiness（1） 麒麟（122）as rear as unicorns（150） 凤凰（122）as rear as phoenixes		老狗（41）an old bitch（40）	魏狗子和丁狗子（338）Those two mongrels, Wei and Ding（351） 熊车（471）beat-up old bus（466） 熊东西（477）shrew(471) 你个狗日的（41）you fucking dog(40)

生态文化负载词之动物词

	直译	直译+解释	直译+加词	音译+脚注	直译+音译	替代
俄	龙凤虎豹（473）тигры и леопарды, драконом и фениксом（606） 你个狗日的（41）сукин ты сын(62) 老狗（41）старая сука（63） 魏狗子和丁狗子（338）Эти псы Вэй и Дин(439) 狗狍，老虎扑食喂狗熊（253）Мать-перемать, Тигр добывает, а медведь поедает.（333） 鹧鸪（115）куропатка(159)	喜鹊（3）сороки —«птицы счастья»（15）	凤凰（122）редкая, какфеникс（168）	麒麟(122)редкая, какцилинь¹（168）	蟢蛛（3）паучок-сичжу（15）	熊车（471）агрегат долбаный того（603） 熊东西（477）паскуде драной(610)

（四）动物词小结

通过上文的论述和表格，对于动物词的译文情况，可归结为如下四点。

第一，文化意义明显的动物词：对于这类词汇，英译多用直译＋解释法，而俄译多用音译＋脚注法，如例上195和例上196。英译的解释法优点在于既可以填补文化缺省，保留异域风情，又可以避免译文啰唆，缺点在于可能会出现解释得不到位；俄译的音译＋脚注法优点在于，音译可以保留源语的异质性，并可以避免诠释错误的风险，脚注可以较充分地解释词汇的文化意义，但缺点在于脚注会增加阅读负担，阻碍阅读的流畅性，因此一部分读者很有可能直接忽略，而使脚注无效。

第二，在译入语中存在"假朋友"的动物词："假朋友"指"两种语言中字面意义相同而实际意义全然不同的词语"①，对于在译入语中存在"假朋友"的词语，如例上196，英译进行了直译，造成了一定程度的文化色彩失调，而俄译选择了音译＋脚注以规避这种风险。而同时有些"假朋友"会随着国际文化交流的日益发展而渐渐转变成"真朋友"，如例上198，那么，对这样的词汇进行直译，就不会影响原文语义的传达。

第三，文化意义未经明示的动物词：有些动物词的文化意义并未在原文中明示，而只存在于读者的解读空间中，如例上199，对于这类词汇，英、俄译皆简单直译而未作解释。

第四，詈骂动物词：这些词在汉、英、俄语中的意义各有不同，有的具有与汉语一样的詈骂含义，有的则不含贬义，如例上200至例上216，英、俄译者皆结合这些词在译入语文化中的具体情况及在原文语境中的地位，做出了相应调整。

---

① 方梦之主编：《译学辞典》，上海外语教育出版社2003年版，第8页。

二、植物词

（一）植物词例举

作品中的植物文化负载词比较少，笔者只挑出 6 例作为代表。

例上 217

他说中国的天老爷和西方的天主是同一个神，就像莲花与荷花一样。（40）

英：he had told her that China's Heavenly Master and the West's God were one and the same, just as the **lianhua and hehua are both lotus flowers**.（39）

俄：Мюррей говорил, что китайский небесный правитель и западный Бог суть одно божество,как лотос-**ляньхуа и лотос-хэхуа**.（62）

对于"莲花与荷花"，英、俄译都采用了音译 + 加词法。英译加的是"都是荷花"（are both lotus flowers），俄译则在音译词之前用连字符加上"荷花"（лотос）。

在汉语中，"莲花与荷花"表示同一种花，其在原文中的作用是比喻说明"中国的天老爷和西方的天主是同一个神"，而在英、俄语中，并不存在像"莲花与荷花"这样音、形、义皆相似的词汇组。我们看到，对于这种情况，英、俄译者都使用了音译 + 加词解释法来处理。音译形式保留了原文发音的相似性，解释法表达了词汇的概念意义，如此，基本实现了与原文等值的效果、保留了汉语的异质性并使译文顺利流畅。其中，英、俄译者加词的形式不同，但这并非明显的文化干预。

例上 218

母亲说:"你不是说过吗? 只要是人,不管是黄毛的还是红毛黑毛的,都是上帝的羔羊。只要有草地,就能留住羊,高密东北乡这么多草,难道还留不住你?""留得住,有你这棵灵芝草,我还要到哪里去呢?"马洛亚感慨万千地说。(67)

英:"don't you always say that it doesn't make any difference what color hair a person has — blond, black, or red — that we're all God's **lambs**? And that all any lamb needs is a green **pasture**. Isn't a pasture the size of Northeast Gaomi enough for you?""It's enough," Pastor Malory replied emotionally, "Why would I go anywhere else when you, **my grass of miracles**, are right here?"(94)

俄:—ты разве не так говорил? Неважно, светлые волосы, рыжие или чёрные, все люди — **агнцы** Божьи. Было бы **пастбище**, где пастись. Здесь, в Гаоми, столько травы, неужто для тебя места не хватит?

— Хватит, конечно! Да ещё ты есть, **травка целебная**, как **линчжи**, — чего мне ещё искать!(93)

对于"灵芝",英译省略了其形象而意译为"我的奇迹草"(my grass of miracles),俄译音译"灵芝"并加上解释"有益的小草"(травка целебная)。

在原文语境中,说话人由西方宗教语"上帝的羔羊"引出"草",进而引出"灵芝草",从西方文化到东方文化,过渡自然,《丰乳肥臀》立体的、丰富的内容,由此细微处也可见一斑。因此,上述三个词是表达原文逻辑和内容的关键词。在汉语中,"灵芝"常用来形容女人,如《孔雀东南飞》里的刘兰芝,"灵芝"这种植物也为中国读者所熟悉,所以原文例句本是一种生动表达。而"灵芝"并不经常出现于欧美读者的生活语言中,英译如果直译为"ganoderma"(灵芝),一来会因这个陌生词而使读者的阅读受阻,二来读者会因用草药来形容女人而感到费解,所以,英译者将

"灵芝"意译为"我的奇迹草",既可以避免阻碍阅读,又保证了
"草"这个关键词的出现,但流失了东方色彩;俄译使用音译结合
解释,保证了关键词并保留了汉语的异质性,但"травка целебная,
как линчжи"比之"my grass of miracles",在形式上稍显啰唆。

例上 219

现在有青纱帐,还能藏住,一入冬,可就无处躲藏了。(357)

英:These days he can hide in **the green curtain of crops**.(371)

俄:Сейчас в **зелёнке** схорониться ещё можно.(464)

对于"青纱帐",英译为直译(the green curtain)+ 解释(crops),
俄译为意译("绿色植物",зелёнка)。

"青纱帐"是种比喻的说法,借指夏秋间高而密的高粱等,出
现在文学作品中,通常具有审美性,如诗人郭小川写道:"北方的
青纱帐啊,你为什么至今还令人神往?"又如王统照的散文《青纱
帐》:"帐字上加青纱二字,很容易令人想到那幽幽地,沉沉地,如
烟如雾的趣味。"不过,"青纱帐"在本例句所处的语境中,并无审
美外延,只单纯指涉可以起遮蔽作用的庄稼地。英译直译出了"纱
帐"(curtain)的意思并在后加上"庄稼"(crops)的解释,以免
读者误以为是某种绿色的纺织品而感到费解;俄译去比喻化,直接
译为"绿色植物",但因后文紧跟着"躲藏"(схорониться)一词,
所以并不妨碍读者理解说话人的语义。

最后,不得不提到的是中国特色植物——竹子。竹子虽然在世
界其他地方也有种植,比如美洲和非洲,但并不成势,尤其是俄罗
斯,由于纬度甚高,几乎不生长竹子,所以,提起竹子(bamboo/
бамбук),就像提起它的忠实拥趸大熊猫一样,人们首先想到的就
是中国形象①。比如厄普代克发表在《纽约客》上的对苏童《我的

---

① 另一方面,过去有些西方传教士用竹子来比喻中国人,"含意之一是
内部空虚,无独立的灵魂(soul)观念"。(李泽厚:《历史本体论·
己卯五说》,生活·读书·新知三联书店 2006 年版,第 105 页)

帝王生涯》和莫言《丰乳肥臀》这两部书的评论文章，就直接名之以"苦竹①"，显然，在这位美国作家眼中，竹子可专门用来代指中国，隐喻中国的古代苦难和近代苦役，读者一看便知是在说中国事。而且杜甫曾作《苦竹》诗，民国时张爱玲还帮胡兰成办文艺杂志名为《苦竹》。中国独特的植被特点，反映在语言中，就是"竹"字常现于我们的日常口语和文学作品，如成语"雨后春笋"、魏晋名士的"何可一日无此君"、林黛玉的"潇湘馆"，或者最接地气的一例——北京四大公园之一的紫竹院……而"竹子"在欧美人生活中并不常见，所以这个词汇就没有进入英、俄语中的熟语。那么，对于《丰乳肥臀》中"竹"字语言，译者是怎样翻译的呢？

如对于"胸有成竹"（原著第 245 页），英译为 had an answer ready（英译本第 272 页），俄译为 не задумываясь（俄译本第 323 页）；对于"敲竹杠"（原著第 442 页），俄译将"竹杠"替换为苏联时期同样常见的"扁担"（коромыслу）（俄译本第 569 页）。而有时俄译保持了直译，英译则使用替代法：

例上 220

细竹竿一样的身体（376）

英：**rail-thin** body（388）

俄：**тонкую, как бамбуковый шест**, фигуру（467）

对于"细竹竿"，英译套译了英语中的惯用语"rail-thin"，"thin"为"细"，"rail"为"围栏、栏杆"，修饰的意思一样，但显然用"栏杆"替换了"竹竿"；俄译保留了原文"竹竿"的形象，并用"как"（像……一样）这一连词提示读者这个形象的比喻性。这是"竹"用作喻体时的翻译情况，而当它作为物质性名词的材质词出现时，因本身并不像成语、俗语那样具有文学修饰性，而只是物质文化负

---

① John Updike: "Bitter Bamboo," *The New Yorker*, May 9, 2005 ISSUE. 苦竹是《我的帝王生涯》这部虚构历史小说中的山名、树林名和寺庙名，厄普代克显然是直接引用了。

载词，所以，英、俄译者有时也会适当保留原义：

例上 221

竹篮（358）

英：a bamboo basket（371）

俄：бамбуковой корзинкой（464）

总之，因中国盛产竹子，"竹"字便常现于我们的生活，也就常现于文学作品中。也许莫言写下这些文字并非刻意而为，但"竹"之中国特色已在无意中呈现，这就是作品中作者的民族文化痕迹的显露；而译者对此，根据具体语境使用灵活的译法——对"竹"之成语、俗语和比喻辞进行意译，可流畅修饰原文的中心语义；对"竹"之物质文化负载词进行直译，可保留其异域形象。这也是译作中译者的文化痕迹和主观能动性的体现。

作品中还出现了一些原产中国的植物，如下一例：

例上 222

她全身上下透着清爽，散发着皂角味儿。（44）

英：The fresh smell of **soap** clung to her body.（43）

俄：От неё веяло свежестью и ароматом **гледичии**.（66）

皂角又名皂荚，是一种原产中国的植物，有洗涤奇效。原文说孙大姑"散发着皂角味儿"，是在描写这位昔日女响马的精干利落、气质出尘。英译意译为"肥皂"（soap），可传达原文"清爽爱洁"的语义，但流失了中国特色的植物形象；俄译直译为"皂荚"并加脚注大致解释了这种植物（皂荚——豆科观赏植物，蜜源植物①），但遗憾的是脚注中并未说明此物的洗涤之效，所以反而流失了原文

---

①　俄文脚注为"Гледичия— декоративное растение семейства бобовых, медонос."皂角的国际通用学名为"gleditsia"，"гледичия"是其俄文形式。

语义，俄译文读者会疑惑例句人物为何会散发某植物的气味，难道是植物种植专业户？可见，脚注法虽然是补充原作信息的有效方法，但其效力要依赖于脚注的完整和准确。

（二）植物词小结

观察以上 6 条植物词例句，可作归纳如下：

第一，对于形象单纯、形式简单、稍加解释便可轻松表达的词语，如例上 217，英、俄译者都使用了音译＋解释法。

第二，对于形象内涵复杂、与语境紧密相连的词语，如例上 218，英译保留了原文关键字，但省略了植物形象以免复杂的诠释，俄译则宁愿啰唆而坚持音译以保留原文的异域性。

第三，对于本身形象具有审美性但并非语境重点的词语，如例上 219，英译使用直译＋解释，俄译则只译出大意。

第四，对于含有植物文化负载词的成语和俗语，因直译难以传达语义，所以英、俄译者都意译或替换；当其作为喻体形象出现，英译倾向意译，俄译则倾向保留原文形象（如例上 220）；而当植物文化负载词用在物质文化负载词中时，因其仅作为器皿材质出现，所以英、俄译者有时也会适当保留原义（如例上 221）。

第五，俄译的脚注法虽然是补充原作信息的有效方法，但其效力要依赖于脚注的完整和准确，如例上 222。关于对俄译脚注的讨论请详见第六章。

三、地名

《丰乳肥臀》中的地名各种各样，如村名、巷名、桥名、山川河流名等。笔者挑出 27 个较有代表性的地名进行比较分析，力图总结出英、俄译者对地名的翻译倾向。其中，尚无国际通行译法的地名有 21 个，已有国际通行译法的地名有 6 个。先看没有通行译法的地名，按照译者所选取的译法分类如下。

（一）无通行译法的地名

1. 英、俄译者都采用音译法的例子有五个

例上 223
大栏镇（43）
英：**Dalan** Town（42）
俄：деревне **Далань**（65）

英、俄译皆为"大栏"的音译形式[①]。

大栏镇在作品中的设定，是高密东北乡最大的村庄，书中的主要情节都是在这里发生的，是作品中的重要地名。其"大栏"二字，作者在第十三章借"母亲"之口解释道："为什么叫大栏呢？原来这里是牧羊人圈羊休息的地方，有一圈树条子夹成的栅栏。"[②]英译删除了这一段话所在的段落，俄译则如实译出："Откуда взялось название **Далань**[③]? Говорят, ветви деревьев переплелись между собой и образовали изгородь,…（131）"俄译音译了"大栏"，并加脚注解释其含义"直译：大栅栏"。但通观《丰乳肥臀》全书，"大栏镇"地名首现于第九章，对"大栏"的解释在第十三章中才出现，其间"大栏镇"出现了四次，"大栅栏"的解释出现得过晚，其形象未必会给读者留下深刻印象，而且在作品的具体语境中，"大栅栏"的形象其实非关要旨，因此，"大栏镇"实为形象与语境的紧密度较低的地名。类似的例子还有：

[①] 为了与"音译＋直译"的结构相区别开，本书将"音译名称＋直译行政单位"的结构也视作音译。

[②] 莫言：《丰乳肥臀》，作家出版社 2012 年版，第 96—97 页。

[③] 其俄文脚注为："Далань — букв.большая изгородь."

例上 224

沙岭子镇（158）

英：**Shalingzi** Township（186）

俄：*деревни Шалянцзыцунь*（215）

例上 225

陶官镇（280）

英：**Taoguan** Township（305）

俄：Таогуане（367）

例上 226

艾丘村（309）

英：**Aiqiu** Village（328）

俄：деревушка **Айцю**（403）

例上 227

崂山（458）

英：**Lao** Mountain（454）

俄：Лаошань（590）

　　这些地名与具体语境都没有明显的文化关联，只是单纯作为专有名词，英、俄译者皆使用音译法，简洁明了。

　　2. 英、俄译都采用直译法的例子有三个

例上 228

陈家胡同（37）

英：Chen Family Lane（36）

俄：проулка семьи Чэнь（58）

　　英、俄译皆音译"陈"这个姓氏，直译"家"，将"胡同"翻译为"巷"（lane、проулок），回译为"陈家巷"，整体来看，属于"形式与内容都与原文一致"的直译。"胡同"是北方街巷的通称，还有一种通行的译法是音译为"Hutong""Хутун"，但这两个音译词给译入语读者的印象通常为"老北京胡同"①，因此，将大栏镇这个村庄里的胡同翻译为"巷"也是可行的。

例上 229

母亲跑到谭家窝棚的娘娘庙里（606）

英：Mother went to the Matron's shrine at **the Tan family tent**（69）

俄：Шангуань Лу сбегала к алтарю матушки-чадоподательницы, что стоял в **домишке семьи Тань**（774）

"窝棚"意为"简陋的小屋"，中文地名常是以区域内的一景一物来命名的，此例即是将屋名扩延为村庄名。英、俄译分别直译为"谭家帐篷"和"谭家小屋"，语义虽与原文相去不远，但英、俄译皆没有将首字母大写，无法表示出这是一个村庄名而非实指"谭"姓人家的房屋，可能会给读者造成一定的歧义。但此地名在原文语境中并非至关重要，只要表示出这是某个地点即可，并不影响主要情节。

例上 230

小石桥村（334）

英：Stone Bridge Village（347）

俄：каменном мостике（434）

英、俄译皆为直译，英回译为"石桥村"，俄回译为"小石桥"。英译省略了"小"，俄译省略了"村"。加之俄译中搭配的介词是"на"（在……上），而非"в"（在……中），因此俄译误将村名译为桥名，

---

① 参见维基百科对 Hutong、Хутун 的词条解释，https://en.wikipedia.org/wiki/Hutong. https://ru.wikipedia.org/wiki/%D0%A5%D1%83%D1%82%D1%83%D0%BD.

英译虽然省略了"小",但如实表示为村庄。但在作品语境中,如同上一例,译者在此例中的误译也并无大碍。

3. 英译直译,俄译音译的例子有三个

例上 231
白马湖（358）
英：White Horse Lake（371）
俄：озеро Баймаху（464）

英译直译为"白色的马"湖,俄音译为"Баймаху"湖,但"白马"的形象在语境中并不重要,所以音译并无明显的信息流失。

例上 232
沙口子村（358）
英：Sandy Mouth Village（372）
俄：деревни Шакоуцзыцунь（465）

沙口子村是大栏镇附近的一个村庄,有此名"可能就是胶河决口的时候往外面流沙子"[1],因此英译直译为"沙口",可谓得其本意,不过俄译的音译形式也是可以的,因为一来"沙口"不"沙口"在语境中无关紧要,二来俄译译出了"村庄"（деревня）一词,显示其是个村名即可。

例上 233
潍北地区（257）
英：in Shandong's **Northern Wei** area（282）
俄：в районе **Вэйбэй** выдвинул лозунг（337）

---

[1]　莫言、王尧：《莫言王尧对话录》,苏州大学出版社 2003 年版,第 27 页。

英译是对"潍北"的直译，俄译为"潍北"的音译词。"潍北"是山东省潍坊市以北至渤海莱州湾南岸一带的统称，但此地名的具体形象在语境中无关大碍。英译增加了"山东省"（in Shandong's），俄译则一无解释，二无脚注，但同样译出了"地区"（в районе）一词，所以读者仍可以明白这是一个区域的地名。

4. 英译直译，俄译音译＋直译的例子有五个

这样的例句有五条，分别为"白马河""卧牛岭""墨水河""蛟龙河""火龙桥"。其中前三个地名在书中出现多次，"火龙桥"只出现一次。这些地名的英译直译形式贯穿始终，而俄译只在初次出现时为音译词增加解释性的直译，之后均采用其音译形式。特此说明，因为汉语地名常用写意的手法来命名，含有内涵丰富的形象性名词，直译的方法可以保留其意象，使原文的审美性不致流失，但上述三个出现多次的地名在之后的俄译中只有其音译形式而未再现直译解释，不能加深俄语读者对其形象的印象，俄译直译的效果就未能保持。

笔者按照地名中词汇的形象性与语境的关联程度，由低到高依次排列如下：

例上 234

白马河（125）

英：the White Horse River（153）

俄：Баймахэ — реку Белой Лошади（172）

例上 235

卧牛岭（193）

英：Reclining Ox Mountain（219）

俄：горы Вонюшань — Лежащий Буйвол（255）

以上两例英译皆为直译，俄译则为音译后用破折号加上解释性的直译。然而原文中"白马""卧牛"的形象与语境的关联程度并

215

不大。其中"白马河"与例上 231"白马湖"在形象上很相似，英译都使用了直译，而俄译则一音译，一音译 + 直译。这样的俄译文有两种可能的成因：或许是因为译者考虑到在作品中"白马河"（第十四章）的出现早于"白马湖"（第三十四章），译者已有对"白马"的形象解释在前，所以对之后的"白马湖"音译即可；也或许，译者在翻译与情节语境关联不大的地名时，其译法选择具有一定的随机性，而且，翻译一部将近 50 万字的长篇小说是一项巨大的工程，对于一些细枝末节译者难免有所淡忘。

例上 236

墨水河（3）

英：Black Water River（2）

俄：Мошуйхэ — Чернильной речки.（29）

英译直译为"黑水河"，俄译为"墨水河"的音译后用破折号加上解释性的直译。

莫言笔下很多主要情节发生于墨水河畔，如《红高粱家族》里的伏击战，在《丰乳肥臀》中墨水河也是构成环境描写的重要意象，如"长龙一样蜿蜒东去的墨水河大堤在高的稼禾后隐没在矮的稼禾后显出，一群群白鸟在看不见的河水上方像纸片一样飞扬[1]"。在中国传统五行学说中，水为黑，乃深渊无垠之色，"墨水河"一名暗合此说，结合作品语境，具有一定的审美性。虽然中国的五行文化未必存在于译入语读者的前理解结构之中，但在中国文化影响力逐渐增强的今天，对于文化负载词采取直译法是可取的。俄译中чернильный 一词一为笔墨之"墨水"（чернила）的形容词形式，又有"像墨水那样黑暗的"之意，如"чернильное небо"（黑暗的天空），这个巧合被用来翻译"墨水河"其名也是可行的。但如上文所述，俄译只在初次出现此地名时带有直译形式，之后只有音译，因此在

① 莫言：《丰乳肥臀》，作家出版社 2012 年版，第 333 页。

俄语读者的阅读过程中，"чернильный"的形象难免会被遗忘。

例上 237
蛟龙河（13）
英：Flood Dragon River（12）
俄：Цзяолунхэ — реки Водного Дракона（29）

英译为直译，俄译为"蛟龙河"的音译后用破折号加上解释性的直译。

蛟为中国古代传说中的一种水龙，英、俄译的直译皆为"水之龙"，是无误的。"蛟龙河"的形象意蕴最明显的例句莫如司马库指挥他的武装队员们到蛟龙河边饮马时说"对了，饮饮马，饮马蛟龙河！"[①]句中同时出现"马"与"蛟龙"，且动词词组后紧跟地名，省去介词，形成紧张的节奏，并以感叹号辅之，表现司马库使自己的坐骑饮"蛟龙"之水，彰显威宏气概。此例句式乃中文独有，属于不可译的语言形式[②]，姑且不论，只看内容，英译直译为"从蛟龙河里饮马！"（water the horses from the Flood Dragon River）;俄译为"饮饮马，从河里饮马！"（напоите лошадей, напоите из реки），省略了"蛟龙"的形象，造成了信息流失，同时，因为"从河里饮马"并非了不得的大事，其后的感叹号就会显得莫名其妙。

例上 238
火龙桥（33）
英：**Fiery Dragon Bridge**（32）
俄：**Холунцяо — мост Огненного Дракона**（53）

---

① 莫言:《丰乳肥臀》，作家出版社 2012 年版，第 95 页。
② 因为汉语是典型的分析语，所以与英、俄语相比，汉语中的连词数量较少，而且很多时候可以省略不用。"饮马蛟龙河"便是动词词组后接地名状语而无连词，这样的句式在英、俄语中是不可能的，所以这个句式形式属于不可译范畴。

英译为直译，俄译为"火龙桥"的音译后用破折号加上解释性的直译，英、俄译直译内容皆无误。

这个地名在作品中只出现过一次，因其并非作者笔下的"实在"地名，而是司马库口中的比喻说法。为了阻止日本军队进村，司马库在日军将会途经的蛟龙河石桥上放火烧桥，将燃烧着熊熊大火的石桥比喻为"火龙桥"。因此需要译出喻体形象，英、俄译直译的方法都是可取的，只是俄译比英译多了音译形式。

5. 英译音译/直译，俄译音译+脚注

例上 239

马耳山……胳膊岭（164）

英：Ma'er Mountain…Biceps Mountain（192）

俄：Маэршань…Гэболин②（222）

对"马耳山"和"胳膊岭"，英译为音译和直译，俄译皆为音译+脚注，脚注分别为"山东省内的山峰"和"山东省内的山岭"。这两个地名在作品中均只出现过一次，且"马耳"和"胳膊"的形象在语境中也无关紧要。

6. 英译意译，俄译音译+脚注的例子有三个

例上 240

（张天赐—引者）把一个客死在高密东北乡……的关东商人……（309）

英：…the far-off Northeast（328）

俄：…Гуаньдун③（403）

对于"关东"，英意译为"遥远的东北"，俄音译并加脚注解释

---

① 其俄文脚注为："*Маэршань*— горная вершина в провинции Шаньдун."
② 其俄文脚注为："*Гэболин*— горный хребет в провинции Шаньдун."
③ 其俄文脚注为："*Гуаньдун*— историческое название северо-востока Китая."

莫言与当代中国文学创新经验研究

为"中国东北的旧称"。

"关东"是中国东三省及内蒙古东部地区的俗称，此地名出现在原文中，旨在表示距离之远，言外之意是说明张天赐的"赶尸"秘术之高超。因此，英译明示出其距离之远，俄译则只表示出这是一个中国的地名。

有趣的是两位译者对"断魂桥"的翻译。"断魂桥"为作者笔下的一个桥名，出现在作品中只有两处：一处为枪毙道士门圣武的地点，另一处为枪决上官来弟的地点。俄译皆为"断魂桥"的音译形式（мост Дуаньхуньцяо①）并加脚注解释了"断魂"一词的含义，而英译对这两处的翻译各不同：

例上 241

反动道会门头子⋯⋯特务门圣武被枪毙在县城断魂桥（313）

英：⋯Enchanted Bridge（332）

俄：⋯мост Дуаньхуньцяо②（408）

例上 242

一辆囚车把她拉到断魂桥（412）

英：⋯at the Bridge of Sorrows（409）

俄：⋯к мосту Дуаньхуньцяо（530）

在"门圣武"的例句中，英译意译为"被施了魔法的桥"；在"上官来弟"的例句中，英译意译为"悲伤之桥"。

关于英译，首先，"断魂桥"并非如"墨水河"那样是发生了很多关键情节的、支撑高密东北乡文学版图的重要支点，因此，这两个译名各不相同其实也无关大碍。其次，至于英译者这样翻译的具体原因，限于条件难以考证，若容笔者稍加臆测，也许是译者无

① И. А. Егоров: *Большая Грудь, Широкий Зад*, с.408.

② 其脚注为："*Дуаньхунь*— букв. душа, покидающая тело."

意中忘记了自己曾经译过这个地名（毕竟在作品中这两个地名的间隔约有 7 万字）；也许是有意为之——因为门圣武是个"行踪诡秘"的、"半人半仙的高士"①，所以译者将其死地译为"被施了魔法的桥"以应景，而在上官来弟的情节中译为"悲伤之桥"，也许是因为英译者是在为来弟之死而悲伤。

关于俄译，俄译将"断魂桥"音译并加脚注解释了"断魂"一词的含义："直译：正在离开身体的灵魂"，即在正文中使用桥名的音译形式而在脚注中直译桥名的词意。可见两位译者都注意到了桥名的语意内涵，但英译者选择在正文中直译而俄译者选择在脚注中解释。

7. 值得一提的是英、俄译的一项误译

例上 243
由蛟龙河进入运粮河，由运粮河进入白马河，由白马河直入渤海（125）
英：...the Great Canal...（153）
俄：...Великим каналом...②（172）

上官领弟升成鸟仙，在高密东北乡上大显神通，并声名远扬至遥远的外海。例句是写从海上而来的求医问卜之人的回程路线。其中"蛟龙河"、"白马河"在上文已有讨论，"渤海"属于"国际通行地名"，英、俄译都采用了通行译法，且俄译加脚注进行了进一步的说明③，这里只说"运粮河"。英、俄译皆将其译为"大运河"，而且俄译还加脚注解释为"大运河修凿了两千年，连通了上海港和天津港；长逾两千千米"。

但是，我们看地图可知，从高密往渤海，绝不会经过我们历

---

① 莫言：《丰乳肥臀》，作家出版社 2012 年版，第 304 页。
② 其俄文脚注为："Великий канал строился две тысячи лет, соединяет крупные порты Шанхай и Тяньцзинь; длина более 2000 км."
③ 译文详情请见下文对"国际通行地名"的论述。

史上著名的那条"大运河",所以原文中的"运粮河"也许只是高密通往渤海路途间的可作运粮之用的一条普通河流——或者甚至是作者的杜撰:"我敢于把发生在世界各地的事情,改头换面拿到我的高密东北乡,……森林、湖泊、狮子、老虎……都是我给它编造出来的。"[①] 尤其是作品中的地名,忽真忽假、忽实忽虚,将真实空间与虚幻维度杂糅在一起,这就使作品故事的发生地不受限制,作者可以挥洒自如。这同《红高粱家族》中的"时间美学"一样的道理:《红高粱家族》的叙事时间忽前忽后,方便作者出入自由,那么,《丰乳肥臀》地名的虚虚实实,我们就称之为"地理美学"。说到底,这种地名上的安排终归是为了扩大作品的叙事空间和内涵张力:"(《丰乳肥臀》)中的'高密东北乡',应该是中国的一个缩影。我在写的时候,是有这样的野心的"[②]。那么,对于这样"有野心"的作品,译者若将原文中一条普通河流夸张译为中国著名的"大运河",倒也可算得其神似,但问题是,英、俄译者已经如实译出"高密"和"渤海",若将"运粮河"译为真实的"大运河",而事实上大运河并不在高密和渤海中间,那么,让作品中的人物途经这些不可能的真实地方,都不顺路的,就不再是文学的虚构之美,而是一个知识性的地理错误了。出现这样的误译,也许是因为隋唐大运河、京杭大运河是典型的中国符号,远比很多省份都有的"运粮河"著名,而且大运河的确流经山东省,所以译者看到"运粮河"三字便第一直觉想到它。这就是译者读者身份的体现,译者根据自己的前理解结构来解读原文,译文中必可避免地存有译者的解读痕迹。

　　以上是对尚无国际通行译法的地名的译文分析,因对这类地名的翻译更能体现出译者的主体性,所以,为了使其更直观,笔者用表格再次呈现(见表10、表11):

① 莫言:《福克纳大叔,你好吗?——2000年3月在加州大学伯克莱校区的演讲》,《用耳朵阅读》,作家出版社2012年版,第27页。
② 莫言:《答法国〈新观察报〉记者问》,《碎语文学》,作家出版社2012年版,第248页。

表10 非通行地名①

生态文化负载词之地名之非通行地名

	音译 （8条）	音译+脚注	直译 （12条）	音译+直译	意译 （3条）
英	大栏镇②（43） Dalan Town（42）		陈家胡同（37） Chen Family Lane（36）		关东（309） far-off Northeast（328）
	沙岭子镇（158） Shalingzi Township（186）		谭家窝棚（606） Tan family tent（69）		断魂桥③（313） Enchanted Bridge（332）
	陶官镇（280） Taoguan Township（305）		小石桥村（334） Stone Bridge Village（347）		断魂桥③（412） the Bridge of Sorrows（409）
	马耳山（164） Ma'er Mountain（192）		卧牛岭（193） Reclining Ox Mountain（219）		
	艾丘村（309） Aiqiu Village（328）		火龙桥（33） Fiery Dragon Bridge（32）		

① 此表是对23条汉语地名翻译情况的呈现。
② 为了与"音译+直译"的结构相区别开，本书将"音译名称+直译行政单位"的结构也视作音译。
③ 因英译对这一地名有两种译法，所以需分当别论。

生态文化负载词之地名之非通行地名

英		
	高密 (6)	
	Gaomi (5)	
	平度 (66) Pingdu (93)	
	胶州 (468) Jiaozhou	
	膀膊岭 (164)	Biceps Mountain (192)
	潍北地区 (257)	Shandong's Northern Wei area (282)
	墨水河 (3)	Black Water River (2)
	白马湖 (358)	White Horse Lake (371)
	蛟龙河 (13)	Flood Dragon River (12)
	沙口子村 (372)	Sandy Mouth Village (372)
	白马河 (125)	the White Horse River (153)

生态文化负载词之地名之非通行地名

	音译（10）	音译＋脚注（5条）	直译（3条）	音译＋直译（5条）	意译
俄	大栏镇（43） деревне Далань（65）	马耳山（164） аэршань①（222）	陈家胡同（37） проулка семьи Чэнь（58）	墨水河（3） Мошуйхэ — рнильной речки（29）	
	沙岭子镇（158） деревни алянцзычунь（215）	胳膊岭（164） Гэболин②（222）	谭家窝棚（606） домишко семьи Тань（774）	蛟龙河（13）зяолунхэ —реки Водного Дракона（29）	
	白马湖（358） озеро Баймаху（464）	关东（309） Ганьдун③（403）	小石桥村（334） каменный мостик（434）	卧牛岭（193） горы онношань— Лежащий Буйвол（255）	
	陶官镇（280） Таогуан（367）	断魂桥（313） мост хуньцяо④（408）		火龙桥（33） Холунцяо —мостенного Дракона（53）	

① 其脚注为："Мазришань—горная вершина в провинции Шань,дун." 回译为："Ma'ershan——山东省内的山峰。"
② 其脚注为："Гэболин—горный хребет в провинции Шань,дун." 回译为："Geboling——山东省内的山岭。"
③ 其脚注为："Гуаньдун—историческое название северо-востока Китая." 回译为："中国东北的旧称。"
④ 其脚注为："Дуаньхунь—букв. душа, покидающая тело." 回译为："直译：正在离开身体的灵魂。"

生态文化负载词之地名之非通行地名

俄			断魂桥① (412) мост хуньцяо② (530)	白马河 (125) Баймахэ — реку Белой Лошади (172)
	艾丘村 (309) деревушка Айцю (403)			
	潍北地区 (257) в районе Вэйбэй (337)			
	沙口子村 (358) деревни акоуцзыцунь (465)			
	高密 (6) Гаоми (20)			
	平度 (66) Пинду (92)			
	胶州 (473) Цзяочжоу (606)			

① 因英译出现了两种译文，为保数据准确，此处俄译也需出现两次。

② 其脚注为："Дуаньхунь— букв. душа, покидающая тело." 回译为："直译：正在离开身体的灵魂。"

表 11　非通行地名之数据对比表

生态文化负载词之地名之非通行地名之数据对比				
英	音译 34.7% （音译 34.7%，音译 + 脚注 0）	直译 52.3%	音译 + 直译 0	意译 13%
俄	音译 65.1% （音译 43.4%，音译 + 脚注 21.7%）	直译 13%	音译 + 直译 21.9%	意译 0

（二）国际定例的地名

我们只挑出一些具有代表性的来举例，这些地名的英、俄译有四种不同情况。

1. 英译为通行译法，俄译为通行译法 + 脚注

例上 244

鸭绿江（374）

英：the Yalu River（386）

俄：реку Ялу[①]（483）

鸭绿江是中国和朝鲜之间的界河，英、俄译中的 "the Yalu River" "реку Ялу" 皆是国际通行的译法，不同在于俄译还为其增加了脚注，其内容为 "中华人民共和国和朝鲜民主主义人民共和国之间的界河"。与此例类似的还有两例：

例上 245

渤海（125）

英：the Bohai（153）

俄：Бохай[②]（172）

---

① 其俄文脚注为：Ялу— пограничная река между КНР и КНДР.

② 其脚注为：Бохайский залив(кит.море Бохай) — северо-западная часть Жёлтого моря. 回译为："Bohai 湾(中文 Bohai 海)——黄海的西北部分。"

例上 246

兰州（572）

英：Lanzhou（532）

俄：Ланьчжоу^①（734）

2. 英译为通行译法 + 解释，俄译为通行译法 + 脚注

例上 247

服刑地点在塔里木盆地（412）

英：…at **Tarim Basin**, in the Uighur Autonomous Region（409）

俄：…в **Таримскую котловину**^②（530）

英、俄译中的"Tarim Basin""Таримская котловина"同样皆是国际通行的译法，但英译在其后增加了"位于维吾尔自治区"（in the Uighur Autonomous Region）的解释，俄译则增加了脚注"位于中国新疆维吾尔自治区内极其干旱的地方"。

对于译入语读者而言，"塔里木盆地"是陌生的，因此英、俄译者都采用一定的方法来解释，以使读者明白这是个遥远的、可做服刑之处的地方，以便契合原文语境。所不同的是英译采用文内解释，俄译采用加脚注。文内解释的优点是可以不打断读者的阅读，缺点是难以解释得详尽；加注法的优缺点与文内解释法恰恰相反，加注可以详细解释内容，如说明塔里木盆地是极其干旱的，条件恶劣，有助于读者理解何以选择这里为服刑地点，但弊端是会妨碍译文的流畅，甚至会因此而被读者忽略从而丧失了加注的意义。

---

① 其俄文脚注为：Ланьчжоу— главный город провинции Ганьсу на северо-западе Китая. 回译为："Lanzhou——中国西北部的省份甘肃的主要城市。"

② 其俄文脚注为：Таримская котловина— чрезвычайно засушливая местность на крайнем западе Китая, в Синьцзянь-Уйгурском автономном районе.

3. 英译为替代法，俄译为通行译法 + 脚注

例上 248

伊犁马与蒙古马杂交出来的杂种马（176）

英：horses of mixed **Xinjiang** and Mongol breed（204）

俄：лошадей смешанной **илийско**-монгольской① породы（236）

对于"伊犁"，英译替代为"新疆"（Xinjiang），俄译为音译 + 脚注："Yili——中国新疆维吾尔自治区内的同名河流的河谷地区"。至于英译将"伊犁"改为"新疆"，若容笔者揣测，可有以下两点原因：（1）英译者认为可与"蒙古"相提并论的应是"新疆"而非"伊犁"；（2）英译者认为对于目标语读者来讲，"新疆"比"伊犁"更熟悉而毋庸多言，否则还需作出如"伊犁是位于新疆的一个地方"的解释。

4. 还有一个地名值得注意："卢沟桥"。该地名在作品中共出现两次

例上 249

小日本，操你姐姐，你过得了卢沟桥，……

例上 250

先占了卢沟桥，又占了山海关（361）

这两处的英、俄译名都是：

英：Marco Polo Bridge（32）

---

① 其脚注为：Илú— район бассейна одноимённой реки в Синьцзян-Уйгурском автономном округе КНР.

莫言与当代中国文学创新经验研究

俄：Лугоуцяо① (53)

"卢沟桥"是涉及历史国情的特殊地名，在国际上有两种通行译法。一为"卢沟桥"的音译形式（Lugou Bridge、Лугоуцяо），对应的历史内容是 1937 年日军发动的"七七事变"；另一种是译成"马可波·罗桥"（Marco Polo Bridge、Мост Марко Поло），对应的是十三世纪意大利旅行家马可·波罗在《马可·波罗游记》中所形容的华丽石桥的形象。

在两个例句中，英译者采用了"马可·波罗桥"（Marco Polo Bridge）；俄译者采用了"卢沟桥"的音译形式（Лугоуцяо），并加了脚注："1937 年 7 月 7 日在卢沟桥上的事变成为日军发动第二次中日战争的正式理由。"英译者所选的译名对译入语读者来说较为熟悉，而且没有增加有关"七七事变"的信息；俄译者所选的译名对译入语读者来说较为陌生，并补充了有关"七七事变"的历史背景知识。

（三）地名小结

综合上文对例句的具体分析及表格呈现，非通行地名的翻译不难看出以下五点规律。

第一，对于形象与语境的紧密度较低的地名，如例上 223 至例上 227，两位译者多选用音译法，只表示出这是个区别于普通名词的专有名词——地名，而不多做解释。

第二，对于中国特色地名，如例上 228 至例上 230，两位译者多选用直译法，以保留其中的特色。

第三，对于形象内涵丰富或与语境紧密相关的地名，如例上 236 至例上 242，为了保留地名形象，英译者采用直译或意译，并

---

① 其俄文脚注为：Инцидент на мосту Лугоуцяо 7 июля 1937 г. послужил для японцев формальным поводом для начала Второй японо-китайской войны.

力图不打断读者的阅读；俄译则是音译＋直译，或音译＋脚注，在音译之后再解释意思。但脚注法往往会因阻碍阅读而被读者残忍忽略，效果适得其反。

第四，英译从未加脚注，而俄译则不吝加脚注，说明英译在保留原文形象的同时还注重保证译文的流畅，而俄译在保留原文形象的同时还注重对它的充分解释；英译直译多和意译的存在，说明英译更注重形象，即便有些形象在原文中并不重要，或存在诠释错误的风险，而俄译音译和音译＋直译多、全无意译，说明俄译更谨慎，因为避免诠释错误的好办法就是音译。

第五，对地名的翻译中也会出现由译者的印象定式造成的误译（如例上 243），若要深究，这样的误译是有悖地理事实的。

通行地名的翻译规律主要有两点：

第一，英译多只译出字面信息，但也保证了译文的简洁流畅；而俄译利用脚注补充了语境相关的地理、历史知识，但脚注阻碍阅读的流畅性也是在所难免（如例上 245 至例上 248）。

第二，英译似从读者的需要出发，对词语进行替代或选用译入语读者熟悉的词汇，而俄译坚持音译＋脚注以呈现中国生态、历史常识（如例上 244 和例上 250）。

四、气候词

中国气候与欧美国家气候差别很大，我们这里只结合作品中出现的、另外也在译学界被广为讨论的一个气候词略做对比——西北风。

中国有着典型的季风气候，冬季时西北季风从西伯利亚经由蒙古国一路袭来，十分强劲寒冷，这在文艺作品中也有反映，如《白毛女》"北风那个吹"；而西欧冬季受北大西洋暖流影响，西风温暖湿润，给人希望，才有了英国诗人雪莱的《西风颂》。所以，对于不同国家的读者，同样一个气候词带来的情绪联想却不同，因此在跨语际实践中，对于"西北风"的翻译很为译界所注意。但是，《丰乳肥臀》的英译者是美国人，美国四面临海，在气候上受到来自北太平洋暖流、墨西哥暖流和加利福尼亚寒流、拉布拉多寒流等多方面的影响，"西北风"在美国人心中的印象并不单一；俄罗斯也同样气候多样，俄罗斯的东欧平原受北大西洋暖流影响，冬季十分湿润（笔者在其实地生活中亦有此感），而其广大的亚洲地区为大陆性气候。所以，具体到《丰乳肥臀》的英、俄翻译，"西北风"皆不可绝对而论。事实上，英、俄译者对文中出现的"西北风"皆如实直译：

例上 251

时令是十月的初头，河上刮着短促有力的西北风（124）

英：It was the early days of the tenth month, and **strong northwestern winds** sliced across the river（153）

俄：Было уже начало десятого месяца, и на реке задувал **сильный северо-западный ветер.**（171）

例上 252

我们站在一道又宽又厚的高墙前边，它替我们遮住了西北风，使我们处在相对温暖的环境里。（130）

英：We were standing on a wide street in front of a high wall that effectively **kept** the **northwest wind away** and afforded us a bit of warmth.（159）

俄：Мы стояли перед высокой стеной, толстой и мощной. Она **защищала от северо-западного ветра**, так что было сравнительно тепло.（179）

结合上文所述，这样的直译是可取的。

五、生态文化负载词总结

对比之后，对于生态文化负载词的英、俄译文，可归纳出以下四点内容。

第一，英、俄译法相同的是对以下四类词语的翻译：文化意义未经明示、形象单纯易于解释、形象与语境的紧密度低、中国特色地名，这些类型的词语在语境中的地位一目了然，英、俄译者采用的译法相同，或简单直译，或稍加解释，或简单音译，而没有多做抉择，这反映出，为求译文的效率，对于意义简单的词语便使用简单的译法，另外，对于特色地名，使用直译以保原文异域特色。这体现了译界一般的、惯常的翻译规律，而无关译者各自的翻译风格，更无关其文化立场。

第二，英、俄译法的不同之处在于，对于文化意义明显、形象内涵丰富、与语境紧密相关、与历史国情相关的词语，英译多用直译或意译，而俄译多用音译或音译＋脚注。在效果上，英译的直译法可在保留原文形象的同时使译文简洁畅达，英译的意译法可使译文易被读者接受，但英译因为没有进一步的解释而有可能造成文化色彩失调；俄译的音译法可突出汉语的异质性，避免诠释错误，但也会因其形式的陌生性而增加阅读障碍；俄译的脚注法可以充分解释文化内涵，但也会打断阅读或因被忽略而无效。

第三，英译似会从读者的需要出发将某些文化负载词替代为读者熟悉的词汇，而俄译则坚持脚注法以呈现中国特色。

透过以上三点已可隐约发现，对《丰乳肥臀》中生态文化负载词的翻译，英、俄译有同有异，同在于对于简单的词语，英、俄译皆按照惯常的翻译规律进行简单处理；异在于，总体上讲，英译者倾向牺牲原文的异质而保证译文流畅，俄译者则倾向牺牲译文的流

232

畅而保留原文的异质①。关于此，在对其他文化负载词的翻译上还有更多的体现，更深入的讨论将在此后的章节进行。

第四，詈骂动物词在汉、英、俄语中存在较大差别，英、俄译者皆结合具体情况做出了恰当的调整，这体现了译者的能动性和主体性。

以上就是对《丰乳肥臀》中生态文化负载词翻译情况的讨论，主要阐述了"是什么"的问题，略微涉及了"怎么样"（即效果），而至于"为什么"（即成因），我们将在上编末尾进行总结。

海外翻译家怎样塑造莫言

---

① 这只是大体倾向，而不是绝对的，如例上 219，英译使用了直译＋解释，俄译则只译出大意。

第五章　宗教文化负载词

　　宗教文化负载词是指那些带有某一文化独特宗教色彩的词汇。其实，将中国文化词汇表述为"宗教文化负载词"并不准确，因为，如本编开头所述，由于文明起源条件和方式的差异，中国文化不是宗教文化（如西方），而是宗法文化；中国人宗教情感的主要寄托不在神灵，而在祖先。在祖先崇拜这一基本心理背景下，中国本土产生了道教，接受了——更确切地说，兼容了外来的佛教。

　　而与西方宗教中的一神论不同，更与那些以宗教之名硝烟四起、遗祸至今的其他国家和地区不同，在我们神奇的国度，佛教与道教睦邻友好，就拿一部文学作品——《西游记》举例。在《西游记》中，分明来自不同宗教的神灵形象却能凑成一个大拼盘：孙行者今天将道教至神蔑称为"玉帝老儿"，明日又去如来佛祖面前撒泼打滚；唐三藏骑着龙王三太子好不惬意，口中却曰佛法无边；行者对着观音菩萨双手合十，又最爱去东海龙宫砸场子找麻烦。可见，在这一中国经典神魔小说中，宗教信息是相当混乱的。回到现实生活，我们发现，古往今来，上达皇帝下至黎民，中国人的宗教崇拜同样热闹：皇帝宫里供奉着菩萨，出门又向龙王祈雨；百姓家中挂着孔子画像，大门上还贴着关公门神。逢着白丧超度，是又有和尚，又请道士，拜奉着双重宗教好像就能有双重保险。总之，中国人的信仰状态就是我们常说的"三教合流，同堂祭拜"。缘何如此？

　　中国文化属于农业文明，农耕生活是春种秋收，是稳定踏实、直觉可见，而且东亚大陆土地广阔、物产丰富，这就使得人们不必执着于绝对精神，不走极端，便产生了"天人合一"及"和为贵"的思维方式："列星随旋，日月递照，四时代御，阴阳大化，风雨博施，万物各得其和以生"（《荀子·天论》）。这样的思维观念以儒家学说为集中代表，而儒家的入世思想将宗教的绝对精神世俗化，或依学者李泽厚的观点，产生了中国的乐感文化①，那么，这样实用的、功利的思维方式就使中国人对于宗教信仰不专一，老百姓在饮食起居中逢神便拜，拜着哪个算哪个。如此，在中国人的观念里，佛也显灵，道也有用，另外还有灵魅鬼怪的民间泛神论。那么，这一套宗教观念——更准确地说——鬼神观念体系，反映在《丰乳肥臀》中，就是宗教词汇的杂陈和交融，尤其是上官鲁氏这位"中西合璧"的女性，她祝祷起来，更是众神灵纷至：

例上 253

老天爷爷，主上帝，圣母玛丽亚，南海观世音菩萨，保佑我的念弟吧（255）

英：Old Man in Heaven, Dear Lord, Blessed Virgin Mary, Guanyin Bodhisattva of the Southern Sea, please protect our Niandi…（281）

俄：Правитель небесный, Господь всемогущий, Пресвятая Дева, Гуаньинь, бодхисатва Южных морей, обороните мою Няньди, …（335）

对于例句中的诸神，英、俄译者皆完整译出。若排除《丰乳肥臀》中的西方宗教词汇，单看中国民间宗教文化负载词，则大体上可分为四类：佛教色彩词、道教色彩词、儒家思想中的孝道以及中国人的"天"。

一、"天"及"孝道"之外的宗教文化负载词

先看"天"及"孝道"之外的宗教文化负载词，笔者挑出 24 个词条，请见表 12。

---

① 参见李泽厚：《中国古代思想史论》，生活·读书·新知三联书店 2008 年版。

表 12 "天"及"孝道"之外的宗教文化负载词表

序号	原文	英	俄		说明
			直译		
1	菩萨显灵（8）	Bodhisattva,be with her（7）	Явись, бодхисатва（23）		农耕生活需要后代传接先辈的耕种经验，因此，中国文化在精神信仰上表现为祖先崇拜和强化血缘。在生殖心态上表现为重视子嗣和多子多福。所以在中国人的鬼神观念中便有一主宰生育的观世音菩萨"送子娘娘"，当然，这通常也就由大慈大悲的"送子娘娘"。对此词英、俄译者皆智完整直译，传达了原文的中国子嗣观念及女性地位这一文化信息。
2	雷神爷（204）	the God of Thunder（230）	бог-громовержец（270）		
3	送子娘娘（592）	Matron of Sons（57）	матушка-чадоподательница（758）		
4	阎王爷（604）	Yama, the King of Hell（68）	правителя ада Ло-вана（772）	音译＋解释	

莫言与当代中国文学创新经验研究

"天"及"孝道"之外的宗教文化负载词表

序号	原文	英	俄	说明
5	我做个大善人，积、点德（138）	that shows what a generous person I am（166）	от моей доброты душевной（189） 意译	
6	我这辈子瞎了眼，养下你们这些忤逆鬼……（185）	I've wasted my life raising a bunch of ingrates who only curse me for my efforts.（212） 直译	Какая я дура, всю жизнь положила, чтобы поднять вас, а получается, всё равно всем что-то должна....（246） 替代	英、俄译文都流失了原文的佛教色彩。
7	鬼门关（29）	the gate of Hell（27） 直译	вратам ада（48）	
8	阴曹地府（339）	Hell（352）	мрачные адские чертоги（441）	
9	传说中的十八罗汉（258）	the Eighteen Arhats of legend（284） 直译	восемнадцать легендарных архатов①（339） 直译＋脚注	对于"罗汉"或"阿罗汉"，英、俄译皆直译无误，不过俄译使用脚注法作了进一步的解释。

① 其脚注为："Архат — в буддизме достигший освобождения от замутненности сознания мирскими страстями и больше не подверженный перерождениям." 回译为："Arhat — 在佛教中脱离了尘世欲望及回轮之苦，达到了自由。"

序号	原文	英	俄	说明
		"天"及"孝道"之外的宗教文化负载词表		
10	黄泉（329）	直译+加词 down in the Yellow Springs（343）	直译+脚注 Источнику①（429）	"黄泉"同本表第13词条。字面指地下的泉水，意指人死后埋葬的地方，一说泉水至深时水呈黄色，因此此词条俄译出现在作品中，同本表第12词条出现过。在死，俄译脚注已有详细解释，英译直译脚注，且同俄译一次，再无解释，在译作中只出现了这一次，再无解释，不过英译文加上"down"一词表方向向下略作弥补。
11	太上老君（306）	直译+解释 Laozi, the founder of Taoism himself（325）	直译 Наивозвышеннейшего и Совершенномудрого（399） 音译	关于"太上老君"与"老子"之间的关系，一说"太上老君"由"老子"演绎附会而来②，因此这里我们英译文为"直译+解释"。

① 其脚注为："Имеется в виду Жёлтый источник, страна мёртвых." 回译为："即黄泉，死之国。"

② "随着道教的形成和发展，人们利用老子的威信，将其尊称中有关'道'和'自然无为'、'长生久视'等内容加以附会引申，同时，对老子的神化和夸张也愈来愈甚……到了隋唐五代，形成并确立了以'三清'为最高神的道教神仙体系，太上老君即为'三清尊神'之一的道德天尊，居住在太清天。"（王德有等编：《中国文化百科》，吉林人民出版社1991年版，第524页）

（续表）

"天" 及 "孝道" 之外的宗教文化负载词表

序号	原文	英	俄	说明
12	西王母（201）	the Western Mother（227）	богини Сиванму（265） 音译+脚注	
13	一尊小观音（93）	a little Goddess of Mercy（121） 直译	маленькая Гуаньинь①（126） 音译+脚注	
14	"辟谷" 的神功（303）	a magical art form known as eschewing grain（322） 意译	би гу②（395） 音译+脚注	
15	观音菩萨（5）	Merciful Bodhisattva Guanyin（4） 音译	богини Гуаньинь③（19） 音译+脚注	
16	面相书（476）	a fortune-telling book（471） 意译	книгу предсказаний по лицам（609） 直译	
17	认命（593）	to accept things the way they are（58） 意译	покориться судьбе（759） 直译	俄译同原文，"命运"（судьба）一词有唯心色彩，而英译去掉了唯心色彩，反而带有哲学色彩。

① 其脚注为："Гуанинь— в китайском пантеоне богиня милосердия." 回译为："Guanyin— 中国神仙体系中的慈女神。"

② 其脚注为："Би гу— даосская практика воздержания от употребления в пищу зерновых для достижения просветления." 回译为："Bigu— 道士为求清明而进行的节食谷物的行为。"

③ 其脚注同词条 13。

"天"及"孝道"之外的宗教文化负载词表

（续表）

序号	原文	英	俄	说明
18	功德圆满（306）	carried out his instructions（325）	Успешно завершив свои благочестивые деяния в этом мире（399）	
19	羽化成仙（306）	risen up to Heaven to become an immortal（325）	как говорится, распростёр крылья（399）	俄译回译为"传说中的振翅而飞"。道教中说,"仙之能飞升变化,故谓成仙曰'羽'①,一说'身生毛羽',一说'仙人着羽衣'②。因此,此例中的俄译也算得其一。
20	归了西（330）	return to your maker（343）意译	На запад ушёл（429）	英译回译为"回到你造的那里去",基督教认为上帝创世,造人,人死后回到上帝身边,因此英译属于意译,便于读者理解文意,但改变了原文的佛教色彩;俄译直译为"往西边去了",虽然保留了原文的异质性,但恐会给读者造成一定的阅读障碍和误解。
21	见了阎王（109）	to meet its maker（136）意译	на пути к Янло-вану③（150）音译+脚注	英译同本表第20词条。

① 中国道教协会编:《道教大辞典》,华夏出版社1994年版,第513页。
② 张志哲编:《道教文化辞典》,江苏古籍出版社1994年版,第107页。
③ 其脚注为:"Янло-ван——владыка царства мёртвых."回译为:"Yanlo-wang——死之王国的国王。"

（续表）

"天"及"孝道"之外的宗教文化负载词表

序号	原文	英	俄	说明
22	他两腿一伸，就上了西天（361）	his legs stretched out as his soul flew into the sky.（375） 意译	ноги протянул, И на западное небо① прямиком шагнул.（470） 替代	在佛教里，原是佛教净土世界称为西天。英译去掉了佛教传入中国后，和逐渐变为贬义。英译通过脚注法去掉了"西"的形象，但译出了原文语义；俄译通过脚注法保留了"西天"，但脚注中没有揭示其原本的佛教色彩。
23	这都是我造的孽啊（256）	It's all my fault（281） 意译	Это я, грешная, во всём виновата（336） 替代	英译淡化了原文的宗教色彩，俄译替换为基督教色彩（грех）。
24	再挖就挖到黄泉了（60）	you'll dig all the way **down** to Hell（86） 替代＋加词	до самого Жёлтого источника② доколпаете（84） 直译＋脚注	英译将带有道教色彩的"黄泉"接为基督教中的"地狱"，使译者理解文义但使宗教色彩失调；不过加上了"down"一词以契合原文"挖土"的语境，属于译者有灵活处理。俄译脚注无误。

本表是对24条宗教文化负载词翻译情况的呈现

① 其脚注为："По народным верованиям, запад — страна мёртвых." 回译为："在民间信仰中，西方是亡灵之国。"

② 其脚注为："Жёлтый источник— страна мёртвых." 回译为："黄泉——死人之国。"

表13 "天"及"孝道"之外的宗教文化负载词之数据对比表

	直译	音译	意译	替代
英	38%	9.5%	42.9%	9.6%
俄	52.4%	28.5%	9.5%	9.6%

观察表12和表13，可看出以下四点内容。

第一，《丰乳肥臀》中出现了各式各样的带有佛教或道教色彩的宗教文化负载词，或在此基础上形成的其他迷信观念词汇，对此，俄译以直译和音译为主（80.9%），另有脚注法可得以完整传达原文色彩（如词条9、13、14的俄译）；英译的直译和音译加起来近半（47.5%），但意译也占了很大比例（42.9%）；英、俄译皆有少量的替代法。这个比例状况与本编前四章呈现出的数据在趋势上是趋同的，待本编末总结。

第二，直译和音译可以保留原文的异域色彩，尤其是"宗教"这一项，它能够更直观地负载异质文化特色，如词条11，在域外读者对中国的道教文化及中国国学日益感兴趣的今天，这样的直译处理可得佳效；再如其他特定的宗教文化负载词如"送子娘娘"，英、俄译者对此词及上下文皆直译，可以有效传达中国的子嗣观念及女性地位这些文化信息；但有时对于一些含有引申义的宗教文化负载词，仅仅直译而不加解释，则会给读者造成歧义和误解，如词条20的俄译。

第三，意译和替代法可以使译文流畅无碍，但多会导致宗教色彩的易色，如词条20、21、24的英译和词条23的俄译；或导致宗教色彩的淡化，如词条5和词条6的英、俄译。

第四，联系生活实际，我们知道，很多时候中国人念佛呼神，但未必是佛教徒，更不是餐风饮露的修仙道士，说话人口中的宗教文化负载词未必是其宗教信仰的体现，而只是辅助性的语气词或虚情假意的托词，如词条5。回看表中例词在原文中的语境，其中大多数宗教文化负载词也并非与语境联系十分紧密，稍有偏差便会造成严重误译的文化缺省，而且有作品整体语境的存在，所以，其中译者进行意译或替换处理的情况，也并不会造成严重违和。所以，从总体上看，对于作品体现出的中国人的鬼神观念，俄译通过直译、音译和脚注法可以有效传达，英译虽然有很大比例的意译，但因原文宗教文化负载词本身的特点及上下文的存在，英译也能够对其基本呈现。

中国人除了呼神念佛，还有一成语叫"哭天抢地"。可哭可喊的"天"在中国人心中，远不止于单纯的自然现象"sky"，而是带有一定的心理含义，甚至信仰意义。

二、宗教文化负载词之"天"

如前所述，在农耕生活方式基础上，中国人基本的思维观念是"天人合一"。"天"是包含万物的广阔自然："天何言哉？四时行焉，百物生焉（《论语·阳货》）"。"天"是盈虚消长的客观规律："天行有常，不为尧存，不为桀亡"（《荀子·天论》）。"天"是生死祸福的至高主宰："死生有命，富贵在天"（《论语·颜渊》）。同时，"人"也参与在了"天"之中："天视自我民视，天听自我民听"（《尚书·泰誓中》）。这样的与人"合一"的"天"，既是"自然"，又是"主宰"。冯友兰先生曾引金岳霖的话解释道："我们若将'天'既解为自然之天，又解为主宰自然的上帝之天，时而强调这个解释，时而强调另一个解释，这样我们也许就接近了这个中国名词的几分真谛。"[①]如此，"天"之一字在中国人的观念中，就早已超出了自然现象的范畴，而成为一种儒家传统下的"宗教性道德"，是一个带有宗教色彩的信仰概念。

那么，在我们老百姓的日常口语中，"天"就可以同其他更明

---

① 冯友兰:《中国哲学简史》，涂又光译，北京大学出版社 2013 年版，第 185 页。

显的宗教词汇一并出现，这样的说话习惯也就被印刻在了"民族的秘史"——小说作品中：

例上 254

谋事在人，成事在天。咱们谋到了，看菩萨的保佑，有些机会，也未可知。①

杨宪益英译：Man proposes, **Heaven** disposes. Work out a plan, trust to **Buddha**, and something may come of it for all you know.②

霍克斯英译：Man proposes, **God** disposes. It's up to us to think of something. We must leave it to the good **Lord** to decide whether He'll help us or not. Who knows, He might give us the opportunity we are looking for.③

邦斯尔神父英译："To plan things rests with men, to complete things rests with **Heaven**." When we have made our plans we rely on the help of **P'u-sa**. There may be some opportunity. One never knows.④

巴纳秀克俄译：«Человек предполагает, а **Небо** располагает». Может, с помощью всемогущего **Будды** и счастливой судьбы найдем какой-нибудь выход.⑤

例句中"天"与"菩萨"并置，可见在刘姥姥这位最普通也最具代表性的中国农妇心中，"天"与"菩萨"一样掌管着人世祸福。那么，"菩萨"是佛教中的神灵，"天"当然也就带有宗教色彩，而且是区别于其他宗教的中国色彩。对此，霍克斯英译为"God"，

① 曹雪芹：《红楼梦·第六回》，中华书局 2010 年版，第 93 页。
② 杨宪益、戴乃迭：*A Dream of Red Mansions*，外文出版社 1978 年版，第 116—117 页。
③ David Hawkes: *The Story Of the Stone*（5 volumes），the Penguin Group (1973—1986), pp.116–117.
④ http://lib.hku.hk/bonsall/hongloumeng/6.pdf.
⑤ Панасюк В.А.: *Сон в красном тереме*：*Т.2*, Издательство «Художественной литературы» 1995, c.102–103.

表 14 宗教文化负载词之 "天" 字表

序号	原文	英译	俄译	说明
1	天机不可泄露（304）	Nature you don't want to give away **Nature's** secrets（323）	небесный не могли выдавать **небесные** тайны（396）	
2	天老爷带着天兵天将（257）	Heaven the man above sent **Heavenly** Generals and Celestial Troops（283）	небесный **небесный** правитель спустится на **грешную** землю со своим воинством（337）	俄译中 "грешный" 词根为 "грех"，意为 "罪"，也即 "原罪" 之 "罪"。《丰乳肥臀》原文只说天兵天将下了凡，并没有 "罪恶" 字眼，但俄译文却出现了这个词，也许是译者宗教文化印记在翻译中的无意流露。
3	天老爷（128）	Old Man **Heaven**（158）	**небесный** правитель（177）	
4	老天爷啊（40）	**Heavenly** Master（39）	владыка **небесный**（61）	
5	老天爷（603）	**Heaven**（67）	Правитель **небесный**（771）	
6	天公地母（6）	Father of **Heaven**,Mother of Earth（5）	Правитель **небесный** и мать-земля（20）	
7	谢天谢地（30）	Heaven Thanks to **heaven** and earth（29）	небо Слава богам **неба** и земли, благодарение（49）	
8	谢天谢地（594）	Thanks to **heaven** and earth（59）	Слава **небу** и земле（760）	

序号	原文	英译	俄译	说明
9	张天赐，人送外号"天老爷"（309）	Heaven It was Heavensent Zhang, whom people had nicknamed"Old Master **Heaven**."（328）	небеса Имя ему было Чжан Тяньцы, а прозвище — Послáнник **Небес**.（402）	
10	喜从天降（379）	For **heaven's** blessings（390）	с **небес**（486）	
11	天意！（290）	Heaven The will of **Heaven!**（314）	Господь **Господи**, воля твоя!（380）	
12	天老爷（609）	god **God** in Heaven（72）	небесный Правитель **небесный**（778）	
13	老天爷（521）	by **god**（505）	Силы **небесные**（666）	
14	天哪（523）	My **god**（506）	Силы **небесные**（668）	
15	老天爷（249）	above the old man **above**（275）	небесный правитель **небесный**（328）	
16	听天由命（236）	fate trusted to **fate**（263）	Бог уж как **Бог** даст（312）	
17	死生有命，富贵在天（478）	fate lives or dies is in the hands of **fate**（472）	Бог умрёт он или останется в живых — это уж какая судьба ему назначена. На всё воля **Божья.**（611）	

序号	原文	英译	俄译	说明
18	伤天害理（262）	意译 Your crimes are unspeakable（288）	небесный нет на вас законов ни земных, ни небесных（344）	原文中"上天"指向命运，指向一种压抑个人主体性的神权，而英译删掉了"上天"，更强调个人的主体性。欧美国家虽然属于宗教文化，但其中"人"的自由与主体性反而比中国更突出；中国虽然不是宗教国家，但其宗教文化却是最压抑个体性的。
19	上天造了你，就得硬起腰杆子来（375）	意译 You are what you are, so stand up straight and act like a man.（387）	Господь Таким уж тебя сотворил **Господь**, так что нужно ходить с гордо поднятой головой.（484）	
20	这老东西，伤了天理!（65）	意译 She is an outrageous old witch.（92）	套译 Ведьма старая, **как только земля её носит**!（91）	
21	贪天之功，据为己有（549）	套译 How dare you take the credit for that!（522）	意译 Чужие заслуги себе приписываешь, пришла-то на готовенькое（703）	

本表是对21条"天"字宗教文化负载词翻译情况的呈现

表 15　宗教文化负载词之"天"字之数据对比表

	Heaven	god	意译	fate	Nature	above
英	50%	15%	15%	10%	5%	5%
	Небо/небеса	Бог	Господь	套译		
俄	75%	10%	10%	5%		
本表是对 20 条"天"字宗教文化负载词翻译情况的数据对比						

杨宪益英译和邦斯尔神父英译皆为"Heaven"，巴纳秀克俄译为"Небо"。对于此例，在《红楼梦》译评界，历来多认为杨宪益英译的"Heaven"比霍克斯英译的"God"更接近中国文化，因为"God"显然是基督教符号，而"Heaven"虽然也在英语中意指"天堂"，但其中"天"的部分可以或多或少重合于汉语的"天"。俄译中的"Небо"同理。对此，《丰乳肥臀》的英、俄译者也基本选用了这样的先例。请见表 14。

观察表 14，原文中出现的"天"究竟是指"自然之天"还是"主宰之天"，我们难分泾渭。这也是中国的写意艺术特征在哲学思维方面的体现：浑然的天人合一、模糊的以意统形，中国人观念中的"天"与"道可道非常道"的"道"一样，是不可言说的。一个本身就"不可言说"的——我们姑且称之为"概念"——又能怎样翻译呢？虽然 Heaven/Небо 的能指与汉语"天"的能指并不完全通约，但"天"本就是中国哲学独特的文化负载词，所以，英、俄译者译为 Heaven/Небо，已属直译。那么，观察表 14 和表 15，可看出以下四点内容。

第一，英、俄译者多选用在译界已有先例的 Heaven/Небо[1]，如词条 2 至 6 的英、俄译，而且加以"Old Man、Master/Правитель"这样并不属于基督教的表达法以显示原文宗教色彩的异质性。

---

[1]　表中的"небеса"与"небо"在宗教意义上可通用，"небесный"是其形容词形式。

第二，从上文所述的意义上讲，对于"天"，俄译以直译为主，英译直译为半；俄译没有意译，且套译的比例小于英译的意译，这样的比例构成与本章一直所示的比例状态是一致的。

第三，对于某些例句，葛浩文先生的英译与《红楼梦》英译略有不同：如词条 1①。原文中的"天机"包含着本章开头所述的多重含义——既指那个人格化的主宰"老天爷"，也指那涵盖着阴阳五行、自然万象的"天人合一"中的"天"。之所以"不可泄露"，就是因为它既带有写意特征又含有绝对精神，它是那个"不可言说""说不得"。如此，葛浩文没有像大多数情况那样选用"Heaven"，而是用了"Nature"，更强调其自然属性。在人们日益看重人类生活中的生态因素、生态意识及理论在学术界日益凸显的二十一世纪，葛浩文使用"Nature"一词，可以在一定程度上传达出中国文化中的自然观——它承载着中国先民的古老智慧。

第四，值得一提的是英文"god"和俄文"Бог""Господь"这一组词汇。它们都属于基督教词汇，指"上帝"。先看"god"，这个词对于中文来讲有着明显的色彩差异，尤其是用作呼语"天哪"，对此英译者早有察觉："葛浩文发现，有些语言是拒绝被翻译的，在另一种语言里找不到对等的词语，如'天哪'，虽然简单但中西文化不同，信仰各异，此'天'又非彼'天'。"②但在《丰乳肥臀》英译本中，葛浩文还是将"天"替换成了"god"（见词条 12 至 14）。这样的替换也许是出于无意，但确实造成了文化色彩失调。在现实生活中，现在年轻人有时会说"额滴神呐"以图好玩，但绝少有中

---

① 此例的《红楼梦》译文为：
天机不可泄漏（曹雪芹：《红楼梦·第十三回》，第 81 页。）
杨宪益英译：Heaven's secrets mustn't be divulged. *A Dream of Red Mansions*.
霍克斯英译：That is a secret which may not be revealed to mortal ears. *The Story of the Stone*.
邦斯尔神父英译：The secret workings of Heaven cannot be disclosed. http://lib.hku.hk/bonsall/hongloumeng/13.pdf.
巴纳秀克俄译：Это – небесная тайна.（叶果夫俄译与此相同）

② 史国强：《葛浩文文学翻译年谱》，《东吴学术》，2013 年第 5 期。

国人会直呼"我的上帝"。不过，说到底这样的呼语都属于口头禅，说者言之，听者闻之，读者看之，也未必都会产生宗教联想，不过是辅助语气罢了，因此，这里英译误译的影响有限。俄文"Бог"与"Господь"的差别在于前者比后者更含有绝对意义，不过一般情况下二者是可互换的。俄译者少量地采用了这组词汇，虽然也造成了一定的易色，但同样影响很小。

总之，对于《丰乳肥臀》中的"天"，英、俄译者皆已尽力。对于宗教词汇，若苛求译者找到完美译法，那么其实就进入了哲学的探索；若从哲学的角度苛求翻译，那么"翻译"一事恐会陷入一种左右为难进而左右无谓的虚无主义。

而当全世界都虚无了，中国人也绝不会虚无，因为中国人的传统心理基因是入世的、积极的、实用的，这在社会意识之礼制上的表现之一，便是传承数千年的中国"孝道"。

三、"孝"之"道"："孝道"的宗教文化色彩

中国人常说"养儿防老"，紧接着便是"积谷防饥"。熟语是一个民族文化心理最直接的体现，那么，细想这个熟语不难发现，中国人将"养儿"等视为"积谷"，也许正体现了生儿育女这一原始本能的被物化及其在中国人眼中的实用性——这恰恰融合于中国的乐感文化体系中。

正如我们一直所讨论的，中国文化起源于农业文明，在农耕生活基础上形成了春种秋收、耕耘收获的心理习惯，从而产生了对于事物实用性的要求，这是其一。另一方面，农耕生活是经验传承和物质积累，这就需要"后继有人"，而继承了先辈的经验和财产的后代，当然会（也被要求）对先辈心怀崇拜、依顺服从，由此产生了不同于西方的上帝崇拜的祖先崇拜。如此，中国的亲子伦理是崇拜的，亲子关系是实用的，这就产生了中国文化中的"孝"。

学者李泽厚指出，"孝"产生于"以家庭为单位、以宗族为支

柱的小生产的农耕经济"，但它"经周公而制度化"，"经孔子而心灵化①"——子曰"孝悌也者，其为仁之本与"（《论语·学而》），至汉代《孝经》宣告"夫孝，始于事亲，中于事君，终于立身"，"孝"便成为"先验或超验的天理、良知，即某种具有超越此世间人际的神圣性的绝对律令。'不孝'不仅违反人际规则，而且是触犯天条，当遭天谴"②，因此，被儒家学说理论化了的"孝"，便成为一种"道"，成为了中国人的一种"宗教性道德③"，带有中国独特的宗教色彩。

说独特，是因为"孝道"这种伦理制度在西方宗教国家中是不存在的。我们可以将中国和西方的两个故事相对看：中国民间故事"郭巨埋儿"和《圣经·旧约》中的亚伯拉罕（Abraham）杀子，同样是牺牲自己的儿子，郭巨为的是母亲，亚伯拉罕为的是上帝。天赐郭巨黄金一釜，表彰其"孝"；亚伯拉罕的儿子向上帝呼告说"假若人间没有我的父亲，那么你就做我的父亲吧！"④西方宗教里的上帝超越了人世间的父亲："爱父母过于爱我的，不配做我的门徒"，"不要称呼地上的人为父，因为只有一位是你们的父，就是在天上的父"（《新约全书·马太福音》，第10章第37节，第23章第9节）。总之，中国的宗法文化讲究尽孝道，西方的宗教文化要求爱上帝。在这样的本质差异下，对于《丰乳肥臀》中的"孝"，来自西方的译者又将怎样翻译呢？

海外翻译家怎样塑造莫言

① 李泽厚：《历史本体论·己卯五说》，生活·读书·新知三联书店2006年版，第55—56页。
② 李泽厚：《历史本体论·己卯五说》，生活·读书·新知三联书店2006年版，第55—56页。
③ 李泽厚：《历史本体论·己卯五说》，生活·读书·新知三联书店2006年版，第55—56页。
④ （丹麦）索伦·克尔凯郭尔：《恐惧和战栗》，张卓娟译，中国对外翻译出版有限公司2014年版，第9页。

表 16 "孝"之译文表

序号		英	俄	说明
1	孝心（82）	filial obligations（109）子女的责任	сыновней почтительностью（112）儿子的尊敬	第二行中文为译文的回译文
2	孝心（82）	gift（109）礼物	сыновней любви（112）儿子的爱	
3	孝敬（181）	filial respect（209）子女的尊敬	дочерней любви（243）女儿的爱	
4	有孝心（181）	to be truly filial（209）有子女样的	выказать любовь к матери（243）向母亲表达爱意	
5	孝女（448）	Filial Daughter's（444）有子女样的女儿	преданной дочери（575）忠诚的女儿	
6	二十四孝（471）	the first thing about filial piety（466）有关子女的虔诚的首要内容	Двадцать четыре примера почитания родителей（604）尊敬父母的二十四个榜样	俄译为"二十四孝"加脚注为："«Двадцать четыре примера почитания родителей»— классический конфуцианский текст эпохи Юань (1271—1368)." 回译为"元代(1271—1368) 时的一部儒家典籍"。
7	孝子贤孙（553）	filial daughter and virtuous granddaughter（523）有子女样的女儿和有道德的孙女	верный и почтительный потомок（709）忠诚的和恭敬的女儿	

莫言与当代中国文学创新经验研究

观察表 16 可见，对于原文中的"孝"，英译中的关键词有：子女的（filial）、尊敬（respect）、虔诚（piety）、礼物（gift）。俄译中的关键词有：子女的（сыновний/дочерний）、尊敬（почтительность/почитание/почтительный）、忠诚（верный）、爱（любовь/преданный）。对于词条 6"二十四孝"，俄译使用脚注法进行了解释，脚注中出现了关键词"儒学的"（конфуцианский），使"儒学"与"尊敬父母"（почитания родителей）发生联系，可见脚注法的有益之处。但如上文所述，中国伦理中的"孝"，可不止"子女的""尊敬的""忠诚的"这么简单，更不可蔽之以"爱"。《丰乳肥臀》作品中出现的"孝"，虽然有时只是说话人一带而过，说话人也未必时刻意识到"孝"这个字的背后内涵，但它终究根深蒂固于中国人的民族心理，而正是语言代码将一个民族的思想思维潜藏在民族意识深处。那么，综观英、俄译文，我们发现，对于"孝"这一文化负载词，译者没能对其进行完整充分的解码，这也是无能为力的。查阅权威的俄语字典，其中对于"孝"的解释也不过如此："儿子的恭敬，儿子的虔诚"（сыновняя почтительность, сыновнее благочестие）[1]。总之，对于带有宗教色彩的"孝"，英、俄译文皆流失了其文化信息。

另外，作品中还有一句话，虽然没有出现"孝"的字眼，但无疑也是中国"孝道"思想的体现：

例上 255
娘，您对俺恩重如山，容女儿后报。（155）

例句语境是上官来弟与沙月亮私奔之后，把两人的孩子交给鲁氏抚养，如此，鲁氏对来弟有着养育之恩和养育她的孩子的恩情，因此来弟说"您对俺恩重如山"；而此时来弟为了不使孩子成为爆炸大队要挟自己和沙月亮的筹码，打算携子离去，因此对鲁氏说

①　Титаренко М. Л: *Китайская философия, Энциклопедический словарь*, Мысль 1994, c.312.

"容女儿后报"。父母对子女的养育当然是恩情，但在中国"孝道"伦理体系中，这种感情被制度化了，子女对父母的感恩也就不再是纯粹的私人情感，而成为一种制度之下的规则，带有一定的仪式和形式意味。西方虽然也讲感恩、美国有 Thanksgiving Day，但他们首先是感谢上帝，其次才是全家团圆。而在全家团圆中，家庭成员之间的关系也比较平等，对家人的感恩是相互的，而非中国式的晚辈对长辈的单向亏欠。那么，例句语境正是孝道制度之下，来弟对于鲁氏的规则化的单向亏欠，来弟说"容女儿后报"，这样的句式不强调来弟的主体性，来弟是处于遵守规则的被动地位。而带有平等观的西方宗教思维与此大不相同，其差异果然在此例的英译文中体现出来：

英：Mother, our debt to you is higher than a mountain, and **I hope** you'll let me repay you someday.（183）

俄：（译者省略）（211）

俄译省略，英译回译为"我们欠你的债比山还高，我希望有一天你能让我报答你"，其中的"我希望"（I hope）是从自己的角度出发，体现出了一种主体性和主动性。我们知道，中国人向长辈表白感恩时，是不会以"我希望"开头的。一种语言是一种思维的载体，相对于中国人来讲，西方宗教国家比较强调主体和自我，这样的思维方式在英语中还有很多体现，比如逢着哀丧，中国人说"请您节哀"，而西方人习惯从自己的角度和感受出发，说"I'm sorry."在《丰乳肥臀》中也有这样的例子：

大叔，今晌午您别走了（87）

英：Uncle, I'd like the two of you to stick around.（115）

俄：Ты, дядюшка, пока не уходи（120）

原文中没有出现说话人的自称"我"，但英译文出现了"I'd

like"。那么，《丰乳肥臀》这部中国作品所承载着的中国孝道文化，译者对其的翻译终归是有隔阂、不充分的。

当然，以上我们的讨论是站在中国传统文化的角度，但若就事论事，单看《丰乳肥臀》文本本身，"孝"字词汇并非作品语境的关键，相应译文的宗教信息流失，也并不影响译作对于原文文义的传达。

宗教文化负载词总结

总结宗教文化负载词，需先说清中国的宗教文化。中国的本土宗教只有道教成统成势，信众较多的佛教乃是外来，而上古巫术和民间泛神论也绵延至今，又有强大的儒家学说将宗教思想世俗化，所以，中国人的宗教观是难以一言蔽之的，中国的宗教文化是说不清的。因此，宗教文化负载词所负载的文化信息，就不像语言、物质、社会、生态文化负载词那么明晰，给翻译造成了困难。具体到《丰乳肥臀》，宗教信息在其中的体现，与其说是体现为宗教文化负载词，毋宁说是体现为乡土民间的泛神论。那么，从与语境的相关度上看，本章的宗教文化负载词对于作品的重要性要远远小于本编前四章所讨论的语言、物质、社会、生态文化负载词，因此，译文对于宗教文化负载词的欠额翻译，其影响是很小的。具体来说，有以下四点。

第一，对于作品中的宗教文化负载词，俄译以直译和音译为主，加之脚注法补充更多的文化信息；英译的直译 / 音译也过半，因此，对于中国宗教的异质性，英、俄译者基本上是可以传达的。

第二，与俄译相比，英译较多地使用了意译和替代法，这使译文流畅无碍，但会导致宗教色彩的易色或淡化。

第三，英、俄译的直译、音译、意译、套译及替代的比例状况，与本编前四章呈现出的数据在趋势上是趋同的，待本编末总结。

第四，汉语"天"的内涵十分微妙，有很大的阐释空间，对它的翻译本难两全，相应的英、俄译文已属直译，而且加以"Old Man、Master""Правитель"这样的表达法，以及将"天机"英译为"Nature"，属于行之有效的灵活处理，同样是译者创造性叛逆的体现。对于"孝"，英、俄译文虽然流失了其深层文化信息，但因其不是构成语境的关键，所以翻译的欠额影响不大。

四、文化负载词总结

对于英、俄译者对《丰乳肥臀》中文化负载词的翻译，本编按照语言文化负载词、物质文化负载词、社会文化负载词、生态文化负载词和宗教文化负载词五类分别进行了讨论，其中译法明晰的词汇皆以表格呈现，汇总起来共有 509 条，不同译法的总体比例如下：

表 17　文化负载词汇总数据对比表

文化负载词汇总数据对比					
英	直译 50.8%（直译 44.6%，半直译 3.2%，直译 + 解释 3%，直译 + 脚注 0）	音译 14%（音译 11.9%，音译 + 解释 2.1%，音译 + 脚注 0）	意译 25.1%	套译 3.2%	省略 6.9%（省略 5.4%，半省略 1.5%）
俄	直译 51.8%（直译 37%，半直译 2.8%，直译 + 解释 3.4%，直译 + 脚注 8.6%）	音译 25.2%（音译 14.3%，音译 + 解释 2.1%，音译 + 脚注 8.8%）	意译 14.5%	套译 6%	省略 2.5%（省略 1.5%，半省略 1%）
共 509 条汉语文化负载词					

那么，综观本编的所有表格，综合本编所述，可以得出以下六点结论。

第一，对于文化负载词，英、俄译皆以直译居多，优点显著。

面对表 17 中英、俄直译的百分比，需要考虑到如下两个情况：

其一，表 17 文化负载词的总数中，"无明显特殊含义的人名"多达 56 条，如表 4 所示，对其译者当然都以音译为主；其二，表 17 不包含称谓语、詈骂语及动物词，但通过前文阐述可知，英、俄译者对这些词语也多进行了直译。那么，最后呈现的"英直译 50.8%、俄直译 51.8%"的百分比数字，实际意味着，对于文化负载词，英、俄译都是以直译居多的。回顾上文可知，英、俄译皆多直译的文化负载词有：语言文化负载词中的俗语、成语、詈骂语、称谓语、绰号和有特殊含义的人名、中国特色地名、物质文化负载词及社会文化负载词。是由于这些词语本身的特点宜于直译，其特点不再赘述；直译的好处在于可以保留语言、物质、社会等各方面的中国文化特色，使译文富有异域风情，满足读者的审美阅读需求，凸显中国文化的异质性，同时从文化负载词这些细节内容传达原作的内容和神韵，尤其是对于作品中的俗语、成语进行直译，可以较完整地保留原文生动有趣的形象、丰富的文化含量和作者莫言创作风格中的乡土风格，保留原文语言的生动性。法国译论家伯曼曾说"好的翻译就是以自己的语言展现外语文本的他国性"[①]，那么，从对文化负载词的翻译上看，英、俄译皆实属佳译。

第二，英译直译 / 音译的比例之高可证明，在文化负载词这一方面，英译者葛浩文没有进行"改写"。

观察表 17 文化负载词汇总数据对比表可知，英译直译和音译的比重合占 64.8%，实为多数。直译和音译法固不是"改写"，那么，对于国内外皆存在的"葛浩文改写了莫言"一说，在此，我们至少可以说，葛浩文先生在文化负载词这一方面，是忠实于原文的，没有进行"改写"。

第三，英、俄译文中皆存在"创造性叛逆"。

"创造性叛逆"（creative treason）来自埃斯卡皮的"翻译总是一种创造性的背叛"的观点。埃斯卡皮说："凡翻译都是背叛，不对，

---

① 转引自段峰：《文化视野下文学翻译主体性研究》，四川大学出版社 2008 年版，第 83 页。

当这种背叛能够使能指表明一些意思，即使原初的所指已变得毫无意义时，它就有可能是创造性的。"[①] 谢天振先生在此基础上提出："就译者而言，尤其是一个认真、负责的译者，他主观上确实是在努力追求尽可能百分之百地重视原文，尽可能百分之百地把原文的信息体现在译文中，然而事实上这是做不到的，译文与原文之间必定存在着差距。这个差距也就注定了翻译中必定存在着创造性叛逆这个事实。"[②] 由此观点回看《丰乳肥臀》的英、俄译文，我们发现，其中亦不乏"创造性叛逆"，如译者根据具体情况使用意译和省略法所做的调整，就是一种体现。

直译和音译侧重于对原文异质性的保留，而意译则是对原文语境大意的表达。结合原文文本实际和中国文化及汉语语言特点，有些情况的确不宜直译／音译，如缘于中国宗法文化的枝蔓缠绕的亲属词和表示暧昧关系的拟亲属称谓语，源于深厚历史文化典故的成语，由农业文明与海洋文明之差而导致的对译入语读者十分陌生的农作物形象，并非实指的抽象修饰词，中庸哲学影响下对偶重复的语句，无特殊含义又会造成语句冗长的词语、禁忌语，在译入语中形象内涵相悖的詈骂动物词等。对于这些语句，直译或音译不仅不能传达意义，而且还会造成阅读障碍，甚至造成严重的误解，而且，这些语句并非构成语境的关键，因此，英、俄译者皆根据具体情况处理为意译或省略，以在传词达意的同时又不影响译文的可读性，以及在译入语中的接受度。另外，由于人类文化、情感的相通性，有些词语在译入语中存在相近的表述，对此英、俄译者皆使用套译。

译者使用意译、省略等方法的合理性在于，一是原文语句本身的特点，二是中国文学海外传播的现状："中国文学，尤其是当代文学在西方国家的译介所处的还是一个初级阶段，我们应该容许他们在介绍我们的作品时，考虑到原语与译语的差异后，以读者为依

① （法）罗贝尔·埃斯卡皮：《文学社会学》，于沛译，浙江人民出版社1987年版，第122页。
② 谢天振：《译介学》，译林出版社2013年版，第162—163页。

归，进行适时适地的调整，最大程度地吸引西方读者的兴趣。"① 那么，英、俄译者对于作品中的文化负载词，皆以直译为主，适当使用意译、省略等，而两位译者在不同译法的使用频度上有何区别呢？

第四，不同译法的使用频度不同，体现出英、俄译者的翻译倾向不同——总体上讲，英译倾向读者中心，俄译倾向原作中心。

总体来说，对于文化负载词，俄译的直译／音译多于英译，英译的意译／省略多于俄译，俄译多加脚注而英译从未使用脚注法。

对于语言文化负载词，英、俄译者对直译、音译、意译、省略法的使用频度如上所述，尤其是对其中汉语语言特点词，英译会做一些灵活的改动，而俄译者则更遵照原文；又如对一些原文词内形象与译入语文化不一致的情况，俄译者宁愿承担着与译入语文化相悖的风险进行直译＋脚注，而英译者则进行省略或替代。

对于物质文化负载词，英译意译、省略的比例合为 42.8%，俄译意译、省略的比例合为 13.4%。又如对于作品中的计量单位词语，英译多替换为英语中的计量单位，而俄译多进行音译＋脚注处理。

对于社会文化负载词，对其中一些于情节进展无益且译入语读者不熟悉的中国习俗或与译入语语感相冲突的词语，英、俄译者皆会根据译入语文化对源语文化的熟悉程度和读者的期待视野，进行调整，但英译直接使用省略法，而俄译则会采用其他方法调适以保全原文信息。

对于生态文化负载词，对其中文化意义明显、形象内涵丰富、与语境紧密相关、与历史国情相关的词语，英译多用直译或意译，而俄译多用音译或音译＋脚注。具体来说，对于其中的植物词，英译多保留其关键字并省略其形象以免复杂的诠释，俄译则宁愿啰唆而坚持音译以保留原文的异域性。对于其中的地名，为了保留地名

① 许方、许钧：《翻译与创作——许钧教授谈莫言获奖及其作品的翻译》，《小说评论》，2013 年第 2 期。

形象，英译者采用直译或意译，并力图不打断读者的阅读；俄译则多用音译＋直译或音译＋脚注以呈现中国生态、历史常识。

英译者拒绝脚注，俄译者则支持脚注。据本章所列表格，俄译脚注共占16%，而且译作中尚有很多加注词语未列入本章的统计[①]；而英译正文一无脚注[②]。俄音译比例比英译高出近一倍（表17），也是因为，除了人名和地名，音译法多需佐以解释或脚注法。俄译者叶果夫先生曾说："我是脚注的支持者，我翻译的小说脚注比较多。比如，在俄译《酒国》的446页里有200多个脚注，在俄译《丰乳肥臀》的830页里有260多个脚注，在俄译《生死疲劳》里一共有300多个脚注。"[③]事实也的确如此。英、俄译者也都曾明确表示自己对于脚注的态度，英译者葛浩文曾说："如果要一篇故事发展流畅，便不该使读者经常在页尾去看注释。"[④]而俄译者叶果夫则说："非加脚注不可。这部小说里暗语、没说完的意思也很多，中国人都能懂，但外国人不一定能看懂。……民族习俗、历史人物、地理环境、革命事件、社会运动、历史史料、剧作杂志、文坛史实、文艺理论等难免需要注解。"[⑤]有时，有些文化负载词内涵信息丰富且与语境紧密相关，若意译会流失语意，若直译又会因文化缺省而难以译到位，这时，脚注法便独显优势。

以上，结合直译、音译、意译、省略和脚注的不同特点和效果，可看出两位译者不同的总体翻译倾向：对于那些文化缺省明显、简单直译会导致信息流失的文化负载词，英译者倾向牺牲原文的异质而保证译文的流畅和可读性，俄译者则倾向牺牲译文的流畅而保

---

① 很多俄译的脚注未列入本章统计，一是因为没有对应的英译，这就涉及英译的删节问题；二是因为有些被加注的词语并非具有代表性的文化负载词。

② 英译本译者序中含有几条脚注，但都是对海外评论文章的引述。

③ 叶果夫：《译莫言作品　看中国文学》，《人民日报》，2014年11月2日，第7版国际副刊。

④ 转引自何琳：《翻译家葛浩文与〈中国文学〉》，《时代文学》（下半月），2011年第2期。

⑤ 叶果夫：《译莫言作品　看中国文学》，《人民日报》，2014年11月2日，第7版国际副刊。

留原文的异质和信息完整。从这样两种不同的倾向也隐约可见，英译者的翻译属于读者中心，俄译者的翻译属于原作中心。

葛浩文先生曾这样表明他的"读者中心"的态度："我认为一个做翻译的，责任可大了，要对得起作者，对得起文本，对得起读者，……我觉得最重要的是要对得起读者，而不是作者。"① 而俄译者叶果夫则更注重从原作出发、完整呈现原作内容："莫言的作品很有中华味道。在他写的书上，成语、俗语、古代诗词引文非常多，……一旦翻译得准确、完整，他的作品就能够帮助外国读者感受到中国人的内心特点。"② 显然，叶果夫先生认为，完整传达原文内容、充分保留原作的"中华味道"，是首要的。的确，《丰乳肥臀》内容丰富、故事壮阔，作者为创造审美空间或为使行文流利而设的文化缺省，对于中国读者来说不言自明，对于译入语读者来讲，有些却成了较为严重的阅读障碍："在《丰乳肥臀》中，历史时间根本不提，翻译者应该在脚注上给读者解释中国二十世纪不平凡的历史。"③ 那么，俄译者以原作为出发点，坚持脚注以最大限度地诠释原文："对读者来说，脚注很重要，能够帮助他们准确理解与深入体会……《丰乳肥臀》的历史之景。"④

以笔者陋见，英译者读者中心和俄译者原作中心的这种翻译倾向的不同，一方面可能是由于两位译者个人翻译风格的不同，而另一方面，也许是与翻译行为的赞助人的不同有关。《丰乳肥臀》英译本是葛浩文先生翻译的第五部莫言作品，是在出版社的赞助之下进行翻译的；而《丰乳肥臀》俄译本是叶果夫先生翻译的第二部莫言作品，其时第一部译作《酒国》俄译本尚未付梓，翻译《丰乳肥

---

① 季进：《我译故我在——葛浩文访谈录》，《当代作家评论》，2009 年第 6 期。

② 叶果夫：《全球视角下的中国文学翻译》，中国作家协会外联部编：《翻译家的对话》，作家出版社 2012 年版，第 149 页。

③ 叶果夫：《全球视角下的中国文学翻译》，中国作家协会外联部编：《翻译家的对话》，作家出版社 2012 年版，第 149 页。

④ 叶果夫：《译莫言作品 看中国文学》，《人民日报》，2014 年 11 月 2 日，第 7 版国际副刊。

臀》基本上是译者的自发行为，分毫没有出版商的赞助①。根据美国译论家勒弗菲尔（André Alphons Lefevere）的改写理论，出版商／赞助人对译作的影响十分显著："能够促进或阻止文学的阅读、写作和改写"。那么，出版社作为商业机构，当然以市场和读者接受为首要考虑因素，这也许也直接或间接地影响到了英译者的"读者中心"倾向；而俄译者未得出版社赞助，也就意味着未受出版商的影响，拥有更多的自主性。俄译者也曾翻译过其他中国作家和美国作家的作品，但莫言的作品是他最喜爱的②。"我一开始看《丰乳肥臀》，就发生了一个无法解释的现象。书页上的字句开始发出银白的光。根据我老编辑的经验，这是真正文学的特征。"③叶果夫先生在给笔者的回信中也将《丰乳肥臀》誉为"伟大的作品，是部经典"（великое произведения, это классика）。那么，拥有更多自主选择的俄译者，就可以从自己对原作的喜爱出发，坚持最能保留原作风格和内容、最能保留原作"银白的光"的译法，以原作为中心。

本书这里，在文化负载词方面，得出英译者倾向于读者中心、俄译者倾向原作中心的结论，同时还有三点内容值得注意：

其一，英译者倾向读者中心，并不意味着英译者改写了原作。如上文第二点所说，对于文化负载词，英译是以直译为主的，读者中心的倾向，只是表现为，对于按照惯常翻译规律难以进行简单直译的文化负载词，英译从译文的可读性和读者的接受度出发，比俄译更多地使用了意译或省略。

其二，俄译者倾向原作中心，并不意味着俄译者一味地硬译，或不考虑译文的可读性。俄译者从原作中心出发，目的当然也不是

---

① 信息来自俄译者叶果夫先生给笔者的回信："Переводить "Большую грудь" я начал примерно в 2011 году. Никакой поддержки от издательства у меня не было, за перевод я не получил от них ни копейки."

② *Игорь Егоров: Мо Янь — как журавль в стае уток*, 17.10.2012 12:26, http://www.fontanka.ru/2012/10/15/154/.

③ 叶果夫：《全球视角下的中国文学翻译》，中国作家协会外联部编：《翻译家的对话》，作家出版社 2012 年版，第 150 页。

止于案头。俄译的灵活处理在上文第三点有述，而且，虽然一般来讲脚注会妨碍阅读的流畅性，但细读俄译本发现，其中的脚注皆简明扼要、自然清晰。正如俄译者本人所言："从读者的阅读接受度和跨文化交流角度出发，这种注释是必要而成功的，是对小说思想的呈现和主题的提升，其意义和效果是积极的。"①"在译作中我努力要做到的是，使译文首先是可读的，所以采用了符合俄语口语习惯的译法。"②

换言之，总体上讲，英译者的读者中心倾向并不妨碍英译本对原作的忠实度，俄译者的原作中心倾向也并不与其可读性相冲突。这样的说法看似矛盾，其实却是"创造性叛逆"的体现。

其三，其实，上文第二点所述，也就是在说，直译、意译、音译这些不同的译法，以及读者中心、原作中心这些不同的倾向，并不是泾渭分明、绝对对立的。翻译作为"宇宙里有史以来最复杂的事件"③，在其实践中，是难以一言蔽之、盖棺定论的。正如葛浩文先生所说："目前有不少研究讨论，一部作品跨越语言／文化的边界之后，译者的隐（invisibility）与不隐（visibility）。我可能比较天真，但对我来说，译者总是现身的，也总是隐身的，如此而已，无须多言。"④

第五，英、俄译皆存在一定的误译和信息流失。

英、俄译文中的误译和信息流失，概括来讲，有以下两种情况：

其一，有些文化负载词几不可译，误译或信息流失在所难免。从文本实际可以看出，原文的不可译是由于汉语语法的独特性、汉

① 叶果夫：《译莫言作品　看中国文学》，《人民日报》，2014 年 11 月 2 日，第 7 版国际副刊。

② 来自俄译者给笔者的回信：В своих переводах я стараюсь, чтобы они в первую очередь хорошо читались по-русски, и применяю обороты, характерные для русского разговорного языка.

③ （美）尤金·奈达：《语言与文化：翻译中的语境》，上海外语教育出版社 2001 年版，第 78 页。

④ 葛浩文：《我行我素：葛浩文与浩文葛》，史国强译，《中国比较文学》，2014 年第 1 期。

语字词联想和审美意义的隐含性、文学作品本身的模糊和多意性
（或曰"召唤结构"），那么，对于这些不可译性所致的误译和信息
流失，也难苛责。

　　其二，与世界上其他国家相比，中国历史悠久漫长，国情复
杂多变，文化内敛深厚，文字源远流长，语法独具一格，而且原文
本身存在少量的别字，这时，译者由于不熟悉或一时疏忽，出现错
看、漏看，就产生了一定的信息流失或误译。其中有些误译因原词
不是构成语境的关键，所以影响不大；有些误译则因错误过于明显
而会妨碍阅读，甚至会使译入语读者加深对中国的误解。

　　第六，英、俄文化差异导致英、俄译法不同。

　　虽然英、俄之间的文化差别要远远小于二者与中国文化的差
别，但这种差别仍会体现为，对某些文化负载词英、俄译法不同，
如詈骂动物词、源于历史国情的詈骂词，以及取材于农业的熟语。
前文多有阐述，此处不再赘言。但值得注意的是，以笔者浅见，这
些译法的不同只是由文化差异本身导致，而无关两位译者的文化立
场。另外，回到上文所述，英、俄译文中的误译之处也有同有异，
但这些异同具有一定的随机性，也非关译者的文化立场。当然，这
只是限于本编的文化负载词所言，而对于更宏观的原作的文风及文
意，译者是怎样处理的呢？

　　葛浩文先生说："我仍然比较乐意看到宏观式的剖析，希望他
们能从更宽的视角评论我的译作，从一整部作品的忠实度上来判定
作品的成功度，如语调、语域、清晰度、魅力、优美的表达，等
等。要是因为一个文化的或历史的所指没有加上脚注（可悲但又是
真的批评），或者，因为一个晦涩的暗指解释不当，据此批评译文
不够好，这种批评是没有益处的。"[1] 笔者不愿加入"没有益处"的
行列，仅以文化负载词为例，也的确不足为证。那么，有关英、俄
译对原作的文风及文意的翻译情况的讨论，将在下编进行。

---

① 葛浩文：《我行我素：葛浩文与浩文葛》，史国强译，《中国比较文学》，
2014 年第 1 期。

莫言与当代中国文学创新经验研究

264

附 俄译脚注：
一部微型的中国百科全书

　　一位俄译本读者写书评道："毫不夸张地说，这本书震撼了我。以前我不太了解中国，但现在读了这本书，我可以说知之甚多。它并不是一部政治性作品，但有一次我还是在脚注中看到了毛泽东的名字。"[1] 那么，俄译者对于原作究竟做了怎样的注释使得读者由此了解了中国？究竟是怎样的脚注包含了我们领袖的名字且为读者注意到？俄译者为什么要做这样的注释？效果如何？本书上编讨论译者对于《丰乳肥臀》中文化信息的翻译，而原作的文化信息尤其带有异域色彩，为读者所陌生，或者体现为文化缺省，给翻译带来麻烦，对此，如上文所述，英译者采用了直译法、意译法、解释法、替代法、省略法等，但全无脚注，而俄译除了上述方法之外，竟有289条脚注。那么，我们不妨就专门谈谈俄译的脚注。

　　通读《丰乳肥臀》俄译本的二百多条脚注，我们发现，这些脚注内容无外乎对原作文化信息的解释或补充，那么，也就不脱论述文化负载词所依据的文化信息的五种类别（语言、物质、社会、生态、宗教）。我们根据脚注内容，按照五种类别，将250条脚注[2]的数据比例呈现如下：

---

① 　Валерий Энговатов, 10 августа 2013. http://books.imhonet.ru/element/9767238/opinions/.

② 　俄译本中共有289条脚注，其中若干条脚注因原文词汇的重复出现而重复，因此笔者将其省去；还有数条脚注是对原文所引《圣经》段落的页码标注，也无可回译，因此省去。所以289条脚注中共250条值得呈列。

表 18　俄译脚注内容分类统计表

俄译脚注内容分类统计表（共 250 条）	
社会文化 （共 139 条）55.6%	历史、政治、军事词句（54 条）
	典故传说、文艺作品词句（30 条）
	习俗规定、节日节气词句（29 条）
	计量单位、货币单位词汇（12 条）
	天文、医学、武术词汇（9 条）
	民间艺术词汇（5 条）
语言文化 （共 42 条）16.8%	成语、俗语、俗称（17 条）
	保留汉语语音特点（16 条）
	解释原文谐音、拆词等辞法（9 条）
生态文化 （共 32 条）12.8%	地名词汇（18 条）
	动植物词汇（14 条）
物质文化 （共 28 条）11.2%	饮食词句（15 条）
	住用词汇（6 条）
	乐器词汇（4 条）
	衣饰词句（3 条）
宗教文化 （共 9 条）3.6%	道教色彩词句（5 条）
	佛教色彩词汇（4 条）

图 5　俄译脚注内容分类统计图

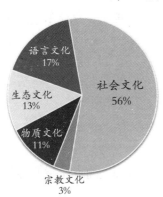
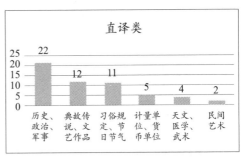

本书限于篇幅，无法将二百多条脚注一一说明，只择其典型呈现如下：

表 19　社会文化脚注表

序号	原文词句	俄译正文词句	俄译脚注内容	脚注回译文	说明
1	维特会①	Комитет одержки（12）	Комитет поддержки— организация самоуправления, сформировалась из числа коллаборационистов в период оккупации японскими войсками северо-востока Китая (1937–1945).	维特会——自治管理机构，由日军侵占中国东北期间（1937—1945）的附敌分子构成。	脚注中"коллаборационист"一词指叛徒、附敌分子，尤指第二次世界大战期间依附于法西斯的人。俄译者这里突出了"维特会"这个国际战事产物的这一特点，可见俄两国历史国情的相似之处会影响到译者的阐释倾向。
2	都被搜集去炼丁钢铁（406）	который потом шёл на реплавку（523）	В 1958 г. в соответствии с политикой «большого скачка» с целью ускорения индустриализации страны в Китае повсеместно была развёрнута кустарная выплавка стали.	1958 年在"大跃进"中，为了提高国家的工业水平，中国各地开展了大规模的人工炼钢运动。	此例脚注一方面解释了原文的历史背景，另一方面让入话读者可以明白句语境的"кустарный"（手工的，人力的），揭示了中国历史上"大炼钢铁"运动的不科学性。这在原文中属于文化缺省，而俄译通过脚注轻松巧妙地将其补出，既符合史实，又契合文意。

① 本例俄译所依据的原文出自中国工人出版社 2003 年版《丰乳肥臀》第 3 页"主要人物表"，而本书讨论所依据的是作家出版社 2012 年版，该版本中没有"主要人物表"。特此说明。

社会文化脚注表

序号	原文词句	俄译正文词句	俄译脚注内容	脚注回译文	说明
3	玉兔帽子（144）	шапочку лунного зайца（196）	Лунный заяц— персонаж китайского фольклора, спутник богини луны Чан Э; готовит в ступке эликсир бессмертия.	月亮兔——中国民间传说中的嫦娥的美丽传说——这实在是太可爱的脚注。二十一世纪初中国开展了以"嫦娥"命名的月球探测工程，而俄译读者看到这条脚注当会格外感兴趣，可以想见，俄人国历来以航天领先于世，通过互联网途径会进一步查阅，进而有可能到那么，这里脚注较完整地阐释了中国文化。	脚注中有玉兔，有相伴为生的嫦娥，有玉兔的指定用具小臼，有世人梦想的不老药……关于"月中何有，白兔捣药"的描写较著名的有李白"月中何有，白兔捣药成，问言与谁餐"。俄译者也将这只勤劳小兔放在译作中，背后有字背后的文化形象，体现了整地阐释了中国文字的文化，那么，这里脚注较完整地阐释了中国文化。通过互联网途径进一步查阅，进而有俄译在补充文本，增进传播方面的优势，以及俄译者的精细匠心。

社会文化脚注表

序号	原文词句	俄译正文词句	俄译脚注内容	脚注回译文	说明
4	养兵千日，用兵一时。（60）	как говорится, войско обучают тысячу дней, а ведут в бой единожды.（85）	Цитата из трактата древнекитайского военного теоретика Сунь-цзы «Искусство войны».	引自中国古代军事理论家 Sunzi 的论著《兵法》。	脚注有误。例词并非出自《孙子兵法》，而是出自西方李延寿所撰的《南史·陈暄传》。但在西方，因此译者看到例句，使首先联想到《孙子兵法》，由此误译。
5	东方红牌拖拉机（419）	трактаров «Дунфанхун»（539）	Дунфанхун — букв.алеет восток; начальные слова популярной песни: «Алеет восток, восходит солнце, в Китае появился Mao Цзэдун».	Dongfanghong — 直译：东方的红。流行歌曲的开头词："东方红，太阳升，中国出了个毛泽东"。	
6	一个穿着右袄工人的扎着线的棉工作服，头上戴一顶狗皮帽的男人。（451）	человек в стёганой ватной спецодежде рабочего-нефтяника и в ушанке из собачьего меха（580）	Образ рабочего-нефтяника с крупнейшего в Китае нефтегазового месторождения Дацин в северо-восточной провинции Хэйлунцзян на плакатах времён «культурной революции» символизировал лозунг «В промышленности учиться у Дацина».	这个石油工人的形象来自"文化大革命"时期的"工业学大庆"的宣传画。大庆是中国最大的石油产区之一，位于东北的黑龙江省内。	棉衣加狗帽显然是二十世纪中国北方冬天的带见装束，但原文表明是"石油工人"中事，所以脚注并不算过度阐释，反而作为对正文的补充，符合历史（请见下图），十分到位。

社会文化脚注表（续表）

序号	原文词句	俄译正文词句	俄译脚注内容	脚注回译文	说明
7	为美人而死，重于泰山。（620）	Смерть из-за красавицы весомее горы Тайшань. (790)	Изменённая цитата из статьи Мао Цзэдуна «Служить народу» (1944): «Смерть за народ легче пушинки, но весомее горы Тайшань».	引自毛泽东的文章《为人民服务》（1944）："为人民而死也比鸿毛轻，但比泰山重"。	脚注有误。首先，原文的原典应出自司马迁《报任安书》；其次，《为人民服务》一文中的原话也与此例脚注所引不同。
8	端阳（109）	праздник драконовых лодок (150)	Праздник драконовых лодок приходится на пятый день пятого месяца по лунному календарю, это традиционное празднование начала лета. Своим названием праздник обязан проводимому в этот день состязанию в гребле на лодках, изображающих драконов.	龙舟节，阴历五月五日，是一个传统的对于夏之始的庆祝。得名于这一天的划龙舟比赛，龙舟比赛在形似龙的船上进行。	脚注中"传统的对于夏之始的庆祝"的说法有误。中国传统中的"夏之始"是农历三月中旬的"立夏"，而非农历五月初五的端阳节。这里的讹误也许是因为俄罗斯人心目中夏季时段为公历6、7、8月，在俄罗斯的观念中夏季较高的北温带，中国农历五月初正是夏天伊始，所以俄译无意中将自己的固有概念代入了翻译。

社会文化脚注表

序号	原文词句	俄译正文词句	俄译脚注内容	脚注回译文	说明
9	茂腔（378）	опера маоцян（488）	纸质书版脚注：См.текст и примеч.с.149. 电子版脚注：Опера маоцян—исполняется очень высокими голосами.	纸质书版：见纸质书版，149页。 电子版：Maoqiang戏——用很高的声调来演唱的戏曲。	这里是"茂腔"在原作中的第三次出现，值得注意的是此条脚注在纸质书版与电子版不同。结合前两次译者对于"茂腔"的解释，可见这里的"茂腔"终于有了正确的解释，但只存在于电子版的脚注中。俄译者省略说明因脚注会增加出版成本，影响销量，俄译者曾说此出版商反对脚注，那么，此处纸质书版脚注与电子版的不同，有可能就是出版商干涉的结果。唯一一次正确的解释是出版书中涉及到纸质书中被删除，很令人可惜。

表 20　生态文化脚注表

序号	原文词句	俄译正文词句	俄译脚注内容	脚注回译文	说明
1	一片轻扬着白缨儿的茅草（58）	колышущиеся серебристые метёлки императы（82）	Имперáта—распространённый в тропических странах сорняк с острыми листьями и густыми серебристыми метёлками соцветий.	白茅——带见于温带的长着尖针和稠密白缨的野草。	俄罗斯地处较高纬度，一些温带植物不常见于人民日常语言中，因此译者为此加上了脚注。

表 21 物质文化脚注表

序号	原文词句	俄译正文词句	俄译脚注内容	脚注回译文	说明
1	影壁（107）	экран（147）	Экран при входе — защита от злых духов, которые, по традиционным представлениям, могут двигаться только по прямой.	进门处的墙壁——为了防御那些传统认为只会直线行走的恶灵而设。	脚注中的"只会直线行走的恶灵",应是指民间传说中的"僵尸"。当然,这只是民间认为的,其实中国传统建筑中的影壁更重要的文化内涵是其"人事":乡土社会中小农经济的文化内涵是其稳定性和封闭性,不需对外交流,注重家族隐私,因此院中影壁以遮挡外人视线,而脚注只说明了影壁的防鬼之用,是片面的,会使读者误以为中国人做事一惊一乍,开工动土,不会为了那"子不语"的鬼怪而费事如此。
2	中山装（387）	Суньятсе-новский френч（500）	Суньятсеновский френч — френч военного образца с глухим воротником, традиционный элемент одежды партийных и государственных функционеров в Китае. Назван по имени первого президента Китайской Республики Сунь Ятсена.	Sunyixian 式军上衣——紧领的军上衣,是中国党员和公务员的传统服饰。以中华民国首任总统孙逸仙命名。	脚注解释了"中山装"的用途和命名来由,涵盖文化意义,十分全面。

物质文化脚注表

序号	原文词句	俄译正文词句	俄译脚注内容	脚注回译文	说明
3	秫秸秆（46）	стебли гаоляна（68）	Гаолян— китайское название сорго, традиционной зерновой культуры, которую перерабатывают на крупу, муку и крахмал; из соломы изготовляют плетёные изделия, бумагу, веники.	Gaoliang——高粱的中国名，传统农作物，可加工成米、面粉和淀粉，秸秆可做成编织品，纸张及扫帚。	用农作物秸秆制作生活用品，是乡土中国农村生活的一大特色。俄译通过脚注将原文信息完整译出。（另：植物词原属于"生态文化"，但"高粱"这里强调的也是其起居用途，所以我将此归类为"物质文化"）

表 22　宗教文化脚注表

序号	原文词句	俄译正文词句	俄译脚注内容	脚注回译文	说明
1	辟谷（303）	би гу（395）	Би гу— даосская практика воздержания от употребления в пищу зерновых для достижения просветления.	Bigu——道士为求清明而进行的节食谷物的行为。	

观察五表一图，可得出以下六点结论。

第一，俄译的脚注包含了甚至原文都尚未涉及的社会历史天文地理方方面面的文化知识，堪称一部微型的中国百科全书；同时，脚注文辞简洁优美，抛开正文单论脚注，都是一段段值得欣赏的美文，是译者独具匠心的创作，为译入语读者了解中国提供了更多的可能性。

具体来看，脚注中有中国的古往今来、政治军事、典故传说、艺术医学、风土人情、世态乡俗、山川河流、草木鸟兽、特产名胜、饮食起居、神仙鬼魅⋯⋯以及这些词汇的命名由来和历史渊源（较有代表性的例子如表19社会文化脚注表中词条2、3、6，表21物质文化脚注表中词条2等）。这些脚注一来是对原文语境的必要补充，帮助读者理解原文语义，二来在传播中国文化方面，脚注内容超越了原文文本，而将译作放置于中国社会大背景下，带给读者更多的体验空间，帮助读者更广泛地了解中国，因此才有本章开头所引的读者书评。

同时，俄译通过脚注法在很大程度上保留了汉语语音特点、维护了汉语的异质性，并且对原文的文字游戏和隐语辞法进行了有效解释。首先，这很明显地体现了俄译者"原作中心"翻译倾向（区别于英译者的"读者中心"），待结合本书后文内容详论；其次，在中国国际地位日益提高、中国之事日受瞩目、"中国文学走出去"的今天，中国事和中国话被如此优美地描述在俄译脚注中，实在可赞可敬。

另外，脚注内容不止于中国，还涉及世界各国的知识，都可扩展作品的信息空间，读之有趣。同时，《丰乳肥臀》最重要的一个特点便是其"乡土在地性"，而俄译通过脚注更充分地传达了原作语言的乡土风格，另外还多有对于乡村风物的说明（如表21物质文化脚注表中词条3），这些都与原作文风浑然一体。其实译者未必刻意求其乡土性，而是原作本身如此，而译者必当对原作解释周全，所以无意中脚注内容也达到了与原作的完美契合。说到底，这都是由于译者对原作的喜爱和对翻译工作的尽职尽责。译者说："推广中国当代文学才开始,……最大的困难当然是文化差异。……译者只有一个办法,用加脚注的方法才能使完全不了解中国现实的俄罗斯读者明白中国文化与社会的常识、中国历史、文化传统、古今情况等。"① 总之,俄译脚注增加了作品的厚度,其内容精彩简练又全面周详,译者匠心独运、含辛而作,才有如此令人感动的注释文字。

第二,观察五类脚注所占比例,可知四点内容。

其一,社会文化是最主要的文化缺省、对读者而言最为陌生,而其本身也涉及一个民族社会意识方方面面的内容,最为复杂,需要译者给予最多的解释和补充。观察表 18 俄译脚注内容分类统计表和图 5 俄译脚注内容分类统计图可见,针对"社会文化"的脚注高达 56%,可知译者确实根据文化缺省的现实情况而做了恰如其分的弥补,毋庸赘言。

其二,脚注的比例分布也呈露出一定的译者个人兴趣——俄译者对社会文化尤其是历史、政治、军事以及文艺典故方面最为关注。"社会文化脚注"中关于历史、政治、军事的内容占到总量的 22% 也即"社会文化"类的半数,另外"社会文化之典故传说脚注"中有 8 条是对"新典"② 的解释(如表 19 社会文化脚注表中词条 5、6、7)——可见译者对中国国情政治的敏感和关注,而结合图 6 叶果夫先生在"东半球"论坛上的发言数据比例图这项文本之外的信息,我们发现,俄译者一方面在译作中添加的关于历史、政治、军事的内容所占比例最大,另一方面在其参与主持的网站论坛③ 上对世界历史政治的发言也颇为活跃,而一般来讲,男士往往对历史、

---

① 叶果夫:《译莫言作品 看中国文学》,《人民日报》,2014 年 11 月 2 日,第 7 版国际副刊。

② "新典"是"话语中引用现代特别是'文化大革命'中所流行的词语或句子","新典"与一般引用的区别在于它"只有直录的用法,同时几乎都带有幽默色彩"。(谭永祥:《汉语修辞美学》,北京语言大学出版社 1992 年版,第 52 页)

③ "东半球"(Восточное Полушарие)论坛,http://polusharie.com/,是一个关于以中、日、韩、俄及阿拉伯为主的东半球国家的历史政治经济文化等社会各方面内容的俄文网站,俄译者叶果夫先生是其主持者之一。

政治、军事题材有着更多的兴趣——由此看来叶果夫先生也不例外。那么可以说，一方面，俄译的脚注情况在一定程度上反映了译者的个人兴趣，另一方面我们借助外围信息来反观文本脚注，发现译者对历史、政治、军事内容确实最为敏感、解释周详。

另外，"社会文化"中关于文艺文化典故的脚注有 18 条（如表19 社会文化脚注表中词条 4），多于语言、物质、生态文化等类别中的各项小类别数量，加之图 6 叶果夫先生在"东半球"论坛上的发言数据比例图所示的俄译者对"中国文学和艺术"的发言最多，可知，中国的文艺文化也是最受译者关注的内容（译者身为文学翻译家和文学编辑，当然是最喜爱文艺文化的）。总之，译者对于"社会文化"的偏好使他从主观意向上更愿意去做详尽的解释，也就为读者呈现出更精彩的内容。

图 6　叶果夫先生在"东半球"论坛上的发言数据比例[1]

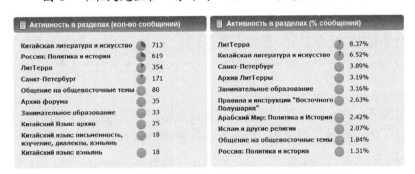

其三，对于物质、生态文化及语言文化之熟语，译者只需直译读者便可通过字面而知大意，因此对这三者的脚注远远少于"社会文化脚注"。物质、生态文化脚注所占比例虽然小于"社会文化脚注"，但在实际数量上它们也是很多的，而且大多解释充分，是对原文甚至原文之外中国文化信息的精彩注释。其中表 20 生态文化脚注表中词条 1 是基于俄罗斯与中国的地理条件差异（俄罗斯纬度较高，

[1]　这是来自"东半球"论坛（http://polusharie.com）的网页截图。

一些温热带植物名在人们的生活用语中并不常见）而产生的文化缺省，译者也留意到这一点，对此做了必要的解释（美国与中国所处纬度相近，因此英译本中对这个生态词汇并无额外的说明）。

其四，中国没有统一的全民性宗教，此国情决定了"宗教文化脚注"最少。在中国人的信仰体系中，最显著、影响最深远的是儒家思想，对其在《丰乳肥臀》中的相关内容，英、俄译者皆直译或意译为主，而无脚注。除此之外，中国的神秘文化或曰社会意识中的超验或先验内容，体现为民间的鬼神观念而非宗教。换言之，中国没有统一的全民性宗教。中国的本土宗教是道教，但近现代时其信众甚寡，拥有信众较多的是基督教和佛教。在这样的国情背景下，《丰乳肥臀》原作文本涉及的宗教文化，与另外四类文化相比是很少的，其中占很大部分的是基督教内容，而这不是中国文化负载词，所以不在我们的讨论范围内。那么，这就决定了俄译脚注对宗教文化的涉及最少，包括道教色彩和佛教色彩词句。在现实生活中，中国的道教文化（如风水学）远比其他中国文化为俄罗斯人所熟悉和欢迎，因此俄译脚注对道教词句进行解释时，对"道教"一词本身一带而过而着重解释其他细节（如表 22 宗教文化脚注表中词条 1），详略得当又可以配合道教文化在译入语文化中既有的接受现状。

第三，俄译脚注无一不体现着译者的创造性叛逆。

前文曾提到，文学创作和翻译都不是在真空中进行，文学作品负载着作者的个人风格，译作中也会留下译者的民族特点和个人印记。这些或者表现为译者个人情绪的无意识流露，如表 19 社会文化脚注表中词条 1；或者表现为译者对原作的钻研之精深、解释之周至，以给读者提供更多的解读可能；或者表现为因解释周至而在无意中对于原作乡土风情的巧妙契合，如表 21 物质文化脚注表中词条 3 等。总而言之，这都是译者创造性叛逆的体现（其实脚注法这种翻译方法本身就已体现了译者的创造性），当然，仅仅脚注内容不足为证，我们将结合后文一并论述。

第四，译作最终的出版内容会受到出版商的干预，俄译脚注也

277

没能脱其影响（见表 19 社会文化脚注中词条 9）。俄译者也曾言及此："一说到脚注，我们就需要面对出版社对脚注的态度。任何文本以外的脚注都会增加书本的容量，增加价格，可能降低书本的销售。出版社反对脚注。"[①] 关于出版商、赞助人对于译作的影响，更显著地体现在《丰乳肥臀》英译本中，请见后文详论。

第五，正如英、俄译者在翻译时都难免会在无意中出现少量的误译，俄译脚注也有一些解释不足和脱误之处。

具体来说，在本书所列的 250 条脚注中，有 17 条脚注带有瑕疵，其产生的原因可能有以下两点。

第一点，中国的历史文化和国情生态十分丰富繁杂，俄译者对于中国颇有研究但也难免会有照顾不周之处，进而出现误译和疏漏，如表 21 物质文化脚注表中词条 1。

第二点，前文曾提到俄译者对于中国历史国情有着格外的敏感和关注，这样的兴趣惯性也许就使得译者看到一些词句时，第一反应便联想到历史特定时期内的典故，如表 19 社会文化脚注表中词条 7；惯性使然的疏误还有可能由中俄自然生态差异造成，如表 19 社会文化脚注表中词条 8;最后，思维定式还包括一种"名作"惯性：一些作品因久负盛名、给人们的印象太深而使得同类词句都被误冠其名，如表 19 社会文化脚注表中词条 4。

但总的来说，这些词条并非构成原文语境的关键，其脱误也不是关键性错误、影响不大。

第六，不可忽略的是脚注法有利也有弊。

脚注会迫使读者在阅读中视线下移甚至思绪间断，会打断其阅读，进而导致有些读者刻意忽视脚注，甚至因阅读的阻滞而干脆掩卷不读，这种弊端也正是英译者没有采取脚注法的原因之一。正所谓"如来与卿，安得双全"，脚注法既实现了原文的完整诠释，便难保阅读的流畅性。当然，俄译脚注的价值固不会因一些读者的耐

---

① 叶果夫:《译莫言作品 看中国文学》,《人民日报》, 2014 年 11 月 2 日，第 7 版国际副刊。

心不足而稍降。

另外，中国与欧美文化的差异非一日之寒，中国文学在海外的传播仍然十分艰巨。具体到《丰乳肥臀》俄译本，尽管脚注已经很丰富，但对于很多完全不了解中国文化的读者来讲，仍然是不够的。俄译者说："限于篇幅和译作体例，《丰乳肥臀》俄译本无法对富含中国传统民俗和历史文化的因素进行详细的注解，也无法深度呈现中国独特的儒家思想和审美文化。这在一定程度上造成了异国读者的阅读困难，阻隔了俄罗斯读者对小说情节、背景的了解和对作品思想的把握，进而直接影响了当代中国文学在俄罗斯的阅读接受和审美评价。"① 事实也的确如此，脚注是译者苦心而作，但也无法将文化隔阂一朝消除，还是有很多读者读后不明所以，其中一位说："对于普通的非中国读者来讲，这本书留给了他们太多疑问，书页下方的脚注也是薄弱无力的。政权更迭但其内情作者全无解释，而且书中那些人物，你也不知道他们是什么、怎么样、为什么。就是在活着——年复一年、此处彼处。"② 这段书评最后一句虽然颇得深意，但读者前理解结构中对中国知识的欠缺，总是给译作的被接受造成困难，俄译脚注虽然丰富但毕竟篇幅有限，这也是无可奈何的。

总而言之，俄译脚注确乎在尽可能的范围内和程度上实现了对于原作的深度翻译，在信息含量上超越了词句原文，在审美价值上精彩简练，在与语境的配合上浑然天成，而且数量庞大、顾虑周全，无一不是译者的心血和精力。译者在翻译《丰乳肥臀》时全无财力支持，但仍然考经据典，潜心而作，为我们呈现出如此丰厚有益的脚注文章——一部微型的百科全书。笔者将俄译脚注单列为节，虽然分析得粗糙浅陋，而且可能多有错误妄断，但也由此谨向俄译脚注致以敬意。

---

① 来自叶果夫先生在第三次汉学家文学翻译国际研讨会上的发言，参见中国作家网 2014 年 8 月 26 日的消息：http://www.chinawriter.com.cn/2014/2014-08-26/215873.html.

② taecelle, 1 апреля 2015г,http://www.livelib.ru/book/1000609443/reviews.

下编　英、俄译者对原作艺术信息的翻译情况

第一章　艺术信息之乡土在地

对于《丰乳肥臀》，一位英译本读者评论道："这不是一本皆大欢喜的书，但却是多年来我读过的书中最值得一读的。"[①]那么，《丰乳肥臀》究竟是一本什么样的书？

一位俄译本读者评论道："……我曾经怀疑莫言是否配得上诺奖，但是，读罢《丰乳肥臀》，我开始想，诺奖如果不给他，又能给谁呢？"[②]那么，莫言究竟何以是莫言？

谈到莫言，我的导师张志忠先生讲："乡土气息和农民本位，一直是贯穿其三十余年创作的一根主线。他写乡村生活的苦难与神奇，写乡村生活的贫困与饥饿，更从中写出中国农民在沉重悲凉中迸发出的蓬勃坚韧的生命力、创造力……"[③]学者陈晓明也曾指出："……那种乡土中国的生活情状、习性与文化，那种民间戏曲的资源，以及土地上的作物、动物乃至泥土本身散发出来的所有气息……一句话，他的小说有一种'在地性'。"[④]那么，莫言创作中

---

① Jacob rated it 5 of 5 stars, http://www.goodreads.com.

② valery-varul 10 августа 2013 г., http://www.livelib.ru/book/1000609443/reviews.

③ 张志忠：《莫言论》，北京联合出版公司 2012 年版，第 3 页。

④ 陈晓明：《"在地性"与越界——莫言小说创作的特质和意义》，《当代作家评论》，2013 年第 1 期。

的乡土气息、农民本位和在地性，在《丰乳肥臀》中有着怎样的体现？而这些创作特点究竟是怎么回事？也许，我们可以从中华文明的起源上说起。

本书开头曾论及由中西方地理环境和经济条件之别所导致的中西文化差异，更进一步讲，与西方海洋文明相比，中国农耕文明不是对海洋的征服，而是与土地的和解。"农的生活方式是顺乎自然的"[1]，自遥远的新石器时代起，我们的祖先就在自己的土地上日出而作日落而息，顺应季节气候、适应地形水利、感应天地万物，而农作物和家禽家畜也在四季的轮回中结出果实，给人回报。那么，在这样的农耕生活方式基础上，便产生了"天人合一"的传统观念。《易·乾·文言》云："夫大人者与天地合其德，与日月合其明，与四时合其序，与鬼神合其吉凶。先天而天弗违，后天而奉天时。"在土地上劳作、在季节中丰收的人们，对于天地玄黄是顺应融合的心态。"在中国，'天'与'人'的关系实际上具有某种不确定的模糊性质，既不像人格神的绝对主宰，也不像对自然物的征服改造。……'天人合一'，包含着人对自然规律能动地适应、遵循。"[2]那么，"天人合一"的传统观念，在我们的文明史中，有哪些体现呢？

要追溯，就追溯到那初民时代的古老传说——"河图洛书"。子曰"凤鸟不至，河不出图，吾已矣夫"（《论语·子罕》），被孔夫子如此念兹在兹的"河图洛书"，确乎是华夏文明的肇始关键。"《河图》孕八卦，《洛书》韫乎九畴"[3]，"河图"和"洛书"应用于我们先民生活的方方面面——衣饰、住宅、医疗、术数[4]、军事、武术，被视为华夏文化的造型源头，而它又源自何处呢？《易·系辞

---

① 冯友兰：《中国哲学简史》，涂又光译，北京大学出版社 2013 年版，第 27 页。

② 李泽厚：《中国古代思想史论》，生活·读书·新知三联书店 2008 年版，第 335—336 页。

③ （南朝梁）刘勰：《文心雕龙·原道第一》，中华书局 2014 年版，第 2 页。

④ 参见阿城《洛书河图：文明的造型探源》（中华书局 2014 年版），以及王永宽《河图洛书探秘》（河南人民出版社 2006 年版）。

上》中说"河出图，洛出书，圣人则之"，《管子·小匡》中说"昔人之受命者，龙龟假，河出图，洛出书，地出乘黄"，若依学者阿城的观点，"河图"之"河"指的是银河，河图造型乃是从夜空中的星象系统脱胎而来[①]；至于"洛书"，我们可以直取那辽远传说里的浪漫措辞："洛书"由灵龟自洛水中背驮而出。可见，"河图"和"洛书"，来源于农耕的初民们对天地、对自然的观察和接容。因此，《礼记·礼运》中说："天不爱其道，地不爱其宝，人不爱其情。故天降膏露，地出醴泉，山出器车，河出马图。"所以，华夏文明最深处的古老造型，连接着"天人合一"的传统观念，而这一切都是农耕文明下"农"的思维方式的体现。

《易经》云"刚柔交错，天文也。文明以止，人文也。观乎天文，以察时变；观乎人文，以化成天下"，《孟子》曰"万物皆备于我矣"，董仲舒《春秋繁露》载"天地之气，合而为一，分为阴阳，判为四时，列为五行"，王羲之《兰亭集序》有"仰观宇宙之大，俯察品类之盛，所以游目骋怀，足以极视听之娱，信可乐也"，所有这些都是身处浩渺天地的"农"的所见所闻、所信所感，就像太极阴阳造型的回旋反复、万象具容一样，"农"立足于稳定雍容、物产丰富的大地，生活于四季变换、禽鸣兽走的乡土，在"农"的眼中和心里，天地间人神万物都是相生相克、感觉互通、心灵相融的。《文心雕龙》说"傍及万品，动植皆文"[②]，那我们，就从农耕文化、乡土世界中的"动物植物"说起。

一、乡土中的动植物

农业劳动的生活方式，决定了生活万物的存在方式，张志忠先生将其命名为"生命一体化"："农业，包括种植业和养殖业，都是

① 参见阿城《洛书河图：文明的造型探源》，中华书局 2014 年版，第 1 页、第 6 页、第 57 页。
② 刘勰：《文心雕龙·原道第一》，中华书局 2014 年版，第 2 页。

创造活的机体，都是自然生命的诞生、成长、繁盛、枯朽的运动。万物皆有生有灭，有兴有衰，都以自己的生命活动同人的生命活动一起参加世界运行，既作为人们生存需要的物质环境，又作为人们的劳动对象，在几千年间与人们建立了不可分割的密切关系。而且，作为农业劳动对象的自然物，不仅是有生命的，还是有情感有灵魂的。"[1]而这样的乡土万物的存在方式，渗透在农耕民族千年传承的文化心理中、体现在农民之子乡土风格的文学创作里："对于自然万物的由衷喜爱，对于创造生命的活动的崇拜，人与自然间的息息相关、祸福与共，经过长期的凝聚和积淀，化为民族关于生命一体化的集体潜意识，并形成莫言作品的主要特征之一。"[2]那么，有情感有灵魂的自然万物，在《丰乳肥臀》中有无出场呢？英、俄译者又将怎样翻译呢？笔者从原文及译文作品中抽出一些具有代表性的语段，并分为动植物的"拟人化"、人的"拟动植物化"、各显神通的动物"精仙"及修饰语的乡土风情四种情况，进行了一些浅薄的对比分析。

（一）动植物的"拟人化"

莫言自陈"我的长处就是对大自然和动植物的敏感"[3]，而这种敏感在很多时候体现为动植物的"物各有本"："莫言喜欢在人与动物之间建立相亲相助的关系，他并不以人的利害关系作为裁决一切的标尺；物各有所本，也各有其行为准则。"[4]以下，我们分别来看动物的"爱恨情仇"和植物的"悲欢"。

1.动物的"爱恨情仇"

由于特殊的社会历史环境，莫言十一岁失学，开始了孤独的放

---

① 张志忠：《莫言论》，北京联合出版公司 2012 年版，第 50 页。
② 张志忠：《莫言论》，北京联合出版公司 2012 年版，第 50 页。
③ 《寻找红高粱的故乡——大江健三郎与莫言的对话》，莫言：《小说的气味》，春风文艺出版社 2003 年版，第 132—133 页。
④ 张志忠：《莫言论》，北京联合出版公司 2012 年版，第 49 页。

牛牧羊生活："在很长一段时间里，我跟牛羊接触的时间比跟人接触的时间要长。这时候对动物的了解、跟动物的沟通，就是很正常的一件事，我能够很好地感受动物的心理变化。……现在过了几十年，再来写小说，……这些记忆就异常宝贵。"[①] 孤独的乡村少年和动物成为了最亲密的伙伴，同其爱恨，感其情仇，这样的童年经历留给作家深刻的感情记忆，当作家诉诸笔端，动物便同人一样有了喜怒哀乐。

其一，动物的爱。

例下 1

黑驴们……你轻轻地啃我的腚，我温柔地咬你的臀，互相关心，互相爱护，互相帮助。（164）

英：…you nibble my **rectum** while I gently bite you **in the flank**. Mutual concern, mutual protection, mutual aid.（192）

俄：…один пощипывает другого за **ногу**, другой покусывает приятеля за зад. Тут и **забота** друг о друге, и взаимопомощь, и **защита**.（222）

例句说的是沙月亮鸟枪队的二十八头黑驴。我们可分两点稍做解析。第一点，在成年人看来，这是牲畜们同处一厩时无意识的摩碰，但在孩童上官金童眼中，它们却是在温柔地相互抚慰，它们对彼此有着人一样的爱心，这体现了作家所说的儿童观察动物的视角，更体现了作者农民之子的身份印记和作品的乡土气息，契合着中国农耕式的天人合一、物我相通的潜意识。第二点，例句中出现的"腚"与"臀"，可有两层效果：第一层，人物也好，动物也罢，津津有味地描绘其不甚高雅的部位，是作家数十年创作的一贯偏好（"臀"字更是大大咧咧出现在《丰乳肥臀》的书名里）。说其审丑

① 张清华：《作为老百姓的写作》，《经济观察报》，2006 年 4 月 10 日。

倾向或引巴赫金之语论其狂欢化特点，我们这里都暂不讨论，只看例句中的黑驴们，它们将"腚""臀"这样的隐私部位都交给对方，足见其推心置腹、"互相关爱"得实在到位，这就将黑驴们"拟人化"彻底了。第二层，在中文里，"腚"与"臀"实是一码事，只不过，"腚"字嫌粗，"臀"字稍雅，例句中二者并置，且是用在黑驴们的"你""我"间，这就比"相互啃啃屁股"之类的措辞要有趣得多，更能营造一种诙谐的文辞效果。

　　看译文，首先，英、俄译者都如实译出了原文的拟人色彩，保留了第一点信息。其次，对于"腚"与"臀"，英译回译为"臀部"与"侧身"，俄译回译为"臀部"与"腿"。可见，英、俄译者都将其中一"臀"替换为其他部位。原因可能有两个方面：其一，也许译者认为"你"也"臀"、"我"也"臀"，总跟一个部位较劲会显得重复单调；其二，实际生活中，我们知道，同槽之驴若相互蹶踢，接触更多的部位是腿部和侧身，如例句般相互都能精准地找到对方的臀部，实有技术难度，所以，也许是为了真实性考虑，译者都略做替换，但流失了原文的第二点信息。最后，对于原文中的"互相关心，互相爱护，互相帮助"，英、俄译文各有精彩：英译者使用重复出现的"mutual"来对应原文中的"互相"，保留其"反复"[1]的修辞手法，读来朗朗上口、节奏均衡；俄译者没有重复使用"互相"（друг о друге），但为原文中的"关心、爱护、帮助"选用了"забота、взаимопомощь、защита"，语义准确，且"забота"（关心）与"защита"（爱护）词形相近、音数相同、头尾相韵，而两词中间隔以"взаимопомощь"（相互帮助）一词，使整句话音节错落有致，音韵融洽平衡。可见，英、俄译者都会在保留原义的基础上进行很生动的翻译，保留原文动物拟人化的艺术信息之外，还追求译文的译入语文辞效果。

---

[1]　"用同一的语句，一再表现强烈的情思的，名叫反复辞。"陈望道：《修辞学发凡》，上海教育出版社2006年版，第195页。

例下 2

乌鸦们分出兵力，纠缠住司马亭和"老山雀"，大批的乌鸦则挤在车上，呱呱叫，很兴奋很丑恶，脖如弹簧嘴似钻，啄食着腐尸，味道好极了，魔鬼的盛宴。（59）

英：Some of the uninjured crows **kept up their assault** on Sima Ting and "Old Titmouse," but the bulk of their force **attacked** the cart —— **noisily, excitedly, repulsively** —— their necks like springs, their beaks like awls, as they feasted on **delicious** human carrion, **a demonic feast.**（86）

俄：Вороны разделились: одни продолжали атаковать Сыма Тина и возницу, а **большинство с громким карканьем и гнусным восторгом** набросилось на повозку: шеи что пружины, клювы что долото—— раздирают мёртвую плоть, **ай да запах, просто дьявольское пиршество!**（83）

例句写的是日军屠村过后，在一个时而阴霾时而骤雨的天气，村民们为死难者送葬，送至村庄外原野上的公墓，这时纠缠一路的噬腐的乌鸦大批袭来，在乌鸦、野狗及村民们的收尸队之间展开了一场抢夺腐尸的大混战。尸臭与花香、血腥与刀光、骤雨初晴后翻滚的金黄麦浪，其间还有牧师马洛亚略显迂腐的祷告，所有这些构成了一场重彩怪诞的巫气乱象："天地之色大变，魔鬼般的乌鸦的合唱，有诸多巫气。在庄重里增加一种玄奥的因素，就把死亡的痛感与命运的无常以怪诞之笔完成了。……传统的读书人描述乡村是单线条的，莫言却贡献了一个翻腾摇动的神幻的世界。那里没有道学气，没有静穆的泥土，所有的空间都是精灵的舞动之所……乡下泥土气的哲学……"① 在"乡下泥土气"中，在这个乡土世界中，"物各有本"②：人有人道，狗有"狗道"③，鸦有"鸦道"，如例句所示，

---

① 孙郁：《名家谈莫言》，《中国图书评论》，2012 年第 11 期。
② 张志忠：《莫言论》，北京联合出版公司 2012 年版，第 49 页。
③ 参见莫言：《红高粱家族·狗道》。

乌鸦也有自己的嗜好和狂欢。

联系上下文，考察译文，我们发现，对于上述的奇幻图景，英、俄译者皆如实译出，单就例句而言，乌鸦的排兵布阵和亢奋之情、丑恶之心，英、俄译者节选用了一些具有拟人色彩的词汇加以对应。尤其是俄译者对于"味道好极了，魔鬼的盛宴"的翻译："ай да запах, просто дьявольское пиршество"，其中"ай да"是接连出现的两个语气词，对应原文中的副词词组"好极了"，又在"魔鬼的盛宴"之前加上副词"просто"（简直是），这样，语气词＋副词的遣词方法，既能加强语气，又可避免词性单一而产生的单调感，不输原文。

其二，动物的恨。

例下 3

从此哑巴们更是恣意妄为，村里的牲畜们见了他们，都只恨爷娘少生了两只翅膀。（14）

英：...any animal that encountered them could only **curse** its parents for not giving it wings.（13）

俄：...любая птица в деревне, завидев их, **проклинает** родителей за то, что дали лишь два крыла.（30）

例句是说孙家的五个哑巴和哑巴的五条黑狗仗着蛮力在村里屠牛打猫，杀鸡虐狗，无所顾忌。村里的牲畜们一见了他们，都恨自己不能像禽鸟那样高飞避开。用一"恨"字，将动物拟人化，一来描写动物的爱恨情绪——这个乡土世界里的万物感情相通；二来以动物的心理活动来表现孙家哑巴的暴虐特点，为后文上官家女儿的悲剧埋下伏笔。英译无误，而俄译回译为"村里的禽鸟见了他们，都恨爷娘只生了两只翅膀"，将"牲畜"替换为"禽鸟"，俄译的意思是"禽鸟"之恨在于只有两翅而不是更多，否则能飞得更快更高……根据汉语词典和原文语境，这里的"牲畜"应指"人类驯养的兽类"①而非"禽鸟"，所以俄译与原文不符。原因可能有二：其一，也许俄译者认为，若说拥有双翅的"禽鸟"尚嫌翅少，更能体现孙家哑巴的凶恶；其二，也许俄译者将"两只翅膀"中的量词"只"误看误解为副词"只有"，或者觉得"走兽"与"翅膀"风马牛不相及，而将"走兽"改为"飞禽"以符合逻辑。不过，联系语境，俄译的出入并不影响原文文意的表达。

其三，动物的情。

在独自放牛放羊的生涯里，作者十分孤独，鸟飞云散，而自己别无可诉，只有牛羊、草木为伴："我感觉到身边的树、草还有牛羊，跟人是可以交流的，它们不但有生命，而且还有情感，我相信牛和羊都能听懂我的语言。"②《丰乳肥臀》里的羊和驴也同样有情感：

例下4

我的那只健壮如小毛驴的白色奶山羊恭恭敬敬地跟随在我的身后，它精通人性，不需要缰绳羁绊。（272）

英：My little white milk goat, which was strong as **an ox**, trotted **respectfully** behind me. **She knew what we were doing**, so there was no need to tether her.（298）

俄：Позади меня, не отставая, трусила моя сильная, как **маленький мулёнок**, белая молочная коза. **Она понимала, что происходит**, и привязывать её не было нужды.（357）

例句将奶山羊拟人化，态度恭敬、精通人性，对此，英译完整译出，而俄译流失了原文中山羊对上官金童的"恭敬"之情，不过因为译出了之后的"精通人性"（Она понимала, что происходит），

① 中国社会科学院语言研究所词典编辑室编：《现代汉语词典》，商务印书馆2016年版，第1133页、第605页。
② 《寻找红高粱的故乡——大江健三郎与莫言的对话》，莫言：《小说的气味》，春风文艺出版社2003年版，第127页。

所以原文的拟人化特点基本都得到了传达。有趣的是译者对于"小毛驴"的翻译：英译为"一头牛"，俄译为"一匹小马骡"。原文说上官金童的奶山羊如一头"小毛驴"，是在强调其健壮，因为毛驴总是比山羊要壮一些，但其实要论健壮，驴莫若骡，骡莫若牛，也许英、俄译者也是考虑到这一层，分别将"毛驴"发挥成"牛"和"骡"，以更显其壮。

例句中作者以毛驴修饰山羊，这样以一种动物来修饰另一种动物的做法，在莫言的作品中司空见惯，对此，张志忠先生指出："莫言作品中人、动物、植物三者在生命感觉上的相通和相同，表现在文学语言上，就是常常以三者互相修饰，用有生命的活物比喻另一个有生命的活物，形成生命感觉的融会贯通——不仅仅是普通意义上的拟人化，而是生命体系的互相转化，构成一个个斑斓的意象。"[1]这种不同物种间的生命相通，正契合着天人合一的乡土传统，《丰乳肥臀》中也不乏这样的例子：

例下 5

有一群像羊那么大的马，有一群像狗那么大的骡子，……有六只像兔子那么大的奶羊（194）

英：…a herd of **horses** the size of **goats** and **donkeys** as small as **dogs**; …There were six **milk** goats the size of **rabbits**（221）

俄：Стадо **лошадей** величиной с **козу**, стадо **мулов** не больше **собаки**…Шесть **коз**, крошечных, как **кролики**（257）

例句说的是上官金童在山岭上俯瞰村庄，远处的事物在金童眼中都变小了，这样，作者描绘出了一种近大远小的空间透视感。对于其中的马、骡、羊，作者没有直书其小，而分别用体形更小的动物来修饰，正是我们所说的生命间的互相转化。英、俄译者皆如实译出。

① 张志忠：《莫言论》，北京联合出版公司 2012 年版，第 49 页。

例下 6

骆驼昂扬着龙脖子，翻着淫荡的马唇，竖着尖锐的狗耳朵，眯着睫毛茂密的虎眼，颠着又大又厚的、挂着蹄铁的双瓣的牛蹄，弯曲着细长的蛇尾，紧缩着削瘦的羊屁股……（177）

英：His camel raised its head, turned its lewd lips inside out, pricked up its floppy-**dog** ears, and squinted its long-lashed eyes. Shaking its shod cloven hooves, twisting its **snaky** tail, and tightening its pared buttocks, …（205）

俄：Его верблюд, величественно задрав **драконью** шею и навострив стоящие торчком, как у **собаки**, уши, жевал похотливыми, как у **лошади**, губами и щурил прикрытые ресницами тигриные глаза. Вплывая в освобождённый кавалеристами проход, он покачивался, переставляя большие толстые ноги с подковами на раздвоенных, как у **коровы**, копытах, изгибал длинный и тонкий, как **змея**, хвост и поджимал тощий, как у **барана**, зад.（239）

在农耕的、乡土的中国，人们与动物有着十分紧密的联系，甚至将自己的生辰都分为阴阳干支、与动物相连——十二生肖，这恰好包含了例句中比喻骆驼各个部位的动物。人们在与动物的朝夕相处中，发现骆驼的各个部位具有各种动物的特点。于是作者信手拈来，让乡村小孩上官金童看见了众多动物，让读者顺着叙述人的视角，看到了文中世界的乡土气息。对于例句中的七个动物定语，英译者只保留了"狗"和"蛇"，同时还省略了其他一些定语词汇，如"双瓣的"；而俄译者完整译出，所以我们简单来看语句的长度，可见俄译文远长于英译文。总之，对于这一例，俄译完整保留了原文的中国式的乡土信息，但我们若考虑西方读者的接受能力，恐怕英译文更易被接受，也许英译者也是出于这样的顾虑，才进行了一些省略。

例下 7

它的脸很长，怎么看也觉得这不是一只山羊的脸，而是一张毛驴的脸，骆驼的脸，老太婆的脸。它抬起头，用阴沉的目光打量了一下我母亲。母亲翘起一只脚尖，蹭了蹭它的下巴。它缠绵地叫了一声，便低下头吃草。（63）

英：She had such a long face that she looked more like **a donkey** or **a camel** or **an old woman** than a goat. She raised her head to **look gloomily at** Mother, who clipped her on the chin with the toe of her shoe. After **a lingering complaint**, she lowered her head to continue grazing.（88）

俄：Её вытянутая морда — с какой стороны ни глянь — больше походила на **ослиную** или **верблюжью**, чем на козью, а временами даже на **старушечье** лицо.Подняв голову, она **смерила** матушку **мрачным взглядом**. Матушка потрепала ей бороду носком туфли. Коза **протяжно** проблеяла и снова принялась щипать траву.（89）

例句说山羊有一张驴脸、骆驼脸，甚至直比为人——老太婆的脸，如此吊诡，直追志怪古籍《山海经》。而此山羊不但眼神阴沉，而且语调可变为缠绵，作者实在是将动物"人化"甚至"巫化"了。观察译文，我们看到，英、俄译者都完整译出了原文，保留了山羊的阴沉之情和缠绵之情。

例下 8

有的则沉思默想，让那暗藏的棒槌钻出皮囊，并一挺一挺地敲打着肚皮。（64）

英：some just stood there **deep in thought** or slipped the meaty clubs out of their sheaths and beat them against their bellies.（91）

俄：кто стоял **в глубокой задумчивости**, вызволяя из потайного кожаного мешочка колотушку во всю длину и постукивая ею себя по брюху.（89）

上一例是说山羊有情有义，这一例是写黑驴可思可想。英、俄译文皆无误。

例下 9
驴亲家，……（29）
英: Donkey, **my little in-law**, …（28）
俄: Ну что, **родственница**, …（48）

例句语境是上官吕氏请兽医樊三来为母驴接生。母驴所受来自樊三家的种马，而樊三将母驴称为亲家，是作者将母驴"等人视之"，给它联上了姻亲关系，加上了姻亲之情。这样，既体现着乡土世界的"人物一体"，又带有戏谑色彩，读之有趣。英译回译为"驴啊，我的小亲家"，俄译回译为"哎，亲家母啊"，都属佳译。

其四，动物的仇。

例下 10
……野兔子，摆开一条弧形的散兵线，发出"哇哇"的叫声，向一只白毛老狐狸发起了进攻，兔子们一定是苦大仇深，进攻时勇往直前。一群面目清秀的野羊，跟在兔子们后边，跑跑停停，搞不清是助战呢还是看热闹。（296）
英: …rabbits…set up a skirmish line before a white fox, attacking it with **high-pitched whoops**. Having **suffered bitterly** and **nursing deep hatred** for the fox, they mounted **a heroic charge**. Behind them, a bunch of wild goats with **finely chiseled faces** moved up in fits and starts, and I couldn't tell if they were **backing up** the rabbits or just **curious**.（316）
俄: …кроликов, выстроившись полукругом в боевом порядке и **пронзительно вереща**, нападала на старого седого лиса. Должно быть, они **изрядно от него натерпелись**, раз сейчас так смело

293

шли в атаку. Позади кроликов дикие козы с **точёными мордами** постоянно перебегали с места на место, и было непонятно, то ли они **на стороне** кроликов в этой схватке, то ли просто **глазеют** на происходящее.（387）

　　例句语境是解放战争时期双方军队在高密东北乡交战，懵懵懂懂的百姓无可避离。例句是上官金童看到的一幕动物大战。

　　有学者言道："在当代，没有哪一个作家能像莫言这样多地写到动物，这是莫言'推己及物'的结果，人类学的生物学视角使他对动物的理解是如此丰富，并成为隐喻人类自己身上的生物性的一个角度。"[①] 例句是否有所隐喻，我们无法臆测，只看文中的动物形象：兔子逆袭狐狸，是因"苦大仇深"，还知道排兵布阵，且如英雄般"勇往直前"；野羊长得"面目清秀"，或许和兔子同仇敌忾，或许只是看客心理而围观；其间夹以兔子们的夸张嘶叫和野羊们的跑跑停停，实在是一场炮火喧鸣、激烈万端的复仇之战。对此拟人色彩，英、俄译者基本完整译出，略有改变的是关于兔子叫声的翻译：原文使用了一个拟声词"哇哇"，而英、俄译皆将拟声词改为名词"大叫声"（whoops/вереща）并修饰以"尖锐的"（high-pitched/пронзительно），意思一样，但效果不同：我们知道，兔子有不满时"咕咕"叫，被逼急了时"呜呜"叫，一般恐怕是发不出"哇哇"叫声的，会"哇哇"叫的除了人，只有乌鸦、蛙类和娃娃鱼吧。作者却说兔子"哇哇"叫，一来表示兔子们确实"苦大仇深"以致叫声都变异了；二来拟声词比名词更具声音色彩、更直观，使文字有声有色；三来方便兔子们给自己摇旗呐喊，因为"哇哇"的声效总比"咕咕"或"呜呜"更能激励战士去冲锋陷阵；四来能够实现一种陌生化效果，就像凡·高眼中的星空明明是变形的但却更美，上官金童耳中的兔子叫声明明变异，但也别具一格。

　　这样主观的、不讲道理的遣词行文，却是作家的个性追求："作

---

① 张清华：《叙述的极限——论莫言》，《当代作家评论》，2003 年第 2 期。

家的创作个性,主要是通过语言表现出来,创新的修辞、方言土语、民间幽默等等,都是作家语言的重要成分,都是形成他们风格的元素。尽管这些都会为翻译家制造麻烦,但我个人认为,还是应该坚持自己的个性……"[①] 好的,翻译家也没客气,都把这不合生物常理的"哇哇"叫改成了"尖锐的大叫声"。其中英译更有趣:whoops 除了有名词词性,还常用作口语感叹词,而且发音为/wups/,同兔子表达各种不快情绪的叫声——喷气声、磨牙声、嘶嘶叫——的声音有些相近,用在译文中倒是别有殊效。但纵观上文,莫言的创作个性,英、俄译者都进行了比较充分的传达,这是对动物的"爱恨情仇"翻译情况,对于植物的"悲欢",译者又是怎样翻译的呢?

2. 植物的"悲欢"

从"蒹葭苍苍,白露为霜"开始,植物就常常进入人们的书写。"采菊东篱下,悠然见南山",说的是庄禅之美;"莫道不销魂,帘卷西风,人比黄花瘦",写的是人花相忧;"花解怜人花也愁"[②],花若有情花也要怜惜这闺中泣泪的林妹妹了。以上这些文人诗词,都是在说植物因人之忧喜而悲欢,但在农民之子的笔下,植物却是物各有本、悲欢"自在":在这万物皆灵的乡土世界中,植物们固有自己的情绪和姿态。

其一,植物的悲。

例下 11

向日葵黄色的大脸盘那么忧郁,我的心情更忧郁。(325)

英:All those yellow faces mirrored the **melancholy** in my heart.(339)

（竖排）海外翻译家怎样塑造莫言

---

① 莫言:《在第二次汉学家文学翻译国际研讨会闭幕式上的致辞》,中国作家协会外联部编:《翻译家的对话》,作家出版社 2012 年版,第9页。

② 参见《红楼梦》第七十回中林黛玉作《桃花行》。

俄：**Большие головы подсолнухов глядели печально**, созвучно тому, что творилось в моей душе.（423）

例句中的向日葵有着自己的忧郁，英译回译为"那些黄色的大脸盘反射着我心里的忧郁"，俄译回译为"向日葵的大脸盘透着忧郁，正和我的心情相似"。对比来看，英译更像是叙事人的借景抒情，这和原文是不同的；俄译更接近原文。

例下 12

太阳从云层中露了一下脸，使万亩即将成熟的小麦灿烂辉煌。太阳一露脸风向便转了。在风向调转的过程中，出现了短暂的平静，匆匆追逐的麦浪全都睡了，或者是死了。……风向倒转的间隙里，亿万根麦芒拨动着空气。麦子在窃窃私语、喃喃低语，交流着可怕的信息。（56—57）

英：The sun **poked its face out** from behind a cloud, bestowing upon the maturing wheat plants a resplendent glow and causing the wind to change direction, which created a momentary stillness that put waves of wheat **to sleep**, or **to death**. …kernels of wheat, **their voices hushed, relayed their frightful news**.（84）

俄：Из-за туч **выглянуло** солнце, и поля уже почти созревшей пшеницы засверкали ослепительным блеском. Ветер стих, и всё вокруг замерло; волны, катившиеся по пшеничным полям, **будто задремали,…тихим шёпотом передавая на своём тайном языке страшную весть**.（80）

在原文中，太阳有情感，愿意从云层后面"露一下脸"；麦浪有代谢，可以入睡，甚至死去；麦子有语言，可以私语、交流信息。这是村民送葬途经的原野，太阳的露脸、麦浪的睡眠、麦子的私语，这风吹原野下的一切都显得灵异可怖、危机四伏。英、俄译文基本都与原文一致，只是俄译文省略了"麦浪之死"。

其二，植物的欢。

例下 13

一个夏天的炎热阳光和甘美雨水，使所有的植物都发疯一般生长。(63)

英：A sun-drenched summer, with plenty of sweet rain, had made it **a wildly fruitful growing season**.(90)

俄：Палящее солнце и обильные ласковые дожди сделали своё дело: вся зелень этим летом **бурно пошла в рост**.(88)

例句是说植物在阳光和雨水的滋养之下，失去了理智，发疯般地狂欢起来。英、俄译文都流失了原文的拟人色彩：俄译只说"植物开始猛烈地生长"；英译虽然选用了"wildly"（疯狂地）一词，但也不能有效传达。

以上便是英、俄译者对于原文中动植物的"拟人化"的翻译情况，总体来看，译文都比较全面地保留了其中的拟人色彩。

（二）人的"拟动植物化"

人与动物的相通相拟，其来有自。《庄子》即云"熊经鸟申，为寿而已矣"（《庄子·刻意》）。东汉华佗编创五禽之戏或曰"五禽气功"，使人模仿动物的动作神态而修身养气、形成体系，才有了如今享誉世界的"中国功夫"。2016 年上映的中美合拍电影《功夫熊猫 3》，更是围绕一个"气"字①。中医说"滋阴补气"，孟子曰"我善养吾浩然之气"，动物—人—气，三者如太极阴阳图般回旋往复，也是农耕文明、乡土世界中天人合一思维方式的一种体现吧。

---

① 电影采用了"气"的音译形式"Qi"。中国医学中的"气"在欧美已日益为人所知，尽管普通读者尚不熟悉，但很多欧美文艺影视作品涉及此时已多使用其音译形式。"气"在《丰乳肥臀》中也曾出现，英意译为"strength"，俄音译为"ци"并加脚注进行了解释。

《丰乳肥臀》中也有很多在人、动物、植物之间相互换喻、比拟的例子，尤其是用动物来比喻人，正体现出作者将人的精神回溯至原始动物性的创作倾向。那么，译者是怎样处理的呢？一位俄译本读者说："人和动物经常交织于一体，动物的性情和外貌被转移到了人身上。人的行为与动物的本能两相对看，却看不到区别。"①《丰乳肥臀》原作的确如此，但仅此一条读者评论不足证明译者译文的忠实性，请看实例。

1. 动物词充当动词

将人拟为动物的一种情况是使动物词充当动词，汉语中最常见的如"猫着腰"。

例下 14

猫着腰钻到中央（110）

英：**bent over at the waist**（138）

俄：изогнув **по-кошачьи** спины（152）

英译回译为"弯着腰"，俄译回译为"像猫那样弯着腰"，显然，对于例句中"猫"这个意象，英译流失了。

例下 15

王超……毛猴着脸，自言自语地念叨着："我怎么这么倒霉？……"（282）

英：**...a pained look** on his face, mumbling to himself: "Talk about bad luck!..."（307）

俄：**...сморщившись, как обезьяна**, и бормоча себе под нос:—Ну почему я такой невезучий!（370）

① Грандиозный эпос., 30 апреля 2013 г. Артем Брест (СПб, 28 лет) https://www.ozon.ru/.

村民王超仅有的一点财物被别人夺走，作者说他"毛猴着脸"，以动物充当动词之后紧接中心语，组词简练，而且选用了"毛猴"这样不清不楚（毛茸茸的猴子？毛手毛脚的猴子？）的词汇，这就比"愁眉苦脸"之类的修饰语更形象生动又只可意会，一个怨艾万分、无处投告的农民形象便跃然纸上（后来此人竟因此自尽）。英译回译为"悲苦的脸"，俄译回译为"像猴子那样皱着脸"，显然，英译又将动物形象省略了。

例下 16

啊噢——啊噢啊噢——他狼着眼，猪着鼻，猴着耳朵，虎着脸，喊叫着（158）

英：Ah-ao — ah-ao ah-ao. **Eyes of a wolf, nose of a boar, ears of an ape, face of a tiger**.（185）

俄：Гы-ы-ы — гы-ы-гы-ы — вырывалось у него из горла; **волчьи глаза, нос как у борова, уши как у обезьяны** — жуткая образина.（214）

例句语境是蒋立人部俘虏了上官来弟及其手下后，孙家大哑巴孙不言跑出来向俘虏们报仇，并欲占来弟为己有。随着情节的进展，作者使用"积墨之法"[1]使孙不言这个充满暴力倾向的人物形象逐渐丰满，为最后的结局埋下伏笔，此例便是其中一"墨"。作者用几个接连的拟声词说明他又喊又叫，用四种动物形容他脸上的表情——显然不是什么良善表情，表现了孙不言初见逃逸的"订婚妻子"，十分激动亢奋，暴力显露。纵观整部作品的故事情节，人的"动物性"在孙不言身上有最直露的体现，难怪有英译本读者说此人是个"demon"，那么，这里这些动物类形容词在语境中可谓恰到好处。另外，例句所写是通过上官金童的视角，乡村孩童要形容一

海外翻译家怎样塑造莫言

---

[1]　"积墨"是"中国山水画用墨由淡而深、逐渐渍染的一种技法。"（周汝昌：《红楼艺术的魅力》，作家出版社 2006 年版，第 56—57 页）

个表情狰狞、挥拳舞臂的人，用这些乡里乡气的动物词做修饰语最合适不过。在读者看来，整个情景喊叫如闻，各种动物般的表情如现眼前。对于例句中的拟声词和动物词，除了俄译者将"虎着脸"译为"可怕的嘴脸"（也许是因为"虎着脸"是汉语中的常见词组，所以俄译者便选择了常规化的意译法），其他内容，英、俄译者都完整直译。

2. 以动植物喻人

例下 17

瞎子说："司马库是满天飞的鹞子，你们逮不住他，……"（264）

英：Sima Ku is **a sparrow hawk, the king of the skies**. You'll never catch him.（289）

俄：Сыма Ку **птица большого полёта**, он что твой **ястреб-перепелятник**, вам его не изловить.（347）

鹞子是一种雀鹰，其时司马库已在重兵看守之下成功逃走，说话人以"鹞子"来比喻他，说明其满天飞骋、难以逮捕。这样用动物来形容司马库，比直接使用"本事大""不好抓"等词组要更丰富生动，加以"满天飞"这一动词，使形象充满动态。对于全书众多男人中唯一一位"是混蛋也是条好汉"的"好样的男人"，通过他人评价这种侧面描写，又可使其形象更丰满。另外，我们来看说话人是何身份："瞎子徐仙儿，有一副沙哑动人的嗓门，以歌唱乞讨为生"，此人的主业便是凭一张嘴走街串巷，他口中的话当然不会干枯无味，而且身为农民，说人论事直接取材于自然界的动物，符合农民的思维习惯，体现着作品的乡土风格。

英译回译为"司马库是只鹞子，是空中之王"，俄译回译为"司马库就像鹞子，是高空飞鸟"，既译出了动物形象，又巧妙地解释了其喻义。

例下 18

一个民兵贴着地皮、像蜥蜴一样爬过来（343）

英：A militiaman crawled up on his belly, like **a lizard**（357）

俄：Один подполз к нему, как **ящерица**（446）

例下 19

娘是蚰蜒命，有土就能活。（419）

英：Your mother is like **an earthworm** — I can live wherever there's dirt.（416）

俄：я как **червяк**: земля есть — значит, проживём.（539）

例下 20

他的肥嘟嘟的猪崽脸（330）

英：his fat **little piggy cheeks**（343）

俄：на его пухлых **поросячьих щёчках**（429）

例下 21

那两根宠物般的小骈指，在她手上像肥猪崽的小尾巴一样拨浪着（345）

英：those darling little extra digits fluttered over her face like **the curly tails of little piglets**（358）

俄：Крошечные пальчики, прижатые к лицу, подрагивали, как **хвостики упитанных поросят**（448）

对于以上四例中的动物形象，英、俄译者皆如实直译。对于例下 8 中的英译文，美国小说家厄普代克评论道："至于莫言的比喻，那是很丰富、活跃的。"① 观察例句，英、俄译文的确都是很有效的。

---

① John Updike, "Bitter Bamboo," *The New Yorker,* May 9, 2005 ISSUE, http://www.newyorker.com/magazine/2005/05/09/bitter-bamboo.

例下 22

突然去掉了沉甸甸的发髻的累赘，母亲的头显得轻巧灵活，失去了稳重，有些猴头猴脑，一动便显出轻俏，……（147）

英：Now shorn of its weighty burden, her head seemed young and sprightly, no longer sedate, sort of impish; its movements were lively, …（174）

俄：Освобождённая от бремени тяжёлой гривы, голова матушки казалась теперь подвижной, даже легковесной. Матушка будто утратила степенность, в её движениях появилась некая шаловливость, даже лукавство,…（201）

例句用一"猴"字使母亲骤失长发的模样生动地呈现在读者眼前。英译回译为"现在去掉了沉甸甸的发髻的累赘，母亲的头显得年轻灵活，不再稳重，有些顽皮；头的动作很轻快，竟有些鸟仙模样"，俄译回译为"去掉了沉甸甸的发髻的累赘，母亲的头显得轻活，甚至轻浮。母亲好像失去了稳重，在动作中显得有些轻佻，甚至顽皮，竟有些鸟仙模样"，意思无误，但省略了"猴"的形象，也许是因为，对于这位"与圣母有着一模一样的神情"[1] 的母亲，英、俄译者实在不愿把"猴子"（monkey/обезьяна）一词用在她身上。

例下 23

保镖拉开车门，先钻出一头珠翠，后钻出一根脖子，然后钻出肥胖的身体。这个女人，无论是体形还是神情，都像一只洗得干干净净的母鹅。……那女人展开纸条一看，脸红成了公鸡冠子。（125）

英：First to appear was a pearl and jade head ornament, followed by a neck, and lastly a fat torso. Both in terms of figure and expression,

---

① 莫言：《丰乳肥臀》，作家出版社 2012 年版，第 147 页。对于这句话，英、俄译皆如实译出。

the woman looked exactly like **an oversized goose**. …her face turned as red as **a rooster's cockscomb**.（154）

俄：Сначала показалась увешанная драгоценностями голова, потом шея и дебелое тело.И фигурой, и выражением лица эта женщина напоминала **гусыню**, **правда холёную**. …зарделась, как **петушиный гребешок**.（173）

　　例句说的是在上官领弟升为鸟仙大显灵通的日子里，一个显贵妇人前来求问。看作者对她出场的描写：先是"一头珠翠"，然后"一根脖子"，最后"肥胖身体"，一个浑身贵气但却十足滑稽的妇人形象呼之欲出。更有趣的是用"母鹅"来形容她：体形像鹅倒还罢了，神情如何像母鹅？还是"洗得干干净净的"。这些修饰语说起来无关要旨，但若没有这些，文字便会枯燥无味。作家自陈："人物肖像的描写……在过去传统的现实主义小说里……不带任何色彩，是机械性的描写。我们读到这样的描写时，就觉得它们对小说没有任何帮助，可以跳过去不读。后来的小说家慢慢知道带着情感，……就会变成小说的有机构成部分，……还会制造出小说非常宝贵的氛围。"[1] 作者带着感情描写人物，正是这些看似摸不着头脑但却思之有味的描写，使得作品氛围多彩。一部长篇小说，若没有这种无伤大雅的幽默之笔，虽然也不影响其分量，但总是少了些阅读趣味。一个最明显的正面例子——中国文学的瑰宝《红楼梦》，其中的幽默闲笔难道少吗？

　　这贵妇人读了鸟仙的答复纸条，"脸红成了公鸡冠子"。她的提问是什么？为什么会脸红？前无因后无果，作者全无交代，引人遐想——这种留白也正是我们的美学传统：话不说满，色不着全。同时，在描写鸟仙的文字中，用禽类词语（母鹅、公鸡）充当形容词，即景流畅，又充满乡土味道。对于"母鹅"，英译回译为"像一只

---

① 莫言：《细节与真实》，《用耳朵阅读》，作家出版社 2012 年版，第 123—124 页。

肥硕的鹅"，俄译回译为"像一只鹅，真的很臕肥毛光的"。除了英译省略了"洗得干干净净的"，译者对于例句的翻译都是充分的。

例下 24

纪琼枝跳跃着，宛若一头母鹿，几秒钟的工夫，她便跑进了教室。（330）

英：Leaping like **a gazelle**, Ji was inside the classroom in seconds.（344）

俄：Цзи Цюнчжи двигалась большими прыжками, как **лань**, и вскоре уже стояла в классе.（430）

俄译无误，英译将"母鹿"替换为"羚羊"（a gazelle），英译者这里"指鹿为羊"，也许是因为译者觉得羚羊比母鹿更善于跳跃、更精干、更符合纪琼枝一身武艺的特点。

作者将灵活矫健的纪琼枝形容成善跃的"母鹿"，而上官鲁氏的处变不惊就像"一只怀孕的母兔"：

例下 25

姐姐们惊慌不安。母亲稳如磨盘。她用汤匙喂饱了八姐玉女，然后就咯咯吱吱地嚼起萝卜片来。她的神情安详得宛如一只怀孕的母兔。（90）

英：My sisters were thrown into a panic, but Mother sat there calmly feeding my twin sister Yunü — Jade Girl — then turned her attention back to the turnip slices, which she chewed loudly. She looked **as calm as a pregnant rabbit**.（118）

俄：Сёстры страшно перепугались. Матушка и бровью не повела и продолжала кормить с ложки восьмую сестрёнку. Потом принялась с хрупаньем жевать турнепс, **невозмутимая, как беременная крольчиха**.（123）

来弟跟着沙月亮私奔离去后，孙家大哑巴带着兄弟们提刀携狗地闯了进来，上官女儿们惊慌不安，鲁氏却镇静自若。用"一只怀孕的母兔"来形容鲁氏的镇静，即生动又应景（其时上官家正在吃萝卜——萝卜以其易种植易储存而常为北方农家在冬天食用），人物的神情面貌呼之欲出。英、俄译皆如实直译。

例下 26

接下来涌到我的眼前来的便是美国人巴比特了。就像难以判断燕子的年龄一样，我看不出巴比特的年龄，但从他灵活地闪烁着绿光的猫眼睛里，我感到他非常青春，好像一只刚刚能够跳到母鸡背上制造受精卵的小公鸡。他头上的羽毛真光彩啊！（178）

英：I couldn't tell how old he was, but the light of life in his green, **catlike eyes** could only belong to a young man, **a rooster** barely old enough to mount a hen. **He wore a dazzling feather in his cap**,…（206）

俄：Потом на глаза мне попался американец Бэббит. Сколько ему лет, было так же трудно сказать, **как определить возраст ласточки**, но по огоньку в его **кошачьих глазах** я решил, что он очень молод, — лишь недавно навострившийся топтать **курочек петушок. А какое красивое перо было у него в голове!**（240）

例句说的是在上官金童眼中的巴比特。第一，叙述人首先描述他的年龄，但却旁逸出"就像难以判断燕子的年龄一样"一句，"燕子"与巴比特，风马牛不相及，但作者偏偏这样一本正经插叙进来，而且"燕子的年龄"这样的词组颇具几分雅意，用在这里，很有些谐趣。第二，说巴比特有"闪烁着绿光的猫眼睛"，像一只"青春"的"小公鸡"，这都是用活灵活现的动物词来形容巴比特这个洋人的模样。巴比特具体是怎生模样？"巴比特有一双温柔的蓝眼睛，一头柔软的金发，两片鲜艳的红唇。他上穿一件红色的皮夹克，下穿一条有十几个大大小小口袋的帆布裤子，脚蹬一双轻软

海外翻译家怎样塑造莫言

的鹿皮靴子"①。我们看到，巴比特的相貌是色彩鲜明，有很高的分辨率；他的穿着打扮是"西部style"，在大栏镇中奇形独立。难怪上官金童要说他像一只"小公鸡"。第三，顺理成章，在"小公鸡"之后，便接着一个感叹句"他头上的羽毛真光彩啊！"，我们难以确定这是在说巴比特头戴的制服帽子，还是上官金童顺着"小公鸡"而幻想出的公鸡羽毛。但正如作者所说"长篇小说需要一种模糊的东西，应该有些松散的东西"②，正是这样似真似假、无心插柳的描写，使文字更有弹性。

至于译文，首先，对于"就像难以判断燕子的年龄一样"一句，俄译直译，英译省略。也许英译者认为原作太多枝蔓，所以这样旁逸斜出、似是而非的语句就省去不译了。所以上述第一点，俄译可传达，英译则流失。其次，对于动物词，英、俄译者皆完整译出，可保留第二点内容。再次，对于"他头上的羽毛真光彩啊！"这句话，俄直译，英改译为"他的帽子上有支耀眼的羽毛"，将似真似幻的感叹句改为隐喻明示的陈述句。也许英译者担心太多幻觉会使读者疲倦，而且巴比特来自美国，也许英译者也不愿真让他变作一只头长羽毛的公鸡。

例下27

魏羊角就势往后翻滚，然后像兔子一样逃跑了。很快，在通往村庄的道路上，传来了他狗叫一样的喊声："抓司马库啊——……"（341）

英：He scrambled to his feet and ran off like **a frightened jackrabbit**. It didn't take long for his **barking** voice to break the silence over the road leading to the village: "Go catch Sima Ku — …"（354）

俄：…быстро вскочил на ноги и дал стрекача, как **заяц**. Вскоре с дороги, ведущей в деревню, послышались его лающие крики:—

---

① 莫言:《丰乳肥臀》，作家出版社2012年版，第176页。
② 莫言:《作家与他的创造——在山东大学文学院演讲》,《恐惧与希望：演讲创作集》，海天出版社2007年版，第95页。

例句用"兔子""狗"来形容村中闲散行恶的青年魏羊角，受了司马库的威胁，惊恐之下的落荒而逃，加上后面的通风报信的喊叫声，使情景有声有色，颇具动作化和喜剧化，并为下一例所说的民兵们前来抓捕司马库的情节做好了铺垫。英、俄译文都完整直译，英译还在"野兔"之前加上"受惊的"（frightened）来修饰，使形象更生动。

例下 28

巫云雨一语未了，杨公安员与几十个民兵像被拦腰斩断的野草一样，七折八断地趴在了地上。（343）

英：The words were barely out of Wu Yunyu's mouth when Officer Yang and all the men he'd brought with him **hit** the ground like **mowed grass**.（357）

俄：Не успел У Юньюй произнести эти слова, как уполномоченный и взвод ополченцев попадали на землю **кто куда**, как **подкошенные**.（446）

根据魏羊角、巫云雨等人提供的线索，杨公安员带领民兵来到高粱地边上的废弃砖窑，预备逮捕司马库，却被早有准备的司马库炸伤。我们看作者的描写：前一个人物话音未落，后面的人物突然像用"被拦腰斩断的野草趴在了地上"。事情发生得猝不及防，比喻民兵们被炸倒的姿势十分形象，给读者以即视感和在场感。关于没经历过战争的人怎样描写战争场面，莫言这样说："没有听过放枪放炮但我听过放鞭炮；没有见过杀人但我见过杀猪甚至亲手杀过鸡，……"①作者运用自己的想象力，对于发生在高粱地边上的交战，

---

① 莫言：《我为什么要写〈红高粱家族〉》，《考试（高中文科）》，2014年第 12 期。

用植物词进行修饰，即景取材，不见血腥但却生动形象。例句之后，例句所在的章节便告一段落，随着民兵们像"被拦腰斩断的野草"一样"趴在了地上"，这一章的文字便结束，不写魏羊角、巫云雨等人怎样惊慌，也不交代司马库究竟怎样设计、怎样逃跑，而使画面定格于此，给读者无限猜想，余韵悠长。英、俄译者都译出了植物形象，同时，英译者选用动词"hit"（击打）以增加动态感，俄译者选用俄语固定搭配"кто куда"来翻译原文中的"七折八断"。这里"кто куда"可译成"各趴各的"——俄译文也很形象。

例下 29

上官来弟，身材修长，如一棵白杨。（157）

英：She stood there like **a poplar**.（185）

俄：Лайди, стройной, как **тополёк**.（213）

例下 30

士兵们都规规矩矩，连那现在叫孙不言的大哑巴也站得挺拔，好像一棵松。（140）

英：The squad of soldiers, including the man now called Speechless Sun, stood at attention, like a row of **pine trees**.（168）

俄：Все бойцы, даже старший немой, которого теперь звали Бессловесный Сунь, стояли навытяжку, как **сосёнки**.（192）

以上两例，译者都保留了其中的植物形象，有趣的是下一例：

例下 31

母亲像一棵松树，我像松树上的赘瘤。五个姐姐像五棵白柳树。司马家的小男孩像一棵小橡树。我们组成一片小小的混生林，默立在玄而又玄的秘色瓷碗和鸟画前。如果不是炕上的三姐发出哧哧的冷笑声，我们也许真的就成了树。（2012：118）

英：Mother was rooted to the spot like **a pine tree**, and I was a knot on the trunk of that tree. Five of my sisters were like **willow trees**; the Sima boy like **an oak sapling**. We stood there like **a little wooded area** in front of the mysterious ceramic bowl and bird scroll. If Third Sister hadn't broken the silence with a mocking laugh, **we might really have turned into trees**. (151)

俄: Матушка застыла подобно **сосне**, а я — подобно **наросту** на её стволе. Пятеро сестёр походили на **серебристые ивы**, а малец Сыма — на молодой **дубочек**. Вот так, **частичкой смешанного леса**, мы и стояли молча перед таинственной чашей и загадочным свитком.Может, **мы и впрямь обратились бы в деревья**, если бы не насмешливое хихиканье третьей сестры с кана. (169)

　　例句语境是鸟儿韩被捉劳工后，上官家三女儿领弟神情恍惚举止异常，昏迷苏醒后自说变成了鸟仙，且预言自己的鸟仙神像将于第二天自动出现。第二天，果然来了一个长相似鹰的乞丐，进了上官家做了些古怪事、说了番稀奇话，然后拿出一张大鸟图。事毕，又奇形怪状地离去。整件事情诡诡秘秘，令人哭笑不得。对此，上官家人一时反应不过来，一个个只好呆滞而立。于是有了例句中的比喻。生来恋乳的上官金童当然寸步不离母亲身体，挂在母亲身上，所以作者将其喻为"松树上的赘瘤"，可谓细致。作者将呆立于神秘人带来的神秘物什之前的上官家人，喻为"一片小小的混生林"，不动声色便表现了人物事件的戏剧性和画面感，比直写人物的心理活动要更有意味。对于这片静止的"混生林"，作者并不点透，"羚羊挂角，无迹可求"[1]，这段看似啰唆的植物比喻，倒真是"言有尽而意无穷"[2]，将解读、品味的权利交给了读者。紧接着说"我们也许真的就成了树"，似乎叙述人真的相信自己能够变成树，人树不分，人耶？树耶？这样似真非真、假言若真地写来，是因为

①　严羽:《沧浪诗话》，上海三联书店 2013 年版，第 24 页。
②　严羽:《沧浪诗话》，上海三联书店 2013 年版，第 24 页。

海外翻译家怎样塑造莫言

叙述人是上官金童这个孩子："莫言的'魔幻'之所以发挥得自然而恰当，与他的小说经常采取孩子的视点有关，……孩子有一种无知的天真，……莫言看到的世界经常就是一种天真荒诞的世界，这是莫言小说独具的魅力，也由此展现给人们另类的世界面向。"[①] 对于上述这些内容，英、俄译者皆完整译出。至于莫言在人与动植物之间的魔幻笔法，在以下两例中有更明显的体现。

例下 32

她似乎是忍无可忍了，转身弯腰，对着我龇牙、咧嘴、瞪眼睛，并发出狼一样的嚎叫声。我吓了一跳，猛然觉悟到人的脸和狗的脸就像一枚铜钱的两面。（191）

英：When her patience ran out, she turned, bent at the waist, and snarled — mouth open, teeth bared, eyes staring, releasing a scary, **wolfish howl**. It occurred to me **how similar human and canine faces can be**.（217）

俄：У неё, похоже, лопнуло терпение, она повернулась и, нагнувшись ко мне, оскалила зубы, вытаращила глаза и взвыла чуть ли **не по-волчьи**. От испуга я аж подпрыгнул, и до меня вдруг дошло, **насколько схожи человеческое лицо и волчья морда — можно сказать, две стороны одной монеты**.（253）

例句语境是上官金童不仅依恋母亲的乳房，而且觊觎着姐姐们的乳房，上官念弟由此被惹恼，便如例句般想要威慑金童。但在金童眼里，念弟的动作并不是姐姐在教训弟弟，而是念弟变幻出了狼的嚎叫、狗的表情。这种人与动物间的可变幻性，就是金童的除了乳房之外的"第二信仰"。尤其是"人的脸和狗的脸就像一枚铜钱的两面"这句话，这不是在说"人脸像狗脸"，而是在说"人脸"

---

① 陈晓明：《"在地性"与越界——莫言小说创作的特质和意义》，《当代作家评论》，2013 年第 1 期。

的背面就是"狗脸"。这种"人物合一"，就不再是简单的人、动植物间的比喻，而是自在的、被上官金童笃信的，也是莫言式的"幻觉现实主义"。对于这句话，英译回译为"人的脸和狗的脸可以多么地相似"，俄译回译为"人的脸和狗的脸就像一枚货币的两面"。若依上述观点，则英译是改成了比喻句，俄译对原文保持了直译。

例下 33

他的哭声像乌鸦，像癞蛤蟆，像猫头鹰。他的神情像狼，像野狗，像野兔子。……他哭嚎时竟然睁着眼睛。他的眼睛像蜥蜴的眼睛。该死的上官招弟抱回了一个蜥蜴生的妖精。（113）

英：He sounded like **a crow** when he cried, or a **toad**, or maybe **an owl**. And the look on his face was that of **a wolf**, or **a dog**, or maybe **a wild hare**. …His eyes remained open when he cried. They were the eyes of **a lizard**. Damn Zhaodi for bringing home **a demon born to a lizard**!（140）

俄：Орал что твоя **ворона**, **как жаба**, как **сова**. А выражение лица у него было как у **волка**, как у **одичавшей собаки**, как у **дикого кролика**. …Орал он, выпучив глаза, а глаза у него были как у **ящерицы**. Чёрт бы побрал эту Чжаоди! Надо же было принести в дом это **ящерицыно отродье**!（156）

司马粮的到来，使原本独属上官金童的乳房骤然被分去了一半，因此金童眼中的司马粮就是各种丑陋的动物，甚至是一只"蜥蜴精"。英、俄译皆无误。

例下 34

他听到龙场长哼了一声，侧目过去便看到她的脸可怕地拉长了，她的牙齿闪烁着令人胆寒的白光。他甚至看到，有一条粗大的尾巴，正在把龙场长肥大的裤裆像气球一样撑起来。龙场长是条狐狸！……她是一条母狐狸，是那条公狐狸的同伙。……"野骡子"所说的那个经常在朦胧月色下钻进她的宿舍去的小伙子，就是公狐狸变的。(426)

英：…he saw that **her face had grown long and scary**; the glare of her teeth turned a terrifying white. And there was more: **a bushy tail** swelled the seat of her pants like an expanding balloon. **Commander Long was a fox**!…**She was a female fox**, the mate of that other one,… The frequent green visitor that Wild Mule said entered the sleeping quarters in the hazy moonlight was that **transformed fox**. (423)

俄：**Её лицо пугающе вытянулось**, жуткой белизной сверкнули зубы. Из широченных штанов, словно наяву, вывалился хвост, толстый, как воздушный шарик. «**Заведующая Лун — лиса**!…**Она лиса**, и они заодно, …Этот лис и есть тот молодец, что, по словам Дикой Ослицы, часто пробирается к ней в лунном свете, только **в ином обличье**». (548)

金童被分配到养鸡场工作，总有一只公狐狸来偷鸡，鸡场的龙场长屡捕不获，在一个月夜，金童发现龙场长竟然就是狐狸的同伙，是一只母狐狸。英、俄译皆无误。

这就是金童眼中的人与动植物间的相互变幻，这样的变幻在莫言笔下还有很多，比如长篇小说《檀香刑》和中篇小说《藏宝图》等中的相关描写，其实这在中国文学传统中大有渊源可循：从《山海经》到魏晋志异、隋唐传奇这些神魔志怪，再到鬼魅妖仙登峰造极的《西游记》和《聊斋志异》，这些灵魅鬼怪可谓建树辉煌。而这一切究竟是怎么回事呢？说起莫言笔下的妖魅魔幻，很多人愿意将莫言与拉美魔幻现实主义相比，对此，作家自陈："马尔克斯也好、福克纳也好，这些外国作家，对我来说，他们都是外来的影响、后来的影响。而蒲松龄是根本的影响，是伴随着我的成长所产生的影响。……从精神上来讲，从文化上来讲，我跟蒲松龄是一脉相承的。"① 俄译者叶果夫先生说："'魔幻现实主义'，这首先是对马尔克斯作品的评语。但这条术语不能概括那独属莫言的固有特色，即对极端的现实与狂飙的幻想这二者的结合，这种结合壮丽又惊人，它是建立在数千年中国文学传统基础之上的。"② 那么，数千年的中国文学传统究竟是什么？它又是如何而来？

与发端于农作物品种单一的两河流域的犹太文明不同，中国文明的肇始遍布在从东北到珠江的大江阔湖，这些江湖滋养下的广阔平原和三角洲地带是农作物欢快生长的天堂，它们丰富多样、品种繁多。有学者认为，农作物的品种单一在一定程度上导致了犹太文明的一神教，而东亚大地的物产繁盛导致了中国人的泛神论信仰③。而这种泛神论，正契合着本章开头所述的农耕文明中、乡土世界里"天人合一"的文化心理，如有学者指出："泛神信仰中，蕴含着对自然的敬畏和对生命的神秘感悟，以及物我合一的认知方式。"④对自然生命及物我合一的神秘感悟，缘于农民与土地、与自然的共生关系。日出日落，春去秋来，在自然界的季节嬗变和阴阳轮回中，人们通过诚实的农业劳动丰收粮食、通过与家禽牲畜的合作收获畜产，所以，与起源于依山临海之地而不得不向蔚蓝大海开拓的西方文明不同，中国文化"走的是人与自然过分亲和的方向，征服自然以为己用的意识不强"⑤。西方人"在与自然的相处中，常常显示出一种能动的支配权"⑥，而中国人则更注重对自然和土地的顺应。所以，与西方人的"天人相分"的宇宙意识⑦相对立的，是中国人的"天人合一"观念。在这农耕的、乡土的天地间的动植万物，都

海外翻译家怎样塑造莫言

① 莫言、刘琛：《把"高密东北乡"安放在世界文学的版图上——莫言先生文学访谈录》，《东岳论丛》，2012 年第 10 期。
② www.gup.rueventsnewsdetail.phpID=178315.
③ 如农业经济学者温铁军的观点，参见温铁军：《中国农业困境与生态化解困》，《农经》，2016 年第 2 期。
④ 季红真：《莫言小说与中国叙事传统》，《文学评论》，2014 年第 2 期。
⑤ 徐复观：《中国艺术精神·自叙》，春风文艺出版社 1987 年版，第 1 页。
⑥ 徐行言：《中西文化比较》，北京大学出版社 2004 年版，第 283 页。
⑦ 徐行言：《中西文化比较》，北京大学出版社 2004 年版，第 283 页。

可相通相融，是个"生命一体化"的浑然整体。"击石拊石，百兽率舞"（《尚书·益稷》），在人的欢乐中也充溢着动物的魅灵。又如在新石器时代的玄美彩陶上，也多有动物形象和动物纹样[1]，动物精灵早就与初民们的生活喜怒合为一体。这样的文化心理传承千年，尤其是在莫言的高密东北乡——追昔溯古，那正是古代的齐国。诗云"齐鲁青未了"，齐鲁紧邻，鲁国的孔夫子"不语怪力乱神"，而齐国却出现了"写鬼写妖高人一等"[2]的"鬼圣"："离我的家乡三百里路，就是中国最会写鬼故事的作家蒲松龄的故乡。……我发现书上的许多故事我小时候都听说过。我不知道是蒲松龄听了我的祖先们讲述的故事写成了他的书，还是我的祖先们看了他的书后才开始讲故事。"[3]于是在作家脑海中就遥现了一个十分浪漫的场景："我想当年蒲留仙在他的家门口大树下摆着茶水请过往行人讲故事时，我的某一位老乡亲曾饮过他的茶水，并为他提供了故事素材。"[4]而这些，寻根逐本是来源于乡土中国的天人合一观念和泛神论信仰，来源于万物有灵的"生命一体化"："齐国这个地方可能地处偏僻，自然经济可能不如当时的鲁国那么发达，老百姓的日常生活当中各种各样的崇拜比较多，对大自然有一种崇拜感，所以，很多植物、动物都在他们的嘴巴里，变成了有个性的、能够变化各种各样形象的传奇故事。"[5]这些有个性、能变幻的传奇动物，也活跃在《丰乳肥臀》中，即各显神通的动物"仙精"。

---

[1] 参见李泽厚：《美的历程》，生活·读书·新知三联书店 2009 年版，第 16—26 页。

[2] 1962 年郭沫若为位于山东淄博市淄川区蒲家庄的蒲松龄故居题联为："写鬼写妖，高人一等；刺贪刺虐，入骨三分。"

[3] 莫言：《用耳朵阅读——在悉尼大学演讲》，《恐惧与希望：演讲创作集》，海天出版社 2007 年版，第 62 页。

[4] 莫言：《超越故乡》，《会唱歌的墙》，作家出版社 2005 年版，第 219 页。

[5] 莫言编著：《盛典——诺奖之行》，长江文艺出版社 2013 年版，第 169 页。

（三）各显神通的动物"仙精"

例下 35

……母亲说，不行，露水会伤了你们，再说，空中有采花的……我仿佛听到空中有人在议论，一朵好花，采了吧。回来再采。议论者是蜘蛛精，专门奸淫黄花闺女。（154）

英：… "No," Mother said, "the dampness is bad for you. Besides, there are those in the sky who pick flowers... I think I heard one of them say, There's a pretty little flower, let's pick it. Wait till we come back, we'll get it then. **You know who they were? Spider spirits,** whose only purpose is to spoil young virgins."（181）

俄：…—Нет, — отрезала матушка. — Роса вам не на пользу. К тому же есть тут любители цветочки собирать... Вроде даже **слышу** их речи: один говорит, давай, мол, сорвём цветочек. А другой отвечает: «Вот вернёмся и сорвём». Это **духи пауков** переговариваются, они тем и занимаются, что юных девственниц совращают.（210）

例句中的"蜘蛛精"，更早还出现在发表于 1986 年的短篇小说《草鞋窨子》中，但我们实在说不准它其实出现在何年何月，管谟贤先生曾介绍这《蜘蛛精戏女》的故事乃是他们的爷爷讲的众多鬼怪传说之一[①]，而爷爷又是从何处听来呢？也许是蒲松龄时代，也许是更早的高粱摇曳、鬼魅乱行的岁月深处。联系上下文，例句位于作品第十七章开头，承接着上文的领弟被污、哑巴险些被斩，引起着下文的夜半夺女、来弟被俘，是冲突迭起、紧锣密鼓中穿插的缓冲松弛、非真似幻之语，使行文一张一弛，节奏和谐。那么，译者

竖排：海外翻译家怎样塑造莫言

---

① 管谟贤：《爷爷讲的故事》，《大哥说莫言》，大地出版社 2013 年版，第 206 页。

315

是如何翻译的呢?

英译回译为:"不能,"母亲说,"露水会伤了你们,再说,空中有采花的……我觉得我听到其中一个说,一朵好花,采了吧。回来再采。你们知道他们是谁吗? 是蜘蛛精,专门奸淫黄花闺女。"

俄译回译为:"不能,"母亲说,"露水会伤了你们,再说,空中有采花的……我好像听到他们的议论了:一个说,一朵好花,采了吧。另一个说:'回来再采。'说话的是蜘蛛精,专门奸淫黄花闺女。"

显然,英、俄译者都译成了母亲说的话①,而非上官金童隐约听到的鬼言魅语。这也许是由于原文省略了双引号。我们根据语义,可将原文的标点符号规范如下:

> 母亲说:"不行,露水会伤了你们。再说,空中有采花的……"我仿佛听到空中有人在议论:"一朵好花,采了吧。""回来再采。"议论者是蜘蛛精,专门奸淫黄花闺女。

总之,英、俄译者将原文误解为母亲编出来哄劝孩子乖乖回屋睡觉的托词,流失了原文的鬼魅色彩。其中英译者加上了"你们知道他们是谁吗"一句以弥补"母亲话语"中的逻辑漏洞,可见英译者的细致,但可惜例句原文在标点符号上有些随意,导致了译者的误判。

例下 36

我用开水烫死过一只猫,它偷食小鸡,我……想教训它一下,没想到竟烫死了,这是它来作祟呢! (606)

英:I never thought it would die, and now **it's wreaking its**

---

① 英译文中存在明显的双引号,因此可知是母亲说的话;俄译文中存在功能等同于双引号的双破折号,而且其中"听到"一词使用的是现在时形式(слышу),而非叙述人上官金童的过去时(слышал)口吻,因此可判定俄译者也将例句译成了母亲的台词。

vengeance.（70）

俄：Хотела лишь проучить, а она возьми и сдохни. **Вот теперь и вредит!**（775）

例句语境是上官吕氏久病不愈、浑身奇痒，忍不住要挠搔，而挠搔的动作就很容易联想到猫爪和猫的习性，吕氏便认为这是曾被自己杀死的猫回来作祟复仇。屈死的猫也可返回来害死曾杀害自己的人，可谓人有人心、猫有猫灵，乡土的天地间万物各有其法。英、俄译文皆无误。

各有其法的万物并非只有成精作怪的鬼魅，还有天上海里的仙神。

例下 37

你八姐是龙王爷的闺女到咱家投胎，现在时限到了，她一定是回她的东海做龙女去了……（446）

英："Your eighth sister was sent to us by her father, **the Dragon King**. But her time was up, and now she has returned to the Eastern Ocean to continue her life as the **Dragon Princess**..." (442)

俄：Её послал в нашу семью отец, **Великий Дракон**, но пришла пора возвращаться. Теперь она наверняка уже у себя в Восточном море и снова стала **дочерью Дракона**...（573）

上官玉女不忍拖累母亲而自沉于河，上官鲁氏与金童相互安慰，说了例句中的话。我们回想玉女的一生，她确如龙女般纤尘不染、冰清玉洁。自沉于河，好像真能乘着河水回到东海龙宫。所以，例句中的词汇选用得恰到好处。另外，"东海龙王"是中国神话中的海仙，有其现身的较早文献如西晋时的道教书籍《太上洞渊神咒经·龙王品》，又如佛教《华严经》《海龙王经》等也有龙王的形象。但不管是在本土的道教中，还是在传入后便中国化了的佛教中，"东海龙王"的主要法力就是掌云管雨，而雨水之事对于农业生产，可谓关乎命脉。因此，上至庙堂下至黎民，无不对"龙王爷"

顶礼膜拜，连历朝历代的皇帝天子都要设坛建祠，祷雨致祭。且逢旱涝不顺，人们便要到龙王庙烧香祈愿，求龙王理云御水。所以，"东海龙王"的形象，其实也是农耕的、乡土的传统的体现。英、俄译文皆无误。

例下 38

黄仙狐精（6）

英: **yellow spirits and fox fairies**（5）

俄: **всевышние небожители и лисы-оборотни**（20）

"黄仙"指黄鼠狼，民间又称"黄二大爷"；"狐精"就是狐狸成仙，民间又称"狐三太爷"。上官鲁氏临产时在心里向"二大爷"和"三太爷"求助，祈求家仙保佑她生个男孩。对于"狐精"，英、俄译皆无误；对于"黄仙"，英译回译为"黄色的仙们"，这样的译文恐怕会使读者费解；俄译回译为"至高无上的天神们"，流失了原文的乡土色彩。

其实，"黄仙"和"狐精"同列于民间信奉的"五大家仙"之中，请见下例。

例下 39

在高密东北乡短暂的历史上，曾有六个因为恋爱受阻、婚姻不睦的女性，顶着狐狸、刺猬、黄鼠狼、麦梢蛇、花面獾、蝙蝠的神位，度过了她们神秘的、让人敬畏的一生。（2012：120）

英: In the brief history of Northeast Gaomi Township, six women have been transformed into **fox, hedgehog, weasel, white snake, badger, and bat fairies, all a result of love denied or a bad marriage**; each lived a life of **mystery**, earning the **fearful respect** of others.（148）

俄: За короткую историю дунбэйского Гаоми **из-за несчастной любви или несложившегося брака** шесть женщин стали оборотнями **лисы, ежа, хорька, пшеничной змейки, барсука и летучей мыши**.

Они жили своей таинственной жизнью, вызывая у людей страх и благоговение.（166）

　　中国民间信奉"五大家仙"：狐仙狐狸、黄仙黄鼠狼、白仙刺猬（或谓猫头鹰）、常仙蛇和黑仙乌鸦（或谓灰仙老鼠）。我们看到，这些"动物仙"，首先，多以其身上颜色命名，体现了农民式的色彩直觉；其次，它们涵盖了地上跑的、水里游的、天上飞的，十分全面。中国农民在与土地、与动物的日常交往中，体会到自然界的神秘博大，农耕的生活方式使农民愿意顺应自然、与之和解，因此产生了"五大家仙"这样天上地下万物有灵的动物崇拜。

　　回看例句，我们发现，例句中出现的"动物仙"，对于上述仙家，五者占其四。这也许要联系到作者的童年经历。据作者说，高密东北乡在很长一段岁月里，因为贫穷而缺油少蜡，每当夜晚来临，"村子里便一片漆黑。为了度过漫漫长夜，老人们便给孩子们讲述妖精和鬼怪的故事。在这些故事中，似乎所有的植物和动物，都有变化成人或者具有控制人的意志的能力。老人们说得煞有介事，我们也就信以为真。……那些听老人讲述鬼怪故事的黑暗夜晚，正是我最初的文学课堂"①也许正是因为作者在漆黑的夜晚不知不觉消化了老人们讲述的妖精鬼怪、"五大家仙"的故事，才有了例句中的那些"动物仙"。

　　另外，原文例句之后紧接着讲了方金枝的故事。方金枝是高密东北乡上一个村妇，因与人私通而遭婆家毒打和羞辱，被迫寻了短见，被救活后便"狐仙附体"。就故事论故事，红杏出墙当然不对，但故事中婆家人对她的身心残害，更是无权力也不合理的。又如例句中说这几位女性之所以成了"动物仙"，是因为"恋爱受阻、婚姻不睦"。恋爱怎样受阻？婚姻如何不睦？恋爱受阻如同东汉《孔雀东南飞》中的刘兰芝？婚姻不睦就像南宋陆游的发妻唐琬？也

① 莫言：《恐惧与希望——在意大利演讲》，《恐惧与希望：演讲创作集》，海天出版社 2007 年版，第 157 页。

许，文中女性的附体成仙，正是对于数千年男权压迫的反抗。若在一个没有性别压迫的正常社会，哪个女人愿意放弃"人"的生活而去辟谷绝粒顶个"仙位"？女人们无路可走，只好以这种鬼魅的、极端的方式进行反击。例句说"度过了她们神秘的、让人敬畏的一生"，"神秘一生"，不过是以一层神秘色彩来保护自己；"让人敬畏"，不过是寻求一种将女人也视为"人"的基本尊重。

英、俄译者皆完整翻译了例句内容，为上述两点解读提供了条件。

最后，我们来看一看上官家的三女儿——"鸟仙"。

鸟类专家鸟儿韩被抓了壮丁，上官领弟悲伤不已，痛哭过后，举止神态都像一只鸟，甚至能飞善跃，异于常人。叙述人上官金童深信此时的上官领弟已经变成了一只鸟：

例下 40

她跳上石榴树梢，……母亲急忙去拉她，她却纵身一跃，轻捷地跳到梧桐树上，然后从梧桐树又跳到大楸树，从大楸树又降落到我家草屋的屋脊上。她的动作轻盈得令人无法置信，仿佛身上生着丰满的羽毛。她骑在屋脊上，双眼发直，脸上洋溢着黄金般的微笑。……我认为，如果不是母亲请来樊三等一干强人，用黑狗血把三姐从屋脊上泼下来的话，三姐身上就会生出华丽的羽毛，变成一只美丽的鸟，不是凤凰，便是孔雀；不是孔雀，便是锦鸡。无论她变成一只什么鸟，她都会展翅高飞，去寻找她的鸟儿韩。（119）

英：…she jumped up into **the pomegranate tree,** …Mother ran out to pull her down, but she leaped acrobatically from the pomegranate tree onto **a parasol tree**, and from there to **a tall catalpa tree**. From high up in the catalpa tree she jumped down onto **the ridge of our thatched roof**. Her movements were amazingly nimble, as if she had sprouted wings. She sat astride the roof ridge, staring straight ahead, her face suffused with a radiant smile.…as far as I was concerned, if Mother hadn't asked Third Master Fan and some strong young men to drag her down with the help of some black dog's blood, Third Sister would have sprouted wings and turned into a beautiful bird — if not a phoenix, a peacock; and if not a peacock, at least a golden pheasant. But whatever kind of bird she became, she would have **spread her wings and flown off in pursuit of Birdman Han**.（147）

俄：Взобравшись на **гранатовое дерево**,...Матушка бросилась стаскивать её, но сестра ловко перепрыгнула на **утун**, с утуна на большую катальпу,а оттуда перелетела на конёк нашей **крытой соломой крыши**. Проделывала она всё это с невероятным изяществом, будто у неё крылья выросли. Усевшись на конёк верхом, она подняла глаза к небу, и на отливающем золотом лице заиграла улыбка....Думаю, не позови матушка Фань Саня с дюжиной крепких молодцов и не вызволи они сестру с крыши кровью чёрной собаки, у неё выросли бы чудесные крылья и она превратилась бы в прекрасную птицу: если не в феникса, то в павлина, а не в павлина, так в золотистого фазана. В какую бы птицу она ни оборотилась, **она расправила бы крылья, взлетела высоко-высоко и отправилась бы на поиски своего Пичуги Ханя**.（164）

　　我们看到，这时的领弟最常置身的地方是树梢和屋脊——这种介于天与地之间的处所，包括"化而为鸟"这件事本身，都有一种"飞离"的倾向，象征着领弟对现实的反抗和拒绝，对于例句，英、俄译者都进行了完整的直译。

　　听到领弟自称已成鸟仙，鲁氏想起了发生在高密东北乡的"动物仙"的故事，只好给领弟置坛设室。有一段鲁氏与领弟之间的对话十分有趣：

　　例下 41

　　母亲跪在三姐面前，虔诚地请示："仙家，案前供奉的神像，

该去哪里请？"三姐闭目正襟而坐，面颊潮红，好像正在做着美好的春梦。母亲不敢造次，用更虔诚的态度又请示一遍。（121）

英："**Fairy**," she said piously as she knelt on the floor, "where can I obtain the image of an idol for the incense table?" Third Sister sat primly in a chair, her eyes closed, her cheeks flushed, as if enjoying a wonderful erotic dream. Not daring to hurry or upset her, Mother asked again even more piously.（149）

俄：— Где **нам** взять святой образ духа, **почтенная небожительница**, чтобы установить перед столиком с благовониями и приносить ему жертвы?

Третья сестра сидела прямо, с закрытыми глазами и раскрасневшимся лицом, словно наслаждаясь прекрасным любовным сновидением. Не смея торопить её, матушка повторила просьбу с ещё большим благоговением.(167)

身为鸟类专家的准女婿被抓，女儿就成了鸟，甚至升了仙，上官鲁氏"满心里都是阴森森、粘腻腻的感觉，但却不敢说半个不字"。为其设坛，还需跪在女儿面前虔诚请示，好好的闺女变成了母亲口中的"仙家"，有种令人啼笑皆非的滑稽感。相较于英译，俄译更有变通，俄译回译为："尊敬的仙女，俺们该去哪里请案前供奉的神像？"对比发现，俄译者在原文的"仙家"之前加了一个形容词"尊敬的"（почтенная），并紧接着加上人称主语"нам"，而"нам"这个词，在一定语境之下可表农民的自称"俺们"，放在例句俄译文中，就可理解为相对于天上的"尊敬的仙女"而言的地上的卑微黎民。俄译者添加了"почтенная"和"нам"这两个词汇，看似轻描淡写，实则是巧妙地译出了"仙家"这个词在汉语中的特殊色彩，译出了鲁氏与鸟仙之间的身份落差，充分传达了原文的戏谑效果。

但也有对"仙家"不那么恭敬的时候：

例下 42

母亲被气昏了，忘记了鸟仙的广大神通，飞起一脚，踢中三姐的大腿。三姐哇地叫了一声，往前抢了几步，回过头来时，脸上已百分之百的是鸟的愤怒了。她的坚硬的嘴高高地噘起来，好像要啄人，两条胳膊举起来，仿佛要起飞。母亲不管她是鸟是人，骂道："混蛋，谁让你接了她的孩子？"三姐的脑袋转动着，好像在寻找树洞里的虫子。(128)

英: Nearly passing out from anger, Mother forgot all about the Bird Fairy's mystical powers and kicked Third Sister in the leg. With a yelp of pain, Third Sister stumbled forward several steps, and when she turned her head back, **there was no mistaking the look of bird rage on her face**. Her hardened mouth pointed upward, ready to peck someone. She raised her arms, as if to fly. Not caring if she was bird or human, Mother cursed, "Damn you, who told you to accept her child?" **Third Sister's head darted this way and that**, as if she were feeding on insects on a tree. (158)

俄: От ненависти у матушки аж в глазах помутилось, и она, презрев могущественные чары Птицы-Оборотня, лягнула её по ноге. Та взвыла от боли, отскочила на пару шагов, а когда обернулась, то выразила свой гнев **чисто по-птичьи**: твёрдо сжатые губы приподнялись, словно готовые клюнуть, руки взмыли вверх, будто она собиралась взлететь. Но матушке было уже всё равно, птица перед ней или человек:— Кто позволил тебе принять этого ребёнка, **идиотка**? — Третья сестра вертела головой, **словно выискивая насекомых в дупле**. (177)

这一段"仙家变混蛋"的描写绘声绘色，有语言有动作、有拟声有骂语，将母亲的恼恨和鸟仙的愤怒写得十分形象。鸟仙被踢，现出鸟的表情、做出鸟的动作，但也无所作为，只是"脑袋转动着，好像在寻找树洞里的虫子"，这样的文字生动又无稽，混乱却有趣。

海外翻译家怎样塑造莫言

英、俄译者皆完整直译。

总体来说，鸟仙对于上官家的主要贡献，就是让上官家人在青黄不接的岁月里过上了一段有吃有喝的"鸟日子"：

例下 43

她很少说话，眯着眼，喜欢蹲踞，喝清清的凉水，而且每喝一口就把脖子仰起来，这是典型的鸟类饮水方式。她不吃粮食，其实我们也不吃粮食，我们家没有一粒粮食。前来求医问卜的人，根据鸟的习性，贡献给我们家一些蚂蚱、蚕蛹、豆虫、金龟子、萤火虫之类的荤食儿，……（124）

英：She seldom spoke, squinted most of the time, preferred squatting to standing, drank plain water and thrust out her neck with each swallow, just like a bird. **She didn't eat any sort of grain, but then, neither did we, since there wasn't any**. The pilgrims brought offerings suited to the habits of a bird: locusts, silkworm chrysalises, aphids, scarab beetles, and fireflies.（153）

俄：Говорила она немного, постоянно щурилась, предпочитала сидеть на корточках, пила чистую холодную воду, причём с каждым глотком запрокидывала голову, как делают птицы. **Хлеба не ела, да и мы его не ели, потому что в доме не было ни зёрнышка**. Все посетители подносили нашей семье то, что любят птицы. Из мясного это были цикады, червячки шелкопряда, бобовая тля, майские жуки, светлячки.（171）

领弟的言行举止都是鸟的样子，饮食自然也是鸟食——"她不吃粮食"，但接着笔锋一转"其实我们也不吃粮食，我们家没有一粒粮食"。这属于"惯撞"辞格："利用人的思维定式、事物间的矛盾达到喜剧效果的一种修辞方式。"① 读者的思维定式和惯性就是鸟

① 谭永祥：《汉语修辞美学》，北京语言大学出版社 1992 年版，第 92 页。

仙因是"仙"所以不吃粮食，而上官家人应是吃粮食的，但作者却转而说"我们"都不吃粮食，为什么呢？因为上官家没有粮食。其时正值抗战，高密东北乡已经沦陷，整个大栏镇都缺衣少食，上官家没有粮食是不言而喻的。但作者却将生活的饥饿感写在这样的惯撞文辞里，不动声色又别具幽默。对此，英、俄译文皆有效传达。需要指出的是，俄译中的"хлеб"在俄语里有两层意思：一指面包，二指谷物、粮食。这里显然取其后者。

后来，孙不言奸污了领弟，爆炸大队正准备按照军规将其处决，一袭白衣的鸟仙适时赶来，她"步态轻盈，飘飘欲仙"，她貌美如花地走近孙不言，"握住了哑巴双腿间那个造了孽的家伙，歪回头，对着众人咪咪地笑起来。……鸟仙的手始终摸着他的家伙，厚唇上浮着贪婪的但极其自然健康的欲望"①。上官领弟的心上人鸟儿韩被抓往千里之外的异国，她这个闺中女儿就成了顶着神位的鸟仙。谁知阴差阳错间的一场强暴却刺激了领弟的欲望——"贪婪的但极其自然健康的欲望"，直接展示在村民们和爆炸大队队员们、展示在众人眼前。流露着健康欲望的领弟是最美的。对此，英、俄译者皆如实直译。

政委蒋立人见状，便顺水推舟，促成了领弟与孙不言的婚事。作者这样写，真是将女性欲望写得光明正大、合情合法。从此上官领弟就不再是一个孤寂冷清的鸟仙，而是享受着本能欲望的女人。子曰"饮食男女，人之大欲存焉"，这里作者还女性欲望以其本来面目和合理性。

但婚后的领弟依然非鸟似鸟、神神道道：

例下 44

鸟仙耷拉着两条腿坐在桃树杈上，手里攥着一根黄瓜，用门牙一点儿一点儿地啃着吃。（167）

英：The Bird Fairy was perched in the crotch of the peach tree,

海外翻译家怎样塑造莫言

---

① 莫言：《丰乳肥臀》，作家出版社 2012 年版，第 152 页。

holding a cucumber and nibbling it with her front teeth.（195）

俄：На ветвях персикового дерева устроилась Птица-Оборотень. Она болтала ногами и грызла зажатый в руке огурец.（226）

英、俄译文皆无误。

怀孕后的鸟仙更为作品增添了几分荒诞和无稽：

例下45

"你是斑鸠还是大雁？"她用啁啁啾啾的声音问我，也很难说她是在问我。"我的鸟飞了，我的鸟呢，飞了！"她一脸纷乱的惊惶表情。我指了指大街，她便横着两根胳膊，用赤脚踢蹬着地上的土，嘴里啾啾着，往大街上跑去。她跑的速度很快，难道那庞大的肚皮不是她奔跑的累赘吗？如果没有这肚子，她跑着跑着极有可能会腾空而起吧？怀孕影响奔跑速度是一种主观臆想，事实上，在飞奔的狼群中，掉队的并不一定是怀孕的母狼；在疾飞的鸟群里，必有怀着卵的雌鸟。鸟仙像一只矫健的鸵鸟，跑到了大街上的人群中。（173）

英："**What are you, a turtledove or a wild goose**?" she **chirped**. Maybe she was asking me, and maybe she wasn't. "**My bird flew away. My bird, it flew away!**" There was a look of panic on her face. I pointed to the street. She **stuck her arms out straight, pawed at the ground with her bare feet, and, with a chirp, took off running toward the street**. She was moving fast. How could such a huge belly not slow her down? If not for that belly, she probably could have taken wing. She ran into the crowd on the street **like a powerful ostrich**.（201）

俄：— **Ты горлица или гусь**? — спросила она своим **щебечущим голосом**, хотя трудно сказать, был ли этот вопрос адресован мне. — **Улетела моя птичка, улетела!** — На её лице отразилась паника. Я указал в сторону улицы, она **вытянула вперёд руки, что-то чирикнула и побежала туда, топая босыми ногами**. Бежала она очень быстро, и я диву давался: неужели этот огромный

莫言与当代中国文学创新经验研究

живот не мешает? А не будь у неё живота, пожалуй, и взлетела бы. То, что беременные бегают медленнее, представление ложное. На самом деле, когда мчится стая волков, совсем не обязательно, что беременные волчицы отстают; и среди стаи летящих птиц непременно есть самки с оплодотворёнными яйцами. Вот и Птица-Оборотень добежала до собравшихся на улице **этаким мощным страусом**.（232）

　　日本宣布投降，大栏镇的街道上挤满了欢庆的士兵。金童也走出家门，遇上了挺着大肚子的鸟仙。鸟仙说着奇怪的话，在金童的"指引"下奔向大街。作者这样描写鸟仙的动作："她便横着两根胳膊，用赤脚踢蹬着地上的土，嘴里啾啾着，往大街上跑去。"简直像一只就地起飞的鸟飞机。然后由鸟仙的奔跑之速联想到她的身孕负担，然后联想到怀孕一事对于动物运动速度的影响。这一段文字穿插在对抗战胜利这一重大历史转折的交代中，按照常理，叙述人讲述的重点应该是抗战胜利的历史事件，但莫言在这里却插入一段颇有喜感的"鸟仙的起飞"，而且在"鸟仙的起飞"中又插入一段对于怀孕动物的议论和解说，简直远而扯之、离题万里。也许，这是作者一贯的信马由缰、不知节制的文辞风格，但，仅仅如此吗？

　　我们来看看在例句前后作者还写了些什么：首先，几个爆炸大队的队员在大街上狂奔，通告了抗战胜利的喜讯；然而接下来作者却就乳房的"品级"问题发表了一通长篇大论并进行了一番赞美；之后，鸟仙疯疯癫癫地向着大街"起飞"；接下来，倒叙上官来弟撞破蒋立人和盼弟的床笫之事；盼弟在上官家门口大喊一声"日本投降了"（终于回到正题，但也仅此一句）；爆炸大队的士兵们在大街上狂欢，"狂欢吓得太阳快速奔跑"①；领弟在满街狂欢的飞尘中生下两个男孩；最后，拉回正题的是国民党军队骑马牵骡而来。而在这些旁枝斜逸的议论和穿插之间，叙述人反复强调的是"金童与

海外翻译家怎样塑造莫言

----

① 莫言：《丰乳肥臀》，作家出版社 2012 年版，第 174 页。

乳房"："日本鬼子投降，金童失去了乳房"，"抗战胜利，金童被乳房抛弃"，用合辙押韵的顺口溜将"金童恋乳"这一暧昧癖好与"抗战胜利"这等国家大事——不仅是国家大事，更是世界大事——比肩并置。

日本投降是国家大事，喜怒哀乐是百姓日常。作者自称"作为老百姓写作"[1]，但偏偏又没有去描写比如上官鲁氏这样的百姓在1945 年 8 月 15 日这一天吃了什么喝了什么，而是走向另一个极端——用些疯疯癫癫、甚嚣尘上的奇言怪论来抢了"日本投降"这一历史事件的风头。也许，这些看似不可理喻的夸张描写，其实是一种对于宏大历史叙述的消解，用乳房和鸟仙等充满戏谑的文字消解宏大历史、用一种极端方式来表达自己的"民间"立场和姿态。对于《丰乳肥臀》的"民间"姿态，有论者言道："它在把历史的主体交还人民、把历史的价值还原于民间、在书写人民对苦难的承受与消化的历史悲剧方面，体现出了最大的智慧。"[2]像例句这般的极端方式，其实比其他常规写法更有力量。假如作者真的老老实实描写了上官鲁氏这个百姓在这一天的吃喝住行，那读来又有何趣？

俄译完整直译，英译者删除了例句中的"怀孕影响奔跑速度是一种主观臆想……必有怀着卵的雌鸟"这一长句，也许是因为英译者认为这样的旁逸实在有碍读者接受。不过，除此句外，例句及其上下文，英、俄译者都完整译出，为上述的解读提供了可能。

后来，司马库和巴比特在村外的悬崖边上做"飞人试验"，鸟仙心有所感，从悬崖边——用上官金童的话说——翱翔起飞。上文对领弟在树梢和屋脊的描写象征着她对人世惨况的反抗，那么此时，鸟仙终于演绎了她最彻底的拒绝——自坠身亡，以死而飞。对相关描写，英、俄译者都完整译出。

死后的领弟褪去了鸟的表情：

---

① 张清华：《作为老百姓的写作》，《经济观察报》，2006 年 4 月 10 日。
② 张清华：《〈丰乳肥臀〉：通向伟大的汉语小说》，《山东文学》，2012年第 11 期。

例下 46

鸟的表情已完全地从她脸上消逝了。她微微睁着眼，脸上是宁静动人、笑嘻嘻的表情。两道凉森森的光线从她的眼睛里射出来，锐利地刺穿了我的胸膛，扎着我的心。她的脸色是苍白的，额头和嘴唇上仿佛涂了一层白垩。几缕丝线一样的血，从她的鼻孔里、耳朵里和眼角上渗出来。几只红色的大蚂蚁在她的脸上惊惶不安地爬动着。这里是牧人很少到的地方，草疯花狂，蜂蝶猖獗，一股甜滋滋的腐败的味道，灌满了我们的胸膛。前边十几米，就是那壁立的赭色的悬崖，悬崖的根部凹陷进去，汪着一潭黑色的水，石壁上的水珠滴落潭中，发出叮叮咚咚的响声。（198—199）

英：The avian expression had left her face without a trace. Her eyes were open slightly; a sense of tranquillity had settled onto her still smiling face. **Cold glints of light emerging** from her eyes pierced my chest and went straight to my heart. Her face was ashen, her lips appeared covered with chalk. **Threads of blood** had seeped from her nostrils, her ears, and the corners of her eyes, and **several alarmed red ants were darting across her face.**（225）

俄：Лицо её было обращено к небу, тело впечаталось в землю, вокруг выдранная с корнем трава. Птичье выражение бесследно исчезло. Глаза чуть приоткрыты, лицо удивительно спокойно, на губах что-то вроде лёгкой улыбки. **Мерцающий в глазах холодный свет** лезвием ножа пронзил мне грудь и дошёл до самого сердца. Лицо **пепельно-серое**, губы словно посыпаны мелом. Как-то странно выделяется лоб. Из носа, ушей и уголков глаз **тонкими ниточками выступила кровь, и по лицу уже снуют большие рыжие муравьи.** Сюда, в это буйство разнотравья и цветов, раздолье для пчёл и бабочек, пастухи забредали редко, и грудь наполнял **сладковато-гнилостный аромат**. В нескольких десятках метров отвесной стеной высится тот самый красно-бурый утёс. Во впадине у его подножия образовалось крошечное озерцо, куда со звоном капает стекающая с него **тёмная вода**.（263）

　　我们看到，这位曾经未卜先知、神通广大的鸟仙，这个婀娜
多姿、"像红荷花，像白荷花"[①]的上官三姑娘，这个比二姑娘招
弟、六姑娘念弟都要历经传奇的人物，作者对于她的死状描写，却
一点都不唯美。消逝了鸟的表情的领弟恢复了人的相貌——更确切
地说——死人的相貌：微睁的双眼射着凉森森的光线，苍白的五官
渗着鲜血，几只红色大蚂蚁在上面爬来爬去。周围的环境是草疯虫
狂、"甜滋滋的腐败"、"赭色的悬崖"、"黑色的水"，还有叮咚不停
的水滴落声。这样的肖像和环境描写很容易引起读者在视觉、听
觉、嗅觉甚至味觉上的不适；鸟仙坠崖而死，实非善终，情节冲突
叠加环境描写这样双重的压迫感和紧张感，毫不容情地刺激着读者
的神经。也许，作者正是要通过这样的死状之惨、之丑，来打碎那
个联魅通灵的鸟仙迷梦、增强人物以死为飞的表态力度，进而表现
战争动乱对于黎民百姓的戕害。

　　回看此例译文，俄译完整直译，英译则删掉了从"这里是牧人
很少到的地方"到"发出叮叮咚咚的响声"这一段环境描写。也许
是因为英译者考虑到这段环境描写与情节进展无关，而很多英语读
者不愿接受无关主线的、冗长的描写。

　　说到底，战争带给百姓、带给一个普通农家女儿的，终究是伤
害。但作者没有直书其伤，而是通过这些亦真亦幻的"动物仙"来
表达对战争的愤怒，通过吊诡的"鸟仙"人设来发出那被淹没在历
史洪流中的农民之声，通过对"鸟仙"的欲望描写来直面女性欲望
的张扬力。而且，这些"动物精仙"，其精神底蕴来自中国数千年
的农耕传统，字里行间体现着作品的乡土风格。这样的书写方式，
更具艺术的表现力和审美性。

　　对于"鸟仙"，一位英译本读者评论道："这不是一部历史小说，
它有时候甚至跳进了魔幻现实主义中，比如其中的一个姐姐变成了

① 莫言:《丰乳肥臀》，作家出版社 2012 年版，第 152 页。

鸟仙。"① 动物 "仙精" 的内容确实牵扯着一些魔幻性，那我们就不妨顺着鸟仙的故事，来看一下《丰乳肥臀》中其他带有幻觉色彩的内容。

其他幻觉内容

1996 年 "大家·红河文学奖" 对《丰乳肥臀》的颁奖词中曾提及其 "情境构成的魔幻性"，张志忠先生也讲到过莫言创作的非现实化倾向："对于现实中的人和事做非现实的处理，对于非现实的东西做现实的刻镂，使其活灵活现，呼之欲出，实则虚之，幻则真之，这才完整地构成莫言的非现实化方式。"② 而这在《丰乳肥臀》中具体有哪些体现？也许，我们可以从中国文化传统和作家个人气质两方面说起。

前文提到，在我们的汉文字产生之前，在那遥远的初民时代，我们的祖先就根据天文地理得出了 "河图" 造型——龙蛇图案。而无论是龙蛇图案，还是后来演变出的太极阴阳图，其基本动态趋势都是在旋转的。旋转纹还大量出现在另一远古文化载体上——新石器时代的彩陶。这些彩陶图案，除了旋转纹，还有振动纹。有学者认为，旋转纹和振动纹意味着幻觉的产生："在幻觉的影响下，旋转纹产生升、降幻视，振动纹产生节奏幻听。"③ 那么，这古老文化图腾 "河图" 和新石器时代彩陶上的旋转图像，是否意味着中国文化中的幻觉基因？而这幻觉基因是否同样流淌在莫言这位农民作家的血脉里？

其次，莫言儿时家庭成分是中农，"介于敌人和自己人之间……因为这种夹缝状态，也就造成了我们所受的家庭教育，就是要老老实实、恭恭敬敬地做人，时刻不要忘记把自己的尾巴夹住"④。而这又是一个三世同堂、人口众多的大家庭，加之年少失学，

① Nov 24, 2012Jenny (Reading Envy) http://www.goodreads.com/book/show/670217.Big_Breasts_and_Wide_Hips?from_search=true&search_version=service.
② 张志忠：《莫言论》，北京联合出版公司 2012 年版，第 161 页。
③ 阿城：《洛书河图：文明的造型探源》，中华书局 2014 年版，第 66 页。
④ 莫言：《故乡·梦幻·传说·现实》，《小说的气味》，春风文艺出版社 2003 年版，第 159—160 页。

"我的天性在这种社会环境和家庭教育中受到了很大的压抑，……本来还算聪明的头脑也因为失去了受教育的机会而白白地浪费了，肥沃的土地上，你不种庄稼自然要长野草，我的脑袋里就长满了野草"①。如今，这些野草就蔓生到了《丰乳肥臀》奇奇怪怪非真似幻的文字里。

例下 47

母亲拽着我的手，钻进了小路。我们必须弯着腰，如果我们抬直腰，锋利的叶片便会割破我们的脸，甚至割瞎我们的眼睛。小路的两边，镶着茂盛的野草，疯狂的蒺藜爬满路径，蒺藜的硬刺扎着我的脚。……光线黯淡，幽深得望不见尽头的庄稼里活动着许多奇形怪状的小动物，它们的眼睛是碧绿的，它们的舌头是鲜红的。它们尖尖的鼻子里发出咻咻的声音。我恍惚感觉到正在进入传说中的阴曹地府，而紧紧地抓着我的手、喘息如牛、不顾一切往前冲撞的人，难道真是我的母亲吗？是不是变幻成母亲的样子来捉我下地狱的鬼怪？我试图把那只被捏痛了的手挣扎出来，但我的挣扎导致的后果是她更加用力地抓住我。（339）

英：Still holding my hand, she then turned onto the narrow path. We had to walk at a crouch to keep the sharp edges of the leaves from scratching our faces and our eyes. Creepers and wild grass nearly covered the path, the sharp nettles pricking the soles of my feet. …The light was fading, and **the strange beasts out in the deep, serene, and seemingly endless croplands** around us were stirring. Their eyes were green, their tongues bright red. Snorts emerged from their pointy noses, and I had this vague feeling that I was about to enter **Hell**; could that person clutching my hand, panting like an ox, and charging ahead single-mindedly **really be my mother?** Or was it a demon that had taken her

① 莫言：《故乡·梦幻·传说·现实》，《小说的气味》，春风文艺出版社 2003 年版，第 159—160 页。

form and was leading me down to the depths of Hell? I tried jerking my hand out of the painful grip, but all that accomplished was that she held it tighter than ever.（352）

俄：Не отпуская моей руки, она шагнула на тропинку. Продвигались мы, согнувшись в три погибели, чтобы не расцарапать острыми листьями лицо и не выколоть глаза. Буйно разросшаяся трава и вьющиеся растения перекрывали проход, кололи ноги, …День угасал, вокруг, в тёмной глубине полей, которым, казалось, нет конца, **ожили диковинные зверюшки.** Их было много: **зелёные глаза, красные языки, писклявые острые мордочки.** Казалось, я вхожу в **мрачные адские чертоги.** А это существо, вцепившееся в мою руку, оно пыхтит, как буйвол, и ломится вперёд несмотря ни на что — возможно ли, что **это моя матушка? Не демон ли это, принявший её облик, чтобы утащить меня в ад?** Я попытался вывернуться из её клещей, но она ухватила меня ещё крепче.（441）

　　例句语境是村中几个出身雇农的闲汉把金童押解到庄稼地里殴打了一顿，然后追逐司马粮而去，这时鲁氏赶来，拉起金童打算去救护被困在庄稼地深处的司马粮。例句中，作者首先设置了一种很压抑的自然环境：茂盛的野草和疯狂的蒺藜长着锋利的硬刺，它们甚至封闭了原本就幽暗曲折的小路；阳光无法穿透进来，庄稼地"幽深得望不见尽头"；在这幽暗晦暝之中，"活动着许多奇形怪状的小动物"，它们长着碧绿的眼睛、鲜红的舌头，从鼻子里发出咻咻的声音。这一切都显得神秘莫测、危机四伏，金童身处其中，感觉到"正在进入传说中的阴曹地府"；同时，那个原本爱护自己的母亲，在这通往阴间的路上突然变得不确定，"难道真是我的母亲吗？是不是变幻成母亲的样子来捉我下地狱的鬼怪？"金童害怕起来，想要挣脱这个人的手，结果却使其更加坚固（真实情况应是鲁氏担心金童被落下，当然会紧紧抓着他）。这就是金童在穿越一片庄稼地时突然陷入的癫狂状态——诡怪的小动物、幽暗的黄泉路、突然难以确定的"母亲",这种幻觉的产生突如其来、毫无道理,甚至带着莫名涌起的恐惧,正是莫言作品的一贯风格。

同样是穿越一片"着了魔的土地"①,《百年孤独》中的一段文字②可以与此相对看:我们的例句是金童从阳世通往阴间,《百年孤独》中人们是从"远在原罪之先就已存在的天堂"通往一个被寄予着希望的北方;对于领路人,金童不确定是自己至亲的母亲还是来抓自己的鬼怪,而《百年孤独》中的领路人是手持罗盘、坚定不移的何塞·阿尔卡蒂奥·布恩迪亚;我们的例句所处的是自足封闭的乡土世界,而《百年孤独》中人们看到了从外界的海洋而来的西班牙大帆船。另外,《百年孤独》中人们相信原罪,信仰天堂,虽然"这里很多年来没有神甫"③,但人们却拥有自己的上帝,"大家一向都是直接和上帝解决问题"④,相信一个存在于彼岸世界的绝对精神。而我们的例句中金童所相信的,是"阴曹地府",其实质来自乡土中国数千年延续传承的阴阳系统:"一阴一阳之谓'道'。继之者善也,成之者性也。"(《周易·系辞·上》)"阴曹地府"中的"阴"和"地",是源于"天为阳地为阴";"曹"和"府",是指古代的机构部门。"阴曹地府"不同于海洋文明中宗教式的绝对彼岸,而是处在世俗的天地循环的阴阳体系中。

---

① (哥伦比亚)加西亚·马尔克斯:《百年孤独》,范晔译,南海出版公司 2011 年版,第 10—11 页。

② "地面变得柔软潮湿如火山灰,林莽日益险恶,鸟儿的啼叫和猿猴的喧闹渐行渐远,天地间一片永恒的幽暗。在这潮湿静寂、远在原罪之先就已存在的天堂里,远征队的人们被最古老的回忆压得喘不过气来,……'不要紧,'何塞·阿尔卡蒂奥·布恩迪亚说,'重要的是别迷失方向。'他始终拿着罗盘,带着队伍走向看不见的北方,……醒来时已是日头高照,人们无不被眼前的景象所震慑:在蕨类和棕榈科植物中间,静静的晨光下,赫然停着一艘覆满尘埃的白色西班牙大帆船。"

③ (哥伦比亚)加西亚·马尔克斯:《百年孤独》,范晔译,南海出版公司 2011 年版,第 73 页。

④ (哥伦比亚)加西亚·马尔克斯:《百年孤独》,范晔译,南海出版公司 2011 年版,第 73 页。

所以，以这段拉美作品为对比，我们更明显地看出，莫言笔下的魔幻，有着乡土农耕的精神基础，有着独属莫言的个人风格。俄罗斯彼得堡的新闻网站"ФOHTAHKA"与叶果夫先生之间有过一段很有趣的采访：

记　者：莫言运用的是怎样的创作手法？
叶果夫：现实主义。
记　者：魔幻现实主义？
叶果夫：莫言现实主义。[①]

对莫言的独特风格都有着极高肯定的英、俄译者，对于例句，总体上讲翻译无误。但对其中的"阴曹地府"，英译直接译为"地狱"（Hell），俄译回译为"昏暗的地狱之殿"（мрачные адские чертоги）。显然，英、俄译文都属于归化译法，会造成一定的文化信息流失（其中俄译流失得较少）。但我们若强求异化，恐怕就只有"阴曹地府"的音译形式了吧，这会导致读者的阅读障碍，最终的效果反而不如归化。总之，对于例句这段吊诡文字，英、俄译文都是有效的。

例下 48

哑巴的腿曲曲折折地往前走，走到大姐脚前，这个生铁般的男人，竟像被阳光晒化的雪人一样，哗啦啦四分五裂，胳膊一处腿一处，肠子遍地爬如臃肿的蛇，一个紫红的心脏在他的双手里跳跃。（269）

英：He walked up to her on **bowed legs**, looking like a baked snowman, crumbling piece by piece — **first an arm, then a leg, intestines coiling on the ground like a snake; a red heart beating in his cupped hands**.（295）

①　– Какой творческий метод он, в таком случае, исповедует? – Реализм.
– Магический? – Мояневский. Мо Янь — как журавль в стае уток
http://www.fontanka.ru/2012/10/15/154/.

俄：Он добрёл к ней на **подкашивающихся ногах** и остановился. Этот железный боец походил на снеговика, тающего под лучами солнца: хлоп — **отвалилась рука, бац — нога, огромной змеёй свернулись на земле кишки, а в ладони затрепетало алое сердце.**（354）

鲁立人迫于压力，命令孙不言枪毙司马库的双生女儿，上官来弟赶来救护她们，孙不言在情绪激动之下又发挥出了他那唯一掌握了的词汇"脱"，来弟听后，误会之下毅然脱光了自己的上衣，孙不言见状，便有了例句中的反应。作者写孙不言的动作是"曲曲折折"的走法、四肢是"哗啦啦"的分裂、五脏六腑是爬行又跳跃。这样的非现实笔触，反而更能潜入人性深处——上官来弟对于司马库的一往情深，孙不言对于乳房的无力抵抗。这也是在说乳房的力量：乳房不仅对于金童是强有力的，对于孙不言也是致命的。

颇具影响力的俄罗斯新闻周刊《论据与事实》曾对叶果夫先生进行过一次采访：

记　者：诺奖为什么会颁给莫言呢？请结合颁奖词"将幻
　　　　觉现实主义与民间故事、历史与当代社会融合在
　　　　一起"来谈一下。

叶果夫："幻觉现实主义"！不过，诺奖评委会发布的评
　　　　语还有过更可笑的。其实首要的我已说过多次，
　　　　那就是将现实与非现实混合在一起，由此潜入人物
　　　　的人性深处，并对社会中发生的一切作出总结。①

① AиФ.ru:Прекрасно, хороший писатель, но Нобелевскую премию-то почему? Причем обратите внимание на формулировку: «за галлюцинаторный реализм, с которым он смешивает сказку, историю и современность».
И.Е.: «Галлюцинаторный»! Впрочем, у Нобелевского комитета формулировки бывали даже еще более смешные. Скорее всего это то, о чем я и говорил. Смешение реальности и нереальности, которое позволяет ему проникать в характер героев и делать выводы из того, что творится в обществе.　http://www.aif.ru/culture/36931.

对莫言创作中的非现实元素有着深刻理解的俄译者，对于例句，当然完整译出；英译文也同样有效。

例下 49

那只眼球在泥土上噜噜转动着，最后定住，仇视地盯着我们。（235）

英：…it rolled around on the muddy ground for a moment before coming to rest and staring up at us **hostilely**.（262）

俄：Глаз покатился по грязи и, остановившись, **с ненавистью** уставился на нас.（311）

例句中的眼球曾属于爆炸大队的马排长。鲁立人的爆炸大队打败了司马库的十七团，把十七团的俘虏们关押起来，混乱中上官金童也被关了进去。后来，上官鲁氏来解救金童，闯开了关押俘虏的大门，俘虏们趁乱跑了出来，混战中马排长的"一只眼珠被抠了出来"，后又被上官盼弟"毫不迟疑地摘下来，并随手扔到一边"①。可见，马排长实在很有理由仇恨上官家。但作者没有直接描写马排长的心理活动，而赋予他的眼球以憎恨的情绪和能力，用这样的魔幻之笔来描摹世态，反映人心。英、俄译者都完整保留了原文的这些魔幻色彩。因此，有一位英译本读者评论道："莫言将魔幻现实与社会评论结合在一起，这令我很惊讶。"②

例下 50

在苍老的大街上，我真切地看到了身披黑袍的马洛亚牧师慢吞吞地徜徉着。他的脸上沾满泥土，头发里生长着嫩黄的麦芽儿。他的双眼宛如两颗冰凉的紫葡萄，闪烁着忧伤的光泽。我大声地把母亲已经和司马亭结婚的消息通报给他。我看到他的脸痛苦地抽搐

① 莫言：《丰乳肥臀》，作家出版社 2012 年版，第 152 页。
② http://www.goodreads.com/book/show/670217. Big_Breasts_and_Wide_Hips?from_search=true&search_version=service.

（竖排）海外翻译家怎样塑造莫言

着，他的身体和他的黑袍像泡酥的瓦片一样顷刻间破碎了，化成一股团团旋转的、腐臭的黑烟。（321）

英：On the **ancient** street, **I saw** Pastor Malory, a black robe draped across his shoulders, slowly wandering along. His face was mud-spattered; tender yellow buds of wheat were sprouting in his hair. His eyes, looking like frozen grapes, shone with the light of sorrow. In a loud voice, I reported to him that Mother had married Sima Ting. **I saw** his face twitch in agony, and watched as **his frame and the black robe began to break up and dissolve into curls of black, stinking smoke.**（335）

俄：На **пустынной** улице, **как живой, мне явился** пастор Мюррей. Он медленно брёл в своём чёрном халате. Лицо грязное, в волосах желтоватые ростки пшеницы. Глаза печальные, две стылые красные виноградины. Я сообщил ему, что матушка сочеталась браком с Сыма Тином. Лицо у него передёрнулось, как от боли, и он весь вместе с чёрным халатом разлетелся на мелкие кусочки, словно прелая черепица, и **испарился завитушками вонючего чёрного дыма**.（419）

上官鲁氏接受安排嫁给了司马亭，这令金童很愤怒。就像在例下48中，上官来弟为了救护司马库的双生女儿而将自己的乳房献给孙不言，如今母亲的乳房又一次"被侮辱、被损害"。失魂落魄的上官金童跑到了"苍老的大街上"。这里的"苍老"，更多的不是说"大街"苍老，而是饱经烽烟动乱的中国很苍老。"苍老"一词用在这里，正符合作品整体内容的历史感。"我在创作《丰乳肥臀》时，尽管使用了'高密东北乡'这个地理名称，但我所关注的起码是中国的近现代历史，关注的起码是在近现代历史中的千百万中国人的命运。"[1] 这是作者一贯的历史态度。对于例句中"苍老"这个

① 莫言：《"高密东北乡"的"圣经"——〈丰乳肥臀〉修订本后记（1999年）》，《写给父亲的信》，春风文艺出版社2003年版，第258页。

词，与俄译"荒凉的"（пустынной）相比，英译的"ancient"显然更接近原意。不过，总体上看，上官金童看到马洛亚这些"真切"的幻觉，英、俄译文皆无误。

幻觉式灰飞烟灭地离去的除了马洛亚，还有龙青萍：

例下 51

……侦察科长……在铁丝网上找到了龙青萍，法医用照相机刚为她拍了一张照，她的身体便像一颗定时炸弹一样爆炸了。她身上的皮肉化成黏稠的糖浆一样的液体，污染了足有半亩水面。（433）

英：…as the examiner was photographing the body, **it exploded like a time bomb**, its rotting skin and sticky juices fouling the water over a wide area.（430）

俄：…Когда медэксперт фотографировал её, тело **разлетелось, как бомба с часовым механизмом. Клейкой массой, в которую** превратились кожа и плоть, забрызгало поверхность воды на половину му вокруг.（557）

龙青萍的尸体在法医的照相机下可以像炸弹一样在瞬间爆炸，这显然又是作者设置的一些幻觉元素。对此，英、俄译者皆如实译出，不过，值得注意的是译者对例句中后一句话的翻译。英译回译为"她的身体像一颗定时炸弹一样爆炸了，它的腐烂的皮肤和黏稠的液体污染了很大一片水面"，俄译回译为"皮肉化成了黏稠的液体，污染了半亩水面"。英、俄译者都删去了"糖浆一样的"，也许是因为译者觉得这个定语成分在句中啰唆没必要，又非文化信息词汇，所以省去不译。不过整句话的语义无误，删去一个定语成分并无重大影响。需要讨论的是原文和英、俄译文在这句话上的语法结构差异。本书开头曾粗略地提及中文与西方语言的差异，这里我们不妨再借这个例句浅析一二。

前文提到，在中国农耕经济的基础上，产生了"天人合一"的哲学体系。在这一体系中，人们信仰着那个不可言说的"道"："道生一，一生二，二生三，三生万物"（《道德经·第四十二章》）。而这个"道"又是"莫知其始，莫知其终，莫知其门，莫知其端，莫知其源"（《吕氏春秋·下贤》）的，也就是说，中国哲学内核所论述的，我们无法通过数理性的分析来把握，而需要运用主观的感悟和虚静的意念来领会。《庄子》说"得鱼忘筌，得兔忘蹄，得意忘言"（《庄子·外物》），就是在说一个主观化的"意"。那么，在这样的哲学思维下，就产生了中国的写意艺术。中国绘画是那原始彩陶图案就有的散点透视，中国建筑是园林艺术所追求的意与境谐[①]，所有这些，都是以意统形。汉语的语法，也是如此。

汉语语法的写意性，可以从汉语与英语、俄语的对比中看出来。英语和俄语同属印欧语系，它们的句子构成以主语和谓语为核心支柱、控制句内其他成分及从句，并以各种关联词连接各个部分，而且词汇具有形态变化（尤其是俄语，俄语词汇有着阴阳性别的严格划分），属于屈折语。总之，英语和俄语从句式结构到语态词格都十分严谨，侧重"形合"（hypotaxis）。而汉语则是"意合"（parataxis）：汉语词汇形态没有时态、性别之分，没有词态变化，连词性都很模糊；句子中主语和谓语都可以不清不楚，句子结构松弛随意，各个成分之间的连接依靠话语意思和交际逻辑，"偏重心理，略于形式"（黎锦熙语）。所以，汉语的语法也是形散意合，带有中国的写意艺术特征。

这样的语法差异，在例句中也有体现。原文说"她身上的皮肉化成黏稠的糖浆一样的液体，污染了足有半亩水面"，虽然使用了一个句号，但其实包含了两个主语：第一个主语是"皮肉"，第二个主语是"液体"。两个主谓结构之间并无连接词，需要我们"意会"。英译者很简洁地利用一个进行时态的分词"fouling"（污染），将原文这两个独立的主谓结构串并在了一起，并连上了之前的"她的身体便像一颗定时炸弹一样爆炸了"，而且并未造成信息欠额；俄译者则使用了一个五格形式的词组——"Клейкой массой"（以

① 参见徐行言:《中西文化比较》，北京大学出版社2004年版，第287页。

黏稠液体的方式），加上一个限定从句"в которую превратились"，同样也以结构严谨的整句转换了原文的语义信息。英译文中的进行时态的分词形式（fouling）、俄译文中的词组的五格形式（Клейкой массой），这些形态变化，都是汉语自古以来就不具备的。这就是语言本身的差异在译文中的体现，另外，若从文辞简洁的角度上考量，英译优于俄译，甚至优于原文。莫言曾声称："朋友对我说：葛浩文教授的翻译与我的原著是一种旗鼓相当的搭配，但我更愿意相信，他的译本为我的原著增添了光彩。"[1] 看来，这并非全是谦辞。

以更宏观的视角，其实所谓幻觉描写，正是一种"精神分裂症"式的写法，这令人想到解构主义叙事方式。学者张清华说："'精神分裂症'式的接入方式，改造了历史的悲剧情境，将之有效地喜剧化了，这是一种'解构主义'的策略，但也是对当代历史情境的一种必要的应对和反讽，化解了叙述中几乎无法承受的重负，并且在喜剧化的外表下，完成了悲剧性的主题。"[2] 以上两例显然正是这种叙事手法的体现，作者对于鲁氏、马洛亚和龙青萍所遭遇的历史命运的叙述显现了戏剧性的分裂，我们由此看到作者处理历史题材时保持的创作个性。回看相关的英、俄译文，其翻译都是完整的，保留了译作以上解读的可能性。

但也有些魔幻内容只像是装饰品，一位英译本读者说："魔幻现实主义的成分感觉像是添加进去的。"[3] 如下例：

例下 52

那皮肉很快地从伤口上跳下来，往草丛里钻。他逮住它，往地上摔了几下，把它摔死，然后，从身上撕下一块破布，紧紧地裹住了它。（38）

英：...it immediately **hopped back off** and **burrowed into** a patch

① 莫言:《我在美国出版的三本书》,《小说界》, 2000 年第 5 期。
② 张清华:《中国当代文学的历史叙事》, 北京大学出版社 2012 年版, 第 171—172 页。
③ BlueDog on January 29, 2013 http://www.goodreads.com.

of weeds. So he **snatched it up** and smashed it on the ground, over and over, until it was **dead**.（37）

俄：…он тут же **отвалился, скрывшись** в траве. Командир **схватил** его и стал колотить о землю, **пока тот безжизненно не застыл**. …（59）

1939 年的某天，沙月亮的黑驴鸟枪队与日军在村外交战，上官来弟看到沙月亮被子弹削掉了一块皮肉。沙月亮想把它重新贴到伤口上去，但那块皮肉成了精，竟然自己跳下来，逃向草丛。于是沙月亮追上去"逮住它""把它摔死"。这段"伤肉成精"的描写看似胡言乱语，其实符合沙月亮的人物性格：绝不允许自己的皮肉背叛自己，就算把皮肉"摔死"，一切都需是他沙月亮说了算，正如他日后说的"老子愿抗日就抗日，愿降日就降日"①。这更是莫言一贯的狂欢化语言特点——比如民间的、乡野的、鬼怪的，一切奇奇怪怪都能为我所用。对此，英、俄译者皆如实译出。

以上，便是对《丰乳肥臀》中魔幻元素及其翻译情况的粗浅举例和分析，这里插入的对魔幻元素的讨论是承接在同样带有魔幻色彩的动物"精仙"的内容之下。接下来，我们将重拾本小节的主题——乡土中的动植物，试论一下作品中"修饰语的乡土风情"。

（四）修饰语的乡土风情

对于莫言，学者季红真曾评论道："一个出身乡土社会的知识者，一个在乡土社会度过了少年时代的作家，是很难不以乡土社会作为审视世界的基本视角的。"② 后来，这段评语被莫言直接引用在自己的散文《超越故乡》中③，体现了作家对于批评家的这段评语的认同。莫言自己也称："我的祖辈都在农村休养生息，我自己也是

---

① 莫言：《丰乳肥臀》，作家出版社 2012 年版，第 144 页。
② 季红真：《恋乡与怨乡的双重情结》，《文学自由谈》，1993 年第 1 期。
③ 莫言：《超越故乡》，《会唱歌的墙》，作家出版社 2005 年版，第 210 页。

农民出身，在农村差不多生活了二十年，我的普通话到现在都有地瓜味。这段难忘的农村生活是我一直以来的创作基础，……使用的语言都不可避免地夹杂着那里的泥土气息。"[①] 莫言创作中修饰语的"地瓜味"、泥土气息，或者说乡土风情，体现在《丰乳肥臀》中，我们将分为"植物词充当修饰语""动物词充当修饰语""植物词＋动物词充当修饰语"和"季节词充当修饰语"四类来分别讨论。

1. 植物词充当修饰语

在古老的乡土中国，农民朝作夕息进行着农业生产，在这样人与大自然的交换中，每日所见都是乡里田间的农作物和动植物，这种朴素的、乡土的田园诗意，在《丰乳肥臀》中的体现方式之一，就是使用农民日常所见所感的植物来充当修饰语。

例下 53

一匹马杏黄。一匹马枣红。一匹马葱绿。（21）

英：One of the horses was **apricot yellow**, one **date red**, the other the **green of fresh leeks**.（19）

俄：…одна желтоватая, **как абрикос**, другая тёмно-коричневая, **как финик**, а третья бледно-зелёная с желтизной,…（38）

例下 54

……就像头天上午我大姐看到的那样：一匹杏黄，一匹枣红，一匹葱绿。（55）

英：…one **apricot yellow**, one **date red**, and one **leek green**.（81）

俄：…желтоватая, тёмно-красная и бледно-зелёная.（78）

以上两例是说大栏镇首富福生堂的三匹骏马：杏黄、枣红和葱绿。其中，"杏"是一种蔷薇目蔷薇科杏属植物，多呈黄色，在中国以北方地区种植为多；"枣"本种原产中国，好枣味甜，又是滋

---

① 朱红军：《文学视野之外的莫言》，《广外旧报》，2002 年 9 月 15 日。

补佳品，中国人喜食，因此爱屋及乌，常用它来形容"红色"；"葱"更是山东盛产，作者这位"豪气、义气、霸气和匪气"的"山东高密小子"（从维熙语①）对于大葱当然更是偏爱，自称"想起老家的馒头和大葱我就想家"②，所以，作品中也常常以"葱"作为修饰语。总之，大栏镇位于山东高密东北乡，是北方农村，在色彩词之前加上植物词"杏""枣""葱"的修饰，十分应景自然。另外，例句是用植物来修饰动物，也是我们一直所说的乡土中国生命一体化的体现。

但是，欧美人对于以上三种植物，远没有中国人热爱。对于"葱"，欧美人特别是俄罗斯人更多食用的是洋葱；对于"枣"，他们的第一反应是中亚和北非的椰枣之类。另外，在起源于海洋文明的西方文化中，不常以植物词这种属于农业文明范畴的词汇为修饰语。所以，例句中的植物词信息，体现着中国特色的乡土风格。对此，英译都完整保留下来，而俄译则将"葱绿"替换成了"浅黄绿"和"浅绿"，流失了"葱"的形象。俄译者对于"葱"的省略，也许一是担心俄读者对于"葱绿色"的反应度不高，二是考虑到译文的韵律节奏：例下 53 中，前面已有"像杏那样"（как абрикос）和"像枣那样"（как финик）这两个比较从句，如果在"绿色"（зелёная）后面再加上"像葱那样"（как зелёный лук），则会显得用词啰唆、节奏刻板；例下 54 中，"тёмно-красная"（深红的）和"бледно-зелёная"（浅绿的）刚好可以形成错落有致的尾韵，若加上"像葱那样"（как зелёный лук），反而画蛇添足。

与俄译文相比，英译文之所以兼得信息完整和用词简洁，要归因于英、俄语的语法差异。俄语是典型的屈折语，词态变化十分复杂，笼统地讲尚且具有六个"格"，因此遣词造句要严格遵守词性、词格，一般不可以直接使用名词做定语；而"абрикос"（杏）和"финик"（枣）的形容词形式"абрикосный"和"финиковый"

---

① 从维熙：《莫言三影》，《羊城晚报》，2012 年 10 月 25 日 B4 版。
② 莫言：《写给父亲的信·代序》，《写给父亲的信》，春风文艺出版社 2003 年版，第 1 页。

仅表示所属关系，后接颜色词显然是不合适的，所以俄译者无法选用这两个形容词。至于英语，英语是从屈折语向分析语发展的语言，词格变化少，有时名词可以直接做定语修饰另一名词，如英译文中的"apricot yellow"和"date red"可以直接表示"杏黄"和"枣红"，因此英译文更简洁有效。

第二例道理相同，不再赘述。

例下 55

一匹杏黄大马（37）

英：A speeding **apricot-colored** horse（36）

俄：большой жеребец розово-жёлтой масти（58）

英译也有省略植物词的时候：

例下 56

冰爬犁都刷成杏黄色（93）

英：the sleighs were coated with **thick yellow** tung oil（122）

俄：**Оранжевожелтые**, они были покрыты толстым слоем тунгового масла（127）

英译为"浓黄色"，俄译为"橙黄色"。俄译文中的"оранжево-желтые"是个外来词，其词根"оранж"来源于英语"orange"（橙子）。橙子原产于东南亚，虽然同是植物颜色词，但"橙黄色"可比"杏黄色"要洋气得多。而且，使用来自英语的外来词来翻译带着中国乡土气息的词汇，显然是不合适的。

例下 57

上官玉女……对母亲伸出了那两只葱白般的手，祈求道，"娘，让我摸摸你。"（445）

英：Reaching out with her **fair** hands,...（441）

俄：Юйнюй вдруг протянула к ней **бледные** ручки...（572）

上官玉女纯净如东海龙女，例句用"葱白"来形容她的手以示
纯洁。"葱白"用在这里恰到好处：向来形容美人之手，若说"纤
纤玉手"，可上官家只有大葱，不趁玉器；若说"手如柔荑"，又太
过文气，与玉女与鲁氏对话的语境不符。只有"葱白"契合着作品
浑然一体的乡土风格。英译回译为"美丽的手"，俄译回译为"白
皙的手"，都流失了原文的乡土气息，但也别无他法：如果直译为
"大葱的白根部分"，恐怕英、俄读者会觉得毫无美感，原因如前
所述。

杏是黄色人所皆知，而"草"有黄色的时候吗？

例下 58
一群群草黄色的野兔子（296）
英：a cluster of wild rabbits the color of **dead grass**（316）
俄：стайка **бурых, как пожухлая трава**, кроликов（387）

草当然有黄色的时候，那就是——枯草。因此，英、俄译者皆
将隐喻明示，英译回译为"枯草颜色的野兔子"，俄译回译为"褐
色的、和枯草一样颜色的野兔子"。

例下 59
我的嗓音浑厚，有牛奶般的细腻和大葱般的粗犷（380）
英：I had a strong voice，rich as **milk** and bold as a thick **green
onion**.（393）
俄：Голосом я обижен не был, в нём сочетались нежность
молока и грубость **лука**（491）

这里山东大葱又来充当修饰语。英、俄译者皆如实译出。

例下 60

脸如红苹果、眼如青杏子的女兵唐姑娘（143）

英：her apple red cheeks and apricot eyes（170）

俄：её румяными, как яблочки, щеками и глазками цвета зелёного абрикоса.（195）

对于原文的"脸如红苹果"，英、俄译皆无误；而"眼如青杏子"，英译直接使用名词"apricot"（杏）后接"眼睛"译为"杏眼"，是可取的；俄译回译为"有着青杏颜色的眼睛"，则是不对的：原文中用"青杏子"修饰眼睛，应是取其形状，指唐姑娘的眼睛像杏子那样又大又圆，而非取其颜色。对于欧美人种，金发碧眼很常见，但一个普通的中国农村女兵长着双"青杏颜色的眼睛"，是很奇怪的。因此俄译有误。

例下 61

眉毛不像眉毛是天边的新月，……厚厚的嘴唇涂抹得比五月的樱桃还要红艳。（108）

英：Her eyebrows were no longer eyebrows; they were **crescent moons at the edge of the sky**....her thick lips were painted a red more lush than **cherry blossoms in May**.（135）

俄：И брови-то уже у неё не брови, а **полумесяцы на краю небес**,...пухлые губы краснее **вишни в мае**.（149）

俄译无误，有意思的是英译者对于"五月的樱桃"的翻译。因为"樱桃"和"樱花"这两种植物同属于蔷薇科樱属，所以在英语中共享着"cherry"一词，而且同在五月结果或开花。但原文所指应是"樱桃的果实"，因为其颜色红美鲜艳，更适合形容例句中的美人红唇；而"樱桃的花"则是"白色略带红晕"①，以白为主。所以，

---

① 中国社会科学院语言研究所词典编辑室编：《现代汉语词典》，商务印书馆 2016 年版，第 1509 页。

英译文中的"cherry blossoms"，若指"樱桃的花"则与语境不符，若指"樱花"则有别于原文的植物形象。其实，自1912年日本送给美国数千颗樱花树种，如今樱花在美国已大受欢迎，尤其是在华盛顿的潮汐湖畔（Tidal Basin），每年春天的"国家樱花节"（National Cherry Blossom Festival）都会吸引大量游客。所以，英译者也许因为脑海中有很多艳如烟霞的樱花形象，或者印象中日本盛产樱花、临近的中国山东也差不多，所以无意中译成了"cherry blossoms"。不过，这样的疏漏影响不大，因为樱花确实红艳，山东省也有种植。

例下 62

红缨瓜皮小帽（344）

英：a red-tasseled skullcap（358）

俄：шапочке с красной кисточкой（447）

"瓜皮小帽"，因其形如半个西瓜皮，故称。英译回译为"红缨无边便帽"，俄译回译为"红缨童帽"，都流失了西瓜这一植物形象，不过这里的流失并不影响主要情节。

2. 动物词充当修饰语

例下 63

沙枣花的嘴把母亲的乳头拽得像鸟儿韩的弹弓皮筋一样长，……挣脱后母亲的乳头像被热尿浇着的活蚂蟥一样慢慢收缩（143）

英：…stretching it out like one of **Bird-man Han's slingshots**; when finally she let go, the nipple shrank back slowly, like **a leech over which boiling water has been poured**（171）

俄：…он вытянулся, как **тетива на рогатке Пичуги Ханя**. В конце концов она его отпустила, сосок медленно сжался, как **облитая горячей мочой пиявка**（196）

上官鲁氏的乳房喂养了她的女儿们和女儿们的女儿们，例句是金童眼中鲁氏乳房受难的样子。用"鸟儿韩的弹弓皮筋"来修饰，符合金童这个男童的视角和口吻，因为"弹弓皮筋"之类的物什总是在男童脑海中占据着十分重要的地位（当然在金童脑袋里占位第一的是乳房）。英、俄译皆如实译出。接着，作者用"被热尿浇着的活蚂蟥"来形容母亲的乳房，将至圣洁的"母乳"与至污秽的"热尿"并置在一起，并形容以"蚂蟥"这种令人生厌的动物，作者以恶作剧化的方式来刺激读者的感官神经，将"乳房"的意象推向极致——哺乳的极美和受难的极丑。俄译如实直译，英译则将"热尿"替换为"热水"（boiling water）。英译者这样的雅化修改也许是考虑到读者的接受意愿。

例下 64

你家的驴只能生驴，生蚂蚱驴（26）

英：All she's good for is producing donkeys, a **scrawny donkey...**（24）

俄：...ей только ослов и приносить, таких же **кузнечиков**, как сама...（44）

原文用"蚂蚱"来修饰驴，表示与强壮的骡子相比，驴很渺小孱弱。当然，这样的修饰语对于英、俄译入语读者来讲都是陌生的，所以，英译将"蚂蚱"意译为"瘦弱的"（scrawny），俄译则使用异化译法，保留了原文的形象。

3. 植物词 + 动物词充当修饰语

例下 65

大姐柳眉竖起，凤眼圆睁，咬牙切齿地骂道（158）

英：Her **lovely brow** arched, her **phoenix-like eyes** widened...（186）

俄：**Ивовые листки её бровей** взлетели вверх, **удлинённые, как у феникса**, глаза округлились...（215）

对于"柳眉",俄译直译,英译归化为"漂亮的眉毛"。

对于"凤眼","凤"是神话中的动物,我们这里将其归类为动物词充当修饰语。"凤眼"是一种眼角向上、眼形较长的眼睛,生在女子脸上,给人的感觉会比较泼辣厉害。我们纵观上官来弟的一生:月黑风高之夜跟着黑白两道的沙月亮私奔、做了沙月亮的高级参谋南征北战、为了救护司马库的双生女儿当众脱光衣服、逃难途中凭一杆大枪吓退强盗流氓、最后与鸟儿韩跳进一场罂粟花般的奇异爱情……上官家女儿们的风流泼辣,莫过于此。这样的女子,当然会生着一双"凤眼"。可见作者的肖像描写之功力,一丝不乱。对此英、俄译者皆完整译出,而且俄译者还加上了"长长的"(удлинённые)一词以做解释。如果英、俄读者因缺少相关的文化背景而无法产生中国读者看到"凤眼"一词会产生的形象内涵联想,那也是无可奈何,毕竟,跨文化实践中的文化缺省是无法避免的。但英、俄译者都完整译出"凤眼"一词,这就已经为跨文化交际提供了基础。

例下 66

……腰肢柔软如池边春柳,脚步轻捷似麦梢蛇在麦芒上滑动。
(108)

英:Her limbs were supple as **willow branches**, her steps like a **snake** moving on tassels.(135)

俄:…талия тонкая и гибкая, как **весенняя ива над прудом**, шаг лёгкий, словно **скольжение змейки** по колосьям пшеницы.(149)

例句将登台表演的上官招弟的舞姿比喻成植物和动物,既具美感,又带有乡土风情。对于"麦梢蛇",英、俄译皆无误;至于"池边春柳",原文包含"池塘""春天"和"柳枝"三种意象,俄译完整译出,而英译省略了其中的"池塘"和"春天"。

中文"池边春柳"虽然含有三个意象,但只有四个字,组成四字成语的结构,形式紧凑;从音韵上看,这个四字结构前三字是平声、后一字是上声，位于长句中间、逗号之前，读起来语流均匀、节奏和谐，这都要归功于汉字的单音节性。如果英译逐字直译，则为"as **spring** willow branches **at the pond**"，这就会产生多个音节，读起来拖沓冗长，因此英译者省去其中两个意象以求简练。俄译完整译出了原文中的三个意象，而且在音律上也很讲究："талия тонкая и гибкая, как весенняя ива"[1]中的词汇均以［a］或［я］或［ая］［яя］结尾，这样的尾韵连续出现多次，后面若无"над прудом"[2]做音韵上的收节，就会显得太过甜腻油滑，因此，我们看到的俄译文既保留了完整的意象，又实现了音韵的平衡。

4. 季节词充当修饰语

农耕作息顺应着四季变换，季节、节气在乡土社会是至关重要的大事，季节词也就在不知不觉中走进了我们的常用语言。高密东北乡的动植万物都在四季交替中生灭轮回，这里，我们就以冠之以"秋"的事物为例子：

例下 67

秋高粱叶片片肥大、茎秆粗壮，一人多高还没有秀穗；芦苇黑油油的，茎叶上满是白色的苇毛。（63）

英：The leaves were fat and the stalks thick, even before there were silks atop the head-high sorghum; river reeds were lush and black, the stems and leaves covered by white fuzz.（90）

俄：**Осенний гаолян** с мясистыми листьями и толстыми стеблями ещё не колосился, но уже вымахал в человеческий рост. Маслянисто-чёрные камыши, превратившись в белый пух, усыпали всё вокруг.（88）

观察原文整句话其分号前后的句式不一样，结构灵活不拘泥；

---

① 回译为"腰肢纤细柔软如春柳"。
② 意为"池边"。

英、俄译文同样如此，在这一点上，英、俄译文有效传达了原文的艺术信息。但对于例句中的"秋"，俄译保留，英译流失。下两例则是英、俄译都流失了"秋"的信息：

例下 68

一侧是麦茬地里长出的秋高粱，一侧是墨水河边蔓延过来的芦苇。（63）

英：On one side of the road, sorghum grew tall amid the wheat; reeds stretched to the edge of the Black Water River on the other side.（90）

俄：С одной стороны дороги среди колосьев пшеницы высились метёлки **гаоляна**, с другой подступали разросшиеся по берегам Мошуйхэ камыши.（88）

例下 69

在高密东北乡最美丽的深秋季节里，泛滥成灾的秋水终于消退。（256）

英：In the late fall, Northeast Gaomi's most beautiful season, **the flood** had finally passed.（282）

俄：Конец осени — самое красивое время года в дунбэйском Гаоми. **Наводнение** наконец отступило, …（336）

对于"秋水"，英、俄译都译为"洪水"。

例句前文是爆炸大队准备押解司马库，但司马库逃脱，数人丧命，上官念弟等人生死不明；例句后文也是哭喊喧闹的混乱场面。这些生死战乱都发生在高密东北乡，这片土地深沉地包容了所有的历史烟云，例句用三言两语，道出了大地上最美丽的季节。

英、俄译虽然流失了"秋水"之秋，但句中其他关键词及上下文都有效译出，保留了整句话的深秋韵味。

（五）乡土中的动物、植物之小结

以上便是英、俄译者对《丰乳肥臀》"乡土中的动物植物"的翻译情况。笔者的举例和梳理，必定多有遗漏，但纵观这些挂一漏万的举例，我们可以看出以下三点内容。

第一，英、俄译文都出现了少量的误译。这些误译或者由于原作本身的瑕疵（比如在标点符号上的粗糙），如例下 35 的英、俄译，或者由于译者的思维惯性，如例下 60 的俄译和例下 61 的英译。但这些误译属于译作的小瑕疵，并不影响译文对原文艺术信息的传达。

第二，英、俄译者都对原文进行了少量的微调。

有时译者考虑到读者的主观接受能力而对原文的禁忌词进行了一定的雅化处理，如例下 63 的英译；

有时译者考虑到同一动植物形象在不同文化中的不同内涵，或为求译文的简洁流畅，而进行了一定的替换或省略，如例下 57 的英、俄译；

同俄译文相比，有时英译文可以取得更高的与原文的一致度，这是由于英语与俄语语言本身的语法差异（如例下 53 至例下 54）；

有时译者为了更加符合实际生活而修改了原文恶作剧般的刻意重复，如例下 1 的英、俄译。总之，英、俄译者都会考虑到译文在译入语中的有效性，而进行小幅度的修改，但这并不影响原文语义的传达，甚至比逐字直译更能达到真正的"忠实"，正如葛浩文先生所说："翻出作者想说的，而不是一定要一个字一个字地翻译作者说的。"①

第三，总体上讲，对于"乡土中的动物、植物"，英、俄译者都进行了有效传达，其中的生动描绘、幽默滑稽、幻觉色彩和乡土

海外翻译家怎样塑造莫言

---

① 葛浩文：《中国文学如何走出去？》，林丽君译，《文学报》，2014 年
7 月 3 日。

风味这些艺术信息，英、俄译者都充分传递，较有代表性的例子如例下 42、例下 59、例下 37 和例下 47 至例下 52。其中很多译文既符合译入语的语言规则，又十分讲究遣词运句，译文的语言审美性不输原文（如例下 2）。这也是因为英、俄译者对《丰乳肥臀》都有着极高赞誉，所以当然会竭力保留原文的艺术风格。英译者说："我相信在任何时候，莫言的写作都足以将他推入中国作家的顶级行列，……他的写作捕捉到了当时的时代精神。……一些崭露头角的年轻小说家深入中国广大的农村地区，研究民族性格之'根'。正如我们所见，这一批作家中最突出的一位就是莫言。"① 也许，那深植于"中国广大农村地区"的"根"，正是本章一直论述的"乡土中国"的"乡土风格"。而《丰乳肥臀》的"乡土风格"除了"动植物"之外，还包括哪些方面呢？

在乡土世界里，我们的祖先在土地上劳作，在季节中丰收。农耕的生活方式决定了"农"的眼界，这"限制着中国哲学的方法论"②。冯友兰指出中国哲学的方法论就是直觉思维："'农'所要对付的，例如田地和庄稼，一切都是他们直接领悟的。他们淳朴而天真，珍贵他们如此直接领悟的东西。"③ 中国文化的直觉思维明显区别于其他文化，梁漱溟说："西洋生活是直觉运用理智的；中国生活是理智运用直觉的；印度生活是理智运用现量的。"④ 而中国的直觉思维，如本章开头所述，在我们的原始图案中就有体现："中国造型文明的肇始是星象系统的配置"⑤，我们的祖先仰望星空，从中直觉领悟到回旋往复的"河图"造型。其实，先民们直觉领悟的不仅有线条图案，还有直觉色彩。天地间的乡土万物都有着造化神工的缤

---

① 葛浩文：《作者与译者：一种不安、互惠互利，且偶尔脆弱的关系》，《社会科学报》，2013 年 6 月 27 日。

② 冯友兰：《中国哲学简史》，涂又光译，北京大学出版社 2013 年版，第 24 页。

③ 冯友兰：《中国哲学简史》，涂又光译，北京大学出版社 2013 年版，第 24 页。

④ 梁漱溟：《东西文化及其哲学》，商务印书馆 1999 年版，第 162 页。

⑤ 阿城：《洛书河图：文明的造型探源》，中华书局 2014 年版，第 1 页。

纷色彩:"云霞雕色,有逾画工之妙;草木贲华,无待锦匠之奇。夫岂外饰,盖自然耳。"① 在土地上进行农业劳作、关心节气和光照的人们,有着十分强烈又单纯的色彩直觉,直觉到天地万物是如此斑斓夺目,那么,这反映在我们的文学作品中,就是一幅幅绚丽多彩的绘画描写。我们随手翻开一本,即有这样一段:"是时风和日丽,遍地黄金,青衫红袖,越阡度陌,蝶蜂乱飞,令人不饮自醉。"②《丰乳肥臀》中的色彩构图同样绚美传神。

二、乡土中的色彩直觉

作者曾谈到脑海中的"画面"对于自己创作的重要性:"随着小说的发展,首先让我感动的肯定是一个画面,一个惊心动魄的细节,甚至是人脸上一次微妙的表情,……"③ 那我们就从一幅感动了上官鲁氏的色彩画面看起:

例下 70

麦穗儿哗啦啦地响着,像金子铸成的小鱼儿,沉甸甸地从杈缝里滑落,脱落下来的麦粒,窸窸窣窣地响着。一只翠绿的、被麦穗儿带到场上的尖头长须小蚂蚱,展开粉红色的肉翅,飞到了她的手上。母亲看到了这精致的小虫子那两只玉石般的复眼和被镰刀削去了一半的肚子。去了一半肚子,还能活,还能飞,这种顽强的生命力,让母亲感动,她抖抖手腕,想让它走,但它不走。母亲感受到它的脚爪吸附在皮肤上的极其细微的感觉,不由地叹息了一声。(602)

英: An **emerald green** locust that had ridden a tassel to the

① 刘勰:《文心雕龙·原道第一》,中华书局 2014 年版,第 2 页。
② 沈复:《浮生六记》,天津人民出版社 2015 年版,第 158 页。
③ 莫言:《故乡·梦幻·传说·现实》,《小说的气味》,春风文艺出版社 2003 年版,第 171 页。

threshing floor spread its **pink** wings and flew onto Mother's hand. She noticed the delicate little insect's jadelike compound eyes, then saw that half of its abdomen had been lost to the sickle. And yet it lived on and could still fly. Mother found that indomitable will to live extremely moving. She shook her wrist to get the locust to fly away, but it stayed where it was, and Mother sighed over the sensation of the tiny insect's feet resting on her skin.（65）

俄：Колосья шуршали, тяжело соскальзывая меж зубьями вил, как отлитые из **золота** рыбки, с шелестом опадали зёрна.С одного из колосьев, раскрыв **розоватые** подкрылки, на руку матушке слетел **изумрудный** кузнечик с острой головкой и длинными усиками. Посмотрев на фасеточные глаза этого изящного насекомого, словно вырезанные из нефрита, она заметила, что половина брюшка у него отсечена серпом. А ведь живой и летает! Такая жизненная сила впечатляла. Матушка потрясла рукой, чтобы согнать кузнечика, но он не улетал. Кожа её чувствовала лёгкое прикосновение лапок, и от этого едва уловимого ощущения матушка невольно вздохнула.（769）

　　上官鲁氏的第四个孩子出生，仍然是女儿，婆家愤怒至极，逼迫鲁氏拖着刚刚生产完的身体去阳光毒辣的麦场上打麦子。作者描写鲁氏强撑着用木杈翻场的情景，这时，一只翠绿的小蚂蚱"展开粉红色的肉翅"飞到了鲁氏的手上，它在人家的翻场中不幸被砍伤，"去了一半肚子"，但"还能活，还能飞"。麦穗儿从木杈缝里纷纷滑落，在阳光下就像"金子铸成的小鱼儿"，金色缤纷的麦穗儿就做了这只翠绿小蚂蚱顽强挣扎的底色。在这样金、绿、粉各色交映的画面里，上官鲁氏感觉到一只小蚂蚱的生命韧力，"不由地叹息了一声"。所以，例句中的色彩是生命的色彩，这些生命色彩感动着鲁氏，使她能够在婆家的残暴虐待中顽强地活下去。对于例句中的色彩描写，英、俄译者基本上都完整译出，除了英译文漏掉了例句的第一句。据笔者推测，这应是英译者的误漏。例句之前是一段倒叙描写，对此英译者做了删除，也许也在无意中将例句第一句误看为之前的倒叙文字。这种情况同例下35一样，也是由于原文在文字格式上的随意：例句原文与之前的倒叙文字并没有隔为两段，很容易使读者混淆。译者首先是原文的读者，这样的疏漏在所难免。不过，从总体上考察例句，英、俄译文都是有效的。

与人相比，草间蚂蚱非常低微，路边野花十分渺小，但在一个独自放牛的乡村少年眼中、在一位感受灵敏的农民作家笔下，它们却都在乡土的雨露气息中绽放着鲜美色彩：

例下 71

蚂蚱从他脚下飞起来，嫩绿的外翅里闪烁着粉红的内翅。司马亭站在一丛盛开着黄色小花朵的野菊花旁边，……（58）

英：...scattering locusts with each step, their **soft green** outer wings **revealing** the **pink** wings beneath. He stopped beside a wild chrysanthemum bush, covered with little **yellow blooms**.（85）

俄：Из-под ног у него выскочил кузнечик, и под **нежно-зелёными** надкрыльями **мелькнули розоватые** крылышки. ...с усыпанной **жёлтыми** бутончиками **дикой хризантемой**, ...（82）

英、俄译者皆完整译出。

蝼蚁昆虫尚且多姿多彩，被村中兽医樊三大爷视为儿子的小种马当然更俊美漂亮：

例下 72

……一匹金黄色的小马，竖着火焰般的鬃毛，从石桥的南头跑上石桥。这匹美丽的小马没拴笼头，处在青年与少年之间，调皮，活泼，洋溢着青春气息。（32）

英：...a **gold-colored** colt, its **fiery mane flying** as it galloped onto the stone bridge from the southern end. The lovely, halterless colt was unruly, lively, reveling in its youth.（30）

俄：…**золотистого** жеребёнка с **развевающейся огненной гривой** — он устремился на мост с южного конца. Это был красавец жеребёнок из Фушэнтана. Уже не маленький, но и не взрослый, без уздечки, горячий, норовистый, полный юного задора. (51)

英、俄译者皆完整译出例句中的色彩意象，而且，对于"竖着火焰般的鬃毛"，英、俄译者都译为"飞扬着"（flying/развевающейся），比原文更加精到，这一微小细节也体现了所谓译文的"神韵"。

例下 73

阳光下出现那么广大、几乎延伸到天边去的黄金板块。那么多的成熟的坚硬麦芒像短促的金针，闪烁闪烁一望无际地闪烁。……两匹梢马是杏黄和碧绿，它俩无法并肩在路上行走，只能是或者杏黄在麦棵子里行走或者碧绿在金黄的麦田里行走。(56)

英：A **golden platter**, seemingly extending all the way to the horizon, rose under the sun. Spikes on the ripe wheat were like tiny **golden needles** that set the world **aglitter**. …The lead horses, one **apricot yellow**, the other **leek green**, could not negotiate the path side by side, so either the **yellow horse** had to walk amid the wheat stalks or the **green horse** was forced to plod through the layer of **gold**. (83)

俄：…взору предстало простирающееся чуть ли не до края небес **золотистожелтое плато**. Несметное множество **твёрдых** остей пшеницы сверкало золотыми иглами. …Обе пристяжные жались к коренной, но попеременно **то одна, то другая** сходила с дороги на поле. (79—80)

例句描写的是大栏镇村外的原野，天空如大片黄金，麦芒是坚硬金针；使用借代的手法，用颜色直接代指马匹，使杏黄和碧绿这两种色差很大的"颜色"交替着行走于"金黄的麦田"，还运用"反复"①辞格，反复使用"闪烁"这一动态词，使这些耀眼的金色不停地"一望无际地闪烁"，形成了一整片色彩直觉效果。观察译文，首先，英、俄译都省去了原文的"反复"修辞，对于"闪烁闪烁一望无际地闪烁"，英译回译为"使世界灿烂"，俄译回译为"像金针那样闪烁"；其次，对于"坚硬"这个触觉词汇，俄译保留而英译删除；第三，对于"杏黄"和"碧绿"的色彩借代，英译在其后增加了"horse"一词，使隐喻明示，俄译回译为"两匹梢马从麦田到路上轮流行走，时而是这匹，时而是那匹"，不仅流失了借代手法，而且省去了颜色。译者这样做，也许是因为觉得原文中的"反复"无必要、"借代"不清楚，都是为了译文的可读性考虑。不过观看整句话和前后文的整体文辞，英、俄译文都保留了包括其他色彩词在内的主要意象。

例下 74

有一个身上蹿火的人，没有就地打滚，而是嗷嗷地叫着，风风火火往前跑。跑到她们栖身的胡麻地前，那里有一个蓄着脏水的大坑，坑里茂盛地生长着一些杂草和几棵像树一样粗壮的水荇，通红的茎秆，肥大的叶片是鲜嫩的鹅黄色，梢头高挑着一束束柔软的粉红色花序。那浑身着火的人一头扎到水坑里，砸得坑中水花四溅，一群半大的、尾巴刚刚褪掉的小青蛙从坑边的水草中扑扑棱棱地跳出来，几只洁白的、正在水荇叶背产卵的粉蝶轻飘飘地飞起来，消逝在阳光里，好像被灼热的光线熔化了。那人身上的火熄了，全身乌黑，头上脸上沾着一层厚厚的烂泥，腮上弯曲着一条细小的蚯蚓。分不清哪是他的鼻子哪是他的眼，只能看到他的嘴。他痛苦地哭叫着："娘啊，亲娘，痛死我啦……"一条金黄的泥鳅从他嘴里钻出来。他在泥塘里蠕动着，把水底沉淀多年的腐臭气味搅动起来。（36—37）

---

① "反复"是有意识地重复某个词语或句子的一种修辞方式。（陆稼祥、池太宁主编：《修辞方式例解词典》，浙江教育出版社 1990 年版，第 69 页）

英：…it was covered by a profusion of wild grasses and water plants, with **thick red stems** and fat, tender leaves **the color of goose down**, and **pink**, cottony flower buds. The flaming man threw himself into the puddle, sending water splashing in all directions and a host of **baby frogs** leaping out of their hiding places. **White** egg-laying butterflies fluttered into the air and disappeared into the sunlight as if consumed by the heat. Now that the flames had sputtered out, the man lay there, **black as coal**, gobs of mud stuck to his head and face, a tiny worm wriggling on his cheek. She could not see his nose or his eyes, only his mouth, which spread open to release tortured screams: "Mother, dear Mother, I'm going to die…" **A golden loach** accompanied the screams out of his mouth. His pitiful writhing stirred up mud that had accumulated over the years **and sent an awful stench** into the air. (35)

俄：…водяные растения с **красноватыми стеблями**, мясистыми листьями **светло-жёлтого цвета и нежными розовыми соцветиями**. Объятый пламенем боец рухнул туда, и брызги разлетелись во все стороны. Из травы по краям ямы повыскакивали **маленькие лягушата** — у них лишь недавно отвалились хвосты. С водяных растений вспорхнули **белоснежные** бабочки, откладывавшие яйца на нижней стороне листьев, и пропали в солнечном свете, словно поглощённые жаром. Огонь на теле бойца потух; он лежал, весь **чёрный**, голова облеплена толстым слоем ила, на щеке извивается маленький червяк. Где глаза и где нос — не разобрать, виден лишь рот, исторгающий полный боли крик:— Мама, мамочка, как больно!.. Умираю…

Изо рта у него выскользнула маленькая **золотистая рыбка**. Барахтаясь, он взбаламутил дно, и из ямы поднялось **жуткое зловоние**. (57)

莫言与当代中国文学创新经验研究

1939 年，沙月亮的黑驴鸟枪队在村外伏击日军，正逢司马库为了毁坏日军进村的通道而放火烧桥，混乱中鸟枪队被卷进了火场，人人身上都着了火。身上着了火，最正常的做法是就地打滚，但例句中人与众不同，此人偏要一边号叫一边"风风火火往前跑"，目标在一个水坑。水坑里长着茂盛的植物：通红的茎秆、鹅黄的叶片、粉红的花序。此人扎进水坑，惊吓了一群小青蛙和几只白粉蝶。粉蝶被惊飞，倏尔消逝在阳光里。这人身上的火终于熄灭，但疼痛依旧，随着他的哭叫"一条金黄的泥鳅从他嘴里钻出来"，而且搅起了"水底沉淀多年的腐臭气味"。作者曾自言："写作的时候，细节描写要胆大，要非常自信，仿佛就是我亲眼所见，调动我全部的感官来描写，作品就会产生一种说服力。"[①] 例句正是这种写作手法的完美表演，这场火中伏击之景，被作者描绘得有声有色、如闻如见：有火人之哭——听觉；有沉塘腐臭——嗅觉；有阳光之热——触觉；有植物之红 / 黄 / 粉、青蛙之青、粉蝶之白、着火之红、熄火之黑——视觉，外加"一条金黄的泥鳅从他嘴里钻出来"这种视觉上的闪亮和动态上的凸显，还有上一小节讨论过的动植物的主动参与，所有这些使得整个情景光鲜又灵动，真实又滑稽，我们读起来可视可感，可信可乐。那么，观察译文，英、俄译者都完整译出了上述艺术信息，不输原文。

例下 75

那列货车驰来时，日头刚刚冒红。河上一片光明，河两岸的树木上结着金琉璃，银琉璃，大铁桥默默地趴着。（101）

英：The sun had barely turned the edge of the sky **red** when the cargo train steamed up. The river glistened, the trees on both banks were glazed with **gold** and **silver**, the steel bridge sprawled silently across the river.（128）

---

① 莫言:《细节与真实》,《用耳朵阅读》,作家出版社 2012 年版，第 123 页。

俄：Поезд появился, когда небо чуть подёрнулось **красным**. Река протянулась светлой полосой, деревья на берегах отливали **золотой и серебряной** глазурью. (139)

后来，司马库为了销毁日本军火车，又来炸桥（不过这回不是用白酒而是用更高级的炮弹），虽是战火场面，但仍不可少美丽夺目的色彩描写：隆冬清晨，红日初升，树枝上的霜雪在晨光照射下闪耀如"金琉璃，银琉璃"。"琉璃"属于物质文化负载词，译者若直译恐会有碍阅读，因此，英译回译为"河两岸的树木镶着金银"，俄译回译为"河两岸的树木闪着金色和银色的釉"，可见译者皆进行了灵活的调整，使译文流畅可读又能顾全语义。

例下 76

我甚至有暇远眺，看到东南方向那血海一样的草地和金黄色的卧牛岭，还有正南方向那无边的墨绿色稼禾。长龙一样蜿蜒东去的墨水河大堤在高的稼禾后隐没在矮的稼禾后显出，一群群白鸟在看不见的河水上方像纸片一样飞扬。若干的往事一幕幕的在我的脑海里闪过，我突然感到在这个世界上已经生活了一百年。（333）

英：I even had time to look far off in the distance, where I saw the **blood-red** meadows and **golden** Reclining Ox Mountain off to the southeast, and the boundless expanse of dark **green crops** due south. The banks of the Black Water River, as it **snaked** its way east, were hidden behind tall grain and reappeared behind the shorter stalks; flocks of **white** birds formed what looked like sheets of paper as they flew over waters I couldn't see. Incidents from the past flashed into my head, one after another, and I suddenly felt as if I'd been living on this earth for a hundred years already. (347)

俄：...я даже обратил свой взор вдаль, на юго-восток, где закатным морем **крови** простирались луга и **золотилась** гора Лежащего Буйвола, и на юг, на бескрайние **тёмно-зелёные** рисовые поля. Берег Мошуйхэ, **извивающейся длинным драконом к востоку**, то скрывался за колосьями, то открывался там, где они были ниже, и над невидимыми водами листками бумаги покачивались стайки **белых** птиц. В голове пронеслось одно за другим всё, что случилось пережить, и вдруг показалось,что я уже прожил лет сто. (434)

　　五十年代中的某一天，上官金童被几个出身雇农的闲散青年押到村外的庄稼地里殴打了一番。金童看向远方，看到血色的草地、金黄色的山岭、墨绿色的稼禾、在稼禾后时隐时现的墨水河，还有空中上下翻飞的白鸟，他想起自己所见的一桩桩往事，"突然感到在这个世界上已经生活了一百年"。当然不是上官金童生活了一百年，而是高密东北乡、是在这片土地上的山川河流、草木飞鸟历经了漫长的忧乱岁月。作者运用血色、金黄、墨绿、白色这一组色彩直觉，铺染出一幅清丽悠远的彩墨画，交融于叙述人心中苍茫的历史感。观察英、俄译文的选词与运句，皆做到了与原文的等值，其中值得一提的是对"长龙一样蜿蜒东去的墨水河大堤"的翻译：英、俄译文在语义上无误，不同的是语法形式。中国地势西高东低，所以我们的古诗文里有"大江东去浪淘尽""滚滚长江东逝水"等。高密东北乡上的"墨水河"也是"蜿蜒东去"，原文说它"长龙一样"表示的是河流东流的方式和样子。对此，英译者将"snake"（蛇）用作动词"snaked"（像蛇那样爬行），将名词动词化，既能保留"蛇"的形象，又增动感，使译文生动又简洁。没有选用形象与原文完全一致的"dragon"（龙），是因为"dragon"在英语中尚未形成动词的用法，而"snake"已经常常用作动词。英译者直接这样套译，可以避免译文太过晦涩。而俄语是典型的屈折语，俄语中名词与动词有其各自的形式，名词一般不会直接用作动词，所以，俄译者使用名词性短语"длинный дракон"（长龙）的第五格形式"длинным драконом"，表示动作进行的方式，同样简洁有效。所以，这是语言语法规则本身的不同导致的译文差异，但都营造了色彩清丽的构图感，而且保留了原文中的河流"东去"的内容①，实现了与原文的等值。

这一例说的是乡村风物的色彩直觉，下一例则是城市炸裂的色彩直觉。

例下 77

城中矗立起的镶贴着彩色马赛克的高楼大厦，在阳光下威武雄壮地蹲踞着，建筑工地上，起重机黄色的巨臂吊着沉重的预制件缓慢地移动，汽锤敲打钢铁的声音，一下接着一下震动着他的耳膜，沙梁附近的高高的铁架子上，电焊的弧光比日光还强烈，白色的烟雾缭绕着铁塔，……教堂的原址上，矗立着一座七层的方方正正的新楼，楼房的外表刷成了金黄色，像一个满嘴金牙的暴发户。一行比绵羊还大的红字镶嵌在金黄色里，向人们炫耀着中国工商银行大栏市支行的势力和气派。（484—485）

英：The high-rises, with **mosaic** inlays on the sides, were impressive in the sunlight, while at a number of work sites, the **yellow** arms of cranes swung massive prefabricated forms into place. Insistent jackhammers thudded against his eardrums, arc welders on steel girders near the sandy ridge lit up the sky **more brightly than the sun. White smoke** curled around a tower, …Where the church had once stood, a **bright yellow**, seven-story high-rise towered over its surroundings like a **golden-toothed** member of the nouveau riche. **Red characters**, each the size of an adult sheep, proclaimed in glittering fashion the power and prestige of the Dalan Branch Office of the China Bank of Industry and Commerce.（479）

俄：В лучах солнца высились впечатляющие многоэтажные громады с украшенными **разноцветной мозаикой** стенами, а там,

---

① 美国地势东西高中间低，俄罗斯地势东高西低、南高北低，因此河流的流向都与中国的"大江东去"不同。

где пока ещё шло строительство, огромные **жёлтые** стрелы кранов неспешно переносили тяжёлые блоки. Барабанные перепонки мучительно вибрировали от адского звука отбойных молотков. На высоких стальных конструкциях возле песчаного хребта **ярче солнца** вспыхивали дуги электросварки. Телебашню обволакивала **белёсая дымка**, ...на месте церкви возвышалось отливающее **золотом** новое семиэтажное здание. Со стороны оно смотрелось как **полный золотых зубов** рот нувориша. Большие — размером с овцу — **красные** иероглифы **на золоте** возвещали о силе и престиже Всекитайского промышленно-торгового банка, и в частности его филиала в Далане. (620)

　　张志忠先生非常赞赏余华在《兄弟·后记》里写下的一段话："一个西方人活四百年才能经历这样两个天壤之别的时代，一个中国人只需四十年就经历了。四百年间的动荡万变浓缩在了四十年之中，……"① 莫言也所见略同："欧洲我们 10 年前去过，现在再过去，发现和 10 年之前一样：那个小咖啡店还在那个地方，那条街道还在那个地方。但是中国最近这 30 年的变化，是非常巨大的。比如我 5 年前去过青岛，现在再去青岛，很多建筑找不着了，很多建筑没见过，很多街道换了名字了，很多商店换了好几茬了。"② 那么，当作家开始书写跨越"天壤之别的时代"时，那后一个时代——"一个伦理颠覆、浮躁纵欲和众生万象的时代"③，便也出现在《丰乳肥臀》的第六至第七卷中。对于高密东北乡的村庄大栏镇，莫言便不止将它"换了街道、换了建筑"，而是直接"把高密东北乡变成了

---

① 余华：《兄弟·后记》，上海文艺出版社 2006 年版，封底页。
② 莫言、刘琛：《把"高密东北乡"安放在世界文学的版图上——莫言先生文学访谈录》，《东岳论丛》，2012 年第 10 期。
③ 余华：《兄弟·后记》，上海文艺出版社 2006 年版，封底页。

海外翻译家怎样塑造莫言

365

一个非常现代的城市，……让高密东北乡盖起了许多高楼大厦"①。例句所说的正是这种裂变。二十世纪八十年代，山明水秀的大栏镇裂变成了钢筋水泥的大栏市，当年那个只会在上官鲁氏膝下啼哭的稚弱女孩鲁胜利，裂变成了例句中的"中国工商银行大栏市支行"的行长。这一天，上官金童走上大栏市的大街，看到满街满空都是刺眼的色彩：高楼大厦"镶贴着彩色马赛克"——纸醉金迷的色彩直觉；建筑工地上的起重机运作着"黄色的巨臂"——工业的黄色绝不是田园牧歌，而是进攻的、进击的色彩；"电焊的弧光比日光还强烈"——连太阳都可以征服；"白色的烟雾缭绕着铁塔"——就像工业蒸汽机的烟雾升腾，金底红字的商业银行"像一个满嘴金牙的暴发户"。所有这些，都是暴发的、"40年暴富"的金钱色彩。对于这些工业都市的色彩直觉，以及其他带有批判色彩的关键词，英、俄译文皆完整译出。比如俄译增加了"адский"一词来修饰原文中汽锤的声音，这个词的引申义是"可怕的、难以忍受的"，而其词根为"ад"——地狱。也许，俄译者也认为文中描绘的工业炸裂的都市不似人间、实为地狱。所以，观察原文和译文整段话，英、俄译文所表达的都贴合于原文本意。

《丰乳肥臀》中色彩直觉的画面描写还有很多，恕不一一举例。将《红高粱家族》拍成了电影的张艺谋，曾谈及他读《红高粱》的体会："看完后就特别被吸引，我印象最深的是他对画面色彩的描述。电影里面的色彩小说里都写出来了。"②此话对于《丰乳肥臀》也同样适用。而英、俄译者也都如实保留了原文的色彩画面感，因此才有一位俄译本读者说："很多场景被描写得十分生动、历历在目，可以长久地停留在我眼前——就像看了一场电影一样。这不是小说，而是一部成熟的关于二十世纪中国的影视剧本。"③一位英译

① 莫言：《福克纳大叔，你好吗？》，《用耳朵阅读》，作家出版社2012年版，第27页。

② 《选择艺术——大江健三郎与莫言、张艺谋的对话》，莫言：《小说的气味》，春风文艺出版社2003年版，第137页。

③ mkp 20 ноября 2013 г. http://www.livelib.ru/book/1000609443/reviews.

本读者也说:"莫言的文字非常美,其中的调色方式使我想起初读凯瑟琳·曼斯菲尔德《幸福》时的美妙感受。"①

以上,便是乡土中的色彩直觉在《丰乳肥臀》里的体现,而作品中的色彩远不止于直觉,很多时候,作者"通过人的主观感觉赋予事物本来不曾有的颜色,……甚至不具有颜色的事物和抽象概念也被赋予了颜色"②,对于这些,笔者试将其概括为"色彩感觉"和"色彩幻觉"。既言及此,我们不妨顺势对后两者管窥一二。

(一)色彩感觉

色彩感觉其实也是一种直觉:心理直觉,或用莫言自己的话说——"心理真实"③。莫言曾借肖洛霍夫《静静的顿河》谈到这个问题:"葛利高里……在逃亡的过程中,阿克西妮亚被枪打死了,……也没有写葛利高里内心有多么痛苦,没有,就是抬头看到黑色的太阳,而且是耀眼的黑色的太阳,……这样的描写是不真实的,太阳是白色的,不是黑色的,……但我们感觉作家的描写非常具有说服力,这是一种心理真实。他用非正常的方式进行细节描写,把人物内心极度的痛苦,非常有说服力地表现出来了。"使用"非正常"的颜色来表现"人物内心极度的痛苦",在《丰乳肥臀》中也有这样的例子:

例下 78

魏羊角……把两个曲起的胳膊肘子猛地往后捣去——正捣在母亲的双乳上——母亲大叫了一声,后退着,一屁股坐在地上。我

海外翻译家怎样塑造莫言

---

① Sep 27, 2014Lauren Strickland https://www.goodreads.com/book/show/670217. Big_Breasts_and_Wide_Hips?from_search=true&search_version=service.

② 朱宾忠:《跨越时空的对话——福克纳与莫言比较研究》,武汉大学出版社 2006 年版,第 208 页。

③ 莫言:《细节与真实》,《用耳朵阅读》,作家出版社 2012 年版,第 123—124 页。

扑在地上，让脸贴着泥土。我感到黑色的血从我眼窝里沁出来。
（340）

英：…it seemed to me that **black blood** was gushing from my eyes.（354）

俄：Казалось, из глаз хлынула **чёрная кровь**.（443）

为了救护自己，母亲的乳房受到了来自别人的重创，这对上官金童来讲无疑是莫大的痛苦。这里，作者也没有描写金童的心理活动，而说他眼中流出了黑色的血。血也好、泪也好，都不是黑色的，却偏偏用描写以"非正常"的"黑"。这就使我们想到，金童心中黑色的疼痛、黑色的绝望、黑色的无力感，通过血泪流出来。"只有在写作的过程当中调动全部的感官，不是直接大声喊叫什么痛苦，而是用自己所有的感受，带着情感来描写才可能写出大痛苦；不是像当年西方的作家那样，照相式地对景物进行描写，而是带着人物强烈的感觉来写，这样投入的笔墨才不是枯燥的，这样的描写才是小说的有机的组成部分。"[1] 这里的黑色，便是作者带着强烈感觉而赋予上官金童血液的"非正常"的颜色，读者读来也并不觉得突兀。对于例句及其上下文，英、俄译者皆如实译出。

当上官鲁氏的乳房遭受重创时，金童眼中流出黑色的血；那么，当鲁氏的乳房被情人马洛亚侵占时，金童又会产生怎样的色彩感觉呢？

例下 79
我看到在它们（鲁氏的乳房——引者）身上有两颗蓝色的光点在移动，那是马洛亚牧师的目光。……我的心里升腾着一缕缕黄色的火苗。（70）

英：I saw a pair of **blue lights** dancing on them; they were spots of

---

[1] 莫言：《细节与真实》，《用耳朵阅读》，作家出版社 2012 年版，第 123—124 页。

light from Pastor Malory's eyes. …sending **yellow flames** leaping from my heart.（97）

俄：На них задвигались светящиеся **голубым светом** пятнышки: это были глаза пастора.…Сердечко у меня воспылало **жёлтыми язычками пламени**,…（98）

人的目光本来是抽象的，觊觎着母亲乳房的马洛亚的目光，却被金童看出了"蓝"的颜色；与此同时，金童的心里升起了"黄色的火苗"。这些主观的色彩感觉被用以修饰例句特定语境中的事物和情绪，这样的表达几乎是只可意会的。对此，英、俄译文皆如实译出。

作品中，"黄色的火苗"不仅会在母亲的乳房被侵占时升起：

例下 80

我心中充满了愤怒，也不完全是愤怒，还有一些黄色的情绪，像一簇簇火苗子，燎伤了我的心。（198）

英：That thought angered me, and yet there was more to it than just anger. **An erotic feeling** was there as well, like flames licking at my heart.（224）

俄：При этой мысли я разозлился не на шутку; то был не просто гнев, к нему примешивалось ещё и нечто чувственное, полыхавшее внутри жгучим пламенем.（262）

巴比特乘着降落伞从山崖而下，落在了上官念弟身前，两人一起被降落伞巨大的布面罩住了。在上官金童的想象里，降落伞下巴比特侵占了上官念弟的乳房，金童心中就出现了例句所说的情绪。其中"黄色的情绪"究竟是什么？嫉妒？无奈？怨恨？而这些形容词却都不如"黄色的"这个色彩词用得精练到位。但可惜的是俄译流失了这个色彩词"还掺杂了某种在燎灼的火苗中燃烧的情绪"；英译者则将例句中的"黄色的"误解为该词的另一引申义——"色

海外翻译家怎样塑造莫言

369

情的"，从而产生了误译："还有一种色情的情绪，像一簇簇火苗子在我心中燃烧"。联系语境，这个误译是比较严重的，因为归根结底，金童的恋乳症，无论是恋母亲的"乳"，还是恋姐姐的"乳"，其最终指义都并不是"色情的"（erotic），所以，对于《丰乳肥臀》这部本身就容易引起（而且已经遭受了）误解和误读的作品，英译文中出现的"色情的"（erotic）一词，会导致读者更多的误读。

莫言说自己在创作中不考虑读者也不考虑译者："我在写作时，从来不考虑读者。我只是写我最想写的，说我最想说的话。"[1]"写作时应该忘记翻译家。"[2] 如果他在写例句这段话时，想起了翻译家，那么也许就不会选用这个带有明显又敏感的歧义的色彩词，也就不会出现英译者的误译了。

还有一种色彩感觉，乍看似无理，想来却逼真：

例下 81

深秋季节里，……满坡的高粱红得发了黑，遍地的芦苇白得发了黄。（256）

英: The sorghum fields were **so red they seemed black**, and reeds, which grew in profusion, were so **white they seemed yellow**.（282）

俄: поля гаоляна по берегам **из красных сделались чёрными**, а камыш везде **из белого стал жёлтым**.（336）

深秋的高粱红得不能再红，就只好形容以"黑"；深秋的芦苇开出白花，在叙述人眼中竟成黄色。这样红、黑、白、黄相交映的色彩感觉，虽然看似无理，却恰恰在"无理"中将广漠的高密东北乡之深秋景色写活了，难以替换成其他形容词。英、俄译者皆如实

① 莫言：《〈意大利共和国报〉的采访》，《碎语文学》，作家出版社 2012 年版，第 317 页。
② 莫言：《在第二次汉学家文学翻译国际研讨会闭幕式上的致辞》，中国作家协会外联部编：《翻译家的对话》，作家出版社 2012 年版，第 9 页。

译出，尤其是英译，同原文一样隐去比拟词，带有隐喻性质，又自然流畅，可以说是达到了钱锺书先生所推崇的"化境"①。

还有一些色彩感觉，在语境中完美契合于人物的所思所感：

例下 82

六姐……看到吊在白云下的巴比特粉红色的脸上满是笑容。（196）

　　英：…she gazed up into the **pink** face of Babbitt, …（223）

　　俄：она смотрела во все глаза на **розовощёкого** Бэббита, …（260）

作品中的巴比特来自美国，欧美国家多为白种人，所以我们猜想这个人物的面部肤色应为白色，而例句却说"粉红色"。根据上下文可以推测，例句所述时辰应是阳光明媚的上午，不是黄昏、没有火烧云，所以排除了"粉红色"由自然光线所致的可能性。那么，我们就可以理解为这是上官念弟的主观感觉。上官家六女儿情窦初开，看到巴比特从天而降以为天人，进而芳心暗许，最后悲情结局，这一切，都是从一个少女心事般的"粉红色"开始的。对此，英、俄译者皆直译，"粉红色"（pink/розовый）在英、俄语中同样含有"爱情"之类的意味，尤其是俄语"розовый"的词根是"роза"（玫瑰花），所以英、俄译文都是有效的。

这一例是少女的颜色，下两例则是母亲的色彩：

例下 83

母亲像一匹护犊的老母牛，……她的头发像金丝，脸上抹了一层温暖的黄色。（338）

　　英：Like an old cow protecting its young, …Her hair was like

---

① 钱锺书："把作品从一国文字转变成另一国文字，既不能因语文习惯的差异而露出生硬牵强的痕迹，又能完全保存原有的风味，那就算得入于'化境'。"（陈福康编：《中国译学理论史稿》，上海外语教育出版社 2000 年版，第 418 页）

golden threads, her face was coated with **a warm yellow sheen**.（352）

俄：…как корова, защищающая телёнка, подбежала матушка: отливающие **золотом** пряди волос, сияющее **теплом желтоватое лицо**.（440）

黄昏时分，在村外的庄稼地里上官金童正遭受殴打，上官鲁氏闻风赶来救他，在夕阳照射下，鲁氏的头发和脸上都呈现出金黄色。但例句显然不是在说大自然光线的颜色，而是金童眼中的温暖的、庇护的母亲的色彩：母亲的头发从一文不值的发丝变成了价值连城的"金丝"，母亲的脸色从平淡无奇的肤色变成了"温暖的黄色"，母亲是来解救自己的英雄。与例下 77 中工地上起重机的黄色不同，母亲的黄色代表着柔和与安全。英、俄皆直译出例句原文。

除了温暖的黄色，母亲的色彩还有红色：

例下 84

在他们的吵嚷声中，母亲披着红彤彤的霞光，沿着大街，步伐缓慢、沉重，但却异常坚定地走了过来。（230）

英：While they were squabbling, Mother walked slowly and heavily, but with determination, toward us, **a red sunset at her back**.（258）

俄：Пока они препирались, показалась матушка. Она **шла в отблесках зари** медленно, тяжёлой поступью, но в её походке чувствовалась уверенность.（305）

混战中金童被关押了起来，上官鲁氏冲破重重阻拦来救他。鲁氏披着的"红彤彤的霞光"，像袈裟，像圣衣，像战袍，红色在这里的色彩感觉是不言而喻的。俄译回译为"她走在霞光中"（шла в отблесках зари），虽然这样的景色描写也能烘托语境中的感觉，但毕竟流失了色彩词；英译回译为"红色的落日在她的身后"（a red sunset at her back），保留了色彩词。英译虽然改变了原文"披着衣服"的隐喻，但"at sb's back"这个词组，一方面可指空间位置符合原文的字面意思，另一方面其引申义为"做某人的后盾"。当落日都成为母亲的后盾，还有什么能高过母性？所以英译较俄译为佳。

红色的神圣精神不仅存在于母性中：

例下 85
樊三大爷死在<u>通红的朝阳里</u>（127）
英：Third Master Fan died **in the first glow of sunrise**.（156）
俄：Почтенный Фань Сань умер, когда **восходящее солнце залило красным всё вокруг**.（175）

樊三大爷是村中的兽医，此人油嘴滑舌、满口枪炮，曾经在上官家为母驴接生但又被鲁氏临盆的样子吓跑，但在两年后的逃荒途中，他为了唤醒将要在饥寒中睡死去的村民们，点燃了自己的上衣奔走呼告，在他的鼓励下村民们得以幸存，但他自己却死于寒冷。幸存的人们无暇顾及其他死去的村民，却唯独掩埋了樊三的尸首使其入土为安，以报救命之恩。可见，这里的樊三，是一个舍己为人的神圣形象。例句说他"死在通红的朝阳里"，"通红的朝阳"无疑是英雄的、充满荣光的死地。对此，俄译回译为"当旭日染红了周围的一切时，可敬的樊三死了"，"红色"（красный）在俄语中带有与在汉语中相同的褒义[1]，又增加了"可敬的"（почтенный）一词以契合原文语义，而且"всё вокруг"（周围的一切、所有的一切）这样的选词的色彩宏大，使得译文语义颇具高度，因此俄译是有效的；英译回译为"樊三大爷死在日出的第一缕红光中"，这样的选词颇具悲壮的领路人色彩，同样保留了颜色词，也符合上下文的语境，同为佳译。显然，这都是译者创造性叛逆的体现。

与褒义的红色相对的是冷峻的青色和沉默的黑色：

---

[1] 如莫斯科市中心的"红场"（Красная площадь）之"红"，含有"美丽"之意。

例下 86

卖席的男人们不满地看看她，用青色的目光批评着她巴结张天赐的态度。（310）

英：The reed-mat peddlers looked on with **disgruntled expressions, censuring** her for toadying up to Heavensent Zhang.（329）

俄：Продавцы циновок **злобно** поглядывали на неё, **недовольные**, что она так стелется перед Посланником Небес.（405）

例句中的张天赐是高密东北乡法术高超的赶尸法师，他走进"雪集"市场，来到赵寡妇的炉包摊位前。面对这样的奇人食客，摊主赵寡妇态度十分殷勤，这就引起了周围人的嫉妒、不满和不屑。例句中用"青色"修饰周围人的目光，大概就是这些意思，但此颜色词远比这些直白的形容词更生动有趣：青色可指蓝色、绿色或黑色，都是冷色调，含有冷峻、冷漠、严厉、肃杀等意，用在例句中只可意会不可道破，留给读者更多的解读和品味空间。但可惜的是英、俄译文都译出了原文中"不满""批评"等关键词，而流失了"青色"这一色彩词。也许是因为译者觉得将 blue/green/ cyan 等词放在这里会显得晦涩，不如将原文的隐意明示。

例下 87

集市上，在黑色的百姓间，……（450）

英：Among **the black-clad citizens** in the marketplace, ...（447）

俄：На рынке среди **чёрных силуэтов крестьян** мелькали и другие фигуры в повязках, ...（579）

例句说的是 1967 年春节前的最后一个集，集上有被押解着游街的右派和富农、有押解着右派和富农游街的红卫兵、有穿着洋派的下乡知青，其余的便都是"黑色的百姓"。这里的"黑色"可有两层含义：一指"百姓们全都穿着黑色的、被一个冬天的鼻涕、油灰污染得发了亮的棉袄"，二指在历史洪流和政治争斗中沉默的、模糊的百姓人群暗影。英译回译为"在穿着黑衣的百姓间",英译只取其字面意思;俄译在"黑色"(чёрный)之后加上"силуэт"一词,此词可指人影、侧影、轮廓等意,俄译回译为"在百姓的黑色侧影间",显然俄译含意更深。

以上是对《丰乳肥臀》中"色彩感觉"的粗略举例,而作品中除了"色彩直觉"和"色彩感觉",还有一些色彩上的幻觉。从文学发生学的角度上讲,很多作品产生于作家的幻觉,比如《透明的红萝卜》就是作者某一次偶然的梦幻的产物:"有一天凌晨,我梦见一块红萝卜地,阳光灿烂,……一个手持鱼叉的姑娘,她叉出一个红萝卜,……红萝卜在阳光下闪烁着奇异的光彩。……那种色彩,那种神秘的情调,使我感到很振奋。"[1] 这样神秘的色彩幻觉,还出现在作者创作于 1990 年的中篇小说《怀抱鲜花的女人》之中:"她生长着一张瘦长而清秀的苍白脸庞,……她的头发是浅蓝色的,湿漉漉地,披散在肩膀上。"[2] 这个对王四有着致命魅惑、使其陷入窘境的"怀抱鲜花的女人",也走到了上官金童面前。

(二)色彩幻觉

例下 88

她穿着一件鸭蛋青色风雨衣,裸着头。似乎是蓝色的头发。蓝色的头发用力地往后梳过去,显出寒光闪闪的额头。她惨白的脸似乎被阴森森的迷雾笼罩着。(542)

英:She was wearing a raincoat **the color of a duck's egg**, but was bareheaded. Her hair, which was nearly **blue**, was combed straight back to reveal a broad, **shiny forehead**. Her **pale face** seemed shrouded in the gloomy mist,…(517)

---

① 《有追求才有特色——关于〈透明的红萝卜〉的对话》,《中国作家》,1985 年第 2 期。

② 莫言:《怀抱鲜花的女人》,《怀抱鲜花的女人》,作家出版社 2012 年版,第 97 页。

海外翻译家怎样塑造莫言

375

俄：**Зеленоватый, цвета утиного яйца**, плащ, голова непокрыта. Зачёсанные назад волосы кажутся **синими, холодным блеском** отливает лоб. Бледное лицо окутано печалью.（694）

曾与上官金童结下梁子的汪金枝，派寡居的女儿汪银枝向金童施以美人计以攫财报仇，在 1991 年的一个雨夜，汪银枝就这样梨花带雨地走到金童面前。"鸭蛋青色风雨衣""蓝色的头发""寒光闪闪的额头"和"惨白的脸"，这些迷幻的色彩和清冷的色调，使得这个雨中的女人楚楚可怜又风情万种。被魅惑了的上官金童打开门接纳了她，才有了后面的故事。对于例句中的色彩幻觉，英、俄译文皆完整译出。

幻觉里的冷色调给了金童致命的魅惑，那么，幻觉里的暖色调一定代表着温暖和希望吗？

例下 89

涝雨成灾的年头是垂柳树的好年代，黑色的树干上生满了红色的气根，……柔软的、富有弹性的柳枝条上缀满鹅黄色，但现在是粉红色的、水分充足的叶片。……当前边的事情进行时，他的嘴巴里便塞满了柳枝柳叶。（437）

英：**Red aerial roots** sprouted on their black trunks, …Tender, supple, watery leaves, normally a soft yellow, **now pink in color**, sprouted on all the limbs. …while the episode ran its course in front of him, his mouth was stuffed with willow twigs and leaves.（433）

俄：Годы бедственных дождей были замечательным временем для плакучих ив. На почерневших стволах выросло множество **красных отростков**,…Мягкие, упругие ветви покрывала некогда светло-жёлтая, а **теперь розоватая** сочная листва.…во время развернувшегося перед ним действа рот у него был набит ими.（561）

例句中说的"前边的事情"，是指上官求弟被张麻子奸污的整个过程。在1960年饥饿的春天里，农场炊事员张麻子以馒头为诱饵，把上官求弟引到了农场外的柳林中。饥饿感使上官求弟只能看到面前的馒头而无力顾及身后的侵犯了。

在涝雨的情况下，柳树会生长出红色的气根，但柳叶并不会易色，所以例句中柳叶的"粉红色"，应是金童的幻觉。金童在红色柳根、粉色柳叶这样粉红色的暖色调中，目睹了这一切。中国古诗有"以乐景衬哀情"，这里是以美景衬那些难以言喻的愤怒和苦涩。作者不描写金童的心理活动，不让他开口说话（"他的嘴巴里便塞满了柳枝柳叶"），而把极端的丑放在迷幻的美中，让金童置身于倒错的幻觉色彩。这样的言在此而意在彼，其实是一种克制的写法，不是前奔后走大声疾呼，但其力道却能直抵人心。对于例句，英、俄译者皆完整译出。印度女读者 praj 写书评道："当欲念挣扎于一场荒诞的乱象时，当一小块发霉的馒头就足以温润一个干渴的喉咙、就足以产生可以抵消那同时进行着的残暴强奸的美妙幻觉时，这究竟是在发生着什么？"[1] 由此可见，在译入语的接受范围内，英译文传达了原作的本意。

作者写这"一个馒头引发的强奸"，通过一个色彩玄幻的场景描写，使1960年的大饥荒历史呈现于读者眼前。作者说："整个中国当代文学的个性，与中国近代历史上发生的重大事件密切相关。譬如旷日持久的战争，骇人听闻的暴行，令人发指的饥饿……"[2] 作者使用色彩幻觉表达自己的文学个性，通过自己的文学个性描摹中国历史。将饥饿交还上官求弟，正是作者一贯奉行的"将历史交还人民"。对于例句前后相关文字，英、俄译者皆如实译出。难怪有英译读者评论道："这部小说涵盖了中国的可怕历史，通过对姐弟九人命运的描写，作者触及了那些历史中误嫁、卖淫、卖子、饥

① https://www.goodreads.com/book/show/670217.Big_Breasts_and_Wide_Hips?from_search=true&search_version=service. 笔者将其译为中文，刊于《潍坊学院学报》2020年第3期。
② 莫言:《没有个性就没有共性》,《用耳朵阅读》, 作家出版社2013年版, 第135页。

海外翻译家怎样塑造莫言

饿、谋杀、死里逃生、残酷、冷漠和些许温情的每个角落。……如果你能分清其中的派系斗争和历史时期，这部小说能帮你增长见闻。"①

例下 90

她恐怖地看到，婆婆的血手上，闪烁着绿色的火星儿。（7）

英：…throwing fear into her, as she saw **green sparks** dancing off those hands.（6）

俄：Ужас какой-то: казалось, от них сыплются **зеленоватые искорки**.（22）

上官鲁氏临盆，吕氏去厢房里给母驴接生，中间回到房间查看鲁氏的情况。吕氏的双手沾满了母驴的血迹，鲁氏看到，就产生了"绿色的火星儿"的幻觉。这个色彩幻觉在这里，显然是表达着鲁氏的恐惧。英、俄译者皆如实译出。

（三）乡土中的色彩直觉之小结

以上是对《丰乳肥臀》中色彩直觉的简略举例，因作品中还存在很多色彩词的临时变义用法，所以笔者顺便也将色彩感觉和色彩幻觉在此归为一处略做了讨论。对此，可以总结出以下五点内容。

第一，总体上讲，对于作品中的色彩风格，英、俄译者皆予以完整保留，而且很多时候译者根据译入语的语言规则和习惯，并考虑到跨文化实践中现实存在的文化缺省，而选用恰到好处的译法，使译文自然流畅又可传神达韵，实为佳译，如例下 74 至例下 76、例下 81 和例下 86。

第二，有时英译选用在译入语中含有相关引申义的词语，能够比俄译，甚至比原文更有深意，如例下 84；有时则反之，俄译比

① complicated and grim，Junebug, on December 12, 2012 https://www.goodreads.com/.

英译更有意味，如例下 87。这都是译者创造性叛逆的体现。

第三，有时译者会考虑到读者的接受能力，而将原文的隐意明示，如例下 86。

第四，有时原文在段落格式上的松散，会导致英译者的漏译，如例下 70，但因译出了上下文，所以这样的漏译影响不大。

第五，汉语词汇具有丰富的多义性和隐喻性，译者一时疏忽，会误选了原文的指称意义而产生误译，如例下 80。因涉及作品的关键意象而且误译的词汇比较敏感，所以这个误译比较严重。

总之，原文中的色彩描写一方面是作家对民族传统的"视知觉方式的潜在基因"的传承①，另一方面是缘于作家自己的创作个性。其中的色彩感觉和色彩幻觉，虽然带有强烈的主观随意性，但在语境中却贴合于人物的心理真实，从而成为莫言创作特色的一部分。对于这些艺术信息，英、俄译者基本都如实传达。

以上便是对乡土中的色彩直觉及其翻译情况的粗浅分析，而《丰乳肥臀》的"乡土在地"风格，还表现为对民间戏曲资源的继承和发挥。

三、艺术信息之"乡土在地"小结

本章讨论了《丰乳肥臀》的"乡土在地性"及其翻译情况，具体来说，作品的"乡土在地性"表现为乡土中的动物、植物和乡土中的色彩直觉。综观来看，可总结如下：

第一，英、俄译文皆有少量的误译或漏译。翻译实践是在译者原有的语言思维惯性下进行的，这样的定式就会导致误译的出现，如"高密东北乡"地名的俄译文就不够精准；很多汉语词汇具有丰富而深刻的多义性和隐喻性，有时译者一时疏忽就会误解原文，或

海外翻译家怎样塑造莫言

---

① 季红真：《现代人的民族民间神话——莫言散论之二》，《当代作家评论》，1988 年第 1 期。

者没能处理好原文的双关义及谐音性，从而产生误译或信息欠额；不得不承认原文的有些段落语句在标点符号和段落格式上很松散粗糙，原文这样的随意性也会误导译者而产生误译或漏译。不过，一部作品的艺术信息并不局限于也不依靠文中单个的一词一句，而且译文误译或漏译之处的上下文都被如实译出，所以，总体上看，这些误译或漏译的影响并不算大。另外，同上编中译者对文化负载词的误译一样，下编中艺术信息语段中的误译或漏译的大部分也具有偶然性和随机性，但这也是语言本身的特点，而无关译者的文化立场。

第二，英、俄译者都考虑到读者的接受能力及语言文化差异，而对原文进行了细微的调整。如忌语雅化、等值替换、去繁求简、隐意明示等，这些都是翻译主体创造性叛逆的体现。

第三，由于俄语是不同于汉语的屈折语，而英语带有一定的与汉语类似的分析语的特点，所以，有时英译文可以取得更高的与原文的一致度。

第四，总体上讲，对于作品的乡土风格，英、俄译者都进行了有效传达，其中很多译文既符合译入语的语言规则，又竭力保留了原文的美学特点。这一方面是由于译者对于不同语种的精通和对翻译实践的勤力付出，另一方面也是因为英、俄译者对莫言作品、对《丰乳肥臀》的极高欣赏。

然而，一味的乡土化的"下里巴人"当然难以撑起一部新鲜有趣的长篇小说，也正如 2012 年莫言获得诺奖以来批评界更加广泛地讨论的那样，莫言的作品还给人以光怪陆离、难以摹状的感觉，这也是我们接下来要以之为参考衡量英、俄译文的一项重要艺术信息——《丰乳肥臀》中的神奇感觉。

第二章　艺术信息之神奇感觉

一位俄译本读者写书评道："环境描写以其真实性使人震撼，又非常生动，有时可以使你闻到作品的气味。这是一本充满气味的书。"[①]《丰乳肥臀》中怎样的环境描写又真实又震撼？一部作品如何有了气味？又如何被译者译出？莫言曾这样说起他认为的"真实"："如果小说不把作家对生命的感觉移植进去的话，即便您写了现实生活中确实发生的一件事，那也不会真实。"[②]换言之，作家心中坚持的不是"物理的真实"而是"感觉的真实"。而感觉究竟是什么？"我的长处就是对大自然和动植物的敏感，对生命的丰富的感受，比如我能嗅到别人嗅不到的气味，听到别人听不到的声音，发现比人家更加丰富的色彩，这些因素一旦移植到了我的小说中的话，那我的小说就会跟别人不一样。"[③]那么，作家是否也将自己的感觉移植了《丰乳肥臀》中？英、俄译者又是如何翻译？前文所引的读者读到的"作品气味"究竟是怎样的？本编上一章主要讨论了作品的"乡土在地性"，谈及动植物的感觉和色彩的感觉，而《丰乳肥臀》这样一部杰作远非笔者粗浅的一章一节所能概括，绠短汲深，只好勉力一试，本章将继续讨论作品中以及被译者译出的感觉——真实又神奇的感觉。

海外翻译家怎样塑造莫言

---

① TTrue 29 марта 2014 г. http://www.livelib.ru/book/1000609443/reviews.

② 《寻找红高粱的故乡——大江健三郎与莫言的对话》，莫言:《小说的气味》，春风文艺出版社 2003 年版，第 132—133 页。

③ 《寻找红高粱的故乡——大江健三郎与莫言的对话》，莫言:《小说的气味》，春风文艺出版社 2003 年版，第 132—133 页。

一、神奇的感觉：感觉开放、感官沟通、奇特修饰

人非草木，孰能无感，莫言的感觉又有何特点？这可以从作家的童年经历说起。"由于我相貌奇丑、喜欢尿床、嘴馋手懒，在家庭中是最不讨人喜欢的一员，再加上生活贫困、政治压迫使长辈们心情不好，所以我的童年是黑暗的，恐怖、饥饿伴随我成长。"[①] 社会背景、经济状况和个人特点，使得作家的童年生活很受压抑，根据弗洛伊德的精神分析学说，一个人在现实中越受压抑，在潜意识中就越需要张扬，而莫言梦中的张扬就表现为变幻万端、声色俱奇的感觉："高粱叶子在风中飘扬，成群的蚂蚱在草地上飞翔，牛脖上的味道经常进入我的梦，夜雾弥漫中，突然响起了狐狸的鸣叫，梧桐树下，竟然蛰伏着一只像磨盘那么大的癞蛤蟆，比斗笠还大的黑蝙蝠在村头的破庙里鬼鬼祟祟地滑翔着……"[②] 作家梦中或心中的这些神奇感觉都是对压抑的现实的反抗，作家程德培这样评价莫言："在缺乏抚爱与物质的贫困面前，童年时代的黄金辉光便开始黯然失色。于是，在现实生活中消失的光泽，便在想象的天地中化为感觉与幻觉的精灵。"[③] 这句评论也得到了莫言本人的认可，被引用在 1994 年从作家班研究生班毕业时所撰写的硕士论文——《超越故乡》中。到了 1995 年，这些神奇感觉就溜进了《丰乳肥臀》里。

（一）开放的感觉

1.浓热的感觉

例下 91

她睁开眼，幻觉消失，看到窗户一片光明。槐花的浓香阵阵袭

---

① 莫言：《超越故乡》，《会唱歌的墙》，作家出版社 2005 年版，第 211 页。
② 莫言：《超越故乡》，《会唱歌的墙》，作家出版社 2005 年版，第 212 页。
③ 莫言：《超越故乡》，《会唱歌的墙》，作家出版社 2005 年版，第 209 页。

来。一只蜜蜂碰撞着窗纸啪啪作响。(39)

英：She opened her eyes, and the hallucination vanished. The window was suffused with **daylight**; the **heavy fragrance of locust blossoms** gusted in. A bee **banged into** the paper window covering.(38)

俄：Шангуань Лу открыла глаза, и видение исчезло. Через окошко лился **яркий свет**, в комнату волнами проникал **аромат софоры**. Об оконную бумагу **билась** пчела.(60)

　　鲁氏在生产金童玉女时是立生，而丈夫和婆婆都只顾着家中的母驴，鲁氏在疼痛和悲苦之下昏迷了过去，恍惚看见了自己的死亡，再睁开眼，原来都是梦境，眼前唯有例句中的景象。作者说"一部小说就是应该从感觉出发。一个作家在写作的时候，要把他所有的感觉都调动起来"[1]，作者在描写例句这段时，显然也将自己想象于鲁氏的产房中了：其时正是炎热的夏天，闷湿的产房里，明亮的天光、浓烈的花香、蜜蜂碰撞窗纸的声音都汇集到刚从一场噩梦中惊醒的鲁氏这里，作者调动了所有的感官——视觉、嗅觉、听觉和蜜蜂的动作来描写鲁氏在阵痛中惊醒后体验到的浓热感觉。我们的文学传统中向来有"以乐景衬哀情"，这里同样是用一种暖色调——不止暖色，简直是"热色"——的感觉来表现难产产妇的焦灼和无力感。这种感觉的开放，比直抒胸臆、大声疾呼更具震撼力，这一点陈望道先生很早就指明："要使语言不流于空洞玄虚而能再现出鲜新的意象，必得诉之于视觉（明暗、形状、色彩等）、触觉（温、冷、痛、压等觉）和运动感觉等等，把那空间的形象描出来。"[2] 那么，英、俄译者是怎样翻译例句中的视觉、嗅觉、运动感觉和听觉的呢？

　　观察例句译文发现，英、俄译都有效译出了前三者，但都流失

①　莫言：《我怎样成了小说家》，来自 2005 年莫言于香港公开大学接受荣誉文学博士学位典礼上的演讲，参见大公网 http://www.takungpao.com/sy/2012-10/14/content_1223167.htm.
②　陈望道：《修辞学发凡》，上海教育出版社 2006 年版，第 225 页。

海外翻译家怎样塑造莫言

了原文中的拟声词。这有可能是由于汉、英、俄语言本身的差异：汉语语法松散，拟声词可以以单音节词重叠使用，在句子中可以很随意地用作状语、定语或补语，因此汉语中的拟声词数量繁多；而英、俄语的拟声词多为表示发出某种声响的动词，作动词使用、具有形态变化，因而英、俄语拟声词的数量远远小于汉语。那么，在这种数目多寡差别之下，英、俄译者在翻译时就很容易流失了原文的拟声词。不过英、俄译文将句子的其他内容都完整译出，因此拟声词的流失也可忽略。

2. 辛辣的感觉

例下 92

身高体胖、红头发蓝眼睛的马洛亚牧师……蹲在大门外的那株遍体硬刺、散发着辛辣气息的花椒树下，弯着腰，用通红的、生着细软黄毛的大手，挤着那只下巴上生有三绺胡须的老山羊的红肿的奶头，让白得发蓝的奶汁，响亮地射进那个已露出锈铁的搪瓷盆子里。（15）

英：…the tall, heavyset, **redheaded, blue-eyed** Pastor Malory would be squatting beneath **the prickly ash tree**, with its **pungent aroma**, milking his old goat, the one with the scraggly chin whiskers, squeezing her **red,** swollen teats with large, **soft**, **hairy** hands, and sending milk so **white** it seemed almost **blue splashing** into a rusty enamel bowl.（14）

俄：…перед воротами под **покрытым колючками** и испускающим **терпкий запах** цветущим **желтодревесником** наверняка сидит на корточках этот рослый здоровяк пастор Мюррей, **рыжеволосый и голубоглазый**, и доит свою старую козу, ту самую, у которой борода с тремя завитками. Большими **красными** ручищами, покрытыми редкими и **мягкими золотистыми** волосами, он тискает её набухшие **красные** соски, и **белое до голубизны** молоко **звонкими** струйками бьёт в тронутый ржавчиной эмалированный таз.（31）

例句是马洛亚给上官寿喜的感觉。我们知道，欧洲人种五官较深、毛发较密、体味较重，加之其人所处的环境是炎热的夏天、长刺的辛辣的花椒树、响亮的奶汁飞溅的声音、红色黄色白色蓝色的色彩冲突或曰撞色，就产生了一种在触觉、嗅觉、视觉、听觉和运动感觉上的焦躁感——这当然不同于甜蜜的爱慕，这是辛辣的厌恶。果然，例句后文写道，在发觉鲁氏对马洛亚很亲近后，上官寿喜十分厌恶这个人。所以，作者用例句这般多重感觉开放的写法，体现人物内心，使文字更具可感性。观察英、俄译文，对于例句中关键词都如实译出，一丝不落，完整传达了原文风格。

这一例是说辛辣的恨，作品中还有辛辣的爱。

例下 93

母亲大声说："来弟，无仇不结母子，无恩不结母子——你恨我吧！"说完这句凶巴巴的话，她无声地哭起来。母亲流着泪，肩膀耸着，开始剁萝卜。咔嚓一刀下去，萝卜裂成两半，露出白得有些发青的瓤儿。咔嚓又是一刀，萝卜变成四半。咔嚓咔嚓咔嚓，母亲的动作越来越快，越来越夸张。案上的萝卜粉身碎骨。母亲把刀又一次高高举起，落下来时却轻飘飘的。菜刀从她手里脱落，掉在破碎的萝卜上。屋子里洋溢着辛辣的萝卜气息。（88）

英："Laidi!" she **shouted**. "The bonds between parent and child are formed by enmity and kindness. Go ahead, hate me!" This angry outburst was barely out of her mouth when she began to **weep** silently. As tears wet her face and her shoulders **heaved**, she **sliced** the turnips. **Ke-chunk!** The first turnip separated into two white, greenish halves. **Ke-chunk!** Four halves. **Ke-chunk! Ke-chunk! Ke-chunk!** Faster and faster Mother sliced, her actions more and more exaggerated. The now dismembered turnips lay on the cutting board. Mother **raised** her cleaver one more time; it nearly **floated down** as it left her hand and **landed on** the pile of dismembered turnips. The room was suffused with their **acrid smell**. （116）

俄：…она **крикнула**:— Как говорится, и без ненависти мать и дитя не вместе, и без милосердия врозь, — так что, Лайди, можешь ненавидеть меня! — Выпалив эти жестокие слова, она беззвучно **зарыдала**: слёзы текли по щёкам, плечи **подрагивали** — а она **взялась** за турнепс. **Чик**— и турнепсина развалилась на две половинки, открыв **зеленоватобелое** нутро. **Чик** — и две половинки распались на четыре. Чик, чик, чик, чик — движения становились всё быстрее, всё размашистее. Турнепс на разделочной доске разлетался на мелкие кусочки. Матушка ещё раз **высоко занесла** тесак, но он уже словно плыл в воздухе и, **выпав** у неё из руки, **упал** на нарезанный турнепс. **Едкий дух** переполнил комнату. （121）

上官来弟与沙月亮一见钟情，但鲁氏认为沙月亮与百姓家的女儿不是一路人，为了阻止两人便将来弟许给了同为村中百姓的孙家。例句便是这时鲁氏与来弟相僵持的情景，其中有大声的绝语，无声的流泪，刀剁萝卜的迅疾动作、刺耳的声音和清冽的颜色，满溢其中的是辛辣的气味。例句文字并没有直抒母亲的、来弟的或旁观者金童的心理活动，却已然将来弟与鲁氏的对峙和鲁氏心中的无奈悲痛通过这满屋子的辛辣感、冲突感在无形中表现出来，使读者可以全身心地参与情节，体味其中的动感、气味和母爱的一种辛辣形式。有论者说："读莫言的小说，你会觉得莫言不仅是在用心写作，他还用耳朵写作，用眼睛写作，用鼻子写作，甚至用舌头写作。"[1]作家这样写出来的文字，也可以使读者用耳朵、眼睛、鼻子、舌头来品读。

对于例句内容，英、俄译者皆完整译出，尤其是其中的拟声词，上文提到英、俄语中拟声词较少，但此例中英、俄译者都找到

---

[1] 谢有顺：《莫言的国——关于莫言获诺贝尔文学奖的一次演讲》,《花城》, 2013 年第 1 期。

了译入语中对应的拟声词，而且保留了原文拟声词的行文节奏，对其声、色、形、调都进行了充分传达。

3. 湿冷的感觉

例下 94

晨风从田野里刮来，像一匹水淋淋的黑猫，黑猫嘴里叼着银光闪闪的鲫鱼，在铁皮屋顶上冷傲地徜徉。血红的太阳从积满雨水的洼地里爬出来，浑身是水，疲惫不堪。洪水暴发，蛟龙河浪涛滚滚，澎湃的水声在冷静的早晨显得格外喧哗。（230）

英：The morning winds blew in from the fields, like **a wet cat** with a **glistening** carp in its mouth, prowling **arrogantly** on the **sheet-metal** roof. The **red** morning sun climbed out of the hollows, filled with **rainwater**, dripping **wet** and **exhausted**. The Flood Dragon River was at flood stage, the **crashing** of its waves **louder** than ever in the morning **quiet**.（257）

俄：С полей задул утренний ветерок. Он **с безразличным высокомерием** разгуливал по крыше этаким **мокрым чёрным** котом с **серебристым** карасём в зубах. Из **залитых дождём** низин выкарабкалось **кроваво-красное** солнце, **отсыревшее, изможлённое**. Судя по всему, будет наводнение. Воды Цзяолунхэ катились бурными валами, и в **тиши раннего утра** их **шипение** и плеск слышались особенно **отчётливо**.（304）

例句前文是司马库等人正在得意忘形时突降暴雨，鲁立人部趁雨袭击，将司马库等人包括金童在内尽数俘虏。第二天破晓，暴雨骤停，金童在充当临时囚室的磨房里，感受到雨后水涨的潮湿和战后清晨的阴冷。例句将自然现象说成一匹"水淋淋的黑猫"，已是奇妙比喻，此外还有黑猫口中鲫鱼的刺眼感和屋顶铁皮的冷硬感。这样奇怪的文字在我们的文学传统中其来有自，如汤显祖曾言："予谓文章之妙，不在步趋形似之间。自然灵气，恍惚而来，不思而至，怪怪奇奇，莫可名状，非物寻常得以合之。"[1] 恍惚莫名的神奇感觉也是莫言笔下孩童独到的天赋："……有惊人的幻想能力，能够看到别人看不见的奇妙而美丽的事物，能够听到别人听不到的声音，……上官金童也有这样的一种超人的缺陷与超人的能力。"[2] 晨风本是自然平常，但在金童的感觉里却湿冷万端；朝阳本是司空见惯，但在金童的感觉里却湿软疲惫。例句属于移就辞格[3]，将人的感觉开放给自然万物。句中有视觉、有触觉中的湿觉和冷觉、有感觉有听觉，整段话使得上下文语境可触可感，创造出文学特有的审美情境。

对于例句原文中的关键词汇，英、俄译文基本都完整译出。英译文使用过去分词、现在分词等形式既保留原文意象又使译文自然流畅；俄译文中以"шипение"和"плеск"这两个拟声词对应原文"澎湃的水声"，可谓恰到好处、得其精义。总之，英、俄译文皆属佳译。

例下 95

无声的寒冷像黑猫一样咬我的脚趾，像白猫一样咬我的耳朵。……火焰像金蝴蝶，拍打着沾着金粉末的翅膀；纸灰像黑蝴蝶，轻飘飘地飞起来，飞累了便落在白雪上，很快便死了。（306）

英：The silent cold nipped at my toes like **a black cat** and chewed on my ears like **a white one**....The flames were like **golden butterflies** with wings covered with **golden powder**; the paper was like **black butterflies fluttering up** into the sky until they were worn out, and then

---

① 北京大学哲学系美学教研室编：《中国美学史资料选编·下册》，中华书局 1981 年版，第 137 页。

② 莫言：《故乡·梦幻·传说·现实》，《小说的气味》，春风文艺出版社 2003 年版，第 192—193 页。

③ 遇有甲乙两个印象连在一起时，作者就把原属甲印象的性状形容词移属于乙印象的，名叫移就辞。我们常见的，大概是把人类的性状移属于非人的或无知的事物。（陈望道：《修辞学发凡》，上海教育出版社 2006 年版，第 110 页）

settling down onto the **snow**, where they quickly **died**. （324）

俄：Морозец беззвучно покусывал за ноги, как **чёрная кошка**, и пощипывал за уши, как **кошка белая**....Язычки пламени походили на **крылья бабочек**, покрытые **золотой пыльцой**. Клочки пепла от сгоревшей бумаги —— **чёрные бабочки**, —— **покачиваясь, взлетали вверх**, а устав лететь, **падали** на **белый снег** и быстро **умирали**.（398）

例句语境是高密东北乡上的雪中集市，集市上人物混杂千头万绪，如果没有一定的主观感觉描写，恐失之无趣，而作家本人是最提倡感官开放的："描写一个事物，我要动用我的视觉、触觉、味觉、嗅觉、听觉，我要让小说充满了声音、气味、画面、温度。……如果不把身体全部的感官调动起来，小说势必写得枯燥无味。"① 例句也是如此，在"雪公子"仪式上，金童的触觉、视觉、运动感觉都在这黑、白、金的形光色影中被充分调动起来。例句中，黑、白的湿冷混合着火、金的耀眼，翩飞的动感伴随死亡的枯寂，光与影、色与感在此构成一种斑斓迷离的情境——"高密东北乡"确乎是条土里土气的"破麻袋"，但如例句这般唯美的感觉意境，同样是《丰乳肥臀》重要的艺术信息之一。

对此，英、俄译文都有效译出。英译使用现在分词和"where"引导的地点状语从句使译文如行云流水，其中"fluttering up"和"settling down"完美对应，一上一下营构了光影流转毫无滞碍的运动空间；俄译第一句"чёрная кошка"和"кошка белая"两个词组中名词和形容词的位置互相调换②，以使音节平衡、语势和谐，保留原文意象的同时巧妙地避免了单调刻板。

---

① 莫言：《我怎样成了小说家》，来自 2005 年莫言于香港公开大学接受荣誉文学博士学位典礼上的演讲，参见大公网 http://www.takungpao.com/sy/2012-10/14/content_1223167.htm.

② 这是俄语与汉语的显著差异：汉语语义依赖词序，词序不同则语义迥然；俄语语义依赖词形，词形无误则词序可换。那么，俄语语句为了达到语势的和谐，往往调换词序。

4. 惊怖的感觉

例下 96

在血红黄昏的无边寂静里，响着沉重的脚步声，响着晚风从麦梢上掠过的声音，响着我沙哑的啼哭声，响着在墓地中央那棵华盖般的大桑树上昏睡一天的肥胖猫头鹰睡眼乍睁时的第一声哀怨的长鸣。它的鸣叫使人们心惊肉颤。（62）

英：Under the sun's **blood-red rays**, the seemingly endless expanse of **quiet** was broken by the **tramping of feet**, the **whistling** of the wind past the stalks of wheat, the **hoarse sounds of my crying**, and the first drawn-out **mournful hoot** of a fat owl as it woke from a day's sleep in the canopy of a mulberry tree in the cemetery. It had **a heart-stopping effect** on everyone who heard it.[①]（89）

俄：В **тишине** сумерек раздавались **тяжёлые шаги**, **слышался шелест** пшеничных колосьев, обеваемых вечерним ветерком, и всё это перекрывал мой **надрывный рёв**. **Печально заухала** большая сова. Она только что продрала глаза, проспав целый день под пологом шелковицы, возвышающейся посреди кладбища. От её криков **сжималось сердце**.[②]（87）

日军撤走后，村民们将遇难的亲人葬在村外的原野，例句是安葬完毕后村民们返程的环境。眼中是血红黄昏，耳边是风吹禽鸣的动静相衬，这一切使人悲凉惊怖。日军侵华是国家历史，承其灾难的是民间百姓，《丰乳肥臀》一开篇就"把历史的主体交还人民、

---

① 回译为：在太阳的血红光线下，近乎无边的寂静被脚步声、风掠过麦梗的哨声、我沙哑的啼哭声，和在中央那棵树的滑盖里刚从白觉中醒来的肥猫头鹰的第一声拉长的哀鸣打破。

② 回译为：在黄昏的寂静里响着沉重的脚步声，响着晚风吹动麦穗的沙沙声，这些都被我大声的哭号遮盖。一只大猫头鹰哀鸣起来。它在耸立在墓地中央的那棵桑树的树冠下睡了一整天，刚刚醒来。

把历史的价值还原于民间"①，绕开民族战争的宏大历史，而将死别与悲痛还原于大栏镇的村民、还原于男人尽殁的上官家。比如例句，就是村民们在战争中遭难后的惊怖感觉。这是例句的含义之一。

其次，再看例句辞风：从句式上看，例句呈现出一种"排比错综"②的辞格，四个短分句加一长分句构成一个形式参差的长句，后接一干净利落的短句点出"心惊肉颤"的感觉，使得行文不落窠臼、节奏张弛相配；从语音上看，排比着的四项"声音"中前三项尾音是阴平，后一项尾音是阳平，使音调由低到高、由平到扬，缓疾有致、起伏相和，形成了袅袅余音和内在韵律；从词面上看，四个重复的"响着"领起反复的句式，这又属于"重字"③修辞，可以使句子构成特殊节奏、给人留下深刻印象，结合语境，又可表达文辞背后的感觉。那么，对于例句的含义和辞风，英、俄译者又是如何翻译的呢？

首先，英、俄译者都完整译出原文中的色、声、感意象，可以传达其环境描写中的惊怖感觉；其次，对于例句的辞风特点，只有英译保留了其"排比错综"的形式，其他特点都被英、俄译文流失。当然，原文汉语的语音固不能在外语中体现（除非是整段的音译），例句又非明显的韵文，对于译文的语音也不必苛求一致。

---

① 张清华：《〈丰乳肥臀〉：通向伟大的汉语小说》，《山东文学》，2012年第 11 期。

② "凡把反复、对偶、排比或其他可有整齐形式、共同词面的语言，说成形式参差、词面别异的，我们称为错综。构成错综，……伸缩文身：反复；排比。"（陈望道：《修辞学发凡》，上海教育出版社 2006年版，第 203 页）

③ "有意识地在每个句子中，前后相应的位置上，叠用同一个字或同一个词语，构成一种特殊的重复、特殊的标志，形成一种特殊的相同、特殊的节奏，令人读起来朗朗上口，给人以特别强烈的印象，这种修辞方式，叫作重字，又称同字。"（杨鸿儒：《当代中国修辞学》，中国世界语出版社 1997 年版，第 338 页）

例下 97

芦苇嚓啦啦地响着，腥冷的水生植物的味道，使她生出一些灰白的恐怖感觉。水鸟在苇地深处"呱呱"地叫着，一股股的小风在苇棵子里串游。……她感到背后冷飕飕的，好像在苇丛间有一双阴森森的眼睛在窥视着自己。急忙转回身寻找，什么也没有，只有苇叶纵横交错，顶尖的苇叶肃然上指。一阵微风，在苇田里发生，在苇田里消失，只留下一串嚓啦啦的响声。鸟儿在苇田深处鸣叫，怪声怪气，好像人摹仿的。四面八方都充满危险，苇叶间有那么多的绿幽幽的眼睛。碧绿的磷火跳到苇叶上闪烁着。她心胆俱裂，汗毛竖起，乳房硬成了两块铁。（596—597）

英：The **scraping sound and chilled, mildew-laden odor** of water plants evoked **a pale fear** in her. Water birds **cried out** from the surrounding foliage as breezy gusts **swirled** among the plants.... Suddenly she felt something **cold** on her back, as if **sinister** eyes were watching from a hiding place behind her. She spun around to look — nothing but interlaced leaves of reed stalks, the top ones pointing straight up into the sky. A light breeze was **born and died** among the reeds, leaving behind only a **soft rustle. Birdcalls** from deep in the patch had an eerie quality, as if made by humans. Danger lurked everywhere. All those **green eyes** hidden amid the reeds, whose tips **played host to will-o'-the-wisps.** Her nerves were shattered, the hair on her arms stood on edge, **her breasts hardened.**（60）

俄：Их **шелест** и отдающий **холодной гнилью дух** водных растений наводили на неё страх.Из глубины зарослей доносились **крики** водоплавающих птиц, порывами **налетал** ветерок, поигрывая стеблями камыша....И вдруг у неё прямо **мурашки** пошли по телу: ей показалось, что из камышей за ней наблюдает пара чьих-то **мрачных** глаз. Резко обернувшись, она огляделась: никого, лишь переплетающиеся между собой стебли и листья камыша, верхушки которого торжественно уставились в небо. Налетел и стих ветерок, оставив после себя лишь **лёгкий шелест. Крики** птиц, перекликающихся в глубине зарослей, звучали как-то странно, будто их передразнивал человек. Опасность таилась всюду, казалось, меж листьев по**сверкивает множество глаз**. То тут, то там **вспыхивали бирюзой блуждающие огни**. Сердце у неё ушло в пятки, волоски на руках встали дыбом, **груди напряглись, будто железные**. (762)

  鲁氏奉吕氏之命去远离村庄的大苇塘捞螺蛳，不觉之中走入了"万亩苇田深处"，四下无人，只有芦苇的清冽声响、植物的腥冷气味、水鸟的诡怪鸣叫、鬼火的绿色闪烁、微风的无迹无踪……还有盯在自己背后的阴森森的视线、埋伏在苇叶间的绿幽幽的眼睛。这里，鲁氏身陷视觉、嗅觉、听觉、触觉甚至幻觉的惊怖之中，而且这种感觉带有颜色："灰白的恐怖"。作者使用移就辞格，打开五官六感，将惊怖感觉描写到极致。《丰乳肥臀》中涉及女人的感觉时，当然少不了乳房："乳房硬成了两块铁"。连乳房都感受到了触觉——铁的冷硬，可想而知人物心中的感觉了。所以，直写人物恐惧的心理活动，远不如这样"设身处地"地将人物的感觉寓之环境，环境通过开放的感官直入人心，写活了故事，打动了读者。另外，例句中出现一处"反复①"修辞："一阵微风，在苇田里发生，在苇田里消失，只留下一串嚓啦啦的响声"。这是鲁氏眼中所见，刻意重复"在苇田里"，强调地点环境和风的踪迹，微风来又去，以微风的"动"衬托环境的"静"，而这"静"恰恰好似危险爆发之前的宁静假象，令人恐慌。那么，这些是例句表达的感觉，译者有无将其译出呢？

  大体上看，英、俄译文都无误，但英译流失了一些拟声词以及最后的"铁"的意象，俄译省略了"灰白的恐怖"。也许俄译者

---

 ① "用同一的语句，一再表现强烈的情思的，名叫反复辞。"（陈望道：《修辞学发凡》，上海教育出版社 2006 年版，第 195 页）"有意识地重复某个词语或句子的一种修辞方式。"（陆稼祥编：《修辞方式例解词典》，浙江教育出版社 1990 年版，第 69 页）

是考虑到这种说法太过神奇，恐怕会使读者迷惑甚至厌恶。英、俄译文都流失了"反复"辞格——因为英、俄语中最忌讳重复。总之，英、俄译者都进行了小程度的简化处理，但总体上传达了原文风格。

以上 7 条例句是我们从原文中挑出的较有代表性的例子，纵观全文，《丰乳肥臀》确实充满了开放的感觉，轰鸣喧嚣、光怪陆离，吸引读者调动所有的感官来参与，与作品中被感觉包围的人物同喜同悲。这样感觉开放的写法，如本节开头所述，是缘于作家孤独的童年经历以及在孤独生活中肆意飞扬的想象："作为一个孤独的少年，与牛羊、树木在一起伴随那么长时间，在和外界几乎没有交流的情况下，我一年有六个月时间都在一片荒凉的草地上，与鸟、草木、牲畜相处，因而对我想象力的培养、对纯粹自然物的感受与一般作家不太一样，这可能是我的小说里有青草、水的气味的原因吧！"[1] 想象使作家在创作时可以站在人物身边甚至走进人物心里，触摸周遭的冷热湿枯、嗅闻环境的香腐气味，看人物所见，听人物所闻，触人物所感，在想象中感觉故事，在感觉中塑造人物。观察以上述 7 例为代表的英、俄译文，我们发现，英、俄译者都在尽可能地完整传达原文的意象和风格（有些译文与原文的差异是由语言本身的不同所致），而且从译入语的审美习惯上看，译文也是十分优美的文字。那么，如果以"信、达、雅"的标准来衡量，英、俄译文都属佳译，其中英译文与俄译文并没有呈现出比如文化立场之类的明显差别。

（二）通感

莫言笔下的神奇感觉，除了其开放性，还有沟通性，也就是那个最具诗意的修辞方式——通感。"通感"的写法在莫言的作品中

---

① 莫言：《故乡·梦幻·传说·现实》，《小说的气味》，春风文艺出版社 2003 年版，第 166 页。

有很多，具体到《丰乳肥臀》里，我们就以两例为代表：

例下 98

八姐的微笑最美丽，好像苦菜花儿香。（305）

英：Eighth Sister's face was adorned with a beautiful smile, **like a little flower.**（323）

俄：…восьмая сестрёнка улыбалась прекраснейшей из улыбок, заставлявшей вспомнить **аромат цветущего цикория.**（396）

关于上官玉女其人，本书之前的章节已多有论述，她在上官家的存在微乎其微，但却是一个最美的闺中女儿。她因眼盲而避世，她不像她的姐姐们那样闯荡江湖、不让须眉或投身情爱、为情而殉；她因避世而无言，一张美丽的面孔不说话便只剩下了笑容，她的笑容"好像苦菜花儿香"。植物苦菜花本身未见得有多么苦，但汉语这种视觉语言往往使人顾名思义而产生字面联想："苦"是味觉、"香"是嗅觉，当味觉嗅觉相沟通，"苦"散发出了"香"，其清丽脱俗就要远胜"甜"之"香"了吧——"苦"之清冽刚好是对"甜"之甘腻的解毒。那么，用"苦菜花儿香"形容玉女的微笑，将视觉转换为嗅觉甚至味觉，这样的淡然静美之于玉女最为相宜。

英译将原文的通感简化为简单的比喻，回译为"好像一朵小花"；俄译保留了原文的通感修辞，但"苦菜花"这种植物在俄语中的对应词汇（цикорий）不含"苦"的字眼，正所谓不可译了。

例下 99

我心里有一种又甜又腥的铁锈味儿（337）

英：**A sweet yet bitter flavor,** like rusty iron, filled my **heart**（350）

俄：Подташнивало, и во рту был какой-то мерзкий привкус.（439）

例句描写的是上官金童惨遭别人毒打后的感觉。从感官的角度上看，例句有三层含义：第一，"心里有味儿"首先是一种心理感觉；第二，"又甜又腥"属于味觉＋嗅觉；第三，"铁锈"这种物质对应着人的视觉。那么，例句就是将心理感觉和生理感觉融为一体，用心理的不适表达生理的疼痛；用生理的不适表达心里的委屈。这样感官沟通的写法看似混沌不清，其实反而是一种陌生化的写法。试想，我们的五官六感中有痛有痒，有苦有酸，但哪位读者真的在生理上感觉到"铁锈味儿"？那么，例句中的这种超现实的感觉，对于读者来讲就是陌生的。刻意违背生理常规，这样的"违规"，从接受美学上讲，反而能够形成一种面向读者含有不确定性的"召唤结构"，读者必须调动自己的感觉才能理解它，这就留给读者更多的参与和进行个性化品味的空间——即文本的可读性。如果读者还原到语境中，经过品味之后与人物感同身受，又会发现例句所写虽现实违规，但却感觉真实。

英译无误，俄译做了一定的改变，回译为"我有点想吐，嘴里有一种难受的味道"，将原文的"心里"改为"嘴里"，将原文心理生理混合的特殊感觉具体化为简单的生理不适，也就流失了原文感官沟通的风格，俄译文的阅读空间小于原文。

（三）奇特修饰

《丰乳肥臀》中的神奇感觉除了"通感"修辞，还有很多以其荒谬而更加逼真的奇特修饰，我们以下面 3 例为代表：

例下 100

她风情万种地盯了上官金童一眼，上官金童却感到万箭钻心，钻上一万个洞眼又养上一万只蚰蜒。（545）

英：She gave him another flirtatious look; it hit him like **ten thousand** arrows piercing his heart, opening up **ten thousand** little holes that were home to **ten thousand** wriggly worms.（519）

俄：Она бросила на него игривый, на **тысячу** ладов кокетливый взгляд, и сердце словно пронзила **тысяча** стрел, оставивших **тысячу** отверстий, в которых завелась **тысяча** червячков. (699)

汪银枝奉父亲之命来引诱上官金童，金童对她没有感情但又经不住引诱，受了对方的引诱但又对她没有感情，也就是说，软弱又贪色的金童明明厌恶汪银枝但又无力拒绝其色，例句中夸张的描写就是对金童此时感觉的最好形容——并不点明金童具体的心理活动，而将其留给读者见仁见智。英、俄译者皆如实译出。

例下 101
一个鸟仙出现在我家，母亲满心里都是阴森森、粘腻腻的感觉，但却不敢说半个不字。(121)

英：Now a Bird Fairy had appeared in my house, which both **terrified** and **disgusted** Mother. But she didn't dare say anything that went against Third Sister's wishes,... (148)

俄：И вот теперь, когда воплощённый дух птицы появился в нашей собственной семье, **матушку одолели мрачные,** неотвязные предчувствия. Но она не смела и пикнуть... (166)

领弟变成了"鸟仙"，在鲁氏看来就是闺女不再而"精仙"出现，想起此前在高密东北乡出现的"动物仙"，都不是那么好相与，一个不好相与的"鸟仙"代替了自己的闺女从此长住家里，鲁氏心中既害怕又难过，既厌恶又无奈。但作者若直写"害怕无奈"，文字便会毫无趣味，因此使用了"阴森森、粘腻腻"这样的非常规修饰。常规来讲，人有快乐的感觉或痛苦的感觉，但"阴森森、粘腻腻"不属于对感觉的常规形容。"阴森森"一般是说环境的光线，"粘腻腻"一般是说物体的湿度，例句以此来形容鲁氏的感觉，是将人的情绪物理化为亮度和湿度，就与例下 99 是同样的道理：前例是将心理感觉与生理感觉融为一体，这里是将心理感觉转化为物理感觉，都属于沟通感觉的陌生化笔法，看似荒谬实则更生动。

英译将物理感觉还原为人物的心理感觉，在语义上无误（"terrified"意为"使恐惧"对应"阴森森"，"disgusted"意为"使恶心"对应"粘腻腻"），但原文的奇特感觉被英译流失；俄译回译为"阴森的、萦绕不去的"，与英译相比，俄译更接近原文。另外，原文中"不敢说半个不字"也是一种生动的口语表达，因为事实上汉字可论一个、两个，却是没有"半个"的，俄译"не смела и пикнуть"也是俄语中的口语固定搭配，与原文的语辞色彩相对应。

例下 102

我们困惑地望着他那张线条粗糙的脸，心里萌生着许多毛茸茸的念头。（139）

英：We looked into his coarse face with puzzled looks on ours, as **fuzzy thoughts** began to materialize in our minds.（167）

俄：Мы растерянно смотрели на его грубое лицо, и в душе у нас зарождались **нехорошие предчувствия**.（191）

1941年，上官家从抛售了上官求弟的人口市场上回来，发现有部队驻扎在了自家院子里，这时孙家大哑巴跑了过来，呜哩哇啦地向他们比画着。鲁氏曾做主把来弟许配给他，但来弟与沙月亮一跑了之；于是他带着兄弟们来向上官家示威，砍净了沙月亮留下的满院子的兔子；领弟"鸟仙"的神像和"御用"饮具都是"拜"他所赐——所以，上官家与孙家大儿子可谓颇有过往但非良缘，这时上官家人看到他当了兵且驻在了自己的院子里，心里萌生了"毛茸茸的念头"。"毛茸茸"用在小动物身上，是说其糯软可怜，而"毛茸茸的念头"究竟是怎样的奇特感觉？是在说感觉的模糊不定？困惑意外？担忧疑虑？或者是不知吉凶、祸福难料？这些都可由读者自己体味，这样的阅读空间和阅读趣味都通过将心理感觉转化为"视觉＋触觉"的"毛茸茸"来实现。

英译如实直译，而且其中的"began to"表示动作行为的"开始"，很符合原文"萌生"的意思，可谓等值翻译；可惜的是俄译

莫言与当代中国文学创新经验研究

将"毛茸茸的念头"单一化为"不祥的预感",虽然也不违背语境,但流失了原文的奇特韵味。也许是俄译者考虑到读者未必接受"毛茸茸"这样的形容,恐有碍读者阅读,所以将原文奇特的形容词常规化。

以上述 12 条例句原文为代表,结合《丰乳肥臀》及莫言的其他作品,可以说,莫言的文学世界乍看似一条土里土气的"破麻袋",但这破麻袋深处藏着的却是一个感觉奔放、感官欢腾的奇特王国,而进入这王国的通行证,就是我们的五官六感。面对此,读者需要逾越不同感官的界限,破除对语言律典的畏惧,暂时忘记自己的理性——莫言说"我很不愿让自己的思维纳入'理性'的轨道"[①],逾越了理性轨道的作家创造的艺术感觉,"具有强烈的主观色彩,具有产生通感的能力,具有接受荒诞事物和产生荒谬感受的特异功能,足以……制造一种荒诞的真实,制造一种全方位、全感知的艺术氛网……"[②] 这也就是莫言之所以是莫言的原因之一,也就是《丰乳肥臀》的艺术信息之一。

观察译文,我们发现,英、俄译者基本都对原文这方面的风格持有完整保留的态度,但原文中一些涉及语言文字历史积淀和语码信息的、比较微妙的内涵,这种汉—英、汉—俄的跨语系实践,确实难以传达;有时英、俄译者为了读者阅读的直观和省力,会将原文中某些太过奇特的感觉常规化,这也是译者创造性叛逆的体现。另外,如前文所述,英译文与俄译文并没有呈现出比如文化立场之类的明显差别。

以上我们讨论了《丰乳肥臀》中的感觉开放和感官沟通,而作品的神奇感觉,还表现为"动感十足",这种动感,首先包括化静为动:"莫言的生命感觉和生命意识,……能够将静态的场景转化为动态的叙述,……也能赋予那些原先没有生命的物体以灵魂……"[③]。

① 莫言:《我痛恨所有的神灵》,张志忠:《莫言论》,北京联合出版公司 2012 年版,第 271 页。
② 张志忠:《莫言论》,北京联合出版公司 2012 年版,第 236 页。
③ 张志忠:《莫言论》,北京联合出版公司 2012 年版,第 53 页。

作者通过赋物以灵，使情节画面跃然纸上，其动感也成为一种神奇感觉，参与建构作家笔下的感官王国。

二、神奇的感觉：赋物以灵、动感增动

例下 103

在这个过程中，小鸟蹲在鸟仙图像前的供桌上，兴奋地啼叫着。它那只小嘴里，似乎往外唾着血的小星星。（405）

英：Meanwhile, the tiny bird perched on the altar table in front of the drawing, where it chirped excitedly. **Little stars like drops of blood** seemed to emerge from its tiny beak.（403）

俄：Птаха, усевшаяся на жертвенный столик перед изображением Птицы-Оборотня, выводила восторженные трели. Казалось, из крохотного клювика вылетают **звёздочки, похожие на капли крови**.（521）

例句中的"小鸟"是来弟与鸟儿韩之间罂粟花般的爱情的信使，当来弟向鸟儿韩哭诉孙不言对自己的虐待时，当鸟儿韩张开有力臂膀迎接来弟时，这只小鸟就"蹲在鸟仙图像前的供桌上"——似乎它也是"鸟仙"派来慰藉饱受苦难的来弟和鸟儿韩的使者——"往外唾着血的小星星"。罂粟花是血之花，罂粟花般的爱情中"唾血"的小鸟，让我们想起不管是中国传统中的杜鹃啼血，还是外国传说里的荆棘殉歌，都是举身赴情义无反顾、凄美哀婉又绝艳脱尘。这只富有灵性的小鸟贯穿于对来弟和鸟儿韩整个故事的描写，给故事情节增添了十分的灵动，使这场理论意义上的"私通"变成文学审美上的"爱情"，成为这场"疯狂而艳丽"的爱情最相得益彰的配乐和点缀——这也正是作者赋"小鸟"以灵、化"文字"为动。考察译文，例句及其上下文的英、俄译文皆如实直译，都是有效的。

后来，复聪后的孙不言听见了上官家院子里的异常声响，他向

东厢房——那里正是来弟和鸟儿韩的所在——看去：

例下 104

东厢房的门肆无忌惮地敞开着，屋子里点着一支蜡烛，鸟仙的眼睛在画上冷冷地闪烁着。（409）

英：Recklessly, the door had been left open, and a candle burned inside. **In the drawing, the Bird Fairy's eyes shone coldly.**（407）

俄：Дверь была беспечно приоткрыта, внутри горела свеча, **с картины холодно поблёскивали глаза Птицы-Оборотня**.（527）

东厢房里有"鸟仙"画像，画中的鸟"眼睛在冷冷地闪烁"，是对孙不言的嘲笑？是对即将发生的血案的预警？是对人的命运的怜悯？还是世间悲欢皆无常的象征？图画本静，作者化其为动，这样的灵动都留给读者解读，文字的灵动感也正是文学区别于绘画、雕塑等其他艺术作品的文学性。英、俄译文皆无误。

《丰乳肥臀》中还有很多关于环境情景的动态描写，同时它们也属于"增动"[①]的修辞：

例下 105

麦田上空匆匆奔跑着巨大乌云的暗影，被阳光照耀着的部分麦子，黄得好像燃烧的火。（57）

英：Cloud shadows seemed to **fly above** the wheat field, **momentarily extinguishing** the **golden flames** that engulfed the sunlit stalks.（84）

俄：На фоне **раскинувшейся** над полем черноты **освещаемая** солнцем пшеница **полыхала жёлтым**.（80）

---

① 增动是"故意打破常规，运用富有动态的动词以增强立体感的一种修辞方式"（陆稼祥主编：《修辞方式例解词典》，浙江教育出版社1990年版，293页），它"选择富有动感的词语，使语句比常规说法增强力度，或者表现出动者益动的情貌，或者给人以立体感。"（唐松波编：《汉语修辞格大辞典》，中国国际广播出版社1989年版，第118页）

除了在小说的环境描写中，"麦田"也常出现在诗歌和绘画里，是一个颇具美感、为艺术家所钟爱的意象。例句也是如此，其中有动词、有色彩词、有光线词，有油画之美又超越了油画的定格状态，为读者展现出高密东北乡的盛夏原野之景——乌云和麦子各自有着迅疾的运动方式，一切都是动感十足。小说虽然讲述的是故事，但若缺少了这些环境描写，读者便不知该将上官家人的悲欢离合安放何处，作者笔下的感觉王国也就没有了地貌支点。

再看译文：英译回译为"乌云的暗影好像飞驰在麦田上空，它们瞬间熄灭了那吞没了被阳光照耀着的麦子的金色火焰。"例句原文的关键在于增动效果和色彩构图感，对于这一点英译文是无误的，但其中的动词"extinguish"属于无中生有：原文中的火焰还在熊熊燃烧，到了英译文这里却被熄灭了——可能是对它把人家麦子（stalks）吞没了（engulfed）的惩罚？英译回译显得十分啰唆而且逻辑曲绕，但其实英译文有动词的现在分词和过去分词形式以及时间副词将语义相联结，英译文本身还是很流畅的。所以，如果我们不固执于"逐字对译"而是考量译文是否传达原文的神韵，那么，英译文确实是有效的。俄译回译为："在铺展于原野上空的暗影上，被阳光照耀的麦子燃烧着黄色。"细读发现，俄译文中意象的空间位置与原文略有不同：原文是"乌云的暗影"在上，"着火的麦子"在下，而俄译文则是"麦子"在"暗影"之上（на фоне черноты пшеница）。笔者认为，这里俄译文其实是对原文的修正。试想，"麦田上空"可以奔跑着"乌云"，但"乌云的暗影"必然不能在"上空"，而是需要投影至平原陆地的，所以，俄译文修正了原文的空间位置错乱和不谨慎。从风格上考察，俄译运用被动形动词和主动形动词保留了原文的动态感，同样传达出了原文的增动风格。

有些动作描写不仅伴随着色彩对比，还有声音：

例下 106
婴儿又扁又长的头颅脱离母体时，发出了响亮的爆炸声，犹如炮弹出膛。鲜血溅满了孙大姑的白布褂子。……鲜血从双腿间一股股冒出来，伴随着鲜血，一个满头柔软黄毛的婴儿鱼儿一样游出来。（46）

英：…as its long, flat head cleared the mother's body, it made **a loud popping sound**, as if **shot from a cannon**. Aunty Sun's **white jacket** was **spattered with blood**.…**blood gushing** from between her legs **washed out** another down-covered infant.（44）

俄：Плоская и вытянутая головка отделилась от тела матери со **звонким хлопком**, с каким **вылетает из орудия снаряд. Белую** кофту тётушки Сунь забрызгало **кровью**.…хлынула кровь, и вместе **с кровью, как рыбка, выскользнул** ребёнок с мягкими **рыжими** волосками на голове.（69）

例句是写金童和玉女的出生，说婴儿脱离母体犹如炮弹爆炸，如鱼儿游出，而这鱼儿"游"的"河流"竟是母亲的鲜血，还有鲜血与白衣、鲜血与黄发的颜色对比，这样声音动作色彩俱全的鲜血淋漓的场景，能够对读者造成不小的心理冲击。我们说《丰乳肥臀》是一部关于母性的作品，而天下母亲的艰难历程，无一不是从这样血淋淋的生产开始。此前很多文艺作品顾及读者的接受度而对此进行了回避或粉饰，但《丰乳肥臀》是一部最直白的书——撕裂伪饰，将女性生产过程中的阵痛和血腥直书给人看，将婴儿的出生比喻成炮弹出膛和鱼儿游出，这样的巨响和动感极具震撼力。

英、俄译的前半部分皆无误，但将后半部分中的比喻简化为"鲜血将婴儿冲出来"，且流失了对"婴儿"的修饰语；俄译完整译出了后半部分，但将"婴儿"也即上官金童的发色"黄毛"改为"红褐色"（рыжий）。纵观《丰乳肥臀》原作和俄译本，可以发现，金童的生父马洛亚的发色是红色，而金童及金童幻想中的孩子则是柔软的黄发（这并不违背生理常识，因为我们不知道马洛亚的先辈的发色，不知道马洛亚是否带有黄色头发的隐性基因）；俄译如实译出马洛亚的发色即红色，而基本将金童的黄发改为"淡红褐色"① （只有一处译为"淡黄色"）。作品的译者首先是作品的读者，也许在俄译者的印象中，马洛亚既是红发，金童也应如此吧。当然，这样的细小之处非关要旨，几可忽略。此例中，与英译相比，俄译较完整地传达了原文文辞。

例下 107

一语末了，万万千千昆虫合奏的夜曲便从四面八方漫上来。
（ 62 ）

英: His words hung in the air when a chorus of millions of chirping insects **rose** all around him.② （ 89 ）

俄: Звук его голоса растаял, и со всех сторон многоголосым хором на все лады **завели** свою ночную песню мириады насекомых.③
（ 87 ）

对于例句，可以说，"着一'漫'字而境界全出"：汉字是一种视觉文字，"漫"属于形声字，其偏旁在视觉上给人"水"的、湿润的感觉，这就有了一种通感效果，听觉被转化成了触觉（湿觉）；这里"漫"用作动词，属于"增动"辞格，增强了"夜曲"的动态

---

① 红头发蓝眼睛的马洛亚牧师（15）рыжеволосый и голубоглазый（31）；
马洛亚看着我头上柔软的黄毛（66）Пастор разглядывал светлый（浅色的）пушок у меня на голове（92）；
母亲抚摸着我头上的黄毛（93）поглаживая соломенные（淡黄的）волосики у меня на голове（126）；
我想我的优势是我头上柔软的黄毛（135）Думаю, моим главным достоинством стал мягкий рыжеватый（淡红褐色的）пушок на голове.（185）；
脑袋虽小，五官俱全，都顶着几缕柔软的黄毛（476）мягкий рыжеватый（淡红褐色的）пушок на макушках（609）。

② 回译为："他的声音还飘在空中，千千万万昆虫的合唱就从他四周升了上来。"

③ 回译为："他的声音消散了，万万千千的昆虫从所有方向奏响了多声部的合奏夜曲。"

感和立体感；除了"增动"，"漫"字还有"强连"①的功效：这个字一般用来指"水"的运动，比如白娘子的"水漫金山"，这里却用来形容"夜曲"，将本来说明"水"的动词移来形容"夜曲"的动态，在增强动感的同时暗含比喻的效果，表现出声音对于人物感官的包围，或者说人物通过五官六感存在于语境环境中，使句子更具可感性。例句是作品第一卷第十章的结句，语境是人们将遇难者安葬于村外的原野后返回村庄，例句就是这场送葬的落幕，万千虫鸣如配乐，整个场景如同一场可观可感的舞台剧，十分生动。

这里我们分析的是汉字"漫"在原文中的审美效果，而当原文被翻译成西方语言，可想而知，其形声性就属于不可译的范围；英、俄译都选用了动词（rose/завели），可以保留原文的增动色彩，但或多或少流失了其"强连"的陌生化效果。

"强连"以增动态的例子还有：

例下 108

清凉美酒咕嘟嘟流出，香气醉了一条河。谷草唰唰地响着。（24）

英：…they poured the liquor onto the straw, beautiful, high-octane liquor whose fragrance **intoxicated** an entire section of river. The straw **rustled**.②（23）

俄：**Забулькало** прекрасное вино, **по реке поплыл** пьянящий аромат, под потоками вина **шелестела** солома.③（43）

"醉"本来是说明"人"的状态，常言道"酒不醉人人自醉"，例句这里不是说人，却说酒香使河流都沉醉，既是拟人，也属"强

---

① 强连是"将原适用于陈述甲事物的动态性词语，破格移来形容或比喻乙事物的动态，使之形象化、艺术化的一种修辞方式"。（陆稼祥主编：《修辞方式例解词典》，浙江教育出版社 1990 年版，第 186 页）

② 回译为："他们把高浓度的美酒倾倒在谷草上，酒香醉了一条河。谷草唰唰地响着。"

③ 回译为："美酒咕嘟嘟流出，酒香开始在河面上弥漫，在酒液的涌流下谷草唰唰地响着。"

连"，加上两处拟声描写，构成了一个充满了听觉、嗅觉和感觉的、人河共醉的审美空间。

对于原文中的"醉"，英译无误，俄译则"去拟人化"为"酒香开始在河面上弥漫"；原文中的两处拟声描写，俄译使用两个拟声动词（забулькать，шелестеть）将其完整保留，英译则保留其一（rustle）。

还有些精彩的动作情景由接连着的动词组构成：

例下 109

"最好永远别好，这样你也少给我惹祸！"司马亭气哄哄地说着，转身欲走，看到沙月亮正在门口微笑。（69）

英："I'd be happy if it never healed," Sima Ting said **heatedly**. "You'll give me a lot less trouble that way." **Turning to leave**, he **spotted** a **smiling** Sha Yueliang standing at the door.（96）

俄：— Лучше бы не заживала. Мне хлопот меньше! — в **сердцах** бросил Сыма Тин.**Повернувшись, чтобы уйти**, он **заметил** в дверях **ухмыляющегося** Ша Юэляна.（97）

例句情景由司马亭的动作和沙月亮的动作构成：司马亭的"说着"是动作的持续；"转身欲走"中"欲"可表示"想要"或"将要"①，在语义上表示动作的将要进行；"看到"是司马亭的视角，可以将读者挡在"第四堵墙"之外，使情景更有画面感、更逼真；而司马亭"看到"的画面是"沙月亮正在门口微笑"，在这个主谓词组宾语中，"正在"表示动作的进行状态，"看到"这一分句就是例句动作情景的第二重；沙月亮的"微笑"与司马亭的"气哄哄"形成了鲜明的对比，体现着情节的戏剧性和冲突感。我们假如将例句改为："司马亭气哄哄地说完，转身走了，过了一会儿，沙月亮来了。"对比之下，可见例句的精彩在于人物动作的环环相扣和动感紧凑。

① "欲"若理解为动词则表示"想要"，理解为副词则表示"将要"。

对此，英、俄译文皆有效译出，因为英、俄语的词态变化为此提供了方便：英译文中的现在分词（turning，smiling，standing）和俄译文中的主动形动词（повернувшись,ухмыляющегося）与原文的动作进行状态完美对应。看来，汉语作品中的"动作进行"描写属于最易翻译的类型[①]。

我们的动作描写的文学传统除了这类主谓词组做宾语的复杂单句，还有一种武侠风格——由连贯动作、武打情节、武器兵刃、对话描写、人物神情等要素构成，营造一种形影纷呈的直观效果：

例下 110

他用长长的竹竿探着路，在我们前边斜着膀子疾走。……杜白脸老头，提着一个蒲草编成的墩子，插言道："瞎子，你看啥电影？"瞎子大怒，骂道："白脸，我看你是白腔！你敢说我瞎？我是一闭眼看破了人间风情。"他猛地抢起竹竿，带着一阵风响，险些打折杜白脸的鹭鸶腿。（214）

英：He was **up ahead walking fast**, making his way by tapping the ground in front of him.An old man called White Face Du,…was carrying a stool made of woven cat-tail. "How do you expect to watch a movie, blind man?" he asked. "White Face," the blind man **replied**

① 其实，例句这样的描写动作进行的复杂单句在我们的文学传统中自来有之，比如《围城》：
他立起来转身，看见背后站着侍候的阿刘，对自己心照不宣似的眨眼。（钱锺书：《围城》，人民文学出版社 1991 年版，第 20 页）
英：As he stood up and turned around, he saw the waiter, Ah Liu, standing behind him and giving him an understanding wink. （Jeanne Kelly, Nathan K. Mao: *Fortress Besieged* PENGUIN BOOKS London 2004, pp.24）
俄：Когда он выходил, навстречу попался Алю, заговорщически ему подмигнувший. （Владислав Федорович Сорокин Осажденная крпость Москва Художественная литература 1980）
《围城》这例的英、俄译文也同样分别采用了现在分词（standing, giving）和主动形动词（подмигнувший）形式。可见，这样的译法确实是可行的。

angrily, "to me you're a white asshole! How dare you say I'm blind! I close my eyes so I can see through worldly affairs." **Swinging his pole over his head until it whistled in the wind**, he came dangerously close to snapping one of White Face Du's egret-like legs. (239)

俄：Перед нами, **выставив вперёд плечо** и нащупывая дорогу длиннющей бамбуковой палкой, **быстро шагал** слепой Сюй Шаньэр.Тут встрял старый Ду Байлянь…тащил с собой сплетённый из рогоза стульчик:— Какое тебе кино, слепец?

Сюй Шаньэр **разозлился не на шутку**:— Ты, Байлянь, как я погляжу, не Байлянь вовсе, а Байдин!Как ты смеешь обзывать меня слепцом? Я прикрываю глаза, дабы узреть то, что кроется за путями этого бренного мира.Он **яростно взмахнул палкой**, аж **свист пошёл**, и чуть было не отоварил Ду Байляня по тощим и длинным, как у цапли, ногам. (282)

观察例句原文，我们可以联想到很多武侠小说中的相似描写，例句中人物的运动动作、神情话语、武打动作等元素，使文字生动活泼，颇有看头，如第一句中徐仙儿的运动状态"斜着膀子疾走"，"疾"表示其看电影心切，"斜着膀子"也是特别的肢体动作以配合其迅疾，寥寥数笔的动作描写使一个眼盲但灵活、暴躁又滑稽的村汉形象跃然可见。

对于例句，英、俄译文基本如实译出，但英译省略了第一句中的"斜着膀子"。也许是因为汉英相比，单独汉字便富含意义，汉字之间可直接相连而不必考虑形态；而英语词汇有形态变化，太多成分相连便会显得啰唆，因此英译进行了一定的省略。

说到武打动作，当然不可少了作品中的女响马：

例下 111

她静静地看着这个日本兵，脸上甚至挂着一丝嘲弄的笑容。……孙大姑不耐烦地抬手把他的刀拨到一边，然后一个优美得近乎荒唐

莫言与当代中国文学创新经验研究

的小飞脚，踢中了日本兵的手腕。马刀落地。孙大姑纵身上前，扇了日本兵一个耳光。日本兵捂着脸哇哇地怪叫。另一个日本兵持刀扑上来，一道刀光，直取孙大姑的脑袋。孙大姑轻盈地一转身，便捏住了日本兵的手脖子。她抖抖他的手，那柄刀也落在地上。她抬手又批了这位日本兵一个耳刮子，……（47）

英：She looked at him **calmly**, the hint of **a sneer on her lips**.... Aunty Sun reached up and **brushed** his sword to the side. Then **one of her feet flashed through the air** and landed **precisely** on his wrist, **knocking** the sword **out of** his hand. She **rushed up and slapped** him across the face. With a yelp of pain, he covered his face. His comrade ran up, sword in hand, and **aimed it at** Aunty Sun's head. She **spun out of the way** and **grabbed** his wrist, **shaking** it until he too **dropped his** sword. Then she **boxed** his ear,...（45）

俄：Тётушка **спокойно** смотрела на него, **чуть ли не** с издевательской **улыбочкой** на лице....тётушка Сунь, **подняв** руку, отвела меч в сторону, а потом **в воздух взлетела** её маленькая ножка и до невозможности изящным движением ударила японца по руке. Меч упал на землю. Тётушка подалась **всем телом вперёд** и закатила солдату оплеуху. Тот взвыл и схватился за лицо. К ней бросился другой японец. Он взмахнул мечом, **целясь тётушке в голову**, но она **легко увернулась, железной хваткой вцепилась** ему в запястье и **тряхнула так, что** и он выронил меч. Получил он и затрещину.（70）

比之其他艺术形式，文学作品的一个优势就在于它的动态感："绘画只能化动为静，表达动态的一瞬间的'定格'，文学却可以充分地表现动态的形象，并进一步地化静为动，以动态的描写传达人和物的精神状态，强化其艺术效果。"[1] 日军入侵村庄，孙大姑这

① 张志忠：《莫言论》，北京联合出版公司 2012 年版，第 54 页。

位昔日的"江湖女响马"先把几个日本兵打了个狼狈不堪，例句中人物的动作和神态都描写得十分传神。先看人物神态："静静地看着"表示孙大姑临危不惧、处变不惊，表情之"静"表示内心之勇，而且以静衬动、衬托之后的激烈打斗，更显张力；"嘲弄的笑容"修饰以量词"一丝"——数量少、程度轻，动词"挂"——状态轻盈，契合上一分句中的"静"，同时也是典型的中国人的表情方式——含蓄内敛、不外显、不夸张，但丝毫不减人物内心对敌人的蔑视鄙夷。再看接下来的动作描写，"拨到一边""小飞脚""纵身""轻盈地一转身""捏住""抖抖""抬手批了"等动词或词组流畅地表现了人物动作的轻盈灵巧，一抬手一投足就制住了敌人，整套武艺行云流水精彩好看，我们看得十分过瘾，给观者足够的直观美感。接着看日本兵的动作，"一道刀光直取"表现日本兵占据着武器优势，整个过程中刀光剑影，险象环生，营造了必要的紧张感和刺激力；孙大姑手起、日本兵刀落，兵刃武器的运动也为画面增添了视听感觉。最后，这段精练的白描中加入了一处修饰语："优美得近乎荒唐的小飞脚"，什么样的"优美"可至"荒唐"？这种有悖常规的词语组合，反而形成一种矛盾修辞的独特效果。回看之前作者对于孙大姑的肖像描写，一个精干脱俗的美丽老太太的形象就这样被十分立体地塑造出来，给我们留下深刻印象。总之，这场武打描写中，人物神态和动作都生动传神，整个情境紧张有力、高潮迭起，充分展示了文字独有的运动力和节奏感，是作品的动作描写中较有代表性的一段。那么，译文是否保留了上述这些呢？

由于语言本身的不同——比如汉语没有词形变化、连词介词都很简洁而英/俄语有词形变化、单词之间不可简单相连，译者不可能对原文逐字而译，观察译文可见，英、俄译文都有效传达了原文的神韵，比如，原文"挂着一丝嘲弄的笑容"被译为"a sneer on her lips"和"чуть ли не с издевательской улыбочкой на лице"，前者选用"lips"代替了原文字面的直译词"face"，反而能够显示"挂着一丝"的轻盈之感，后者使用"улыбка"的指小表爱形式"улыбочка"，且以副词词组"чуть ли не"表示其绰约感，实现了同样的效果；"小飞脚"被译为"one of her feet flashed through the air"和"в воздух взлетела её маленькая ножка"，其中的动词"flash/взлететь"在译入语中也具有足够的灵动；"纵身上前"被译为"rushed up"和"подалась всем телом вперёд"，有效传达了原文的轻盈有力，等等，原文中其他关键语义也都这样被充分译出，此例的英、俄译文都是有效的。

日本兵无力还手，孙大姑潇洒离去，但——

例下 112

孙大姑头也不回地走向大门。日本兵端起马枪搂了火。她身子往上挺了挺，然后栽倒在上官家的穿堂里。（47）

英：**Without so much as looking back**, Aunty Sun **strode out** of the yard, as one of the soldiers raised his rifle and fired. **Her body stiffened for a moment**, then **sprawled forward** in the gateway of the Shangguan house.（46）

俄：**Даже не повернув в его сторону головы**, тётушка Сунь **зашагала** прочь. Один из японцев схватился за карабин — грянул выстрел. Она словно **вытянулась вверх** и **упала** в воротах семьи Шангуань.（70）

例句没有写孙大姑的心理活动，甚至没有交代她面上的表情，只说她"头也不回地走向大门"。我们的历史现实和文艺作品中有很多"头也不回"的人物，比如"就车而去，终已不顾"的荆轲，比如去参加杨杏佛葬礼不带钥匙的鲁迅先生，他们"头也不回"，是因为"回头"有时代表着胆怯畏缩、瞻前顾后，代表将自己和被自己抛在身后的敌人放在同一水平线上、自降身价。孙大姑同样"头也不回"，因为她的不屑和无畏。对于这个动作状态，英、俄译者皆译出，但更精彩的是对"走"的翻译："strode out"和"зашагала"。译文中的这两个动词/动词词组含有"迈步、快步、阔步、踏步"之意，比用"walk""ходить/идти"更符合孙大姑的

411

动作和心境特点，可见译者选词是斟酌的。接着，孙大姑中枪，但作者没有细写日本兵的子弹打中了孙大姑的哪个部位、哪个器官，只说"她身子往上挺了挺，然后栽倒"——连死亡的姿势都干净利落，她至死对日本兵都是不屑一顾的。对此，英、俄译文皆准确译出。总之，这是一段彻底的白描，英、俄译文也保持了与此一致的文辞风格。

这一例是说"女响马"的身手不凡，而一位裹着小脚的寻常村妇，当她的孩子受困，在母性力量的驱动之下她也能够以一当十：

例下 113

母亲定定地望着马排长，轻轻地问："你有娘吗？你是人养的吗？"母亲抬手抽了马排长一个耳光子，摇摇摆摆地往前走。门口的哨兵为她闪开了通向大门的道路。（232）

英："Do you have a mother? **Are you human**?" She **reached up and slapped** him, and then set out again, rocking back and forth. **The guards at the gate parted to make way for her**.（259）

俄： — У тебя мать есть? — **негромко проговорила матушка, глядя ему в глаза**. — Чай, **среди людей вырос**. — Она **размахнулась, влепила** ему затрещину и, пошатываясь, двинулась дальше. **Караульные расступились**.（307）

"定定地""轻轻地"表示动作语气之轻淡，并非呼天抢地，但有时平静的神态隐含更多的愤怒情绪；紧接着两个问句看似简单，背后却有丰富的潜台词：问对方"是人养的吗"是对其父母家教的质疑和否定。我们知道，中国的宗法伦理讲究祖先崇拜，一个人的父母殊不可被冒犯，那么，直指对方的父母就比其他涉秽詈词更具力度，所以，例句中问话从字面上看并非污言秽语，但却含有鲁氏最多的痛苦和愤怒——对于这两个问句，如果回答是肯定的，则不应隔人母子、作法稚孺。那么，当建立在中国伦理基础上的问句作为骂语，译文会与原文完全一致吗？英译回译为："你有娘吗？你是个人吗？"果然，英译只针对对方本人，而没有牵连对方的"监护人"，因为西方文化强调个体独立，个体为自我负责。俄译回译为："你有娘吗？我想，你是在人中间长大的吧。"俄译虽然改变了原文的问句形式，但在语义上遵照原文（俄译遵照原文的还有例句中开头的两个动作状态词组，而英译则将其省略）——其实遵照原文语义的直译是俄译本呈现出的整体倾向，待后文总结时详论。俄译将原文后一句问句改为陈述句，也许是因为俄译者认为两个意思相近的问句相连显得重复，因此略作改动。

鲁氏接下来"抬手抽"的动作干脆迅疾，可看作是给前两个问句加的一个感叹号——表达心中怒火；"门口的哨兵"为鲁氏让开了道路，则是侧面描写：以哨兵们的支持性举动印证了鲁氏的骂人/打人这种理论上的错误行为的真正合理性，这也正是《丰乳肥臀》这部历史小说将历史是非还给民间的体现。对此，英、俄译文皆无误，读者也读出了鲁氏的母性力量，如有俄译本读者说："母亲是个英雄。她像母狼一样保护自己的孩子，甚至别人的孩子（司马粮）。"①

最后，我们再来看一例动态画面：

例下 114

有两只鹧鸪在半空中追逐着交尾，他拔出弹弓，根本没有瞄准，似乎是随随便便地射出一个泥丸，一个鹧鸪便垂直地落下来，恰好落在我三姐脚下。鹧鸪的头被打得粉碎。（115）

英：A pair of partridges was in the midst of a mating ritual up in the air. He **took out** one of his slingshots and **fired** a mud pellet **into** the sky, **seemingly without even aiming**. One of the partridges fell to the ground **like a stone, landing right at** Third Sister's feet. The bird's head was **smashed**.（143）

俄：Заметив пару милующихся в воздухе куропаток, он

① ShellyJ 14 февраля 2015 г, https://www.livelib.ru/.

вытащил рогатку и **пульнул**, почти **не целясь**, будто походя. Одна птица тут же упала **с пробитой головой** прямо к ногам сестры.(159)

例句是鸟儿韩在领弟面前展示自己的高超技艺：拔出弹弓、射出泥丸的连串动作挥洒自如，修饰以"随随便便"表示其轻而易举，目标物垂直而落形成一条干净爽利的自由落体运动线，而其"头被打得粉碎"可以看成是领弟的视角所见，更具场面感，这一切都动感十足、十分可观。英译有效译出了原文中的关键词，其中用"fell to the ground like a stone"来翻译"垂直落下"，借"石头"的质感和重感来传达原文语义，与原文字面不同而神韵一致，这是典型的创造性叛逆的体现，也可算是钱锺书先生所推崇的"化境"之译。俄译对原文中动作描写翻译无误，其中使用副动词"целясь"十分简洁，但不同的是对例句中最后一句的翻译。原文最后一句暗含人的视线的下移，可以使读者的视线随着领弟的视角一同看去，更具现场感，英译无误，但俄译回译为"一个鹧鸪便带着被打碎的头垂直地落在我三姐脚下"，流失了原文中人的视线的运动。

《丰乳肥臀》中有很多动感情节和动态描写，我们以上述 12 条例句为代表，对原文及其译文进行了简陋的分析，可小结为以下三点。

第一，动感动态是文学作品的独特优势，也是《丰乳肥臀》的特点之一，其有声有色甚至鲜血淋漓，或为了营造语境，或为了彰显文意，其中甚至包含武打描写的传统笔法，对于这些，英、俄译文都做到了有效传达。由于语言本身的不同，译者当然无法逐字而译，但译界历来提倡"神韵"说——从神韵上考量，英、俄译文大多都属佳译。其中，英、俄译都会结合语境在译入语中选用最恰当的词汇（如例下 112），而因英、俄语中常运用进行时态和词形，因此汉语作品中的"动作进行"描写属于最易翻译的类型（如例下 109）。

第二，英、俄译文都会偶尔做一点简化和省略，或为了读者的接受度考虑，或是译者的无意疏忽（如例下 106 的英译），俄译还会对原文的不谨慎之处进行修正（如例下 105 的俄译）。或者按照译者头脑中形成的印象做一些细微的调整（如例下 106 的俄译），另外，中西方的文化差异会在无形中导致译文与原文的细微差别（如例下 113 的英译），不过，这些改动和差别并没有造成重大影响。

第三，汉字的独特属性如形声性属于不可译现象，对此，英、俄译都在一定程度上形成了信息流失，不过，这属于翻译中不可避免的信息不对等，也是跨语际实践的无可奈何的地方（如例下 107）。

总之，原作的动态描写直观可感，英、俄译文基本都如实保留了其风格。

三、艺术信息之神奇感觉小结

第一，《丰乳肥臀》基本上是以上官金童为叙述人的第一人称叙事小说，金童其人虽然懦弱无能，但却是一个"感官达人"——作者借此创建着高密东北乡的感官王国，并将这种感觉的超越视为文学的意义："他用自己的眼睛开拓了人类的视野，所以他就用自己的体验丰富了人类的体验，……在科学技术如此发达，复制生活如此方便的今天，这种似是而非的超越，正是文学存在着，并可以继续存在下去的理由。"[①] 通过以上 24 条例句分析及回顾全书内容，我们发现，《丰乳肥臀》确实充满了五官六感全方位的神奇感觉，有声、色、形、调、影的画面构图，有视、听、嗅、味、触的感官刺激，有天上地下行飞跑跃的动感动态，这些神奇感觉将读者置于故事环境、情节情绪直入人心。对此，英、俄译文基本都充分译出，有效传达了原文神奇感觉的风格。比如，英、俄译文都从原文出发，结合译入语的语言规则，运用分词的词形和从句的句式，使

---

① 莫言:《故乡·梦幻·传说·现实》,《小说的气味》，春风文艺出版社 2003 年版，第 192—193 页。

（海外翻译家怎样塑造莫言）

得译文意象完整又简洁流畅。在选词上，英、俄译都会结合语境在译入语中选用最恰当的词汇（如例下 112 ）；在语音上，译者也注意到了语势的把握（如例下 95 的俄译）；因英、俄语中进行时态和词形的存在，原文的"动作进行"描写属于最易翻译的类型（如例下 109 ）。

第二，英、俄译文都出现了少量的简化和省略，这有时是由于语言本身的差异而流失了原文中的拟声词或独特修辞（如例下 91 及例下 96 ）；有时为了读者的接受度考虑而将译文改为不那么夸张的字面（如例下 102 的俄译及例下 106 的英译）；有时是因译者的无意疏忽（如例下 97、例下 98 的英译，例下 99 的俄译、例下 101 的英译及例下 102 的俄译等）；俄译还会对原文的不谨慎之处进行修正（如例下 105 的俄译），或者按照译者头脑中形成的印象做一些细微的调整（如例下 106 的俄译）；中西方的文化差异会在无形中导致译文与原文的细微差别（如例下 113 的英译），不过，这些省略和改动影响不大。

第三，汉字的独特属性和历史语码信息属于不可译现象，这也导致了译文的信息欠额（如例下 107 ），但这也是无可奈何的。

第四，从英、俄译文对比的角度上看，英译文与俄译文并没有呈现出比如文化立场之类的明显差别。

第三章　艺术信息之情景描写

　　前两章讨论了英、俄译者对《丰乳肥臀》的"乡土在地"风格和"神奇感觉"特点的翻译情况，其中融合着很多情景描写，比如万物有灵传统信仰中的动植物描写、中国式直觉思维下的色彩描写、上官金童这个"感官超人"五官六感中的风景万千……这些情景光怪陆离、五彩缤纷，整体上看，英、俄译文皆有效传达了原作的这些风格，而且，英、俄译者都选用了适当的翻译方法和技巧使译文在译入语境中同样流畅优美，从最传统的"信、达、雅"的翻译标准上考量，英、俄译文都属佳译。但同时，作品中还有很多情景描写不可简单归类为"乡土在地"或"神奇感觉"，但同样可观可品，读之有味，是故事情节的有机组成部分，它们或映射着人物内心，或调节着故事节奏，或衬托着人物形象，或隐喻着作品主题，其翻译情况不可忽视，那么，本章我们就以具有代表性的 11 条语段为例，来对英、俄译者对原作情景描写的翻译情况略作管窥，也是对本编前两章内容的简要补充。

　　笔者按照故事发展顺序，将 11 条语段拟题如下：河水边的春思觉醒、产房里的忘情回忆、七夕夜的院中乘凉、红月下的母女争执、晨光里的农家早饭、死地上的爱欲狂欢、泥路上的负尸而归、枪声下的仓皇逃避、自首前的生死留恋、市廛里的大梦初醒、晴空下的槐花葬。其实，这 11 条词组也可看作是《丰乳肥臀》整体故事的一个纵向截面——作品跨越了二十世纪的中国历史，经过一路的战争与毁坏、觉醒与放纵、血与死、肉与灵、挣扎与坚守、喧嚣与救赎，最后匆忙或不匆忙地落幕，农家儿女们的生死爱恨也都随之尘埃落定，最后主人公在繁华而颓靡的市廛里大梦初醒，作品也就走入尾声。而伴随着这些起伏跌宕的历史变迁并使之增色的，是作品中的情景描写。一位俄译本读者写书评道："一事无成的主人公，他的渺小反而使他从中国的历史变迁中幸存下来。整部书充满了命运感和人在历史中的无力，同时伴随着这一切的是很多精彩好看的情景描写。"① 那么，译文真的有效译出了那些融在作品中的情景了吗？译文传达出的情景描写真的"精彩好看"吗？我们具体来看。

一、情景描写——河水边的春思觉醒

例下 115

她站在蒙着一层淤泥的河滩上，看着缓缓流淌的河水和水底轻柔、温顺地摆动着的水草。鱼儿在草间嬉戏。燕子紧贴着水面飞翔。……滑腻的水草叶子轻拂着她的腿，使她的心里荡漾起一种难以言传的滋味。……一个小东西突然蹦跳在她的双手中。她心中一阵狂喜。一只透明的、弯曲的、指头般长的河虾捏在她手指间。虾子生动极了，每一根须子都是美丽的。（22）

英: Laidi stood on the muddy bank looking down at water grasses **swaying gently** at the bottom of the slow-flowing river. **Fish** frolicked there, **while swallows** skimmed the surface of the water.... the underwater grasses **gently stroked** her calves, Laidi experienced **an indescribable sensation**....Without warning, something leaped up between her fingers, **sending shivers of delight through her**. A nearly **transparent**, coiled freshwater shrimp the thickness of her finger, **each of its feelers a work of art, lay squirming** in her hand.（21）

俄: Стоя на илистом берегу, Лайди окинула взглядом неторопливые воды реки и **мягко, послушно** покачивающиеся на дне водоросли, **среди которых играли рыбки**. Низко над водой летали **ласточки....**

① Mar 05, 2015Yury http://www.goodreads.com/book/show/670217.Big_Breasts_and_Wide_Hips?from_search=true&search_version=service.

нежные, как шёлк, водоросли коснулись ног, она ощутила **какое-то удивительное, дотоле незнакомое чувство**....Что-то маленькое вдруг забилось между пальцами, и её **охватило радостное волнение**. В руках **трепыхалась и водила красивыми усиками скрюченная**, почти **прозрачная**, величиной с палец креветка. (49)

乍看去，例句语段很有几分奇怪：河中水草给来弟"一种难以言传的滋味"，一只虾子就惹得她"狂喜"，明明是最常见的水生动植物，来弟是不是反应过度？虾子"每一根须子都是美丽的"，虾子而已，例句是否言过其实？

关键在于例句在作品中的语境：这一年上官来弟18岁，例句上文写她在别人的微笑注视下脸红，例句下文写她与沙月亮私奔而去。那么，细读例句，我们可用四点分析。第一句，流动的河水、轻柔的水草、嬉戏的鱼儿、低飞的燕子……我们说"鱼戏莲叶东、鱼戏莲叶西"，联系起上下文，例句这些意象显然都是诗一般的少女情怀的点缀。第二句，"滑腻的水草叶子轻拂着她的腿，使她的心里荡漾起一种难以言传的滋味"，这句话看似三言两语，其实含义微妙。其一，明明是肢体上的触觉，作者却说心里滋味，这种从生理感觉转入心理感觉、生理心理相沟通，正是作者最擅长又钟爱的"神奇感觉"写法的体现之一，前文已有讨论，此处不再赘言；其二，说这滋味"难以言传"，不明说究竟是何种滋味，恰恰是因为少女情怀原本就没有语言能够充分描述——包括来弟自己都不甚明了。正如沈从文《边城》里的翠翠，她坐在岩石上凝望天空发呆，或在睡梦中去摘虎耳草，也都是"难以言传"的滋味。这样的描写，正使得文字更有可读性，可以留给读者足够的解读空间。其三，文字，尤其是汉字，有其"本身的情趣"，即"辞的形貌"①。句

① "关于语感的利用，就是语言文字本身的情趣的利用，大体可以分作三方面，就是：辞的意味，辞的音调和辞的形貌。这三个方面大体同语言文字的意义、声音、形体三方面相对当。"（陈望道：《修辞学发凡》，上海教育出版社2006年版，第224页）

中的"滑""荡""漾""滋"这四个形声字的部首都是"三点水"，与情景发生地"蛟龙河边"和句中的"水草"意象浑然一体，而其"会意"性也给了读者最直接的语言直觉——水。词云"花自飘零水自流"，水这种自然景物的轻柔和流动性使"水"字在很多时候含有春情春思之意，早已成为我们民族的语言暗码，高密东北乡风景无穷，而作者偏偏取景蛟龙河水边来描写来弟心情，这也正是作者或有意或无意地对来弟春思的点染。其四，动词"荡漾"除了其"联边"[①]性，还是个"叠韵"[②]词，"ang"韵又属长音，所以这个词放在例句中读来优柔连绵，带有听觉美感；同时，"荡漾"本指水上物的运动，这里却用来修饰心理"滋味"，巧用"移就"格和"增动"格，契合着人物春心萌动的动态感。所以，例句中这句话的选词既应景又抒情，体现着汉语独特的文字直觉美感。第三句，一只河虾"蹦跳在"来弟手中，使她"心中一阵狂喜"。一般来讲，收获了一只河虾当不至于"狂喜"，作者这里显然是将人物的情绪夸张放大了。那么，什么样的人，或者说，在什么样的情况下，人的情绪会夸张放大、感觉神经会格外纤细呢？有一种情况，就是春水边的、春思里的妙龄少女。而其中的"狂"字含有一种迸发的力量，这里的"狂喜"就不再是朦胧感觉，而是情思意识的觉醒了。第四句，作者给来弟手中的这只虾子也赋予了夸张的修饰："生动极了"、"每一根须子"都很美。其实一只河虾能有多美？不过是人物情绪的延伸外化，这也正是我们最传统的以景喻情的写法[③]。总之，例句这段情景描写，穿插在关键故事情节之中，这些细节一来可以充实

---

① "联边者半字同文者也。状貌山川，古今咸用；施于常文，则龃龉为瑕。如不获免，可至三接。"（刘勰：《文心雕龙·练字第三十九》，中华书局 2014 年版，第 222 页）

② "两个字或几个字的韵母相同叫叠韵。"（中国社会科学院语言研究所词典编辑室编：《现代汉语词典》，商务印书馆 2016 年版，第 292 页）

③ 这种赋外景以夸张修饰、以景喻情的写法在莫言笔下有很多，比如在《红高粱家族》中作者描写戴凤莲的弥留之景，用很多笔墨来描写那些"奇谲瑰丽"的红高粱，以此来体现戴凤莲对生活、对生命力的眷恋。（参见《红高粱家族》，作家出版社 2012 年版，第 65 页）

故事内容、增强其真实性，二来体现人物的心理变化（春思觉醒），以景喻情也是人与大自然的沟通——是《丰乳肥臀》的基本底调之一，三来例句中的选词用语优美可读，承载着作品的文学审美性。那么，对于上述内涵，英、俄译文能否传达呢？

对于第一句，英、俄译文皆有效译出。英、俄译文中的副词"gently" / "мягко, послушно"点出了景物的轻柔；英译用副词"there"代替原文中重复出现的"水草"，使译文简洁不啰唆，后接"while"引导的时间状语从句，简洁的同时契合着原文的悠闲的时间感，俄译使用前置词"среди"后接关联词"который"连接定语从句，同样简洁通畅；英、俄译者选用"frolick" / "играть"翻译原文中的"嬉戏"，可谓精准。对于第二句，英、俄译文的语义皆无误，因此可以有效传达出"一种难以言传的滋味"，英译为"an indescribable sensation"，"sensation"一词既可指生理感觉，也可指心理感觉，指心理感觉时表示由身体感官刺激而来，这层含义与原文语义完美对应；俄译回译为"一种奇异的、从未有过的感觉"，"从未有过 / 直至彼时都很陌生"（дотоле незнакомый）岂非正是原文所表达的情窦初开？第三、四以汉语的独特语言形式为基础，显然不可译。另外，俄译添加了"шёлк"（丝绸）一词修饰"水草"，因为中国丝绸自古扬名海外，这样的加词翻译既契合中国文化的大背景、突出异域风情，又可以用丝绸的顺滑对应原文中水草的"滑腻"，这样的比喻辞可以提高译文的生动性。对于第三句，英、俄译分别使用词组"without warning"和副词"вдруг"对应原文中"突然蹦跳"的瞬时性和动态感，紧接着英译使用现在分词形式（sending）、俄译使用无人称句（её охватило）来保持这种感觉的动态性并使译文流畅自然；对于"狂喜"，英译回译为"透过全身的喜悦的颤抖"，回译文看起来很啰唆，但在译入语中却显得细腻又夸张，正符合原文中强烈的情绪；俄译回译为"被惊喜包裹"，"包裹"（охватить）一词同样可表夸张、强烈之意，而且动词"send"和"охватить"契合整体语境中情绪突降的动态感（原文中"一阵"量词带有动态色彩）。最后对于第四句，与英译相比，俄译略显不足。原文中的重点应是最后一个分句，强调虾子的"每一根须子"，用夸张笔法表达情景情绪的强烈，英译将其译为"每一根须子都是一件艺术品"，保留了其夸张笔法；俄译则将其融合进其他分句，并省略了"每一根"的量词词组，造成了淡化（也许是在无意中）。不过，除去独特的民族语言形式造成的不可译现象，总体上讲，英、俄译文都是有效的。

二、情景描写——产房里的忘情回忆

例下 116

在初夏的槐树林里，……团团簇簇，繁重的槐花五彩缤纷地飞舞着，浓郁的花香像酒一样迷人神魂。她感到自己在飘，像一团云，像一根毛。（40）

英：…**the locust trees**, as spring was giving way to summer,…the surrounding trees in full bloom with **white flowers, and red flowers, and yellow flowers, a rainbow of colors dancing in the air**, their rich fragrance thoroughly intoxicating her. She felt herself rise in the air, like a cloud, like a feather.

俄：Дело было в начале лета, …в рощице **софоры**. Вокруг всё было усыпано **прекрасными цветами**, аромат пьянил, как вино. Она плыла, как облачко, как пушинка. (62)

槐花是中国北方常见的植物，高密东北乡也多有种植，其繁茂时花色夺目、花香迷人，每每动用五官六感进行创作的作者当然不会略去这一造境良景：在最早引起重视的作品之一《民间音乐》中即有出场，后来的《断手》和长篇小说《天堂蒜薹之歌》《食草家族》等作品也均有描写，在《丰乳肥臀》中出现不止一处，其最有代表性的描写有两组：其一为上官鲁氏与马洛亚在槐树林中的尽情欢爱，其二为鲁氏在教堂旁槐树下的安然离世。前者意味着鲁氏在爱情中的救赎，后者是缤纷花朵为鲁氏举行的最隆重的葬礼。如此看来，这样一生一死的《丰乳肥臀》的槐花情景，对应着《红高粱》里的"红高粱"：戴凤莲在高粱地里狂欢重生，在高粱地里中弹而亡。"红高粱"无疑是《红高粱》的线索性植物，而《丰乳肥臀》若也有这样的线索，那么当仁不让就是槐花了。上官家产房里鲁氏难产，生死一线间她想起了槐树林里的欢娱，陷入了槐花飞舞、花香沉醉的回忆，忘记了难产的痛苦……如果说，与马洛亚的感情，是鲁氏迫不得已向多个男人的"借种"中最欢愉的爱情，那么，这一组槐花情景就是鲁氏多苦多难的人生中最甜美的画卷。这么珍贵的情景当然会在最痛苦的时刻忘情地回忆。

除了英译者对"五彩缤纷"的翻译颇有趣，英、俄译文皆无误。对于原文"槐花五彩缤纷地飞舞着"，俄译回译为"到处是非常漂亮的花朵"，语义无误；英译则为"周围的树盛开着白色的花、红色的花、黄色的花，一个空中飞舞着的彩虹"。英译者将"五彩缤纷"这样拆开来译，甚至发挥为"七彩"的彩虹，可谓不辞辛苦。英译者自称"我跟很多翻译都不一样，我是凭灵感"[1]，好的，这里显然也是老先生的灵光一闪了。现实中槐花确实多彩多色，有白色、粉红色、红色、紫色、米黄色等，如此英译文倒也不违事实。总的来说，英译这样对成语"五彩缤纷"的演绎，也无非是深化了例句情景，作者将槐花香的原本淡雅变浓烈是情随意迁——这是作者的主体性，译者将原文的"五彩"变"七彩"也是笔随心动——这是译者的创造性叛逆。

三、情景描写——七夕夜的院中乘凉

例下 117

那天是农历的七月初七，是天上的牛郎与织女幽会的日

---

① 郭娟：《译者葛浩文》，《经济观察报》，2009 年 3 月 23 日，第 54 版。

子。……我们起初坐在席上，后来躺在席上，听母亲的娓娓细语。傍晚时下了一场小雨，母亲说那是织女的眼泪。空气潮湿，凉风阵阵。石榴树下，叶子闪光。……这一天人间所有的喜鹊都飞上蓝天，层层相叠，首尾相连，在波浪翻滚的银河上，架起一座鸟桥。织女和牛郎踩着鸟桥相会，雨和露，是他们的相思泪。在母亲的细语中，我和上官念弟，还有司马库之子，仰望着灿烂的星空，寻找那几颗星。八姐上官玉女虽然盲眼但也仰起脸，她的眼比星星还亮。胡同里响着换岗归来的士兵沉重的脚步声。遥远的田野里蛙声如潮。墙边的扁豆架上，一只纺织娘在歌唱：伊梭呀梭嘟噜噜——伊梭呀梭嘟噜噜。黑暗的夜空中，有一些大鸟粗野莽撞地飞行，我们看着它们的模模糊糊的白影子，听着它们羽毛摩擦的嚓嚓声。蝙蝠亢奋地吱吱叫。水珠从树叶上吧嗒吧嗒滴下来。沙枣花在母亲怀里，打着均匀的小呼噜。（2012：147）

英：It was **the seventh day of the seventh lunar month**, the day when **the Herder Boy and Weaving Maid** meet in **the Milky Way**.... we lay down to listen to her feeble mutterings. A **drizzle** came up as dusk fell; Mother said those were **the Weaving Maid's tears.** The **humidity** was high, with only an occasional gust of **wind**. Above us, **pomegranate leaves shimmied**. …All the magpies in the world chose this date to fly up into the clear blue sky, sheets and sheets of them, all beak to tail, with no space between them, forming **a bridge** across **the Milky Way** to let the Herder Boy and Weaving Girl meet yet another year. Raindrops and dewdrops were their **tears of longing**. Amid Mother's mutterings, Niandi and I, plus the little Sima heir, gazed up at the star-filled sky, trying to find those particular stars. Even though Eighth Sister, Yunü, was blind, she too tipped her face heavenward, her eyes brighter than the stars she could not see. The heavy footsteps of sentries returning from their watch sounded in the lane. Out in the fields, **frogs croaked a loud chorus**. On the bean trellis **a katydid** sang **its song**: *Yiya yiya dululu-yiya yiya dululu.* As the night deepened, large birds flew roughly and

莫言与当代中国文学创新经验研究

rashly into the air; we watched their white, fuzzy silhouettes and **listened to** feathery wings brushed by the wind. Bats squeaked excitedly; **drops of water** fell from the leaves and beat a tattoo on the ground. Sha Zaohua lay cradled in Mother's arms, **breathing evenly.**（181）

俄：Дело было **в седьмой день седьмого месяца**, когда на небе тайно встречаются **Пастух и Ткачиха**....мы сначала уселись на неё, а потом улеглись, слушая её рассказы вполголоса. Вечером прошёл небольшой дождь. «Это небесная Ткачиха льёт слёзы»,—**сказала матушка.Воздух** наполнился влагой, изредка налетал прохладный **ветерок**. Над нами поблёскивали **листья**....В этот день все сороки в мире собирались в небесной синеве и, примкнув друг к другу клювами и хвостами, возводили мост через **катящую серебряные валы реку**, чтобы на нём могли встретиться Ткачиха и Пастух. **Дождь и роса — их слёзы.** Под тихое бормотание матушки мы с Няньди, а также сынок Сыма всматривались в усыпанное звёздами небо, выискивая именно те, о которых она говорила. Даже восьмая сестрёнка, Юйнюй, задирала голову, и глазки её сверкали ярче звёзд, увидеть которые ей было не дано. В проулке тяжёлой поступью прошли сменившиеся часовые. Из полей доносилось **кваканье лягушек**, а в сплетениях гиацинтовых бобов на заборе застрекотала другая **ткачиха**, выводя свои трели. Во мраке шарахались большие птицы, мы видели их смутные силуэты и слышали **шелест** крыльев. Пронзительно верещали летучие мыши. С листьев звонкой капелью **скатывалась вода. На** руках у матушки **посапывала** Ша Цзаохуа.（209）

此例与例下35处于同一语境，是紧张行文中的缓冲语段，由前文的"张"到这里的"弛"：清凉的七夕夜，上官一家在自家院子里乘凉，听母亲讲牛郎织女的故事，看泪水化成的雨滴，寻找传说中的星星，夜风湿凉，树叶闪光，虫鸟相咛，水珠滴落，还有母

海外翻译家怎样塑造莫言

亲怀中的幼女"打着均匀的小呼噜"……这是听故事、观星空的情意绵绵之景。总体上看，英、俄译者皆译出了例句中的关键意象，不过英、俄译文中也都有些地方经过了译者的细微调整，有些地方则因语言本身的差异而难以传达。具体来说，有以下九处：

第一处，例句原文开头"我们起初坐在席上，后来躺在席上"。这句话的语义可以体会：想必是孩子们听故事入了神，不由得从坐到卧，身体更加放松，但原文这样措辞略显啰唆重复，因此英译简化为"我们躺在席上"（we lay down），俄译如原文。

第二处，原文中"母亲说那是织女的眼泪"是间接引语，英译同原文，俄译改为直接引语。原作中有很多间接引语以及省略了双引号的直接引语，其中有的是叙事人的转述——这是最传统、最常见的用法（比如本例），有的则是人物话语、叙事人的心理活动甚至是第三人称人物的心理独白，这些语句在原文中都没有引号，这一方面体现出符号形式上的"意识流"追求，但有时却属于无意中的疏漏，从而导致误译（比如例下35）。纵观作品，尤其是在原作的后半部分，这样的自由式引语有时出现得过于频繁紧密，难免使读者感到烦乱。对比原作和译作发现，对于原作中的自由式引语，英译基本保留了与原作一致的形式（但也有很多自由式引语所在的段落被英译者删除）；俄译则更多地给原文的自由式引语增添了引号，使之更符合普遍的标点规范，又如下文中的例下122。

第三处，"凉风阵阵"的译文"with only an occasional gust of wind"和"изредка налетал прохладный ветерок"都很优美，其中"ветерок"是"ветер"的指小形式，意为"小风儿"，很契合例句情景，可见译者对于语感有很好的把握，讲究运词。

第四处，英译在"织女和牛郎踩着鸟桥相会"之后增加了状语成分"又一年"（yet another year），如此点出了故事的时间感，带有悠长的韵味，使译文更美。俄译如原文。

第五处，对于"相思泪"，英译译出了"相思"之意（tears of longing），在译入语中也是一个很优美的词组，俄译淡化为"眼泪"（слёзы），不过词数的减少未必影响译文的审美性。

第六处，原文说玉女虽然眼盲，但她的眼睛却"比星星还亮"。换言之，她不知星星有多亮，更不知自己的眼睛亮过星星——这种不自知的美更加令人心疼。英、俄译文中添加的定语从句"she could not see"和"которые ей было не дано"突出了玉女的这种美而不自知，这也许并不是译者的刻意添加，但我们也可想而知，译者在翻译过程中依凭语感，无形中自成佳译。

第七处，七夕夜除了有星空银河、凉风细雨、古老传说，当然还有远远近近的虫鸣鸟啼。中国民间称螽斯为"纺织娘"，因其叫声如同织女在用纺车纺线，这个昆虫名称出现在例句中，应和着织女传说，同时其名称字面就有一种意象美。而这个中国民间俗称在英、俄语中是没有对应名词的，那么，英译只好放弃了"纺织娘"的字面而直接选用其书面学名"katydid"，俄译则使用直译＋脚注法保留了原文字面意象，这是脚注法优势的又一处体现。

第八处，原文中作者紧接着用拟声词形式描述出"纺织娘"的鸣叫声，但现实中"纺织娘"的叫声更多的是"zhi"音，原文似乎是为了配合语境情景的婉转动听而将其演绎了。纵观原作和译作，原作中有很多拟声词，但因英、俄语中的拟声词数量少于汉语，而且英译者的翻译倾向之一就是将有碍译文流畅的地方省去不译，所以对于原作中的拟声词英译更多地使用了省略法，但本例中，英译非但没有省略，反而不惜笔墨译为更离奇的声音：*yiya yiya dululu*。这四个音虽然柔美温婉，但我们很难想象它们出自"纺织娘"之口，这也许又是葛浩文先生的灵感发挥了；俄译省略了拟声词而只做陈述性的描述——"一只纺织娘唱着颤音的歌曲"，其中"трель"特指具有颤音的鸟鸣虫鸣，符合"纺织娘"鸣叫声的真实情况，显然是对原文的纠正。这个细节明显体现出英、俄译者不同的翻译倾向：英译者比较不拘一格，有时为求译文的优美易读或按照自己的审美理解而即兴发挥；俄译者则更谨慎求实，忠于原文意象而至于纠正原文的不实之处。

第九处，纵观例句语段，有夜色环境、有神话故事、有隔着夜色传来的各种声响，当然还有人物的活动：母亲在讲故事，金童

海外翻译家怎样塑造莫言

427

和司马粮寻找着故事中的星星，玉女也听入了迷，最后还有沙枣花——"在母亲怀里打着均匀的小呼噜"，这段话包括了截至例句时间点的所有上官家的小孩子，一方面是对前文情节进展的总结，另一方面为后文来弟夺女进而被俘埋下伏笔。那么，我们细看例句中的人物活动，如果所有小孩子都在仰头找星星，则会显得刻板无趣，而这里作者安排沙枣花在鲁氏的娓娓细语中安然睡去，"均匀的小呼噜"中一个"小"字，更是以其轻柔可怜衬得语境饶有情致，可见作者描写人物一丝不乱、恰到好处。但可惜的是英、俄译者皆将此淡化。

总体上看，对于例句语段的情景意境和章句感觉，英、俄译者都有效译出。传统小说三要素"人物、情节、环境"，例句这样的情景描写也是《丰乳肥臀》作品的有机组成部分，点缀着故事内容，调节着情节节奏。有英译本读者写书评说："我必须承认，我觉得读这本书有点像坐过山车。故事一开始进展得很慢，大约 100 页之后我开始读进去了，然后它就又慢了下来，然后又加快了，然后又慢了。此前我可从未有过这样的颠簸感觉。也许这说明作品很精彩，于是我就跟它死磕到底了……最棒的部分？文风，必需的。不能否认这本书的文风很美，而且读的时候总感觉'有事要发生'，所以这样的节奏也是完美的。"[1] 的确，原作中情景描写的作用之一就是对故事节奏的调节和故事内容的预示，译者将此有效译出，也就使读者体会到文风之美和节奏的完美。

四、情景描写——红月下的母女争执

例下 118

"别吵了！"母亲高叫一声，沉重地坐在地上。晚出的大红月

① Elizabeth Moffat https://www.goodreads.com/book/show/670217.Big_Breasts_and_Wide_Hips?from_search=true&search_version=service.

亮爬上屋脊，照耀着上官家院里的女人们。她们的脸上，仿佛涂了一层血。(185—186)

英："Stop fighting!" Mother shouted, before sitting down heavily on the ground. **A big, bright moon** climbed above the ridge of our roof and **shone down on the faces of the Shangguan girls**, making them seem as if **coated with blood**.

俄：—А ну хватит, сцепились тут! — прикрикнула на них матушка и тяжело опустилась на землю.Из вечерней тьмы на крышу вскарабкалась **большая красная луна**, и её **кровавый отсвет лёг на лица женщин во дворе дома Шангуань**.

通常情况下，人们肉眼所见的月亮要么是明亮的白月光，要么是朦胧月色，"红月"是比较少见的，古代卦象视其为凶，若出现在文艺作品中，则多半诡秘险恶。本例也是如此：沙月亮被爆炸大队打败后上吊自尽，来弟时刻想着去杀了蒋立人为夫报仇；抗战胜利，爆炸大队却被司马库赶出了大栏镇；盼弟认为鲁氏既然收留了来弟的女儿，那么理所当然也要抚养自己的女儿……公仇私怨都汇集到上官家的女人们身上，这个月夜母女间、姐妹间吵得不可开交，在红月照耀下她们脸上竟似染血，历来显纯洁、表相思的月亮，这里却显得触目惊心，为情节语境设置了最鲜活的情景，看似无稽却最具美学效果。观察英、俄译文，虽然不是对原文的逐字照译，但在意象构造和情景传达上都是有效的。

五、情景描写——晨光里的农家早饭

例下 119

一九四六年春天的那些早晨，上官鲁氏家的情景纷乱多彩。太阳尚未出山前，薄而透明的晨曦在院子里游荡。这时，村庄还在沉睡，燕子还在窝里说梦话，蟋蟀还在灶后的热土里弹琴，牛还在槽边反刍……母亲从炕上坐起来了，她痛苦地哼哼着，揉着酸痛的手指，摸索着披上褂子，困难地屈起僵硬的胳膊系上腋下的扣子，然后，她打了一个哈欠，搓搓脸，睁开眼，蹭下炕。用脚寻找鞋，找到鞋，她下炕，身子摇摇晃晃，弯下腰，提起鞋后跟，在条凳上坐一下，巡视一下炕上的一窝孩子，然后她出门去，在院子里，用水瓢从水缸里往盆里盛水。哗，一瓢，哗，两瓢，每次都是四瓢，偶尔也舀五瓢。然后她端着盆，去羊棚里饮羊。……母亲抄起扫帚，把羊屎蛋子扫在一起。把羊屎清扫到圈里去。从胡同里取来新土，垫在羊栏里，用梳子给它们梳毛。回到缸边取水。逐个地清洗着它们的奶头，用白毛巾揩擦干净。山羊们舒服地哼哼着。这时，太阳出山，红光和紫光，驱赶着轻薄的晨曦。母亲回屋，刷锅，往锅里加水，大声喊叫："念弟，念弟，该起来了。"往锅里加小米和绿豆，最后加上一把黄豆，盖上锅盖。弯腰，嚓嚓沙沙，往灶里塞草。嗤啦，划着洋火，硫磺味，上官吕氏在草堆里翻着白眼。"老东西呀，你咋还不死？活着干什么呀！"母亲感叹着。噼噼剥剥，豆秸在燃烧，香气扑鼻，啪！一个残余的豆粒爆裂在火中。……咩——山羊叫。哇——鲁胜利哭。司马凤司马凰哼唧。鸟仙二子噢呀呀。鸟仙懒洋洋走出家门。来弟站在窗前梳头。……"你来烧火。"母亲命令司马粮。"金童呀，起来吧！起来去河里洗洗脸。"……母亲命令沙枣花："放开奶羊去。"沙枣花迈动着细腿，蓬着头发，睡眼惺忪地走进羊栏。……"吃饭吧。"母亲说。沙枣花放下桌子，司马粮摆上筷子和碗。母亲盛粥，一碗两碗三碗四碗五碗六碗七碗。沙枣花和玉女摆好小板凳。念弟喂上官吕氏喝粥。呼噜唏溜。来弟和领弟拿着自己的碗进来。各盛各的粥。……"吃完饭，都去放羊，剜些野蒜回来，中午好下饭。"母亲吩咐完，早晨就算结束了。
（187—189）

英：On those spring mornings of 1946, there was **a lot going on** in the house of the Shangguan family. Before the **sun** had climbed above the mountains, **a thin, nearly transparent misty glow** drifted across the yard. **The village** was still asleep at such times, **swallows dreamed** in their nests, **crickets** in the heated ground behind stoves **made their music**, and **cows** chewed their cud alongside feeding troughs…Mother sat up on the *kang* and, with **a painful moan**, rubbed her **aching** fingers. After a bit of **a struggle**, she draped her coat over her shoulders and tried to limber up her **stiff** joints in order to button up her dress. She yawned, rubbed her face, and opened her eyes wide as she **swung** her feet over the edge of the kang and slipped her feet into her shoes; she stepped down, wobbled a bit, and bent over to pull up the heels of her shoes, then sat down on the bench next to the *kang* **to see if all the sleeping babies were all right** before walking outside with a basin to fetch water. Filling the basin with four, maybe five, ladlefuls, she watered the goats in the pen. …Mother picked up a broom and swept the droppings into a pile and then out of the pen. She then went out into the lane for fresh dirt, which she spread over the ground. After brushing out the animals' coats, she returned for more water to clean their nipples, which she dried with a towel. The goats **baaed contentedly**. By this time the sun was out, a mixture of red and purple rays driving away the misty glow. Returning to the room, Mother scrubbed the wok, then filled it part way with water. "**Niandi**," she shouted, "time to get up." She dumped in some millet and mung beans and let them soften for a while before adding soybeans and putting the lid on the wok. She bent over and fed the stove with straw.*Whoosh*, she lit a match, spreading **sulfur fumes** around her. Her **mother-in-law**, lying on a bed of straw, rolled her eyes. "You old witch, are you still alive? Isn't it time for you to die?" Mother sighed. The bean tassels **crackled** in the stove, filling the air with **a pleasant aroma.** *Pop* ! A stray bean exploded. …*Baa*- goats. *Wah*– Lu Shengli's cries. Sima Feng and Sima Huang **whimpered**; the Bird Fairy's two kids grunted —*Ao-ya-ya*. The **Bird Fairy** walked lazily out the gate. **Laidi** was standing at the window brushing her hair. … "Come boil some water," Mother said to **Sima Liang**. "**Jintong,** time to get up! **Go down** to the river and **wash** your face." ... "Let the goats out," she said to Sha Zaohua. The skinny girl, her hair a mess, eyes still bleary from sleep, entered the pen, ... "Let's eat," Mother said. Sha Zaohua put the table up, Sima Liang laid out the bowls and chopsticks. Mother dished up the porridge — one two three four five six seven bowls. Zaohua and **Yunü** put the benches in place, while Niandi fed her grandmother.*Slurp slurp*. Laidi and Lingdi walked in with their own bowls and served themselves. ... "After breakfast, take the goats out to pasture and bring back some wild garlic for lunch." Mother's orders brought the morning to an end. (213—215)

俄：В ранние утренние часы весной тысяча девятьсот сорок шестого года жизнь в семье Шангуань Лу представляла собой **беспорядочную, но красочную картину. Солнце** ещё не вышло из-за гор, и во дворе висит **тонкая, почти прозрачная предрассветная дымка. Деревня** ещё спит, в гнёздах **сонно щебечут ласточки**, за печкой **выводят свои мелодии сверчки**, в хлеву жуют жвачку **коровы**... Приподнявшись на кане, матушка **со стоном** трёт ноющие пальцы, кряхтя, накидывает кофту, **с трудом** сгибает **затёкшие** руки, чтобы застегнуть пуговицы под мышкой, потом зевает, трёт лицо и, открыв глаза, спускается с кана. Нащупывает туфли, суёт в них ноги, **покачиваясь**, нагибается, чтобы поправить задник, **усаживается** на скамью рядом с каном, **обводит взглядом выводок детей** и идёт во двор, чтобы налить в таз воды из чана. Обычно она наливает четыре-пять черпаков и идёт в хлев поить коз....Матушка берёт метлу, сметает помёт в кучку, а потом выметает его на двор. Приносит из проулка свежей земли и разбрасывает в хлеву. Расчёсывает коз гребнем и снова идёт к чану за водой. Моет им соски и вытирает насухо белым полотенцем. Козы отвечают **довольным блеянием**. К тому времени из-за гор показывается солнце, и под его красно-фиолетовыми лучами утренняя дымка начинает рассеиваться.Матушка возвращается в дом, чистит котёл, наливает воды и громко зовёт:— **Няньди**, а Няньди! Вставать пора.

Засыпает в котёл проса и зелёных бобов, добавляет соевых и накрывает его крышкой. Потом нагибается и начинает шуршать соломой, закладывая её в печь. Вспыхивает спичка, **пахнет серой**, а на куче соломы **вращает белками Шангуань Люй**.— Всё никак не помрёшь, карга старая? — вздыхает матушка. — **Живёт вот и живёт — а зачем, спрашивается!**

В котле хлопают, раскрываясь, стручки, в ноздри тянется **приятный аромат**. Один стручок с **громким треском** вылетает в огонь.…**Бе-е!** — блеют козы. **Уа-а!** — плачет Лу Шэнли. Начинают **хныкать** Сыма Фэн и Сыма Хуан. **Что-то мычат** двое детей Птицы-Оборотня. Сама **Птица-Оборотень** вразвалочку выходит из ворот. У окошка причёсывается **Лайди**. …— Давай, огонь разжигай,—командует матушка **Сыма Ляну**.—**Цзиньтун**, вставай! И на речку—умываться. …— Выпускай коз, — велит она **Ша Цзаохуа**.Та, семеня тонкими ножками, взлохмаченная и заспанная, идёт в хлев.…— Есть садитесь,—зовёт матушка.**Ша Цзаохуа** накрывает на стол, Сыма Лян раскладывает палочки, ставит чашки. Матушка накладывает кашу: одна, вторая, третья, четвёртая, пятая, шестая—семь чашек.Цзаохуа с **Юйнюй** расставляют скамейки, а Няньди кормит Шангуань Люй. Слышится **хлюпанье и чавканье**. Заходят со своими чашками Лайди и Линди.Каждая накладывает себе сама.…— Как поедите, все отправляйтесь пасти коз. И нарвите дикого чеснока на обед. — С этим распоряжением матушки завтрак, можно сказать, завершается. (247—250)

例句语段描写的是春天早晨一个普通的农家院落之景，不普通的是这家主妇的活多苦重和抚养孩子们的负担之多。具体分析：

第一，人物之外的环境描写：作者对太阳、晨曦、村庄、燕子、蟋蟀、牛这些乡村风物都照顾周全，其中燕子的活动"在窝里说梦话"格外风趣，读之可亲，这也是文学作品的独特美感——一部长篇小说若足够优秀，应该除了人物情节、叙事结构和主题主旨等（也即作者在《捍卫长篇小说的尊严》一文中所说的"长度、密度和难度"）达到高水平之外，其字里行间的文字细节都很有可欣赏性。观察译文，英、俄译者对此都如实译出。

第二，例句前部分的环境描写也是对鲁氏的反衬：上官家院落中的一切都还在沉睡，鲁氏却不得不忍着劳累早早起床，因为有"一窝孩子"——她的孩子和她的孩子的孩子需要她来抚养负担。她因过度劳累而四肢酸痛，因休息不足而眩晕摇晃，在起床的过程中途都不得不"在条凳上坐一下"以使疲惫的身体适应新的一天……这些描写细腻逼真，因为这本来就是作者亲眼所见："1994年我的母亲去世后，我就想写一部书献给她"[1]。作者的母亲乃至天下所有含辛茹苦的母亲进行劳动的每一个动作，早已印刻在作者记忆深处："这部书的腹稿我打了将近十年"[2]。对于这些细节描写，以及紧接着的鲁氏所做的农活儿，英、俄译者都有效译出。

第三，细腻的描写不可避免的是重复，比如例句中"哗，一瓢，哗，两瓢"。这样的拟声、拟数的写法一方面具有真实性和娓娓道来的叙述风格，但另一方面，如果译者逐字直译，恐怕会使读者感到啰唆厌烦，所以对此英、俄译者皆省略不译。

第四，例句语段中有很多拟声词：动物的叫声、孩子的哭声、柴草烟火的摩擦声、豆秸的爆破声、吃早饭喝粥的吸食声等，这些都是普遍存在的农家生活音响，人声物声劳动声饮食声共同构成了农家早饭的合奏曲；与声音同在的还有气味，即洋火的硫黄味和豆秸的香气，所有这些声音词和气味词混合出现，给读者强烈的听觉

① 莫言:《我的〈丰乳肥臀〉》,《用耳朵阅读》,作家出版社 2012 年版,第 30 页。
② 莫言:《我的〈丰乳肥臀〉》,《用耳朵阅读》,作家出版社 2012 年版,第 30 页。

莫言与当代中国文学创新经验研究

嗅觉冲击，使文字更有现场感，而且《丰乳肥臀》乃至莫言的整体创作一贯都是这样拉杂而成章、声色而混杂的五官六感皆狂欢的风格，那么，观察译文，我们发现英、俄译者也都完整传达了例句语段的这种风格。其中有些汉语拟声词在译入语中没有完全对应的词汇，如果按照中文逐一音译恐怕会带给译文读者过多的陌生感，因此，英、俄译者都使用一定数量的拟声词结合一定的拟声色彩动词的方法来译，比如拟声词 whoosh，pop，baa，wah，ao-ya-ya，slurp 和 бе-е, ya-a，带有拟声色彩的动词或名词词组如 baaed，whimpered，和 хныкать，мычать，хлюпанье，чавканье，с громким треском 等。总之，英、俄译者都根据译入语本身的语言习惯而进行了灵活调整，使原文风格在译入语中也得到了鲜活的呈现。

　　第五，例句语段描写的是上官家从起床到吃早饭的整个过程，交代了当时住在上官家宅院里的所有人物，甚至包括已然退出了"历史舞台"的上官吕氏。那么，他们在这春天的早晨里都做了些什么呢？起床最早、劳动最多的当然是上官鲁氏；其次是待嫁的女儿上官念弟；然后是已经长到七八岁、能够干活的司马粮来烧火，而与他年龄相仿的金童却什么都不用做，因为金童这个人物在作品中的设定就是最得鲁氏宠爱、此时尚未断奶、终生一事无成的；五六岁的沙枣花负责安排奶羊进行哺乳；盲眼的玉女劳动能力较弱，因此只需摆好板凳。以上这些是具有劳动能力的人物，而不具有劳动能力的人物比如半瘫痪的上官吕氏只好"在草堆里翻着白眼"，褯褓中的鲁胜利、司马凤、司马凰和鸟仙二子只负责啼哭。上官家此时还有两个人具有劳动能力但只怕是没有劳动意愿的，即一心想着去行刺蒋立人的寡妇来弟和每天外出神游的鸟仙领弟，此二人或走出门游荡，或在窗前梳头。所以，从例句这一段就可看出上官家每个人所做的事情各不相同又都符合各自的年龄、身份和状况，从此管中豹般便可窥见作者对于人物的动作设计和描写很细致入微、真切合理，也说明《丰乳肥臀》这部作品很经得起细读和推敲。对于上述这些，英、俄译者皆如实译出。

　　第六，值得一提的是鲁氏向金童说的祈使句"金童呀，起来吧！

起来去河里洗洗脸",这句话看似平淡无奇,但假设我们去掉原文中的这些重复字词,简化为简单的祈使句"金童呀,起来吧！起来去河里洗洗脸",那么,相比之下,可以发现原文中有三个地方很微妙:接连出现的两个语气词、重复出现的"起来"、AAB式的重叠动词"洗洗脸"。语气词柔化了句子的命令感;两个"起来"看似啰唆,但啰唆的同时也意味着温柔不生硬;重叠动词"洗洗脸"这样的口语表达同样具有柔化效果。这也是鲁氏对金童的溺爱在人物对话上的细微体现(也许作者并非刻意而写,只不过将创作情感投入人物和情节之后,凭借语感自然而然便产生了这样的人物对话)。那么,这些汉语口语语感有否被译者察觉并译出呢?观察英、俄译文,译者似乎并没有给予特别的注意和处理。

第七,鲁氏对吕氏说的话也值得玩味:"老东西呀,你咋还不死?活着干什么呀！"结合整部作品对鲁氏这个人物形象的塑造,我们知道,这里并不是儿媳在嫌弃婆婆是生活累赘,"活着干什么呀"与其说是在询问吕氏,不如说是鲁氏对整个生活的质问——尤其是作品所描写的这般多苦多难的生活,甚而生不如死,读者也不禁想问,这些饱经摧折的人物究竟"活着干什么呀"?所以,本例中这句话带有一定的哲学意味,结合作品对于母亲与大地、苦难与生活大主题的叙述,这句话甚至能问出一个意义或至少一个答案来,那么,这就可以看作是作品的一个文眼。对此,英译回译为"难道这不是你可以去死了的时候吗?"俄译回译为"活着呀,活着呀,但是为什么呢,问一下！"显然,英译文没有涉及"为何生、为何死"这样的深层疑问,而俄译不仅译出了原文的关键词,而且在选词上也很巧妙。其中,"спрашивается"这个现在时第三人称单数形式虽然常用作插入语表示说话人向对方的问询,但在句中,与此同时出现的还有"живёт"这个第三人称而非第二人称形式,那么,结合来看,俄译文不仅是鲁氏向吕氏的发问,而且含有"第三人称"即"人"的普遍性意义。所以,从这个角度上看,这句话的俄译优于英译。

总的来说,考察译者对例句语段内容和文辞风格的传达,英、俄译文都是有效的。正是这些传神达意的译文使得读者解读出了比较深刻的含义，如印度女读者 praj 写书评道："上官鲁氏自己是个失母的孤儿，却用她的金莲小脚挺立于这苦难世界，担负起养育者的沉重角色。对于她，只能用'英雄'和'虎母'来指称。"①

六、情景描写——死地上的爱欲狂欢

例下 120

大姐跟着六姐转。巴比特弓着腰，跟着六姐的屁股转。她们转呀转呀，转得我头晕目眩。我的眼前晃动着撅起的屁股、进攻的胸膛、光滑的后脑勺子、流汗的脸、笨拙的腿……眼花缭乱，心里犹如一团乱麻。大姐的吆喝、六姐的叫喊、巴比特的喘息、观众的暧昧的眼神。士兵们脸上油滑的笑容，咧开的嘴，颤抖的下巴。排着一字纵队，由我的羊带头，拖着蓄满奶汁的奶袋子，懒洋洋地自行回家的羊群。亮晶晶的马群和骡群。惊叫着的鸟，在我们头上盘旋，野草丛中肯定有它们的卵或是幼鸟。倒霉的草。被踩断脖子的野花。放荡的季节。二姐终于扯住了大姐的黑袍子。大姐拼命往前挣着，两只手伸向巴比特。她的嘴里嚷出了更加令人脸红的下流话。那件黑袍撕裂了，闪出了肩膀和脊背。二姐纵身上前，打了大姐一个耳光。大姐停止了挣扎，嘴角上挂着一些白色的泡沫，眼睛直呆呆的。二姐连续不断地扇着大姐的脸，一掌比一掌有力。一股黑色的鼻血从大姐的鼻孔里蹿出来，她的头像葵花的盘子垂在胸前，随即她的身体也往前栽倒了。二姐疲倦地坐在草地上，大声地喘息着，好久。她的喘息声变成了哭声。她的双手有节奏地拍打着膝盖，好像为自己的哭声打拍子。司马库脸上是盖不住的兴奋表情。他的眼睛盯着大姐裸露的脊背，呼哧呼哧喘着粗气。他的双手

① https://www.goodreads.com/book/show/670217.Big_Breasts_and_Wide_Hips?from_search=true&search_version=service. 笔者将其译为中文，刊于《潍坊学院学报》2020 年第 3 期。

海外翻译家怎样塑造莫言

不停地搓着裤子，仿佛他的手上沾上了永远擦不掉的东西。（202）

英：**First Sister** spun right along with **her**, while **Babbitt**, bent at the waist, fought to keep **Sixth Sister** between him and the attacker. They spun so much it **made me dizzy**, and **a kaleidoscope of images** whirled in front of my eyes: **arching hips, chests** on the attack, the glossy **backs of heads**, sweaty **faces,** clumsy **legs…** My head **swam**, my heart was **a tangle of emotions**. First Sister's **screams**, Sixth Sister's **shouts**, Babbitt's **heavy breathing**, and **the onlookers' ambiguous looks. Oily smiles** decorated the soldiers' faces as their **lips parted** and their **chins quivered. The goats**, their full udders nearly touching the ground, headed home in a lazy column, my goat leading the way. The shiny coats of **the horses and mules. Birds** shrieked as they circled above, which must have meant that their eggs or hatchlings were hidden in the nearby grass. **That poor, wretched grass. Flower stems broken by careless feet**. A season of debauchery. Second Sister finally managed to grab a handful of First Sister's black robe. First Sister reached out to Babbitt with both hands. **The filthy language** pouring from her mouth made people blush. Her robe ripped at the seams, laying bare her shoulder and part of her back. Second Sister jumped up and slapped First Sister, who stopped struggling immediately; **foamy drool** had gathered at the corners of her mouth, **her eyes were glazed.** Second Sister slapped her over and over, harder and harder. **Dark trickles of blood** snaked out of her nostrils and her head slumped against her chest like **a drooping sunflower,** just before she **fell headfirst to the ground.Exhausted,** Second Sister sat down in the grass, **gasping for air**. Her gasps soon turned to **sobs**. She pounded her own knees with her fists, **as if setting up a rhythm for her sobs.**Sima Ku **could not hide** the look of **excitement** on his face. His eyes were fixed on First Sister's exposed back. **Coarse, heavy breathing**. He kept rubbing his trousers with his hands, as if they were stained by something that would never rub off. （229）

俄: **Лайди** ходила кругами следом, а **Бэббит**, пригнувшись, всё так же прятался за **Няньди**. Так они и ходили друг за другом. У меня даже **голова закружилась** от мелькавших перед глазами **торчащих задниц**, воинственно выпяченных **грудей**, блестящих **затылков, потных лиц, неуклюжих ног**… В глазах **рябило**, в душе царило **смятение. Вопли** старшей сестры, **выкрики** шестой, **тяжёлое дыхание** Бэббита, **двусмысленное выражение** на лицах **окружающих**. Солдаты взирали на всё это с **сальными улыбочками, разинув рты, подбородки** у них подрагивали. **Наши козы** с моей во главе самостоятельно выстроились гуськом и неторопливо потянулись домой, каждая с полным выменем. Поблёскивали боками **лошади и мулы**. С испуганными криками кружили над головами **птицы**: видать, где-то тут у них гнёзда с яйцами или птенцами. **Вытоптанная трава. Сломанные стебли полевых цветов. Пора распутства.** Наконец второй сестре удалось ухватить Лайди за халат. Та вырывалась что было сил и тянулась руками к цели — к Бэббиту, **не переставая изрыгать непристойности**, от которых народ аж в краску бросало. Халат порвался, обнажив плечо и часть спины. Повернувшись к старшей сестре, Чжаоди закатила ей пощёчину, и та сразу замерла. В уголках рта выступила **белая пена, глаза остекленели**. Вторая сестра продолжала хлестать её по лицу, с каждым разом всё сильнее. Из носа Лайди потекла **тёмная струйка крови**, сначала на грудь свесилась, подобно **подсолнуху**, голова, а потом она **рухнула всем телом.В полном изнеможении** Чжаоди опустилась на землю и долго не могла отдышаться. Потом **шумное дыхание** перешло в **рыдания**. При этом она колотила себя по коленям **в такт всхлипываниям**. Лицо Сыма Ку выражало **явное возбуждение**. Он не сводил глаз с обнажённой спины старшей сестры, тяжело дышал и без конца вытирал ладони о штаны, словно замарал их так, что и не оттереть. (267—268)

海外翻译家怎样塑造莫言

上一例中提到来弟抗战胜利后仍然想着去刺杀蒋立人报仇，领弟仍然神经兮兮不知所指，后来，领弟在司马库和巴比特飞行表演的"启发"下从悬崖上起飞、坠地而死，这时，在这片草地同时也是鸟仙的死地之上，来弟突然欲望爆发、犯了"花痴症"扑向巴比特。例句语段便是对这场情景的描写，具体来说，（1）作者运用列锦、迭现或穷举的辞格[①]，铺陈了一组人物交叠、声色混合的凌乱画面：屁股、胸膛、后脑勺子、脸、腿、吆喝、叫喊、喘息、眼神、笑容、嘴、下巴、羊群、马群、骡群、鸟、草、花、季节、下流话、哭声、黑血、葵花，这些名词性事物散发着肉欲、惊慌、疲惫、倒霉、死亡、放荡、惊心和浓墨重彩的直感，这样色、声、感相交杂，给读者一种扑面而来的冲击力，是作者一贯的文辞风格。第二，而这样令人窒息的描写所表达的内容之一，是汹涌而来的欲望抒发。女性欲望被压抑千年，在此才得到了发泄式的狂欢。同样是得了"花痴症"，我们可以将来弟与陈忠实《白鹿原》中的鹿家儿媳相对看：后者犯了"花痴"要当街表演，却被白孝武等人拖拽回屋，是一场被打断、被遮掩在四合院深处的"花痴"事件；相比之下，本例语段描写的这场情景，却是有声有色、有配乐有幕景，还将围观群众带入戏的一台完整的表演剧。与《白鹿原》中的禁止表演、拒绝观看不同，来弟的这场"发病"直白诚实地展露在众人面前。联系起全书故事，两部作品中的这两场"花痴"事件发生于大体相同的历史时期，《白鹿原》对此着重描写了鹿家儿媳遭受的精神和肉体上的双重贬抑以及她如何被婆家甚至娘家用药物甚至

---

① "以名词或以名词为中心的定名词组，组合成一种多列项的特殊的非主谓句，用来写景抒情，叙事述怀，这种修辞手法叫列锦。"（谭永祥：《汉语修辞美学》，北京语言大学出版社1992年版，第224页）"迭现：用简缩的形象化句式，通过联想、悬想、回忆、直感等集中描绘一系列的整齐画面，以增强语言艺术感染力的一种修辞方式。"（陆稼祥主编：《修辞方式例解词典》，浙江教育出版社1990年版，第49页）"穷举：由超量的词、短语或句子作繁复的、貌似凌乱的列举，以传达丰富的信息，并在描写与叙述中起铺陈作用的一种修辞方式。"（陆稼祥主编：《修辞方式例解词典》，浙江教育出版社1990年版，第190页）

"重底子"药压制，乃至最后悄然陨灭。而《丰乳肥臀》却绕开了来弟如何被困、鲁氏如何默许来弟的被困（因为限于时代历史的真实情况，上官家也不可能放任来弟"发病"，比如例句中即出现的招弟对来弟的制止），而是大力渲染后来来弟与司马库的艳事，乃至最后与鸟儿韩的"罂粟花"般的灵肉合一的爱情，将来弟的爱欲故事推至高潮。总之，如果说《白鹿原》中的鹿家儿媳是被封建礼教残害至死，那么，《丰乳肥臀》中来弟这样的爱欲狂欢则是反击封建礼教最有力的向死而生。即便最后来弟同样未得善终，但与鹿家儿媳不为人知的屈辱自虐相比，来弟的刑场赴死却是最绚烂夺目的以死明志。这便是《丰乳肥臀》与《白鹿原》的不同之处：《白鹿原》中的女性如白灵是男性视角乐见的、被男性理想规训的红颜仙女，而《丰乳肥臀》写的却是纵情狂欢的来弟、勇敢逐爱的招弟盼弟和念弟、直面欲望的领弟、自曝于众的想弟，当然还有我们在上文例下 116 中讨论过的"母亲"鲁氏……《丰乳肥臀》中尽是自我欲望的强烈张扬，《丰乳肥臀》不仅是"献给天下的母亲"，更是献给天下的女性。第三，从内容上讲，联系上下文，上文写的是抗战胜利、蒋立人被司马库赶出大栏镇，下文写的是在念弟的婚礼后蒋立人卷土重来打败了司马库，而本例所在正是这些矛盾更迭的中间，上下相连可谓冲突密集、高潮迭起，以最通俗的眼光衡量，例句这类的描写使这部长篇小说很"好看"——"好看"也正是小说这种文学形式的首要标准吧。在此我们又想起那句已被广泛引用的作者自述的话："你可以不读我所有的书，但不能不读我的《丰乳肥臀》。"[①] 第四，例句情景涉及多个人物，每个人的反应都不相同：来弟追逐巴比特是因为犯了"花痴"见人即情；巴比特围绕念弟而跑是因为两人已经两心相许；念弟在喊叫是因为三人相互纠缠而感到不悦和无奈；观众眼神暧昧、士兵们笑容油滑龇牙咧嘴是因为上演着一出爱欲狂欢；招弟制止来弟是因为身为"飞行表演"的女主人而责无旁贷；后来对于招弟的动作描写也很有趣：她为了制

---

① 莫言：《我在美国出版的三本书》，《小说界》，2000 年第 5 期。

止来弟而耗费了体力喘息不已，然后由喘而哭，这样循序变化的动作表现出人物的惊怒、无奈、悲伤等心理活动，又具有故事持续的时间感和使人亲临的现场感，紧接着作者写道"双手有节奏地拍打着膝盖，好像为自己的哭声打拍子"，这就使人物动作由悲伤而滑稽，呼应着整个语段的戏谑化色彩，使整个情景可见又可乐。最后是司马库的反应：表情兴奋、呼吸粗重、双手做出异常举动，说明这时司马库色心已起，难以掩饰，为后文埋下伏笔。总之，例句语段的描写有条不紊，人物神态不一，很巧妙地使渲染文风、描绘情景、塑造人物、铺垫下文同时进行，一举多得，使整段文字十分立体丰富。

观察译文可见，英、俄译者都完整译出了上述关键词汇和语句，包括第一点中讨论的意象迭现，英、俄译文都几无遗漏，而且，纵观英、俄译作，译者对于上述关键情节都如实译出，因此，英、俄译文为上述解读提供了文本基础。但需要指出的是，原文的——乃至莫言创作的文辞风格，因其独特和鲜明性而不符合一些读者（包括一些中文读者）的阅读口味，而译者恰恰如实传达了原文的文辞风格，因此有英译本读者说："240页后我就放弃了，因为我被进展缓慢的情节、描写过度的细节和幻想，还有庞多的人物困住了。"[1] 情节缓慢、细节过度、人物庞多不也是我们一些原作读者作出的评价吗？那么，这个侧面信息也可说明，从"忠实"这一传统翻译标准上衡量，译作对原作确实很"忠实"。

与《檀香刑》相比，《丰乳肥臀》对于故事的叙述更加走入内心、情感暗含，其语言艺术不止于实验式的淋漓尽致或剑走偏锋，还有很多尤见功力的传统笔法——克制的、含蓄的、不动声色的白描，不事张扬却营造了意境悠长、颇可回味的情景，比如下例。

---

① Charles, https://www.goodreads.com/book/show/670217.Big_Breasts_and_Wide_Hips?from_search=true&search_version=service.

七、情景描写——泥路上的负尸而归

例下 121

鲁立人扶了扶断腿的眼镜，对母亲说："你最好劝劝她。"母亲坚决地摇摇头，蹲下，对我和司马粮说："孩子，帮帮我吧。"我和司马粮拖起上官招弟的尸首，扶到母亲背上。母亲背着二姐、赤着脚，走在回家的泥泞道路上。我和司马粮一左一右，用力往上托着上官招弟僵硬的大腿，为了减轻母亲的负担。母亲残废的小脚在潮湿的泥地上留下的深深的脚印，几个月后还清晰可辨。（238）

英：Pushing up his glasses, with their broken rim, he said to Mother, "You talk some sense into her." Mother **shook her head** and **sat down on her haunches**. "**Give me a hand**, children," she said to Sima Liang and me.So Sima Liang and I hoisted Zhaodi's body up on Mother's back. **With her daughter on her back**, Mother **headed down the muddy road home, barefoot**, with Sima Liang and me beside her, each holding up one of Zhaodi's stiffening legs to ease Mother's burden. **The deep footprints** she made in the muddy road with her **crippled, once-bound feet were still discernible months later.**

俄：Лу Лижэнь поправил сломанные очки и бросил матушке:— Поговорила бы ты с ней.Матушка решительно **покачала головой, присела на корточки** и кивнула нам с Сыма Ляном:— **Подсобите-ка**, дети.Мы затащили тело Чжаоди ей на спину. **Со второй сестрой на спине, босиком** она пошлёпала **по грязи домой.** Мы с Сыма Ляном с обеих сторон поддерживали застывшие ноги Чжаоди, чтобы хоть как-то облегчить матушке ношу. Её **изуродованные маленькие ножки** оставляли на **грязной дороге глубокие следы, которые были заметны потом даже пару месяцев спустя.**

海外翻译家怎样塑造莫言

在司马库和鲁立人的战争中，招弟中流弹而亡，司马库和巴比特被俘，念弟要随之一同赴死。对于发生在鲁氏面前的这一切生离死别，作者没有进行太多的心理描写，而是用近乎白描的笔法描写了人物的动作。鲁氏摇头而无语，是因为对于这一切无话可说；对二子说"孩子，帮帮我吧"，这个祈使句语气很轻，因为内心过于悲痛而言语无力，而且此时此刻鲁氏宁愿向两个稚子求助；鲁氏赤足，也许是因为鞋子在混乱中被踩掉或陷入了大雨后的污泥里，因此在泥路上留下的不是没有明显特征的鞋印而是残缺的小脚印，令人怵目；这些脚印之深与其说是由于招弟身体的重量，毋宁说是来自鲁氏心中的悲痛之重；"几个月后还清晰可辨"有一种时间意味，即悲痛的持续和一个普通农家、一位农家母亲所承受的苦难和伤害的不可抚平。总之，例句语段使用这样节制的写法，将情绪隐藏在文字背后而进行客观冷静的描摹，描绘了一位母亲在泥路上负尸而归的形象，就像一个长镜头，没有过度的渲染和喧哗，却能让读者陷入品读和沉思。对此，英、俄译者皆完整译出，而且译文的叙述感觉同样冷静节制、不深不浅，对情景做客观的描述，达到了与原文一致的效果，属于名副其实的等额翻译。对于其中"残废的小脚"这一文化缺省，英译者还使用了解释法——"她的残废的、曾经被裹绑过的小脚"，加词以帮助读者更好地理解文义。俄译对于原文如实译出，因为译者对这段话也格外印象深刻，叶果夫先生曾在一个访谈中说："中国旧时，所有女人都要缠脚，把脚趾都压到脚后跟，形成'金莲之足'以符合传统美女的标准。母亲艰难地走在大雨后的泥地上，残废的小脚留下了深深的脚印。这样极具电影感的细节描写在莫言笔下还有很多。这本书给读者提供了很多关于中国传统和充满鲜血的 20 世纪历史的知识。"① 观察俄译文和整部俄译本，译作的确在文学审美和传播意义上都颇有价值。

---

① http://www.daokedao.ru/2012/09/06/pochemu-rossiyane-pochti-ne-chitayut-knigi-kitajskix-avtorov/.

八、情景描写——枪声下的仓皇逃避

例下 122

神秘的骑马人打破司马凤和司马凰脑袋的时候，司马亭从我家西厢房的驴槽里一个鲤鱼打挺蹦起来。尖锐的枪声像针一样扎着他的耳膜。他在磨道里像一匹焦躁的毛驴，嗒嗒地奔跑着，转了一圈又一圈。潮水般的马蹄声从胡同里漫过去。他想：跑吧，不能躲在这里等死。他顶着一脑袋麦糠翻过我家低矮的南墙，落脚在一摊臭狗屎上，跌了一个四仰八叉。这时他听到胡同里一阵喧哗。他急忙爬行到一个陈年的草垛后藏了身。在草垛的洞洞里，卧着一只正在产卵、冠子憋得通红的母鸡。紧接着响起沉重的、蛮横的砸门声。（314）

英：Back when the mysterious horseman had shattered the heads of Sima Feng and Sima Huang, Sima Ting had jumped out of **the horse trough beside the west wing** of our house, like a carp leaping out of the water, as **the crack of gunfire** split his eardrums. He **stormed around** the mill house **like a spooked donkey, circling it over and over.** The **clatter of horse's hooves** rolled through the lane like a tidal wave. I have to run away, he was thinking. I can't hang around here waiting to be killed. With wheat husks clinging to his head, he clambered over our low southern wall and landed in a pile of dog shit. **As** he lay sprawled on the ground, he heard **a disturbance** somewhere in the lane, and scrambled on his hands and knees over to an old haystack, which he discovered he shared **with a laying hen with a bright red comb.** The next sounds he heard, **only seconds later**, were a heavy thud and the crash of a splintering door. (332)

俄：Когда таинственные всадники пробили головы Сыма Фэн и Сыма Хуан, Сыма Тин уже **выскочил из кормушки для**

мулов в **нашей западной пристройке**, как выпрыгнувший из воды карп. Барабанные перепонки разрывал **резкий треск** выстрелов, и он **заметался перепуганным осликом**, наматывая **круг за кругом** по дорожке возле жёрнова. По проулку **волной прилива прокатился топот копыт**. «Надо бежать, — мелькнула мысль в голове, облепленной пшеничной шелухой, — нельзя прятаться здесь и ждать, когда убьют». Он перелез через невысокую южную стену двора и свалился враскоряку на кучку собачьего дерьма. **В тот самый момент** из проулка донёсся **шум шагов**. Он **торопливо** подполз на четвереньках к скирде старого сена и укрылся в ней. В скирде сидела только что **отложившая яйцо наседка с красным гребешком. Тут же под грубыми, тяжёлыми ударами** затрещали ворота. (409)

第一，司马亭听到了枪声，担心自己也在劫难逃，仓皇中不知所措，只能在自己身处的环境——上官家厢房的磨道里无目的地奔跑，作者用"焦躁的毛驴"来比喻他，应景（上官家厢房本是毛驴的处所）又滑稽。对此，俄译无误，英译却略有改动：英译将原文"驴槽"译为"马槽"（the horse trough），虽然相差不远，但既然后文有比喻"like a spooked donkey"，那么这里若译为"the donkey trough"会更有前呼后应之效。这应是英译者的无意疏忽，因为"驴槽"在作品中出现不止一次，英译者也有照直翻译的时候。

第二，英译文中的动词词组"stormed around"选用得很传神，"storm"作名词解时有暴风暴雨之意，这里用作动词但字面上就含有狂暴惊惶的感觉，后接介词"around"就使司马亭的焦躁之态跃然纸上，"storm"的意象超越了原文，别有佳效。

第三，例句情景中格外有趣的是产卵母鸡的形象：这里说的是生死攸关的紧张情节，我们只关心人物是否逃避成功，但作者偏偏在他东躲西藏的地点中，安插了一只母鸡。母鸡或者母鸡是否产卵与语境风马牛不相及，但作者偏偏费了笔墨特意描写它因产卵而

"冠子憋得通红"，这就是一种"闲笔"或者"旁逸"①之辞了：为紧张快节奏的情节穿插一处旁枝斜逸，突出家禽家畜的参与和存在感，为情景增添现场感和即视感，又使读者感到啼笑皆非。对此，英、俄译者使用现在分词形式（laying）或过去时主动形动词形式（отложившая）有效译出了原文的现场进行感。

总之，例句描述的是司马亭被一声枪响吓破了胆，逃窜中惊惶又滑稽，枪声马蹄声喧哗声砸门声无一不增加着他的压力，对此，英、俄译者都完整译出。对于原文所表示的紧迫感，英、俄译者都选用了合适的句式或短语来表达，如"as"引导的时间状语从句、动词短语"stormed around"、副词短语"only seconds later""в тот самый момент""тут же"以及带有紧张感的动词或副词"заметаться""торопливо"等。也正是例句这样可感可笑的描写，体现了作品的一种可读性，英、俄译者都如实译出，因此才有读者说："前一刻是很漂亮的文笔，下一刻，幽默。"②

九、情景描写——自首前的生死留恋

例下 123

司马库……走到白马湖边。把自己洗得干干净净，然后，像一个观赏风景的旅游者，沿着湖边，东张西望着，一会儿和芦苇丛中的鸟儿对话，一会儿与路边的小兔赛跑。他沿着沼泽地边缘，采摘了好几束红白相间的野花，放在鼻子下贪婪地嗅着。然后他绕大弯到了草地边缘，远眺着霞光下金光闪闪的卧牛岭。他在墨水河石桥上蹦了蹦，似乎要试验小桥的牢固程度。小桥摇摇晃晃，呻吟不

①　"说话时有意地离开主旨而旁枝逸出，加以风趣的插说或注释，这种修辞手法叫旁逸。"（谭永祥：《汉语修辞美学》，北京语言大学出版社 1992 年版，第 132 页。）

②　Feb 08, 2015Alicia Fox　http://www.goodreads.com/book/show/670217.Big_Breasts_and_Wide_Hips?from_search=true&search_version=service.

绝。他恶作剧地拨弄着裆中之物，低头观赏，赞叹不已，然后把焦灼的尿液撒入河中。伴随着尿珠落水的叮咚声，他顿喉高叫：啊——啊——啊呀呀——悠长亢亮的声音在辽阔的原野上回荡。河堤上，一个斜眼睛的牧童打了一个响鞭，唤起了司马库的注意。他回眸看小牧童，小牧童也看他，两人对视，渐渐地都笑绽一脸花朵。司马库笑嘻嘻地说："你这个小孩我认得，两条腿是梨木的，两只胳膊是杏木的，我跟你娘用泥巴捏了你的小鸡鸡！"牧童大怒，骂道："操你老妈！"这一声痛骂让司马库心潮翻卷，眼睛潮湿，感慨不已。牧童扬鞭赶羊而去，迎着一轮夕阳。夕阳紫红脸膛，倚看疏林。牧童拖着长长的影子，用清脆如磬的童嗓子，高唱着："一九三七年，鬼子进了中原。先占了芦沟桥又占了山海关，火车道修到了俺们济南。鬼子他放大炮，八路军拉大栓，瞄了一个准儿——嘎勾——！打死个日本官，他两腿一伸就上了西天……"一曲未罢，司马库已是热泪盈眶。他捂着热辣辣的眼窝蹲在了石桥上……（361）

英：Sima Ku…walked over to White Horse Lake, where he took a bath. Then, like a man out on a nature stroll, he walked around the lake, looking here and there, striking up a conversation with birds in the reeds one minute and racing with roadside rabbits the next. He walked along the edge of the marshy land, stopping every few minutes to pick red and white wildflowers, which he held up to his nose and breathed in their fragrance. He then made a wide sweep around the pastureland, where he looked off into the distance at Reclining Ox Mountain, which was gilded in the rays of the setting sun. As he was crossing the footbridge over the Black Water River, he jumped up and down, as if trying to gauge how sturdy it was. It swayed and moaned. Feeling mischievous, he opened his pants and exposed himself, then looked down and liked what he saw; he let loose a stream of steaming urine into the river. As it hit the water with loud, rhythmic splashes, he howled: Ah-ah-ah ya ya-the sound soaring over the vast wilderness and circling back to him. Over on the riverbank, a crosseyed little shepherd cracked his whip, which grabbed

Sima Ku's attention. He looked down at the boy, who returned his look, and as they held each other's gaze, they both began to laugh. "I know who you are, boy," Sima Ku said with a giggle. "Your legs are made of pear wood, your arms are made of apricot wood, and your ma and I made your little pecker with a mud clod!" Angered by the comment, the boy cursed, "Fuck your old lady!" This vile curse threw Sima Ku's heart into turmoil; his eyes moistened as he sighed deeply. The shepherd cracked his whip again to drive his goats into the sunset. He cast a long shadow as he sang in his high-pitched childish voice: "In 1937, the Japs came to the plains. First they took the Marco Polo Bridge, then the Shanhai Pass. They built a railway all the way to our Jinan city. The Japs they fired big cannons, but the Eighth Route soldier cocked his rifle, took aim, and—crack!Down went a Jap officer, his legs stretched out as his soul flew into the sky…" Even before the song ended, hot tears spilled out of Sima Ku's eyes. Holding his burning face in his hands, he squatted down on the stone bridge… （375—376）

俄：…отправился на берег озера Баймаху. Там тщательно вымылся и пошёл по берегу, любуясь природой, будто на прогулке. Он то разговаривал с птицами в зарослях камыша, то пускался наперегонки с выскочившим из-под ног кроликом. Шёл по кромке болота, то и дело останавливаясь, чтобы собрать букет то красных, то белых полевых цветов, поднести к лицу и жадно вдыхать их аромат. Потом обошёл по краю широко раскинувшейся луговины, глядя вдаль на поблёскивающую под золотистыми лучами вечерней зари гору Лежащего Буйвола. Топнул ногой, когда переходил по каменному мостику через Мошуйхэ, словно проверяя его на прочность. Мостик шатался и скрипел, будто постанывая. Озорно расстегнул ширинку, свесил голову и, не переставая вздыхать от восхищения, стал любоваться открывшимся зрелищем. Потом направил горячую струю в реку. —«А-а, ай-яя!» — орал он, пока эта капель звонко журчала на поверхности воды. Высокие, протяжные звуки разносились по окрестным просторам и эхом возвращались к нему. Его внимание привлёк звонко щёлкавший бичом на берегу маленький косоглазый пастушок. Сыма Ку смотрел на пастушка, тот тоже уставился на него. Так они и таращились друг на друга, пока оба не расплылись в улыбке.— Я знаю, из чего ты, малыш, — улыбнулся Сыма Ку. — Для ножек грушу повалили, для ручек абрикос спилили, а письку вместе с мамой из глины слепили!

Мальчик страшно разозлился.— **Растудыть твою мать!** — грубо выругался он.В душе Сыма Ку всё перевернулось, глаза увлажнились, в нём столкнулись самые противоречивые чувства. Пастушок щёлкнул бичом и погнал коз на закат, в сторону опускающегося на лес багрового диска. Звонким детским голоском мальчонка запел:

Как в тридцать седьмом японцы вторглись к нам в Китай.

Лугоуцяо захватили и Шаньхайгуань,

Провели свою железку прямиком в Цзинань.

Пусть палят они из пушек, наш Восьмой боец

Знай орудует затвором — дьявол не жилец.

Хлоп! — японский офицерик ноги протянул

И на западное небо прямиком шагнул…

Песенка ещё звучала, когда Сыма Ку присел на каменном **мостике на корточки и закрыл руками полные** горячих слёз глаза. (469—470)

例句是对司马库在回村自首之前的一段身处环境和人物动作描写。先看环境：红白相间的野花、金光闪闪的卧牛岭、紫红夕阳下的芦苇和草地、辽阔的原野，这些构成了天与地之间最美丽最为生之留恋的景物，就与人物将要赴死之心形成鲜明对比，很容易引发人物的悲怆感情，令读者感同身受；再看人物动作，和鸟儿对话、与小兔赛跑、摘野花并深嗅、在小桥上蹦蹦跳跳、恶作剧地撒尿，这些动作使这个身负血债的军官瞬间像个顽童，似乎回归了最本初的心灵状态，拨开历史烟云，我们看到的是这个人物在尘埃落定之后对生的留恋；文中与牧童你来我往的对骂却是在紧张的生死笔墨中蓦然突现的戏谑之音，缓解了行文的紧张性，又以其猝不及防的詈骂语制造了强烈的喜剧感，令人啼笑皆非；最后，牧童的那段歌声成为了最好的画外音，使得司马库热泪盈眶，似乎勾起了他对参加抗战那段硝烟岁月的回忆，也许还有最终败落的不甘和悔痛，最后用一"蹲"的动作表现人物难以承受情绪之重。至此，司马库这个人物形象更加有血有肉，读者随着这段情景描写，能够更深透地看到人物心灵。谈到作品中的战争历史题材时，作者说："战争就变成了小说里人物活动的背景，我要用这样的环境来表现人的灵魂、情感、命运的变化，尤其是心理变化，借此来塑造人物，把写人作为唯一目的。"[1]在《丰乳肥臀》司马库这里，莫言也是如是而为。对于以上这些，英、俄译者基本都完整译出。

十、情景描写——市廛里的大梦初醒

例下 124

司马粮叹息道："小舅，你看这事弄的。我要从这楼上跳下去吧，的确不像司马库的儿子。我要不从这楼上跳下去吧，也不像司马库的儿子。你说我咋办？"我张口结舌，无话可说。司马粮撑开一把不知哪个女人遗忘在房间里的遮阳花伞，说："小舅，要是我摔死了，你就替我收尸吧，要是我摔不死，我就永远死不了了。"他撑开花伞，说："奶奶的，电灯泡捣蒜，一锤子买卖了！"说完他便跃出窗口，像一只成熟的带叶果实，箭矢般落下去。……闲人

---

① 莫言:《我的文学经验：历史与语言》,《名作欣赏》,2011 年第 10 期。

们惊呼着围拢上来。司马粮却没事人一样从树丛中钻出来，拍打拍打屁股，对着楼上招了招手。他的脸五彩缤纷，像我们童年时的教堂彩玻璃。"马粮啊……"我热泪盈眶地喊着。司马粮分拨开围上来的人群，走到门庭前，招来一辆杏黄色的出租车，拉开车门钻进去。身穿紫红号衣的门童笨拙地追赶上去。出租车屁股后喷着黑烟，灵巧地拐出弯道，钻进了大街上的车流，在大街两边呈现着暴发户气派、破落户气派、小家子气派的鳞次栉比的建筑物矫揉造作的注视下、狗仗权势的咋呼中、搔首弄姿的丑态里，突然消逝了。我抬起头来，长舒了一口气，犹如一场大梦初醒。阳光灿烂，照耀着大栏市醉醺醺、懒洋洋、充满着希望又遍布着陷阱的迷狂市廛。在城市的边缘，母亲的七层宝塔金光闪烁。（567）

英: With a sigh, Sima Liang turned to me as I rushed into the room, drawn to the bloodcurdling **shriek**. "Did you see that, Little Uncle? If I follow her out the window, I won't be a worthy son of Sima Ku. But the same is true if I don't. What should I do?" **I opened my mouth to say something, but nothing came out**. Grabbing an umbrella some woman had left in his penthouse, he said, "If I die, Little Uncle, **you take care of my body**. If I don't, then I'll live forever." He flicked open the umbrella, and **with a loud** "Shit!" leaped out the window and fell like a ripe fruit. …The people on the ground crowded around the trees just in time to see Sima Liang emerge as if nothing had happened, patting the seat of his pants and **waving to the crowd**. His face was a riot of colors, like the glass windows of the church we went to as children. "**Sima Liang**," I shouted tearfully. He pushed his way through the crowd, walked up to the building's entrance, and hailed a yellow cab. He opened the door and jumped in before the purple-clad doorman could react. The cab sped away with a burst of black exhaust, turned the corner, and entered the stream of traffic; then it was gone. I heaved a great sigh, **as if awakening from a nightmare. It was a bright, sunny, intoxicating, and lazy day, the sort that seems filled with hope but is rife**

with traps. Sunlight glistened off of Mother's seven-story pagoda at the edge of town.（530）

俄：— Видишь, дядюшка, к чему это привело? — вздохнул Сыма Лян. — Если прыгну из этого окна, точно буду недостоин имени сына Сыма Ку. И если не прыгну — тоже. Как быть, скажи.

Я стоял не в силах вымолвить ни слова. Сыма Лян схватил цветастый зонтик от солнца, оставленный в номере кем-то из женщин:— Дядюшка, **позаботься обо мне,** коль помру. А не помру **— значит, жить мне вечно.**

Он раскрыл зонтик и со словами: «**Эх-ма, была не была**» — сиганул вниз и стал стремительно падать, как созревший плод с листком….Толпа зевак с криками ринулась к нему. Сыма Лян выбрался из кустов как ни в чём не бывало, отряхнулся, похлопав себя по заду, **задрал голову вверх и помахал рукой.** Лицо у него напоминало цветной витраж в церкви, когда мы ходили туда детьми.— **Малян!..** — сдавленно крикнул я.Сыма Лян пробрался через толпу к главному входу, подозвал такси и нырнул в него. За ним неуклюже устремился бой в красном. Такси обдало всех чёрным выхлопом и, ловко маневрируя, влилось в поток машин на главной улице. **Я выпрямился и глубоко вздохнул, словно пробудившись от долгого сна. Внизу, залитые солнечным светом, раскинулись необозримые торговые ряды Даланя — хмельные, разомлевшие, наполняющие надеждой и расставляющие ловушки лабиринты магазинов и лавок. На краю города ярко отливала золотом** матушкина семиярусная пагода.（728—729）

此时作品已近尾声，各篇喧哗荒唐的闹剧已有收场之势：鲁胜利因巨额受贿被判死缓刑罚，耿莲莲和鹦鹉韩因巨额行贿锒铛入狱，热闹非凡的"凤凰计划"原来是场大骗局，失踪多年的沙枣花突然归来，在司马粮油嘴滑舌的轻视中跳楼自尽。面对沙枣花的殉

453

情，司马粮以他的父亲为参照陷入了可笑的左右为难。这里突然提起司马库，读者也随之想起了作品前部分的陈年往事，对比之下顿有历史浮沉、昔往今逝之感。英、俄译皆如实译出。另外英译还有一句增译："Sima Liang turned to me as I rushed into the room, drawn to the bloodcurdling shriek"，弥补了作者忘了交代上官金童出场的漏洞。

　　司马粮的左右为难引人发笑，上官金童张口结舌。这里，俄译直译，英译用一个流畅的复合句译得更有趣："I opened my mouth to say something, but nothing came out"。作者让司马粮也随沙枣花从窗而跃，并在动作之前加以"生或是死"的豪言壮语，这里俄译的无人称句又比英译更能传达原文的喜剧效果："А не помру — значит, жить мне вечно"。但同时，俄译还有一处误译：将原文的"替我收尸"误译为"忘记我"，俄译回译为"小舅，要是我摔死了，你就忘记我吧。要是我摔不死，我就永远活着了"，这样看来，虽然俄译用词与原文不一致，但"忘记我"也契合此处情节氛围的无意义感，符合司马库"不要问我从哪里来，也不要问我到哪里去"[①]的一贯作风。随着一句国骂加俗语，司马粮就在荒荒唐唐中一跃而去。对此，英译为了简洁删去了俗语而用以常见詈骂词"with a loud 'Shit!'"，俄译套译为俄语中的惯用语"была не была"（豁出去了），都是有效的，英译虽然删去了俗语，但不影响表达效果。司马粮下坠后奇迹般生还，好奇的路人围拢上来，原文和俄译都说此时司马粮"对着楼上招了招手"，英译改为"向围过来的路人招手"（waving to the crowd），那么，比之原文，英译此时的司马粮就仿佛演员向观众谢幕致意，点到了例句情景的表演性，使例句语意中的戏剧感更浑然天成。当然，司马粮闹剧的主要观众还是上官金童，他向下喊道："马粮啊……"。这里的人名称谓真是无稽：司马粮复姓司马单名粮，呼之"马粮"又加以语气词"啊"，游戏之意十足。俄译直译，英译改为司马粮的全名。从效果上看，英译为读者规避了阅读障碍，而俄译的直译可能会使读者感到不解，因为中国的姓

---

　　① 莫言：《丰乳肥臀》，作家出版社 2012 年版，第 540 页。

名结构对于欧美读者来讲确实太过陌生。最终，闹剧收场，司马粮淹没在车水马龙之中，上官金童在扑朔闪耀诱人陷落的迷狂市廛中大梦初醒，最终回归了母亲的栖身之处。对此，英、俄译皆直译，但也许是为了简洁，都删掉了铺陈句式"在大街两边呈现着暴发户气派、破落户气派……搔首弄姿的丑态里"。

　　总之，例句的情景描写为我们制造了一场令人哭笑不得的恶作剧，主要人物在吵闹荒诞中俶尔离去，最终结局，读者仿佛也会随着叙述人的大梦初醒而从故事中醒来，嗟叹不已。行文至此，作品已有了一定的哲学深度。莫言说，一位作家"苦苦思索的应该是人类的命运，他应该把自己的创作提升到哲学的高度，只有这样的写作才是有价值的。……作家应该关注的，始终都是人的命运和遭际，以及在动荡的社会中人类感情的变异和人类理性的迷失。"[1] 以此观照，例句原文确是对此的呼应。由此观之，英、俄译基本直译，当属有效译文。

十一、情景描写——晴空下的槐花葬

例下 125

　　母亲双手扶着膝盖，端坐在小凳子上，她闭着眼睛，好像睡着了。一丝风儿也没有，满树的槐花突然垂直地落下来。好像那些花瓣儿原先是被电磁铁吸附在树枝上的，此刻却切断了电源。纷纷扬扬，香气弥漫，晴空万里槐花雪，落在母亲的头发上、脖子上、耳轮上，还落在她的手上、肩膀上，她面前栗色的土地上……阿门！（571—572）

　　英：Mother sat on the bench, hands on her knees, eyes closed, as if she'd fallen asleep. Not a whisper of wind, yet the white blossoms

───────────────────────

①　莫言:《我的〈丰乳肥臀〉》,《用耳朵阅读》,作家出版社 2012 年版,第 33 页。

suddenly fell from the tree above us, as if the electricity to the magnet holding them on to the branches had been switched off. **Their fragrance filled the courtyard as great quantities of them fell onto Mother's hair, her neck, her earlobes, her hands, her shoulders, and the ground all around her**.Amen!（532）

俄：Матушка сидит на скамье, сложив руки на коленях и закрыв глаза, будто спит. Ни ветерка, а цветы с софоры вдруг начинают осыпаться. Будто их держал на ветвях электромагнит и вдруг отключили ток. **Мириады белых цветков кружатся, как снежинки, и падают матушке на волосы, на шею, осыпают ей руки, плечи, бурую землю перед ней**. Аминь!（733—734）

例句是作品正叙故事的最后一处情景描写，也是母亲留给叙述人的最后一帧画面。上官鲁氏经历了一个世纪的苦难，最终以一种宗教的形式安放自己的苦痛魂灵，作者将一场最唯美的槐花雪送给她——她的儿子无能为她举办体面的葬礼，作者就为她举行一场晴空下的槐花葬，为上官鲁氏的故事拉上最绚美的帷幕。同时，这也是一种幻觉笔法：晴空无风，满树的槐花却纷扬而落，仿佛自有天意；作者使用排比手法写槐花落在母亲的身体各处，槐花纷纷而落，作者细细而写，似乎母亲身体的每个地方都值得槐花去认真覆盖，以及母亲"面前栗色的土地"，从天而降的槐花将母亲与土地一起覆盖，至此，母亲的呼吸终止，灵魂却与土地融合为一。本例中作者不惜笔墨，译者也不惜笔墨、不计读者是否会产生阅读障碍而完整译出，因为这里的情景描写实在不能改动。

其实，上官鲁氏一个人走过了一个世纪的血色历史，所有原生的和外来的毁坏势力斗争更迭，但最终都由这个民间的女人默默承受，她的一生经历了二十世纪的所有苦难，代表着作者的民间历史观。作者安排上官鲁氏以一场被掩埋的死亡为结局，她的生命时间最终走向一个闭合的状态，正是中国叙事传统"完整的悲剧"式的时间修辞："刻意彰显死亡的结局和'时间终结'的完整长度，……

呈现了历史的'完整的逻辑'而不是阶段性的胜利或者失败"①, 一切的一切尘埃落定, 是非成败最终化为乌有, 正是"走向终结"的时间修辞所产生的中国式的悲剧结构。观察例句及鲁氏命运相关译文可知, 英、俄译者皆基本完整译出了原文, 也就保留了原作时间修辞的可解读性。

十二、艺术信息之情景描写小结

故事情景之重要, 甚至可以是一部长篇小说的发端, 如张恨水先生曾说:"我趁着兴致很好的时候, 脑筋里构出一种悲欢离合的幻影来。……当我脑筋里造出这些幻影之后, 真个像银幕上的电影, 一幕一幕, 不断地涌出。"② 当然, 情景描写不是刻意为之, "作家在描写景物过程中应该带着感情, 应该调动你所有的感觉: 听觉、视觉、嗅觉、触觉和你的联想力来进行景物描写。要紧贴着当时环境里面人物的当时的心情……"③。莫言运用五官六感、将脑海中的情景影像形诸笔端, 便是融汇在《丰乳肥臀》中的一处处精彩的、与人物情节相辅相成的情景描写。那么, 纵观英、俄译者对于原作中情景描写的翻译, 综上所述, 英、俄译文基本无偏离, 都能够完整传达出原文的风格。

原文的风格之一, 比如庞杂喧闹、狂欢化的描写 (如例下 120), 就有读者通过英译文读得一二:"写得非常生动, 但读起来太累人了, 并且很难一下子读完一章。它不是合适的深夜读物, 如

① 张清华:《时间的美学——论时间修辞与当代文学的美学演变》,《文艺研究》, 2006 年第 7 期。
② 张恨水:《张恨水精选集·自序 (1930)》, 北京燕山出版社 2005 年版, 第 1 页。
③ 莫言:《恐惧与希望: 演讲创作集》,《试论当代文学创作中的九大关系——在第七届深圳读书论坛上的演讲 (2006)》, 海天出版社 2007 年版, 第 261 页。

果你想做个好梦的话。"[①]但每位读者的阅读口味不一样，面对同样细致深入、引人入胜的情景描写，却有读者认为很好读："这本书比得上拉美文学史上最伟大的作品之一、诺贝尔得主马尔克斯的《百年孤独》。……《丰乳肥臀》中的人物描写、环境描写等等都非常细致深入，以致要把读者淹没进去、成为作品的一个部分。这是一本很赞的书，很好读，读起来确实很享受。"[②]与这位英译本读者阅读口味一致的还有一位俄译本读者："我觉得，《丰乳肥臀》甚至胜过《百年孤独》：词句更缤纷多彩，情景更奇异丰富，一些情节写得既克制又动人，充满了疼痛感。"[③]

以最直接的方法论，译本读者能够读出中文读者的感受，足以证明英、俄译文对原文的忠实性。

而英、俄译者翻译有所不同的是，英译者比较不拘一格，有时只求译文的优美易读而即兴发挥（如例下 117）或小幅度地增、删译（如例下 124）；俄译者则更谨慎求实，忠于原作意象甚而纠正原文的不实之处（如例下 117）。这样的翻译倾向差别，恰好与英、俄译者对文化信息的翻译倾向是一致的。具体可归纳为何种相同及相异，请见下文的结论章。

① https://www.goodreads.com/book/show/670217.Big_Breasts_and_Wide_Hips?from_search=true&search_version=service.

② A Reader in Chile，Clara M.(Santiago-Chile) on March 5, 2013 https://www.goodreads.com/book/show/670217.Big_Breasts_and_Wide_Hips?from_search=true&search_version=service.

③ Грандиозный эпос., 30 апреля 2013 г. Артем Брест (СПб, 28 лет) http://www.ozon.ru/.

结　语

纵观本书上编和下编对文化信息和艺术信息的论述和分析，以及各项实例和图表，我们可以得出以下五点结论，并分为英、俄译的相同之处和不同之处两方面来阐述。

首先，《丰乳肥臀》英、俄译文的相同之处有如下三点。

一、英、俄译文都是"创造性叛逆"的体现

对于《丰乳肥臀》中的文化信息和艺术信息，英、俄译者皆根据原文语境和译入语习惯而进行了适当的意译、套译、替代、加词解释及省略，而这正是翻译实践中"创造性叛逆"的体现。

（一）英、俄译者皆根据文化和语言本身的特点进行了适当的意译。

作品的文化负载词中有些俗语取材于农业，而西方文化尤其是英语习惯于与海洋文明有关的俗语；有些俗语字面意思并不易懂，或涉及中国复杂的姻亲关系（源于中国的宗法文化）；有些成语的历史、文化典故较深，直译不仅不能传达原语意义，还会使译文读者不知所云；有些成语含有夸张等辞格或有幽默之处，或由于语境不同而侧重点不同，那么，面对这些情况，英、俄译者都会酌情考虑译入语文化的可接受性和译文的可读性，或意译出原文的比喻义或引申义，或将其具体化，总之，都是进行一定的意译处理。从效果上讲，对文化负载词意译可使译文流畅自然、便于读者接受，但

同时也会流失原文的形象性、生动性和文化信息。其中，由于俗语和成语本身的特点不同，英、俄译者对成语的意译都多于对俗语的意译。

（二）英、俄译者皆根据文化和语言本身的特点进行了适当的套译。

以文化信息之熟语为例，由于人类文化的共通性，不同语言中有些熟语和固定搭配表达很相近，这时，英、俄译者都会酌情使用一定的套译法，其中不乏十分巧妙的套译。套译可使译文读之可亲，减少读者的阅读负担，而且套入译入语中的习惯搭配，更显译文的口语化和生动性，而这正是原作的乡土风格，反而能够实现对原作的忠实。虽然若套入译入语中文化色彩强烈的词语，便有造成文化错位的风险，但本书所涉译文并没有这样的情况。

（三）英、俄译者皆根据文化和语言本身的特点进行了适当的替代或加词解释。

一些对译入语读者来讲不熟悉的农作物形象（源于中国的农耕文明）、中文特有的双关字、来自中国独特血缘文化的俗语、不易懂的比喻、对译入语读者来讲太过陌生的说法等，英、俄译者皆根据具体情况进行了小幅度的改动，或使用替代，或加词解释，或调整结构，或隐喻明示，以使译文晓畅明白。这就是语言的弹性所在，萨丕尔曾说："不管一种语言的声音、重音和形式是怎样的，也不管这些东西怎样影响了它的文学的外形，总有一种暗中的补偿规律给艺术家保留用武之地。要是他在这一边受到一点拘束，他可以在那一边发挥一下。"[1] 语言学家接着打了一个有些好笑的比方："如

<hr />

[1]　（美）爱德华·萨丕尔：《语言论：言语研究导论》，陆卓元译，商务印书馆 2009 年版，第 212 页。

果他一定要上吊，他总有足够的绳子。"① 这虽然是在说作者的创作，但译者的翻译岂非也是如此？面对一些难以直译的原文，英、俄译者都进行了灵活处理，利用"暗中的补偿规律"进行了一定的"发挥"，都是有效的。

（四）英、俄译者皆根据文化和语言本身的特点进行了少量的省略。

在文化差异影响下，有些取材于农业的俗语对于英语读者来讲比较陌生（源于中国的农耕文明），有些成双成对的结构在英、俄语中都比较少见（源于中国的中庸哲学），有些文化负载词的字面意思不易懂或为原作者的化用，这时，为了不影响译文的可读性，英、俄译者皆进行了少量的省略。

另外，除了上述原因和效果，意译、套译、替代、加词解释及省略等方法还有另一方面的合理性，即中国文学海外传播的现状："中国文学，尤其是当代文学在西方国家的译介所处的还是一个初级阶段，我们应该容许他们在介绍我们的作品时，考虑到原语与译语的差异后，以读者为依归，进行适时适地的调整，最大程度地吸引西方读者的兴趣。"②

最后，我们若使用理论原理来观照，上述这四点，都指向着翻译中的"创造性叛逆"现象。

"创造性叛逆"（creative treason）这个说法在译评界已不陌生，如学者曹顺庆就曾就此调侃庞德译《论语》是"创造性乱译"。可参见那桩著名公案：庞德把子曰的"学而时习之，不亦说乎"译成"He said：Study with the seasons winging past，is not this

---

① （美）爱德华·萨丕尔：《语言论：言语研究导论》，陆卓元译，商务印书馆 2009 年版，第 212 页。
② 许钧：《翻译与创作——许钧教授谈莫言获奖及其作品的翻译》，《小说评论》，2013 年第 2 期。

pleasant？"① 好的，意境非常唯美，加了个"seasons winging past"的比喻，简直绘声绘影，而且大体意思也不错：孔夫子也有说时光飞逝、逝者如斯，我们要不停地学习。但在译法上，显然庞德是很"创造性"地用了拆字法：把"习"的繁体字"習"（上羽下白）解释成"振翅而飞"（winging），也足见中国会意文字的魅力及其带给译者的无尽想象。那么，有了庞德的例子做对比，我们便可更好地说明何谓"创造性叛逆"："创造性"是指"为了给接受者带来与原作同样的艺术效果，译者在译入语环境里找到能调动和激发接受者产生相同或相似联想的语言手段"②，而这显然就不再是"简单的语言文字的转换，而是一种创造性的工作"③；而"叛逆"，我们可以直接援引法国文化史学者罗贝尔·埃斯卡皮的观点："埃斯卡皮认为，任何一个概念一旦被表达、传达，它就被'叛逆'了，对于文学作品来说尤其如此，因为文学作品使用的是通用的交际语言，这种语言带有一整套的象征，包含着约定俗成的价值观，所以它不能保证每一个创作者都能正确无误地表达他所要表达的生动的现实。"④

那么，我们综观《丰乳肥臀》的英、俄译文，与庞德的即兴创作不同，《丰乳肥臀》的英、俄译者都是从对原作的忠实出发，"为了给接受者带来与原作同样的艺术效果"，"产生相同或相似联想"，为了读者更好地接受原作语义和风格，而进行大部分的直译（这将在下一点讨论）和在文化本身差异的影响下进行适当的意译、套译、替代、加词解释及省略，后者虽然在字面上与原文不同，但在"艺术效果"和"联想"上反而比逐字硬译更能传达原作本意（具体语例已在上文说明，此处不再赘述）；而译者使用的省略法，也是为了整体语段的行之有效，为了译文更顺利地被读者接受——如果读者因译文的太过陌生和冗长而掩卷不读，使译作蒙尘，又谈何

---

① Ezra Pound, Confucius: *The Great Digest, The unwobbling Pivot, The Analects*, New Directions Publishing Corporation 2005, pp.195.
② 谢天振：《译介学》，译林出版社 2013 年版，第 101—102 页。
③ 谢天振：《译介学》，译林出版社 2013 年版，第 101—102 页。
④ 谢天振：《译介学》，译林出版社 2013 年版，第 77—78 页。

莫言与当代中国文学创新经验研究

忠实呢？正如美国汉学家白睿文所说："可读性是忠实的一种表现形式。换句话说，如果一部翻译小说缺乏可读性或可读性降低，那这本身就是一种不忠实的表现。"① 所以，在英、俄译者对《丰乳肥臀》文化负载词的翻译中，其直译法也属于"创造性"翻译，意译等方法更是"创造性"的体现。莫言本人也深知这一点，他在诺贝尔奖晚宴的致辞中说："没有他们（翻译家——引者）的创造性的劳动，文学只是各种语言的文学。正是因为有了他们的劳动，文学才可以变为世界的文学。"

那么，以上我们讨论的是译者对原文的灵活处理的"创造性"特点，接下来我们试析其"叛逆"性。

翻译"叛逆"这个说法来自埃斯卡皮提出的翻译即"背叛"，他从语言的"能指"和"所指"的双重性切入，认为不同语言间的转换即"背叛"："对能指的解码，总能带有几分精确性，但对所指的解码却不然，因为所指（内在含义）的解码依赖于业已消失的内涵、被忘却的感受和整个社会会分泌的仅为自己使用的、难以描述的认识系统。"② 他进而更明确地指出："说翻译是背叛，那是因为它把作品置于一个完全没有预料到的参照体系里（指语言）。"③ 埃斯卡皮已经关注到了语言的"所指"，提及其所依赖的"内涵""感受"和"社会的认识系统"，这其实已经接近了翻译实践的内核问题。那么学者谢天振"接过了埃斯卡皮的这一说法，并对创造性叛逆做了进一步的阐发"④，从文化语境的角度更强调了翻译中的"叛逆"性："对跨文化交流中的缺乏对应词现象进行研究，从而具体揭示不同文化之间的差异。缺乏对应词现象所反映的不仅仅是不同民族在地理环境、生产、气候等方面的差异，它还反映了不同民族、不

① Berry, Michael. *The Translator's Studio: A Dialogue with Howard Goldblatt* [J]. Asian Literature, Arts, and Culture 2002(2): 18–25.
② （法）罗贝尔·埃斯卡皮：《文学社会学》，于沛译，浙江人民出版社1987 年版，第 122 页。
③ （法）罗贝尔·埃斯卡皮：《文学社会学》，于沛译，浙江人民出版社1987 年版，第 137 页。
④ 谢天振：《译介学·代自序》，译林出版社 2013 年版。

同社会在生活方式、行为准则、道德价值等方面的差异。"①

　　而通过对《丰乳肥臀》英、俄译本的细读，我们发现，在翻译实践中，确如学者所说，"创造性与叛逆性其实是根本无法分隔开来的，它们是一个和谐的有机体"②，这个说法"是个中性词，是对一种客观现象的描述"③，其中"创造性"是指译者对于原文的灵活处理，"叛逆"一词也无贬义，只是对客观现象的描述：在翻译实践中由于历史现状和文化语言本身的差异，有时译文难免对原文有所偏离（更详细的说明请见下文对"误译"现象的论述）。

　　另外，我们讨论了译者的"创造性叛逆"，其实读者对译作的解读也是一种"创造性叛逆"，而笔者写作这篇论文、分析译者的翻译情况，又何尝不是在"创造性叛逆"（虽然更多的只是"叛逆"）？

　　英国译论家乔治·斯坦纳早就说过："每当我们读或听一段过去的话，无论是《圣经》里的'列维传'，还是去年出版的畅销书，我们都是在进行翻译。"④这种读者的"翻译"很有"创造性"，在其解读空间里也存在着"叛逆"性，本书前面的讨论多有对读者书评的引用，其中可见一斑。

二、文化语言差异等原因导致了英、俄译文中的少量误译和信息流失

　　综观上文的例句和图表，英、俄译文中的误译和信息流失，概括来讲，有以下三种原因：

①　谢天振：《译介学》，译林出版社 2013 年版，第 12 页。
②　谢天振：《译介学》，译林出版社 2013 年版，第 106 页。
③　谢天振：《译介学》，译林出版社 2013 年版，第 162—163 页。
④　乔治·斯坦纳：《通天塔——翻译理论研究》，中国对外翻译出版公司 1987 年版，第 22 页。

（一）由文化差异所致

宗法文化和宗教文化之间的文化差异会体现在文化负载词中，而英、俄译者都来自与中国宗法文化大相异趣的宗教文化，所以，有时译者在思维定式影响下会出现一定的误读和误译[①]。

（二）由中国文化和语言的特点所致

与世界上其他国家相比，中国历史悠久漫长、国情复杂多变、文化内敛深厚、文字源远流长、语法独具一格，这样的文化特点体现在文化负载词上，就是有些文化负载词所含历史较远、典故较深，其中文言文不易懂，或有一字多义和双关语；汉语属于表意文字而非表音文字、同音字极多，因此汉语口语中多谐音；而且与印欧语言相比，汉语语法较为模糊。那么，这些中国文化和语言特点都是翻译的障碍，容易导致误译。

（三）由原文的别字所致

原文的别字也会误导译者，前文已有详论，这里无须赘言。

面对以上这三种情况，若译者一时疏忽，误看、误读，便会产生误译。我们知道，译者身兼二职，对于译作译者是作者，而对于原作，译者便是读者。那么，英、俄译文中出现的误译和信息流失，便可参照读者接受理论来解释。姚斯说："在作家、作品和读者的三角关系中，后者并不是被动的因素，不是单纯的作出反应的环节，它本身便是一种创造历史的力量。"[②] 面对原作，译者首先是读者，而且是埃斯卡皮所说的"国外的读者"："国外的读者无法同

海外翻译家怎样塑造莫言

---

① 如例上 30 的英、俄译和例上 31 的俄译。

② 姚斯:《文学史作为向文学理论的挑战》,《论接受美学》,1982 年英文版。转引自朱立元:《接受美学》,上海人民出版社 1989 年版,第 15 页。

熟悉情况的本国社会集团那样自如地、轻而易举地进入作品的意境；由于不可能客观地领会文学事实的实际情况，他们就以主观想象的虚构事物来取而代之。"[1]虽然译者远比普通的外国读者熟悉中国文化，但中文毕竟不是译者的母语，当有些文化负载词超出了译者的前理解结构时，译者就会"以主观想象"来推测，或只是单纯地误看，而误译和信息流失便由此产生。而这当然是上文所述的"创造性叛逆"的体现之一。

但另一方面，因为"读者在参与对作品的意义创造时，并没有也不可能超越作品本身所提供的再创造的可能性和限度"[2]，而且这些被误译的文化负载词并非构成语境的唯一关键，译者也都如实译出了上下文，所以，总体上讲，英、俄译者对于原作者文化负载词的翻译，大醇小疵，误译和信息流失的影响十分有限。

三、英、俄译文的所指和语用都是准确的

对于原文中的文化信息，英、俄译文都以直译为主，同时进行适当的意译、套译、替代、加词解释及省略，这些翻译策略对于原文文化信息的传达都是有效的；对于原文中的艺术信息，如乡土在地性、神奇的感觉描写和情景描写，英、俄译者都进行了有效传达，其中很多译文既符合译入语的语言规则，又竭力保留了原文的美学特点。同时，从对比的角度看，英译文与俄译文并没有呈现出比如文化立场之类的明显差别。以上文各章的小结为基础，综合上文所举的英、俄读者对于译作的评论可见，英、俄译文帮助读者更好地了解中国历史和文化、阅读中国故事、体会中国作家莫言的文笔和文风，在译入语文化中的价值是较高的。

① （法）罗贝尔·埃斯卡皮：《文学社会学》，于沛译，浙江人民出版社1987年版，第83—84页。
② 朱立元：《接受美学》，上海人民出版社1989年版，第112页。

四、英译直译的比例之高证明葛浩文没有改写莫言

从整体上讲，英、俄译文的所指和语用都是准确的，加之上编所述的英译直译的比例之高，足以证明葛浩文没有改写莫言。

（一）观察正文中的图表可知，对于《丰乳肥臀》中的文化信息，英、俄译者皆以直译为主。

在这众多的直译文中，有很多译文实属妙译，前文已多有举例，这里不再赘言。

直译的优点十分显著：首先，作品中文化负载词包含着丰富的中国文化元素，直译可以使译文具有新鲜的异域色彩，可以满足译入语读者的好奇心理，正如法国译论家伯曼所说："好的翻译就是以自己的语言展现外语文本的他国性。"[1] 其次，作品俗语中的形象生动风趣，直译可保持原文语言的生动性；而且其原型多是农家风物，是莫言创作的"乡土在地性"的体现，那么，直译便可传达原作风格。再次，直译可避免使用过度归化的词语导致译文与原文文化语境相冲突。最后，直译可以保留原文的审美空间，避免越俎代庖。

另外，以文化负载词熟语为例，英、俄译者对于成语的直译皆少于对俗语的直译，原因在于俗语和成语本身的特点，前文已论，这里无须赘述；其中英译减幅更大，这是英、俄译文不同之处的体现之一，请见下文详论。

海外翻译家怎样塑造莫言

（二）英译直译和音译的比例之高，证明葛浩文没有"改写"莫言。

以表 1 为例，俄译直译比例占 71%，英译直译比例占 62%，虽然低于俄译，但这总不是"改写"。那么，对于国内外皆存在的"葛浩文改写莫言"一说，在此，我们至少可以说，葛浩文先生在文化信息这一方面，是忠于原文的，没有进行"改写"。

以上是从译本实际出发，而作者莫言曾谈到的与葛浩文先生的往来趣事，亦可佐证："我与葛浩文教授 1988 年便开始了合作，他写给我的信大概有一百多封，他打给我的电话更是无法统计，我们之间如此频繁的联系，为了一个目的，那就是把我的小说尽可能完美地译成英文。教授经常为了一个字、为了我在小说中写到的他不熟悉的一件东西，而与我反复磋商，我为了向他说明，不得不用我的拙劣的技术为他画图。由此可见，葛浩文教授不但是一个才华横溢的翻译家，而且还是一个作风严谨的翻译家。"①

那么，"葛浩文改写莫言"之说真的是空穴来风吗？所谓"空穴来风"，也是先有一个"穴"存在的，那么，《丰乳肥臀》英译本中有无这样容易使人捕风捉影的"穴"呢？若有，又是什么呢？请见下一小节的论述。

五、英译者"读者中心"和俄译者"原作中心"的翻译倾向

我们观察英、俄译者对《丰乳肥臀》的翻译的不同之处，综合考虑《丰乳肥臀》英、俄整体译文，可以说，英译者比较倾向"读者中心"，而俄译者比较倾向"原作中心"。

---

① 莫言：《我在美国出版的三本书》，《小说界》，2000 年第 5 期。

（一）英译者"读者中心"和俄译者"原作中心"的翻译倾向的体现

英、俄译者对《丰乳肥臀》翻译不同之处的体现，也就是英译者"读者中心"和俄译者"原作中心"的翻译倾向在《丰乳肥臀》问题上的体现，具体来讲，有以下三点①。

1. 据表1所示，俄译的脚注法占很大比例，而英译未尝使用脚注法。

如前文所述，由于俗语和成语本身的特点不同，俄译者对成语的脚注较多。

但是，脚注法也有风险：脚注可以对原文进行最充分的解释，但需要读者的阅读视线下移，也就破坏了阅读的流畅性。那么，根据脚注法的这一特点，在脚注的问题上我们可以说，英译者比较照顾读者，而俄译者比较顾全原作。

2. 据表1所示，俄译的直译和脚注多于英译，英译的意译和省略多于俄译。

其中，对一些原文词内形象与译入语文化不一致的情况，俄译者宁愿承担着与译入语文化相悖的风险进行直译 + 脚注，而英译者则进行省略或替代。而其很明显的一个原因是俄译有脚注可以辅助直译，而英译无脚注，所以当因文化与语言本身的特点而无法直译时，英译者便只好进行意译。

那么，意译和省略显然是照顾读者，直译则是顾全原作。

---

① 英、俄译者对《丰乳肥臀》中熟语翻译的不同之处，有时还是由英、俄文化本身的差异所致，如俄译的套译多于英译，部分原因是在地理条件和文化差异下，原文中有些俗语在俄语中存在对应的表达，而在英语中则无。这在前文已有论述，而且这样的差异显然不能说明两位译者不同的主观倾向，所以这里不拟赘言。

3. 在艺术信息方面，英译者比较不拘一格，有时只求译文的优美易读而至于即兴发挥（如例下 117）或小幅度地增、删译（如例下 124）；俄译者则更谨慎求实，忠于原作意象甚而纠正原文的不实之处（如例下 117）。

总而言之，以上所述的英、俄译者对不同译法的使用频度不同，体现出两位译者的翻译倾向不同——总体上讲，英译倾向读者中心，俄译倾向原作中心。那么，英译者的这种与"顾全原作"相比更"照顾读者"的翻译倾向，也许是引发"改写之说"的一个原因，也就是上一小节我们提到的"空穴来风"之"穴"①。不过，不论其他，在《丰乳肥臀》这个个案上，葛浩文先生确实是没有进行严重的改写的，只不过是选择了"读者中心"而已。

（二）英译者"读者中心"和俄译者"原作中心"的翻译倾向产生的原因

1. 英译者在翻译《丰乳肥臀》时有来自出版商的影响，俄译者在翻译《丰乳肥臀》时没有来自出版商的影响。

根据美国译论家勒菲弗尔（André Alphons Lefevere）的操控理论，出版商/赞助人对出版书籍的影响十分显著：出版商作为商业机构，出自市场营销利益的考虑，会要求出版书籍在最大程度上适应市场②。那么，《丰乳肥臀》是葛浩文翻译的第五部莫言作品，是在出版社的赞助之下进行翻译的，其"读者中心"的翻译策略，或多或少也是由于出版商的影响；而《丰乳肥臀》俄译本是叶果夫先生翻译的第二部莫言作品，其时第一部译作《酒国》俄译本尚未付

① 葛浩文在对莫言作品的翻译中，做了显著修改的是《天堂蒜薹之歌》，且是莫言在葛浩文的建议下，重新写了结局，之后葛浩文根据莫言重写的内容而翻译。所以，说"葛浩文改写了莫言"，的确太过笼统，而且言过其实。

② 参见（美）勒菲弗尔：《翻译、改写以及对文学名声的制控》，*Translation, Rewriting and the Manipulation of Literary Fame*，上海外语教育出版社 2005 年版。

梓，翻译《丰乳肥臀》基本上是译者的自发行为，分毫没有出版商的赞助。而未得出版社赞助，也就意味着未受出版商的影响，拥有更多的自主性。

具体来说，俄译者是通过互联网、在一个文学网站上找到《丰乳肥臀》的原文而进行翻译，其时没有来自任何方面的赞助，甚至没有联系作者——这简直就是一种世外桃源般的开始;《丰乳肥臀》俄译本完成之后，在很长一段时间内也被束之高阁，这就有点像"抽屉文学"的架势。总之，俄译者翻译《丰乳肥臀》没有受到外部的影响和打扰，可以静心地、潜心地钻研每一个细节（比如给译文加上充分的脚注），可以按照自己的方式进行最大限度的直译。叶果夫先生多次表示，莫言是他最喜爱的作家，在给笔者的回信中也将《丰乳肥臀》誉为"伟大的作品，是部经典"（великое произведения, это классика）。那么，不受打扰的俄译者，当然可以坚持"原作中心"，顾全他最喜欢的原作。

2. 英译者对于《丰乳肥臀》的归化处理，有来自作者的授权。

关于莫言对于葛浩文先生进行翻译的授权，有一个段子流传已久：多年前葛浩文就译文对原文的某一处改动与莫言协商，结果莫言在给葛浩文的回信中写道："按你们的办，反正我也读不了。"[1] 葛浩文先生多次表示："莫言理解我的所作所为，让他成为国际作家，同时他也了解在中国被视为理所当然的事物，未必在其他国家会被接受，所以他完全放手让我翻译。"[2] 所以，英译者在作者的信任和授权之下，为了译作更好地传播，可以对原文进行灵活的调整，也是其"读者中心"的条件之一。

3. 个人经历和翻译经验的不同，导致了译者翻译倾向的差别。

纵观两位译者的个人经历和翻译经验，个人以为，英译者的翻译经验更丰富于俄译者，也是其不拘泥于原作的原因之一。

英译者葛浩文（Howard Goldblatt），1939 年生于美国加州，曾

---

[1] 葛浩文:《葛浩文随笔》，闫怡恂译，现代出版社 2014 年版，第 243 页。

[2] 参见《广州日报》，2012 年 11 月 2 日，http://gzdaily.dayoo.com/html/2012-11/02/content_1992978.htm.

执教于科罗拉多大学比较文学与人文系，被夏志清誉为"中国现当代文学的首席翻译家"，被厄普代克喻为中国现当代文学的"接生婆"①。在迄今 40 年的中国现当代文学翻译生涯中，共翻译过包括萧红、白先勇、李昂、杨绛、巴金、老舍、冯骥才、老鬼、贾平凹、李锐、苏童、王朔、莫言、毕飞宇、阿来、张洁等在内的 20 多位中国现当代作家的近 50 余部作品。其中英译的贾平凹的《浮躁》于 1991 年获美国第八届美孚飞马文学奖，姜戎的《狼图腾》、苏童的《河岸》和毕飞宇的《玉米》分别于 2007 年、2009 年和 2011 年获第一、二和四届曼氏亚洲文学奖，莫言的《生死疲劳》于 2009 年获首届纽曼华语文学奖，莫言的《檀香刑》于 2009 年获古根海姆学者奖。

值得一提的是，葛浩文先生于 1971 年入读印第安纳大学，师从柳无忌。1974 年博士论文 *A Literary Biography of Hsiao Hung* 获得通过，是为后来的《萧红评传》。中国学界正是通过此书，才开始关注几乎被遗忘了的萧红。

那么，我们纵览葛浩文先生的翻译生涯，他研究萧红起家、批评鲁迅等文学巨匠的作品，这样一位外国译者，起笔就是中国现代文学——我们的文学史上"现代"时期白话文刚兴起、不成熟，而语言的不成熟也同时意味着——最自由，尤其是像鲁迅先生那样嬉笑怒骂随意挥洒的文字、尤其是像萧红这样"越轨的笔致"。换言之，葛浩文先生对中国文学的研究，起点很高，视野很开阔；我们再看他的《萧红评传》：夹叙夹议，评点自如。也就是说，葛浩文先生是翻译家的同时还有一种批评家的姿态。

具体到莫言这里，《丰乳肥臀》是葛浩文翻译的第五部莫言作品，此前已经翻译了最代表莫言创作个性的《红高粱家族》，同时，在私人关系上，其时葛浩文与莫言已经是相互信任的朋友，所以，结合上文所述，可以想见英译者在翻译《丰乳肥臀》时，有足够的

① John Updike, "Bitter Bamboo, Two novels from China," *The New Yorker,* May 9, 2005 ISSUE, http://www.newyorker.com/magazine/2005/05/09/bitter-bamboo.

自信，所以他在翻译中就不完全局限于原文字句。另外，在翻译环境上，翻译家非常高产，工作量非常大，而且，如上文所述，译者还承受着来自出版商的压力，那么，也许英译者就不愿意花费过多时间在他认为没有必要的细节上，所以意译等策略也在他的翻译中占了很大的比重，整体上属于"读者中心"的翻译倾向。

俄译者叶果夫（Игорь Александрович Егоров），1953 年生于俄罗斯圣彼得堡，1980 年毕业于圣彼得堡大学东方系中国文学专业，曾赴新加坡南洋大学中国文学专业进修一年。曾供职于国家文艺出版社（ГИХЛ），现为自由翻译家。主要翻译过苏童、余华、毕飞宇、欧阳黔森、张悦然、盛可以等中国当代作家的作品，另译有 2 部美国文学作品[①]。《丰乳肥臀》俄译本是叶果夫先生翻译的第二部莫言作品[②]，其时与莫言并无私人关系。单就《丰乳肥臀》来讲，也许可以说，如果说葛浩文先生是翻译家＋批评家，那么叶果夫先生就是翻译家＋读者（当然这丝毫无损于俄译本的文学价值）。而这也许正是俄译者选择"原作中心"的原因之一。

4. 两位译者的个人翻译偏好不同。

关于译者的个人翻译偏好，葛浩文先生曾这样表明他的"读者中心"的态度："我认为一个做翻译的，责任可大了，要对得起作者，对得起文本，对得起读者，……我觉得最重要的是要对得起读者，而不是作者。"[③]另外，他在翻译时不拘泥于原作，还会很注重自己的情感和新鲜感，如他对《狼图腾》的翻译："那时还没有看完，我就先不看完，直接翻译，因为翻译的过程就是阅读的过程。而且这样的小说，在未读完之前翻译，我会觉得一切都是未知数，都很新鲜。当杨克看到美丽的天鹅湖时，我就回忆起我小时候，同

---

① 詹姆斯·克拉韦尔（James Clavell）的 *Noble House*（2006）以及戈马克·麦卡锡（Cormac McCarthy）的 *Blood Meridian*（2012）。

② 《丰乳肥臀》俄译本完成于 2012 至 2013 年，之前出版的是《酒国》俄译本。

③ 季进：《我译故我在——葛浩文访谈录》，《当代作家评论》，2009 年第 6 期。

样的公园，同样的美丽，我翻译的时候就会带上我自己的感情色彩。"① "自己的感情色彩"，可谓直言不讳，可见葛先生翻译不仅凭灵感，而且要新鲜。那么，这样的翻译方式，也就决定了英译者不会以原作为中心。

而俄译者与此相反，他说："莫言的作品很有中华味道。在他写的书上，成语、俗语、古代诗词引文非常多，……一旦翻译得准确、完整，他的作品就能够帮助外国读者感受到中国人的内心特点。"② 显然，叶果夫先生认为，完整传达原文内容、充分保留原作的"中华味道"，是首要的。

再如，对于脚注，英、俄译者都曾明确表示过自己的态度，英译者说："如果要一篇故事发展流畅，便不该使读者经常在页尾去看注释。"③ 而俄译者说："我是脚注的支持者，我翻译的小说脚注比较多。"④ 他认为"在《丰乳肥臀》中，历史时间根本不提，翻译者应该在脚注上给读者解释中国二十世纪不平凡的历史"⑤，所以"非加脚注不可"⑥。事实也的确如此：在俄译《酒国》的 446 页里有 212 条脚注，在俄译《丰乳肥臀》的 831 页里有 289 条脚注，在俄译《生死疲劳》的 698 页里有 303 条脚注。

以上这些译者的个人观点和习惯的差异，也是导致其翻译倾向不同的原因之一。

至此，我们就可以回答本书导言中的那三个问题：第一，中、英、俄在地理条件和历史环境上的差异，确实导致了一定的译文的

① 参见 http://news.sohu.com/20080409/n256190190.shtml.

② 叶果夫：《全球视角下的中国文学翻译》，中国作家协会外联部编：《翻译家的对话》，作家出版社 2012 年版，第 149 页。

③ 转引自何琳：《翻译家葛浩文与〈中国文学〉》，《时代文学》（下半月），2011 年第 2 期。

④ 叶果夫：《译莫言作品 看中国文学》，《人民日报》，2014 年 11 月 2 日，第 7 版国际副刊。

⑤ 叶果夫：《全球视角下的中国文学翻译》，中国作家协会外联部编：《翻译家的对话》，作家出版社 2012 年版，第 149 页。

⑥ 叶果夫：《译莫言作品 看中国文学》，《人民日报》，2014 年 11 月 2 日，第 7 版国际副刊。

不同；第二，英、俄两位译者翻译《丰乳肥臀》时的赞助条件的不同，明显导致了译文的差别；第三，两位译者的个人经历和翻译经验的不同，也体现在了译文中。另外，综合上文可见，《丰乳肥臀》译作的异同之处，都无关两位译者的文化立场，其中两位译者的误译之处也有同有异，但这些异同具有一定的随机性，也非关其他。这也就是对我们在导言中提出的有关"后殖民翻译"和"文化过滤"的问题的回答：英、俄译者对《丰乳肥臀》原作的处理，都只属于语言意义上具体的翻译方法，而非政治意义上的"殖民翻译"取向；是缘于文化语言本身的差异而做的译法调整，而非"殖民翻译"中的"文化过滤"。

（三）英译者"读者中心"和俄译者"原作中心"的翻译倾向的效果

以上我们梳理了《丰乳肥臀》英、俄译本的异同之处，说明了由其体现出的英译者"读者中心"和俄译者"原作中心"的翻译倾向，并且试着阐述了造成这样翻译倾向差别的原因，而这种差别又造成了怎样的效果呢？我们从译作文本本身和译作的传播效果两方面来简要总结。

首先，对于《丰乳肥臀》英、俄译本的文本，就如本书一直所述，我们这里并不取一概而论的衡量标准，直译意译各有其妙、英译俄译各有千秋。具体的文本效果我们已在前文论述，这里不再赘言。

其次，考察英、俄译本的传播效果，除了本书首章导言中所综述过的那些评论文章，我们还可以参考普通读者对于译作的接受情况。笔者浏览"Amazon""Goodreads"和"Livelib"这些大型读书网站后发现，普通读者对于英、俄译本都是毁誉皆有、誉大于毁，而这样的评价不正是《丰乳肥臀》原作在国内普通读者中的接受状况？细看其评论，誉之及毁之的评论竟然与国内读者的评论相差无几。换言之，英、俄译本在其译入语市场的处境，与原作在国内的处境一样，而这恰恰从侧面证明，译作对原作的忠实度是很高的，同时说明，英、俄译本的传播效果并未因英、俄译者翻译倾向的不同而不同。我们联系实际情况和生活经验，可以发现，译者有各自的翻译倾向和偏好，而在图书市场中也存在拥有相应阅读口味的读者群。具体来说，英译本相较于俄译本更为简利（全无脚注、对原作的某些冗长段落略作删节、英译者比俄译者更多地使用了意译法和省略法等），俄译本相较于英译本更为丰满（有充分精彩的脚注、对原作基本没有删节、俄译者比英译者更多地使用了直译法等），而在实际的阅读中，有些读者喜欢流利通顺、可以一口气阅读无碍的作品，有些读者则偏爱精雕细释、可供慢慢咀嚼的厚书，而这两类读者群的阅读意向恰恰分别对应着英译本和俄译本，所以，英、俄译本显然各有所长，其在阅读市场中的传播效果也就没有截然差异。

再细看俄译的脚注，我们纵观俄译本全书，发现其脚注包含了甚至原文都尚未涉及的中国社会历史天文地理方方面面的文化知识，堪称一部微型的中国百科全书；同时，脚注文辞简洁优美，抛开正文单论脚注，都是一段段值得欣赏的美文，是译者独具匠心的创作，为译入语读者了解中国提供了更多的可能性。而这种脚注独具的效果，英译本显然是不易实现了。

最后，我们得出英译者倾向读者中心、俄译者倾向原作中心的结论，但有三点内容值得注意。

其一，英译者倾向读者中心，并不意味着英译者改写了原作。如上文所述，对于作品中的文化负载词，英译是以直译为主的，其读者中心的倾向只是表现为，对于按照惯常翻译规律难以进行简单直译的文化负载词，英译会从译文的可读性和读者的接受度出发，比俄译更多地使用意译或省略。

其二，俄译者倾向原作中心，并不意味着俄译者一味地硬译，或不考虑译文的可读性。俄译者从原作中心出发，目的当然也不是止于案头。

换言之，总体上讲，英译者的读者中心倾向并不妨碍英译本对原作的忠实度，俄译者的原作中心倾向也并不与其可读性相冲突。这样的说法看似矛盾，其实却是上文所述的"创造性叛逆"的体现。

其三，直译、意译这些不同的译法，以及读者中心、原作中心这些不同的倾向，并不是泾渭分明、绝对对立的。翻译作为"宇宙中最复杂的事件"，其实难以一言蔽之或盖棺定论。正如葛浩文先生所说："目前有不少研究讨论，一部作品跨越语言/文化的边界之后，译者的隐（invisibility）与不隐（visibility）。我可能比较天真，但对我来说，译者总是现身的，也总是隐身的，如此而已，无须多言。"①

以上，便是我们对英、俄译者对《丰乳肥臀》的翻译情况的全部讨论，分别分析了英、俄译者对《丰乳肥臀》中文化信息和艺术信息的翻译情况，以 Peter Newmark 提倡的翻译批评的五个步骤为参考，在细节上对比说明了这样的英、俄译文"是什么样""为什么会这样"以及"怎么样"，得出了五点结论。论述过程虽然管窥蠡测，结论陈词也多短视妄言，《丰乳肥臀》及其英、俄译作实在灿烂夺目，所以笔者蚍蜉之力，仍忍不住冒昧论之，至于莫言的其他作品以及获奖之后新形势下的新作，便是绠短汲深，只好有待来日。

---

① 葛浩文:《我行我素:葛浩文与浩文葛》，史国强译，《中国比较文学》，2014 年第 1 期。

参考文献

[1] Cai, Rong, "Problematizing the Foreign Other: Mother, Father, and the Bastard in Mo Yan's '*Large Breasts and Full Hips*'," *Modern China*, Vol. 29, No. 1(Jan., 2003).

[2] Chan, Shelley W.,"From Fatherland to Motherland: On Mo Yan's Red *Sorghum & Big Breasts and Full Hips*," *World Literature Today*,Vol. 74, No. 3(Summer, 2000).

[3] Faries, Nathan C.(2005), *The Narratives of Contemporary Chinese Christianity*, Ph.D.diss., PSU.

[4] Goldblatt, Howard(2012), *Big Breasts & Wide Hips*, New York:Arcade Publishing.

[5] Lee, Vivian P.Y.(2001), *The Representation of History in Contemporary Chinese Fiction*: *Han Shaogong, Mo Yan,Su Tong*, Ph.D.diss., UBC.

[6] Nida, Eugene Albert(2004), *Toward a science of translating*, Shanghai Foreign Language Education Press.

[7] ——(2004), *The theory and practice of translation*, Shanghai Foreign Language Education Press.

[8] Wang, David Der-Wei and Michael Berry, "The Literary World of Mo Yan," *World Literature Today*, Vol. 74, No. 3 (Summer, 2000).

[9] Sperber, D. Wilson(1986), *Communication and Cognition*, Oxford: Blackwell UKLtd.

[10] David Hawkes, *The Story Of the Stone*（*5 volumes*）, the Penguin Group (1973—1986).

[11]（前苏联）巴纳秀克: *Сон в красном тереме*（*2 тома*）, 国家文艺书籍出版社，1958 年版。

[12]（英）邦斯尔神父: *Red Chamber Dream*, http://lib.hku.hk/bonsall/ hongloumeng/index1.html.

[13]（法）布吕奈尔:《什么是比较文学》，葛雷、张连奎译，北京大学出版社，1989 年版。

[14] 蔡毅:《苏联翻译理论》，湖北教育出版社，2000 年版。

[15] 曹顺庆:《迈向比较文学第三阶段》，复旦大学出版社，2011 年版。

[16]（瑞士）费尔迪南·德·索绪尔:《普通语言学教程》，高名凯译，商务印书馆，1980 年版。

[17] 冯友兰:《中国哲学简史》，涂又光译，北京大学出版社，2013 年版。

[18] 金隄:《等效翻译探索》，中国对外翻译出版公司，1998 年版。

[19] 李泽厚:《历史本体论·己卯五说》，生活·新知·读书三联书店，2006 年版。

[20] 廖七一:《当代西方翻译理论探索》，译林出版社，2000 年版。

[21] 林精华等:《东方和西方相遇：全球化时代的文化、文学和语言》，安徽大学出版社，2013 年版。

[22] 刘江凯:《认同与"延异"：中国当代文学的海外接受》，北京大学出版社，2012 年版。

[23]（美）刘禾:《跨语际实践：文学，民族文化与被译介的现代性》，宋伟杰等译，生活·读书·新知三联书店，2002 年版。

[24] 刘军平:《西方翻译理论通史》，武汉大学出版社，2009 年版。

[25] 王寿兰编:《当代文学翻译百家谈》，北京大学出版社，1989 年版。

[26] 杨宪益、戴乃迭: *A Dream of Red Mansions* (*3 volumes*)，外文出版社，1978—1980 年版。

[27] 朱达秋:《中俄文化比较》，安徽教育出版社，2009 年版。